CORTE de CHAMAS PRATEADAS

SARAH J. MAAS

CORTE DE CHAMAS PRATEADAS

Tradução
Mariana Kohnert

2ª edição

Galera
RIO DE JANEIRO
2024

PREPARAÇÃO
João Pedroso

REVISÃO
Jorge Luiz Luz

LEITURA SENSÍVEL
Rane Souza

CONSULTORIA
Acotar Brasil

DESIGN DE CAPA, PROJETO GRÁFICO E DIAGRAMAÇÃO
Renata Vidal

ILUSTRAÇÕES (modificadas dos originais)
Capa: Studio77 FX vector / Shutterstock (mulher); ArtMari / Shutterstock (fogo);
standa_art / Shutterstock (inspiração para moldura sinuosa de quarta capa)
Miolo: galihprihatama / Shutterstock (chamas na p.2); briddy / Shutterstock (pausas de parágrafo);
William Morris's *Love is Enough–Upright Border or Sidepiece Foliage entwined around a Pole* (1872) – digitalizado por rawpixel (tarja nas aberturas de capítulo)
Guarda e miolo: Santi0103 / Shutterstock (lira); standa_art / Shutterstock (máscara adaptada);
tanshy / Shutterstock (coroa); Helen Lane / Shutterstock (padrão de ornamentos barrocos)

TÍTULO ORIGINAL
A Court of Silver Flames

CIP-BRASIL. CATALOGAÇÃO NA PUBLICAÇÃO
SINDICATO NACIONAL DOS EDITORES DE LIVROS, RJ

M11c

Maas, Sarah J., 1986-
Corte de chamas prateadas / Sarah J. Maas ; tradução Mariana Kohnert. - 2. ed. - Rio de Janeiro : Galera Record, 2024.
(Corte de espinhos e rosas ; 4)

Tradução de: A court of silver flames
ISBN 978-65-5981-245-5

1. Ficção americana. I. Kohnert, Mariana. II. Título. III. Série.

22-81074 CDD: 813
CDU: 82-3(73)

Gabriela Faray Ferreira Lopes - Bibliotecária - CRB-7/6643

Texto revisado segundo o novo Acordo Ortográfico da Língua Portuguesa.

Direitos exclusivos de publicação em língua portuguesa somente para o Brasil adquiridos pela
EDITORA GALERA RECORD LTDA.
Rua Argentina, 120 – Rio de Janeiro, RJ - 20921-380 - Tel.: (21) 2585-2000,
que se reserva a propriedade literária desta tradução.

Impresso no Brasil

ISBN 978-65-5981-245-5

Para cada Nestha no mundo –
escale a montanha.

E para Josh, Taran e Annie,
Que são o motivo pelo qual eu escalo a minha.

As TERRAS FEÉRICAS de
Prythian
NORTE
MONTANHAS ILLYRIANAS
A PRISÃO
ESTEPES ILLYRIANAS
VELARIS
CORTE NOTURNA
CORTE DOS PESADELOS
PALÁCIO
CORTE DIURNA
HYBERN
CORTE CREPUSCULAR
SOB A MONTANHA
CORTE INVERNAL
CHALÉ DA
ADRIATA
CORTE ESTIVAL
CORTE OUTONAL
CORTE PRIMAVERIL
A MURALHA
ALDEIA DE FEYRE
TERRAS MORTAIS

Vallahan
Montesere
Rask
Terras Feéricas
A Muralha
Scythia
Terras Mortais

A água escura batendo em seus calcanhares agitados era de congelar.

Não era como o ardor do frio do inverno, nem mesmo como o queimar de gelo sólido, mas algo mais frio. Mais profundo. O frio do espaço entre as estrelas, o frio de um mundo antes da luz.

O frio do inferno — do verdadeiro inferno, percebeu ela, ao dar um pinote contra as mãos fortes que tentavam enfiá-la naquele Caldeirão.

Verdadeiro inferno, porque era Elain que estava caída no piso de pedra com o macho feérico de cabelos vermelhos e um olho só curvado sobre ela. Porque eram orelhas pontiagudas aparecendo entre o cabelo castanho--dourado encharcado de sua irmã, enquanto um brilho imortal irradiava da pele clara de Elain.

Verdadeiro inferno — pior do que as profundezas de nanquim que estavam a meros centímetros dos dedos dela.

Mergulhe-a, ordenou o rei feérico de expressão severa.

E, pelo som daquela voz, da voz do macho que tinha feito aquilo com Elain...

Ela sabia que entraria no Caldeirão. Sabia que perderia aquela briga.

Sabia que ninguém viria salvá-la: não a Feyre aos prantos, não o antigo amor amordaçado de Feyre, nem o novo parceiro arrasado dela.

Nem Cassian, desmantelado e sangrando no chão. O guerreiro ainda tentava se levantar sobre os braços trêmulos. Tentava chegar até ela.

O rei de Hybern é quem havia feito aquilo. Com Elain. Com Cassian. E com ela.

A água gélida bateu nas solas de seus pés.

Era um beijo venenoso, uma morte tão permanente que cada centímetro dela rugiu em rebeldia.

Ela entraria, mas não sem lutar.

A água agarrou seus calcanhares com garras fantasma, puxando-a para baixo. Ela se virou, desvencilhando o braço do guarda que a segurava.

E Nestha Archeron apontou. Um dedo em direção ao rei de Hybern.

Uma promessa de morte. Um alvo marcado.

Mãos a empurraram para as garras da água à espera.

Nestha gargalhou do medo que viu nos olhos do rei pouco antes de a água devorá-la por inteira.

No início

E no fim

Havia Escuridão

E nada mais

Ela não sentiu frio ao mergulhar em um mar sem fundo, sem horizonte, sem superfície. Mas sentiu a queimação.

A imortalidade não era uma juventude serena.

Era fogo.

Era minério derretido sendo derramado em suas veias, fervendo seu sangue humano até que não passasse de vapor, forjando seus ossos quebradiços até que se tornassem aço fresco.

E quando ela abriu a boca para gritar, quando a dor rasgou ao meio quem era, não houve som. Não havia nada naquele lugar que não fosse escuridão e agonia e poder...

Eles pagariam. Todos eles.

Começando por esse Caldeirão.

Começando *agora*.

Ela avançou pela escuridão com garras e presas. Rasgou, partiu e dilacerou.

E a eternidade escura em torno de Nestha estremeceu. Deu pinotes. Debateu-se.

Ela gargalhou conforme o breu se encolhia. Gargalhou com a boca cheia do poder intocado que acabara de arrancar e engolir de uma vez; gargalhou dos punhados de eternidade que enfiou no coração, nas veias.

O Caldeirão lutou como um pássaro sob a pata de um gato. Ela se recusou a soltar.

Tudo que ele havia roubado dela, de Elain, ela tomaria de volta.

Envoltos em eternidade sombria, Nestha e o Caldeirão se entrelaçaram, queimando pela escuridão como uma estrela recém-nascida.

• PARTE UM •

NOVATA

CAPÍTULO 1

Cassian levou o punho até a porta verde no corredor escuro e hesitou.

Ele havia ceifado mais inimigos do que se importava em contar, tinha ficado de pé com sangue até os joelhos em incontáveis campos de batalha e continuara golpeando com a espada, fizera escolhas que haviam lhe custado a vida de guerreiros habilidosos, fora general, soldado de infantaria e assassino, e, no entanto... ali estava ele, abaixando o punho.

Hesitando.

O prédio do lado norte do rio Sidra precisava de uma pintura. De acordo com as tábuas que rangiam sob suas botas, precisava de um piso novo também. Pelo menos o lugar era limpo. Definitivamente nada convidativo para os padrões de Velaris, mas como a própria cidade não tinha bairros desfavorecidos, isso não significava muito. Ele vira e se hospedara em lugares bem piores.

Mesmo assim, jamais entendera por que Nestha insistia em morar ali. Até compreendia por que ela não aceitava morar na Casa do Vento — era longe demais da cidade, e ela não podia voar ou atravessar até lá, o que significava ter que lidar com os dez mil degraus para cima e para baixo. Mas por que viver nesse lixo, quando a casa na cidade estava vazia? Desde que a obra na ampla casa diante do rio de Feyre e Rhys tinha terminado, a casa na cidade havia ficado aberta para qualquer dos amigos deles que precisasse ou quisesse. Ele sabia que Feyre tinha oferecido a Nestha um quarto ali — o qual fora recusado.

Cassian franziu a testa para a pintura descascando na porta. Nenhum som passava pela fenda considerável entre a porta e o chão, larga o bastante para que até mesmo o maior dos ratos ziguezagueasse por baixo; não havia nenhum cheiro recente no corredor apertado.

Talvez ele desse sorte e ela estivesse fora — quem sabe dormindo atrás do balcão de qualquer que fosse a taverna sórdida a que ela fora na noite anterior. Embora talvez isso fosse pior, pois ele precisaria ir até lá atrás dela.

Cassian levantou o punho de novo e o vermelho do Sifão piscou sob as antigas luzes feéricas embutidas no teto.

Covarde. Não demonstre medo, merda.

Cassian bateu uma vez. Duas.

Silêncio.

Cassian quase suspirou alto de alívio. *Puta merda, graças à Mãe...*

Passos curtos e precisos soaram do outro lado da porta. Cada um mais irritado do que o anterior.

Ele fechou bem as asas, esticando os ombros enquanto afastava os pés. Uma pose de luta tradicional, com a qual fora forjado durante seus anos de treinamento e agora se transformara em simples memória muscular. Cassian não ousou pensar no porquê o som de passos fizera com que seu corpo assumisse aquela posição.

O estalo conforme ela abria cada uma das quatro trancas poderia muito bem ter sido a percussão de um tambor de guerra.

Cassian percorreu a lista de coisas que deveria dizer, como Feyre havia sugerido que as dissesse.

A porta foi aberta com um puxão, a maçaneta girou tão forte que Cassian se perguntou se ela estava fingindo que era o pescoço dele.

Nestha Archeron já estava de cara fechada. Mas ali estava ela.

Com uma aparência terrível.

— O que você quer? — Ela não abriu a porta mais do que um palmo.

Quando foi que a vira pela última vez? Naquela festa de fim de verão na barca no Sidra, no mês passado? Ela não estava tão mal assim. Muito embora ele desconfiasse que uma noite tentando se afogar em vinho e licor jamais deixasse alguém com uma aparência particularmente boa na manhã seguinte. Ainda mais às...

— São sete horas da manhã — prosseguiu ela, perfurando-o com aquele olhar cinza-azulado que sempre atiçava o temperamento de Cassian.

Ela estava com a camisa de algum macho. Pior, ela estava *apenas* com a camisa de algum macho.

Cassian apoiou uma das mãos na ombreira da porta e deu um meio-sorriso que sabia que a provocava.

— Noite difícil?

Ano difícil, na verdade. O lindo rosto dela estava pálido, muito mais magro do que fora antes da guerra contra Hybern, os lábios, sem cor, e aqueles olhos... Frios e aguçados, como as manhãs de inverno nas montanhas.

Não havia alegria nem sorriso em nenhum canto do rosto. Em nenhuma parte dela.

Nestha fez menção de fechar a porta na mão dele.

Cassian enfiou a bota na abertura antes que ela conseguisse quebrar seus dedos. As narinas de Nestha se dilataram levemente.

— Feyre quer você na casa.

— Qual delas? — falou Nestha, franzindo a testa ao mirar o pé que ele havia enfiado na porta. — Ela tem cinco.

Cassian conteve a réplica. Aquele não era o campo de batalha — e ele não era oponente dela. Seu trabalho era transportá-la até o local designado. E então rezar para que a linda casa para a qual Feyre e Rhys haviam acabado de se mudar não fosse reduzida a escombros.

— A nova.

— Por que minha irmã não veio me buscar pessoalmente? — Ele conhecia aquele brilho desconfiado no olhar dela, aquele leve enrijecer das costas. Seus próprios instintos vieram à tona para enfrentar a rebeldia dela, para continuar insistindo até descobrir o que poderia acontecer.

Desde o Solstício de Inverno, eles haviam trocado poucas palavras. A maioria delas fora na festa da barca, no mês passado. E consistiam em:

Sai.

Oi, Nes.

Sai.

Com prazer.

Depois de meses e meses de nada, de mal vê-la em lugar nenhum, fora apenas isso.

Ele nem mesmo havia compreendido por que ela fora até a festa, ainda mais sabendo que ficaria presa no barco com eles durante horas. Devido a qualquer que fosse a influência que tinha sobre Nestha, era provavelmente Amren quem merecia o crédito por sua rara aparição. Mas ao fim daquela noite, Nestha estava na frente da fila para sair do barco com braços cruzados firmemente diante do corpo, e Amren estava emburrada na outra ponta, quase trêmula de ódio e desprezo.

Ninguém perguntou o que havia acontecido entre elas, nem mesmo Feyre. O barco aportou e Nestha tinha praticamente corrido para fora, e ninguém falara com ela desde então. Até hoje. Até esta conversa, que parecia a mais longa que tiveram desde as batalhas contra Hybern.

Cassian disse, por fim:

— Feyre é Grã-Senhora. Ela está ocupada governando a Corte Noturna.

Nestha inclinou a cabeça e seu cabelo castanho-dourado escorreu sobre um ombro ossudo. Em qualquer outra pessoa, o movimento teria sido de contemplação. Nela, era o aviso de um predador, avaliando a presa.

— E minha irmã — disse ela, com aquela voz inexpressiva que se recusava a entregar qualquer sinal de emoção — considerou minha *presença imediata* necessária?

— Ela sabia que você provavelmente precisaria se limpar, e queria lhe dar tempo. Sua presença é esperada às nove horas.

Ele esperou pela explosão enquanto ela fazia as contas.

Os olhos de Nestha se incendiaram.

— E por acaso parece que preciso de *duas horas* para ficar apresentável?

Cassian aproveitou o convite para avaliá-la: longas pernas nuas, uma elegante curva de quadril, cintura afunilada — magra demais, caramba — e seios fartos, convidativos, que destoavam dos novos ângulos acentuados do corpo dela.

Em qualquer outra fêmea, aqueles seios magníficos poderiam ser motivo suficiente para que ele começasse a cortejá-la desde o momento em que a conheceu. Mas desde que conhecera Nestha, o fogo frio nos olhos dela criou uma tentação diferente.

E agora que ela era Grã-Feérica, cheia de domínio e agressão inerentes — e uma atitude deplorável —, ele a evitava o máximo possível. Principalmente com o que tinha acontecido durante e depois da guerra contra Hybern. Ela deixara seus sentimentos por ele bastante evidentes.

Por fim, Cassian falou:

— Você parece que precisa de umas refeições fartas, um banho e roupas de verdade.

Nestha revirou os olhos, mas levou os dedos à bainha da camisa.

Cassian acrescentou:

— Expulse o coitado e limpe-se que eu lhe trago um chá.

As sobrancelhas dela se ergueram uma fração de centímetro.

Ele deu um sorriso torto.

— Acha que não consigo ouvir aquele macho no seu quarto, tentando silenciosamente se vestir e sair de fininho pela janela?

Como se em resposta, uma batida abafada veio do quarto. Nestha sibilou.

— Volto em uma hora para ver como as coisas estão. — Cassian enfatizou bem as palavras, de modo que seus soldados saberiam que não deveriam provocá-lo, eles seriam lembrados de que ele precisava de sete Sifões para controlar a magia por um bom motivo. Só que Nestha não voava nas legiões dele, não lutava sob seu comando, e certamente não parecia se lembrar de que Cassian tinha mais de quinhentos anos e...

— Não se dê ao trabalho. Vou chegar na hora.

Ele se afastou da ombreira da porta, e suas asas se abriram levemente conforme ele recuou alguns passos.

— Não foi isso que me pediram para fazer. Devo acompanhar você de uma porta a outra.

A expressão do rosto dela se contraiu.

— Vá se empoleirar numa chaminé.

Sem ousar tirar os olhos dela, ele esboçou uma reverência. Nestha surgira do Caldeirão com... dons. Dons consideráveis... e sombrios. Mas ninguém tinha visto ou sentido qualquer sinal deles desde aquela última batalha contra Hybern, desde que Amren estilhaçara o Caldeirão e que Feyre e Rhys tinham conseguido curá-lo. Elain também não havia dado qualquer indicação das habilidades de vidência dela desde então.

Mas se o poder de Nestha permanecia ali, ainda capaz de arrasar campos de batalha... Cassian sabia que não deveria se fazer vulnerável para outro predador.

— Quer o chá com leite ou limão?

Ela bateu a porta na cara dele.

Depois trancou todas as quatro travas.

Assoviando consigo mesmo e se perguntando se aquele pobre coitado dentro do apartamento realmente fugiria pela janela — provavelmente para escapar *dela* —, Cassian saiu andando pelo corredor escuro e foi procurar comida.

Ele precisaria de sustância naquele dia. Principalmente depois que Nestha descobrisse exatamente por que a irmã a havia convocado.

Nestha Archeron não sabia o nome do macho em seu apartamento.

Ela vasculhou a memória afogada em vinho enquanto voltava para o quarto, desviando de pilhas de livros e roupas amontoadas, lembrando-se de olhares fogosos na taverna, do encontro molhado e quente da boca deles, do suor que a cobria conforme ela o cavalgava até que o prazer e a bebida a lançassem para o divino esquecimento, mas não se lembrou do nome dele.

O macho já estava debruçado para fora da janela, e Cassian sem dúvida espreitava na rua abaixo para testemunhar a saída espetacularmente patética dele, quando Nestha chegou ao quarto escuro e apertado. A cama de bronze com dossel estava amassada, os lençóis meio jogados no piso de madeira irregular que rangia, e a janela rachada batia contra a parede nas dobradiças frouxas. O macho se virou para ela.

Ele era belo, da forma como a maioria dos machos Grão-Feéricos são. Um pouco mais magro do que ela gostava — praticamente um menino comparado com a imensa massa de músculos que acabara de preencher a porta de entrada dela. Ele se encolheu conforme Nestha entrou, sua expressão parecendo sofrida quando ele percebeu o que ela usava.

— Eu... Isso é...

Nestha se despiu da camisa dele, exibindo nada além de pele nua. Os olhos do macho se arregalaram, mas o cheiro do medo dele não se desfez — não medo dela, mas do macho que ele ouvira na porta da entrada. Que o fez se lembrar de quem era a irmã dela. De quem era o parceiro da irmã dela. Os amigos da irmã dela. Como se qualquer uma dessas coisas significasse algo.

Qual seria o cheiro de seu medo se o macho descobrisse que ela o havia usado, dormido com ele para se controlar? Para acalmar aquela força sombria que se contorcia e que havia fervilhado dentro dela desde o momento em que emergira do Caldeirão? No último ano, ela aprendera que sexo, música e bebida ajudavam. Não completamente, mas ajudavam a evitar que o poder fervesse. Mesmo que ainda conseguisse senti-lo em seu sangue, contraído firme em torno de seus ossos.

Ela atirou a blusa branca nele.

— Pode usar a porta da frente agora.

Ele enfiou a camisa pela cabeça.

— Eu... ele ainda... — O olhar do macho ficava se voltando para os seios dela, rígidos devido à manhã fria, para a pele nua e para o ápice entre as coxas.

— Tchau. — Nestha entrou no banheiro enferrujado e alagado junto ao quarto. Pelo menos o lugar tinha água quente na torneira.

Às vezes.

Feyre e Elain haviam tentado convencê-la a se mudar. Ela sempre ignorara o conselho delas. Assim como ignoraria o que quer que fosse dito naquele dia. Ela sabia que Feyre planejava um sermão. Talvez alguma coisa a ver com o fato de que Nestha tinha colocado a comanda obscena da taverna na noite anterior na conta bancária da irmã dela.

Nestha deu um riso de deboche enquanto girava a maçaneta da banheira. A torneira rangeu, o metal era gelado ao toque, e água escorreu, então jorrou na banheira rachada e manchada.

Aquela era a residência dela. Nenhum criado, nenhum olho monitorando e julgando cada movimento seu, nenhuma companhia, a não ser que ela convidasse. Ou a não ser que guerreiros enxeridos e arrogantes se incumbissem de aparecer.

Levou cinco minutos até que a água esquentasse o bastante para que ela começasse a encher a banheira. Houve alguns dias no ano anterior em que ela nem havia se dado ao trabalho de perder tempo. Alguns dias em que entrou na água gelada e não sentiu o frio da banheira, mas o das profundezas escuras do Caldeirão conforme ele a devorava por inteiro. Conforme arrancava sua humanidade, sua mortalidade, e a transformava *nisso*.

Foram meses lutando contra aquilo — o pânico que lhe tensionava o corpo e fazia com que seus ossos tremessem quando eram submersos. Mas ela havia se obrigado a enfrentar. Aprendera a se sentar na água gélida, enjoada e trêmula, com os dentes trincados; recusara-se a se mover até que seu corpo reconhecesse que estava em uma banheira e não no Caldeirão, que estava no apartamento e não no castelo de pedra do outro lado do oceano, que estava viva, imortal. Embora seu pai não estivesse.

Não, seu pai era cinzas ao vento, sua existência estava marcada apenas por uma lápide em uma colina fora da cidade. Ou era o que suas irmãs lhe haviam dito.

Eu amei você desde o primeiro momento em que a segurei nos braços, dissera o pai para ela naqueles últimos momentos juntos.

Não coloque as mãos imundas em minha filha. Essas tinham sido as últimas palavras dele, disparadas ao rei de Hybern. O pai dela desperdiçara suas últimas palavras com aquele verme de rei.

O pai dela. O homem que jamais lutara por suas filhas, não até o fim. Quando havia ido salvá-las — salvar humanos e feéricos, obviamente, mas principalmente as filhas. Salvá-la.

Que grande e estúpido desperdício.

Um poder sombrio e profano fluiu dela, mas não fora o bastante para impedir que o rei de Hybern quebrasse o pescoço de seu pai.

Nestha odiara o pai, odiara profundamente, e, no entanto, por algum motivo inexplicável, ele a amara. Não o suficiente para tentar poupá-las da pobreza ou evitar que passassem fome. Mas, de alguma forma, fora o bastante para que ele reunisse um exército no continente. Para que velejasse com um navio nomeado em homenagem a ela até a batalha.

Nestha ainda odiava o pai naqueles últimos momentos. E então o pescoço dele se partiu, e os olhos não estavam cheios de medo quando morreu, mas cheios daquele amor tolo por ela.

Era isso que havia permanecido, essa expressão do olhar dele. O ressentimento no coração enquanto ele morria por ela. Aquilo tinha apodrecido, remoendo Nestha como o poder que ela enterrava profundamente, percorrendo descontroladamente a mente dela até que nenhum banho gelado conseguisse fazê-la esquecer.

Ela poderia ter salvado o pai.

A culpa era do rei de Hybern. Ela sabia. Mas também era dela. Assim como era culpa dela que Elain tivesse sido capturada pelo Caldeirão depois que Nestha o espionou usando aquela adivinhação, culpa dela que Hybern tenha feito coisas tão terríveis para caçar a ela e a irmã como cervos.

Havia dias em que o mero pesar e pânico travavam o corpo de Nestha de tal forma que nada conseguia fazer com que ela respirasse. Nada conseguia impedir que o terrível poder começasse a emergir, emergir e emergir dentro dela. Nada além da música naquelas tavernas, dos jogos de baralho com estranhos, das intermináveis garrafas de vinho e do sexo que não lhe dava prazer nenhum — mas oferecia um momento de alívio em meio aos rugidos dentro dela.

Nestha terminou de lavar o suor e outros resquícios da noite anterior. O sexo não fora ruim — já tivera melhores, mas também muito piores. Nem mesmo a imortalidade era tempo o suficiente para que alguns machos dominassem a arte do quarto.

Então ela ensinou a si mesma do que gostava. Tinha conseguido um chá contraceptivo mensal no boticário local, e então levara o primeiro macho até ali. Ele não tinha a menor ideia de que a virgindade dela estava intacta até que viu a mancha de sangue nos lençóis. O rosto do macho havia se contraído de desgosto, e depois foi tomado por um brilho de medo de que ela denunciasse uma primeira vez insatisfatória para a irmã. Para o insuportável parceiro da irmã dela. Nestha nem se dera ao trabalho de contar a ele que evitava os dois a todo custo. Principalmente o segundo. Ultimamente, Rhysand parecia contente em fazer o mesmo.

Depois da guerra contra Hybern, Rhysand tinha oferecido empregos a ela. Posições na corte dele.

Ela não as queria. Eram ofertas feitas por pena, tentativas disfarçadas de fazer com que ela participasse da vida de Feyre, que estivesse merecidamente empregada. Mas o Grão-Senhor jamais gostara dela. As conversas deles eram friamente civilizadas, na melhor das hipóteses.

Ela nunca havia contado a ele que os motivos pelos quais ele a odiava eram os mesmos motivos pelos quais ela morava ali. Tomava banhos frios alguns dias. Esquecia-se de comer em outros. Não suportava os crepitares e estalos de uma lareira. E se afogava em vinho e música e prazer toda noite. Cada maldita coisa que Rhysand pensava dela era verdade — e ela sabia muito antes de ele sequer surgir à porta dela.

Qualquer oferta que Rhysand lhe atirasse era feita apenas por amor a Feyre. Era melhor que ela passasse seu tempo da forma como desejava. Eles continuavam pagando, afinal de contas.

A batida à porta chacoalhou o apartamento inteiro.

Nestha olhou com raiva para o cômodo da frente, considerando fingir que tinha saído, mas Cassian conseguia ouvi-la e sentia o cheiro dela. E se ele quebrasse a porta, o que provavelmente faria, ela apenas teria a dor de cabeça de explicar para o proprietário sovina.

Então Nestha colocou o vestido que tinha deixado no chão na noite anterior e, de novo, abriu todas as quatro trancas. Ela as havia instalado assim que se mudou. Trancá-las toda noite era praticamente um ritual. Mesmo quando os machos anônimos estavam lá, mesmo fora de si devido ao vinho, ela se lembrava de trancá-las.

Como se isso fosse manter longe os monstros desse mundo.

Nestha puxou a porta o suficiente para ver o sorriso arrogante de Cassian, e a deixou entreaberta conforme sumiu para buscar os sapatos.

Ele entrou atrás dela, com uma xícara de chá na mão — louça que provavelmente foi emprestada da loja da esquina. Ou simplesmente dada a ele, considerando como as pessoas costumavam adorar o chão pelo qual as botas enlameadas dele passavam. Cassian já era adorado naquela cidade antes do conflito com Hybern. O heroísmo e o sacrifício dele e os feitos que realizara nos campos de batalha tinham lhe garantido ainda mais admiração.

Nestha não culpava os admiradores dele. Ela vivenciara o prazer e o puro terror de vê-lo naqueles campos de batalha. Ainda acordava com suor no corpo diante das memórias: como não conseguia respirar enquanto o testemunhava lutar e via inimigos o cercando; a sensação de quando o poder do Caldeirão surgira e ela soubera que ele atacaria onde o exército deles era mais forte — nele.

Nestha não conseguira salvar os mil illyrianos que haviam morrido no momento seguinte ao que ela conjurara Cassian até sua segurança. Ela se esquivava daquela lembrança também.

Cassian observou o apartamento e soltou um assovio baixinho.

— Já pensou em contratar uma faxineira?

Nestha observou a pequena área de estar — um sofá carmesim murcho, uma lareira de tijolos manchada de fuligem, uma poltrona floral comida pelas traças, então a decrépita cozinha minúscula, empilhada com colunas tortas de louça suja. Onde havia jogado os sapatos na noite anterior? Ela foi procurar no quarto.

— Um ar fresco seria um bom começo — acrescentou Cassian, do outro cômodo. A janela rangeu quando ele a abriu.

Nestha encontrou os sapatos marrons em cantos opostos do quarto. Um fedia a vinho derramado.

Nestha se sentou na beira do colchão para calçá-los, puxando os cadarços. Ela não se deu ao trabalho de olhar para cima quando os passos firmes de Cassian se aproximaram e pararam à ombreira da porta.

Ele fungou uma vez. Alto.

— Eu esperava que você ao menos trocasse os lençóis entre as visitas, mas aparentemente isso não a incomoda.

Nestha amarrou o cadarço do primeiro sapato.

— Por acaso isso é da sua conta?

Ele deu de ombros, embora a tensão em seu rosto não refletisse tanta indiferença.

— Se eu consigo sentir o cheiro de alguns machos diferentes aqui, então certamente seus companheiros também conseguem.

— Nenhum deles reclamou até agora. — Ela amarrou o outro sapato enquanto os olhos castanhos de Cassian acompanhavam o movimento.

— Seu chá está esfriando. — Ele exibiu os dentes.

Nestha o ignorou e vasculhou o quarto de novo. O casaco...

— Seu casaco está no chão, perto da porta da frente — disse Cassian. — E vai ficar frio lá fora, então traga um cachecol.

Ela ignorou isso também, mas passou por ele como uma brisa, cuidando para evitar tocá-lo, e encontrou o sobretudo azul-escuro exatamente onde ele dissera que estava. Nestha abriu a porta, gesticulando para que ele saísse primeiro.

Cassian a encarou enquanto batia os pés na direção dela, então esticou o braço...

E recolheu do gancho da parede o cachecol cerúleo e creme que Elain dera a ela de aniversário na última primavera. Ele o segurou firme no punho fechado, balançando o objeto como uma cobra estrangulada ao passar por ela.

Alguma coisa o estava incomodando. Normalmente, Cassian aguentava um pouco mais antes de deixar o temperamento levar a melhor. Talvez tivesse a ver com o que quer que Feyre quisesse dizer na casa.

O estômago de Nestha se revirou conforme fechou cada uma das trancas.

Ela não era burra. Sabia que havia inquietação desde o fim da guerra, tanto nestas terras como no continente. Sabia que, sem a barreira da Muralha, alguns territórios feéricos estavam forçando os limites do que era aceitável em termos de reivindicações de fronteiras e de como tratavam os humanos. E sabia que aquelas quatro rainhas humanas ainda estavam aboletadas no palácio que compartilhavam com seus exércitos parados e intactos.

Eram monstros, todas elas. Tinham matado a rainha de cabelos dourados que as traíra e vendido outra — Vassa — para um mestre feiticeiro. Parecia adequado que a mais jovem das quatro rainhas restantes tivesse sido transformada em uma velha pelo Caldeirão. Transformada em uma feérica de vida longa, sim, mas envelhecida até se tornar uma casca murcha como punição pelo poder que Nestha tinha tomado do Caldeirão. Pela forma como ela o havia dilacerado enquanto ele dilacerava o corpo mortal dela e o transformava em algo novo.

Aquela rainha grisalha a culpava. E quisera matá-la, se é que os Corvos de Hybern falaram a verdade antes que Bryaxis e Rhysand os destruíssem por terem se infiltrado na biblioteca da Casa do Vento.

Não houvera um sussurro sobre aquela rainha durante os catorze meses desde a guerra.

Mas se alguma nova ameaça tinha surgido...

As quatro trancas pareciam zombar dela antes de Nestha seguir Cassian para fora do prédio e para o meio da cidade tumultuada adiante.

A "casa" à margem do rio era, na verdade, uma mansão, e tão nova, limpa e linda que Nestha se lembrou que seus sapatos estavam cobertos de vinho velho assim que caminhou pelo arco de mármore imponente para dentro do lustroso corredor da entrada, decorado com bom gosto em tons de marfim e areia.

Uma grandiosa escada dividia o enorme espaço, um lustre de vidro soprado — feito pelos artesãos de Velaris — pendia do teto esculpido acima. As luzes feéricas em cada reentrância com forma de ninho projetavam reflexos tremeluzentes no chão pálido de madeira polida, interrompidas apenas por samambaias em vasos, mobília de madeira também feita em Velaris e uma variedade assombrosa de obras de arte. Ela não se incomodou em prestar atenção a nenhuma delas. Tapetes azuis felpudos irrompiam do piso impecável. Um deles, longo e estreito, fluía pelos corredores cavernosos em ambos os lados; o outro percorria o arco das escadas, direto até uma parede de janelas na outra ponta dele, a qual dava para o morro gramado e o rio reluzente aos pés da grama.

Cassian tomou a esquerda — em direção às salas formais onde, como informara Feyre a Nestha durante aquele primeiro e único tour dois meses antes, aconteciam negociações. Naquele dia, Nestha estava semiembriagada e odiara cada segundo daquilo, cada cômodo perfeito.

A maioria dos machos comprava joias para as esposas e parceiras como presente escandaloso de Solstício de Inverno.

Rhys comprara um palácio para Feyre.

Não... ele havia comprado o terreno dizimado pela guerra e então dera à parceira liberdade para projetar a residência dos sonhos deles.

E de alguma forma, pensou Nestha, enquanto acompanhava em silêncio um Cassian estranhamente quieto pelo corredor na direção de um dos escritórios cujas portas estavam entreabertas, Feyre e Rhys *tinham* conseguido fazer aquele lugar parecer aconchegante, acolhedor. Uma construção colossal, mas mesmo assim um lar. Até a mobília formal parecia ter sido feita visando ao conforto e ao relaxamento, para longas conversas acompanhadas de refeições saborosas. Cada obra de arte tinha sido escolhida pela própria Feyre, ou pintada por ela, muitas eram retratos e representações *deles* — dos amigos, dela própria, de sua... nova família.

Naturalmente, não havia nenhum de Nestha.

Até mesmo o maldito pai delas tinha um retrato na parede de um dos lados da grandiosa escada: ele e Elain, sorrindo e felizes, como eram antes de o mundo virar do avesso. Sentados em um banco de pedra entre arbustos transbordando com hidrângeas cor-de-rosa e azuis. No jardim formal da primeira residência deles, aquela bela mansão perto do mar. Nestha e a mãe delas não estavam à vista.

Era assim que tinha sido, no fim das contas: Elain e Feyre adoradas pelo pai. Nestha valorizada e treinada pela mãe.

Durante aquele primeiro tour, Nestha reparou na ausência dela ali. E na ausência da mãe delas. Não dissera nada, é claro, mas era uma ausência proposital.

Foi o bastante para, agora, fazer com que seus dentes trincassem, para fazer com que agarrasse a coleira invisível que mantinha o terrível poder dentro dela contido e puxasse com força, no momento em que Cassian passou para dentro do escritório e falou, para quem quer que os esperasse:

— Ela chegou.

Nestha se preparou, mas Feyre apenas riu.

— Está cinco minutos adiantada. Estou impressionada.

— Parece um bom presságio para apostas. Deveríamos ir até o Rita's — disse Cassian enquanto Nestha estrava no cômodo de painéis de madeira.

O escritório se abria para um exuberante jardim de pátio. O espaço era aconchegante e luxuoso, e talvez, se não tivesse visto quem estava sentado ali, ela admitiria que gostava das prateleiras do piso ao teto e da mobília de veludo cor de safira diante da lareira de mármore preto.

Feyre estava encostada no braço cilíndrico do sofá, vestindo um suéter branco pesado e legging preta.

Rhys, com o preto habitual, estava encostado na lareira, de braços cruzados. Sem asas hoje.

E Amren, vestindo o cinza que preferia, estava sentada de pernas cruzadas na poltrona de couro ao lado da lareira crepitante, com aqueles olhos prateados e sem expressão observando Nestha com desprezo.

Tanta coisa havia mudado entre ela e a fêmea.

Nestha se encarregara disso, dessa destruição. Ela não se permitia pensar naquela discussão no fim da festa de verão, na barca do rio. Ou no silêncio entre ela e Amren desde então.

Não houve visitas ao apartamento de Amren. Nem conversas enquanto montavam quebra-cabeças. Certamente nada de lições de magia. Ela se certificara dessa última parte também.

Feyre, pelo menos, sorriu para ela.

— Soube que teve uma noite e tanto.

Nestha olhou para onde Cassian havia reivindicado a poltrona diante de Amren, para o lugar vazio no sofá ao lado de Feyre e para onde Rhys estava, ao lado da lareira.

Ela manteve a coluna reta e o queixo erguido, odiando que todos a estivessem olhando quando ela escolheu se sentar no sofá ao lado da irmã. Odiando que Rhys e Amren tivessem notado os sapatos imundos dela, e que provavelmente ainda sentissem o cheiro daquele macho nela, apesar do banho.

— Você está deplorável — falou Amren.

Nestha não era tão burra a ponto de encarar a... o que quer que Amren fosse. Ela podia até ser Grã-Feérica agora, mas um dia tinha sido algo diferente. Não desse mundo. A língua dela ainda era afiada o bastante para ferir.

Como Nestha, Amren não tinha magia específica de uma corte relacionada aos Grão-Feéricos. Isso não tornava a influência dela nessa corte menos poderosa. Os próprios poderes de Grã-Feérica de Nestha jamais haviam se materializado — ela só possuía o que havia tomado do Caldeirão, em vez de deixar que ele lhe concedesse poderes, como fizera com Elain. Não fazia ideia do que tinha arrancado do Caldeirão enquanto ele roubava a humanidade dela — mas sabia que eram coisas que não queria e jamais desejaria entender e dominar. Só de pensar nisso seu estômago se revirava.

— Embora aposto que deva ser difícil ter boa aparência — prosseguiu Amren — quando se fica na rua até altas horas da noite, bebendo até cair e fodendo com qualquer coisa que aparece.

Feyre virou a cabeça para a segunda no comando do Grão-Senhor. Rhys pareceu concordar com Amren. Cassian ficou de boca fechada. Nestha disse, com tranquilidade:

— Eu não estava ciente de que minhas atividades estavam sob sua jurisdição.

Cassian soltou um murmúrio que soou como um aviso. Para qual deles, ela não sabia dizer. E nem se importava.

Os olhos de Amren brilharam, um resquício do poder que um dia tinha queimado dentro dela. E que agora já não estava mais ali. Nestha sabia que o poder dela podia brilhar assim também — mas enquanto o de Amren tinha se revelado ser luz e calor, Nestha sabia que a chama prateada dela vinha de um lugar mais frio e mais escuro. Um lugar que era antigo — e, ao mesmo tempo, completamente novo.

Amren a desafiou:

— Já que você gasta tanto do nosso ouro com vinho, elas estão, sim.

Talvez ela tivesse forçado a barra com a conta da noite anterior.

Nestha olhou para Feyre, que estremeceu.

— Então você me fez mesmo vir até aqui para ouvir um sermão?

Os olhos de Feyre — espelhos dos dela mesma — se suavizaram um pouco.

— Não, não é um sermão. — Ela lançou um olhar afiado para Rhys, ainda friamente calado contra a lareira, e então para Amren, que fervilhava de ódio na poltrona. — Pense nisso como uma discussão.

Nestha ficou de pé bruscamente.

— Minha vida não é da sua conta, nem está aberta a nenhum tipo de *discussão.*

— *Sente*-se — grunhiu Rhys.

O comando feroz naquela voz, o completo domínio e poder...

Nestha congelou, combatendo e odiando aquela parte feérica dela que se curvava a tais coisas. Cassian se inclinou para a frente na cadeira, como se fosse saltar entre eles. Ela podia jurar que algo parecido com dor percorrera o rosto dele.

Mas Nestha encarou Rhysand de volta. Colocou cada gota de rebeldia que tinha naquele olhar, mesmo que a ordem dele fizesse os joelhos dela *quererem* se dobrar, se sentar.

Rhys falou:

— Você vai ficar. E vai ouvir.

Ela soltou uma gargalhada baixa.

— Você não é meu Grão-Senhor. Não manda em mim. — Mas ela sabia o quanto ele era poderoso. Tinha visto, sentido. Ainda tremia ao estar perto dele.

Rhys sentiu o cheiro daquele medo. Um dos cantos de sua boca se curvou em um sorriso cruel.

— Quer brigar, Nestha Archeron? — ronronou ele. O Grão-Senhor da Corte Noturna indicou o gramado inclinado além das janelas. — Temos bastante espaço para uma luta.

Nestha exibiu os dentes, silenciosamente rugindo para que o corpo obedecesse às ordens *dela*. Preferiria morrer a se curvar a ele. A qualquer um deles.

Rhys sorriu ainda mais, sabendo muito bem daquilo.

— Chega — disparou Feyre para Rhys. — Falei para você ficar fora disso.

Ele levou os olhos salpicados de estrelas para a parceira, e Nestha só pode se segurar para não desabar no sofá quando seus joelhos, por fim, cederam. Feyre inclinou a cabeça e, com as narinas se dilatando, disse a Rhysand:

— Você pode ou *ir embora*, ou ficar e manter a boca fechada.

Rhys, de novo, cruzou os braços, mas não disse nada.

— Você também — disparou Feyre para Amren. A fêmea bufou e se aninhou na poltrona.

Sentada no sofá por cima das almofadas de veludo, Nestha nem se deu o trabalho de parecer agradecida quando Feyre se virou para encará-la. A irmã engoliu em seco.

— Precisamos fazer algumas mudanças, Nestha — disse Feyre, com a voz rouca. — Você precisa... e *nós* precisamos.

Onde estava Elain, caramba?

— Eu aceito a culpa — prosseguiu Feyre —, por ter permitido que as coisas chegassem a esse ponto. Depois da guerra contra Hybern e com tudo o mais que estava acontecendo... Você... eu deveria ter te ajudado, mas não ajudei, e estou pronta para admitir que isso é parcialmente minha culpa.

— Que *o que* é sua culpa? — sibilou Nestha.

— Você — disse Cassian. — Esse seu comportamento de bosta.

Ele havia dito aquilo no Solstício de Inverno. E da mesma forma que acontecera naquela época, a coluna dela travou ao ouvir o insulto, a *arrogância*...

— Olhe — prosseguiu Cassian, estendendo as mãos —, não é uma falha moral, mas...

— Eu entendo como está se sentindo — interrompeu Feyre.

— Você não sabe *nada* sobre como estou me sentindo.

Feyre insistiu.

— Está na hora de fazer mudanças. Começando agora.

— Não venha tentar mandar na minha vida com essa baboseira pretensiosa e caridosa.

— Você não tem vida — replicou Feyre. — E não vou me sentar por mais um segundo e observar você se destruir. — Ela levou a mão tatuada até o coração, como se isso significasse alguma coisa. — Decidi que depois da guerra lhe daria tempo, mas parece que aquilo foi errado. *Eu* estava errada.

— Ah, não me diga. — Essas palavras foram como uma adaga atirada entre as duas.

Rhys ficou tenso diante do deboche, mas mesmo assim não disse nada.

— Já chega — sussurrou Feyre, com a voz trêmula. — Desse comportamento, daquele apartamento, de tudo isso... já *chega*, Nestha.

— E para onde — falou Nestha, com um tom gélido — eu vou?

Feyre olhou para Cassian.

Pela primeira vez, Cassian não estava sorrindo.

— Você vem comigo — disse ele. — Para treinar.

CAPÍTULO 2

Cassian sentiu como se tivesse lançado uma flecha em um dragão de fogo adormecido. Nestha, embrulhada naquele casaco azul desgastado, com sapatos manchados e o vestido cinza amarrotado, olhou-o de cima a baixo e exigiu saber:

— *Como é que é?*

— A partir desta reunião — explicou Feyre —, você vai se mudar para a Casa do Vento. — Ela indicou o leste com a cabeça, na direção do palácio escavado nas montanhas do outro lado da cidade. — Rhys e eu decidimos que toda manhã você vai treinar com Cassian no acampamento Refúgio do Vento, nas montanhas Illyrianas. Depois do almoço, durante o resto da tarde, será encarregada de trabalhar na biblioteca sob a Casa do Vento. Mas o apartamento, as tavernas indecentes... tudo isso *acabou*, Nestha.

Os dedos de Nestha se fecharam em punhos no colo dela. Mas ela não disse nada.

Ele deveria ter se colocado ao lado dela, em vez de permitir que sua Grã-Senhora se sentasse naquele sofá ao alcance de Nestha. Não importava que Feyre já tivesse um escudo em volta do corpo, cortesia de Rhys — escudo esse que também se fizera presente durante o café da manhã. *Faz parte do meu treinamento*, murmurara Feyre quando Cassian perguntou sobre as defesas inabaláveis, tão fortes que até mesmo disfarçavam o cheiro dela. *Rhys pediu que Helion ensinasse a ele sobre escudos verdadeiramente impenetráveis, então, é claro, eu tenho o prazer de ser a cobaia. Eu deveria tentar quebrar este para ver se Rhys está seguindo as instruções de Helion corretamente. É um tipo novo de loucura.*

Mas uma loucura que se provara fortuita. Mesmo que não soubessem *o que* o poder de Nestha podia fazer contra magia comum.

Rhys parecia pensar o mesmo, e Cassian se preparou para saltar entre as duas irmãs. Os Sifões dele se acenderam em aviso quando o poder de Rhys estremeceu.

Cassian não tinha dúvidas de que Feyre podia se defender contra a maioria dos oponentes, mas Nestha...

Ele não tinha tanta certeza de que Feyre revidaria o golpe, mesmo que Nestha lançasse aquele poder terrível contra ela. E ele odiava não saber se Nestha poderia se rebaixar tanto a ponto de fazer isso. Odiava que as coisas tivessem ficado tão ruins a ponto de ele chegar a considerar essa possibilidade.

— Não vou me mudar para a Casa do Vento — disse Nestha. — E não vou treinar naquela aldeia miserável. Com certeza não com *ele*. — Ela lançou a Cassian um olhar que era puro veneno.

— Isso não está aberto a discussão — falou Amren, quebrando, pela segunda vez em poucos minutos, a promessa de ficar fora da discussão o máximo possível. A mais velha das irmãs Archeron tinha um talento para dar nos nervos de todos. Mas Nestha e Amren sempre compartilharam um elo, um entendimento.

Até a briga delas no barco.

— Ah, mas é certo que está — desafiou Nestha, mas sem tentar ficar de pé quando os olhos de Rhys brilharam com um aviso frio.

— Suas coisas no apartamento estão sendo empacotadas neste momento — disse Amren, brincando com uma bolinha de linha da blusa de seda. — Quando você voltar, estará vazio. Suas roupas já estão sendo enviadas para a Casa, embora eu duvide que sejam adequadas para treinar no Refúgio do Vento. — Ela deu um olhar significativo para o vestido cinza de Nestha, mais largo nela do que fora um dia. Será que Nestha reparou no sutil brilho de preocupação nos olhos nebulosos de Amren, será que entendia o quanto aquilo era raro?

Mais do que isso, será que Nestha entendia que aquela reunião não era para condená-la, mas, em vez disso, por pura preocupação com seu bem-estar? Seu olhar fulminante informou a Cassian que ela considerava aquilo puramente um ataque.

— Não podem fazer isso — disse Nestha. — Não faço parte desta corte.

— Você não parece ter problemas com gastar o dinheiro desta corte — replicou Amren. — Durante a guerra contra Hybern, você aceitou ser nossa emissária humana. E nunca se desligou desse papel, então a lei formal ainda a considera parte oficial desta corte. — Com um gesto dos pequenos dedos dela, um livro flutuou na direção de Nestha antes de bater nas almofadas ao seu lado. Essa era basicamente toda a magia que Amren agora possuía, magia de Grã-Feérica medíocre e ordinária. — Página 236, se quiser verificar.

Amren tinha esquadrinhado as *leis* deles para aquilo? Cassian nem mesmo sabia que tal regra existia — ele havia aceitado a posição que Rhys lhe oferecera sem questionar, sem se importar com o que estava concordando, só queria que ele, Rhys e Azriel pudessem ficar juntos. Que tivessem um lar que ninguém jamais poderia tomar deles. Até Amarantha.

Ele jamais deixara de ser grato por aquilo: pela Grã-Senhora a poucos centímetros dele, que salvara a todos do reinado de Amarantha, que devolvera o irmão a ele e então tirara Rhys da tristeza que havia restado.

— Então, aqui estão suas opções, menina — disse Amren, com o queixo delicado se erguendo. Cassian não deixou de notar o olhar entre Feyre e Rhys: a completa angústia no rosto de sua Grã-Senhora devido ao ultimato que ele sabia que seria apresentado a Nestha e ao ódio mal contido em Rhys porque a parceira dele estava sentindo tamanha dor por causa disso. Ele já vira aquele olhar ser trocado uma vez hoje — e teve esperança de não o ver de novo.

Cassian estava tomando café cedo com eles naquela manhã quando Rhys recebeu a conta da noitada de Nestha. Quando Rhys leu cada item em voz alta. Garrafas de vinho raro, comidas exóticas, dívidas de jogos...

Feyre encarou o prato até que lágrimas silenciosas pingassem nos ovos mexidos dela.

Cassian sabia que houvera conversas anteriores, ou melhor, brigas, a respeito de Nestha. Discussões ponderando se dariam a ela tempo para se curar sozinha, como todos acreditaram que aconteceria a princípio, ou se deveriam intervir. Mas quando Feyre chorou à mesa, ele soube que aquele era algum tipo de ponto final. A aceitação de uma esperança que falhara.

Fora preciso o treinamento de Cassian, cada horror que ele havia suportado dentro e fora do campo de batalha, para não deixar aquela tristeza esmagadora aparente em seu rosto.

Rhys colocara a mão na de Feyre para confortá-la, apertando carinhosamente antes de olhar para Azriel, depois para Cassian, e dispor seu plano. Como se o tivesse pronto e esperando há muito, muito tempo.

Elain havia chegado na metade da explicação. Ela estava trabalhando nos jardins da propriedade desde o alvorecer, e permanecera séria conforme Rhys a inteirava. Feyre não conseguira dizer nada. Mas o olhar de Elain permaneceu firme enquanto ela ouvia Rhys.

Então Rhys convocou Amren do apartamento no sótão, do outro lado do rio. Feyre insistira para que a ordem viesse de Amren, não de Rhys, para preservar qualquer tipo de laço familiar entre Rhys e a irmã.

Para início de conversa, Cassian não achava que havia mais laço nenhum, mas avançando para se ajoelhar ao lado de Feyre, limpando o restante das lágrimas e beijando a têmpora dela, Rhys tinha concordado. Foi então que todos deixaram a mesa, dando privacidade ao Grão-Senhor e à Grã-Senhora.

Cassian levantou voo momentos depois, deixando o rugir do vento abafar todos os pensamentos e o frio resfriar seu coração acelerado. Aquele encontro, o que estava por vir... nada seria fácil.

Amren, eles haviam concordado, sempre fora uma das poucas pessoas que conseguiam influenciar Nestha. A quem Nestha parecia temer, ainda que só um pouquinho. Que entendia, de alguma forma, o que Nestha era lá no fundo.

Ela era a única com quem Nestha havia falado de verdade depois da guerra.

Não parecia ser coincidência que no último mês, desde que as duas tinham brigado naquele barco, o comportamento de Nestha tivesse se deteriorado mais. Que a aparência dela agora estivesse... assim.

— Um — falou Amren, erguendo um dedo fino —, você pode se mudar para a Casa do Vento, treinar com Cassian pelas manhãs e trabalhar na biblioteca durante as tardes. Não será uma prisioneira. Mas não haverá ninguém para voar ou atravessar você até a cidade. Se resolver se aventurar na cidade, como quiser, vá em frente. Quer dizer, se conseguir desbravar os dez mil degraus. — Os olhos de Amren brilharam com o desafio. — E se conseguir de alguma forma encontrar duas moedas para comprar uma bebida. Mas se seguir esse plano, vamos reavaliar onde e como você vive em alguns meses.

— E minha outra opção? — disparou Nestha.

Pela Mãe do céu, o que foi que deu nessa mulher — fêmea. Não era mais humana. Cassian conseguia pensar em pouquíssimas pessoas que desafiariam Amren e Rhys. Certamente não no mesmo cômodo. Certamente não com tanto veneno.

— Você volta para as terras humanas.

Amren sugerira alguns dias no calabouço da Cidade Escavada, mas Feyre simplesmente dissera que o mundo humano seria prisão mais do que suficiente para alguém como Nestha.

Alguém como Feyre também. E Elain.

Todas as três irmãs eram agora Grã-Feéricas com poderes consideráveis, embora apenas os de Feyre estivessem à mostra. Nem mesmo Amren fazia ideia se os poderes de Elain e Nestha permaneciam. O Caldeirão dera a elas poderes únicos, diferentes dos de outros Grão-Feéricos: o dom da vidência para a primeira e o dom de... Cassian não sabia como chamar o dom de Nestha. Não sabia sequer se era um dom — ou algo que ela havia tomado. O fogo prateado, aquela sensação de morte que paira, o poder puro que ele havia testemunhado conforme explodia no rei de Hybern. Seja lá o que fosse, existia além do habitual leque de dons de Grão-Feéricos.

Para elas, o mundo humano tinha ficado para trás. Elas jamais poderiam voltar. Embora todas as três fossem heroínas de guerra, cada uma de seu jeito, os humanos não se importavam. Ficariam muito, muito longe se não fossem provocados a agir com violência. Então, sim: Nestha poderia, tecnicamente, voltar às terras humanas, mas ela não encontraria companhia lá, nenhuma acolhida, nenhuma cidade que a aceitasse. Seja lá onde decidisse viver, encontraria, sim, um lugar para ficar, mas estaria essencialmente presa em casa, confinada ao terreno da própria moradia pelo medo dos preconceitos humanos.

Com os lábios se retraindo dos dentes, Nestha se virou para Feyre.

— E essas são minhas únicas opções?

— Eu... — Feyre se segurou antes que pudesse completar com *sinto muito*, então esticou os ombros. Tornando-se a Grã-Senhora da Corte Noturna, mesmo sem a coroa preta, mesmo usando o suéter velho de Rhys. — Sim.

— Você não tem direito.

— Eu...

Nestha explodiu.

— *Você* me arrastou para essa confusão, para este lugar horrível. *Você* é o motivo pelo qual eu sou assim, pelo qual eu estou *presa* aqui...

Feyre se encolheu. O ódio de Rhys se tornou palpável, um pulso de poder beijado pela noite que apertou o estômago de Cassian e deixou cada instinto de guerreiro forjado nele alerta.

— Já chega — sussurrou Feyre.

Nestha piscou.

Feyre engoliu em seco, mas não recuou.

— Já *chega*. Você vai se mudar para a Casa, vai treinar e trabalhar, e não me importa o veneno que cuspa em mim. Você vai e pronto.

— Elain precisa conseguir me ver...

— Elain concordou com isso há horas. Ela está, no momento, empacotando suas coisas. Estarão à sua espera quando você chegar.

Nestha se encolheu.

Feyre não cedeu.

— Elain sabe como contatar você. Se ela quiser lhe visitar na Casa do Vento, tem liberdade para isso. Um de nós a levará até lá com prazer.

As palavras pairaram entre elas, tão pesadas e desconfortáveis que Cassian disse:

— Prometo que não mordo.

O lábio superior de Nestha se retraiu quando ela o encarou.

— Suponho que isso tenha sido ideia *sua*...

— Foi — mentiu ele, com um sorriso. — Vamos nos divertir juntos.

Eles provavelmente se matariam.

— Quero falar com minha irmã, sozinha — ordenou Nestha.

Cassian olhou para Rhys, que lançou um olhar avaliador para Nestha. Cassian fora alvo daquele mesmo olhar algumas vezes ao longo dos séculos e não invejava Nestha nem um pouco. Mas o Grão-Senhor da Corte Noturna assentiu.

— Estaremos no corredor.

O punho de Cassian se fechou diante do insulto implícito de que não confiavam nela o suficiente para ficarem mais longe do que aquilo, mesmo com o escudo sobre Feyre. Mesmo que a parte racional dele, a que pensava como um guerreiro, concordasse. Os olhos de Nestha faiscaram, e ele percebeu que ela havia entendido também.

Pela forma como a mandíbula de Feyre se contraiu, ele suspeitou que ela não estivesse satisfeita com a sutil alfinetada, e não adiantaria nada convencer Nestha de que estavam fazendo aquilo para ajudá-la. Rhys receberia a surra verbal que merecia depois.

Cassian esperou até que Rhys e Amren se levantassem antes de segui-los para fora. Fiel à palavra, Rhys deu três passos no corredor, afastando-se das portas de madeira enfeitiçadas contra bisbilhoteiros, e se recostou na parede.

Fazendo o mesmo, Cassian disse a Amren:

— Eu nem sabia que tínhamos leis como essa sobre membros da corte.

— Não temos. — Amren limpou as unhas pintadas de vermelho.

Ele xingou baixinho.

Rhys deu um sorriso sarcástico. Mas Cassian franziu a testa na direção das portas duplas fechadas e rezou para que Nestha não fizesse nada estúpido.

Nestha manteve a coluna esticada como um bastão, o que fez suas costas doerem pelo esforço. Jamais odiara tanto alguém quanto odiava todos eles agora. Exceto pelo rei de Hybern, supunha ela.

Todos andavam conversando sobre ela, considerando-a inepta e fora de controle e...

— Você não se importava antes — falou Nestha. — Por que agora?

Feyre brincou com o anel de casamento de prata com safira de estrela.

— Eu lhe disse: não é que eu não me importasse. Nós, todos nós, tivemos várias conversas a respeito. Sobre você. Nós... *eu* decidi que dar tempo e espaço a você seria melhor.

— E o que Elain disse sobre isso? — Parte dela não queria saber.

A boca de Feyre se contraiu.

— A questão aqui não é Elain. E até onde eu sei, você mal a vê também.

Nestha não tinha se dado conta de que a estavam observando tão atentamente.

Ela jamais explicara a Feyre — jamais encontrara as palavras para explicar — por que tinha se afastado tanto de todos eles. Elain tinha sido roubada pelo Caldeirão e salva por Azriel e Feyre. Mas o terror ainda se agarrava a Nestha, tanto acordada quanto dormindo: a lembrança da sensação daqueles momentos depois de ouvir o chamado sedutor do Caldeirão e perceber que tinha sido por Elain, não por ela ou Feyre. A sensação de encontrar a tenda de Elain vazia, de ver aquela capa azul jogada.

As coisas só tinham piorado desde então.

Vocês têm suas vidas, e eu tenho a minha, foi o que ela disse a Elain no último Solstício de Inverno. Sabia o quão profundamente isso magoaria sua irmã. Mas não suportava o horror que ainda estava encrustado em seus ossos. Os lampejos daquela capa jogada ou das águas frias do Caldeirão ou de Cassian rastejando até ela ou do pescoço do pai dela se quebrando...

Feyre disse, com cautela:

— Se faz alguma diferença, eu esperava que você tomasse jeito sozinha. Queria lhe dar espaço para fazer isso, pois você parece atacar todos que chegam perto, mas você nem mesmo *tentou.*

Talvez você possa encontrar uma forma de tentar com mais afinco este ano. As palavras de Cassian, de nove meses atrás, ainda ecoavam na mente de Nestha, proferidas em uma rua coberta de gelo a alguns quarteirões dali.

Tentar? Foi tudo o que ela conseguiu dizer.

Sei que é uma palavra desconhecida para você.

Então o ódio de Nestha explodiu de dentro dela. *Por que eu deveria* tentar *fazer alguma coisa? Fui arrastada para este seu mundo, para esta corte.*

Então vá para outro lugar.

Ela havia engolido a resposta: *Não tenho para onde ir.*

Era verdade. Não desejava voltar para o mundo humano. Jamais se sentira em casa lá, não de verdade. E esse estranho e novo mundo feérico... Ela poderia ter aceitado o corpo diferente, alterado, poderia ter aceitado que agora estava permanentemente mudada e que sua humanidade se fora, mas não sabia qual era seu lugar neste mundo também. Esse era um pensamento que ela tentava afogar com bebida, música e carteado, tão frequentemente quanto usava essas coisas para abafar aquele poder que se contorcia dentro dela.

Feyre prosseguiu:

— Tudo o que você fez foi se servir de nosso dinheiro.

— Dinheiro do seu parceiro. — Outro lampejo de dor. O sangue de Nestha ferveu com o golpe direto. — Muito obrigada por arrumar tempo na sua rotina de cuidar da casa e fazer compras para se lembrar de mim.

— Construí um quarto nesta casa para você. *Pedi* que você me ajudasse a decorá-lo. Você me mandou dar o fora.

— Por que eu iria querer ficar nesta casa? — Onde ela podia ver exatamente o quanto eles eram felizes, onde nenhum deles parecia remotamente tão arrasado quanto ela por causa da guerra. Tinha chegado tão perto de fazer parte daquele círculo. Segurara a mão deles quando ficaram juntos na manhã da última batalha e acreditaram que poderiam, todos, sobreviver.

Então ela descobriu exatamente como aquilo poderia ser arrancado sem misericórdia. Descobriu o verdadeiro custo da esperança, da alegria e do amor. Nestha jamais gostaria de encarar aquilo de novo. Não queria dar vazão ao que havia sentido naquela clareira na floresta, com o rei de Hybern gargalhando e com sangue por toda parte. O poder dela não fora o suficiente para salvá-los naquele dia. Ela achou que, aprisionando o poder dentro de si desde então, estava punindo-o por ter falhado.

Feyre disse:

— Porque você é minha irmã.

— Sim, e você sempre se sacrifica por nós, sua triste familiazinha humana...

— Você gastou *quinhentos marcos de ouro* ontem à noite! — explodiu Feyre, ficando de pé para caminhar de um lado para outro diante da lareira.

— Sabe quanto dinheiro é isso? Sabe o quanto eu fiquei *envergonhada* quando recebemos a conta esta manhã e meus amigos, minha *família*, precisaram ouvir tudo?

Nestha odiava aquela palavra. O termo que Feyre usava para descrever a corte dela. Como se as coisas tivessem sido tão terríveis com a família Archeron que Feyre precisara encontrar outra família. Como se tivesse escolhido a própria família. As unhas de Nestha se enterraram nas palmas das mãos e a dor sobrepujou aquele aperto no peito.

Feyre prosseguiu:

— E saber não apenas o valor da conta, mas com o que você *gastou*...

— Ah, então a questão aqui são as aparências...

— A questão é que isso se reflete em mim, em Rhys e em minha corte quando minha maldita irmã gasta nosso dinheiro com vinho e apostas e não faz *nada* para contribuir com esta cidade! Se minha irmã não pode ser controlada, então por que deveríamos ter o direito de governar mais alguém?

— Não sou algo que você pode controlar — disse Nestha, friamente. Tudo na vida dela, desde o momento em que nasceu, tinha sido controlado por outras pessoas. As coisas aconteciam *com* ela; sempre que tentava exercer controle, era massacrada a cada tentativa, e ela odiava isso mais do que odiava o rei de Hybern.

— É por isso que você vai treinar no Refúgio do Vento. Vai aprender a *se* controlar.

— Não vou.

— Vai, sim, mesmo que precise ser amarrada e arrastada até lá. Vai acompanhar as lições de Cassian, e vai fazer qualquer que seja o trabalho que Clotho exija de você na biblioteca. — Nestha bloqueou a lembrança das profundezas escuras da biblioteca, do monstro antigo que morava ali. Tinha salvado todos dos enviados de Hybern, sim, mas... Ela se recusava a pensar naquilo. — Você vai mostrar respeito a ela e às outras sacerdotisas da biblioteca — disse Feyre —, e *nunca* vai causar qualquer incômodo a elas. Qualquer tempo livre que tenha é seu para gastar como quiser. Na Casa.

Um ódio quente pulsou dentro dela, tão intenso que Nestha mal conseguiu ouvir o fogo de verdade diante do qual sua irmã andava. Ela ficou feliz com os rugidos na mente, pois o som de madeira estalando quando queimava era tão parecido com o pescoço do pai dela se partindo que Nestha não conseguia suportar acender a lareira dentro da própria casa.

— Você não tinha o direito de fechar meu apartamento, de pegar minhas coisas...

— Que coisas? Algumas roupas e comida estragada. — Nestha não teve a chance de se perguntar como Feyre sabia daquilo. Não quando sua irmã disse: — Vou mandar condenar aquele prédio todo.

— Você não ousaria.

— Já era. Rhys já visitou o proprietário. Será demolido e reconstruído como abrigo para famílias ainda desabrigadas pela guerra.

Nestha tentou controlar a respiração irregular. Uma das poucas escolhas que tinha feito para si mesma, arrancada dela. Feyre não parecia se importar. Feyre sempre fora senhora dela mesma. Sempre conseguiu tudo o que quis. E agora, ao que parecia, seria concedido a Feyre este desejo também. Nestha fervilhou de ódio:

— Nunca mais quero falar com você.

— Tudo bem. Pode falar com Cassian e as sacerdotisas em vez de comigo.

Ela não conseguiria usar insultos para se livrar daquilo.

— Não serei sua prisioneira...

— Não. Você pode ir aonde quiser. Como Amren disse, está livre para deixar a Casa. Se conseguir descer aqueles dez mil degraus. — Os olhos de Feyre faiscaram. — Mas cansei de bancar a sua destruição.

Destruição. O silêncio murmurou nos ouvidos de Nestha e ondulou pelas chamas dela, sufocando-as, calando a ira insuportável. Um silêncio completo e congelado.

Ela havia aprendido a viver com o silêncio que havia começado no momento em que o pai dela morreu, o silêncio que havia começado a esmagá-la quando ela foi até o escritório dele na mansão semidestruída deles dias depois e encontrou um de seus entalhes de madeira patéticos. Ela quisera gritar e gritar, mas tinha tanta gente em volta. Nestha havia se contido até que a reunião com todos aqueles heróis de guerra acabasse. E então se deixou desabar. Direto naquele poço de silêncio.

— Os outros estão esperando — disse Feyre. — Elain deve ter terminado a esta altura.

— Quero falar com ela.

— Ela lhe visitará quando estiver pronta.

Nestha encarou a irmã.

Os olhos de Feyre brilharam.

— Acha que não sei por que você afastou Elain?

Nestha não queria falar sobre aquilo. Sobre o fato de que *sempre* tinha sido ela e Elain. E, de alguma forma, agora a dupla havia se tornado Feyre e Elain. Elain escolhera Feyre e essa gente, e a abandonara. Amren tinha feito o mesmo. Ela deixara isso óbvio na barca.

Nestha não dava a mínima para o fato de que, durante a guerra contra Hybern, ela mesma havia formado um laço hesitante com Feyre, forjado devido a objetivos em comum: proteger Elain e salvar as terras humanas. Eram desculpas, percebera Nestha, para disfarçar o que agora fervia e se debatia no coração dela.

Nestha não se deu ao trabalho de responder, e Feyre não tornou a falar ao partir.

Não havia mais nada que unisse as duas.

CAPÍTULO 3

Cassian observou Rhysand mexer cuidadosamente o chá.

Ele vira Rhys dilacerar inimigos com a mesma precisão fria que ele agora usava com aquela colher.

Estavam sentados no escritório do Grão-Senhor, iluminados pela luz de lâmpadas de vidro verde e um lustre de ferro pesado. O átrio de dois andares ocupava o lado norte da ala de negócios, como Feyre a chamava.

Havia o andar principal do escritório — coberto pelos tapetes azuis trançados à mão que Feyre tinha ido até Cesere selecionar de seus artesãos — com as duas áreas de estar, a escrivaninha de Rhys e duas mesas longas idênticas próximas das estantes de livros. Na outra ponta do cômodo, um pequeno tablado dava para uma alcova elevada flanqueada por mais livros — e no centro dela, um imenso modelo funcional do mundo deles, com as estrelas e os planetas ao redor, e algumas outras coisas chiques que tinham sido explicadas a Cassian certa vez antes de ele as considerar entediantes e seguir em frente ignorando-as de vez.

Az, é claro, tinha ficado fascinado. Rhys tinha construído o modelo ele mesmo há séculos. Não apenas acompanhava o sol, mas informava as horas e, de algum jeito, permitia a Rhys que ponderasse sobre a existência da vida além do próprio mundo deles e outras coisas que Cassian tinha, imediatamente, esquecido.

No mezanino, acessível por uma escada espiral de ferro retorcido ornamental à esquerda de quem entrava, havia mais livros — milhares apenas naquele espaço —, alguns armários de vidro cheios de objetos delicados dos quais Cassian mantinha distância (por medo de quebrá-los com suas "patas de urso", como Mor descrevia as mãos dele), e várias das pinturas de Feyre.

Havia muitas dessas no andar inferior também, algumas à sombra, destinadas a permanecer assim, outras reveladas pelo filete de luz que se refletia do rio ao pé do gramado íngreme. A Grã-Senhora de Cassian tinha um jeito de capturar o mundo que sempre o fazia parar. As pinturas dela às vezes o deixavam inquieto. As verdades que ela retratava não eram sempre agradáveis.

Ele visitara o estúdio dela algumas vezes para vê-la pintar. Ela surpreendentemente havia permitido.

Na primeira visita, ele encontrara Feyre tensa ao cavalete. Ela estava pintando o que parecia ser uma caixa torácica magra, tão magra que era possível contar a maioria dos ossos.

Quando Cassian viu a marca de nascença familiar no braço esquerdo fino demais ao lado da caixa torácica, ele olhou para a mesma marca no meio da tatuagem no braço estendido dela, com o pincel em mãos. Cassian apenas assentiu para ela, uma confirmação de que entendia.

Ele jamais tinha sido tão magro quanto Feyre durante os próprios anos de pobreza, mas entendia a fome em cada pincelada. O desespero. A sensação oca e vazia que se *assemelhava* àqueles tons de cinza, azul e branco pálido, doente. O desespero do poço escuro atrás daquele tronco e braço. A morte pairando ali perto, como um corvo esperando a carniça.

Ele pensara muito naquela pintura nos dias seguintes — em como aquilo fizera com que ele se sentisse, o quanto tinham chegado perto de perder a Grã-Senhora antes de sequer a conhecerem.

Rhys terminou de mexer o chá e apoiou a colher com uma delicadeza terrível.

Cassian levou os olhos para o retrato atrás da imensa escrivaninha do Grão-Senhor. As órbitas douradas de luz feérica no cômodo estavam posicionadas para fazer com que parecesse vivo, reluzente.

O rosto de Feyre — um autorretrato — parecia rir dele. Do parceiro cujas costas estavam para ela. Para que ela pudesse vigiá-lo, era o que Rhys tinha dito.

Cassian rezou para que os deuses *o* estivessem vigiando quando Rhys bebeu o chá e disse:

— Está pronto?

Ele se recostou.

— Já coloquei jovens guerreiros na linha antes.

Os olhos violeta de Rhys brilharam.

— Nestha não é um potro jovem testando os limites.

— Eu dou conta.

Rhys observou o chá.

Cassian reconheceu aquela expressão. Aquela expressão séria e irritantemente calma.

— Sabe, você fez um bom trabalho restaurando a ordem entre os illyrianos nessa primavera.

Ele se preparou. Estava antecipando aquela conversa desde que havia passado quatro meses com os illyrianos, apaziguando os nervos entre as tropas de guerra, certificando-se de que famílias que tinham perdido os pais e os filhos e irmãos e maridos recebessem assistência, de que soubessem que ele estava ali para ajudar e ouvir, e, no geral, deixando bastante claro que se eles insurgissem contra Rhys, pagariam muito caro.

O Rito de Sangue da primavera anterior dera conta dos piores deles, inclusive do provocador Kallon, cuja arrogância não bastara para compensar pelo treinamento medíocre quando ele foi morto a quilômetros das encostas de Ramiel. Cassian ficou culpado pelo alívio que sentiu quando recebeu a notícia do destino do jovem macho, mas os illyrianos pararam de resmungar logo em seguida. E Cassian passou o tempo desde então reconstruindo os batalhões deles, supervisionando o treinamento de promissores novos guerreiros e certificando-se de que aqueles mais experientes ainda estivessem em boa forma para lutar de novo. Reabastecer os números desfalcados tinha ao menos dado aos illyrianos algo em que se concentrar — e Cassian sabia que havia pouco que ele poderia acrescentar além da ocasional inspeção e reunião de conselho.

Então os illyrianos estavam em paz — ou tanto quanto uma sociedade guerreira poderia estar, com o treinamento constante deles. Era isso que Rhys queria. Não apenas porque uma rebelião seria um desastre, mas por causa daquilo. Do que ele sabia que Rhys estava prestes a dizer.

— Acho que está na hora de você receber mais responsabilidades.

Cassian fez uma careta. Ali estava.

Rhys riu.

— Nem venha me dizer que não sabia que a situação illyriana era um teste.

— Eu esperava que não fosse — resmungou ele, ajeitando as asas.

Rhys deu um risinho, mas rapidamente ficou sério.

— Mas Nestha não é um teste. Ela é... diferente.

— Eu sei. — Mesmo antes de ela ter sido Feita, ele tinha visto. E depois daquele dia terrível em Hybern... Ele jamais se esqueceu das palavras sussurradas pelo Entalhador de Ossos na Prisão.

E se eu lhe contar o que a rocha e a escuridão e o mar além sussurraram para mim, Senhor do Derramamento de Sangue? Como estremeceram de medo, naquela ilha do outro lado do mar. Como tremeram quando ela *emergiu. Ela levou algo... algo precioso. Arrancou com os dentes.*

O que você despertou naquele dia em Hybern, Príncipe dos Bastardos?

Essa última pergunta lhe tirara o sono por mais noites do que ele gostava de admitir.

Cassian se obrigou a dizer:

— Não vimos um único indício do poder dela desde a guerra. Até onde sabemos, sumiu quando o Caldeirão se quebrou.

— Ou talvez esteja dormente, assim como o Caldeirão está agora dormente e seguramente guardado em Cretea com Drakon e Miryam. O poder dela poderia surgir a qualquer momento.

Um calafrio percorreu a espinha de Cassian. Ele confiava no príncipe serafim e na mulher meio-humana para manterem o Caldeirão escondido, mas não haveria nada que eles ou qualquer um pudesse fazer para controlar o poder do objeto caso ele despertasse.

— Fique alerta — disse Rhys.

— Você parece que tem medo dela.

— Eu tenho.

Cassian piscou.

Rhys ergueu uma sobrancelha.

— Por que acha que eu mandei você ir atrás dela hoje de manhã?

Cassian fez que não com a cabeça, incapaz de conter a risada. Rhys sorriu, entrelaçando os dedos atrás da cabeça e se recostando na cadeira.

— Você precisa aparecer no ringue de treino mais vezes, irmão — disse Cassian a ele, observando o poderoso corpo do amigo. — Não quer que aquela sua parceira veja que você é um molenga.

— Ela nunca encontra nada molengo em mim quando estou perto dela — disse Rhys, e Cassian riu de novo.

— Será que a Feyre vai lhe esfolar vivo por causa do que você disse mais cedo?

— Já falei aos empregados para tirarem o resto do dia de folga assim que você levar Nestha para a Casa.

— Acho que os empregados ouvem vocês brigando bastante vezes. — De fato, Feyre não hesitava quando se tratava de dizer a Rhys quando ele saía da linha.

Rhys lançou a Cassian um sorriso malicioso.

— Não é a briga que quero evitar que eles ouçam.

Cassian sorriu de volta, mesmo que algo parecido com inveja tenha repuxado seu estômago. Ele não se ressentia da felicidade deles, não mesmo. Havia muitas vezes em que ele via a alegria no rosto de Rhys e precisava se afastar para evitar chorar, porque seu irmão tinha esperado por aquele amor, merecia aquilo. Rhys batalhara incansavelmente por aquele futuro com Feyre. Por *essa vida*.

Às vezes, porém, Cassian via aquele anel de parceria, o retrato atrás da escrivaninha e aquela casa e simplesmente... desejava.

O relógio anunciou 10h30 e Cassian ficou de pé.

— Aproveite a não briga.

— Cassian.

O tom de voz o parou.

O rosto de Rhys estava cautelosamente calmo.

— Não perguntou que responsabilidades maiores tenho em mente para você.

— Presumi que Nestha fosse grande o bastante — esquivou-se ele.

Rhys lhe deu um olhar de quem sabia mais do que revelava.

— Você poderia ser mais.

— Sou seu general. Isso não basta?

— Basta para você?

Sim, ele quase falou. Mas se viu hesitar.

— Ah, você está hesitando mesmo — falou Rhys. Cassian tentou erguer os escudos mentais, mas viu que estavam intactos. Rhys sorria como um gato. — Você ainda revela tudo com esse seu rosto, irmão — provocou Rhys. Mas seu divertimento logo sumiu. — Az e eu temos bons motivos para crer que as rainhas humanas estão tramando algo de novo. Preciso que você investigue. Que cuide disso.

— O que é isso? Estamos invertendo os papéis? Az vai liderar os illyrianos agora?

— Não se faça de tolo — disse Rhys, friamente.

Cassian revirou os olhos. Mas os dois sabiam que Azriel preferiria se amotinar e destruir Illyria a ajudá-la. Convencer o irmão deles de que os illyrianos eram um povo que valia a pena salvar ainda era uma batalha entre os três.

Rhys prosseguiu:

— Azriel está lidando com mais do que quer admitir no momento. Não vou jogar mais uma responsabilidade nele. Essa sua tarefa vai ajudá-lo. — Rhys lançou um sorriso desafiador. — E vai permitir que todos nós vejamos do que você realmente é capaz.

— Quer que eu banque o espião?

— Tem outros modos de obter informação, Cass, além de bisbilhotar pelo buraco da fechadura. Az não é nenhum cortesão. Ele trabalha das sombras. Mas preciso de alguém, preciso de você, para dar a cara à tapa. Mor pode lhe inteirar dos detalhes. Ela volta de Vallahan em algum momento hoje.

— Também não sou cortesão. Você sabe. — Essa ideia fez o estômago dele se revirar.

— Está com medo?

Cassian deixou os Sifões sobre o dorso de suas mãos reluzirem com fogo interior.

— Então vou ter que lidar com essas rainhas e também treinar Nestha?

Rhys se recostou, e o silêncio dele foi a confirmação.

Cassian caminhou até as portas duplas fechadas, contendo uma sucessão de palavrões.

— Lá vamos nós para alguns meses bem longos, pelo visto.

Ele estava quase na porta quando Rhys falou, baixinho:

— Para você serão longos mesmo.

— Você guardou aquela armadura de couro da guerra? — perguntou Cassian a Nestha como cumprimento quando ele caminhou até o corredor da entrada. — Vai precisar dela amanhã.

— Eu me certifiquei de que Elain colocasse na mala dela — respondeu Feyre, do degrau em que estava na escada, sem olhar para a irmã de costas rígidas que estava de pé à base dos degraus. Cassian se perguntava se sua Grã-Senhora já havia notado o desaparecimento dos empregados.

O sorriso secreto nos olhos de Feyre lhe disse que ela sabia bastante a esse respeito. E do que a aguardava em alguns minutos.

Graças aos deuses que ele estava de saída. Provavelmente precisaria voar até o próprio mar para *não* escutar Rhys. Ou sentir o poder dele quando o macho... Cassian se interrompeu antes de concluir o pensamento. Ele e os irmãos tinham colocado bastante distância entre os jovens idiotas que tinham sido — trepando com qualquer fêmea que mostrasse interesse, normalmente no mesmo quarto em que os outros estavam — e os machos que eram agora. Ele queria que as coisas continuassem assim.

Nestha apenas cruzou os braços.

— Você vai atravessar a gente até a Casa? — perguntou Cassian a Feyre.

Como se em resposta, Mor falou, atrás dele:

— Eu vou. — Ela piscou um olho para Feyre. — Ela tem uma reunião especial com Rhysinho.

Cassian sorriu quando Mor entrou pela ala residencial.

— Achei que você só voltaria mais tarde hoje. — Ele abriu os braços, segurando Mor contra o peito e apertando firme. O cabelo dourado até a cintura de Mor tinha cheiro de mar gelado.

Ela o abraçou de volta.

— Não quis esperar até a tarde. Vallahan já está até os joelhos com neve. Eu precisava de um pouco de sol.

Cassian se afastou para avaliar o lindo rosto dela, tão familiar para ele quanto o dele próprio. Apesar das palavras, os olhos castanhos dela estavam sombrios.

— Qual é o problema?

Feyre se levantou, também reparando a tensão.

— Nada — respondeu Mor, jogando o cabelo por cima de um dos ombros.

— Mentirosa.

— Eu conto depois — admitiu Mor, e olhou para Nestha. — Você deveria usar o couro amanhã. Quando treinar no Refúgio do Vento, vai querer a armadura para se proteger do frio.

Nestha lançou um olhar entediado e gélido para Mor.

Mor apenas sorriu em resposta.

Feyre tomou esse como um bom momento para casualmente se colocar entre as duas, com o escudo de Rhys ainda forte como aço em volta dela. Não importava que estariam todos bem próximos em cerca de um minuto.

— Hoje vamos deixar que você se acomode na Casa, pode desfazer suas malas. Descanse, se quiser.

Nestha não respondeu.

Cassian passou a mão pelo cabelo. Que o Caldeirão os livrasse. Rhys esperava que ele brincasse de política quando não conseguia nem mediar *isso*?

Mor deu um risinho, como se lesse o pensamento na expressão dele.

— Parabéns pela promoção. — Ela sacudiu a cabeça. — Cassian, o cortesão. Jamais achei que veria esse dia.

Feyre riu com deboche. Mas os olhos de Nestha se voltaram para ele, surpresos e cautelosos. Ele disse a ela, ainda que apenas para impedi-la de falar primeiro:

— Ainda sou um ninguém, um bastardo, não se preocupe.

Os lábios de Nestha se contraíram.

Feyre disse, com cuidado, para Nestha:

— Vamos conversar em breve.

Nestha, mais uma vez, não respondeu.

Pelo visto, ela havia parado de falar com Feyre de vez. Mas pelo menos iria voluntariamente.

Semivoluntariamente.

— Vamos? — disse Mor, oferecendo cada um dos cotovelos.

Nestha olhou para o chão. Seu rosto estava pálido e lúgubre, e os olhos, incandescentes.

Feyre encontrou os olhos de Cassian. A simples expressão comunicava tudo o que ela suplicava a ele.

Nestha passou direto pela irmã, pegou o antebraço de Mor e encarou um canto da parede.

Mor se inclinou para cumprimentá-lo, mas Cassian não ousou compartilhar o gesto. Nestha podia não estar olhando para eles, mas ele sabia que ela via, ouvia e avaliava tudo.

Então ele apenas aceitou o outro braço de Mor e piscou um olho para Feyre antes de todos sumirem no vento e na escuridão.

Mor atravessou com eles para o céu bem acima da Casa do Vento.

Antes que o mergulho de embrulhar o estômago fosse sentido, Nestha estava nos braços de Cassian, cujas asas estavam abertas, conforme ele voava na direção da varanda de pedra. Fazia muito tempo desde que ela fora abraçada por ele, desde que vira a cidade tão pequena abaixo.

Ele poderia ter voado com os dois até lá em cima, percebeu Nestha, quando Cassian aterrissou e Morrigan desapareceu do mergulho com um aceno. As regras da Casa eram simples: ninguém poderia atravessar diretamente para dentro, graças às pesadas proteções, então a escolha era caminhar dez mil degraus para cima, atravessar e cair uma distância assustadora até a varanda — provavelmente quebrando ossos — ou atravessar para o limite das proteções com alguém que tivesse asas para voar o resto do caminho para dentro. Mas estar nos braços de Cassian... Ela preferiria ter arriscado quebrar cada osso do corpo no mergulho até a varanda. Ainda bem que o voo durou apenas alguns segundos.

Nestha se desvencilhou dos braços dele assim que seus pés atingiram as pedras desgastadas. Cassian deixou, fechando as asas e demorando-se próximo ao parapeito, com toda Velaris reluzindo abaixo e além dele.

Ela havia passado semanas ali no ano anterior — durante aquele terrível período depois de ser transformada em feérica, implorando para que Elain demonstrasse qualquer sinal de que queria viver. Ela mal dormira por medo de que Elain caísse daquela varanda, ou que se debruçasse demais para fora de qualquer das inúmeras janelas, ou simplesmente se atirasse para baixo daqueles dez mil degraus.

A garganta dela se fechou com a torrente de memórias diante da vista ampla — o filete reluzente que era o Sidra, bem abaixo, e o palácio de pedras vermelhas construído da lateral da própria montanha de topo plano.

Nestha enfiou as mãos nos bolsos, desejando ter aceitado as luvas quentes que Feyre tentara convencê-la a levar. Ela havia as recusado. Ou silenciosamente recusado, pois não havia proferido uma palavra sequer para a irmã depois que saíram do escritório.

Em parte porque Nestha tinha medo do que sairia.

Por um longo momento, Nestha e Cassian olharam um para o outro.

O vento balançou o cabelo dele, que ia até os ombros. Pela reação que ele tinha ao frio, tão mais forte ali em cima, bem acima da cidade, Cassian parecia mais estar num campo no verão. Ela quase não conseguia evitar que os dentes batessem até caírem da boca.

Cassian finalmente disse:

— Você vai ficar no seu antigo quarto.

Como se ela tivesse algum poder de decisão naquele lugar. Ou em qualquer outro.

Ele prosseguiu:

— Meu quarto fica bem em cima.

— Por que eu precisaria saber disso? — As palavras dispararam para fora dela.

Cassian começou a andar na direção das portas de vidro que davam para o interior da montanha.

— Caso você tenha um pesadelo e precise que alguém leia uma história para você — disse ele, com a voz arrastada e um meio-sorriso dançando no rosto. — Talvez um dos livros obscenos de que tanto gosta.

As narinas dela se dilataram. Mas Nestha passou pela porta que Cassian segurou aberta para ela, quase suspirando diante do calor aconchegante que preenchia os corredores de pedra vermelha. A nova moradia. O novo dormitório.

Aquele lugar não era um lar. Assim como o apartamento dela não fora.

Nem a casa luxuosa do pai de Nestha, antes de Hybern tê-la deixado semidestruída. Nem o chalé, ou a gloriosa mansão antes daquilo. *Lar* era uma palavra desconhecida.

Mas ela conhecia bem aquele andar da Casa do Vento: a sala de jantar à esquerda e a escada à direita, que a levaria dois lances para baixo, até o seu andar, e para a cozinha um andar abaixo dele. A biblioteca era bem abaixo.

Nestha não teria se importado com onde ficaria, exceto pela conveniência da pequena biblioteca particular que também ficava no andar dela. Que fora o lugar onde havia descoberto os livros obscenos, como Cassian os chamara. Ela devorara algumas dezenas deles durante aquelas semanas em que estivera ali pela primeira vez, desesperada por qualquer salvação que a impedisse de se desfazer, de urrar pelo que tinha sido feito com seu corpo, sua vida — com Elain. Elain, que não comia, falava ou fazia qualquer coisa.

Elain, que de alguma forma tinha se tornado a *ajustada*.

Nos meses anteriores e durante a guerra, Nestha havia dado o seu jeito. Tinha entrado naquele mundo, com aquela gente, e começado a vislumbrar... um futuro.

Até ter sido caçada pelo rei de Hybern e pelo Caldeirão. Até ter percebido que todo mundo de quem gostava seria usado para feri-la, destruí-la e aprisioná-la. Até aquela última batalha, quando ela não conseguiu impedir que mil illyrianos morressem, e em vez disso só conseguira salvar um.

Ele. E salvaria de novo, se fosse obrigada. E perceber isso... Era outra verdade com a qual ela não sabia lidar.

Cassian seguia para as escadas que levavam para o andar de baixo, cada movimento dele transbordando uma arrogância irredutível.

— Não preciso ser escoltada para o quarto. — Nestha não estava nem aí que o quarto dele também fosse naquela direção. — Sei como chegar lá.

Ele deu um risinho por cima do ombro musculoso e desceu as escadas mesmo assim.

— Só quero me certificar de que você vai chegar inteira antes que eu me acomode. — Ele assentiu para o andar pelo qual tinham passado, para o arco aberto que dava para o corredor com o quarto dele. Ela só sabia porque tinha pouco mais a fazer durante aquelas primeiras semanas como Grã-Feérica do que perambular pelo palácio como um fantasma.

Cassian acrescentou:

— Az está no quarto duas portas depois da minha. — Eles chegaram ao andar do quarto dela e ele seguiu arrogantemente pelo corredor. — Mas você provavelmente não vai vê-lo.

— Ele está aqui para me espionar? — As palavras dela ecoaram pelas pedras vermelhas.

Cassian disse, tenso:

— Ele diz que prefere ficar aqui a ficar na casa do rio.

Eram dois, então.

— Por quê?

— Não sei. É Az. Ele gosta de espaço. — Cassian deu de ombros, a luz feérica se infiltrava pelas arandelas, emoldurando com dourado a garra no ápice das asas dele. — Ele fica na dele, então na maior parte do tempo seremos apenas você e eu.

Ela não ousou responder. Especialmente tendo em vista tudo que aquela afirmação deixava implícito. Sozinha... com Cassian. Ali.

Cassian parou diante de uma familiar porta de madeira em arco. Ele encostou na moldura. Seus olhos castanhos monitoravam cada passo dela.

Ela sabia que a casa pertencia a Rhys. Sabia que a vida de Cassian era bancada por Rhys, assim como o Grão-Senhor bancava todo o Círculo Íntimo. Sabia que o jeito mais rápido e mais profundo de irritar Cassian, de feri-lo, naquele exato momento seria recorrer àquilo, fazer com que ele duvidasse do trabalho que fazia e questionar se merecia estar ali. O instinto a tomou como uma onda ascendente, cada palavra foi escolhida para cortar e ferir. Ela sempre tivera o dom, se é que se poderia chamar assim. Mas também, não era uma maldição, não completamente. Havia servido bem a ela.

Cassian observou o rosto de Nestha quando ela parou diante da porta do quarto.

— Pode falar, Nes.

— Não me chame assim. — Ela deixou as palavras pairarem como isca. Queria que ele pensasse que ela era vulnerável.

Mas Cassian desencostou da porta e ajeitou as asas.

— Você precisa de um prato de comida.

— Não quero.

— Por quê?

— Porque não estou com fome.

Era verdade. O apetite dela fora a primeira coisa a sumir depois daquela batalha. Apenas instinto e o ocasional requerimento social de fazer parecer que ela se importava com alguma coisa a mantinham comendo.

— Não vai durar uma hora de treino amanhã sem comida na barriga.

— Não vou treinar naquele lugar horrível. — Ela odiara o Refúgio do Vento desde a primeira vez que vira o lugar, era frio, deprimente e cheio de pessoas sem senso de humor e rostos severos.

O Sifão preso na mão esquerda de Cassian brilhou, uma faixa de luz vermelha espiralou para fora da pedra e se enroscou na maçaneta da porta. A luz puxou o ferro para baixo, abrindo a porta com um rangido e então sumiu como se fosse fumaça.

— Você recebeu uma ordem, assim como a alternativa de segui-la. Se quiser voltar para as terras humanas, vá em frente.

Então vá para outro lugar.

Ele provavelmente faria com que aquela presunçosa da Morrigan a jogasse do outro lado da fronteira sem mala nem nada.

E Nestha até poderia ter blefado, mas... ela sabia o que enfrentaria no sul. A guerra não ajudara em nada a apaziguar os sentimentos dos humanos no que dizia respeito aos feéricos.

Não tinha para onde ir. Elain, por mais que estivesse de luto pela vida que teria tido com Graysen, tinha encontrado um lugar, um papel ali. Cuidando dos jardins do verdadeiro palácio de Feyre no rio, ajudando outros residentes de Velaris a restaurarem seus jardins destruídos — ela mantinha um propósito, alegria e *amigos*: aquelas duas meio-espectros que trabalhavam na casa de Rhysand. Mas a irmã dela nunca teve que lutar por nada disso. Essas qualidades sempre fizeram de Elain alguém especial.

Tinham feito Nestha lutar arduamente para manter Elain segura a qualquer custo.

O Caldeirão aprendera essa lição. O rei de Hybern também.

Um fardo conhecido e pesado a puxou para baixo. Era a fadiga a chamando.

— Estou cansada. — As palavras saíram sem emoção.

— Tire o dia para descansar, então — disse Cassian, com uma voz um pouco baixa. — Mor ou Rhys vão nos atravessar até Refúgio do Vento depois do café, amanhã.

Ela não disse nada. Ele continuou:

— Vamos começar devagar: duas horas treinando, então almoço, depois você vai ser trazida de volta para encontrar Clotho.

Ela não tinha energia para perguntar mais a respeito do treinamento, ou do trabalho na biblioteca com a grã-sacerdotisa. Não se importava, na verdade. Que Rhysand, Feyre, Amren e Cassian a obrigassem a fazer aquela porcaria. Que eles pensassem que podiam, de algum jeito, fazer um pingo de diferença.

Nestha nem se deu ao trabalho de responder antes de sair caminhando pelo arco para dentro do quarto. Mas sentiu o olhar dele, avaliando cada passo ao atravessar a ombreira da porta, a forma como a mão dela agarrou o lado da porta, o modo como flexionou os dedos antes de batê-la.

Nestha esperou, poucos centímetros para dentro do quarto, piscando contra a luz forte que passava pela parede de janelas na outra ponta. Um arrastar de botas sobre pedra informou a ela que ele havia partido.

Somente quando o som se dissipou completamente, ela prestou atenção ao quarto adiante, inalterado desde que estivera ali pela última vez, e à porta que se conectava à antiga suíte de Elain agora selada.

O amplo espaço acomodava com facilidade uma gigantesca cama com dossel contra a parede à esquerda dela, assim como uma pequena área de estar à direita, completa com um sofá e duas cadeiras. Uma lareira de mármore esculpido ocupava a parede diante da área de estar, que por sorte estava escura, e diversos tapetes estavam espalhados pelo quarto, oferecendo alívio do piso de pedra frio.

Mas não era isso que ela gostava a respeito daquele quarto. Não, era o que ela agora encarava: a parede de janelas que dava para a cidade, o rio, as planícies e o distante brilho do mar além. Toda aquela terra, toda aquela gente, tão distante. Era como se o palácio flutuasse nas nuvens. Havia alguns dias lá em cima em que a névoa era espessa o bastante para bloquear a vista abaixo, espiralando tão perto da janela que Nestha conseguia passar os dedos por ela.

Nenhuma espiral de névoa pairava no momento. As janelas não revelavam nada além de um dia claro de início de outono e a luz do sol quase ofuscante.

Segundos se passaram. Minutos.

Um rugido familiar soou nos ouvidos dela. Aquele vazio pesado a puxou para baixo, com a determinação de alguma criatura feérica fechando as mãos ossudas no tornozelo de Nestha e puxando-a para o fundo de uma superfície escura. Com a mesma determinação com que ela fora enfiada sob aquela água gélida e etérea no Caldeirão.

O corpo de Nestha se tornou distante, estranho, quando ela fechou as pesadas cortinas de veludo cinza para se proteger da luz. Envolvendo o quarto em escuridão pouco a pouco. Ela ignorou as três bolsas e os dois baús colocados ao lado da cômoda quando se aproximou da cama.

Nestha mal conseguiu tirar os sapatos antes de deslizar sob as camadas de edredons brancos de pena e colchas, então fechou os olhos e respirou.

E respirou.

Respirou.

CAPÍTULO 4

Mor já estava na mesa de café que havia reivindicado à margem do rio, com um dos braços jogado no encosto de uma cadeira de ferro retorcido e o outro elegantemente apoiado nos joelhos cruzados. Cassian parou a alguns metros do labirinto de mesas ao longo da passagem, sorrindo ao vê-la: cabeça inclinada para o sol e os lábios carnudos curvados para cima, aproveitando a luz.

Ela jamais parava de apreciar a luz do sol. Mesmo quinhentos anos depois de deixar aquela verdadeira prisão que chamara de lar e os monstros que a chamavam de família, sua amiga — sua irmã, na verdade — ainda aproveitava cada momento sob o sol. Como se os primeiros 17 anos de vida, passados na escuridão da Cidade Escavada, ainda espreitassem em volta dela como as sombras de Az.

Cassian pigarreou quando se aproximou da mesa, oferecendo sorrisos agradáveis aos outros clientes e às pessoas ao longo do caminho que olhavam boquiabertas ou acenavam para ele. Quando Cassian se sentou, Mor já estava rindo e os olhos castanhos dela se iluminavam com diversão.

— Não comece — avisou ele, acomodando as asas em torno do encosto da cadeira e acenando para o dono do café, que o conhecia bem o bastante para entender que ele havia pedido água, nada de chá ou doces, os quais Mor já tinha diante dela.

Mor sorriu, tão linda que tirou o fôlego dele.

— Não posso aproveitar a visão de meu amigo sendo bajulado pelo público?

Cassian revirou os olhos e murmurou um agradecimento ao dono quando uma jarra de água e um copo surgiram diante dele.

Mor disse, depois que o dono foi embora para cuidar das outras mesas:

— Lembro de uma época em que você também gostava desse tipo de coisa.

— Eu era um idiota jovem e arrogante. — Ele se encolheu ao lembrar de como desfilava depois de batalhas ou missões bem-sucedidas, acreditando que merecia elogios de estranhos. Por tempo demais, ele havia se aproveitado dessa baboseira. Fora preciso caminhar por aquelas mesmas ruas depois de Rhys ser aprisionado por Amarantha, depois de Rhys ter sacrificado tanto para proteger a cidade, e ver o desapontamento e o medo em tantos rostos para Cassian se dar conta de como tinha sido tolo.

Mor pigarreou, como se sentisse para onde os sentimentos dele haviam vagado. Ela não tinha as habilidades de Rhys, mas, por ter sobrevivido à Corte dos Pesadelos, havia aprendido a ler a mais sutil das expressões. Um mero piscar de olhos, foi o que ela um dia disse a ele, poderia indicar a diferença entre a vida e a morte naquela corte miserável.

— Então ela se acomodou?

Cassian sabia de quem Mor estava falando.

— Está tirando uma soneca.

Mor riu com deboche.

— Não. — A atenção dele se voltou para o Sidra reluzente, a poucos metros dali. — Por favor, não.

Mor tomou um gole do chá, ela era o retrato de uma inocência elegante.

— Seria melhor jogarmos Nestha na Corte dos Pesadelos. Ela prosperaria lá.

Cassian trincou a mandíbula, tanto pelo insulto quanto pela verdade.

— Esse é exatamente o tipo de existência do qual estamos tentando afastá-la.

Mor o avaliou enquanto piscava os cílios espessos.

— Você sofre ao vê-la assim.

— Tudo isso me faz sofrer. — Mor e ele sempre tiveram esse tipo de relacionamento: verdade a qualquer custo, por mais que fosse difícil. Desde aquela primeira e única vez que dormiram juntos, quando ele descobriu tarde demais que ela havia escondido dele as repercussões terríveis. Quando viu o corpo arrasado de Mor e soube que, mesmo que ela tivesse mentido, ele ainda tinha sua parcela de culpa.

Ele exalou um suspiro, afastando a memória encharcada de sangue que ainda manchava sua mente cinco séculos depois.

— Sofro porque Nestha se tornou... aquilo. Sofro porque ela e Feyre estão sempre brigando. Sofro porque Feyre sofre com isso, e sei que Nestha também. Sofro porque... — Ele tamborilou os dedos na mesa e depois bebeu água. — Não quero falar sobre isso, de verdade.

— Tudo bem. — A brisa levantou o tecido translúcido do vestido azul-crepúsculo de Mor.

Ele mais uma vez se deixou admirar o rosto perfeito dela. Além das consequências desastrosas para Mor depois da noite que tiveram juntos, a briga subsequente com Rhys fora horrível, e Azriel tinha ficado tão furioso do jeito silencioso dele que Cassian sufocara qualquer desejo restante por Mor. Tinha deixado que a luxúria se tornasse afeto, e todos os sentimentos românticos tinham virado laços familiares. Mas ainda podia admirar a pura beleza dela — como admirava qualquer obra de arte. Embora soubesse bem que o que havia dentro de Mor era muito mais belo e perfeito do que o exterior dela.

Ele se perguntou se Mor sabia disso.

Bebendo de novo, ele falou:

— Conte o que aconteceu em Vallahan. — O território feérico antigo e montanhoso do outro lado do mar do norte estava agitado desde antes da guerra contra Hybern, e havia sido tanto inimigo quanto aliado de Prythian em diferentes eras históricas. Que papel o rei e o povo de temperamento esquentado de Vallahan teriam nesse novo mundo ainda estava por ser decidido, embora muito desse destino parecesse depender da presença agora frequente de Mor na corte deles, como emissária de Rhys.

De fato, os olhos de Mor estremeceram.

— Não querem assinar o novo tratado.

— Merda. — Rhys, Feyre e Amren tinham passado meses trabalhando naquele tratado, com colaboração dos aliados em outras cortes e outros territórios. Helion, Grão-Senhor da Corte Diurna e aliado mais próximo de Rhys, havia sido o que mais se dedicara. Helion Quebrador de Feitiços era inigualável em sua arrogância total e presunçosa — ele mesmo deve ter inventado o próprio apelido. Contudo, o macho tinha mil bibliotecas à disposição, e tinha feito bom uso de todas elas para o tratado.

— Passei semanas naquela maldita corte — falou Mor, cutucando o doce folhado ao lado da xícara de chá — morrendo de frio, tentando puxar os sacos congelados daqueles canalhas, e o rei e a rainha deles recusaram o tratado. Voltei para casa um dia mais cedo porque sabia que qualquer insistência de última hora de minha parte seria malvista. Meu tempo lá, de um jeito ou de outro, deveria ser para uma visita amigável.

— Por que não querem assinar?

— Porque aquelas rainhas humanas burras estão se agitando, o exército delas ainda não se desfez. A rainha de Vallahan até me perguntou qual seria a utilidade de um tratado de paz quando outra guerra, dessa vez contra os humanos, poderia redesenhar as linhas territoriais para bem abaixo da Muralha. Não acho que Vallahan está interessada na paz. E nem que vai se aliar a nós.

— Então Vallahan quer outra guerra para aumentar território? Eles já tomaram mais do que lhes era devido depois da Guerra há quinhentos anos.

— Estão entediados — falou Mor, franzindo a testa com desprezo. — E os humanos, apesar daquelas rainhas, são muito mais fracos do que nós. Forçar a barra para as terras humanas é como colher uma fruta que está para cair. Montesere e Rask estão provavelmente pensando o mesmo.

Cassian grunhiu para o céu. Fora esse o medo durante a última guerra: que aqueles territórios do outro lado do mar pudessem se aliar a Hybern. Se tivessem se aliado, não haveria chance alguma de sobrevivência. Agora, mesmo com o rei de Hybern morto, seu povo continuava revoltado. Um exército poderia ser erguido novamente em Hybern. E, caso se unam a Vallahan, se Montesere e Rask se unissem com o objetivo de reivindicar mais território dos humanos...

— Você já contou isso a Rhys.

Não foi uma pergunta, mas Mor assentiu.

— Por isso ele pediu que você investigasse o que está acontecendo com as rainhas humanas. Vou tirar alguns dias de folga antes de voltar para Vallahan, mas Rhys precisa saber qual é a posição das rainhas humanas nisso tudo.

— Então você deve convencer Vallahan a não começar outra guerra, e eu devo convencer as rainhas humanas a não fazerem isso também?

— Você não vai chegar perto das rainhas humanas — disse Mor, com franqueza. — Mas pelo que observei em Vallahan, sei que estão tramando alguma coisa. Planejando alguma coisa. Só não conseguimos descobrir o que é, ou por que os humanos seriam burros o suficiente para começar uma guerra que não podem vencer.

— Eles precisariam de algo que lhes garanta uma vantagem.

— É isso que você precisa descobrir.

Cassian bateu com as botas nas pedras da passagem.

— Sem pressão.

Mor terminou o chá.

— Bancar o cortesão não é só ficar por aí indo a festas chiques com roupas bonitas.

Ele fez uma careta. Muitos momentos se passaram em um silêncio amigável, embora Cassian tenha entreouvido o vento sussurrar sobre o Sidra, a conversa animada das pessoas em volta dele e o tilintar de talheres contra pratos. Satisfeita em deixá-lo pensando, Mor voltou a tomar sol.

Cassian se esticou.

— Tem uma pessoa que conhece aquelas rainhas como a palma da mão. Que pode oferecer alguma informação.

Mor abriu um olho, então lentamente se sentou ereta, com os cabelos caindo em volta dela como um rio dourado ondulante.

— Hã?

— Vassa. — Cassian não tinha lidado muito com a rainha humana expulsa, a única boa do grupo sobrevivente, que tinha sido traída pelas colegas rainhas quando elas a venderam para um mestre feiticeiro que a amaldiçoou a se tornar um pássaro de fogo durante o dia e uma mulher à noite. Ela tivera sorte: as mulheres entregaram a outra rainha rebelde do grupo ao Attor. Que a empalou em um poste a algumas pontes de onde Cassian e Mor estavam agora.

Mor assentiu.

— Talvez ela possa nos ajudar.

Ele apoiou os braços na mesa.

— Lucien está morando com Vassa. E Jurian. Ele deveria ser nosso emissário nas terras humanas. Deixe que ele lide com isso.

Mor deu outra mordida no doce.

— Lucien não é mais de inteira confiança.

Cassian a encarou.

— O quê?

— Mesmo com Elain aqui, ele se tornou próximo de Jurian e Vassa. Está morando com eles por vontade própria agora, e não apenas como emissário. Como amigo.

Cassian relembrou tudo o que tinha ouvido e observado nos encontros com Lucien desde a guerra, tentando ver aquilo como Rhys e Mor veriam.

— Ele passou meses ajudando-os a organizar a política de quem comandaria a parcela de Prythian das terras humanas — disse Cassian, lentamente. — Então não tem como Lucien ser imparcial quando nos trouxer relatos sobre Vassa.

Mor assentiu com seriedade.

— Lucien pode ter boas intenções, mas qualquer relato seria parcial, mesmo que inconscientemente. Precisamos de alguém do lado de fora da bolha deles para coletar informações e reportá-las. — Ela terminou o doce. — Que seria você.

Tudo bem. Fazia sentido.

— Por que ainda não entramos em contato com Vassa a respeito disso?

Mor gesticulou com a mão, embora seus olhos sombrios desmentissem o gesto casual.

— Porque só agora juntamos as peças. Mas você deveria definitivamente falar com ela, quando puder. O mais rápido que puder, na verdade.

Cassian assentiu. Ele não desgostava de Vassa, embora encontrar com ela também significasse falar com Lucien e Jurian. Com o primeiro ele aprendera a conviver, mas com o segundo... Não importava que, no fim das contas, Jurian estivesse lutando pelo lado deles. Que o general humano que fora o prisioneiro torturado de Amarantha por cinco séculos tivesse enganado Hybern depois de ter sido ressuscitado pelo Caldeirão, e que tivesse ajudado Cassian e a família dele na guerra. Cassian não gostava dele.

Ele se levantou, inclinando-se para bagunçar os cabelos brilhosos de Mor.

— Ando com saudade de você. — Ela andava passando muito tempo longe e, sempre que voltava, uma sombra que ele não conseguia identificar cobria os olhos dela. — Sabe que avisaríamos a você se Keir algum dia viesse aqui. — O canalha do pai dela ainda não tinha cobrado o favor de Rhys: visitar Velaris.

— Eris ganhou tempo para mim. — As palavras dela estavam envoltas em ácido.

Cassian havia tentado não acreditar, mas sabia que Eris tinha feito aquilo de boa-fé. Tinha convidado Rhysand para dentro da mente dele, para ver exatamente por que havia convencido Keir a postergar indefinidamente a visita a Velaris. Apenas Eris tinha esse tipo de influência sobre Keir e sua sede de poder, e o que quer que Eris tivesse oferecido a Keir em troca de não ir até Velaris ainda era um mistério. Pelo menos para Cassian. Rhys provavelmente sabia. Pelo rosto pálido de Mor, ele se perguntou se ela saberia também. Eris devia ter sacrificado alguma coisa grande para poupar Mor da visita do pai dela, a qual provavelmente teria sido cronometrada para um momento que maximizaria o tormento dela.

— Não importa. — Mor gesticulou com a mão para encerrar a conversa. Ele percebia que outra coisa a estava incomodando. Mas ela compartilharia quando estivesse pronta.

Cassian deu a volta na mesa e beijou o alto da cabeça de Mor.

— Descanse um pouco. — Ele decolou para o céu antes que ela conseguisse responder.

Nestha acordou na mais pura escuridão.

Escuridão que não havia testemunhado há anos. Desde que aquele chalé aos pedaços tinha se tornado uma prisão e um inferno.

Ficando de pé com um salto e com as mãos junto ao peito, ela arquejou para tomar fôlego. Será que fora algum sonho febril em uma noite de inverno? Será que ainda estava naquele chalé, faminta, pobre e desesperada...

Não. O ar do quarto estava morno, e ela era a única pessoa na cama, não estava agarrada às irmãs procurando calor, sempre brigando para ver quem ficava no cobiçado lugar no meio da cama nas noites mais frias, ou nas pontas, nas noites mais quentes de verão.

E embora tivesse se tornado tão magra quanto fora naqueles longos invernos... esse corpo era novo também. Feérico. Poderoso. Ou um dia fora.

Esfregando o rosto, Nestha saiu da cama. O piso era aquecido. Não eram as tábuas de madeira geladas do chalé.

Caminhando até a janela, ela abriu as cortinas e olhou para fora, para a cidade escura abaixo. Luzes douradas brilhavam nas ruas, dançando pela faixa sinuosa formada pelo Sidra. Para mais além, apenas a luz das estrelas pintava de prata as planícies diante do mar frio e vazio.

Um olhar para o céu não revelou nada a respeito de quanto faltava para o alvorecer, e um longo momento ouvindo sugeriu que a casa permanecia dormente. Assim como todos os três que a ocupavam.

Por quanto tempo havia dormido? Tinham chegado às 11 horas da manhã, e ela caíra no sono logo depois. Não consumira absolutamente nada o dia inteiro. Seu estômago roncava.

Mas Nestha o ignorou e apoiou a testa contra o vidro frio da janela. Ela deixou que a luz das estrelas gentilmente acariciasse sua cabeça, seu rosto, seu pescoço. Imaginou-a percorrendo os dedos reluzentes por sua bochecha, como a mãe tinha feito por ela, apenas ela.

Minha Nestha. Elain vai se casar por amor e beleza, mas você, minha rainhazinha esperta... Você vai se casar para conquistar.

A mãe se debateria no túmulo se soubesse que, anos depois, sua Nestha tinha chegado perigosamente perto de se casar com o filho de um lenhador de mente fraca que se sentava sem fazer nada enquanto o pai batia na mãe dele. Que tinha colocado as mãos nela quando ela terminou as coisas entre os dois. Que tinha tentado tomar o que ela não tinha oferecido.

Nestha tentara esquecer Tomas. Ela costumava se pegar desejando que o Caldeirão tivesse arrancado aquelas lembranças como arrancara sua humanidade, mas o rosto dele às vezes manchava seus sonhos. E os pensamentos dela, quando acordada. Às vezes, ela ainda conseguia sentir as mãos ásperas dele a apalpando, machucando. Às vezes, o gosto acobreado do sangue dele ainda cobria a língua dela.

Afastando-se da janela, Nestha estudou aquelas estrelas distantes de novo. Perguntando-se em parte se elas poderiam falar.

Minha Nestha, era como a mãe sempre a chamara, mesmo no leito de morte, tão arrasada e pálida devido ao tifo. *Minha rainhazinha.*

Nestha já se deleitara com o título. Fizera o possível para cumprir aquela promessa, vivendo uma vida deslumbrante que se esvaiu assim que os credores surgiram e todos os supostos amigos dela se revelaram não passar de covardes invejosos usando máscaras de sorrisos. Nenhum deles ofereceu ajuda para salvar a família Archeron da pobreza.

Tinham atirado todos eles, meras crianças e um homem acabado, aos lobos.

Então Nestha se tornou um lobo. E se armou com dentes e garras invisíveis, e aprendeu a atacar mais rápido, mais fundo e com mais mortalidade. E se deliciara com isso. Mas quando chegou o momento de deixar seu lobo interior de lado, ela descobriu que ele também a havia devorado.

As estrelas brilharam no alto da cidade, como se piscando em anuência.

Nestha fechou as mãos em punhos e voltou para a cama.

Pelo maldito Caldeirão, ele não devia ter concordado em levá-la até lá.

Cassian estava deitado acordado na cama gigantesca — grande o bastante para que três guerreiros illyrianos dormissem lado a lado, com asas e tudo. Pouca coisa havia mudado no quarto nos últimos quinhentos anos. Mor ocasionalmente reclamava de querer redecorar a Casa do Vento, mas ele gostava daquele quarto como era.

Ele havia acordado com o som de uma porta se fechando e ficara imediatamente alerta, com o coração martelando conforme ele pegava a faca que guardava na mesa de cabeceira. Havia mais duas escondidas sob o colchão, outro conjunto acima da porta, uma espada sob a cama e outra em uma cômoda. Essa era apenas a sua coleção. Só a Mãe sabia o que Az tinha guardado no quarto dele.

Cassian deduzia que entre ele, Az, Mor e Rhys, durante os cinco séculos em que usavam a Casa do Vento, tinham enchido o lugar com armas o suficiente para equipar uma pequena legião. Tinham escondido, guardado e esquecido tantas delas que havia sempre uma boa chance de se sentar em um sofá e ser espetado na bunda por alguma coisa. E uma boa chance de a maioria das armas agora não passar de ferrugem nos estojos.

Mas aquelas no quarto dele, essas ele mantinha lustradas e limpas. Prontas.

A faca brilhou sob a luz das estrelas, seus Sifões tremeluziram com luz vermelha quando seu poder vasculhou o corredor além da porta.

Mas nenhuma ameaça surgiu, nenhum inimigo havia ultrapassado as novas proteções. Os soldados de Hybern tinham invadido havia mais de um ano, quase colocando as mãos em Feyre e Nestha na biblioteca. Ele não esquecera daquilo... do terror no rosto de Nestha conforme ela corria até ele de braços estendidos.

Mas o som no corredor... Azriel, percebeu ele, um segundo depois.

O fato de ter ouvido a porta significava que Az queria que Cassian ficasse ciente de que ele havia voltado. Que não quisera conversar, mas queria que Cassian soubesse que estava por perto.

O que havia deixado Cassian ali, encarando o teto, com os Sifões dormentes de novo e a faca mais uma vez embainhada e apoiada na mesa de cabeceira. Pela posição das estrelas, ele sabia que havia passado das três, o alvorecer ainda estava longe. Ele deveria tentar dormir. O dia seguinte seria bem difícil.

Como se sua súplica silenciosa tivesse saído pelo mundo, uma voz suave de macho ronronou em sua mente. *Por que está acordado tão tarde?*

Cassian vasculhou o céu além da parede de janelas, como se fosse ver Rhys voando ali. *Faço a mesma pergunta a você.*

Rhys riu. *Falei que eu tinha que me desculpar com minha parceira.* Uma longa e maliciosa pausa. *Estamos fazendo um intervalo.*

Cassian gargalhou. *Deixe a pobre fêmea dormir.*

Foi ela quem começou esta rodada. Havia pura satisfação masculina envolvida em cada palavra. *Você ainda não respondeu minha pergunta.*

Por que está me espionando a esta hora?

Queria me certificar de que está tudo bem. Não é culpa minha que você já estava acordado.

Cassian soltou um resmungo baixinho. *Está tudo bem. Nestha foi dormir logo depois que chegamos aqui e permaneceu na cama. Presumo que ainda esteja dormindo.*

Vocês chegaram aí antes das 11 horas.

Eu sei.

São 3h15 da manhã.

Eu sei.

O silêncio foi significativo o bastante para que Cassian acrescentasse, *Não se intrometa.*

Nem nos meus sonhos eu faria uma coisa dessas.

Cassian não queria ter aquela conversa, não às três da manhã, e certamente não duas vezes no mesmo dia. *Mando notícias amanhã à noite com informações sobre a primeira lição.*

A pausa de Rhys foi, de novo, significativa demais para ignorar. Mas seu irmão disse: *Mor vai subir com vocês até Refúgio do Vento. Boa noite, Cass.*

A presença escura na mente dele se dissipou, deixando-o vazio e gelado.

O dia seguinte seria um campo de batalha diferente de qualquer outro em que ele havia estado.

Cassian se perguntou quanto dele restaria intacto ao fim do dia.

CAPÍTULO 5

— Se você não comer, vai se arrepender daqui a uns trinta minutos.

Sentada à longa mesa da sala de jantar da Casa do Vento, Nestha tirou os olhos do prato de ovos mexidos e da tigela fumegante de mingau. O sono ainda pesava em seus ossos, afiando seu temperamento quando ela respondeu:

— Não vou comer isso.

Cassian avançou no próprio prato — quase o dobro do que havia no dela.

— É isso ou nada.

Nestha se manteve perfeitamente imóvel na cadeira, muito ciente de cada movimento dentro da roupa de combate de couro que tinha vestido. Ela se esquecera de qual era a sensação de vestir calça — a nudez de ter as coxas e a bunda à mostra.

Ainda bem que Cassian estava ocupado demais lendo algum relatório para vê-la se esgueirar porta adentro e deslizar para a cadeira. Nestha olhou para a porta, torcendo para que um criado aparecesse.

— Eu como torrada.

— Vai gastar a torrada em dez minutos e ficar cansada. — Cassian indicou o mingau com a cabeça. — Coloque um leite aí dentro se precisar deixá-lo mais saboroso. — Ele acrescentou, antes que ela pudesse exigir: — E não tem açúcar.

Nestha agarrou com a força a colher.

— É uma punição?

— Vou repetir, vai lhe dar energia por uma curta explosão e então vai fazer você desabar. — Ele enfiou ovos na boca. — Você precisa manter o nível de energia constante ao longo do dia, comidas cheias de açúcar ou pão fino lhe dão um aumento temporário. Carnes magras, grãos integrais, frutas e vegetais mantêm você relativamente estável e satisfeita.

Ela tamborilou as unhas na mesa lisa. Tinha se sentado ali várias vezes com os membros da corte de Rhysand. Hoje, com apenas eles dois, a mesa parecia obscenamente grande.

— Alguma outra área da minha vida diária que você vai controlar?

Ele deu de ombros, sem parar de comer.

— Não me dê motivo para acrescentar mais à lista.

Babaca arrogante.

Cassian assentiu para a comida de novo.

— Coma.

Ela enfiou a colher na tigela, mas não a levantou.

— Como quiser, então. — Ele terminou o mingau e voltou para os ovos.

— Quanto tempo vai durar a sessão de hoje? — O alvorecer revelara céu limpo, embora ela soubesse que as montanhas Illyrianas tivessem seu próprio clima. Talvez até já estivessem cobertas com a primeira neve.

— Como falei ontem: a lição dura duas horas. Até o almoço. — Ele apoiou a tigela no prato, empilhando os talheres dentro dela. A louça sumiu um segundo depois, levada pela magia da casa. — Que será a próxima vez que vamos comer. — Ele deu um olhar significativo para a comida dela.

Nestha se recostou na cadeira.

— Um: não vou participar dessa *lição*. Dois: não estou com fome.

Os olhos castanhos dele ficaram intensos.

— Não comer não vai trazer seu pai de volta.

— Não tem *nada* a ver com isso — sibilou Nestha. — *Nada*.

Ele apoiou os antebraços na mesa.

— Vamos parar com a palhaçada. Você acha que eu não passei pelo que você está passando? Acha que já não vi, fiz e senti tudo isso? Que não vi aqueles que amo enfrentarem isso também? Você não é a primeira, e não vai ser a última. O que aconteceu com seu pai foi terrível, Nestha, mas...

Ela ficou de pé abruptamente.

— Você não sabe *nada*. — Nestha não conseguiu segurar o tremor que tomou conta dela. Se era de ódio ou outra coisa, ela não sabia. Nestha fechou as mãos em punho. — Guarde as suas opiniões de merda para você.

Ele piscou diante do palavrão, diante do que ela imaginava ser o puro ódio incandescente que exalava do rosto dela. E então Cassian falou:

— Quem ensinou você a xingar?

Ela fechou os punhos com mais força.

— Vocês. Vocês têm as bocas mais sujas que já vi.

Os olhos de Cassian se semicerraram com interesse, mas a boca dele permaneceu uma linha fina.

— Vou guardar minhas opiniões de merda para mim se você comer.

Ela jogou cada gota de veneno que conseguiu reunir no olhar.

Ele apenas esperou. Imóvel como a montanha na qual a Casa fora construída.

Nestha se sentou, pegou a tigela de mingau, enfiou uma colherada cheia na boca e quase vomitou ao sentir o gosto. Mas forçou o mingau para baixo. Depois mais uma colherada. E outra. Até que a tigela estivesse limpa e ela começasse com os ovos.

Cassian acompanhou cada mordida.

E quando não sobrou nada, ela pegou o prato e a tigela e o encarou de volta até soltar a louça empilhada, o que fez com que talheres tilintassem e o som preenchesse o cômodo.

Nestha se levantou de novo e foi com passadas pesadas na direção dele. Em direção à porta além dele. Cassian também se levantou.

Nestha podia jurar que ele não estava respirando quando ela passou, tão perto que com um movimento seu cotovelo roçaria a barriga dele. Ela disse, em tom doce:

— Mal posso esperar pelo seu silêncio.

Incapaz de segurar o risinho que surgia em sua boca, ela seguiu para a porta. Mas a mão dele em seu braço a impediu.

Os olhos de Cassian estavam incandescentes e o Sifão vermelho preso no dorso da mão que a segurava tremeluzia com cor. Um sorriso malicioso e provocador curvou os lábios dele.

— Que bom ver que você acordou pronta para brincar, Nestha. — A voz de Cassian ficou grave como um estrondo.

Ela não conseguiu segurar as batidas aceleradas do coração ao ouvir aquela voz, ao ver o desafio naqueles olhos, ao sentir a proximidade e o tamanho dele. Jamais conseguira evitar. Certa vez, tinha deixado que ele cheirasse e lambesse seu pescoço por causa disso.

Deixara que ele a beijasse durante a última batalha por causa disso. Mal fora um beijo — foi tudo o que ele conseguiu fazer no estado em que se encontrava —, mas, mesmo assim, a destruíra por inteiro.

Não tenho arrependimentos na vida exceto este. Que não tivemos tempo. Que eu não tive tempo com você, Nestha. Eu a encontrarei de novo, no próximo mundo, na próxima vida. E teremos esse tempo. Prometo.

Ela revivia aqueles momentos mais frequentemente do que gostava de admitir. A pressão dos dedos dele ao segurar o rosto dela em concha, a sensação e o gosto da boca de Cassian, suja de sangue, mas ainda carinhosa.

Ela não aguentou.

Cassian nem piscou, mas o toque no braço de Nestha se suavizou.

Ela se segurou para não engolir em seco. Desejou que o sangue que fervia resfriasse como gelo.

Os olhos dele, de novo, se semicerraram com diversão, mas Cassian a soltou.

— Você tem cinco minutos até sairmos.

Nestha conseguiu se afastar.

— Você é um bruto.

Cassian piscou um olho.

— Nascido e criado.

Ela conseguiu dar outro passo. Caso se recusasse a deixar a Casa, Cassian, Morrigan ou Rhys podiam simplesmente carregá-la até Refúgio do Vento. E se ela se recusasse terminantemente a fazer qualquer coisa, eles a jogariam nas terras humanas sem pensar duas vezes. Essa percepção bastou para que conseguisse se controlar.

— Nunca mais coloque as mãos em mim.

— Registrado. — Os olhos dele ainda brilhavam.

Os dedos de Nestha se fecharam de novo. Ela escolheu as palavras seguintes como facas de arremesso.

— Se acha que essa besteira de treinamento vai levar você até minha cama, está se iludindo. — Então acrescentou, com um sorriso fino: — Eu preferiria dormir com um cachorro de rua sarnento.

— Ah, não vai me levar até sua cama.

Nestha riu com escárnio, havia vencido, e tinha chegado às escadas quando ele cantarolou:

— Vai levar é *você* para a minha.

Com o pé ainda suspenso no ar, ela se virou para ele.

— Eu preferiria apodrecer.

Cassian lançou um sorriso debochado para ela.

— Veremos.

Nestha buscou mais daquelas palavras afiadas, um riso debochado, um grunhido ou qualquer coisa, mas o sorriso dele aumentou.

— Agora você tem três minutos para se arrumar.

Nestha considerou atirar a coisa mais próxima nele — um vaso sobre um pequeno pedestal ao lado da porta. Mas demonstrar que ele a havia irritado seria satisfatório demais para Cassian.

Então ela apenas deu de ombros e passou pela porta. Lentamente. Completamente inabalada por ele e pelo orgulho arrogante e insuportável.

Ser levada para a cama dele, faça-me o favor.

Aquela calça de Nestha iria acabar matando-o.

Matando de forma brutal e contundente.

Cassian não tinha se esquecido da visão de Nestha no couro de combate illyriano durante a guerra — não mesmo. Mas em comparação com a lembrança... Mãe do céu.

Cada palavra, cada língua que ele conhecia tinha sumido ao vê-la passar, com as costas eretas e sem pressa, como qualquer dama nobre governando sua casa.

Cassian sabia que deixaria que ela ganhasse aquela rodada, que ele havia perdido a vantagem no momento em que ela lhe lançou aquele pequeno gesto de ombros e prosseguiu para o corredor, sem saber da vista que aquilo fornecia. Sem saber como aquela visão fazia cada pensamento, exceto aquele mais primitivo, se afastar da mente dele.

Recuperar o controle exigiu todos os três minutos em que ela ficou lá embaixo. Só a Mãe sabia que ele tinha muito com que lidar naquele dia, tanto com a lição de Nestha quanto com outras coisas, sem se perder em pensamentos relacionados a arrancar aquelas calças e adorar cada centímetro daquele traseiro espetacular.

Ele não podia se dar ao luxo de distrações como aquela. Por um milhão de motivos.

Mas, porra, quando foi a última vez que ele se satisfez embaixo dos lençóis? Certamente não desde a guerra. Talvez desde antes de Feyre libertar todos do domínio de Amarantha. Que o Caldeirão o fervesse, mas tinha sido no mês antes de Amarantha cair, não? Com aquela fêmea que conheceu no Rita's. Em um beco do lado de fora da casa de espetáculos. Contra uma parede de tijolos. Rápido e sujo, e terminou em minutos, nem ele nem a fêmea queriam mais do que o alívio momentâneo.

Isso fazia mais de dois anos. Desde então, havia sido apenas a mão dele.

Cassian devia ter aliviado essa vontade antes de decidir que morar na Casa com Nestha era uma boa ideia. Ela estava magoada, perdida, e a *última* coisa de que precisava era ele babando atrás dela. Segurando o braço dela como um animal, incapaz de se manter longe.

Ela não queria nada com ele. Tinha dito isso no Solstício de Inverno.

Deixei minha opinião sobre o que quero de você bem evidente.

Um monte de nada.

Isso tinha rachado um pedaço intrínseco dele, a última resistência e gota de esperança de que tudo por que tinham passado durante a guerra pudesse dar em alguma coisa. De que, quando ele estava morrendo e abriu o coração para ela, de que quando ela cobriu o corpo dele com o próprio e escolheu morrer com ele, Nestha tivesse escolhido ficar com *ele* também.

Era uma esperança burra e maldita que ele não devia ter cultivado. Então, naquela noite de Solstício de Inverno nas ruas gélidas, quando ele sabia que ela só tinha aparecido na casa da cidade para pegar o dinheiro que Feyre tinha oferecido em troca de sua presença, quando Nestha afirmou que não queria nada com ele... Cassian jogou no Sidra congelado o presente que tinha passado meses caçando e se ocupou em conter a dissidência crescente entre os illyrianos.

E tinha se mantido longe dela durante os nove meses seguintes. Muito, muito longe. Tinha chegado tão perto de cometer um erro idiota naquela noite, de abrir o coração para que ela arrancasse de seu peito. Mal conseguira sair com algum resquício de orgulho. Nestha não faria aquilo de novo, a não ser por cima do cadáver frio dele.

Ela apareceu com o cabelo trançado e enroscado sobre o alto da cabeça como uma tiara tecida. Ele fez questão de não olhar para baixo do pescoço dela. Para o corpo em exposição. Ela precisava recuperar o peso que tinha perdido e cultivar alguns músculos, mas... aquele maldito couro.

— Vamos — disse ele, com a voz áspera e fria. Graças ao Caldeirão por aquilo.

Na varanda além das portas de vidro da sala de jantar, Mor aterrissou, fazendo parecer que mergulhar dos 10 metros acima das proteções não fosse nada. Para ela, Cassian supunha que não fosse mesmo.

Mor saltava de um pé para outro, esfregando os braços e batendo os dentes, e dava para ele um olhar que dizia: *Você me deve muito por isso, babaca.*

Nestha fez uma careta, mas vestiu a capa com movimentos graciosos e sem pressa, e se dirigiu para onde Mor esperava. Cassian voaria com as duas para além das proteções, então Mor atravessaria com eles até Refúgio do Vento.

Onde ele, de algum jeito, encontraria uma forma de convencer Nestha a treinar.

Mas, ainda bem, Nestha sabia que precisava fazer o mínimo naquele dia, o que significava ir até Refúgio do Vento. Ela sempre soubera como travar aquele tipo de guerra mental e emocional. Teria dado uma boa general. Talvez ainda desse, um dia.

Cassian não sabia dizer se isso era algo bom. Transformar Nestha nesse tipo de arma.

Ela apontara para o rei de Hybern com uma promessa de morte antes de ser transformada em Grã-Feérica contra sua vontade. Meses depois, ela erguera a cabeça cortada dele como um troféu e encarara os olhos mortos do homem.

E se o Entalhador de Ossos tinha dito a verdade sobre ela emergir do Caldeirão como algo a ser temido... Merda.

Nem se deu ao trabalho de colocar a capa antes de abrir as portas de vidro. Respirou uma lufada de ar frio do outono e foi para os braços abertos de Mor.

Nenhum gelo ou neve cobria a fortaleza montanhosa de Refúgio do Vento, mas isso não impediu o frio amargo de se chocar contra Nestha assim que eles apareceram. Morrigan sumiu com o piscar de um olho para Cassian e uma careta de aviso para Nestha, deixando os dois avaliando o campo que se estendia adiante.

Algumas pequenas casas de pedra se erguiam à direita, e além delas havia algumas novas residências feitas de pinho fresco. Uma aldeia — era o que aquele lugar tinha se tornado recentemente. Mas logo diante deles estavam os ringues de luta, bem ao longo da beira do topo plano da montanha, totalmente abastecido com várias armas, pesos e equipamento de treino. Nestha não fazia ideia do que era nada daquela variedade de coisas, além dos básicos: espada, adaga, flecha, escudo, lança, arco, bola-redonda-e-cheia-de-espetos-de-aspecto-brutal-presa-na-corrente...

Do outro lado deles havia fogueiras em brasa, nuvens de fumaça espiralando até uma variedade enjaulada de animais de pasto, ovelhas, porcos e cabras, todos maltrapilhos, mas bem alimentados. E, é claro, os próprios illyrianos. Fêmeas cuidavam de panelas fumegantes em torno daquelas fogueiras — e todos eles pararam quando Cassian e Nestha surgiram. Assim como a dúzia de machos naqueles ringues de luta. Nenhum sorriu.

Um macho parrudo de ombros largos, que Nestha reconheceu vagamente, desfilou até eles, flanqueado por duas fileiras de machos mais jovens. Todos tinham as asas bem fechadas, talvez para andar como uma unidade, mas quando pararam diante de Cassian, aquelas asas se abriram levemente.

Cassian manteve as asas dele no que Nestha chamava de sua abertura casual — não amplas, mas não totalmente fechadas. A posição comunicava a quantidade perfeita de tranquilidade e arrogância, prontidão e poder.

O olhar daquele macho familiar parou sobre ela.

— O que *ela* veio fazer aqui?

Nestha deu a ele um sorriso dissimulado.

— Bruxaria.

Ela podia jurar que Cassian murmurou uma súplica à Mãe antes de interromper:

— Devo lembrar a você, Devlon, que Nestha Archeron é irmã de nossa Grã-Senhora, e será tratada com respeito. — As palavras tinham agressividade o suficiente para que até mesmo Nestha olhasse para o rosto imperturbável de Cassian. Ela não ouvia aquele tom irredutível desde a guerra. — Ela vai treinar aqui.

Nestha só queria jogá-lo da beira do abismo mais próximo.

O rosto de Devlon se contraiu.

— Qualquer arma que ela tocar precisará ser enterrada depois. Vamos deixá-las em uma pilha.

Nestha piscou.

As narinas de Cassian se dilataram.

— Não faremos tal coisa.

Devlon farejou perto dela, os comparsas dele dando risadinhas.

— Está sangrando, bruxa? Se estiver, não terá sequer permissão de tocar nas armas.

Nestha se obrigou a parar e contemplar a melhor forma de humilhar aquele canalha.

Cassian disse, com uma firmeza espantosa:

— Essas são superstições ultrapassadas. Ela pode tocar as armas estando ou não em seu ciclo.

— Ela pode — respondeu Devlon —, mas serão enterradas mesmo assim.

Silêncio se instalou. Nestha não deixou de notar que a expressão de Cassian tinha ficado sombria conforme encarava Devlon. Mas ele disse, abruptamente:

— Como os novos recrutas estão se saindo?

Devlon abriu a boca, então fechou, havia irritação estampada ali devido a uma briga negada.

— Bem — disparou ele, dando as costas e sendo seguido por seus soldados.

O rosto de Cassian se contraiu com cada fôlego. Nestha sentiu a adrenalina se acumulando lentamente em seu sangue e se preparou para vê-lo avançando contra Devlon.

Mas Cassian grunhiu:

— Vamos. — E começou a andar para uma área de treino vazia.

Devlon olhou com raiva por cima do ombro, e Nestha lançou a ele um olhar frio antes de ir atrás de Cassian. O olhar do illyriano se deteve como um ferrete marcando as costas dela.

Cassian não se dirigiu a uma das inúmeras estantes de armas posicionadas pela área de treinamento. Ele apenas parou no ringue mais afastado, com as mãos no quadril, e esperou por ela.

Ela não se juntaria a ele por nada no mundo. Nestha viu uma pedra erodida perto da estante de armas, lisa devido ao clima inclemente ou ao número incontável de guerreiros que haviam se sentado nela, gesto que ela repetiu naquele momento. A superfície gélida feriu sua pele, mesmo através da espessura do couro.

— O que está fazendo? — O lindo rosto de Cassian era quase predatório.

Nestha cruzou as pernas na altura dos tornozelos e arrumou a extensão da capa como se fosse a cauda de um vestido.

— Já disse: não vou treinar.

— Levante. — Ele jamais dera uma ordem com aquele tom a ela.

Levante, dissera ela aos prantos naquele dia, diante do rei de Hybern. *Levante.*

Nestha o encarou. Desejou que estivesse transmitindo um olhar distante e inabalado.

— Estou oficialmente no treino, Cassian, mas você não pode me *obrigar* a fazer nadica de nada. — Ela indicou a lama. — Pode me arrastar ali, se quiser, mas não vou fazer nada.

Os olhares dos illyrianos os bombardeavam como pedras. Cassian fervilhou de ódio.

Que bom. Que ele visse o desperdício de vida, o fim do poço em que ela havia chegado.

— Levante, *inferno*. — As palavras dele eram como um grunhido baixo.

Devlon e o grupo dele haviam retornado, atraídos pela discussão dos dois, e se reuniram além do limite do círculo. Mesmo assim, os olhos castanhos de Cassian permaneciam fixos nela.

Uma suave nota de súplica lampejou por eles.

Levante, sussurrou uma vozinha na cabeça dela, nos ossos. *Não o humilhe dessa forma. Não dê a esses babacas a satisfação de ver Cassian sendo feito de idiota.*

Mas o corpo dela se recusava a se mover. Nestha havia traçado o limite, e ceder — a ele ou a qualquer um...

Algo parecido com desprezo tomou o rosto dele. Desapontamento. Raiva.

Que bom. Mesmo que alguma coisa tenha murchado dentro dela, Nestha não conseguiu conter o alívio.

Cassian deu as costas a ela, sacando a espada que estava guardada em suas costas. E sem dizer mais nada, sem olhar, ele começou seus exercícios matinais.

Que ele a odiasse. Era melhor assim.

CAPÍTULO 6

Cada série de passos e movimentos que Cassian executava era linda, letal e precisa, e Nestha fez de tudo para não o encarar boquiaberta.

Ela nunca fora capaz de tirar os olhos dele. Desde o momento em que se conheceram, ela desenvolveu uma consciência aguçada da presença dele em qualquer espaço, qualquer cômodo. Não conseguia impedir nem bloquear aquilo, por mais que sugerisse o contrário.

Vá! Ele havia implorado a ela enquanto estava deitado, morrendo.

Não posso, chorara ela. *Não posso.*

Nestha não sabia onde fora parar a pessoa que ela havia sido naquele momento. Não conseguia encontrar o caminho de volta até ela.

Mas mesmo sentada naquela pedra encarando os pinheiros que balançavam sobre as montanhas, ela observou Cassian pelo canto do olho, ciente de cada movimento gracioso, do sussurro da respiração controlada dele e do movimento dos cabelos escuros do guerreiro ao vento.

— Trabalhando duro, pelo que estou vendo.

A voz de Morrigan tirou o olhar de Nestha das montanhas e do guerreiro que parecia tanto ser parte delas. A fêmea impressionante estava ao lado dela, com os olhos castanhos brilhando de admiração e fixos em Cassian.

Não havia sinal de Devlon ou dos seguidores dele, parecia até que tinham sumido para longe há muito tempo. Será que já haviam se passado duas horas? Mor falou, em um tom tranquilo:

— Ele é bonito, não é?

A coluna de Nestha enrijeceu diante do tom caloroso na voz dela.

— Só perguntar a ele.

Nenhuma diversão iluminou o rosto de Morrigan quando ela voltou a atenção para Nestha.

— Por que você não está lá?

— Estou descansando.

O olhar de Morrigan percorreu o rosto de Nestha, reparando a ausência de suor ou da pele corada e o cabelo que mal saíra do lugar. A fêmea disse, baixinho:

— Meu voto teria sido para jogar você de volta nas terras humanas, sabe.

— Ah, eu sei. — Nestha se recusou a ficar de pé, a aceitar o desafio. — Que bom que ser irmã de Feyre tem suas vantagens.

O lábio de Morrigan se repuxou. Atrás dela, Cassian tinha parado os movimentos suaves.

Fogo escuro queimava nos olhos de Morrigan.

— Já conheci muita gente como você. — A mão dela desceu até o abdômen. — Nunca merecem o benefício da dúvida que pessoas boas como ele lhes dão.

Nestha estava muito ciente daquilo. E sabia de que tipo de pessoa Morrigan estava falando — aquelas que viviam na Corte dos Pesadelos na Cidade Escavada. Feyre jamais contara a ela a história toda, mas Nestha sabia dos detalhes básicos: os monstros que tinham atormentado e brutalizado Morrigan até ela ser jogada aos lobos.

Nestha se apoiou nas mãos e o frio da rocha penetrou suas luvas. Ela abriu a boca, mas Cassian se aproximava das duas, sem fôlego e brilhando de suor.

— Você chegou cedo.

— Queria ver como as coisas estavam indo. — Morrigan tirou o olhar incandescente de Nestha. — Parece que hoje foi um começo lento.

Cassian passou os dedos pelos cabelos.

— Pode-se dizer que sim.

Nestha trincou o maxilar tão forte que doeu.

Morrigan estendeu a mão a ele, e depois esticou a outra na direção de Nestha sem sequer olhá-la.

— Vamos?

Morrigan era uma enxerida prepotente.

Esse pensamento assolou Nestha enquanto ela estava na biblioteca subterrânea sob a Casa do Vento. Uma enxerida prepotente e vaidosa.

Cassian não tinha falado com ela depois de voltarem. Ela nem esperara para ver se ele ofereceria almoço antes de ir para o quarto tomar um banho para aquecer os ossos.

Quando Nestha saiu, viu que haviam passado um bilhete por baixo da porta. Com letras cursivas e fortes, o recado dizia que ela deveria estar na biblioteca às 13 horas. Sem ameaças, sem promessas de mandá-la para as terras humanas. Como se ele não ligasse se ela obedecia ou não.

Bom, pelo menos derrotar Cassian tinha sido mais rápido do que ela antecipara.

Nestha havia se aventurado na biblioteca não porque desejou obedecer aos comandos dele ou de Rhysand, mas porque a alternativa era igualmente insuportável: ficar sentada no quarto silencioso, sem nada além do rugido na mente para preencher o silêncio.

Fazia mais de um ano desde que ela estivera ali embaixo. Desde aqueles momentos assustadores quando os assassinos de Hybern tinham entrado de fininho e perseguido Feyre e ela até o centro escuro da biblioteca. Ela olhou pela beira do corrimão de mármore da escada, diretamente para o fosso sombrio lá embaixo. Não havia mais nenhuma criatura ancestral adormecida na escuridão, mas a falta de luz ainda se fazia presente. E no fundo havia o chão em que Cassian tinha aterrissado, procurando por ela. O rosto dele ficara tão contorcido de ódio quando viu o medo nos olhos dela...

Nestha afastou o pensamento. Afastou o tremor que a percorreu, e se concentrou na fêmea sentada à escrivaninha, quase escondida por colunas de livros empilhados.

As mãos da fêmea estavam detonadas. Não havia um jeito educado de descrevê-las além disso. Ossos tortos e retorcidos, dedos em ângulos errados... Feyre certa vez mencionara que as sacerdotisas naquela biblioteca não haviam tido uma vida fácil. No mínimo.

Nestha não queria saber o que tinham feito a Clotho, a grã-sacerdotisa da biblioteca, para deixá-la naquele estado. Ter a língua cortada, então ser deliberadamente curada assim para que o dano jamais pudesse ser desfeito. Machos a haviam ferido e...

Mãos a empurrando bem para baixo, até a água congelante, vozes gargalhando e debochando.

Um rosto bruto de macho sorrindo ao antecipar o troféu que seria puxado para fora...

Ela não conseguiu impedir. Não conseguiu salvar Elain, que chorava no chão. Não conseguiu salvar a si mesma. Ninguém viria salvá-la, e aqueles machos fariam o que quisessem, e o corpo dela não era dela, não era humano — não por muito mais tempo...

Nestha trouxe os pensamentos de volta ao presente, afastando a lembrança.

Com o rosto escondido nas sombras do capuz pálido, Clotho estava sentada em silêncio, como se tivesse visto os pensamentos percorrerem Nestha, como se soubesse com que frequência as lembranças daquele dia em Hybern a despertavam. A pedra azul límpida que coroava o capuz do manto de Clotho tremeluziu como um Sifão à luz fraca quando ela passou um pedaço de pergaminho para o outro lado da escrivaninha.

Pode começar hoje colocando na prateleira os livros do Nível Três. Pegue a rampa atrás de mim para chegar até lá. Haverá um carrinho com os livros, que estão organizados alfabeticamente pelo nome do autor. Se não tiver autor, coloque de lado e peça ajuda no fim do seu turno.

Nestha assentiu.

— Quando acaba meu turno?

Usando os pulsos e o dorso das mãos, Clotho puxou para perto um pequeno relógio. Apontou com uma articulação protuberante para o marcador das 18 horas.

Cinco horas de trabalho. Nestha conseguiria.

— Certo.

Clotho a avaliou de novo. Como se pudesse ver o mar agitado e revolto dentro dela, que se recusava a deixá-la quieta por sequer um momento, que se recusava a deixá-la ter um segundo de paz.

Nestha abaixou os olhos para a escrivaninha. Obrigou-se a expirar. Mas quando o suspiro escapou de seus lábios, aquele pesar familiar entrou em cena.

Sou inútil e não presto para nada, foi o que Nestha quase falou. Ela não tinha certeza de por que as palavras tinham vindo à tona, de como haviam pressionado seus lábios para que as proferissem. *Odeio tudo o que sou. E estou tão, tão cansada. Estou cansada de querer estar em qualquer lugar que não seja minha cabeça.*

Ela esperou que Clotho gesticulasse, que fizesse qualquer coisa que indicasse que tinha ouvido os pensamentos.

A sacerdotisa indicou a biblioteca acima e abaixo. Uma dispensa silenciosa.

Com os pés pesados, Nestha seguiu para a rampa.

Era uma tarefa braçal, mas requeria tanta concentração que o tempo voou e a mente dela se aquietou, abrindo espaço para um pacífico vazio.

Ninguém se aproximou de Nestha conforme ela caçava seções e prateleiras e seus dedos percorriam as lombadas dos livros à procura do lugar certo. Havia ao menos três dúzias de sacerdotisas que trabalhavam, pesquisavam e curavam ali, embora fosse quase impossível contá-las, já que todas usavam as mesmas vestes pálidas e tantas mantinham os capuzes no rosto. Aquelas que deixavam os capuzes para baixo haviam sorrido hesitantemente para ela.

Aquele era o santuário delas, presenteado por Rhysand. Ninguém podia entrar sem permissão.

O que significava que aprovavam a presença de Nestha, por qualquer que fosse o motivo.

As mãos de Nestha estavam quase murchas devido à poeira quando um sino tocou seis badaladas metálicas pela cavernosa biblioteca, ecoando desde os andares superiores até o fosso escuro. Algumas sacerdotisas se levantaram das escrivaninhas e cadeiras de cada andar onde trabalhavam, enquanto outras permaneceram.

Ela encontrou Clotho na mesma escrivaninha. Será que a sacerdotisa levantava o capuz? Deveria, para poder tomar banho, mas será que mostrava o rosto a alguém?

— Acabei por hoje — anunciou Nestha.

Clotho passou outro bilhete pela escrivaninha.

Obrigada pela ajuda. Vemos você amanhã.

— Tudo bem. — Nestha colocou o bilhete no bolso.

Mas Clotho estendeu a mão quebrada. Nestha observou espantada quando uma caneta-tinteiro pairou acima de um pedaço de papel e começou a escrever.

Vista roupas que não se incomoda de sujar de poeira. Vai estragar esse lindo vestido aqui.

Nestha olhou para o vestido cinza que tinha colocado.

— Tudo bem — repetiu ela.

A caneta começou a se mover de novo, enfeitiçada de alguma forma que a permitia se conectar com os pensamentos de Clotho. *Foi um prazer conhecer você, Nestha. Feyre fala muito bem de você.*

Nestha se virou.

— Ninguém gosta de mentirosos, Sacerdotisa.

Ela podia ter jurado que um suspiro de diversão pairou por baixo do capuz da fêmea.

Cassian não apareceu para jantar.

Nestha tinha parado no quarto dela apenas por tempo o bastante para lavar a poeira das mãos e do rosto, e então quase correu para cima, com o estômago roncando.

A sala de jantar estava vazia. A mesa posta para um confirmava que ela faria uma refeição solitária.

Nestha encarara a cidade banhada pelo pôr do sol lá embaixo, os únicos barulhos eram o vestido dela farfalhando e a cadeira rangendo.

Por que estava surpresa? Tinha humilhado Cassian no Refúgio do Vento. Ele estava provavelmente com os amigos na casa do rio, reclamando com eles para que encontrassem outra forma de lidar com ela.

Um prato de comida surgiu, jogado cerimoniosamente no descanso de mesa. Até a Casa a odiava.

Nestha fez careta para o cômodo de pedras vermelhas.

— Vinho.

Nada surgiu. Ela levantou a taça adiante.

— *Vinho.*

Nada. Ela tamborilou as unhas na superfície lisa da mesa.

— Você recebeu ordens de *não* me dar vinho?

Falando com uma casa: um novo fundo do poço.

Mas como se em resposta, a taça se encheu de água.

Nestha grunhiu para o arco aberto às suas costas.

— Engraçadinha.

Ela avaliou a comida: metade de um frango assado temperado com o que cheirava a alecrim e tomilho; purê de batatas nadando em manteiga; e vagem salteada no alho.

Aquele silêncio rugiu em sua mente, no cômodo.

Ela tamborilou de novo.

Ridículo. Essa coisa toda, essa interferência superior era *ridícula.*

Nestha ficou de pé e se dirigiu à porta.

— Fique com seu vinho. Eu mesma pego.

CAPÍTULO 7

Sem a magia da Muralha bloqueando o acesso às terras humanas, Mor atravessou com Cassian depois do pôr do sol direto para a mansão que tinha se tornado lar e quartel-general de Jurian, Vassa e — pelo visto — Lucien. Mesmo depois de mais de um ano, a devastação da guerra era evidente na propriedade: árvores caídas, trechos vazios de terra onde nada havia crescido ainda e uma vastidão desértica generalizada que fazia a casa de pedra cinza parecer uma sobrevivente acidental. Ao luar, a brutalidade era ainda mais nítida, os resquícios de árvores brilhavam prateados e as sombras na terra manchada eram mais profundas.

Cassian não sabia a quem a casa tinha pertencido, e aparentemente os novos ocupantes também não. Feyre dissera a ele que o grupo se chamava de o Bando de Exilados. Cassian riu consigo mesmo ao pensar naquilo. Mor não se demorou depois de deixá-lo à porta arqueada de madeira da casa, sorrindo de uma forma que dizia a ele que mesmo que Cassian implorasse para que ela ajudasse, ela não ajudaria. Não, ela queria vê-lo bancar o cortesão, exatamente como Rhys havia pedido.

Cassian não tinha planejado começar aquela missão hoje, mas depois daquela tentativa desastrosa de uma lição com Nestha, ele precisava fazer alguma coisa. Qualquer coisa.

Nestha sabia exatamente o que estava fazendo quando se recusou a sair daquela pedra. Que impressão passaria para Devlon e aqueles outros babacas vaidosos. Ela sabia e tinha feito mesmo assim.

Então, assim que deixou Nestha na Casa, Cassian foi para um penhasco deserto no mar, onde o rugido da arrebentação abafava o calor revolto nos ossos dele.

Ele parou na casa do rio para admitir seu fracasso, mas Feyre apenas fervilhou de irritação com o comportamento de Nestha, e Rhys dera a ele um olhar de divertimento cauteloso.

Foi Amren quem disse, por fim, *Deixe que ela cave o próprio túmulo, menino. E, depois, ofereça a mão a ela.*

Achei que era isso que tinha acontecido durante esse último ano, replicou ele.

Continue estendendo a mão, fora a única resposta de Amren.

Ele havia encontrado Mor logo depois disso, explicou que precisava ser transportado, e ali estava. Cassian levantou o punho para a porta, mas a placa de madeira se afastou antes que ele conseguisse tocá-la.

O rosto bonito e coberto de cicatrizes de Lucien surgiu, e o olho dele tremia.

— Achei que tivesse sentido mais alguém chegando.

Cassian entrou na casa e as tábuas do piso rangeram sob suas botas.

— Você acabou de chegar?

— Não — respondeu Lucien. Cassian notou a tensão dos ombros dele sob o casaco cinza-escuro que vestia e o silêncio desconfortável que emanava de cada pedra da casa. Ele prestou atenção na disposição da construção, para caso precisasse lutar para sair. O que, considerando o desprazer que Lucien irradiou enquanto caminhava a passos largos até a porta em arco à esquerda deles, parecia uma possibilidade real.

Sem se virar, Lucien disse:

— Eris está aqui.

Cassian não hesitou. Não levou a mão à faca presa a sua coxa, embora fosse difícil bloquear a memória do rosto surrado de Mor. Do bilhete pregado ao abdômen dela, do corpo nu da fêmea jogado como lixo na fronteira da Corte Outonal. O maldito canalha a havia encontrado e a *deixara* ali. Ela ficara à beira da morte e...

Os planos de Cassian para o que um dia faria com ele iam muito além da dor que uma faca poderia infligir. O sofrimento de Eris duraria semanas. Meses. Anos.

Cassian não se importava que Eris tivesse convencido Keir a atrasar a visita a Velaris, aparentemente fazendo aquilo por qualquer pingo de bondade que ainda tinha. Não ligava que Rhys notara algo em Eris capaz de conquistar sua confiança. Nada disso importava porra nenhuma. A atenção de Cassian se voltou para o macho de cabelos ruivos sentado perto da lareira crepitante na sala de estar surpreendentemente chique. Ele sabia muito bem que deveria ficar de olho nos inimigos.

Eris estava jogado em uma poltrona dourada, com as pernas cruzadas. Seu rosto pálido era retrato da arrogância cortesã.

Os dedos de Cassian se fecharam. Nos últimos cinco séculos, tinha que se controlar sempre que o encontrava. Controlar aquele ódio ofuscante diante da mera visão do macho.

Eris sorriu, bastante ciente disso.

— Cassian.

O olho dourado de Lucien emitiu um clique, percebendo o ódio de Cassian enquanto, com o olho castanho-avermelhado restante, deixava evidente sua preocupação.

O macho tinha crescido com Eris. Lidara com a crueldade de Eris e de Beron. Teve a amante assassinada pelo próprio pai. Mas Lucien tinha aprendido a se manter calmo.

Tudo bem. Essa reunião havia sido um pedido de Rhys. Cassian precisava pensar como Rhys, como Mor. Tinha que deixar o ódio de lado.

Cassian se permitiu um segundo para fazer isso, vagamente ciente de que Vassa dizia alguma coisa. Ele havia notado e parcialmente ignorado os dois humanos na sala: o guerreiro de cabelos castanhos — Jurian — e a jovem rainha de cabelos ruivos.

Se Rhys e Mor estivessem aqui... Não diriam uma palavra sequer sobre nada diante de Eris. Fingiriam que aquela era uma visita amigável, para ver como as terras humanas estavam indo. Mesmo que Eris fosse muito provavelmente aliado deles.

Não, Eris *era* aliado deles. Rhys tinha negociado e trabalhado com ele. Eris sempre havia cumprido com sua parte. Rhys confiava nele. Mor, apesar de tudo o que havia acontecido, confiava nele. Mais ou menos. Então Cassian supôs que devesse confiar também.

A cabeça dele doía. Eram tantas coisas para ponderar. Ele já tinha passado por isso em campos de batalha, mas aqueles jogos mentais e teias de mentiras... *Por que* Rhys pedira a ele que fizesse aquilo? Ele fora direto ao lidar com os illyrianos: tinha exposto o inferno que cairia sobre eles caso se rebelassem, e aparecera para ajudar com o que quer que precisassem. Isso não era de modo algum comparável com aquilo.

Cassian piscou, e registrou o que Vassa tinha dito: *General Cassian. Um prazer.*

Ele deu a rainha uma breve e superficial reverência.

— Vossa Majestade.

Jurian tossiu, e Cassian olhou para o guerreiro humano. Ex-humano? Parcialmente humano? Não sabia. Jurian tinha sido despedaçado por Amarantha e sua consciência, de alguma forma, ficou presa dentro do olho, o qual ela havia prendido em um anel e usado durante quinhentos anos. Até que os ossos remanescentes dele foram usados por Hybern para ressuscitar seu corpo e retornar sua essência para aquela forma, a mesma que tinha liderado exércitos naqueles antigos campos de batalha durante a Guerra. Quem era Jurian agora? *O que* ele era?

Do lugar que ocupava, em um sofá cor-de-rosa ridículo próximo à parede mais afastada, Jurian falou:

— Ela fica toda convencida quando alguém a chama assim.

Vassa se esticou, o casaco cobalto dela contrastava profundamente com o vermelho-dourado do cabelo. Das três pessoas ruivas naquela sala, Cassian achava a rainha humana a mais bela: o tom reluzente da pele, os olhos azuis grandes e puxados para cima, emoldurados por cílios e sobrancelhas escuras, e o cabelo vermelho sedoso, o qual ela havia cortado na altura dos ombros desde a última vez que ele a vira.

Vassa disse a Jurian:

— Eu *sou* uma rainha, sabe.

Rainha à noite e pássaro de fogo de dia, vendida pelas compatriotas rainhas humanas para um mestre feiticeiro que a havia encantado. Condenando-a a se transformar a cada alvorecer em um pássaro de fogo e cinzas.

Cassian tinha esperado até o pôr do sol para visitar, para encontrá-la na forma humana. Ele precisava que Vassa fosse capaz de falar.

Jurian cruzou um tornozelo sobre o joelho. As botas enlameadas ficaram opacas à luz da lareira.

— Até onde sei, seu reino não é mais seu. Você ainda é uma rainha?

Vassa revirou os olhos, então mirou Lucien, que afundou no sofá ao lado de Jurian. Como se o macho feérico tivesse resolvido discussões semelhantes entre os dois antes. Mas a atenção de Lucien estava sobre Cassian.

— Veio com novidades ou com ordens?

Bastante ciente da presença de Eris perto da lareira, Cassian manteve o olhar sobre Lucien.

— Nós lhe damos ordens como nosso emissário. — Ele assentiu para Jurian e Vassa. — Mas quando está com seus amigos, só lhe damos sugestões.

Eris riu com deboche. Cassian o ignorou, e perguntou a Lucien:

— Como está a Corte Primaveril?

Ele precisava dar crédito a Lucien: o macho de alguma forma conseguia se deslocar entre seus três papéis — emissário da Corte Noturna, aliado de Jurian e Vassa e representante de Tamlin — e ainda se vestir impecavelmente.

O rosto de Lucien não revelou nada sobre como Tamlin e a corte dele estavam.

— Está bem.

Cassian não sabia por que esperava uma notícia sobre o Grão-Senhor da Corte Primaveril. Lucien só dava essas notícias em particular para Rhys.

Eris riu com escárnio de novo diante do jeito atrapalhado de Cassian, e, incapaz de se conter, Cassian por fim se virou para ele.

— O que você está fazendo aqui?

Eris nem se deu ao trabalho de se mexer na cadeira.

— Algumas dúzias de soldados meus estavam patrulhando minhas terras há vários dias e não retornaram com notícias. Não encontramos sinal de batalha. Nem mesmo meus farejadores puderam rastreá-los além do último lugar em que estiveram.

Cassian franziu as sobrancelhas. Ele sabia que não deveria deixar nada transparecer, mas... Aqueles farejadores eram os melhores de Prythian. Cães abençoados com uma magia muito particular. De cor cinza e reluzentes como fumaça, podiam rastrear com a velocidade do vento, farejar qualquer presa. Eram tão estimados que a Corte Outonal proibia que fossem dados ou vendidos além de suas fronteiras, e eram tão caros que apenas a nobreza os possuía. E se reproduziam tão raramente que era extremamente difícil encontrar um sequer. Eris, Cassian sabia, tinha 12.

— Nenhum deles tinha o poder de atravessar? — perguntou Cassian.

— Não. Embora a tropa seja uma das minhas mais habilidosas em combate, nenhum dos soldados tem magia ou é de linhagem notável.

A palavra *linhagem* foi atirada a Cassian com um risinho. Babaca.

Vassa disse:

— Eris veio ver se eu consigo pensar em algum motivo pelo qual os soldados dele possam ter se metido em encrenca com humanos. Os farejadores detectaram cheiros estranhos no local em que sumiram. Alguns que pareciam humanos, mas eram... esquisitos, de algum jeito.

Cassian ergueu uma sobrancelha para Eris.

— Você acha que um grupo de humanos conseguiria matar seus soldados? Então eles não podem ser *tão* habilidosos assim.

— Depende do humano — falou Jurian, cujo rosto estava sombrio. O de Vassa era um espelho do dele.

Cassian fez uma careta.

— Desculpe. Eu... desculpe.

Que ótimo cortesão.

Mas Eris deu de ombros.

— Acho que há muita gente interessada em atiçar outra guerra, e este seria o início dela. Embora talvez a sua corte tenha feito isso. Eu não diria que está aquém de Rhysand atravessar com meus soldados para longe e plantar cheiros misteriosos para nos confundir.

Cassian lançou a ele um olhar selvagem.

— Somos aliados, lembra?

Eris deu a ele um sorriso idêntico.

— Sempre.

Cassian não conseguiu se conter.

— Talvez você tenha feito seus próprios soldados sumirem, se é que sumiram mesmo, e só está inventando isso pelo mesmo motivo de merda que acabou de dar.

Eris riu, mas Jurian interrompeu:

— Houve tensões entre os humanos com relação à sua gente. Mas até onde sabemos, até onde soubemos pelas forças de Lorde Graysen, os humanos daqui mantiveram as antigas fronteiras de demarcação, e não têm interesse em criar problemas.

A palavra *ainda* ficou implícita.

Será que perguntar sobre as rainhas humanas no continente revelaria os planos de Rhys? O papo tinha tomado esse rumo, de modo que ele podia mencionar isso e fazer passar por conversa fiada, em vez de como o motivo pelo qual tinha ido até ali... Merda, a cabeça de Cassian doía.

— E quanto a suas... suas irmãs? — Ele apontou com a cabeça para Vassa. — Será que elas teriam alguma coisa a ver com isso?

O olhar de Eris disparou até ele, e Cassian conteve um palavrão. Talvez tivesse falado demais. Desejava que Mor estivesse ali. Mesmo que colocar ela e Eris na mesma sala... Não, ele a pouparia daquele sofrimento.

Os olhos cerúleos de Vassa ficaram sombrios.

— Estávamos chegando nesse assunto, na verdade. — Ela indicou Cassian. — Você ouviu os mesmos boatos que nós: elas estão se mobilizando de novo do outro lado do oceano, e estão prontas para causar problemas.

— Mas a verdadeira questão é: será que são burras o bastante para fazerem isso? — disse Jurian.

— Elas são tudo menos burras — disse Lucien, sacudindo a cabeça. — Mas deixar um cheiro humano no local é uma pista tão óbvia que parece improvável que tenha sido uma delas.

— Qualquer movimento que fazem é profundamente calculado — disse Vassa, olhando para a parede de janelas que dava para as terras destruídas adiante. — Embora eu não consiga imaginar por que qualquer uma delas capturaria seus soldados — disse ela a Eris, que parecia monitorar cada palavra que saía da boca deles. — Há outros feéricos no próprio continente, então por que se dar o trabalho de cruzar o mar para pegar os seus? E por que não os da Corte Primaveril? Tamlin não notaria ninguém faltando a esta altura.

Lucien se encolheu, e Cassian, embora tenha ficado com vontade de sorrir ao pensar naquele canalha sofrendo, percebeu que franzia a testa. Se a guerra estava chegando, eles precisavam de Tamlin e das tropas dele em forma para a batalha. Precisavam que Tamlin estivesse preparado. Rhys andara visitando o Grão-Senhor regularmente, certificando-se tanto de que ele estava do lado deles quanto de que era capaz de liderar.

Como Rhys conseguia não matar o Grão-Senhor da Primaveril era algo que Cassian ainda não conseguia entender.

Mas era por isso que Rhys era o Grão-Senhor e Cassian, a espada dele.

Ele sabia que, se algum dia conseguisse o nome do humano desgraçado que tinha colocado as mãos em Nestha, nada o impediria de encontrá-lo. Uma conversa que ele tivera com Nestha anos antes, quando ela ainda era humana, sempre estava à espreita no fundo da sua mente. O modo como ela enrijeceu ao toque dele, fazendo-o entender — ele sentira o cheiro e vira o medo nos olhos dela, e *soube* — que um homem a havia ferido. Ou tentara. Ela jamais havia contado a ele os detalhes, mas confirmou o suficiente ao se recusar a dar o nome do homem. Cassian costumava pensar em como o mataria, caso Nestha desse seu aval. Arrancar a pele seria um bom começo.

Seus amigos entenderiam a ferida que aquilo abria. Até que ponto aquela ferida antiga o motivaria. Um acampamento illyriano devastado foi tudo o que restou da última vez que ele se permitiu afundar até aquele nível de ódio.

E Rhys o designara para bancar o cortesão. Para afastar a espada e usar as palavras. Era uma piada.

Eris descruzou as pernas.

— Suponho que isso possa ser para semear tensão entre nós. Para nos fazer suspeitar uns dos outros. Enfraquecer nossos laços.

— É uma coisa que Hybern teria feito — concordou Jurian. — Ele talvez tenha ensinado uma ou duas coisas a elas. — Antes de Nestha o decapitar.

Mas Vassa falou:

— As rainhas não precisam ser ensinadas. Elas eram muito bem versadas em traição antes de sequer contatarem Hybern. E já lidaram com monstros muito maiores do que ele.

Cassian podia jurar que chamas ondularam pelos olhos azuis dela.

Tanto Jurian quanto Lucien a encararam, o rosto do primeiro estava completamente indecifrável, e o do segundo estampava compaixão. Cassian conteve um sobressalto. Ele devia ter perguntado a alguém antes de ir até lá quanto tempo restava até que Vassa fosse forçada a voltar para o continente

— para o mestre feiticeiro que segurava a coleira dela em um lago remoto e que permitira que Vassa saísse apenas temporariamente, como parte de um acordo que o pai de Feyre tinha feito.

O pai de Feyre... e pai de Nestha. Cassian bloqueou a memória do pescoço do homem sendo partido. Do rosto de Nestha quando aquilo aconteceu. E decidindo mandar a precaução para os ares, perguntou:

— Qual das rainhas faria algo tão ousado assim?

O rosto de Vassa ficou tenso.

— Briallyn.

A rainha outrora jovem que havia sido transformada em Grã-Feérica pelo Caldeirão. Contudo, em meio ao ódio por causa do que Nestha havia tomado dele, o Caldeirão punira Briallyn. Ela foi Feita uma feérica imortal, sim — mas murchou até se parecer uma anciã. Condenada a ser velha durante milênios.

Ela não escondera o ódio por Nestha. O desejo de vingança.

Se Briallyn agisse contra Nestha, ele mataria a rainha com as próprias mãos.

Cassian tentava pensar apesar da besta que urrava em sua cabeça e contraía cada músculo de seu corpo, sedenta pela única coisa que poderia acalmá-la. Violência e muito sangue.

— Calma — disse Lucien.

Cassian grunhiu.

— *Calma* — repetiu Lucien, e uma chama chiou no olho castanho-avermelhado dele.

A chama, o domínio surpreendente que ela emanava, atingiu Cassian como uma pedra na cabeça e arrancou dele a necessidade de matar e matar e matar o que quer que o ameaçasse...

Estavam todos encarando. Cassian flexionou os ombros tensos, estendendo as asas. Ele havia revelado muito. Como um brutamontes estúpido, tinha deixado que todos vissem muito, que descobrissem muito.

— Mande aquele seu encantador de sombras rastrear Briallyn — ordenou Jurian, com o rosto sério. — Se ela for, de algum jeito, capaz de capturar uma unidade de soldados feéricos, precisamos saber como. Logo. — A ordem foi proferida como o general que Jurian um dia fora.

Cassian disse a Vassa:

— Acha mesmo que Briallyn faria algo assim? Que seria tão descarada? Alguém deve estar tentando nos enganar para irmos atrás dela.

Lucien perguntou:

— Como ela sequer conseguiria chegar aqui e sumir tão rápido? Cruzar o mar leva semanas. Precisaria atravessar para conseguir.

— As rainhas *atravessam* — corrigiu Jurian. — Fizeram isso durante a guerra, não lembram?

Mas Vassa disse:

— Só quando há muitas de nós juntas. E não é atravessar como os feéricos fazem, é um poder diferente. É parecido com a forma como todos os sete Grão-Senhores podem combinar os poderes para fazer milagres.

Mas que merda.

Eris falou:

— Sei por fonte segura que as outras três rainhas estão dispersadas pelo mundo. — Cassian não falou nada sobre os fatos e as perguntas que aquela informação levantava. Como Eris sabia disso? — Briallyn está morando sozinha no palácio delas há semanas. Muito antes de nossos soldados sumirem.

— Então ela não pode atravessar — concluiu Cassian. — E, mais uma vez, será que ela seria tão tola assim para fazer uma coisa dessas sem as outras rainhas?

Os olhos de Vassa ficaram sombrios.

— Sim. A partida das outras serviria para remover obstáculos às ambições dela. Mas ela só faria isso se tivesse apoio de alguém com um imenso poder. Talvez alguém que mexa os pauzinhos.

Até mesmo o fogo pareceu se calar.

O olho de Lucien fez um clique.

— Quem?

— Você quer saber quem é capaz de fazer uma unidade de soldados feéricos do outro lado do mar sumir? Quem poderia dar a Briallyn o poder de atravessar... ou fazer isso por ela? Quem poderia ajudar Briallyn de forma que ela fosse ousada o suficiente para fazer tal coisa? Investigue Koschei.

Cassian congelou quando lembranças se encaixaram, tão certas quanto um dos quebra-cabeças de Amren.

— O feiticeiro que aprisionou você se chama Koschei? Ele é... ele é o irmão do Entalhador de Ossos? — todos olharam para ele. Cassian explicou: — O Entalhador de Ossos mencionou um irmão para mim certa vez, outro verdadeiro imortal e um senhor da morte. Esse era o nome dele.

— Sim — sussurrou Vassa. — Koschei é... era... o irmão mais velho do Entalhador de Ossos.

Lucien e Jurian olharam para ela surpresos. Mas o olhar de Vassa repousava sobre Cassian. Medo e ódio o preenchiam, como se falar o nome do macho fosse aterrorizante.

A voz dela ficou rouca.

— Koschei não é um mero feiticeiro. Ele está confinado ao lago devido a um feitiço antigo. Porque não foi esperto o bastante certa vez. Tudo o que ele faz é para se libertar.

— Por que é que ele foi aprisionado? — perguntou Cassian.

— A história é longa demais para contar — esquivou-se ela. — Mas saiba que Briallyn e as demais me venderam a ele não para atender aos desejos delas, mas aos dele. Por meio de palavras que ele plantou nas cortes delas, que sussurrou aos ventos.

— Ele ainda está no lago — disse Lucien, com cautela. Cassian lembrava que Lucien estivera lá. Tinha ido com o pai de Nestha até o lago onde Vassa era mantida presa.

— Sim — falou Vassa, com alívio nos olhos. — Mas Koschei é tão velho quanto o mar, mais velho até.

— Alguns dizem que ele é a própria Morte — murmurou Eris.

— Não sei se isso é verdade — disse Vassa —, mas chamam ele de Koschei, o Sem-Morte, porque não há morte o aguardando. É realmente imortal. E teria conhecimento sobre algo que pudesse dar a Briallyn uma vantagem sobre nós.

— E acha que Koschei faria tudo isso não por simpatia pelas rainhas humanas, mas com o objetivo de se libertar? — insistiu Cassian.

— Com certeza. — Vassa olhou para as mãos e flexionou os dedos. — Temo o que pode acontecer se ele se libertar do lago. Se encontrar este mundo à beira do desastre e souber que pode atacar, atacar com tudo, e se tornar mestre dele. Como tentou fazer uma vez, há muito tempo.

— Essas são lendas anteriores às nossas cortes — falou Eris.

Vassa assentiu.

— É tudo o que descobri durante o tempo em que fui escravizada por ele.

Lucien olhou pela janela — como se pudesse ver o lago do outro lado de um mar e um continente. Como se estivesse mirando o alvo.

Mas Cassian já tinha ouvido o suficiente. Não esperou pelas despedidas antes de seguir para a porta em arco e para o corredor da entrada atrás dele.

Dera dois passos além da porta, inspirando o ar noturno frio, quando Eris disse, atrás dele:

— Você é um péssimo cortesão. — Cassian se virou e encontrou Eris fechando a porta e encostando-se nela. O rosto estava pálido e impassível sob o luar. — O que você sabe?

— Tão pouco quanto você — disse Cassian, oferecendo uma verdade que esperava ser considerada como mentira por Eris.

Eris farejou a brisa noturna. Depois sorriu.

— Ela não quis se dar o trabalho de entrar e dizer oi?

Cassian não sabia dizer como Eris havia detectado o cheiro remanescente de Mor. Quem sabe Eris e os cães de fumaça dele tivessem mais em comum do que Cassian imaginava.

— Ela não sabia que você estava aqui.

Mentira. Mor provavelmente tinha sentido. Ele pouparia a ela a dor de voltar lá, e pediria que Rhys o buscasse. Voaria para o norte por algumas horas, até estar ao alcance do poder de Rhys, e então dispararia um pensamento para ele.

O longo cabelo ruivo de Eris voou ao vento.

— O que quer que você esteja fazendo, o que quer que esteja investigando, quero participar.

— Por quê? E não.

— Porque preciso da vantagem que Briallyn tem, o que Koschei contou a ela, ou mostrou.

— Para destronar seu pai.

— Porque meu pai já prometeu as forças dele a Briallyn e à guerra que ela deseja provocar.

Cassian se assustou.

— Como é?

O rosto de Eris foi preenchido por uma diversão fria.

— Eu queria interrogar Vassa e Jurian. — Cassian achou inusitado Eris não ter mencionado o irmão. — Mas eles obviamente sabem pouco sobre isso.

— Explique que porra você quer dizer com Beron ter *prometido* as forças dele a Briallyn.

— É isso mesmo que você ouviu. Ele soube das ambições da rainha e foi até a casa dela há um mês para uma reunião. Fiquei aqui, mas mandei meus melhores soldados com ele. — Cassian conteve uma alfinetada sobre Eris ter ficado de fora, principalmente quando as últimas palavras se assentaram.

— Esses não seriam os mesmos soldados que sumiram, seriam?

Eris assentiu, sério.

— Voltaram com meu pai, mas estavam... diferentes. Distraídos e estranhos. Sumiram logo depois, e meus cães confirmaram que os cheiros na cena são os mesmos que aqueles nos presentes que Briallyn mandou como bajulação pelas graças de meu pai.

— Você sabia que era ela esse tempo todo? — Cassian indicou a casa e as três pessoas dentro dela.

— Você não achou que eu simplesmente daria toda essa informação, achou? Eu precisava que Vassa confirmasse que Briallyn era capaz de fazer algo assim.

— Por que Briallyn se aliaria a seu pai só para sequestrar seus soldados?

— É isso o que quero descobrir.

— O que Beron tem a dizer?

— Ele não sabe. Você sabe como é minha relação com meu pai. E essa aliança profana que ele fez com Briallyn só vai nos fazer mal. A *todos* nós. Vai se tornar uma guerra feérica por controle. Então quero encontrar respostas sozinho, e não no que meu pai tenta me contar.

Cassian avaliou o macho, estudando o rosto sombrio dele.

— Então matamos seu pai.

Eris riu com deboche, e Cassian se irritou.

— Sou a única pessoa para quem meu pai contou sobre essa nova aliança. Se a Corte Noturna avançar, vão me expor.

— Então sua preocupação com a aliança de Briallyn e Beron é pelo que ela significa para você, e não para o resto de nós.

— Só quero defender a Corte Outonal dos piores inimigos.

— Por que eu trabalharia com você nisso?

— Porque somos, de fato, aliados. — O sorriso de Eris se tornou ferino. — E porque não acredito que seu Grão-Senhor desejaria que eu fosse para outros territórios e pedisse a *eles* que ajudassem com Briallyn e Koschei. Que os ajudasse a se lembrar de que, para garantir a aliança de Briallyn, bastaria entregar uma certa irmã Archeron. Não seja burro o bastante para acreditar que meu pai também já não pensou nisso.

O ódio de Cassian fez seus olhos lampejarem em vermelho. Tinha revelado essa fraqueza antes. Deixara Eris ver o quanto Nestha era importante, o que ele faria para protegê-la.

Tolo, ele se amaldiçoou. *Tolo, inútil.*

— Eu poderia matar você agora e nunca mais me preocupar — ponderou Cassian.

Ele gostara de espancá-lo naquela noite no gelo, com Feyre e Lucien. E tinha esperado séculos para matá-lo.

— E assim certamente teria uma guerra nas mãos. Meu pai iria direto para Briallyn, e Koschei, suponho, e depois seguiria para os outros territórios insatisfeitos, e você seria varrido do mapa. Talvez literalmente, pois a Corte Noturna seria dividida entre os outros territórios se Rhysand e Feyre morressem sem um herdeiro.

Cassian trincou a mandíbula.

— Então você vai ser meu aliado, querendo eu ou não?

— E finalmente o brutamontes entendeu. — Cassian ignorou a alfinetada. — Sim. O que você sabe, *eu* quero saber. Vou avisá-lo de qualquer movimento da parte de meu pai em relação à Briallyn. Então mande seu encantador de sombras. E quando ele voltar, me procure.

Cassian o encarou por baixo de sobrancelhas franzidas. A boca de Eris se curvou para cima e, antes de atravessar para a noite como um fantasma, Eris disse:

— Atenha-se a travar batalhas, general. Deixe o governo para aqueles capazes de comandá-lo.

CAPÍTULO 8

Nestha não se deu ao trabalho de ir até a adega. Ou à cozinha. Estariam trancadas.

Mas sabia onde ficavam as escadas. Sabia que aquela porta em especial, pelo menos, não estaria trancada.

Ainda grunhindo, Nestha abriu com um solavanco a pesada porta de carvalho e olhou pela escada íngreme e estreita. Os degraus eram em espiral. Cada um com trinta centímetros de altura.

Dez mil degraus, que giravam e giravam e giravam. Apenas a ocasional janela em fenda oferecia um sopro de ar e um lampejo do progresso.

Dez mil degraus entre ela e a cidade, e depois uma caminhada de no mínimo oitocentos metros desde a base da montanha até a taverna mais próxima. E lá, à sua espera, o divino esquecimento.

Dez mil degraus.

Ela não era mais humana. Aquele corpo de Grã-Feérica conseguiria.

Ela conseguiria.

Ela não conseguiria.

A tontura a atingiu primeiro. Girar sem parar com os olhos fixos no chão para evitar um deslize que poderia matá-la fizera sua cabeça rodar.

O estômago vazio se revirou.

Mas ela se concentrou, contando cada degrau. *Setenta. Setenta e um. Setenta e dois.*

A cidade abaixo nem chegava a parecer mais próxima através das ocasionais janelas em fenda pelas quais ela passava.

Suas pernas começaram a tremer; os joelhos reclamavam do esforço de mantê-la de pé e de terem que se equilibrar em cada degrau da descida íngreme.

Nada além da própria respiração e do som de passos se arrastando preenchiam o espaço estreito. Tudo o que ela conseguia ver era o arco da parede adiante, infinitamente curvo e perfeito. Jamais se alterava, exceto por aquelas minúsculas e raras janelas.

Girando e girando e girando e girando e girando...

Oitenta e seis, oitenta e sete...

Para baixo e para baixo e para baixo e para baixo...

Cem.

Ela parou, não havia nenhuma janela à vista; as paredes a pressionaram, o chão continuou se movendo...

Nestha se recostou na parede de pedra vermelha e deixou que o frio entrasse em sua testa. Respirou.

Restavam nove mil e novecentos degraus.

Apoiando a mão na parede, ela recomeçou a descida.

Sua cabeça girou de novo. As pernas fraquejaram.

Ela conseguiu descer mais onze degraus antes dos joelhos cederem tão subitamente que ela quase escorregou. Apenas sua mão que se agarrou à parede irregular evitou a queda.

A escada girava e girava e girava, e ela fechou os olhos para não ver.

Sua respiração irregular ecoava pelas pedras. E, na quietude, Nestha não tinha defesa contra o que sua mente sussurrava. Ela não conseguiu afastar as últimas palavras que seu pai lhe dissera.

Eu amei você desde o primeiro momento em que a segurei nos braços.

Por favor, implorara ela ao rei de Hybern. *Por favor.*

Mesmo assim, ele partira o pescoço dele...

Nestha trincou os dentes, exalando um fôlego após o outro. Ela abriu os olhos e esticou a perna para dar mais um passo.

A perna tremeu tanto que ela não teve coragem.

Não se permitiu pensar naquilo, se revoltar contra aquilo, quando deu meia-volta. Nem mesmo se deixou sentir a derrota. Suas pernas protestaram, mas ela as forçou para cima. Para longe.

Girando e girando de novo.

Mais e mais para cima, 111 degraus.

Incapaz de segurar o fôlego, estava inegavelmente engatinhando nos últimos trinta degraus. O suor formava poças no corpete do vestido e fazia o cabelo grudar no pescoço encharcado. De que adiantava se tornar Grã-Feérica se não aguentava nem descer essas escadas? Das orelhas pontudas, ela aprendera a gostar. O ciclo irregular, o qual Feyre tinha avisado que seria doloroso, na verdade fora uma bênção, algo com que Nestha ficava feliz em se preocupar apenas duas vezes por ano. Mas de que adiantava tudo isso se ela não conseguia nem conquistar aqueles degraus?

Nestha manteve os olhos em cada degrau, em vez de na parede espiral e na sensação de tontura que ela provocava.

Que Casa desprezível. Que lugar horroroso.

Ela grunhiu quando a porta de carvalho no alto da escada finalmente se tornou visível.

Enterrando os dedos nos degraus com tanta força que as pontas reclamaram de dor, ela se arrastou pelo fim do trajeto, rastejando sobre a barriga até o piso do corredor.

E deu de cara com Cassian, sorrindo encostado na parede adjacente.

Cassian havia precisado de um tempo antes de vê-la de novo.

Ele informara Rhys e os demais assim que retornou, e eles receberam as informações com expressões sérias e sombrias. Ao fim da conversa, Azriel estava se preparando para uma missão de reconhecimento sobre Briallyn enquanto Amren se perguntava que tipo de poderes ou recursos a rainha e Koschei teriam, se é que tinham, de fato, para ter capturado os soldados de Eris com tanta facilidade.

Cassian fora então incumbido de uma nova ordem: ficar de olho em Eris. *Além do fato de que ele se aproximou de você*, dissera Rhys, *você é meu general. Eris comanda as forças de Beron. Mantenha-se em comunicação com ele.* Cassian havia começado a protestar, mas Rhys lançara um olhar significativo para Azriel, e Cassian cedeu. Az já tinha muito com que lidar. Cassian podia lidar com aquele merda do Eris sozinho.

Eris quer evitar uma guerra que o exporia, sugeriu Feyre. *Se Beron se aliar a Briallyn, Eris seria forçado a escolher entre o pai e Prythian. O cuidadoso equilíbrio que ele forjou ao jogar dos dois lados ruiria. Ele quer agir quando for conveniente para seus planos. Isso ameaça tudo.*

Mas ninguém tinha conseguido decidir qual era a maior ameaça a *eles*: Briallyn e Koschei ou a disposição de Beron de se aliar à rainha e ao feiticeiro. Enquanto a Corte Noturna tentava tornar a paz permanente, o desgraçado fazia o possível para começar outra guerra.

Depois de um jantar incomumente silencioso, Cassian voou de volta para a Casa. Lá, encontrou aberta a porta de carvalho que dava para os degraus e sentiu o cheiro de Nestha por perto.

Então esperou. Contou os minutos.

Tinha valido a pena.

Vê-la rastejando até o alto, ofegante, com o cabelo cacheando devido ao suor que escorria pelo rosto, fez com que o dia de merda que tivera valesse totalmente a pena.

Nestha ainda estava jogada no chão do corredor quando sibilou:

— Quem projetou essas escadas era um monstro.

— Acredita que Rhys, Az e eu tínhamos que subir e descê-las como castigo quando éramos meninos?

Os olhos dela brilharam de raiva — que bom. Era melhor do que aquele frio vazio.

— Por quê?

— Porque éramos jovens, tolos e ficávamos testando os limites de um Grão-Senhor que não entendia pegadinhas envolvendo nudez pública. — Ele assentiu para a escada. — Fiquei tão tonto na descida que vomitei em

Az. Então ele vomitou em Rhys, e Rhys vomitou em si mesmo. Estávamos no auge do verão, e quando fizemos a caminhada para cima, o calor estava insuportável, estávamos todos fedendo e o cheiro na escada ficou terrível. Todos regurgitamos de novo quando passamos pelo vômito.

Ele podia ter jurado que os cantos da boca de Nestha estavam tentando subir.

Cassian não conteve o próprio sorriso diante da lembrança. Mesmo que tivessem precisado descer de novo e limpar tudo.

Ele perguntou:

— Até que degrau chegou?

— Cento e onze. — Nestha não se levantou.

— Patético.

Os dedos dela empurraram o chão, mas o corpo não se moveu.

— Esta Casa idiota não quis me dar vinho.

— Imaginei que essa seria a única motivação para fazer você arriscar dez mil degraus.

Os dedos dela se enterraram no piso de pedra frio mais uma vez.

Cassian lançou a Nestha um sorriso torto, feliz com a distração.

— Você não consegue levantar, não é?

Os braços dela se esforçavam e os cotovelos tremiam.

— Vá voar contra uma pedra.

Cassian se afastou da parede e chegou até Nestha com três passos. Ele passou as mãos por baixo dos braços dela e a puxou para ficar de pé.

Nestha fez careta para ele o tempo todo. E estampou ainda mais raiva no rosto quando cambaleou e ele a segurou com mais firmeza, mantendo-a reta.

— Eu sabia que você estava fora de forma — observou Cassian, afastando-se quando ela provou que não estava prestes a desabar —, mas cem degraus? Mesmo?

— Duzentos, se contar os da subida — grunhiu ela.

— Mesmo assim é patético.

Ela esticou as costas e ergueu o queixo.

Continue estendendo a mão.

Cassian deu de ombros, virou para o corredor e depois para a escada que o levaria até seu quarto.

— Se você ficar de saco cheio de ser fraca como uma gatinha chorona, venha treinar. — Ele olhou por cima de um dos ombros. Nestha ainda estava ofegante e com o rosto corado e furioso. — E participe.

Nestha se sentou à mesa do café da manhã, feliz por ter deixado o quarto logo depois do nascer do sol para subir até a sala de jantar.

Tinha levado o dobro do tempo que normalmente levaria, graças às pernas rígidas e latejantes.

Sair da cama exigira dela uma trincada nos dentes e uma boa quantidade de palavrões. Tudo depois disso só piorara. Abaixar-se para colocar as pernas dentro da calça, ir ao banheiro, até mesmo a simples ação de abrir uma porta. Não havia uma parte das pernas dela que não doesse.

Então ela saiu cedo do quarto, sem querer dar a Cassian a satisfação de vê-la mancar e fazer careta até a sala de jantar.

O problema, é claro, era que agora não tinha certeza se conseguia ficar de pé.

Então ela se demorou muito fazendo a refeição. Estava engolindo o mingau quando Cassian entrou perambulando pelas portas da sala, olhou uma vez para ela e riu.

Ele sabia. De alguma forma, aquele babaca arrogante sabia.

Nestha talvez tivesse dito alguma gracinha, mas Azriel entrou no salão atrás de Cassian. Nestha ajeitou a postura diante da entrada do encantador de sombras. A escuridão se agarrava aos seus ombros conforme ele oferecia seu sorriso sombrio a ela.

Azriel era lindo, para dizer o mínimo. Até mesmo com aquelas mãos cheias de cicatrizes e as sombras que fluíam dele como fumaça, ela sempre o considerara o mais lindo dos três machos que se chamavam de irmãos.

Cassian se sentou na cadeira diante da dela. A comida dele apareceu imediatamente à frente, e o guerreiro disse com uma alegria desmedida:

— Bom dia, Nestha.

Ela lançou a ele um sorriso igualmente meloso.

— Bom dia, Cassian.

Os olhos castanhos de Azriel dançaram, mas ele não disse nada ao ocupar seu lugar graciosamente ao lado de Cassian, e um prato com sua comida surgiu.

— Não vejo você há um tempo — disse Nestha a ele. Ela não conseguia se lembrar da última vez, na verdade.

Azriel comeu uma garfada dos ovos antes de responder.

— Igualmente. — O encantador de sombras olhou para as roupas dela. — Como andam os treinos? — Cassian lançou a ele um olhar afiado.

Nestha olhou de um para outro. Não tinha como Azriel não saber sobre o dia anterior. Cassian provavelmente se gabara do incidente com a escada também.

Ela bebericou o chá.

— Fantásticos. Absolutamente cativantes.

A boca de Azriel se repuxou em um canto.

— Espero que não esteja dificultando as coisas para meu irmão.

Ela abaixou a xícara de chá.

— Isso é uma ameaça, Encantador de Sombras?

Cassian tomou um longo gole do próprio chá. Virou até a borra.

Azriel respondeu, friamente:

— Não preciso recorrer a ameaças. — As sombras se encolheram ao redor dele, como cobras prontas para o bote.

Nestha lançou a ele um sorriso, encarando-o de volta.

— Nem eu.

Ela se recostou na cadeira e disse a Cassian, que estava franzindo a testa para os dois:

— Quero treinar com ele em vez de você.

Ela podia jurar que Cassian ficou imóvel. Interessante.

Azriel tossiu dentro do chá.

Cassian tamborilou na mesa.

— Acho que vai descobrir que Az é ainda menos piedoso do que eu.

— Com esse rostinho lindo? — cantarolou ela. — Acho difícil acreditar.

Azriel abaixou a cabeça, concentrando-se na comida.

— Quer treinar com Az — disse Cassian, tenso —, então vá em frente. — Ele pareceu pensativo por um momento, seus olhos se iluminaram antes de ele acrescentar: — Embora eu duvide que você sobreviva a uma lição com ele, já que não consegue nem descer cem degraus sem ficar tão dolorida na manhã seguinte que não consegue levantar da cadeira.

Ela colocou os pés no chão. Ele veria cada pingo de dor no rosto dela caso Nestha se levantasse, mas deixá-lo achar que estava certo...

Azriel estudou os dois quando ela plantou as mãos na mesa, conteve o grito e ficou de pé com muita pressa.

Cassian enfiou mais ovos na boca e disse, entre mastigadas:

— Não vale quando você usa as mãos para fazer a maior parte do trabalho.

Nestha transformou sua expressão para desdém puro, mesmo que um chiado estivesse ascendendo por dentro dela.

— Aposto que não é isso o que você tem dito a si mesmo à noite.

Os ombros de Azriel chacoalharam com uma risada silenciosa quando Cassian soltou o garfo. Seus olhos brilhavam com o desafio.

A voz de Cassian baixou uma oitava.

— É isso que aqueles seus livros obscenos ensinam? Que só acontece à noite?

Levou um segundo para as palavras se assentarem. E ela não conseguiu impedir o calor que lhe subiu ao rosto, o olhar para as poderosas mãos dele. Mesmo com Azriel agora mordendo o lábio para evitar rir, ela não conseguiu se segurar.

Cassian falou, com um sorriso malicioso:

— Pode ser a qualquer hora, à primeira luz do dia, ou quando estou no banho, ou até mesmo depois de um longo e duro dia de treino.

Ela não deixou de notar a sutil ênfase que ele colocou em *longo* e *duro*.

Nestha não conseguiu evitar que os dedos dos pés se flexionassem nas botas. Mas ela respondeu, com um leve sorriso, caminhando até a porta, recusando-se a deixar que um pingo sequer do desconforto nas pernas doloridas ficasse evidente:

— Parece que você tem bastante tempo nas mãos, Cassian.

— Você está atolado na merda — disse Azriel, tranquilamente, na varanda fria enquanto Nestha vestia a capa do lado de dentro.

— Eu sei — murmurou Cassian. Ele não fazia ideia de como tinha acontecido: como tinha passado de debochar de Nestha a provocá-la com os próprios hábitos íntimos. Depois, imaginou a mão *dela* fechada sobre ele, tocando-o, até que ele estivesse a um segundo de explodir da cadeira e saltar até o céu.

Ele sabia que Az tinha percebido a mudança em seu cheiro. A forma como sua pele tinha se arrepiado com o jeito como ela havia dito o nome dele, o pênis que latejava insistentemente ao se esfregar contra os botões da calça.

Cassian conseguia contar em uma das mãos o número de vezes que ela se dirigira a ele pelo nome.

Pensar naquela mão o remeteu à mão dela, apertando-o com brutalidade e força, bem como ele gostava...

Cassian trincou os dentes e inspirou o ar gelado da manhã. Desejou que a brisa o acalmasse. Obrigou-se a focar na doce canção do vento matinal. O vento em torno de Velaris sempre fora delicioso, suave. Não era como a amante cruel e impiedosa que governava os picos de Illyria.

Az riu e o vento soprou as mechas do cabelo escuro dele.

— Vocês dois precisam de um supervisor lá em cima?

Sim. Não. Sim.

— Achei que você fosse o supervisor.

Az lançou a ele um olhar malicioso.

— Não tenho tanta certeza de que sou capacitado para o trabalho.

Cassian o dispensou com um gesto.

— Boa sorte hoje.

Az partiria em breve para começar a espionar Briallyn — Feyre tinha decidido na noite anterior. Embora Rhys tivesse pedido a Cassian que investigasse as rainhas humanas, o subterfúgio recairia sobre Az.

Os olhos castanhos de Azriel brilharam. Ele apertou o ombro de Cassian, sua mão era como um peso morno contra o frio.

— Boa sorte para você também.

Cassian não sabia por que achou que Nestha entraria no ringue de treino com ele hoje. Ela sentou a bunda na mesma pedra do dia anterior e não se moveu.

Quando Mor apareceu para atravessar com eles até o acampamento, Cassian tinha conseguido recuperar o autocontrole o bastante para não pensar mais em qual seria a sensação das mãos de Nestha e começar a considerar o que eles fariam naquele dia. Tinha planejado manter a duração da aula em uma hora, então a deixaria na antiga casa da mãe de Rhys enquanto fazia uma verificação de rotina no progresso da reconstrução das fileiras das tropas de guerra illyrianas.

Ele não mencionaria que, dependendo do que Az descobrisse, talvez estivessem prestes a batalhar novamente.

Também não contou nada a Nestha. Principalmente sobre Eris. Ela deixara seu desprezo pelos reinos feéricos bastante evidente. E coitado de Cassian se desse a ela mais uma arma verbal para usar contra ele, pois ela provavelmente enxergaria a verdade e perceberia que ele sabia que toda essa maquinação e planejamento políticos estavam muito além de suas habilidades.

Cassian também não se permitiu considerar se era sábio deixá-la sozinha ali até mesmo por uma hora.

— Então voltamos a isso? — perguntou Cassian, ignorando como cada babaca do acampamento estava de olho nele. Neles. Nela.

Nestha limpava as unhas enquanto as mechas do cabelo trançado voavam livres ao vento. Ela se curvara sobre os joelhos, mantendo o corpo o mais compacto possível.

Ele falou:

— Você não sentiria tanto frio se ficasse de pé e se mexesse.

Ela apenas cruzou um tornozelo sobre o outro.

— Se quiser se sentar nessa pedra e congelar durante as próximas duas horas, vá em frente.

— Tudo bem.

— Tudo bem.

— *Tudo bem.*

— Boa, Nes. — Ele lançou a ela um sorriso debochado que sabia que a deixava fervilhando de raiva e saiu andando até o centro da área de treino. Cassian parou bem no meio, permitindo que sua respiração assumisse o controle.

Quando ela não respondeu, ele se permitiu entrar naquele lugar calmo e tranquilo dentro da mente, deixou que o corpo começasse a série de movimentos que ele havia realizado durante cinco séculos seguidos.

Os primeiros passos serviam para lembrar seu corpo de que era hora de começar a trabalhar. Alongamento e respiração, a concentração que ia dos dedos dos pés às asas. Despertando tudo.

Ficava mais difícil a partir dali.

Cassian cedeu ao instinto, ao movimento e à respiração. Estava apenas remotamente atento à fêmea que o observava daquela pedra.

Continue estendendo a mão.

Cassian estava ofegante quando terminou, uma hora depois. Nestha, para sua satisfação, tinha ficado rígida de frio.

Mas não havia se mexido. Nem mesmo mudara de posição durante os exercícios dele.

Limpando o suor da testa, Cassian notou que os lábios dela tinham assumido um tom azul. Inaceitável.

Ele indicou a casa da mãe de Rhys.

— Vá esperar lá. Tenho negócios a resolver.

Ela não se moveu.

Cassian revirou os olhos.

— Você pode ou ficar aqui fora durante a próxima hora, ou entrar e se aquecer.

Ela não era tão teimosa assim, era?

Ainda bem que uma lufada de vento gelado atingiu o acampamento naquele exato momento, e Nestha começou a se mover na direção da casa.

O interior da construção estava realmente aquecido, devido às chamas que crepitavam na lareira cheia de fuligem que ocupava boa parte da sala principal. Feyre ou Rhys deviam ter despertado a casa para eles. Cassian segurou a porta para Nestha entrar, já esfregando as mãos.

Lentamente, Nestha observou o espaço: a mesa da cozinha ficava diante de janelas, a pequena área de estar ocupava a outra metade da sala e a escada estreita dava para o corredor aberto de cima e para os dois quartos que ficavam mais adiante. Um daqueles quartos havia sido dele desde a infância — o primeiro quarto, a primeira noite sob um teto que ele tivera.

Aquela casa tinha sido o primeiro lar de verdade que ele tivera. Cassian conhecia cada arranhão e farpa, cada amassado e marca de queimadura, e tudo isso estava preservado com magia. Ali, no ponto protuberante na base do corrimão — foi ali que ele abriu a cabeça quando Rhys o jogou durante uma das incontáveis brigas. Ali, aquela mancha no antigo sofá vermelho: foi na vez que ele derramou cerveja quando os três estavam podres de bêbados na primeira noite sozinhos naquela casa, aos 16 anos — a mãe de Rhys tinha ido para Velaris para uma rara visita ao parceiro —, e Cassian estava bêbado demais e não sabia como limpar. Até mesmo Rhys, cambaleando com a mistura de cerveja e licor, tinha fracassado em tirar a mancha e, com sua magia, acabou deixando-a permanente sem querer, em vez de fazer com que sumisse. Eles tinham reposicionado as almofadas para esconder da mãe dele quando ela voltasse na manhã seguinte, mas ela viu a mancha na mesma hora.

Talvez o fato de eles ainda estarem bêbados quando ela voltou tenha entregado tudo, delatados pelos soluços incessantes de Azriel.

Cassian assentiu para a mesa da cozinha.

— Já que você é tão boa em ficar sentada, por que não se acomoda?

Quando ela não respondeu, ele se virou e viu Nestha de pé diante da lareira com os braços cruzados com força e os lindos cabelos refletindo a luz tremeluzente. Ela não olhou para ele.

Sempre ficava imóvel com aquela quietude. Até quando humana. Aquilo tinha se intensificado quando ela virou Grã-Feérica.

Nestha encarou a lareira como se o fogo murmurasse para sua alma em chamas.

— O que está olhando? — perguntou ele.

Ela piscou, parecendo se dar conta de que ele ainda estava ali.

Uma lenha estalou no fogo, e ela se encolheu.

Não de surpresa, reparou ele, mas com pesar. Medo.

Ele olhou de Nestha para o fogo. Para onde será que ela fora durante aqueles poucos momentos? Que horror estava revivendo?

O rosto dela tinha empalidecido. E sombras escureciam seus olhos azul-acinzentados.

Ele conhecia aquela expressão. Tinha visto e sentido tantas vezes que tinha perdido a conta.

— Tem algumas lojas na cidade — sugeriu Cassian, subitamente desesperado por qualquer coisa que tirasse aquele vazio dela. — Se você não estiver com vontade de ficar sentada aqui, pode ir visitá-las.

Nestha continuou sem dizer nada. Então ele deixou aquilo de lado e saiu da casa em silêncio.

CAPÍTULO 9

Nestha adentrou o aconchego da pequena loja. O sino acima da porta tilintou quando ela entrou.

O piso era de pinheiro fresco, todo polido e reluzente. Um balcão do mesmo material ocupava o fim do espaço e uma porta aberta além dele revelava um quarto dos fundos. Roupas tanto para machos quanto fêmeas ocupavam o lugar, algumas expostas em manequins, outras dobradas cuidadosamente sobre bancadas de exposição.

Uma fêmea de cabelos pretos apareceu do outro lado do balcão, seu cabelo trançado para trás brilhando com a iluminação. O rosto dela era impressionante — elegante e anguloso, contrastando com a boca farta. Os olhos inclinados e a pele marrom-clara sugeriam uma ascendência de outra região, talvez um ancestral próximo vindo da Corte Crepuscular. A luz naqueles olhos era direta. Nítida.

— Bom dia — disse a fêmea, com a voz sólida e sincera. — Posso ajudar?

Se ela reconheceu Nestha, não deixou transparecer. Nestha indicou a peça dela de couro para combate.

— Estou procurando alguma coisa mais quente do que isto. O frio passa.

— Ah — disse a fêmea, olhando para a porta e para a rua vazia além dela. Será que estava preocupada que alguém a visse ali dentro? Ou esperando outro cliente? — Os guerreiros são uns tolos tão orgulhosos que nunca reclamam de o couro ser frio. Dizem que os mantém perfeitamente aquecidos.

— Até aquecem bem — confessou Nestha, parte dela sorrindo pela forma como a fêmea disse *tolos orgulhosos*. Como se compartilhasse do instinto de Nestha de não se impressionar com os machos no acampamento. — Mas ainda fico com frio.

— Hmmm. — A mulher abriu o tampo do balcão e entrou na área da exposição das mercadorias. Ela observou Nestha da cabeça aos pés. — Não vendo equipamento de combate, mas talvez possamos mandar fazer couro forrado com lã. — Ela indicou a rua. — Com que frequência você treina?

— Não estou treinando. Estou... — Nestha se esforçou para encontrar as palavras certas. Na verdade, o que ela estava fazendo era ser uma babaca insuportável. — Estou assistindo — disse ela, meio patética.

— Ah. — Os olhos da fêmea brilharam. — Trazida contra a sua vontade?

Não era da conta dela. Mas Nestha falou:

— Parte de meus deveres com a Corte Noturna.

Ela queria ver se a fêmea se intrometeria, ver se ela realmente não a reconhecia. Se a julgaria por ser uma ridícula, um desperdício de vida.

A fêmea inclinou a cabeça e a trança escorregou pelo ombro do vestido simples, tecido em casa. As asas dela se contraíram e o movimento atraiu o olhar de Nestha. Cicatrizes percorriam as asas, o que era incomum entre os feéricos. Azriel e Lucien eram dois dos poucos que tinham cicatrizes, ambos de traumas tão terríveis que Nestha jamais ousava pedir detalhes. Aquela fêmea ter cicatrizes também era...

— Minhas asas foram cortadas — disse a fêmea. — Meu pai era um... macho tradicional. Ele acreditava que fêmeas deveriam servir suas famílias e ficar confinadas ao lar. Eu discordei. Ele venceu, no final.

Palavras breves e afiadas. A mãe de Rhys, Feyre contara a ela certa vez, quase fora condenada ao mesmo destino. Apenas a chegada do pai dele tinha impedido o corte de acontecer. Ela fora revelada parceira dele, e suportara a união miserável em grande parte por gratidão pelas asas ilesas.

Ninguém, ao que parecia, esteve presente para salvar esta fêmea.

— Sinto muito. — Nestha trocou o peso do corpo entre os pés.

A fêmea acenou com a mão magra.

— Não faz diferença agora. Esta loja me mantém tão ocupada que às vezes me esqueço que algum dia voei.

— Nenhum curandeiro pode consertá-las?

O rosto da fêmea ficou tenso, e Nestha se arrependeu da pergunta.

— É extremamente complexo, com todos os músculos, nervos e sentidos que se conectam. À exceção do Grão-Senhor da Crepuscular, não tenho certeza de que alguém daria conta. — Thesan, lembrava-se Nestha, era um mestre da cura; Feyre levava o poder dele nas veias. Oferecera-se para usá-lo para curar Elain do estupor dela depois que foi transformada em Grã-Feérica.

Nestha bloqueou a memória daquele rosto pálido, dos vazios olhos castanhos.

— Enfim — disse a fêmea, rapidamente —, posso perguntar a meus fornecedores se é possível deixar o couro mais eficaz contra o frio. Talvez leve algumas semanas, possivelmente um mês, mas mando notícias assim que souber.

— Está ótimo. Obrigada. — Um pensamento abalou Nestha. — Eu... Quanto vai custar? — Ela não tinha dinheiro.

— Você trabalha para o Grão-Senhor, não é? — A fêmea inclinou a cabeça de novo. — Posso mandar a conta para Velaris.

— Eles... — Nestha não queria admitir até que nível tinha caído, não para aquela estranha. — Na verdade, não preciso das roupas mais quentes.

— Achei que Rhysand pagasse bem a todos vocês.

— Ele paga, mas eu... — Tudo bem. Se a fêmea podia ser direta, ela também podia. — Estou com o salário cortado.

Curiosidade encheu os olhos da fêmea.

— Por quê?

Nestha enrijeceu o corpo.

— Não conheço você o suficiente para lhe contar.

A fêmea deu de ombros.

— Tudo bem. Posso perguntar mesmo assim. Conseguir um orçamento para você. Se estiver sentindo frio lá fora, não deveria sofrer. — Ela acrescentou, sem rodeios: — Não importa o que o Grão-Senhor pense.

— Acho que ele preferiria que Cassian me atirasse da beira daquele penhasco ali.

A fêmea riu. Mas estendeu a mão para Nestha.

— Meu nome é Emerie.

Nestha apertou a mão dela, surpresa ao descobrir que o aperto era como aço.

— Nestha Archeron.

— Eu sei — respondeu Emerie, soltando a mão de Nestha. — Você matou o rei de Hybern.

— Matei. — Não havia como negar. E ela não conseguia dizer que não sentia certo orgulho disso.

— Que bom. — O sorriso de Emerie era de uma beleza perigosa. Ela falou de novo: — Que bom. — Havia força naquela fêmea. Não apenas na coluna ereta e no queixo, mas nos olhos.

Nestha se virou para a porta e para o frio que esperava, sem saber o que fazer com a aprovação descarada do que tantos outros viam com assombro, medo ou dúvida.

— Obrigada pela ajuda.

Que estranho dizer palavras educadas, normais. Estranho desejar oferecê-las, ainda mais para uma desconhecida.

Machos, fêmeas e crianças correndo entre eles olharam boquiabertos para Nestha quando ela saiu para a rua. Alguns enxotaram as crianças. Ela os encarou com uma indiferença fria.

Estão certos em esconder seus filhos de mim, era o que ela queria dizer. *Sou o monstro que temem.*

— Mesma tarefa que ontem? — perguntou Nestha a Clotho como cumprimento, ainda um pouco gelada do acampamento do qual saíra havia apenas dez minutos.

Cassian mal falara ao voltar para a casa da mãe de Rhysand, o rosto dele estava tenso com o que quer que tivesse lidado nas outras aldeias illyrianas, e Morrigan estava igualmente azeda quando apareceu para atravessar com eles de volta para a Casa do Vento. Cassian tinha largado Nestha na varanda de pouso sem nem se despedir antes de dar meia-volta para onde Mor se limpava. Em segundos, ele carregava a beldade loira para o vento frio.

Não deveria tê-la incomodado — ver Cassian voando com outra fêmea nos braços. Alguma pequena parte dela sabia que não era nem de longe justo sentir aquela irritação que deixava seu corpo tenso. Ela o afastara tantas e tantas vezes, e ele não tinha motivo nenhum para crer que ela desejaria que fosse diferente. E Nestha sabia que Cassian tinha uma história com Morrigan, que eles haviam sido amantes há muito tempo.

Ela virou o rosto diante da imagem, entrando na Casa pela sala de jantar, onde encontrou uma tigela de algum tipo de sopa de carne de porco com feijão esperando. Uma oferta silenciosa, atenciosa.

Nestha apenas disse para a Casa:

— Não estou com fome. — E saiu andando para a biblioteca.

Agora ela esperava enquanto Clotho escrevia a resposta e lhe entregava um papel.

Nestha leu: *Há livros que precisam ser guardados no Nível Cinco.*

Nestha olhou pelo parapeito ao lado da mesa de Clotho e contou em silêncio. O Nível Cinco era... bem lá embaixo. Não dentro do primeiro círculo da escuridão, mas pairando na semiescuridão logo acima.

— Não tem mais nada vivendo lá embaixo, não é? Bryaxis não voltou?

A caneta encantada de Clotho se moveu. O segundo bilhete dizia: *Bryaxis nunca fez mal a nenhuma de nós.*

— Por quê?

A caneta arranhou o papel. *Acho que Bryaxis tinha pena de nós. Vimos nossos pesadelos se tornarem realidade antes de chegarmos aqui.*

Foi difícil não olhar para as mãos retorcidas de Clotho ou tentar ver entre as sombras sob o capuz dela.

A sacerdotisa acrescentou ao bilhete: *Posso designar você a um nível mais alto.*

— Não — disse Nestha, com a voz rouca. — Eu consigo.

E foi isso. Uma hora depois, com o couro coberto de poeira, Nestha desabou em uma mesa de madeira vazia, precisando de um descanso.

A mesma tigela de sopa de carne de porco com feijão apareceu na mesa.

Ela olhou para o teto distante.

— Eu *disse* que não estou com fome.

Uma colher surgiu ao lado da tigela. E um guardanapo.

— Isso não é da sua conta.

Um copo d'água caiu com um estampido ao lado da sopa.

Nestha cruzou os braços e se recostou na cadeira.

— Com quem você está falando?

A voz leve de uma fêmea fez Nestha se virar, enrijecendo o corpo ao encontrar uma sacerdotisa com as vestes de acólita de pé entre as duas prateleiras mais próximas. O capuz dela estava para baixo, e luz feérica dançava no intenso castanho-acobreado dos cabelos escorridos dela. Os grandes olhos azul-mar eram tão nítidos e infinitos quanto a pedra que costumava encimar o capuz das sacerdotisas, e uma profusão de sardas se espalhava por seu nariz e pelas bochechas, como se alguém as tivesse salpicado com a mão descuidada. Era nova — quase jovial, com braços e pernas esguios e elegantes. Grã-Feérica, mas... Nestha não conseguia explicar a forma como sentiu que havia alguma outra coisa nela. Algum segredo sob o rosto bonito.

Nestha indicou a sopa e a água, mas tinham sumido. Ela fez careta para o teto, para a Casa, que teve a audácia de a importunar e depois fazer com que parecesse uma lunática. Mas ela respondeu à sacerdotisa:

— Não estava falando com ninguém.

A sacerdotisa equilibrou os cinco tomos nos braços.

— Terminou por hoje?

Nestha olhou para o carrinho de livros que deixara de separar.

— Não. Estava descansando.

— Faz só uma hora que você começou a trabalhar.

— Não sabia que tinha alguém monitorando meu horário. — Nestha permitiu que cada gota de irritação transparecesse em seu rosto. Já havia conversado com uma estranha hoje, cumprindo sua cota de decência básica. Ser gentil com uma segunda estranha estava além dela.

A acólita permaneceu pouco impressionada.

— Não é todo dia que temos alguém novo na biblioteca. — Ela soltou os livros no carrinho de Nestha. — Estes precisam ser guardados.

— Não respondo a assistentes.

A sacerdotisa se esticou até sua altura total, que era um pouco maior do que a média para fêmeas feéricas. Um tipo de energia crepitante zumbiu em torno dela, e o poder de Nestha resmungou em resposta.

— Você está aqui para trabalhar — disse a assistente, com a voz inabalada. — E não só para Clotho.

— Você fala muito informalmente de sua grã-sacerdotisa.

— Clotho não impõe hierarquias. Ela nos encoraja a chamá-la pelo nome.

— E qual é o seu nome? — Ela certamente reclamaria com Clotho da atitude daquela assistente impertinente.

Os olhos da sacerdotisa brilharam com diversão, como se soubesse o plano de Nestha.

— Gwyneth Berdara. — Incomum que aquelas feéricas usassem o sobrenome. Nem mesmo Rhys usava um, até onde Nestha sabia. — Mas a maioria me chama de Gwyn.

Um andar acima, duas sacerdotisas passaram pelo parapeito em silêncio, com as cabeças encapuzadas baixas e livros nos braços. No entanto, Nestha podia jurar que uma delas estava observando.

Gwyn acompanhou o foco da atenção dela.

— Aquelas são Roslin e Deirdre.

— Como você sabe? — Com os capuzes, elas pareciam quase idênticas, exceto pelas mãos.

— O cheiro — respondeu Gwyn, simples assim, e se virou para os livros que tinha deixado no carrinho. — Você planeja guardar estes livros ou preciso levá-los para outro lugar?

Nestha voltou um olhar inexpressivo para ela. Vivendo lá embaixo, havia uma boa chance de a sacerdotisa não saber quem ela era. O que tinha feito. Que poder carregava.

— Eu guardo — respondeu Nestha, entre dentes trincados.

Gwyn prendeu o cabelo atrás das orelhas arqueadas. Sardas salpicavam as mãos dela também, como pedacinhos dispersos de ferrugem. Se ainda tinha alguma marca de trauma, qualquer evidência estava escondida pela túnica.

Mas Nestha sabia muito bem como feridas podiam ser invisíveis. Como marcavam profunda e terrivelmente como qualquer machucado físico.

E com apenas esse lembrete, Nestha falou, com mais gentileza:

— Vou guardar agora mesmo. — Talvez ela ainda tivesse um pouco de decência restante.

Gwyn notou a alteração.

— Não preciso de sua pena. — As palavras eram afiadas, nítidas como seus olhos azul-mar.

— Não foi pena.

— Estou aqui há quase dois anos, mas não estou tão desconectada dos outros que não sei quando alguém se lembra de *por que* estou aqui e muda de comportamento. — A boca de Gwyn se contraiu em uma linha. — Não preciso ser paparicada. É só me tratar como gente.

— Duvido que você goste da forma como eu falo com a maioria das pessoas — disse Nestha.

Gwyn riu com escárnio.

— Tente.

Com as sobrancelhas franzidas de novo, Nestha olhou para a jovem.

— Suma da minha frente.

Gwyn deu um sorriso alegre e luminoso que mostrava a maioria dos dentes dela e fazia seus olhos brilharem de uma forma que Nestha sabia que os dela jamais foram capazes.

— Ah, você é boa. — Gwyn se virou de volta para as pilhas. — Muito boa. — Ela sumiu na semiescuridão.

Nestha ficou olhando por um bom tempo, perguntando-se se teria imaginado a coisa toda. Duas conversas amigáveis em um dia. Não fazia ideia de quando algo do tipo havia acontecido pela última vez.

Outra sacerdotisa encapuzada passou, e ofereceu a Nestha um aceno do queixo como cumprimento.

Silêncio se assentou em torno dela, como se Gwyn tivesse sido uma tempestade de verão soprada para dentro e depois evaporado num estalar de dedos. Suspirando, Nestha recolheu os livros que Gwyn tinha deixado no carrinho.

Horas depois, empoeirada, exausta e finalmente faminta, Nestha ficou diante da mesa de Clotho e disse:

— Mesma coisa amanhã?

Clotho escreveu: *Não está satisfeita com seu trabalho?*

— Eu estaria, se suas assistentes não ficassem me dando ordens como se eu fosse uma criada.

Gwyneth mencionou que esbarrou com você mais cedo. Ela trabalha para Merrill, meu braço direito, que é uma estudiosa vorazmente exigente. Se os pedidos de Gwyneth foram abruptos, foi devido à natureza urgente do trabalho que ela faz.

— Ela queria que eu guardasse os livros, não que encontrasse mais.

Outras estudiosas precisam deles. Mas não estou aqui para explicar o comportamento de minhas assistentes. Se não gostou dos pedidos de Gwyneth, deveria ter dito. A ela.

Nestha fervilhou.

— Eu disse. Ela não é fácil.

Tem quem diga o mesmo sobre você.

Nestha cruzou os braços.

— Tem mesmo!

Ela teria apostado que Clotho estava sorrindo sob o capuz, mas a sacerdotisa escreveu: *Gwyneth, assim como você, tem a própria história de bravura e sobrevivência. Peço que dê a ela o benefício da dúvida.*

Uma sensação ácida que parecia bastante com arrependimento queimou nas veias de Nestha. Ela afastou o sentimento.

— Entendido. E o trabalho é bom.

Clotho escreveu apenas: *Boa noite, Nestha.*

Nestha subiu os degraus se arrastando e entrou na área da Casa. O vento parecia gemer entre os corredores, respondido apenas pelo estômago roncando dela.

A biblioteca particular estava por sorte vazia quando Nestha entrou pelas portas duplas, imediatamente relaxando ao ver todos aqueles livros apertados juntos, o pôr do sol na cidade abaixo e o Sidra uma faixa viva de ouro. Sentada à mesa diante da parede de janelas, ela disse à Casa:

— Tenho certeza de que você não vai fazer nada agora, mas eu gostaria daquela sopa.

Nada. Ela suspirou para o teto. Fantástico.

Seu estômago se revirou, como se fosse devorar seus órgãos caso ela não comesse logo. Nestha acrescentou, tensa:

— Por favor.

A sopa surgiu com um copo de água ao lado dela. Um guardanapo e talheres surgiram a seguir. Fogo rugiu ao ganhar vida na lareira, mas Nestha disse, rapidamente:

— Nada de fogo. Não precisa.

A lareira se extinguiu, mas as luzes feéricas na sala ficaram mais fortes.

Nestha levava a mão à colher quando um prato de pão fresco e crocante surgiu. Como se a Casa fosse uma mãe coruja atarefada.

— Obrigada — disse ela para o silêncio, e comeu.

As luzes feéricas piscaram uma vez, como se para dizer: *De nada*.

CAPÍTULO 10

Nestha comeu até não aguentar mais, servindo-se de três rodadas da sopa. A Casa pareceu mais do que feliz em agradá-la, e até mesmo ofereceu uma fatia de bolo duplo de chocolate para concluir.

— Isso foi aprovado pelo Cassian? — Ela pegou o garfo e sorriu para o bolo úmido e lustroso.

— Certamente não — disse ele, da porta, e Nestha se virou, fazendo uma careta. Ele olhava para o bolo. — Mas coma.

Ela apoiou o garfo.

— O que você quer?

Cassian observou a biblioteca da família.

— Por que está comendo aqui?

— Não é óbvio?

O sorriso rápido dele mostrou os dentes brancos.

— A única coisa óbvia é que você está falando sozinha.

— Estou falando com a Casa. O que é consideravelmente melhor do que falar com você.

— A Casa não responde.

— Exatamente.

Ele riu.

— Eu caí nessa direitinho. — Cassian atravessou a sala, olhando para o bolo que ela ainda não havia tocado. — Você está mesmo... falando com a Casa?

— Você não fala com ela?

— Não.

— Ela me ouve — insistiu Nestha.

— É claro que ouve. É encantada.

— Até me mandou comida na biblioteca sem que eu pedisse.

As sobrancelhas dele se ergueram.

— Por quê?

— Não sei como funciona sua magia feérica.

— Você... *fez* alguma coisa para que ela agisse assim?

— Se você está seguindo a crença de Devlon e querendo saber se eu fiz alguma bruxaria, a resposta é não.

Cassian riu.

— Não foi o que quis dizer, mas tudo bem. A Casa gosta de você. Parabéns. — Ela grunhiu, e ele debruçou o corpo sobre ela para pegar o garfo. Nestha ficou rígida com a proximidade dele, mas Cassian não disse nada quando comeu uma garfada do bolo. Ele soltou um murmúrio de prazer que viajou pelos ossos dela. Então deu outra garfada.

— Isso é para mim — reclamou Nestha, olhando para ele conforme Cassian continuava comendo.

— Então tire de mim — disse ele. — Uma simples manobra de desarmamento bastaria, já que meu centro de gravidade está desequilibrado e estou distraído com este bolo delicioso.

Ela olhou para ele com raiva.

Cassian comeu uma terceira garfada.

— Essas são as coisas, Nes, que você aprenderia nas lições comigo. Suas ameaças seriam muito mais impressionantes se pudesse sustentá-las.

Ela tamborilou os dedos na mesa. Olhou para o garfo nas mãos dele e se imaginou enterrando o talher na sua coxa.

— Você também poderia fazer isso — disse ele, interpretando a direção do olhar dela. — Eu poderia ensinar você a transformar qualquer coisa em arma. Até mesmo um garfo.

Ela exibiu os dentes, mas Cassian apenas apoiou o garfo com precisão cirúrgica e foi embora, deixando para ela o bolo comido pela metade.

Nestha leu o romance deliciosamente erótico que encontrou em uma prateleira na biblioteca particular até que suas pálpebras ficaram tão pesadas que somente uma vontade de ferro conseguiria mantê-las abertas. Foi então que ela arrastou os pés até o quarto no fim do corredor e desabou na cama, sem se incomodar em trocar de roupa antes de se atirar no colchão.

Nestha acordou congelando na calada da noite, despertou o suficiente para tirar o couro de combate, e se enfiou debaixo dos lençóis com os dentes se batendo.

Um momento depois, um fogo se acendeu na lareira.

— Nada de fogo — ordenou ela, e as chamas sumiram de novo.

Ela podia ter jurado que uma curiosidade hesitante se enroscou ao seu redor. Tremendo, ela esperou que as cobertas aquecessem a temperatura de seu corpo.

Longos minutos se passaram, então a cama se aqueceu. Não pelo corpo nu dela, mas por algum tipo de feitiço. O próprio ar também ficou morno, como se alguém tivesse soprado uma grande lufada de ar ali.

A tremedeira dela parou, e Nestha se aninhou, quentinha.

— Obrigada — murmurou.

A única resposta da Casa foi fechar as cortinas ainda abertas. Quando elas pararam de balançar, Nestha estava dormindo de novo.

Elain tinha sido levada. Por Hybern. Pelo Caldeirão, o qual vira Nestha o observando e a observou em resposta. Tinha reparado que ela usara adivinhação com ossos e pedras, e a fez se arrepender.

Ela fizera aquilo. Trouxera aquilo até eles. Tocar seu poder, usá-lo, tinha feito aquilo, e ela jamais se perdoaria, jamais...

Elain certamente seria atormentada, teria a alma arrancada do corpo.

Uma fenda partiu o mundo.

O pai estava diante dela, o pescoço torcido. Seu pai, com os olhos castanho--claros, o amor por ela ainda brilhando ali conforme a luz se extinguia deles...

Nestha acordou sobressaltada e uma náusea ondulou por ela conforme se agarrou aos lençóis.

Bem no fundo de suas vísceras, bem no fundo da sua alma, alguma coisa se contorcia e se enroscava em si mesma, buscando uma saída, buscando um caminho até o mundo...

Nestha abafou aquilo. Sufocou seu poder. Fechou toda porta mental que conseguiu contra ele.

Sonho, disse ela ao poder. *Sonho e memória. Vá embora.*

O poder resmungou nas veias dela, mas obedeceu.

A cama tinha se tornado tão quente que Nestha chutou as cobertas antes de esfregar as mãos no rosto encharcado de suor.

Ela precisava de uma bebida. Precisava de alguma coisa que limpasse aquilo.

Nestha se vestiu rápido, sem sentir muito bem seu corpo. Sem se importar que horas eram ou onde estava, pensando apenas no obstáculo entre ela e aquele cabaré.

A porta para os dez mil degraus já estava aberta, as luzes feéricas no corredor estavam tão difusas que tudo se encontrava quase na escuridão. Suas botas arrastaram na pedra conforme ela se aproximou, olhando para trás para se certificar de que ninguém seguia.

Com as mãos trêmulas, ela começou a descer.

Girando e girando e girando.

Eu amei você desde o primeiro momento em que a segurei nos braços.

Mais e mais para baixo.

O antigo Caldeirão abrindo um olho para encará-la. Para fixá-la no lugar.

O Caldeirão a arrastando para dentro dele, para o poço da Criação, tomando e tomando dela, impiedosamente, apesar de seus gritos...

Girando e girando, exatamente como ela havia sido puxada para dentro do Caldeirão, esmagada sob o terrível poder dele...

Náusea emergiu, o poder dela também, e seu pé escorregou.

Ela teve apenas um segundo para se apoiar na parede, mas foi tarde demais. Seus joelhos bateram nos degraus, o rosto bateu um segundo depois, e então ela estava girando e disparando para baixo, chocando-se contra a parede, ricocheteando para longe e dando cambalhotas para baixo, degrau após degrau.

Nestha estendeu a mão sem conseguir enxergar e arranhou as unhas na pedra. Faíscas explodiram quando ela gritou e agarrou.

O mundo parou de se mover. O corpo dela parou de mergulhar.

Estatelada nos degraus, com a mão agarrada à pedra, ela ofegou, puxando longos fôlegos entrecortados que eram interrompidos a cada inalação. Nestha fechou os olhos, aproveitando a quietude, a completa falta de movimento.

E, no silêncio, a dor se assentou. Uma dor lancinante, latejante, em cada parte do corpo.

O gosto acobreado de sangue encheu sua boca. Algo molhado e quente escorreu pelo pescoço dela. Uma farejada e ela soube que era sangue também.

E suas unhas, aquelas que agarraram os degraus de pedra...

Nestha piscou para a mão. Ela *vira* faíscas.

Os dedos tinham afundado na pedra e a rocha brilhou como se acesa com a chama interior dela.

Arquejando, Nestha puxou a mão de volta, e a pedra ficou escura.

Mas as marcas permaneceram, quatro sulcos enterrados no topo do degrau, um único buraco no espelho do degrau onde o polegar dela havia pressionado.

Um temor gélido percorreu seu corpo. Colocou-a de pé sobre as pernas castigadas, o que fez seus joelhos reclamarem. Para longe daquela impressão de mão, para sempre gravada na pedra.

— Então, quem ganhou a briga? — perguntou Cassian, na manhã seguinte, enquanto ela estava sentada na pedra observando-o repassar os exercícios.

Ele não havia perguntado no café da manhã sobre o olho roxo, o queixo cortado ou sobre o quanto ela se movia com dificuldade. Nem Mor, ao chegar. Os hematomas e cortes que permaneceram mostravam como a queda tinha sido feia, mas, como Grã-Feérica, com a cicatrização aprimorada, já estavam melhorando.

Como humana, supunha ela, a queda a teria matado. Talvez aquele corpo feérico tivesse suas vantagens. Ser humana e fraca nesse mundo de monstros era uma sentença de morte. O corpo de Grã-Feérica era sua melhor chance de sobreviver.

A reticência de Cassian durara apenas uma hora depois do início da sequência de treino. Ele estava no centro do ringue de luta, ofegante, com suor escorrendo pelo rosto e o pescoço.

— Que briga? — Ela examinou as unhas quebradas. Mesmo com o... o que quer que ela tivesse disparado para se segurar, suas unhas tinham quebrado. Nestha não se permitiu nomear o que tinha vindo de dentro dela, não se permitiu reconhecer. Ao alvorecer, tinha sufocado aquilo até a submissão.

— Aquela entre você e as escadas.

Nestha olhou com raiva para ele.

— Não sei do que você está falando.

Cassian começou a se mover de novo, sacando a espada e repassando uma série de movimentos que pareciam designados a cortar uma pessoa ao meio.

— Sabe, sim: 3 horas da manhã, você saiu do quarto para encher a cara na cidade, estava com tanta pressa de vencer os degraus que caiu por uns bons 30 deles antes de conseguir se segurar.

Será que ele tinha visto o degrau? A marca da mão dela?

Nestha exigiu saber:

— Como você sabe disso?

Ele deu de ombros.

— Está me *vigiando*? — Antes que ele pudesse responder, ela disparou: — Você estava vigiando e não foi ajudar?

Cassian deu de ombros de novo.

— Você parou de cair. Se tivesse continuado, alguém teria ido segurá-la antes que chegasse ao fundo.

Ela sibilou para ele.

Cassian apenas sorriu e a chamou com uma das mãos.

— Quer se juntar a mim?

— Eu deveria jogar *você* daquelas escadas.

Cassian embainhou a espada às costas em um movimento elegante. Quinhentos anos de treinamento — ele devia ter sacado e embainhado aquela espada tantas vezes que o movimento era memória muscular.

— E então? — indagou Cassian, com um tom ansioso na voz. — Se você acabou recebendo esses belos hematomas, pode muito bem dizer que foi por treinar e não por uma queda patética. — Cassian acrescentou: — Quantos degraus conseguiu desta vez?

Sessenta e seis. Contudo, Nestha respondeu:

— Não vou treinar.

No limite do ringue, machos os observavam de novo. Estiveram observando Cassian primeiro, parcialmente com assombro e parcialmente com o que ela só podia presumir ser inveja. Ninguém se movia como ele. Ninguém chegava nem perto. Mas agora as expressões deles se tornaram divertidas, debochando de Cassian.

No ano anterior, ela talvez tivesse se aproximado daqueles machos e acabado com eles. Talvez tivesse demonstrado um pouco daquele poder terrível dentro dela para que realmente acreditassem que era uma bruxa e poderia amaldiçoar a eles e mais mil gerações de descendentes deles se insultassem Cassian de novo.

Nestha esticou as pernas, apoiando as palmas machucadas na pedra.

— Aproveite seus exercícios.

Cassian fervilhou de ódio. Mas estendeu a mão de novo.

— Por favor.

Ela jamais o ouvira dizer aquelas palavras. Era uma corda lançada entre os dois. Ele cederia parcialmente a ela — deixaria que ganhasse a batalha de poder, admitiria a derrota, se ela simplesmente saísse da pedra.

Nestha disse a si mesma que levantasse, que aceitasse aquela mão estendida.

Mas não podia. Não conseguia fazer seu corpo levantar.

Os olhos castanhos dele brilhavam com súplica sob o sol da manhã e o vento dançava no cabelo escuro dele. Como se Cassian fosse feito daquelas montanhas, esculpido do vento e da pedra. Ele era tão lindo. Não da forma como Azriel e Rhys eram bonitos, mas de um jeito não lapidado. Selvagem e obstinado.

Na primeira vez em que ela vira Cassian, não conseguira parar de olhá-lo. Sentiu-se como se, depois de uma vida rodeada por meninos, um homem — um macho, ela supôs — tivesse aparecido do nada. Tudo a respeito dele irradiava aquela masculinidade confiante e arrogante. Tinha sido inebriante e desconcertante, e tudo o que ela queria, tudo o que quis durante muitos meses, era tocá-lo, sentir o cheiro, o gosto dele. Se aproximar daquela força e atirar tudo de si contra aquilo, porque ela sabia que ele jamais quebraria, jamais vacilaria, jamais recuaria.

Mas a luz nos olhos dele diminuiu conforme ele abaixou a mão.

Nestha merecia o desapontamento dele. Merecia a mágoa e o desprezo de Cassian. Mesmo que aquilo cortasse algo vital dela.

— Amanhã, então — falou Cassian. Ele não tornou a falar com ela pelo resto do dia.

CAPÍTULO 11

As portas da biblioteca particular estavam trancadas. Nestha chacoalhou a maçaneta, mas a porta se recusou a abrir.

Ela disse, baixinho:

— Abra esta porta.

A Casa a ignorou.

Ela tentou a maçaneta de novo, empurrando a porta com o ombro.

— *Abra* esta porta.

Nada.

Ela continuou batendo o ombro na porta.

— *Abra esta porta agora mesmo.*

A Casa se recusou a obedecer.

Ela trincou os dentes, ofegante. Tivera mais livros do que no dia anterior para guardar, pois as sacerdotisas tinham aparentemente ouvido de Gwyn que Nestha deveria ser a faz-tudo delas.

Então começaram a jogar tomos no carrinho dela — e algumas pediram que Nestha buscasse livros também. Ela atendera aos pedidos, principalmente porque encontrar os livros solicitados a levava a lugares novos na biblioteca e ocupava seus pensamentos, mas quando o relógio soou 18 horas, ela estava exausta, empoeirada e faminta. Nestha ignorou o sanduíche que a Casa oferecera a ela durante a tarde, e isso aparentemente deixara a Casa tão irritada que ela agora se recusava a permitir que Nestha entrasse na biblioteca particular.

— Tudo o que eu quero — ralhou Nestha — é um belo prato de comida e um bom livro. — Ela tentou a maçaneta de novo. — Por favor.

Nada. Nadinha.

— *Tudo bem.* — Ela saiu batendo os pés pelo corredor. Somente a fome a carregou até a sala de jantar, onde encontrou Cassian no meio da refeição e Azriel diante dele.

O rosto do encantador de sombras estava sério, e os olhos dele, cautelosos. Cassian, de costas para ela, apenas enrijeceu o corpo, sem dúvida alertado pelo cheiro dela ou pelo ritmo dos passos.

Nestha não falou nada ao se dirigir até uma cadeira no meio da mesa. Um apoio de pratos e uma porção de comida surgiram quando ela chegou à cadeira. Nestha teve a sensação de que se pegasse o prato e saísse, ele sumiria de suas mãos antes que ela chegasse à porta.

Nestha manteve o silêncio ao deslizar para a cadeira. Pegou o garfo e atacou o filé de carne bovina com aspargos assados.

Cassian pigarreou e disse a Azriel:

— Por quanto tempo vai ficar fora?

— Não tenho certeza. — Os olhos do encantador de sombras recaíram sobre ela antes de acrescentar: — Vassa estava certa em suspeitar que há algo muito errado. As coisas estão tão perigosas por lá que seria mais inteligente que eu mantivesse minha base aqui na Casa e atravessasse entre um lugar e outro.

A curiosidade a cutucou lá no fundo, mas Nestha não disse nada. Vassa — ela não via a rainha humana encantada desde que a guerra havia acabado. Desde que a jovem tinha tentado falar com ela sobre como o pai de Nestha tinha sido *maravilhoso*, como tinha sido um verdadeiro pai para ela, como a ajudara e conquistara aquela liberdade temporária, e assim por diante, até que os ossos de Nestha estivessem gritando para fugir e seu sangue fervendo ao pensar que o pai tinha encontrado sua coragem por alguém que não fossem ela e as irmãs. Que ele fora o pai que ela precisava — mas para outra pessoa. Ele permitira que a mãe delas morresse ao se recusar a enviar a frota de mercadores em busca de uma cura para ela, tinha caído na pobreza e deixado que elas passassem fome, mas decidira lutar por aquela estranha? Aquela rainha desconhecida tentando vender uma história triste de traição e perda?

Aquela coisa no fundo de Nestha se agitou, mas ela a ignorou, enterrando-a o melhor que pôde sem a distração de música, sexo ou vinho. Ela tomou um gole da água, permitindo que o líquido resfriasse sua garganta, e supôs que aquilo teria de bastar.

— O que Rhys disse sobre isso? — perguntou Cassian, com a boca cheia de comida.

— Quem você acha que insistiu para eu não arriscar uma base lá?

— Desgraçado protetor. — Contudo, um indício de afeição ecoou nas palavras de Cassian.

O silêncio recaiu de novo. Azriel assentiu para ela.

— O que aconteceu com você?

Nestha sabia a que ele estava se referindo: o olho roxo que estava finalmente melhorando. As mãos e o queixo tinham cicatrizado, assim como os hematomas no corpo, mas o olho roxo tinha ficado esverdeado. Na manhã seguinte, teria sumido de vez.

— Nada — disse ela, sem olhar para Cassian.

— Ela caiu da escada — respondeu Cassian, sem olhar para ela também.

O silêncio de Azriel foi significativo, antes de ele perguntar:

— Alguém... empurrou você?

— Babaca — grunhiu Cassian.

Nestha ergueu os olhos do prato o suficiente para notar a diversão no olhar de Azriel, embora sorriso algum chegasse à boca sensual dele.

Cassian prosseguiu:

— Eu contei a ela hoje mais cedo: se ela se desse ao trabalho de treinar, teria pelo menos o direito de se gabar dos hematomas.

Azriel tomou um gole tranquilo de água.

— Por que você não está treinando, Nestha?

— Não quero.

— Por que não?

Cassian murmurou:

— Não desperdice a saliva, Az.

Ela olhou com raiva para ele.

— Não vou treinar naquela aldeia miserável.

Cassian olhou com raiva em resposta.

— Você recebeu *uma ordem*. Conhece as consequências. Se não sair daquela porra de pedra até o fim desta semana, o que acontecer depois está fora do meu controle.

— Então vai me delatar para seu precioso Grão-Senhor? — cantarolou ela. — O grande guerreiro valentão precisa que o todo-poderoso Rhysand trave as batalhas por ele?

— Não fale de Rhys com esse de tom de voz, porra — grunhiu Cassian.

— Rhys é um babaca — disparou Nestha. — Ele é um *babaca* arrogante e prepotente.

Azriel encostou na cadeira com os olhos fervilhando de ódio, mas não disse nada.

— Que papo furado — disparou Cassian, os Sifões no dorso das mãos dele queimando como chamas de rubi. — Você sabe que isso é *um papo furado*, Nestha.

— Eu o odeio — fervilhou ela.

— Que bom. Ele também odeia você — disparou Cassian de volta. — Todo mundo odeia você, porra. Era isso que você queria? Porque, parabéns, aconteceu.

Azriel soltou um longo, longo suspiro.

As palavras de Cassian a atingiram, uma após a outra. Atingiram em algum lugar baixo e vulnerável, e atingiram com força. Os dedos dela se fecharam em garras e arranharam a mesa quando ela disparou de volta para ele:

— E agora você vai dizer que *você* é a única pessoa que não me odeia, e eu deveria sentir algum tipo de gratidão e concordar em treinar, não é?

— Agora vou dizer que já *chega* para mim.

As palavras ecoaram entre os dois. Nestha piscou, o único sinal de surpresa que ela permitira.

Azriel ficou tenso, como se também estivesse surpreso.

Mas ela atacou Cassian antes que ele pudesse continuar.

— Isso também significa que você vai parar de ficar babando atrás de mim? Porque seria um *alívio*, saber que você finalmente caiu na real.

O peito musculoso de Cassian se inflou e a garganta dele se contraiu.

— Você quer se destruir, vá em frente. Pode implodir à vontade. — Ele ficou de pé, seu prato estava pela metade. — O treinamento deveria ajudar você. Não punir. Não sei por que você não *entende isso*, porra.

— Já falei: não vou treinar naquela aldeia miserável.

— Tudo bem. — Cassian saiu batendo os pés. Seus passos estrondosos se dissiparam no corredor.

Sozinha com Azriel, Nestha exibiu os dentes para ele.

Azriel a observou com aquele silêncio frio, mantendo-se completamente imóvel. Como se ele visse tudo na cabeça dela. Na cabeça machucada dela.

Nestha não aguentou. Então ficou de pé, depois de apenas duas garfadas da comida, e saiu da sala também.

Ela voltou para a biblioteca. As luzes estavam tão fortes quanto durante o dia, e algumas sacerdotisas perambulavam pelos andares. Ela encontrou o carrinho, encheu de novo com livros que precisavam ser guardados.

Ninguém falou com ela, e Nestha não falou com ninguém quando começou a trabalhar, acompanhada apenas pelo silêncio que rugia em sua mente.

Amren estava errada. *Continue estendendo a mão* era puro papo furado quando a pessoa para quem se estendia podia morder tão forte a ponto de arrancar os dedos.

Cassian se sentou no topo plano da montanha na qual a Casa do Vento tinha sido construída, olhando para o ringue a céu aberto abaixo dele. As estrelas brilhavam acima, e uma brisa fria de outono que sussurrava sobre folhas caindo e noites gélidas passou flutuando por ele. Abaixo, Velaris era uma faísca dourada, ressaltada pelo Sidra com um arco-íris de cores.

Ele jamais fracassara em nada. Não daquele jeito.

E estava tão desesperado que chegava a ser estúpido, tão esperançoso que não acreditou que ela realmente se recusaria. Até aquele dia, quando ele a viu naquela rocha e soube que ela quis se levantar, mas a observou sufocar esse instinto. Observou-a fechar aquela vontade de aço sobre si.

— Você não é do tipo que fica emburrado.

Cassian se espantou, virando a cabeça para encontrar Feyre sentada ao seu lado. Ela balançou os pés no vazio, seu cabelo castanho-dourado soprando ao vento enquanto ela olhava para o ringue de treinamento.

— Você voou até aqui?

— Atravessei. Rhys falou que você estava "pensando alto". — A boca de Feyre se repuxou de lado. — Achei bom vir ver o que estava acontecendo.

Uma fina camada de poder permanecia ao redor da Grã-Senhora dele, invisível a olho nu, mas reluzindo com força. Cassian assentiu para ela.

— Por que Rhysinho colocou esse escudo de aço em você? — Era potente o bastante para resguardar toda Velaris.

— Porque ele é um pé no saco — disse Feyre, mas sorrindo levemente. — Ainda está aprendendo como funciona, e eu ainda não descobri como me libertar dele. Mas com as rainhas se tornando uma nova ameaça, e Beron junto, principalmente se Koschei é quem está mexendo os pauzinhos, Rhys fica bastante feliz em deixar o escudo no lugar.

— Tudo com aquelas rainhas é uma dor de cabeça da porra — resmungou Cassian. — Tomara que Az descubra o que elas estão tramando. Ou pelo menos o que Briallyn e Koschei estão tramando.

Rhys ainda estava contemplando o que fazer a respeito das exigências de Eris. Cassian supôs que ele receberia as ordens sobre aquela frente em breve. E então precisaria lidar com o babaca. De um general para outro.

— Parte de mim teme o que Azriel encontrará — disse Feyre, apoiando-se nas mãos. — Mor parte para Vallahan de novo amanhã. Isso também me preocupa. Que ela volte com notícias piores sobre as intenções deles.

— Vamos dar um jeito.

— Você falou como um verdadeiro general.

Cassian tocou o ombro de Feyre com a asa, um gesto casual de afeição. Um que ele jamais ousara fazer com as fêmeas de qualquer comunidade illyriana. Os illyrianos eram psicóticos a respeito de quem tocava as asas deles e de que jeito, e o tocar de asas fora do quarto, do treino, ou do combate mortal, era um enorme tabu. Mas Rhys jamais se importara, e Cassian precisava do contato. Sempre precisara de contato físico, descobrira. Provavelmente graças a uma infância passada com tão pouco carinho.

Feyre pareceu entender a necessidade dele por um toque de conforto, porque falou:

— Está muito ruim?

— Está ruim. — Foi tudo o que ele conseguiu admitir.

— Mas ela está indo à biblioteca?

— Ela voltou à biblioteca esta noite. Ainda está lá embaixo, pelo que sei.

Feyre deu a ele um *hmm* de contemplação enquanto olhava a cidade. A Grã-Senhora dele parecia tão jovem, ele sempre se esquecia do quanto ela era realmente jovem, considerando o que já enfrentara e conquistara na vida. Aos 21 anos, ele ainda estaria bebendo, brigando e trepando, sem se preocupar com nada e ninguém, exceto sua ambição de ser o mais habilidoso dos guerreiros illyrianos desde o próprio Enalius. Aos 21, Feyre tinha salvado o mundo deles, encontrado seu parceiro e a felicidade verdadeira.

Feyre perguntou:

— Nestha falou por que não quer treinar?

— Porque ela me odeia.

Feyre riu com escárnio.

— Cassian, Nestha não odeia você. Vai por mim.

— Ela certamente age como se odiasse.

Feyre fez que não com a cabeça.

— Não, ela não odeia. — Suas palavras soaram tão magoadas que ele franziu a testa.

— Ela também não odeia você — disse ele, baixinho.

Feyre deu de ombros. O gesto fez o peito dele doer.

— Durante um tempo, achei que não odiasse. Mas agora não sei.

— Não entendo por que vocês duas não conseguem simplesmente... — Ele não conseguiu encontrar a palavra certa.

— Nos entendermos? Sermos civilizadas? Sorrir uma para a outra? — A risada de Feyre soou vazia. — Sempre foi assim.

— Por quê?

— Não faço ideia. Quer dizer, sempre foi assim com a gente e nossa mãe. Ela só ligava para Nestha. Ignorava a mim, e via Elain como pouco mais do que uma boneca para vestir, mas Nestha era *dela*. Nossa mãe fazia questão de que soubéssemos disso. Ou ela simplesmente se importava tão pouco com o que pensávamos ou fazíamos que não se incomodava em esconder isso da gente. — Mágoa e dor há muito guardadas envolviam cada palavra. Que mãe faria uma coisa dessas com os filhos? — Quando caímos na pobreza, quando comecei a caçar, piorou. Nossa mãe havia morrido, e nosso pai não estava exatamente presente. Ele não estava completamente *ali*. Então éramos eu e Nestha, sempre no pescoço uma da outra. — Feyre esfregou o rosto. — Estou cansada demais para repassar cada detalhe. É tudo uma confusão só.

Cassian evitou observar que as duas irmãs pareciam precisar uma da outra — que Nestha talvez precisasse de Feyre mais do que percebia. E evitou mencionar que essa confusão entre as duas fêmeas o magoava mais do que ele conseguia expressar.

Feyre suspirou.

— Esse é o meu longo jeito de dizer que se Nestha odiasse você... É que eu sei como é ser odiada por ela, e ela não odeia você.

— Talvez odeie depois do que eu disse a ela esta noite.

— Azriel me contou. — Feyre esfregou o rosto de novo. — Não sei o que fazer. Como ajudá-la.

— Depois de três dias já estou esgotado — disse ele.

Os dois ficaram sentados em silêncio enquanto o vento soprava entre eles. Névoa se acumulou no Sidra bem abaixo, e a fumaça branca de inúmeras chaminés subiu para se juntar a ela.

Feyre perguntou:

— Então, o que faremos?

Ele não sabia.

— Talvez o trabalho na biblioteca seja o suficiente para tirá-la disso. — Mas assim que pronunciou essas palavras, elas pareceram falsas.

Feyre aparentemente concordava.

— Não, na biblioteca ela pode se esconder no silêncio entre as prateleiras. A biblioteca deveria equilibrar o que o treinamento faz.

Ele girou os ombros.

— Bom, ela disse que não vai treinar naquela aldeia *miserável*, então estamos em um impasse.

Feyre suspirou de novo.

— Parece que estamos.

Mas Cassian parou. Piscou uma vez e olhou para o ringue de treino adiante.

— O quê?

Ele riu, sacudindo a cabeça.

— Eu deveria ter percebido.

Um sorriso hesitante brotou na boca de Feyre, e Cassian se inclinou para beijar a bochecha dela. Ele só chegou a 3 centímetros do rosto da Grã-Senhora antes que seus lábios encontrassem um aço beijado pela noite.

Certo, o escudo.

— Esse nível de proteção é insano.

Feyre alisou o suéter creme espesso.

— Assim como Rhys.

Cassian farejou, tentando, sem sucesso, detectar o cheiro dela.

— Ele também protegeu seu cheiro?

Feyre sorriu.

— É tudo parte do mesmo escudo. Helion não estava brincando sobre ser impenetrável.

E apesar de tudo, Cassian sorriu de volta. Lembranças passaram como uma torrente por ele, de quando a conheceu na sala de jantar vários andares abaixo, aquela menina que se tornaria sua Grã-Senhora. Ela estava tão terrivelmente magra na época, os olhos tão mortos e tão retraída que fora preciso todo o autocontrole dele para não voar até a Corte Primaveril e arrancar cada membro de Tamlin.

Cassian afastou o pensamento, concentrando-se, em vez disso, na revelação diante dele.

Uma última vez. Ele tentaria uma última vez.

CAPÍTULO 12

Nestha estava no ringue de treino no alto da Casa do Vento fazendo careta.

— Achei que iríamos até Refúgio do Vento.

Cassian caminhou até a escada de corda estendida no chão e esticou um nó.

— Mudança de planos. — Não havia mais nenhum indício daquele ódio vermelho-incandescente no rosto dele quando ela entrou na sala do café da manhã. Azriel já havia ido embora, e Cassian não tinha dito uma palavra sobre por que ele havia partido. Deve ter sido alguma coisa a respeito das rainhas, a julgar pelo que ela ouvira na noite anterior.

Quando Nestha terminou o mingau, procurou por qualquer sinal de Morrigan, mas a fêmea não havia aparecido. E Cassian a levara até ali, sem falar nada durante a caminhada até o alto.

Todo mundo odeia você. As palavras ainda ecoavam, como um sino que não para de soar.

Ele finalmente explicou:

— Mor voltou para Vallahan, e Rhys e Feyre estão ocupados. Então não tem ninguém para nos atravessar até Refúgio do Vento. Vamos treinar aqui hoje. — Ele indicou o ringue vazio. Livre de qualquer olho curioso. E acrescentou com um sorriso afiado que fez Nestha engolir em seco: — Só eu e você, Nes.

Nestha tinha dito na noite anterior que não treinaria na aldeia. Tinha dito várias vezes e Cassian havia percebido. Ela não treinaria lá, *naquela aldeia miserável.*

Ele devia ter se dado conta há dias. Ele a conhecia muito bem, no fim das contas.

Nestha podia estar disposta a enfrentar o próprio rei de Hybern, mas era orgulhosa até não dar mais. Ela preferiria morrer a parecer tola e se mostrar vulnerável. Preferiria se sentar em uma pedra congelante no vento gélido por horas a parecer uma tola na frente de qualquer um, principalmente guerreiros arrogantes predispostos a debochar de qualquer fêmea que tentasse lutar como eles.

Cassian não estava nem aí para onde ela treinasse. O importante era começar a treinar.

Se ela se recusasse hoje, ele não sabia o que faria.

O sol da manhã brilhava forte, prometendo um dia quente, e Cassian tirou o casaco de couro antes de enrolar a manga da camisa.

— E então? — perguntou ele, erguendo os olhos para o rosto dela.

— Eu...

A hesitação fez o peito dele se apertar de um jeito insuportável. Mas Cassian sufocou aquela esperança enquanto dobrava a outra manga. Ele se perguntou se ela havia notado que os dedos dele tremiam levemente.

Finja que está tudo normal. Não a assuste.

Não havia nenhum lugar por perto em que ela pudesse sentar aquela bela bunda. Ele já havia tirado as espreguiçadeiras que Amren — e às vezes Mor — gostava de usar para tomar sol enquanto ele e os demais treinavam.

Quando Nestha permaneceu à porta, Cassian se viu dizendo:

— Faço um acordo com você.

Os olhos dela brilharam. Barganhas feéricas não eram brincadeira. Ele sabia que Feyre já havia versado Nestha a respeito delas, assim que a irmã chegou.

Como precaução. Pelo olhar cauteloso de Nestha, ele sabia que ela se lembrava dos avisos de Feyre também: acordos feéricos eram selados por magia e marcados com tinta no corpo. A tinta não sumiria até que o acordo fosse cumprido. E se fosse quebrado... a magia poderia exercer uma vingança terrível.

Cassian manteve uma pose casual.

— Se fizer uma hora de exercícios agora mesmo, fico lhe devendo um favor.

— Não preciso de favores seus.

— Então diga seu preço. — Ele lutou para acalmar o coração acelerado. — Uma hora de treino pelo que quiser.

— Você é muito bobo para fazer uma barganha dessas. — Ela semicerrou os olhos. — Achei que fosse um general. Não deveria ser bom em negociar?

A boca de Cassian se repuxou para cima. Ela não o estava afastando.

— Para você, não tenho estratégias.

Nestha o estudou com foco irredutível.

— Qualquer coisa que eu quiser?

— Qualquer coisa. Qualquer coisa que não seja me ordenar a cair do céu e esmagar minha cabeça na terra –– Ele acrescentou, sarcasticamente.

Ela não sorriu como ele esperava. Os olhos de Nestha se tornaram lascas de gelo.

— Você realmente acredita que sou capaz de fazer algo assim?

— Não — disse ele, sem hesitar.

A boca de Nestha se contraiu. Como se não acreditasse nele. E... aquelas eram manchas roxas sob os olhos dela. Quanto tempo tinha trabalhado na biblioteca na noite passada? Indagar o motivo de ela ter ficado acordada até tão tarde não seria sábio. Ele guardaria essa batalha para outro momento. Dali a uma hora, talvez.

Ela o observou de novo, e Cassian se obrigou a ficar imóvel, a parecer receptivo e não ameaçador, a não demonstrar que estava oferecendo seu coração nas mãos ensanguentadas e estendidas.

Ela respondeu, por fim:

— Tudo bem. Digamos que será um favor. Um favor do tamanho que eu quiser.

Era perigoso permitir aquilo. Mortal. Estúpido. Mas ele falou:

— Sim.

Cassian estendeu a mão. Uma última vez.

Continue estendendo a mão.

— Um acordo. — Ele respondeu à expressão de aço dela com a própria. — Você treina comigo por uma hora e eu lhe devo um favor do tamanho que você quiser.

— De acordo. — Ela deslizou a mão contra a dele e apertou firme.

Magia passou como um choque entre eles, e Nestha arquejou, encolhendo-se.

Cassian permitiu que ressoasse por ele, como um estouro de cavalos galopando. Ele esperou passar. Qualquer que fosse o poder dela, tinha feito o acordo deles mais intenso. Mais exigente.

Cassian avaliou as mãos, os antebraços expostos, procurando algum indício de uma tatuagem além das illyrianas que ele tinha para dar sorte e glória. Nada.

Tinha de estar em algum lugar.

Ele tirou a camisa e observou as placas musculosas do tronco. Nada.

Cassian se aproximou do estreito espelho que ficava encostado em uma ponta do ringue, deixado ali para que estudassem a técnica enquanto se exercitavam sozinhos. Ao parar diante do espelho, Cassian virou o corpo, olhando por cima do ombro para as costas tatuadas.

Ali, bem no centro das tatuagens illyrianas que serpenteavam pela coluna dele, uma nova em folha havia surgido. Uma estrela de oito pontas, cujos ponteiros de bússola irradiavam em linhas afiadas horizontal e verticalmente na depressão da coluna dele, entremeando-se às marcas illyrianas há muito tatuadas ali. As pontas do leste e oeste da estrela se estendiam até as asas dele, preto misturando-se ao preto. Uma idêntica, ele sabia, estaria na coluna de Nestha. Enquanto a encarava, ele tentou não pensar na pele nua dela, agora marcada com tinta preta.

Mas os olhos de Nestha nem mesmo estavam no espelho.

Não, estavam fixos no tronco dele. No peito, nos músculos abdominais, nos braços nus. A pulsação dela estremecia na garganta.

Cassian não ousou se mover, não enquanto o olhar dela estava fixo no "v" formado pelos músculos que desciam sob a cintura da calça dele. Não quando os olhos dela se tornaram mais sombrios e os cílios estremeceram quando um rubor espreitou na pele pálida dela.

O sangue dele esquentou, a pele se repuxou sobre osso e músculos, como se conseguisse sentir o toque dos olhos azul-acinzentados de Nestha, como se fossem os dedos dela percorrendo a barriga dele. Mais para baixo.

Cassian sabia que não deveria fazer um comentário provocador. Caso a atiçasse, ela não apenas se recusaria a treinar, com ou sem acordo, mas pararia de olhar para ele daquela forma.

Lentamente, os olhos de Nestha subiram pelo corpo dele, detendo-se nos músculos peitorais esculpidos e na tatuagem illyriana que espiralava sobre um deles, antes de descer fluidamente pelo braço esquerdo. Cassian talvez tivesse flexionado o músculo. Um pouquinho. Com a voz rouca, ele conseguiu dizer:

— Pronta?

Que o Caldeirão o fervesse, ele sabia que a pergunta tinha mais significados do que se importava em desvendar.

Pelo brilho nos olhos dela, Cassian sabia que ela entendia. Mas Nestha esticou os ombros.

— Tudo bem. Devo a você uma hora de treino.

— Pode ter certeza de que deve mesmo. — Cassian controlou a respiração, afastando aquele desejo voraz. Ele caminhou até o centro do ringue, mas optou por ficar sem camisa. Por causa do dia quente. Porque a pele dele estava agora queimando.

Ele indicou o espaço ao lado, e lançou a ela seu maior sorriso.

— Vamos ver do que você é capaz, Archeron.

Um acordo — com Cassian. Nestha não sabia como tinha se permitido concordar com aquilo, deixar aquela magia passar entre eles e marcá-la, mas...

Todo mundo odeia você.

Talvez fosse apenas esse fato que a fez concordar com aquela loucura. Nestha não fazia ideia de que favor pediria dele, mas... Tudo bem. Esse ringue de treino, com as paredes altas e o céu como única testemunha — ali, supôs ela, podia deixar que ele pegasse pesado.

Não importava que Cassian sem camisa fosse uma visão quase obscena, mesmo com a coleção de cicatrizes que salpicavam sua pele marrom reluzente. Aquela no peitoral esquerdo era particularmente feia — e uma que Nestha sabia que ele não tinha recebido durante a guerra contra Hybern. Ela não queria saber o que tinha sido tão ruim a ponto de deixar uma marca num corpo que cicatrizava tão rápido. Principalmente quando qualquer prova do ferimento arrasador que ele sofrera durante a guerra tinha sumido. Restavam apenas músculos curvos e pele.

Sendo bem sincera, havia tantos músculos que Nestha nem conseguia contar todos. Até as costelas dele tinham músculos. Ela não fazia ideia que era possível ter músculos ali. E aqueles que fluíam para dentro da calça, como uma flecha apontando exatamente para o que ela queria...

Nestha afastou o pensamento da cabeça ao se aproximar de Cassian no centro do ringue. Ele sorriu como um inimigo.

Ela parou a um metro de distância dele, com o sol da manhã aquecendo seus cabelos e bochechas. Era o mais perto que ficava dele sem brigar ou provocar em... muito tempo.

Cassian girou os ombros fortes e a tatuagem ampla se mexeu com o movimento.

— Certo. Vamos começar com o básico.

— Espadas? — Ela indicou a estante de armas contra a parede à esquerda da porta em arco que dava para as escadas.

A boca de Cassian se curvou para cima.

— Não vai receber espadas ainda. Precisa aprender a controlar seus movimentos, seu equilíbrio. Vai desenvolver força básica e consciência corporal antes de sequer pegar uma espada de madeira feita para treinar. — Ele olhou para as botas amarradas dela. — Pés e respiração.

Ela piscou.

— Pés?

— Seus dedos, principalmente.

Ele estava muito sério.

— O que têm meus dedos?

— Aprender a se firmar no chão, a equilibrar o peso, constrói uma fundação para todo o resto.

— Vou exercitar meus dedos dos pés.

Ele riu.

— Você achou que já chegaria com espadas e flechas no primeiro dia?

Canalha arrogante.

— Você jogou minha irmã no ringue de treino e fez exatamente isso.

— Sua irmã já possuía um conjunto de habilidades que você não tem, e ela também não tinha o luxo do tempo.

Caçar para mantê-las alimentadas tinha ensinado aquelas habilidades à Feyre. Caçar, enquanto Nestha ficava em casa, segura e aquecida, deixando Feyre se aventurar na floresta sozinha. Aquelas habilidades que Feyre tinha aperfeiçoado permitiram que ela sobrevivesse contra os Grão-Feéricos e todos os terrores deles, mas... Feyre só as tinha por causa do que fora forçada a fazer. Porque Nestha não tinha feito aquilo. Não havia assumido o controle.

Ela viu que Cassian observava atentamente. Como se ouvisse aqueles pensamentos, sentisse o peso deles sobre ela.

— Feyre me ensinou como usar um arco. — Apenas algumas lições, e há muito tempo, mas Nestha se lembrava. Era uma das únicas vezes em que ela e Feyre tinham sido aliadas.

— Não um arco illyriano. — Cassian indicou uma estante de imensos arcos e aljavas ao lado do espelho. Os arcos eram quase tão altos quanto uma mulher adulta. — Só quando me tornei um adulto maduro tive força para sequer engatilhar uma flecha em um desses.

Nestha cruzou os braços e tamborilou os dedos no bíceps.

— Então vou passar uma hora ali, balançando os dedos dos pés?

O sorriso de Cassian surgiu de novo.

— Isso.

Em algum momento, Nestha começou a suar. Os pés dela doíam e suas pernas pareciam ter virado gelatina.

Ela tirara as botas e repassara algumas posições com Cassian, concentrando-se em apertar os dedos dos pés, encontrar o equilíbrio e, num geral, ficar com cara de tola. Pelo menos não havia ninguém para vê-la de pé sobre uma perna enquanto dobrava o corpo na altura do quadril e a outra perna subia atrás dela. Ou usando dois mastros de madeira para se equilibrar enquanto balançava o pé de um mastro a outro, se esforçando para subir em cada vara. Ou fazendo agachamentos básicos — que se revelaram completamente errados, já que ela não sabia posicionar seu peso e deixava as costas arqueadas demais.

Só coisas básicas, estúpidas. E ela fracassara lindamente em tudo.

Cassian não parecia sequer remotamente impressionado quando Nestha se levantou do agachamento que ele a fez manter enquanto segurava uma vara de madeira acima da cabeça.

— Fique reta, a cabeça primeiro.

Nestha obedeceu.

— Não. — Ele indicou para que ela agachasse de novo. — Cabeça primeiro. Não curve as costas nem incline o corpo para a frente. Fique reta com um movimento só.

— Estou fazendo isso.

— Você está se curvando. Pressione os pés no chão. Pressione os dedos dos pés conforme endireita a cabeça... Isso. — Ela estava fazendo careta ao se esticar. Cassian apenas disse: — Faça mais uma direito e aí termina.

Ela fez, muito ofegante, com os joelhos trêmulos e as coxas reclamando da ardência. Quando terminou, Nestha se escorou com a vara que tinha erguido acima da cabeça.

— É só isso?

— A não ser que queira fazer um acordo comigo por uma segunda hora.

— Quer mesmo me dever dois favores?

— Se for para manter você aqui para concluir a lição, quero.

— Não tenho certeza se aguento mais desses alongamentos.

— Então faremos trabalho de respiração e depois um resfriamento.

— Como assim um resfriamento?

— Mais alongamentos. — Ele sorriu. Quando ela abriu a boca, explicou: — É para ajudar a levar seu corpo de volta a um ritmo normal e limitar qualquer dor que possa surgir depois.

O tom de voz dele não era de condescendência. Então ela perguntou:

— E o que é trabalho de respiração?

— Exatamente o que parece. — Ele levou a mão à barriga, bem sobre aqueles músculos ondulantes, e fez uma longa inspiração antes de expirar lentamente. — Seu poder durante uma luta vem de muitos lugares, mas a respiração é um dos mais importantes. — Ele assentiu para a vara nas mãos dela. — Estoque com ela para a frente como se estivesse empalando alguém com uma lança.

Erguendo as sobrancelhas, Nestha obedeceu com um movimento esquisito e deselegante.

Ele apenas assentiu.

— Agora, faça de novo e, quando fizer, *inspire.*

Ela obedeceu e fez o movimento significativamente mais fraco.

— Agora, faça de novo, mas *expire* com a estocada.

Ela levou um ou dois segundos para orientar a respiração, mas obedeceu, empurrando a vara para a frente ao expirar. Poder ondulou por seus braços, seu corpo.

Nestha piscou para a vara.

— Deu para sentir a diferença.

— Está tudo conectado. Respiração, equilíbrio e movimento. Músculos fortes como estes — ele deu tapinhas naquele abdômen absurdamente delineado dele — não querem dizer nada quando você não sabe usá-los.

— Então como se aprende a controlar a respiração?

Ele sorriu de novo com seus olhos castanhos iluminados pelo sol.

— Assim.

E assim começou mais uma série de movimentos, todos tão simples quando ele demonstrava, mas quase impossíveis de coordenar no corpo dela quando ela tentava replicá-los. Mas Nestha se concentrou na respiração, no poder, como se os pulmões fossem os foles de uma grande forja.

O sol subiu mais alto, cruzando o espaço de treino e arrastando as sombras consigo.

Inspire. Expire. Fôlegos marcados por uma estocada unilateral profunda, ou um agachamento, ou por se equilibrar em uma perna só. Eram todos exercícios que ela havia feito na primeira hora, mas agora renovados com a dimensão extra da respiração.

Inspirando e expirando, para dentro, para fora, com corpo e mente fluindo, a concentração não falhava.

Os comandos de Cassian eram firmes, mas gentis, encorajadores sem serem irritantes. *Prenda, prenda, prenda — e solte. Bom. De novo. De novo. De novo.*

Não havia uma parte do corpo dela que não estivesse escorregadia de suor, uma parte que não estivesse tremendo quando ele pediu que ela se deitasse em um tapete preto na outra ponta do ringue.

— Resfriamento — disse ele, ajoelhando e dando tapinhas no tapete.

Ela estava cansada demais para protestar, praticamente se jogou ali e encarou o céu.

A tigela azul se arqueava infinitamente e o sol ardia contra o suor no rosto dela. Filetes de nuvens flutuavam pelo azul estonteante, sem sequer se preocupar com ela.

A mente de Nestha havia se tornado tão nítida quanto aquele céu, a névoa e as sombras iminentes tinham sumido.

— Você gosta de voar? — Nestha não sabia de onde tinha vindo a pergunta.

Ele olhou para ela.

— Eu amo. — A verdade ecoou naquelas palavras. — Me dá uma sensação de liberdade, alegria e desafio.

— Conheci a dona de uma loja no Refúgio do Vento que teve as asas cortadas. — Ela virou o rosto do céu para olhar para ele. O rosto de Cassian tinha ficado tenso. — Por que os illyrianos fazem isso?

— Para controlar as mulheres — disse Cassian, com um ódio silencioso. — É uma tradição antiga. Rhys e eu tentamos acabar com isso tornando ilegal, mas a mudança leva um tempo entre os Grão-Feéricos. Para canalhas teimosos como os illyrianos, leva ainda mais tempo. Emerie, suponho que seja quem você conheceu, pois ela é a única fêmea dona de uma loja, foi uma das que nos escapou. Foi durante o reinado de Amarantha, e... muita merda acabou passando.

Os olhos dele ficaram perturbados, não apenas pelo que tinha sido feito a Emerie pelo pai dela, percebeu Nestha, mas pelas lembranças daqueles cinquenta anos. Pela culpa.

E talvez fosse para poupá-lo de reviver aquelas lembranças, para banir aquela culpa injustificada dos olhos dele, que ela se aninhou contra o colchonete e disse:

— Resfriamento.

— Você parece ansiosa.

Ela o encarou.

— Eu... — Nestha engoliu em seco. Odiou-se por hesitar, então se obrigou a dizer: — A respiração faz minha cabeça parar de ser tão... — Horrível. Terrível. Insuportável. — Barulhenta.

— Ah. — Compreensão tomou o rosto dele. — A minha também.

Por um momento, ela o encarou, observou o vento puxar as mechas do cabelo na altura dos ombros dele. O instinto de tocar as mechas pretas a fez pressionar as palmas das mãos contra o colchonete, como se estivesse se contendo fisicamente.

— Certo. — Cassian pigarreou. — Resfriamento.

Ela tinha ido bem. Muito bem.

Nestha terminou o resfriamento e se estatelou no colchonete preto, como se precisasse se recompor. Recuperar a força.

Cassian permitiu, ficando de pé e caminhando até a estação de água à direita do arco.

— Precisa beber o máximo de água que conseguir — disse ele, pegando dois copos e enchendo-os da moringa na pequena mesa. Cassian retornou para o lado dela, bebendo do próprio copo.

Nestha permaneceu de barriga para cima, com braços e pernas frouxos e os olhos fechados enquanto a luz do sol fazia seu cabelo e pele suada brilharem. Ele não conseguiu impedir a imagem de surgir em sua mente: dela deitada na cama dele daquele jeito, saciada, com o corpo inerte de prazer.

Ele engoliu em seco. Nestha entreabriu um olho, sentou-se lentamente e pegou a água que ele estendeu. Entornou, percebeu como estava com sede e ficou de pé. Ele observou conforme ela se dirigiu até a moringa, enchendo o copo e esvaziando mais duas vezes antes de finalmente o deixar na mesa.

— Você nunca falou o que queria pela segunda hora de treino — disse ele, por fim.

Ela olhou por cima do ombro. Os olhos dela brilhavam e a pele estava rosada de uma forma que ele não via há muito, muito tempo. A respiração, como ela disse, tinha ajudado. Acalmado. Percebendo a leve mudança em seu rosto, Cassian acreditou.

O que aconteceria quando aquele humor se dissipasse, não se sabia. Pequenos passos, assegurou-se ele. Passos muito, muito pequenos.

Nestha falou:

— A segunda hora foi por conta da casa.

Ela não sorriu, nem mesmo piscou um olho, mas Cassian sorriu.

— Que generoso da sua parte.

Ela revirou os olhos, mas sem o veneno de sempre.

— Preciso trocar de roupa antes de ir para a biblioteca.

Quando Nestha entrou na porta em arco, em direção à escuridão da escada mais além, Cassian disparou:

— Eu não tive a intenção de falar aquilo ontem à noite, sobre todo mundo odiar você.

Ela parou, e sentiu os olhos azul-acinzentados congelando.

— É verdade.

— Não é. — Cassian ousou dar um passo mais para perto. — Você está aqui porque *não* odiamos você. — Ele pigarreou, passando a mão pelo cabelo. — Queria que soubesse disso. Que nós não... que *eu* não odeio você.

Ela sopesou o que quer que estivesse no olhar dele. Provavelmente mais do que era sábio deixar que Nestha visse. Mas ela respondeu, baixinho:

— E eu nunca odiei você, Cassian.

Com isso, ela passou pela porta e foi para dentro da Casa, como se não o tivesse atingido na boca do estômago, primeiro com as palavras, depois ao usar o nome dele.

Somente quando Nestha sumiu escada abaixo ele exalou o fôlego que estava segurando.

CAPÍTULO 13

Ela estava faminta. Era o único pensamento que ocupava Nestha enquanto ela colocava livro após livro nas prateleiras. Isso, e a dor que sentia no corpo inteiro. As coxas queimavam a cada centímetro andado para cima ou para baixo na rampa da biblioteca, e seus braços pareciam insuportavelmente rígidos com cada livro erguido até seu respectivo lugar de descanso.

Tanta dor, de alongamentos e exercícios de equilíbrio. Nestha não queria nem imaginar o que um treino como os que ela vira Cassian fazer lhe causaria.

Ela era patética, fraca desse jeito. Patética por agora ser incapaz de caminhar sequer um passo sem fazer careta.

— Resfriamento, é? Percebi — resmungava Nestha, erguendo um tomo nas mãos. Ela olhou para o título e gemeu. Pertencia ao outro lado daquele andar, uma boa caminhada de cinco minutos pelo átrio central e pelo corredor interminável. As pernas latejantes dela podiam muito bem ceder no meio do caminho.

O estômago dela roncou.

— Vou lidar com você depois — disse Nestha ao livro, e observou os outros títulos que restavam no carrinho. Nenhum, feliz ou infelizmente, precisava ser guardado na seção a que aquele livro pertencia. Empurrar o carrinho até lá seria exaustivo — era melhor simplesmente carregar o tomo, mesmo que fosse uma viagem essencialmente insignificante para depositar um livro.

Não que ela tivesse nada melhor para fazer com seu tempo. Seu dia. Sua vida.

Qualquer nitidez que tivesse sentido no ringue de treino acima tinha se anuviado de novo. Qualquer calma e tranquilidade que tivesse conseguido capturar na mente havia se dissipado como fumaça. Apenas manter-se em movimento poderia controlar aquilo.

Nestha encontrou a estante de que precisava — muito acima da cabeça dela, e não havia banquinhos à vista. Ela ficou na ponta dos pés, o que fez as pernas gritarem em protesto, mas a prateleira era alta demais. Nestha era alta para uma fêmea, tinha uns bons cinco centímetros a mais do que Feyre, mas aquilo estava fora do alcance. Grunhindo, ela tentou guardar o livro com as pontas dos dedos, os braços se esforçando.

— Ah, que bom. É você — uma voz familiar de fêmea soou do fim da fileira. Nestha se virou e descobriu Gwyn caminhando rapidamente em sua direção com os braços cheios de livros e o cabelo cobre brilhando à luz fraca.

Nestha não se deu o trabalho de parecer agradável ao descer das pontas dos pés.

Gwyn inclinou a cabeça, como se finalmente tivesse percebido o que ela estava fazendo.

— Não pode usar magia para colocar no alto da estante?

— Não. — A palavra soou fria e emburrada.

As sobrancelhas de Gwyn se contraíram uma na direção da outra.

— Você quer dizer que tem guardado tudo *à mão*?

— De que outra forma eu faria?

Os olhos azul-mar de Gwyn se semicerraram.

— Mas você tem poder, não tem?

— Não é da sua conta. — Não era da conta de ninguém. Ela não tinha nenhum dos dons habituais dos Grão-Feéricos. O poder dela, aquela *coisa*, era completamente estranho. Grotesco.

Mas Gwyn deu de ombros.

— Tudo bem. — Ela soltou os livros bem nos braços de Nestha. — Estes podem voltar.

Nestha cambaleou sob o peso dos livros e fez cara de raiva.

Gwyn ignorou a expressão, olhando em volta antes de abaixar a voz.

— Você viu o volume sete do livro *A grande guerra*, de Lavinia?

Nestha vasculhou a memória.

— Não. Não esbarrei com esse.

Gwyn franziu a testa.

— Não está na prateleira.

— Então está com outra pessoa.

— Era o que eu temia. — Ela exalou um fôlego dramático.

— Por quê?

A voz de Gwyn baixou para um sussurro conspiratório.

— Trabalho para alguém que é muito... exigente.

A memória retornou à Nestha. Alguém chamada Merrill, dissera Clotho no outro dia. O braço direito dela.

— Suponho que você não seja fã dessa pessoa?

Gwyn se recostou em uma das estantes, cruzando os braços com uma casualidade que traía suas vestes de sacerdotisa. De novo, ela não usava capuz ou pedra azul no alto da cabeça.

— Olha, embora eu considere muitas das fêmeas aqui minhas amigas, há algumas que não são o que eu consideraria legais.

Nestha riu.

Gwyn mais uma vez olhou para o fim da fileira.

— Você sabe por que todas estamos aqui. — Sombras tomaram os olhos dela, foi a primeira vez que Nestha as vira ali. — Todas passamos por... — Ela esfregou a têmpora. — Então eu odeio, *odeio* sequer falar mal de qualquer uma das minhas irmãs aqui. Mas Merrill é desagradável. Com todo mundo. Até mesmo Clotho.

— Por causa das experiências dela?

— Não sei — falou Gwyn. — Só sei que fui designada para trabalhar com Merrill e ajudar na pesquisa dela, e talvez tenha cometido um erro minúsculo. — Ela fez uma careta.

— Que tipo de erro?

Gwyn suspirou para o teto escuro.

— Eu deveria entregar o volume sete de *A grande guerra* para Merrill ontem, junto com uma pilha de outros livros, e eu podia ter *jurado* que entreguei, mas esta manhã, enquanto estava no escritório dela, olhei para a pilha e vi que tinha entregado o volume oito em vez do sete.

Nestha conteve um revirar de olhos.

— E isso é ruim?

— Merrill vai me matar se não estiver lá para ela ler hoje. — Gwyn saltou de um pé para o outro. — O que pode acontecer a qualquer momento. Eu saí assim que pude, mas o livro não está na prateleira. — Ela parou de se agitar. — Mesmo que eu encontrasse o livro, ela me veria trocando na pilha.

— E você não pode contar a ela? — Gwyn não podia estar falando sério sobre a parte de matar. Embora, com os feéricos, Nestha supunha que talvez fosse uma possibilidade. Apesar de aquele lugar ser de paz.

— Pelos deuses, não. Merrill não aceita erros. O livro deveria estar lá, eu *disse* a ela que estava lá, e... eu estraguei tudo. — O rosto da sacerdotisa empalideceu. Ela parecia quase doente.

— Por que isso importa?

Emoção se agitou naqueles olhos notáveis.

— Porque não quero cometer mais erros.

Nestha não sabia como interpretar aquela frase. Então apenas disse:

— Ah.

Gwyn prosseguiu:

— Essas fêmeas me receberam. Me deram abrigo, cura e família. — De novo, os olhos grandes dela ficaram sombrios. — Não suporto desapontá-las em nada. Principalmente alguém tão exigente quanto Merrill. Mesmo que pareça trivial.

Admirável, embora Nestha estivesse relutante em admitir.

— Você já deixou esta montanha desde que chegou?

— Não. Depois que chegamos, não saímos a não ser que esteja na hora de partirmos, de volta ao mundo lá fora. Embora algumas de nós fiquem para sempre.

— E nunca mais veem a luz do dia? Nem sentem o ar fresco?

— Temos janelas, em nossos dormitórios. — Diante da expressão confusa de Nestha, ela explicou: — Elas são encantadas para não serem vistas da encosta da montanha. Apenas o Grão-Senhor sabe sobre elas, pois o encantamento é dele. E agora você, suponho.

— Mas vocês não saem?

— Não — respondeu Gwyn. — Não saímos.

Nestha sabia que podia deixar a conversa terminar ali, mas perguntou:

— E o que fazem com o tempo em que não estão na biblioteca? Praticam suas... coisas religiosas?

Gwyn abafou uma risada baixa.

— Em parte. Nós honramos a Mãe, e o Caldeirão, e as Forças da Existência. Temos um culto ao alvorecer e um ao anoitecer, e em todo dia sagrado.

Nestha deve ter feito uma careta, pois Gwyn riu com deboche.

— Não é tão chato assim. Os cultos são lindos, as músicas são tão belas quanto qualquer uma que você ouviria em um salão de música.

Isso *parecia* muito interessante.

— Eu gosto dos cultos do anoitecer — prosseguiu Gwyn. — A música sempre foi minha parte preferida, sabe. Quer dizer, não aqui. Eu era uma sacerdotisa... ainda acólita... antes de vir para cá. — Ela acrescentou, um pouco mais baixo: — Em Sangravah.

O nome parecia familiar a Nestha, mas ela não conseguia se lembrar.

Gwyn sacudiu a cabeça, seu rosto estava tão pálido que as sardas se destacavam como alto relevo.

— Preciso retornar a Merrill antes que ela comece a se perguntar onde estou. E pensar em algum jeito de salvar minha pele quando ela não conseguir encontrar aquele livro na pilha. — Ela indicou com o queixo os livros nas mãos de Nestha. — Obrigada por isso.

Nestha apenas assentiu, e a sacerdotisa se foi, com seu cabelo marrom-acobreado sumindo de vista.

Nestha voltou para o carrinho quase sem se encolher e resmungar, embora ter ficado de pé parada por tanto tempo com Gwyn tivesse tornado quase impossível voltar a andar.

Algumas sacerdotisas passaram, ou diretamente por ela, ou em algum dos andares acima ou abaixo, completamente caladas. Aquele lugar inteiro era silencioso. O único pingo de cor e som vinha de Gwyn.

Será que ela ficaria ali, trancada sob a terra, pelo resto da vida imortal? Parecia uma pena. Compreensível para o que Gwyn devia ter aturado, sim — para o que todas aquelas fêmeas tinham aturado e sobrevivido. Mas não deixava de ser uma pena.

Nestha não soube por que fez aquilo. Por que esperou até que ninguém estivesse por perto para dizer para o ar sussurrado da biblioteca:

— Pode me fazer um favor?

Ela podia jurar que sentiu uma pausa na poeira e na escuridão, um interesse elevado. Então perguntou:

— Pode conseguir para mim o volume sete de *A grande guerra*? De alguém chamado Lavinia. — A Casa não tinha problema em mandar comida para ela, talvez conseguisse encontrar o volume.

De novo, Nestha podia jurar que sentiu aquela pausa de interesse, seguida de uma súbita ausência.

Então, um estampido soou no carrinho dela quando um livro de capa de couro cinza com letras também de cor cinza aterrissou sobre a pilha dela. Os lábios de Nestha se curvaram para cima.

— Obrigada. — Uma brisa suave e morna passou pelas pernas dela, como um gato se entremeando entre elas com um cumprimento acolhedor e uma despedida.

Quando a próxima sacerdotisa passou, Nestha se aproximou dela.

— Com licença.

A fêmea parou tão rapidamente que suas vestes pálidas balançaram junto. A pedra azul no capuz brilhava sob a luz feérica fraca.

— Sim? — A voz dela era baixa, sussurrada. Um cabelo preto cacheado despontava da túnica, e pele marrom exuberante brilhava nas lindas e delicadas mãos dela. Como Clotho, a fêmea usava o capuz sobre o rosto.

— A sala de Merrill... onde fica? — Nestha indicou o carrinho atrás dela. — Tenho alguns livros para ela, mas não sei onde trabalha.

A sacerdotisa apontou.

— Três andares para cima, no Nível Dois, no fim do corredor à direita.

— Obrigada.

A sacerdotisa se apressou, como se até mesmo aquele momento de interação social tivesse sido excessivo.

Mas Nestha olhou para seu destino, três andares acima.

O corpo dolorido não a ajudava a ser sorrateira, mas Nestha teve a sorte de não encontrar ninguém na subida. Ela bateu à porta fechada de madeira.

— Entre.

Nestha abriu a porta para uma sala que parecia uma cela retangular, ocupada por uma mesa na ponta oposta e duas prateleiras de livros ladeando ambas as paredes longas. Um pequeno estrado ficava à direita da mesa, sobre ele, havia um cobertor e um travesseiro perfeitamente alinhados. Como se a sacerdotisa encapuzada de costas para Nestha às vezes não pudesse se dar o trabalho de voltar ao dormitório para dormir.

Nenhum sinal de Gwyn. Nestha se perguntou se ela já fora dispensada devido ao suposto fracasso.

Mas Nestha deu alguns passos para dentro da sala, observando a prateleira à direita antes de dizer:

— Trouxe os livros que solicitou.

A fêmea estava curvada sobre o trabalho, o arranhar da caneta preenchendo a sala.

— Ótimo. — Ela nem se virou. Nestha olhou para a outra prateleira.

Ali estava — o volume oito de *A grande guerra*. Nestha dera um passo silencioso na direção dele quando a cabeça da sacerdotisa se ergueu.

— Não pedi mais livros. E onde está Gwyneth? Ela devia ter voltado há meia hora.

Nestha perguntou do jeito mais inexpressivo e tolo que conseguiu:

— Quem é Gwyneth?

Merrill se virou ao ouvir isso, e Nestha foi cumprimentada por um rosto surpreendentemente jovem — e espantosamente belo. Todos os Grão-Feéricos eram bonitos, mas Merrill fazia até mesmo Mor parecer sem sal.

O cabelo branco como neve fresca contrastava contra o marrom-claro da pele, e os olhos da cor de um céu crepuscular piscaram uma vez, duas. Como se estivessem se concentrando no aqui e agora e não em qualquer que fosse o trabalho que estivesse fazendo. Ela reparou nas roupas de couro de Nestha, na ausência de túnicas ou pedra sobre o cabelo trançado, e indagou:

— Quem é você?

— Nestha. — Ela equilibrou os livros nos braços. — Foi-me pedido que trouxesse isto até você.

O volume oito de *A grande guerra* estava a meros centímetros. Se ela simplesmente colocasse a mão para a esquerda, conseguiria tirá-lo da prateleira. Trocá-lo pelo sete da pilha em seus braços.

Os olhos incríveis de Merrill se semicerraram. Ela parecia tão jovem quanto Nestha, mas um tipo de energia mal-humorada zunia em torno dela.

— Quem lhe deu essas ordens?

Nestha piscou, sentindo-se a personificação da estupidez.

— Uma sacerdotisa.

A boca volumosa de Merrill se contraiu.

— *Qual* sacerdotisa?

Gwyn estava certa em sua avaliação daquela fêmea. Ser designada a trabalhar com ela parecia mais uma punição do que uma honra.

— Não sei. Vocês todas usam esses capuzes.

— Estas são as roupas sagradas de nossa ordem, menina. Não *esses capuzes*. — Merrill retornou aos seus papéis.

Nestha perguntou, porque fazer isso deixaria a fêmea transtornada:

— Então você não pediu estes livros, Roslin?

Merrill soltou a caneta e exibiu os dentes.

— Acha que sou *Roslin*?

— Mandaram que eu trouxesse estes livros para Roslin, e alguém disse que o seu... que o escritório dela era aqui.

— Roslin fica no Nível *Quatro*. Eu estou no Nível *Dois*. — Ela falou isso como se deixasse implícito algum tipo de hierarquia.

Nestha deu de ombros de novo. E talvez tenha se deliciado com aquilo. Merrill fervilhou de ódio, mas voltou a trabalhar.

— Roslin — murmurou ela. — A insuportável e idiota da Roslin. *Sempre* tagarelando.

Nestha esticou a mão sorrateiramente para a prateleira à esquerda.

Merrill virou a cabeça, e Nestha puxou o braço para o lado do corpo.

— Nunca mais me incomode. — Merrill apontou para a porta. — Saia e feche a porta atrás de você. Se vir aquela tonta da Gwyneth, diga que a quero aqui *imediatamente*.

— Peço desculpas — disse Nestha, incapaz de manter o brilho de irritação longe dos olhos, mas Merrill já estava se virando para a mesa de novo.

Precisava ser agora.

Com um dos olhos na sacerdotisa, Nestha se moveu.

Ela tossiu para acobertar o barulho de livros se movendo. E quando Merrill virou a cabeça de novo, Nestha se certificou de que nem mesmo estivesse olhando para a prateleira. Onde o volume sete de *A grande guerra* estava no lugar do volume oito, o qual estava agora no topo dos outros livros nos braços de Nestha.

O coração de Nestha retumbava pelo corpo todo.

Merrill sibilou:

— O que ainda está fazendo aqui? *Saia*.

— Peço desculpas — repetiu Nestha, enquanto fazia uma reverência na altura da cintura, e saiu, fechando a porta atrás de si.

Foi só quando parou no corredor silencioso que se permitiu sorrir.

Ela encontrou Gwyn da mesma forma que encontrou Merrill: perguntando a uma sacerdotisa, essa ainda mais calada e retraída do que a outra. Tão trêmula e nervosa que até mesmo Nestha usou sua voz mais tranquila. E não conseguiu afastar o embrulho no estômago quando seguiu para a área de leitura do primeiro andar. Do outro lado do espaço cavernoso e quieto, era fácil ouvir o cantarolar baixinho de Gwyn conforme ela saltava entre mesas, olhando para as pilhas de livros jogados. Tentando desesperadamente encontrar o tomo perdido.

As palavras da alegre música de Gwyn eram em uma língua que Nestha não conhecia, mas, por um segundo, ela se permitiu ouvir — saborear a voz pura e doce que se elevava e abaixava com uma facilidade maleável.

O cabelo de Gwyn parecia brilhar ainda mais com a música, e sua pele irradiava uma luz que a convocava. Atraindo qualquer ouvinte para perto.

Mas o aviso de Merrill ressoou pela beleza da voz de Gwyn e Nestha pigarreou. Gwyn se virou para ela e o brilho sumiu mesmo quando seu rosto sardento se iluminou com surpresa.

— Oi de novo — disse ela.

Nestha apenas estendeu o volume oito de *A grande guerra*. Gwyn arquejou.

Nestha lançou a ela um sorriso malicioso.

— Alguém guardou esse aqui no lugar errado. Troquei pelo livro certo.

Felizmente, Gwyn não pareceu precisar de mais do que isso, e agarrou o livro contra o peito como um tesouro.

— Obrigada. Você acabou de me salvar de uma bronca terrível.

Nestha arqueou uma sobrancelha para o livro.

— Que pesquisa é essa que Merrill está fazendo, afinal de contas?

Gwyn franziu a testa.

— Um monte de coisas. Merrill é genial. Horrível, mas genial. Assim que ela chegou aqui, estava obcecada com teorias sobre a existência de mundos diferentes. Vivendo uns sobre os outros sem saber um do outro. Se há apenas uma existência, a nossa existência, ou se pode ser possível que mundos estejam sobrepostos, ocupando o mesmo espaço, mas separados pelo tempo e por um bando de outras coisas que nem consigo começar a explicar a você porque eu mesma mal entendo.

As sobrancelhas de Nestha se elevaram.

— É mesmo?

— Alguns filósofos acreditam que há onze mundos assim. E outros acreditam que há *26*, e que o último deles seja o próprio Tempo, o qual... — A voz de Gwyn se tornou um sussurro. — Olha, vou ser bem sincera, dei uma olhada na pesquisa inicial dela e meus olhos sangraram só de ler as teorias e fórmulas.

Nestha riu.

— Posso imaginar. Mas ela está pesquisando outra coisa agora?

— Sim, graças ao Caldeirão. Está escrevendo uma história completa das Valquírias.

— As quem?

— Um clã de guerreiras fêmeas de outro território. Eram melhores lutadoras até mesmo do que os illyrianos. Mas o nome Valquíria era só um título, elas não eram uma raça, como os illyrianos. Vinham de todo tipo de feérico, e geralmente eram recrutadas desde o nascimento ou da infância. Tinham três estágios de treino: Novata, Lâmina e, por fim, Valquíria. Tornar-se uma era a maior honra em sua terra. O território delas se foi agora, tomado por outros.

— E as Valquírias também sumiram?

— Sim. — Gwyn suspirou. — As Valquírias existiram durante milênios. Mas a Guerra... aquela de quinhentos anos atrás... acabou com a maioria delas, e as poucas sobreviventes tinham idade o bastante para rapidamente atingirem a velhice e morrerem depois. Por causa da humilhação, é o que dizem as lendas. Elas *se deixaram* morrer, em vez de enfrentarem a vergonha da batalha perdida e sobreviverem quando suas irmãs não conseguiram.

— Nunca ouvi falar delas. — Ela sabia pouco sobre qualquer parte da história dos feéricos, tanto por escolha quanto por causa da total falta de instrução sobre isso no mundo humano.

— A história e o treino das Valquírias eram em grande parte orais, então qualquer relato que temos foi escrito por algum historiador, filósofo ou comerciante de passagem. São apenas fragmentos, espalhados por vários livros. Não há nenhuma fonte primária além de alguns pergaminhos preciosos. Merrill colocou na cabeça há anos que começaria a compilar tudo em um volume. A história delas, as técnicas de treino.

Nestha abriu a boca para perguntar mais, mas um relógio soou em algum lugar atrás delas.

Gwyn enrijeceu.

— Faz muito tempo que estou fora. Ela vai ficar furiosa. — Merrill ficaria mesmo. Gwyn se virou para a rampa além da área de leitura. Mas parou e olhou por cima do ombro. — Mas não tão furiosa quanto ficaria com o livro errado. — A sacerdotisa lançou a Nestha um sorriso. — Obrigada. Tenho uma dívida com você.

Nestha trocou o peso do corpo entre os pés.

— Não foi nada.

Os olhos de Gwyn brilharam, e antes que Nestha pudesse evitar a emoção que brilhava ali, a sacerdotisa disparou, com as vestes voando atrás, em direção à sala de Merrill.

Nestha conseguiu chegar no próprio quarto sem desabar de pura exaustão e sem que Merrill percebesse que tinha sido enganada e fosse matá-la. As duas coisas pareciam uma grande conquista.

Ela encontrou um prato de comida esperando na escrivaninha do quarto, e mal havia se sentado quando avançou na carne com pão e na variedade de vegetais assados. Ficar de pé de novo foi difícil, mas ela chegou ao banheiro, onde um banho quente já fumegava.

Entrar na banheira exigiu toda sua concentração. Ela puxou uma perna de cada vez, e gemeu de alívio quando o delicioso calor a encharcou e envolveu. Nestha ficou sentada ali até seu corpo ter relaxado o suficiente para se mover, depois caiu nos lençóis aquecidos sem se incomodar em vestir uma camisola.

Não tentaria as escadas essa noite. Nenhum sonho a acordou também.

Nestha dormiu e dormiu e dormiu, embora pudesse jurar que sua porta se entreabriu em certo momento. Que um cheiro familiar e chamativo preencheu seu quarto. Ela tentou alcançá-lo com a mão sonolenta e pesada, mas já havia sumido.

CAPÍTULO 14

Cassian estava no ringue de treino, tentando não encarar a porta vazia.

Nesta não aparecera para tomar café da manhã. Ele tinha deixado passar porque ela também não tinha aparecido para jantar, mas isso foi porque estava desmaiada na cama. Nua. Ou quase.

Ele não viu nada quando colocou a cabeça para dentro do quarto dela — pelo menos nada que pudesse ter mexido com sua cabeça a ponto de deixá-lo inútil — mas o ombro exposto dela sugeriu o bastante. Ele pensou em acordá-la para insistir que comesse, mas a Casa se intrometeu.

Uma bandeja surgiu ao lado da porta, cheia de pratos vazios.

Como se a Casa estivesse mostrando a ele exatamente o quanto ela havia comido. Como se a Casa tivesse *orgulho* do que tinha feito ela comer.

— Bom trabalho — murmurou Cassian para o ar, e a bandeja sumiu. Ele fez uma nota mental para perguntar a Rhys sobre aquilo depois, se a Casa era consciente. Jamais ouvira o Grão-Senhor mencionar isso em cinco séculos.

Considerando as coisas sacanas que tinha feito no quarto, no banheiro — caramba, em tantos cômodos dali —, pensar na Casa *assistindo*... que o Caldeirão o fervesse vivo.

Então Cassian tinha deixado Nestha dormir e perder o café da manhã, esperando que a Casa pelo menos tivesse levado a refeição para o quarto dela. Mas isso significava que ele não fazia ideia se ela apareceria. Nestha tinha feito um acordo com ele no dia anterior, e ele tinha ido até lá hoje para ver se ao menos ela o encontraria. Se provaria que o dia anterior não tinha sido uma exceção.

Minutos se passaram.

Talvez ele fosse um tolo por ter esperanças. Por pensar que uma lição poderia bastar...

Palavrões abafados preencheram a escada além do arco. Cada raspar de botas parecia se mover lentamente.

Cassian não ousou respirar, não quando os palavrões dela iam se aproximando. Centímetro a centímetro. Como se ela estivesse levando muito, muito tempo para subir as escadas.

E então ela estava ali, mas ele apenas disse, com alívio fraquejando seus joelhos:

— Eu devia ter pensado nisso.

— Pensado *no quê*? — Ela parou a um metro dele.

— Que você se atrasaria porque está tão dolorida que mal consegue subir as escadas.

Ela apontou para a porta.

— Eu cheguei, não cheguei?

— Verdade. — Ele piscou um olho. — Vou deixar isso contar como parte do seu aquecimento. Para soltar os músculos das pernas.

— Preciso sentar.

— E arriscar não conseguir se levantar de novo? — Ele sorriu. — Sem chance. — Cassian assentiu para o espaço ao lado dele. — Alongamentos.

Ela resmungou. Mas se posicionou.

E quando Cassian começou a instruir Nestha com os movimentos, ela prestou atenção.

Duas horas depois, suor escorria pelo corpo de Nestha, mas a dor tinha pelo menos parado. *Você precisa tirar o ácido lático dos músculos — é isso que está doendo*, dissera Cassian quando ela reclamou sem parar durante os primeiros trinta minutos. Sabe-se lá o que aquilo queria dizer.

Ela estava deitada no colchonete preto, ofegante de novo, olhando para o céu nublado. Estava bem mais frio do que no dia anterior, com tendões de névoa flutuando pelo ringue de vez em quando.

— Quando vai parar de doer? — perguntou ela a Cassian, sem fôlego.

— Nunca.

Nestha virou a cabeça para ele, o máximo de movimento que conseguia.

— *Nunca?*

— Bom, fica melhor — corrigiu ele, e foi até os pés dela. — Posso?

Ela não fazia ideia do que ele estava perguntando, mas assentiu.

Cassian fechou as mãos com cuidado em torno do tornozelo dela, sua pele quente contra o pé de Nestha, e levantou a perna dela para o alto. Nestha sibilou quando um músculo na parte de trás da coxa gritou em protesto, ficando tão tenso que ela trincou os dentes.

— Inspire quando eu empurrar a perna na sua direção — ordenou ele.

Cassian esperou até que ela expirasse e então levantou mais a perna. A tensão na coxa era considerável, a ponto de ela parar de pensar nas mãos calejadas e quentes dele contra seu tornozelo exposto, em como ele estava ajoelhado entre as pernas dela, tão próximo que ela virou a cabeça para olhar para a rocha vermelha da parede.

— De novo — disse ele, e Nestha expirou, avançando mais um centímetro. — De novo. Pelo Caldeirão, sua musculatura posterior está tão tensa que poderia se partir.

Nestha obedeceu, e continuou alongando a perna para cima, avançando centímetro após centímetro.

— A dor fica mais tranquila, sim — disse Cassian, depois de um momento, como se ele não estivesse segurando a perna dela contra o peito. — Embora tenha muitos dias em que eu mal consiga andar depois do treino. Depois de uma batalha, então, preciso de uma semana para me recuperar.

— Eu sei. — Os olhos dele encontraram os dela, e Nestha explicou: — Quer dizer, eu vi você. Na guerra.

Ela o viu ser puxado, inconsciente, com as tripas para fora. Viu Cassian no céu, a morte correndo atrás dele até que ela gritou seu nome, salvando-o.

Viu Cassian no chão, destruído e sangrando, o rei de Hybern prestes a matar os dois...

O rosto de Cassian se suavizou. Como se ele soubesse quais eram as memórias que a perturbavam.

— Sou um soldado, Nestha. Isso faz parte dos meus deveres. Parte de quem sou.

Ela olhou para a parede, e ele abaixou a perna dela antes de começar com a outra. A tensão naquela musculatura posterior era insuportável.

— Quanto mais alongar — explicou ele, quando Nestha fechou os olhos com força para afastar a dor —, mais mobilidade vai conseguir.

Ele assentiu para a escada de corda aberta no chão do ringue de treino, onde Cassian a havia feito correr de um lado para outro, levando os joelhos ao peito, mantendo-se dentro de cada quadrado, durante cinco minutos seguidos.

— Você tem flexibilidade nos pés.

— Fiz aula de dança quando era criança.

— Sério?

— Nem sempre fomos pobres. Até eu fazer 14 anos, meu pai era rico como um rei. Eles o chamavam de Príncipe dos Mercadores.

Cassian deu um sorriso hesitante.

— E você era a princesa dele?

Gelo estalou em Nestha.

— Não. Elain era a princesa dele. Até Feyre era mais a princesa dele do que eu jamais fui.

— E o que você era?

— Eu era a criatura de minha mãe. — Ela disse aquilo com tanta frieza que quase congelou sua língua.

Cassian falou, com cautela:

— Como ela era?

— Uma versão pior de mim.

As sobrancelhas dele se franziram.

— Eu...

Nestha não queria ter aquela conversa. Nem mesmo a luz do sol conseguia aquecê-la. Ela puxou as pernas e se sentou; precisava se distanciar dele.

Como parecia que ele falaria de novo, Nestha disse a única coisa em que conseguiu pensar:

— O que aconteceu com as sacerdotisas de Sangravah há dois anos?

Ele ficou completamente imóvel.

Foi assustador. A quietude de um macho pronto para matar, para defender, para sangrar. Mas a voz de Cassian soou terrivelmente calma quando ele perguntou:

— Por quê?

— O que aconteceu?

A boca dele ficou tensa, e Cassian engoliu em seco antes de falar:

— Hybern estava procurando pelo Caldeirão na época, pelos pedaços dos pés dele. Um estava escondido no templo de Sangravah, o poder foi usado para alimentar os dons das sacerdotisas de lá durante milênios. Hybern descobriu, e mandou uma unidade dos guerreiros mais mortais e cruéis para recuperá-los. — Um ódio frio tomou o rosto dele. — Os guerreiros massacraram a maioria das sacerdotisas por diversão. E estupraram aquelas de que gostaram.

Um horror gélido e profundo percorreu o corpo dela. Gwyn tinha...

— Você conheceu uma delas na biblioteca? — perguntou ele.

Nestha assentiu, incapaz de encontrar as palavras.

Ele fechou os olhos, como se contendo a raiva.

— Ouvi falar que Mor tinha trazido uma delas. Azriel foi quem chegou lá primeiro, e ele matou todos os soldados de Hybern que restavam, mas àquela altura... — Ele estremeceu. — Não sei o que aconteceu com as outras sobreviventes. Mas fico feliz que uma delas tenha acabado aqui. Que esteja segura, quer dizer. Com pessoas que a entendem e desejam ajudar.

— Eu também — falou Nestha, baixinho.

Ela ficou de pé sobre as pernas surpreendentemente relaxadas, e piscou para elas.

— Não estão mais doendo tanto.

— Alongamento — falou Cassian, como se fosse resposta suficiente. — Nunca se esqueça do alongamento.

A Corte Primaveril fazia Cassian sentir coceira. Tinha pouco a ver com o canalha que a governava, percebeu ele, mas com o fato de que o território vivia em eterna primavera. O que significava nuvens de pólen flutuando, fazendo o nariz dele escorrer, a pele coçar, e quando dava por si, havia pelo menos uma dúzia de insetos rastejando em seu corpo.

— Pare de se coçar — disse Rhys, sem olhar para ele, conforme os dois caminhavam por um pomar de macieiras em flor. Sem asas à vista hoje.

Cassian abaixou as mãos do peito.

— Não posso fazer nada se este lugar deixa minha pele pinicando.

Rhys riu debochado, indicando uma das árvores em flor acima deles com pétalas grossas como a neve penduradas.

— O temido general, derrubado por alergias sazonais.

Cassian deu uma fungada desnecessariamente alta, o que garantiu uma gargalhada de Rhys. Que bom. Quando ele se encontrou com o irmão meia hora antes, os olhos de Rhys estavam distantes, e o rosto, solene.

Rhys parou no meio do pomar, que ficava ao norte da outrora bela mansão de Tamlin.

O sol da tarde aquecia a cabeça de Cassian, e se o corpo inteiro dele não estivesse coçando tão intensamente, ele poderia ter se deitado na grama aveludada e tomado sol nas asas.

— Eu arrancaria minha pele agora, se fizesse a coceira passar.

— Está aí uma visão que eu gostaria de testemunhar — disse uma voz atrás deles, e Cassian não se incomodou em parecer amigável quando encontrou Eris de pé à base de uma árvore a um metro e meio de distância. Em meio às flores cor-de-rosa e brancas, o herdeiro da Corte Outonal de expressão fria parecia um verdadeiro feérico, como se tivesse saído da árvore, e como se seu único mestre fosse a própria terra.

— Eris — ronronou Rhys, levando as mãos aos bolsos. — Que prazer.

Eris assentiu para Rhys. Seu cabelo ruivo manchado pela luz do sol que penetrava pelos galhos estava carregado de flores.

— Tenho pouco tempo.

— Você convocou este encontro — disse Cassian, cruzando os braços. — Então desembuche.

Eris lançou para ele um olhar cheio de desprezo.

— Tenho certeza de que você relatou minha oferta a Rhysand.

— Ele relatou — respondeu Rhys, com o cabelo preto sendo soprado por uma brisa suave, suspirante. Parecia que o próprio vento amava tocá-lo. — Não gostei das ameaças.

Eris deu de ombros.

— Só quis deixar bem explícito.

— Desembuche, Eris — falou Cassian. Mais um minuto ali e a coceira o levaria à loucura.

Ele desejava que qualquer outra pessoa tivesse ido em seu lugar. Mas tinha sido designado por Rhys para lidar com aquele desgraçado. De um general para outro. Eris tinha convocado a reunião naquela manhã e escolheu aquele lugar como território neutro. Ainda bem que o lorde dali não tinha interesse em patrulhar quem entrava naquelas terras.

Eris ficou de olho em Rhys.

— Presumo que seu encantador de sombras esteja fazendo o que faz de melhor.

Rhys não respondeu, não revelou nada. Cassian o imitou.

Eris prosseguiu, dando de ombros.

— Estamos desperdiçando tempo reunindo informações em vez de agir. — Os olhos âmbar dele brilharam no mesmo tom da macieira. — Independentemente de qual senhor da morte as controla, se as rainhas humanas pretendem ser uma pedra em nosso sapato, poderíamos simplesmente dar um jeito nelas agora. Em todas elas. Meu pai seria forçado a abandonar os planos dele. E tenho certeza de que você poderia inventar algum motivo que não tenha nada a ver comigo ou com o que lhe contei para justificar a... remoção delas.

Cassian disparou:

— Você quer que derrubemos as rainhas?

Foi a vez de Eris de não dizer nada.

Rhys também permaneceu calado.

Cassian lançou a eles um olhar incrédulo.

— Se matarmos aquelas rainhas, estaremos em uma confusão maior do que nunca. Guerras já começaram por muito menos. Matar uma rainha sequer, que dirá quatro, seria uma catástrofe. Todos saberiam quem fez isso, independentemente dos motivos que inventaríamos para justificar.

Rhys inclinou a cabeça.

— Só se formos desleixados.

— Você não pode estar falando sério — disse Cassian ao irmão.

— Em parte estou — respondeu Rhys, lançando a ele um sorriso sarcástico que nem chegou aos olhos. Uma distância profunda pairava ali. Mas Rhys se virou para Eris. — Por mais que seja tentador optar pela saída mais simples, concordo com meu irmão. É uma solução simples para nossos problemas atuais, e para derrotar seu pai, mas criaria um conflito muito maior do que qualquer um que estejamos antecipando. — Rhys observou Eris. — Você sabe muito bem disso.

Eris continuou sem dizer nada.

Cassian olhou de um para o outro, observando Rhys processando as falas. Rhys perguntou, com seriedade:

— Por que seu pai quer tanto começar uma guerra?

— Por que alguém faz guerra? — Eris estendeu a mão longa e esguia, deixando as pétalas que caíam se acumularem ali. — Por que Vallahan não assina o tratado? As fronteiras deste novo mundo ainda não foram delimitadas.

— Beron não tem força militar para controlar a Corte Outonal e um território no continente — replicou Cassian.

Os dedos de Eris se fecharam em volta das pétalas.

— Quem disse que ele quer um território no continente? — O macho avaliou o pomar, como se para indicar seu argumento.

Silêncio recaiu.

Rhys murmurou:

— Beron sabe que outra guerra que coloque feéricos contra feéricos seria catastrófica. Muitos de nós seríamos devastados de vez. Principalmente... — Rhys inclinou a cabeça para trás para observar as flores da maçã. — Principalmente aqueles de nós que estão enfraquecidos. E quando a poeira baixasse, haveria pelo menos uma corte vazia, com terras abertas para quem quisesse tomá-las.

Eris olhou para as colinas além do pomar, verdes, douradas e brilhando à luz do sol.

— Dizem que uma besta vaga por estas terras agora. Uma besta com olhos verdes atentos e pelo dourado. Alguns pensam que a besta esqueceu sua outra forma, de tanto tempo que passou nesse corpo monstruoso. E embora perambule por estas terras, não vê ou se importa com a negligência pela qual passa, a ausência de leis, a vulnerabilidade. Até sua mansão caiu em descuido, semidevorada por espinhos, embora rumores digam que ele mesmo a destruiu.

— Chega dessas metáforas — falou Cassian. — Tamlin permanece na forma bestial e finalmente está recebendo a punição que merece. E daí?

Eris e Rhys se encararam. Eris falou:

— Você está tentando trazer Tamlin de volta faz tempo. Mas ele não está melhorando, não é?

A mandíbula de Rhys se contraiu, seu único indício de desprazer.

Eris assentiu em compreensão.

— Posso atrasar a aliança de meu pai com Briallyn e o início desta guerra por algum tempo. Mas não para sempre. Talvez por alguns meses. Então sugiro que seu encantador de sombras se apresse. Encontre uma forma de lidar com Briallyn e descubra o que ela quer e por quê. Descubra se Koschei está mesmo envolvido. Na melhor das hipóteses, impediremos todos eles. Na pior, teremos provas que justifiquem qualquer conflito e com sorte conquistem aliados para nosso lado, evitando o derramamento de sangue que partiria estas terras mais uma vez. Meu pai pensaria duas vezes antes de se colocar contra um exército de força e tamanho superiores.

— Você se tornou um traidorzinho e tanto — falou Rhys, com estrelas brilhando em seus olhos.

— Eu lhe disse há anos o que eu queria, Grão-Senhor — falou Eris.

Tomar o trono do pai.

— Por quê? — perguntou Cassian.

Aparentemente, Eris entendeu o que ele quis dizer, porque chamas chiaram em seus olhos.

— Pelo mesmo motivo que deixei Morrigan intocada na fronteira.

— Você a deixou lá para sofrer e morrer — disparou Cassian. Seus Sifões brilharam, e tudo o que ele conseguiu ver foi o belo rosto do macho, tudo o que conseguiu sentir foi o próprio punho, ávido por fazer contato.

Eris riu com desprezo.

— Deixei, é? Talvez você devesse perguntar a Morrigan se isso é verdade. Acho que ela finalmente sabe a resposta. — A cabeça de Cassian girou, e a coceira insistente retornou, como dedos percorrendo sua espinha, suas pernas e o couro cabeludo. Eris acrescentou, antes de atravessar e partir: — Conte-me quando o encantador de sombras voltar.

Pétalas passaram como uma corrente, espessas como uma nevasca montanhosa, e Cassian se virou para Rhys.

Mas o olhar de Rhys tinha ficado distante — mais uma vez distraído. Ele encarou as colinas distantes, como se pudesse ver a besta que vagava por ali.

Cassian tinha visto Rhys se perder nos próprios pensamentos várias vezes. Sabia que o irmão era propenso a se fechar e continuar parecendo perfeitamente bem. Mas aquele nível de distração...

— Qual é o seu problema? — Cassian coçou a cabeça. Que lugar infernal.

Rhys piscou, como se tivesse se esquecido que Cassian estava ao seu lado.

— Nada. — Ele deu um peteleco em uma pétala na luva das vestes de couro. — Nada.

— Mentiroso. — Cassian fechou as asas.

Mas Rhys não estava ouvindo de novo. Ele não disse nada antes de atravessar com Cassian para casa.

Nestha encarou o brilho avermelhado da escada.

Tinha ficado tão dolorida quanto no dia anterior, enquanto trabalhava na biblioteca, mas ainda bem que Merrill não tinha vindo arrancar seu couro por causa do livro trocado. Ela não falou com ninguém além de Clotho, que lhe dera apenas cumprimentos breves. Então, Nestha ficou guardando livros na escuridão, cercada pelos sussurros de papel farfalhando e parando apenas para limpar a poeira das mãos. Sacerdotisas passavam por ela como fantasmas, mas Nestha não viu um lampejo de cabelos castanho-acobreados e grandes olhos azul-mar.

Sendo sincera, ela não sabia dizer por que queria ver Gwyn. O que Cassian tinha lhe dito sobre o ataque no templo não era o tipo de coisa que Nestha tinha qualquer direito de mencionar.

Mas Gwyn não a procurou, e Nestha não ousou subir até o segundo andar para bater à porta de Merrill e ver se Gwyn estava lá.

Então o trabalho foi preenchido por silêncio, dor e o rugido em sua cabeça. Talvez tenha sido o rugido que a levou até a escada, em vez de para o quarto, para se lavar. A semiescuridão chamava, desafiando-a como a boca aberta de alguma besta enorme. Um verme, preparado para devorá-la por inteiro.

As pernas dela se moveram por vontade própria, e seu pé aterrissou no primeiro degrau.

Mais e mais para baixo, girando e girando. Nestha ignorou o degrau com os cinco buracos sulcados nele. Fez questão de não olhar para baixo ao cuidadosamente pulá-lo.

Silêncio, um rugido e nada, nada, nada...

Nestha chegou ao degrau 150 antes de suas pernas quase cederem de novo. Poupando-se de outra queda, ela ofegou nos degraus, encostando a cabeça contra a pedra.

Naquele silêncio estrondoso, ela esperou que as escadas parassem de girar ao redor dela. E quando o mundo ficou de novo quieto, ela fez a longa e terrível subida para o alto.

A Casa ofereceu o jantar dela na mesa, junto com um livro. Aparentemente, tinha registrado o pedido por um livro no outro dia e julgara que *A grande guerra* era chato demais. O título desse era adequadamente obsceno.

— Eu não sabia que você gostava dessas coisas lascivas — disse Nestha, sarcasticamente.

A Casa respondeu apenas preparando um banho.

— Jantar, banho e um livro — disse Nestha, em voz alta, sacudindo a cabeça com algo próximo de espanto. — Perfeito. Obrigada.

A Casa não disse nada, mas quando Nestha entrou no banho, descobriu que não era um banho comum. A Casa havia acrescentado uma variedade de óleos que tinham cheiro de alecrim e lavanda. Ela inspirou o cheiro inebriante e belo, e suspirou.

— Acho que você talvez seja minha única amiga — falou Nestha, então gemeu até chegar no calor acolhedor da banheira.

A Casa aparentemente ficou tão satisfeita com as palavras dela que, assim que Nestha encostou, uma bandeja surgiu atravessada sobre a banheira. Nela estava servido um pedaço imenso de bolo de chocolate.

CAPÍTULO 15

O sétimo andar da biblioteca era perturbador.

De pé no parapeito de pedra do Nível Seis, agarrada a um livro que precisava ser guardado, Nestha olhou para a escuridão a poucos centímetros dela, tão densa que pairava como uma camada de neblina, ocultando os níveis abaixo.

Ela sabia que havia livros lá embaixo, mas nunca tinha sido enviada até aqueles andares escuros. Nunca vira uma das sacerdotisas se aventurar além do ponto onde ela estava no momento, olhando por cima do parapeito. Mais adiante, a escuridão fazia seu chamado no fim da rampa. Como se fosse uma entrada para um poço escuro do inferno.

Os Corvos gêmeos de Hybern estavam mortos. Será que o sangue deles ainda manchava o chão lá embaixo? Ou será que Rhysand e Bryaxis tinham limpado até mesmo esse vestígio deles?

A escuridão parecia se elevar e descer. Como se respirasse.

Os pelos do braço dela se arrepiaram.

Bryaxis se fora. Estava solto pelo mundo. Nem a caçada de Feyre e Rhysand tinha recuperado aquilo que era o próprio Medo.

No entanto, a escuridão continuava ali. Pulsava e mandava tendões de sombras flutuando para cima.

Ela estava encarando as profundezas há tanto tempo, que a escuridão poderia encará-la de volta.

Mas Nestha não se moveu do parapeito. Não conseguia se lembrar de como tinha chegado até ali, ou que livro ainda segurava nas mãos.

Havia a noite, havia a escuridão de se apagar uma vela, e havia aquilo. Não apenas a pura ausência de luz, mas... um ventre. O ventre do qual toda vida tinha saído e para o qual voltaria, nem bom nem mau, só escuro, escuro, escuro.

Nestha.

O nome pairou até Nestha como se subisse das profundezas de um oceano preto.

Nestha.

Ele deslizou por seus ossos, seu sangue. Ela precisava recuar. Afastar-se.

A escuridão pulsava como uma convocação.

— Nestha.

Ela se virou e quase deixou o livro cair do parapeito.

Gwyn estava de pé ali, olhando para ela.

— O que está fazendo?

Com o coração retumbando, Nestha se virou para a escuridão, mas... era apenas isso. Escuridão empoeirada, através da qual ela agora conseguia mais ou menos distinguir os níveis inferiores abaixo. Como se o preto denso e impenetrável tivesse sumido.

— Ela... eu...

Gwyn, com os braços cheios de livros, caminhou até o lado dela e observou a escuridão. Nestha esperou pelo sermão, pela ridicularização e a incredulidade, mas Gwyn apenas perguntou, com seriedade:

— O que você viu?

— Por quê? — perguntou Nestha. — Você vê coisas nessa escuridão? — A voz dela soou fina.

— Não, mas algumas das outras veem. Dizem que a escuridão já as seguiu. Até seus quartos. — Gwyn estremeceu.

— Eu vi escuridão — conseguiu dizer Nestha. O coração não se acalmava. — Pura escuridão.

Do tipo que ela não via desde que estivera dentro do Caldeirão.

Gwyn olhou para Nestha e para o abismo abaixo.

— Acho que devíamos ir um pouco mais para cima.

Nestha ergueu o livro que ainda estava em seus braços trêmulos.

— Preciso guardar isto.

— Deixe — falou Gwyn, com tanta autoridade que Nestha soltou o livro em uma mesa de madeira escura. A sacerdotisa levou a mão às costas de Nestha, acompanhando-a para cima da rampa. — Não olhe para trás — murmurou Gwyn, pelo canto da boca. — Em que nível está seu carrinho?

— No quatro. — Ela começou a virar a cabeça para olhar por cima do ombro, mas Gwyn a beliscou.

— Não olhe para trás — murmurou Gwyn de novo.

— A escuridão está me seguindo?

— Não, mas... — Gwyn engoliu em seco audivelmente. — Consigo sentir alguma coisa. Como um gato. Algo pequeno, esperto e curioso. À espreita.

— Se você estiver brincando...

Gwyn levou a mão ao bolso da túnica pálida e pegou a pedra azul das sacerdotisas. A pedra tremeluziu, como o sol em um oceano raso.

— Rápido agora — sussurrou ela, e as duas apertaram o passo, chegando ao quinto nível. Nenhuma outra sacerdotisa se aproximou, e não havia ninguém para testemunhar Gwyn insistindo: — Continue.

A pedra na mão dela brilhava.

As duas fizeram mais uma curva para cima, e no momento em que chegaram ao quarto andar, aquela presença, aquela sensação de alguma coisa às costas delas, se aliviou.

Elas esperaram até terem chegado ao carrinho de Nestha antes de Gwyn soltar os livros no chão e se atirar na poltrona mais próxima. As mãos dela tremiam, mas a pedra azul tinha ficado dormente de novo.

Nestha precisou engolir em seco duas vezes antes de conseguir dizer:

— O que *é* isso?

— É uma Pedra de Invocação. — Gwyn abriu os dedos, revelando a joia na mão. — Semelhante aos Sifões dos illyrianos, mas é o poder da Mãe que flui por elas. Não podemos usar para fazer o mal, apenas para cura e proteção. Estava nos protegendo.

— Não... estava falando daquela escuridão.

Os olhos de Gwyn se assemelhavam quase perfeitamente à pedra dela, até as sombras que agora encobriam sua expressão.

— Dizem que o ser que morava lá embaixo se foi. Mas acredito que parte dele pode ter ficado. Ou no mínimo alterou a essência da escuridão em si.

— Não foi essa a sensação. Pareceu... mais antigo.

As sobrancelhas de Gwyn se ergueram.

— E você entende dessas coisas? — Não havia condescendência nas palavras, apenas curiosidade.

— Eu... — Nestha piscou. — Você não sabe quem sou?

— Sei que você é a irmã da Grã-Senhora. Que você matou o rei de Hybern. — O rosto de Gwyn ficou solene, assombrado. — Que você, assim como Senhora Feyre, um dia foi mortal. Humana.

— Eu fui Feita pela Caldeirão. Sob ordens do rei de Hybern.

Gwyn passou os dedos pela curva suave da Pedra de Invocação, que ondulou com luz ao toque.

— Eu não sabia que isso era possível.

— Minha outra irmã, Elain... nós fomos forçadas a entrar no Caldeirão e transformadas em Grã-Feéricas. — Nestha engoliu em seco de novo. — Ele... passou parte dele para mim.

Gwyn observou o parapeito, a queda aberta para a escuridão além dele.

— Semelhante atrai semelhante.

— Isso.

Gwyn sacudiu a cabeça, o que fez seus cabelos balançarem.

— Bom, talvez seja melhor você não voltar ao Nível Seis.

— É meu trabalho guardar os livros.

— Avise a Clotho e ela vai se assegurar de que aqueles livros sejam entregues a outras.

— Parece covardia.

— Não tenho a mínima vontade de descobrir o que pode sair rastejando daquela escuridão se até você, que foi Feita pelo Caldeirão, a teme. Principalmente se é... atraída por você.

Nestha afundou na cadeira ao lado de Gwyn.

— Não sou guerreira.

— Você matou o rei de Hybern — repetiu Gwyn. — Com a faca do encantador de sombras.

— Sorte e raiva — admitiu Nestha. — E prometi matá-lo pelo que fez comigo e com minha irmã.

Uma sacerdotisa passou por elas, viu as duas paradas ali e saiu correndo. O medo dela deixou um odor no ar como o de comida queimada.

Gwyn suspirou.

— Aquela é Riven. Ainda fica desconfortável com qualquer tipo de contato com estranhos.

— Quando ela chegou?

— Há oito anos.

Nestha se espantou. Mas tristeza encheu os olhos de Gwyn quando ela explicou:

— Não fazemos fofocas umas sobre as outras aqui. Nossas histórias permanecem nossas para contarmos ou guardarmos. Apenas Riven, Clotho e o Grão-Senhor sabem o que aconteceu com ela. Ela não fala a respeito.

— E não houve ajuda para ela?

— Não estou a par dessa informação. Sei dos recursos disponíveis para nós, mas não é da minha conta se Riven fez uso deles. — Pela preocupação agora estampada no rosto de Gwyn, Nestha sabia que a jovem tinha usado os serviços. Ou pelo menos havia tentado.

Gwyn prendeu o cabelo atrás das orelhas arqueadas.

— Eu queria encontrar você ontem para agradecer de novo por ter trocado aquele livro, mas fiquei enrolada com o trabalho com Merrill. — Ela inclinou a cabeça. — Estou em dívida com você.

Nestha esfregou uma cãibra insistente na coxa.

— Não foi nada.

Gwyn notou o movimento.

— O que tem na sua perna?

Nestha trincou os dentes.

— Nada. Estou treinando toda manhã com Cassian. — Ela não fazia ideia se Gwyn sabia dele, então explicou: — O general do Grão-Senhor...

— Sei quem ele é. Todo mundo sabe quem ele é. — Era impossível decifrar o rosto de Gwyn. — Por que você treina com ele?

Nestha esfregou um tufo de poeira do joelho.

— Digamos que me foram apresentadas várias opções, todas destinadas a... conter meu comportamento. Treinar com Cassian de manhã e trabalhar aqui à tarde foi a mais palatável.

— Por que você precisa conter seu comportamento?

Gwyn realmente não sabia... sobre o desperdício terrível e miserável que Nestha havia se tornado.

— É uma longa história.

Gwyn pareceu entender a relutância de Nestha.

— Que tipo de treino é? Combate?

— No momento, vários exercícios de equilíbrio e alongamento.

Ela acenou na direção da perna de Nestha.

— E dói?

— Dói quando se está fora de forma como eu. — Uma fracote patética.

Duas outras sacerdotisas passaram, e aparentemente a presença delas bastou para lançar Gwyn de pé.

— Bom, preciso voltar para Merrill — anunciou ela, sem mais nenhum traço de solenidade. Ela assentiu para a queda do poço. — Não vá atrás de confusão.

Gwyn deu meia-volta; uma luz azul lampejava em sua mão.

A visão daquele azul fez Nestha disparar:

— Por que você não usa essa pedra na cabeça como as outras?

Gwyn guardou a gema.

— Porque não mereço.

— Isso é mesmo tudo o que faremos? — indagou Nestha na manhã seguinte, no ringue de treino, ao se levantar do que Cassian chamou de um agachamento-reverência. — Equilíbrio e alongamento?

Cassian cruzou os braços.

— Enquanto você continuar com um equilíbrio de merda, sim.

— Eu não caio *tanto* assim. — Apenas a cada poucos minutos.

Ele indicou para que ela fizesse outro agachamento.

— Você ainda mantém o peso na perna direita quando fica de pé. Isso abre seu quadril, e seu pé direito gira levemente para o lado. Seu centro de equilíbrio está todo torto. Até corrigirmos isso, você não vai fazer nada mais intenso, não importa o quanto seja flexível nos pés. Você acabaria se lesionando.

Nestha expirou ao fazer mais um agachamento enquanto a perna direita ia deslizando para trás da esquerda conforme ela descia. Uma queimação estremeceu por sua coxa e joelho esquerdos. Quantas reverências tinha praticado sob o olho atento da mãe? Tinha se esquecido de que eram tão difíceis.

— Como se você tivesse uma postura muito perfeita.

— Eu tenho. — Havia uma arrogância irredutível em cada palavra. — Treino desde criança. Nunca tive a chance de aprender a ficar de pé incorretamente. Você tem 25 anos de maus hábitos para corrigir.

Ela se levantou do agachamento com pernas trêmulas. Ficou tentada a cobrar o acordo entre eles e ordenar que Cassian jamais a obrigasse a fazer outro agachamento.

— E você realmente gosta desses exercícios e treinos intermináveis?

— Mais dois e eu lhe respondo.

Resmungando, Nestha obedeceu. Só porque estava cansada de ser tão fraca quanto uma gatinha chorona, como ele a havia chamado várias noites antes.

Quando ela terminou, Cassian disse:

— Beba um pouco de água. — O sol do meio da manhã batia sobre eles sem parar.

— Não preciso que me diga quando beber — disparou ela.

— Então vá em frente e desmaie.

Nestha encontrou o olhar dele, o rosto sério, e bebeu água. Para que a cabeça parasse de girar, disse a si mesma. Quando ela esvaziou um copo, Cassian disse:

— Nasci de uma fêmea não casada em um assentamento que faz Refúgio do Vento parecer um paraíso tolerante e acolhedor. Ela foi expulsa por gerar um filho fora do casamento, e forçada a dar à luz sozinha em uma tenda no meio do inverno.

Horror percorreu Nestha. Ela sabia que Cassian tinha nascido em uma classe baixa, mas toda aquela crueldade por causa disso...

— E seu pai?

— Está se referindo ao merda que se forçou nela e depois voltou para a esposa e a família? — Cassian soltou uma gargalhada fria que ela quase nunca ouvia. — Não houve consequências para ele.

— Nunca há — disse Nestha, friamente. Ela bloqueou a imagem do rosto de Tomas.

— Aqui há — grunhiu Cassian, como se sentisse a direção dos pensamentos dela. Cassian indicou a cidade abaixo, escondida pela montanha e pela Casa que bloqueava a vista. — Rhys mudou as leis. Aqui na Corte Noturna e em Illyria. — O rosto dele ficou mais severo. — Mas ainda requer que o sobrevivente denuncie. E, em lugares como Illyria, eles transformam em um inferno a vida de qualquer fêmea que faça isso. Consideram uma traição.

— Que absurdo.

— Somos todos feéricos. Esqueça a besteira de Grão-Feérico e feérico inferior. Somos todos imortais, ou quase isso. As mudanças demoram a acontecer para nós. O que os humanos conseguem em décadas, leva séculos para nós. Mais, se você vive em Illyria.

— Então por que você se importa com os illyrianos?

— Porque dei tudo de mim para provar meu valor a eles. — Os olhos de Cassian brilharam. — Para provar que minha mãe trouxe algum bem para o mundo.

— Onde ela está agora? — Ele jamais havia falado dela.

Os olhos de Cassian se fecharam de uma forma que ela não tinha testemunhado antes.

— Fui tirado dela quando tinha 3 anos. Jogado na neve. E na sarjeta que a deixaram, minha mãe se tornou presa de outros monstros. — O estômago de Nestha se revirou com cada palavra. — Ela fez o trabalho árduo deles até que morreu, sozinha e... — A garganta dele estremeceu. — Eu estava no Refúgio do Vento nessa época. Não fui forte o suficiente para voltar e ajudá-la. Para levá-la a algum lugar seguro. Rhys ainda não era Grão-Senhor, e nenhum de nós podia fazer nada.

Nestha não tinha muita certeza de como tinham acabado falando sobre aquilo.

Aparentemente, Cassian também se deu conta.

— É uma história para outro momento. Mas o que eu queria tentar explicar é que em meio a tudo isso, em meio a tantas coisas terríveis, o treino me manteve centrado. E me guiou. Quando eu tinha um dia de merda, quando me cuspiam, batiam ou expulsavam, quando eu liderava exércitos e perdia bons guerreiros, quando Rhys foi levado por Amarantha... em meio a *tudo* isso, o treinamento permanecia. Você disse no outro dia que a respiração ajudou você. Ela também me ajuda. Ajudou Feyre. — Ela observou a fortaleza se erguendo nos olhos dele, palavra após palavra. Como se ele estivesse esperando que ela a demolisse. Que o demolisse. — Entenda como quiser, mas é verdade.

Uma vergonha densa escorreu por Nestha. Ela fizera aquilo — trouxera à tona aquele nível de atitude defensiva nele.

Ela sentiu o peso nos ombros, e seu estômago começou a embrulhar.

Então Nestha disse:

— Mostre outra repetição de movimentos.

Cassian observou o rosto dela por um segundo; seu olhar ainda estava trêmulo quando ele começou a demonstração seguinte.

A Casa gostava de livros de romance. Nestha ficou acordada até mais tarde do que deveria para terminar aquele que a Casa lhe deixara no dia anterior, e quando voltou para o quarto naquela noite, outro estava à espera.

— Não me diga que você de alguma forma leu estes. — Ela folheou o volume na mesa de cabeceira.

Em resposta, mais dois livros caíram na superfície. Um mais obsceno que o outro.

Nestha soltou uma risadinha.

— Deve ser extremamente entediante aqui em cima.

Um terceiro livro caiu sobre os demais.

Nestha riu de novo, um som enferrujado, rouco. Ela não conseguia se lembrar da última vez que gargalhara. Que dera uma gargalhada sincera, do fundo da garganta.

Talvez antes de a mãe morrer. Ela certamente não teve nada do que rir depois que eles caíram na pobreza.

Nestha assentiu para a mesa.

— Nada de jantar hoje à noite?

A porta do quarto dela se abriu apenas para revelar o corredor pouco iluminado.

— Já vi o bastante dele por um dia. — Ela mal conseguira falar com Cassian durante o resto da lição, incapaz de parar de pensar em como ele havia erguido uma barreira sem que ela sequer dissesse nada, antecipando que ela o atacaria, presumindo que ela era tão terrível que não poderia ter uma conversa normal. Que debocharia dele por causa da mãe e da dor dos dois.

— Prefiro ficar aqui.

A porta se abriu mais.

Nestha suspirou. Seu estômago doía de fome.

— Você é tão enxerida quanto o restante deles — murmurou ela, e seguiu para a sala de jantar.

Cassian estava sentado sozinho à mesa; o sol poente emoldurava de dourado e vermelho o cabelo preto dele, brilhando através das lindas asas. Por um segundo, ela entendeu a ânsia de Feyre por pintar coisas — por capturar visões como aquela, preservá-las para sempre.

— Como foi na biblioteca? — perguntou ele, quando Nestha ocupou o assento diante de Cassian.

— Nada tentou me comer hoje, então foi bom.

Um prato com carne de porco assada e vagem apareceu junto com um copo de água diante dela.

Mas ele tinha ficado imóvel.

— Alguma coisa tentou comer você em algum *outro* dia?

— Bom, não chegou perto o bastante para tentar, mas essa foi a impressão que tive.

Ele piscou e os Sifões brilharam.

— Conte.

Nestha se perguntou se tinha dito algo errado, mas relatou o incidente com a escuridão e concluiu com a assistência de Gwyn. Ela não tinha visto a sacerdotisa desde então, mas no fim do dia havia um bilhete em seu carrinho que dizia: *Apenas um lembrete amigável para ficar longe dos níveis inferiores!*

Nestha tinha rido e amassado o bilhete, mas o guardara no bolso.

Diante dela, o rosto de Cassian estava pálido.

— Você viu Bryaxis certa vez — falou Nestha para o silêncio.

— Algumas vezes — sussurrou ele. Sua pele tinha ficado esverdeada. — Sei que deveríamos continuar a caçar Bryaxis. Não é bom que ele esteja solto no mundo. Mas não acho que eu aguentaria encontrá-lo de novo.

— Como foi?

Os olhos de Cassian encontraram os dela.

— Como meus piores pesadelos. E não estou falando de medos bobos. Estou falando dos meus pavores mais profundos e primitivos. Coloquei alguns dos piores e mais cruéis monstros na Prisão, mas aqueles eram monstros em toda a dimensão da palavra. Acho que... ninguém conseguiria entender, a não ser que os tivesse visto.

Ele olhou para ela de novo, e Nestha percebeu que Cassian estava se preparando para o veneno dela.

Monstro — *ela* era um monstro. Essa informação a cortava e lacerava profundamente. Mesmo assim, Nestha falou, torcendo para mostrar a Cassian que não se intrometeria nos assuntos dele só para magoá-lo:

— Que tipo de criaturas você colocou na Prisão?

Cassian comeu uma garfada. Um bom sinal de que aquele, pelo menos, era um território aceitável.

— Quando você vivia no mundo humano, tinha lendas de bestas temidas e de feéricos que a matariam caso algum dia passassem pela Muralha, não é? Coisas que rastejavam por janelas abertas para beber o sangue de crianças? Coisas que eram tão malignas, tão cruéis que não havia esperança contra o mal delas?

Os pelos da nuca de Nestha se arrepiaram.

— Sim. — Aquelas histórias sempre a deixavam nervosa e morta de medo.

— Eram baseadas na verdade. Baseadas em seres antigos, quase primordiais, que existiam antes de os Grão-Feéricos se dividirem em cortes, antes dos Grão-Senhores. Alguns as chamam de os Primeiros Deuses. Eram seres quase sem forma física, mas com uma inteligência aguçada e maléfica. Humanos e feéricos eram presas deles. A maioria foi caçada e levada a se esconder ou aprisionada há muitas eras. Mas restaram alguns, que espreitam em cantos esquecidos da terra. — Ele engoliu mais uma garfada.

"Quando eu tinha quase trezentos anos, um deles surgiu de novo, rastejando para fora das raízes de uma montanha. Antes de ir para a Prisão e o confinamento o enfraquecer, Lanthys conseguia se transformar em vento e arrancar o ar dos pulmões das pessoas, ou se transformar em chuva e afogar você em terra firme; ele podia arrancar sua pele do corpo com alguns movimentos. Jamais revelou sua verdadeira forma, mas quando eu o enfrentei, ele escolheu aparecer como um redemoinho de névoa. Ele gerou uma raça de feéricos que ainda nos atormenta e que prosperou durante o reinado de Amarantha, os Bogge. Mas os Bogge são inferiores, são mais como sombras quando comparados com Lanthys. Se existe algo como o próprio mal encarnado, é ele. Ele não tem piedade e nenhum senso de certo e errado. Há Lanthys, e todo o resto. Somos todos suas presas. Seus métodos de matar são criativos e lentos. Ele se banqueteia de medo e dor tanto quanto de carne."

O sangue dela gelou.

— Como você prendeu essa coisa?

Cassian tocou um lugar no pescoço onde uma cicatriz descia sob a orelha.

— Rapidamente percebi que jamais conseguiria derrotá-lo em combate ou com magia. Ainda tenho a cicatriz para provar. — Cassian deu um leve sorriso. — Então usei a arrogância dele contra ele. Elogiei e o provoquei para que se prendesse em um espelho atado com madeira de freixo. Apostei com ele que o espelho o conteria, e Lanthys apostou errado. Ele saiu do espelho, é claro, mas quando isso aconteceu eu já havia jogado o ser miserável que ele é na Prisão.

Nestha ergueu uma sobrancelha. Ele lançou-lhe um sorriso aguçado que não chegou aos olhos e falou:

— Não sou só um brutamontes, no fim das contas.

Não, ele não era. E embora ela já tivesse dito aquilo, Nestha jamais achara de verdade...

Cassian prosseguiu:

— De todos os ocupantes da Prisão, Lanthys é aquele que eu temo que encontre uma saída.

— Isso poderia acontecer?

— Acho que não, graças ao Caldeirão. Aquela Prisão é inviolável. A não ser que você seja Amren.

Nestha não queria falar sobre Amren. Nem pensar nela.

— Você disse que colocou outros lá dentro. — Parte dela não queria saber.

Cassian deu de ombros, como se fosse insignificante que tivesse feito tantas coisas notáveis.

— A Lubia de sete cabeças, que cometeu o erro de sair das cavernas do oceano profundo para caçar moças ao longo da costa oeste. Annis Azul, que era um terror de se ver: pele cobalto e garras de ferro e, como Lubia, tinha gosto pela carne das fêmeas. Lubia, pelo menos, engolia as presas rapidamente. Annis... levava mais tempo. Annis era como Lanthys nesse aspecto. — A garganta dele estremeceu, e Cassian puxou o colarinho da camisa, revelando mais uma cicatriz: aquela horrível e grossa, que ficava acima do peitoral esquerdo. Ela a vira outro dia, no ringue de treino. — Isso é tudo o que restou agora, mas Annis tinha dilacerado meu peito com aquelas garras de ferro e estava quase em meu coração quando Azriel interveio. Então suponho que a captura dela seja compartilhada entre nós dois. — Ele tamborilou os dedos na mesa. — E então teve...

— Já ouvi o bastante. — As palavras dela soaram ofegantes. — Não vou conseguir dormir esta noite. — Ela fez que não com a cabeça, comendo mais uma garfada de comida. — Não sei como você dorme, depois de ter enfrentado tudo isso.

Ele se acomodou na cadeira.

— Aprendi a conviver com isso. A bloquear os horrores que permeiam minha cabeça. — Ele acrescentou, um pouco mais baixo: — Mas eles ainda estão à espreita. No fundo da mente.

Ela queria saber fazer algo assim: afastar todos os pensamentos que a devoravam para trás de uma parede, ou para um buraco dentro dela, de modo que ela pudesse enterrá-los bem fundo.

Cassian perguntou a Nestha, com a voz ainda baixa:

— A escuridão na biblioteca, acha que reagiu a você, especificamente? — Quando ela não disse nada, ele insistiu: — Por causa de seus poderes?

— Não tenho poder nenhum — mentiu ela. Treinar com Amren não tinha feito nada para ajudá-la a entendê-los.

— Então quem deixou aquela impressão de mão na escada?

Ela nem se deu ao trabalho de parecer agradável.

— Talvez Lucien. Ele tem fogo nas veias.

— Ele disse que seu fogo era diferente do dele. Que, de alguma forma, queimava de um jeito frio.

— Então talvez você devesse me trancafiar naquela Prisão.

Ele apoiou o garfo.

— Só estava fazendo uma pergunta.

— E importa se eu tenho poderes?

Cassian sacudiu a cabeça no que parecia ser um misto de admiração e desprezo.

— Você pode até ter nascido humana, mas é feérica pura. O jeito que responde a perguntas com outras perguntas e se esquiva de uma resposta sincera.

— Não sei dizer se isso é um elogio ou não.

— Não é. — Ele exibiu os dentes. — O tipo de poder que você tem não é do tipo que deveria permanecer ocioso. Precisa de um escape, e treinamento...

— Equilíbrio e alongamento?

Cassian trincou o maxilar.

— O que aconteceu com você e Amren?

— Por que tantas perguntas hoje à noite?

— Porque estamos conversando como pessoas normais, e quero saber. De tudo.

Nestha se levantou da mesa, dirigindo-se à porta.

— Que diferença faz para você?

— Vamos deixar o passado para lá, Nes.

Ela falou, por cima de um ombro:

— Não tinha me dado conta de que já o havíamos superado.

— Que conversa fiada.

— Agora é o momento em que você me lembra de que todos me odeiam, e eu vou embora.

Cassian ficou de pé subitamente, bloqueando o caminho dela para a porta com três passos. Nestha tinha se esquecido do quanto ele era rápido, do quanto era gracioso, apesar do tamanho. Cassian a olhou com raiva.

— Nunca liguei se você tomou metade ou só uma gota do poder do Caldeirão. E ainda não ligo.

— Por quê? — Nestha não conseguiu se impedir de perguntar. — Por que você se *importa*?

As feições dele ficaram sérias.

— Por que você ficou ao meu lado quando enfrentamos o rei de Hybern durante aquela última batalha?

Como se houvesse uma resposta para essa pergunta. Ela não aguentava aquela conversa e a expressão no rosto dele.

— Porque fui uma tola, uma idiota. — Nestha o empurrou para passar.

— Do que você tem medo? — perguntou Cassian, seguindo-a até o corredor.

Ela parou de súbito.

— Não tenho medo de nada.

— Mentirosa.

Nestha se virou lentamente. Que ele visse cada gota de ódio que ondulava por ela.

Os olhos de Cassian brilhavam com uma satisfação selvagem.

Os Sifões dele brilharam, projetando luz vermelha nas pedras, como se sangue aguado tivesse sido derramado. A boca dele se repuxou para o lado com um sorriso torto e debochado.

— Sabe como seus olhos brilham quando seu poder sobe até a superfície? Como aço derretido. Como um fogo prateado.

Ele tinha a incitado daquele jeito de propósito. Para que ela pusesse as cartas na mesa.

Os dedos de Nestha se fecharam em garras ao lado do corpo. Ela deu um passo na direção dele. Cassian se manteve onde estava. Ela deu outro passo. Mais um.

Até que ficaram tão próximos que uma inspiração profunda faria com que o peito dela roçasse no dele. Tão próximos que ela estava exibindo os dentes para o rosto dele, que ainda sorria com arrogância.

Cassian a avaliou. Olhou dentro dos olhos dela e sussurrou:

— Linda.

Ele não impediu a mão que Nestha apoiou no peito musculoso dele. E nem se opôs quando ela empurrou aquele peito, colocando-o contra a parede e fazendo as asas dele se abrirem com o impacto. Ele apenas a encarou, maravilhado — faminto.

Nestha não se moveu, não conseguia se mover, quando Cassian se aproximou para sussurrar ao ouvido dela:

— Na primeira vez em que vi essa expressão no seu rosto, você ainda era humana. Ainda humana, e eu praticamente fiquei de joelhos diante de você. — A respiração dele acariciou a orelha dela, e Nestha não conseguiu impedir que seus olhos estremecessem até se fecharem. O sorriso dele roçou a têmpora dela. — Seu poder é uma canção, e uma que esperei muito, muito tempo para ouvir, Nestha. — As costas dela se arquearam levemente com a forma como ele disse seu nome, o modo como ele enfatizou a segunda sílaba. Como se estivesse imaginando fechar os dentes em outras partes dela. Mas apenas a mão de Nestha unia os corpos deles. Apenas a mão dela, que agora se fechava e amassava a camisa de Cassian, e sentia o coração estrondoso pulsando abaixo.

Até que Cassian abaixou o rosto um centímetro e roçou a ponta do nariz pelo pescoço dela. Sob a mão de Nestha, o peito dele se elevou quando Cassian inalou uma lufada profunda e gananciosa do cheiro dela.

Longe demais. Ela não deveria ter se permitido ir tão longe com ele, deixá-lo se aproximar tanto.

Mesmo assim, Nestha não conseguia se afastar. Não conseguia fazer nada, a não ser deixar que ele roçasse o nariz por seu pescoço de novo. A ânsia de pressionar o corpo contra o dele, de sentir o calor e a rigidez dele roçando nela, quase suprimiu qualquer pensamento racional.

No entanto, as mãos de Cassian permaneceram ao lado do corpo. Como se esperando por permissão.

Nestha afastou a cabeça para trás, para longe — apenas o bastante para ver as feições dele.

Os joelhos dela quase fraquejaram diante do desejo que queimava ali. Um desejo fluido e determinado, todo fixo nela.

Nestha não conseguiu tomar fôlego quando se afogou naquele olhar. Quando partes mais baixas e sensíveis dela se enrijeceram e começaram a latejar, o desejo deixando seus seios pesados. As narinas dele se dilataram, sentindo aquele cheiro também.

Ela não podia. Não podia fazer aquilo com ele. Consigo mesma.

Não podia, não podia, não podia...

Nestha começou a puxar a mão do peito dele, mas Cassian deslizou a dele por cima. Esfregou o polegar no dorso da mão dela, e apenas esse toque de pele calejada fez com que ela trincasse os dentes, incapaz de pensar, de respirar...

Cassian sussurrou ao ouvido dela:

— Sabe no que vou pensar esta noite?

Um ruído baixo devia ter escapulido dela, porque ele sorriu ao dar um passo para o lado. E soltou a mão de Nestha.

A ausência do calor dele, do cheiro, foi como um balde de água fria.

Ele sorriu, e não havia ali nada além de malícia e desafio.

— Vou pensar nesse seu olhar. — Ele deu mais um passo até o corredor. — Estou sempre pensando nesse seu olhar.

Ela não conseguiu dormir. As cobertas roçavam, a estrangulavam, sufocavam com calor até que suor começou a escorrer por seu corpo.

Estou sempre pensando nesse seu olhar.

Nestha ficou deitada no escuro, com a respiração irregular e o corpo ardendo.

Ela mal conseguira se concentrar em ler quando voltou para o quarto. E estava se revirando na cama pelo que pareciam ser horas.

Estou sempre pensando nesse seu olhar.

Ela conseguia visualizar: Cassian na própria cama, esparramado como um rei sombrio, tocando o próprio corpo, com força...

Ela conseguiu sussurrar para o quarto:

— Volte ao amanhecer.

Não sabia se a Casa tinha obedecido. Não descobriu se a Casa entendeu por que ela queria privacidade ao tracejar a mão pela camisola. O toque da seda contra o corpo era quase insuportável.

Nestha gemeu no travesseiro quando seus dedos deslizaram entre as pernas, imediatamente escorregadia com a umidade que se acumulou ali, que não tinha passado desde que ela fora deixada de pé naquele corredor. Seu quadril se arqueou ao toque, e ela trincou os dentes, soltando um longo sibilo ao passar os dedos pelo centro do corpo arqueado, latejando.

Estou sempre pensando nesse seu olhar.

Ela deslizou os dedos para dentro profundamente, contorcendo-se com a intrusão, incapaz de evitar ver o rosto de Cassian, aquele meio-sorriso, aquela luz nos olhos dele. O corpo poderoso e as belas asas. Ela tirou os dedos quase até as pontas, e quando os mergulhou de volta, foi a mão de Cassian que ela imaginou, que sentiu. Foi a outra mão de Cassian que subiu e segurou seu peito, apertando forte, bem do jeito que ela gostava, uma afiada e sutil pontada de dor para aguçar o prazer.

Foi na mão de Cassian em que ela cavalgou, mordendo o lábio para conter o gemido. Foi a mão de Cassian que a levou ao ápice e então a um clímax tão intenso que Nestha quase gritou. Foi a mão de Cassian que deslizou para dentro dela de novo e de novo, clímax após clímax, até que Nestha ficou deitada, exaurida e ofegante na cama, com apenas a escuridão para abraçá-la.

CAPÍTULO 16

Cassian não dormira bem.

Foi tão difícil dormir depois de ter ficado excitado daquele jeito, que Cassian precisou se dar prazer não apenas uma, mas *três vezes* para conseguir se acalmar o suficiente para fechar os olhos. Mesmo assim, acordou antes do amanhecer ardendo em desejo por ela, com o cheiro dela ainda no nariz, e mais um clímax mal fora o suficiente para acalmar aquela sensação.

Ele havia dito a ela exatamente o que planejava fazer na noite anterior, mas encarar a expressão de Nestha à mesa do café na manhã seguinte foi mais desconfortável do que ele tinha imaginado.

Ela havia chegado antes dele à mesa, e estava lendo um livro enquanto comia. O livro estava fechado agora, mas pela lombada, ele supôs que fosse um dos romances de que ela tanto gostava.

Para quebrar o silêncio, Cassian perguntou:

— O que está lendo?

Rubor manchou as bochechas pálidas de Nestha. E ele podia jurar que ela precisou se esforçar para olhá-lo nos olhos.

— Um romance.

— Isso eu percebi. Sobre o que é?

Nestha abaixou os olhos rapidamente. Mas o rubor permaneceu.

Ele sabia que não tinha nada a ver com o romance.

Mas ela ergueu o olhar para ele de novo e arrumou a postura. Como se estivesse se esforçando como nunca para se obrigar a encará-lo. Os dedos estavam fechados com força ao redor do garfo. E quando ele olhou para aqueles dedos, ela puxou a mão para debaixo da mesa.

Como se resplandecessem como prova.

O sangue de Cassian esquentou quando ele percebeu o rubor e o modo como ela ficou sem graça... Ele se obrigou a tomar fôlegos profundos, tranquilizadores. Precisavam treinar juntos durante as duas horas seguintes. Estar ereto não apenas atrapalharia, como também era inapropriado para o ringue de treino.

Isso não o impediu de visualizar a cena: aquela mão entre as pernas dela, o corpo arqueando pelo clímax como o dele fizera. A forma como ela provavelmente mordera o lábio, assim como ele, para segurar o grito. O pau dele ficou duro, e pressionou tanto a calça que chegou a doer.

Cassian se acomodou na cadeira, tentando liberar algum espaço. Isso serviu apenas para fazer com que a costura grossa se esfregasse contra o pau, e a fricção foi o bastante para fazê-lo trincar os dentes.

Treino. Tinham treino.

— O livro — disse Nestha, ligeiramente sem fôlego — é sobre... — As narinas dela se dilataram e seus olhos perderam um pouco o foco. — Um livro.

— Interessante — murmurou Cassian. — Parece ótimo.

Ele precisava sair dali. Precisava dar um jeito nessa merda antes de subir. O calor entre os dois não pertencia ao ringue de treino. Onde estava Az quando se precisava dele, porra? Cassian tinha bancado a contenção de Mor durante anos, onde é que *ela* estava agora, porra?

Ele não podia se levantar da cadeira. Se levantasse, Nestha veria exatamente como ela o havia afetado. Quer dizer, se é que ela já não tinha sentido o cheiro — e entendido a mudança no cheiro dele. Além disso, se ela olhasse para o volume na calça dele com o mesmo calor que exibiu nos olhos na noite anterior, o calor a que ele chegara apenas ao imaginá-la, era bem capaz de Cassian acabar passando vergonha.

Era um risco que Cassian estava disposto a correr, que precisava correr, antes que a deitasse na mesa e tirasse as roupas dos dois, peça por peça.

Cassian disparou da cadeira, murmurando:

— Vejo você lá.

E saiu.

— O livro — repetiu Nestha consigo mesma, encarando o mingau — é sobre um livro. — Ela apoiou a testa nas mãos em concha. — Que idiotice.

Pelo menos Cassian não parecia estar ouvindo. Mas todo aquele desejo que os olhos dele evidenciaram na noite anterior parecia relutante hoje, como se ele não pudesse evitar — como se não *quisesse* aquele calor entre eles, aquela tensão. Ele tinha praticamente fugido da sala para evitá-la.

O treino seria horrível.

Ele estava esperando no ringue como a personificação de um guerreiro arrogante. Nestha não ousou olhar para a calça de Cassian. Para o que podia ter jurado que viu de relance, empurrando as costuras e os botões quando ele correu da sala.

Mas se ele aparentasse não ter se abalado, então beleza. Ela o imitaria. Nestha alongou os ombros enquanto se aproximava dele.

— Outro treino de alongamento e equilíbrio?

— Não.

Os olhos deles se encontraram, e havia apenas uma calma nítida e determinada — e um desafio.

— Faremos o aquecimento e depois um treino para as áreas interiores.

Ela olhou boquiaberta. O *interior*... dela?

— Abdominais — explicou ele, e um rubor percorreu seu rosto. Cassian pigarreou. — Mente suja. — Ele deu um peteleco na bochecha dela. — Anda lendo obscenidades demais.

Ela empurrou a mão de Cassian e indicou os músculos escondidos sob a camisa dele.

— Você vai me fazer ficar assim?

A risada grave de Cassian fez o corpo dela estremecer.

— Ninguém pode ser tão bonito assim a não ser eu, Nes.

Babaca arrogante.

— Rhysand e Azriel são assim — disse ela, em tom doce.

— Tenho um ou dois músculos a mais do que eles.

— Não estou vendo.

Ele piscou um olho.

— Talvez estejam em outros lugares.

Ela não conseguiu evitar. Não conseguiu impedir. Não o lampejo de desejo, mas o sorriso que tomou seu rosto. Nestha conteve uma gargalhada.

Cassian a encarou como se nunca a tivesse visto antes.

O choque dele foi tanto que Nestha parou de sorrir.

— Certo — disse ela. — Aquecimento, e depois abdominais.

Ela odiava abdominais.

Principalmente porque não conseguia *fazê-los*.

— Eu sabia que você não tinha muitos músculos — observou Cassian enquanto Nestha estava deitada de barriga para baixo no chão, depois de ter desabado de cara ao tentar manter uma prancha de corpo inteiro —, mas isso é absolutamente patético.

— Você não deveria me motivar como professor?

— Você não consegue ficar mais do que cinco segundos.

Ela disparou:

— E quanto tempo você consegue?

— Cinco minutos.

Nestha se colocou sobre os cotovelos.

— Desculpe se eu não treino abdominal há quinhentos anos.

— Pedi a você que mantivesse a prancha por trinta segundos.

Ela se colocou de joelhos e sentiu a barriga doer. Ele a colocara para fazer abdominais supra, depois extensões das pernas enquanto estava deitada sobre as costas e, em seguida, a mandou levantar uma pedra lisa de 2,5 quilos acima da cabeça enquanto tentava subir de uma pronação deitada até a posição sentada usando apenas os músculos da barriga. Nestha não conseguiu fazer mais do que uma ou duas repetições de cada exercício antes de sentir o corpo ceder. Não havia força de vontade ou resistência no mundo que conseguissem fazê-la se mover.

— Isso é tortura. — Apoiando as mãos nos joelhos, Nestha apontou para o ringue. — Se você é tão perfeito, faça tudo o que acabou de me mandar fazer.

Cassian riu, debochado.

— Um menino illyriano de dez anos conseguiria fazer isso em alguns minutos.

— Então faça a *sua* sequência de exercícios de macho grande e fortão.

Ele deu um risinho.

— Tudo bem. Você quer ser engraçadinha, então vou lhe mostrar minha sequência de macho grande e fortão.

Ele tirou a camisa. Prendeu o cabelo.

E aquilo foi outro tipo de tortura. Vê-lo fazer os mesmos exercícios, porém mais difíceis, mais pesados e mais rápidos. Ver os músculos do estômago e de *toda parte* se definirem. Ver o suor brilhar e então escorrer pelo seu corpo reluzente, sobre as tatuagens, pela estrela de oito pontas do acordo deles na coluna antes de escorrer para o cós da calça.

Contudo, Cassian se manteve profissional durante a aula. Completamente profissional e distante, como se aquele ringue de treinamento fosse sagrado para ele.

Nestha não conseguia desviar os olhos enquanto ele completava os exercícios, ofegando levemente. Ela tentou não se perguntar se os ruídos dele tinham soado como aquela respiração ofegante na noite anterior, enquanto ele se dava prazer.

Mas os olhos castanhos de Cassian estavam nítidos. Triunfantes.

Em outra era, outro mundo, ele podia ter sido considerado um deus guerreiro por mortais. Depois do que tinha dito a ela sobre os monstros que havia colocado na Prisão, poderia muito bem ser considerado um grande herói *nesta* era. O tipo sobre o qual um dia se sussurraria em volta de uma fogueira. As pessoas iriam querer nomear os filhos em homenagem a ele. Um bom guerreiro seria conhecido como uma *reencarnação de Cassian*.

Ela o havia chamado de brutamontes.

— O quê? — Cassian limpou o suor do rosto.

Ela perguntou, para se distrair dos próprios pensamentos:

— Não existe mesmo nenhuma unidade de combate formada por fêmeas entre os illyrianos? — Nestha não vira nenhuma durante a guerra.

O sorriso dele se esvaiu.

— Tentamos certa vez e foi um fracasso espetacular. Então, não. Não há.

— Porque illyrianos são antiquados e péssimos.

Ele se encolheu.

— Você tem falado com Az?

— Só minhas observações.

Cassian soltou o cabelo, o que fez as mechas espessas e lisas caíram sobre o rosto dele.

— Os illyrianos... eu disse. O progresso é lento. É um objetivo nosso de longo prazo... meu e de Rhys, quer dizer.

— É tão difícil assim as fêmeas se tornarem guerreiras?

— Não é apenas o treino. Tem toda a pressão social que elas teriam de aguentar também. E tem o Rito de Sangue, que elas também precisariam completar.

— O que é o Rito de Sangue?

— O que parece. — Ele esfregou o pescoço. — Quando um guerreiro illyriano atinge a plenitude de seu poder, o que normalmente acontece aos vinte anos, ele precisa passar pelo Rito de Sangue antes de poder se qualificar como um guerreiro completo e um adulto. Aspirantes a guerreiros de todo clã e de todas as aldeias são enviados, normalmente três ou quatro de cada, e ficam todos espalhados por uma área nas montanhas Illyrianas. Somos deixados lá por uma semana com dois objetivos: sobreviver e chegar a Ramiel.

— O que é Ramiel? — Ela se sentiu como uma criança com aquelas perguntas, mas sua curiosidade venceu.

— Nossa montanha sagrada. — Ele desenhou um símbolo familiar na terra: um triângulo apontado para cima com três pontos sobre ele. Uma montanha, ela percebeu. E três estrelas. — É o símbolo da Corte Noturna. O Rito de Sangue sempre acontece quando Arktos, Carynth e Oristes, nossas três estrelas sagradas, brilham sobre ela durante uma semana por ano. No último dia do Rito, estão diretamente acima do pico.

— Então vocês escalam até lá?

— Matamos até chegar lá. — Os olhos dele tinham ficado sérios. — Somos drogados e jogados na natureza, com nada além das roupas.

— E são obrigados a participar?

— Depois que você está dentro, não pode ir embora. Pelo menos não até o Rito acabar, ou até que você chegue ao pico de Ramiel. Se alguém invadir o Rito para extrair ou salvar você, a lei institui que os dois serão caçados e mortos pela transgressão. Nem mesmo Rhys está isento dessas leis.

Nestha estremeceu.

— Parece uma barbárie.

— E não é só isso. Um feitiço é colocado em ação para que nossas asas sejam inutilizadas e nenhuma magia possa ser usada. — Ele ergueu a mão, mostrando o Sifão vermelho no dorso. — Magia é rara entre os illyrianos, mas quando se manifesta, requer Sifões para ser controlada, e precisa ser filtrada para ser útil. Mas nos dá uma vantagem sobre os outros illyrianos sem ela, então o feitiço nivela o campo de batalha. Illyrianos possuem magia uma noite por ano, no entanto: a noite anterior ao Rito de Sangue, quando os líderes das tropas de guerra podem atravessar com os novatos drogados para a natureza. Nem me pergunte o porquê disso. Ninguém sabe.

— Mas Azriel consegue atravessar o tempo todo.

— Az é diferente. De muitas formas. — O tom dele não era convidativo para mais perguntas.

— Então, sem o uso de magia no Rito, vocês se matam do jeito normal? Espadas e adagas?

— Armas também são proibidas. Pelo menos aquelas trazidas de fora. Mas é permitido fazer uma. É *preciso* fazer uma. Ou será morto.

— Por outros guerreiros?

— Sim. Clãs rivais, inimigos, canalhas buscando notoriedade, tudo isso. Em algumas aldeias, quanto mais mortes, mais glória você traz. Os clãs mais perturbados reivindicam que o massacre é para escassear os guerreiros mais fracos, mas sempre achei que fosse um grande desperdício de qualquer talento potencial. — Cassian passou a mão pelo cabelo. — E também há as criaturas que perambulam pelas montanhas, aquelas que podem facilmente derrubar um guerreiro illyriano com garras e presas.

Uma lembrança embaçada surgiu, de Feyre lhe contando sobre as bestas horríveis que um dia encontrara na região. Cassian prosseguiu:

— Então, temos que enfrentar tudo isso enquanto tentamos chegar às encostas de Ramiel. A maioria dos machos esquece de poupar força para o fim da semana, para fazer a escalada. São um dia e uma noite inteiros de escalada brutal, onde uma queda pode ser fatal. A maioria não chega nem à base da montanha. Mas se chegam, o oponente muda. Não são mais os outros guerreiros que precisam ser enfrentados, a partir dali é cada um, cada alma, contra a montanha. É normalmente isso que destrói qualquer um que tenta escalar Ramiel.

— E o que... quando chega ao topo se ganha um troféu?

Cassian riu, mas as palavras dele soaram sérias.

— Há uma pedra sagrada no topo. Quem tocá-la primeiro, vence. Ela transporta o vencedor para fora imediatamente.

— E o que acontece com os outros, quando a semana acaba?

— Quem ainda estiver de pé é considerado um guerreiro. Onde cada um está no fim determina a colocação do indivíduo entre os três escalões de guerreiro, que são nomeados em homenagem a nossas estrelas sagradas: Arktosianos, aqueles que não chegam à montanha, mas sobrevivem; Oristianos, aqueles que chegam à montanha, mas não chegam ao topo; e Carynthianos, aqueles que escalam até o cume e são considerados guerreiros de elite. Tocar a pedra no alto de Ramiel é para ganhar o Rito. Apenas uma dúzia de guerreiros nos últimos cinco séculos chegou à montanha.

— Suponho que você tenha tocado a pedra.

— Rhys, Az e eu tocamos juntos, embora tenhamos sido deliberadamente separados uns dos outros no início.

— Por quê?

— Os líderes temiam a nós e aquilo que nos tornaríamos. Achavam que os guerreiros ou bestas dariam cabo de nós, se não tivéssemos um ao outro para nos dar apoio. Estavam errados. — Os olhos dele brilharam ferozmente. — O que descobriram foi que nos amamos como verdadeiros irmãos. E não havia nada que não faríamos, ninguém que não mataríamos, para alcançarmos um ao outro. Para salvarmos um ao outro. Matamos para abrir caminho pelas montanhas, e chegamos à Quebra, a pior das três trilhas de Ramiel até o topo, e vencemos a maldita corrida. Tocamos a pedra no mesmo momento, com o mesmo fôlego, e entramos no grupo de guerreiros Carynthianos.

Nestha não conseguiu manter o choque longe do rosto.

— E você disse que somente doze se tornaram Carynthianos... em cinco séculos?

— Não. Doze chegaram à montanha e se tornaram Oristianos. Apenas outros três, além de nós, ganharam o Rito de Sangue e se tornaram Carynthianos. — A garganta dele estremeceu. — Eram bons guerreiros, e lideraram unidades exemplares. Perdemos dois deles contra Hybern.

Provavelmente naquela explosão que dizimou mil guerreiros. A explosão da qual ela o protegeu. Ele, e apenas ele.

Nestha sentiu o estômago embrulhar e uma náusea percorreu seu corpo. Ela se obrigou a tomar um longo fôlego.

— Então você acha que fêmeas não poderiam participar do Rito?

— Mor provavelmente ganharia em tempo recorde, mas não. Eu não iria querer nem ela participando do Rito. — O porquê disso permaneceu silenciado nos olhos de Cassian. Haveria um tipo de violência diferente contra o qual se defender, mesmo que as fêmeas fossem tão altamente treinadas quanto os machos.

Nestha estremeceu.

— Seria possível ter uma unidade de fêmeas sem que elas participassem do Rito de Sangue?

— Elas jamais seriam honradas como verdadeiras guerreiras sem um desses três títulos. Bom, eu as consideraria guerreiras, mas não o restante dos illyrianos. Nenhuma outra unidade voaria com elas. Considerariam uma desgraça e um insulto. — Nestha franziu a testa e ele ergueu as mãos. — É como eu disse: a mudança é lenta. Você ouviu as porcarias que Devlon disse sobre seu ciclo. *Aquilo* já é considerado progresso. No passado, eles matariam uma fêmea por segurar uma arma. Agora, eles "descontaminam" a arma e se acham modernos. — Nojo tomou as feições dele.

Nestha se levantou devagar e observou o céu. A mente dela estava mais tranquila — apenas um pouco. Ela não gostava da ideia de guardar livros quando seu corpo já estava doendo... Mas talvez visse Gwyn.

— Treinar as fêmeas illyrianas — prosseguiu Cassian — não seria para que lutassem em nossas guerras. Seria para que provassem que são tão capazes e fortes como os machos. Seria para que dominassem o medo, para que aperfeiçoassem a força que já têm.

— O que elas temem?

— Tornar-se minha mãe — disse ele, baixinho. — Passar pelo que ela sofreu.

Pelo que as sacerdotisas sob a montanha tinham sofrido.

Nestha pensou nas sacerdotisas silenciosas que não deixavam a montanha, que moravam na penumbra. Riven passou por sua memória, correndo por ela, incapaz de suportar a presença de uma estranha. Gwyn, com seus olhos alegres, que algumas vezes escureciam com sombras.

Cassian inclinou a cabeça para o lado diante do silêncio dela.

— O que foi?

— Você treinaria fêmeas não illyrianas?

— Estou treinando você, não estou?

— Quero dizer, consideraria... — Ela não sabia como colocar aquilo de forma elegante, não como Rhysand, com sua lábia. — As sacerdotisas na biblioteca. Se eu as convidasse para treinar com a gente aqui, onde é reservado e seguro. Você as treinaria?

Cassian piscou lentamente.

— Sim. Claro que sim, mas... — Ele se encolheu. — Nestha, muitas das fêmeas na biblioteca não querem ficar... *não suportam* estar perto de machos de novo.

— Então pediremos que uma de suas amigas fêmeas se junte. Mor ou outra pessoa em quem consiga pensar.

— As sacerdotisas podem nem mesmo conseguir suportar a minha presença.

— Você jamais machucaria ninguém dessa forma.

Os olhos dele se suavizaram levemente.

— A questão não é essa. É o medo... o trauma que carregam. Mesmo que saibam que eu jamais faria isso, eu ainda poderia trazer memórias insuportavelmente difíceis para elas enfrentarem.

— Você disse que esse treinamento me ajudaria com meus... problemas. Talvez possa ajudá-las. Ou, no mínimo, dar a elas um motivo para sair um pouco.

Cassian a observou por um longo momento. Então disse:

— Treino com prazer quem você conseguir trazer para cá. Mor está fora, mas posso pedir a Feyre...

— A Feyre não. — Nestha odiou as palavras. A forma como as costas dele se enrijeceram. Ela não conseguiu olhar para ele ao dizer: — É que eu... — Como poderia explicar a complicação entre ela e a irmã? O desprezo próprio que ameaçava consumi-la sempre que olhava para o rosto da irmã?

— Tudo bem — repetiu Cassian. — Feyre não. Mas preciso avisar a ela e Rhys. Você deveria pedir permissão a Clotho também. — Sua mão quente segurou o ombro de Nestha e apertou. — Gostei da ideia, Nes. — Os olhos castanhos dele brilharam. — Gostei muito.

E, por algum motivo, aquelas palavras significaram tudo.

CAPÍTULO 17

— Tenho uma proposta para você.

Com os músculos do abdômen latejando e as pernas doendo, Nestha parou diante da mesa de Clotho enquanto a sacerdotisa terminava de escrever em qualquer que fosse o manuscrito em que fazia anotações com a caneta encantada.

Clotho levantou a cabeça quando a caneta fez o último ponto e escreveu em um pedaço de papel: *Tem?*

— Você permitiria que suas sacerdotisas treinassem comigo toda manhã no ringue do alto da Casa? Não todas elas... só as que estiverem interessadas.

Clotho continuou sentada completamente imóvel. Então a caneta se mexeu. *Treinar o quê?*

— Fortalecer o corpo, se defender, atacar, se quiserem. Mas também para aliviar a mente. Ajudar a ficarem mais tranquilas.

Quem vai supervisionar esse treinamento? Você?

— Não. Não sou qualificada. Vou treinar com elas. — O coração de Nestha batia forte. Ela não tinha certeza do motivo. — Cassian vai supervisionar. Ele não é perver... quero dizer, ele é respeitoso e... — Nestha sacudiu a cabeça. Ela parecia uma ridícula.

Sob as sombras do capuz, Nestha podia sentir o olhar de Clotho sobre ela. A caneta se moveu de novo.

Creio que não serão muitas as que irão.

— Eu sei. Mas mesmo que seja uma ou duas... eu gostaria de oferecer. — Nestha indicou uma pilastra atrás de Clotho. — Vou colocar uma ficha de inscrição ali. Quem quiser participar será bem-vinda.

Mais uma vez, aquele longo olhar encarou Nestha por baixo do capuz, o peso dos olhos como um toque fantasma.

Então Clotho escreveu: *Quem quiser participar tem minha aprovação.*

Nestha colou a ficha de inscrição na pilastra naquele dia.

Ninguém tinha escrito o nome ali quando seu turno terminou.

Ela acordou cedo, fez a caminhada até a biblioteca para verificar a lista, e a encontrou ainda vazia.

— Vai levar tempo — consolou Cassian, interpretando o que quer que estivesse estampado na expressão dela quando Nestha entrou no ringue de treinamento. Ele acrescentou, num tom mais baixo: — Continue estendendo a mão.

E foi o que Nestha fez.

Toda tarde, quando ela chegava à biblioteca, verificava a lista. Toda noite, quando ia embora, verificava novamente. Estava sempre vazia.

No treino, Cassian começou a ensiná-la posicionamento básico corporal e com os pés no combate corpo a corpo. Nada de socos ou chutes, ainda não. Nestha manteve aquela prancha infernal durante dez segundos. Depois quinze. E vinte. Trinta.

Cassian acrescentou pesos aos exercícios dela, para que ela desenvolvesse os braços frágeis. Pedras pesadas com alças escavadas para serem carregadas enquanto ela fazia os agachamentos unilaterais e simples.

Tudo isso enquanto ela respirava e respirava e respirava.

Nestha tentou as escadas de novo. Chegou ao degrau de número quinhentos antes que seus músculos exigissem que ela se virasse. Na noite seguinte, ela parou no degrau 610. Então no 750.

Não sabia o que faria quando chegasse lá embaixo. Ela supunha que encontraria uma taverna ou uma casa de espetáculos e beberia até cair. Se conseguisse chegar, mereceria, era o que Nestha dizia a si mesma a cada degrau.

À noite, a exaustão pesava tanto que ela mal conseguia comer e tomar banho antes de cair na cama. Mal lia o capítulo de um livro antes que suas pálpebras se fechassem. Nestha encontrou um romance obsceno que já lera e adorara em um dos baús que Elain tinha arrumado, e colocou o livro na mesa.

Ela disse, para o ar:

— Encontrei isto para você. É um presente. — O livro desapareceu. Mas pela manhã, ela encontrou um buquê de flores outonais em sua mesa. Era um jarro de vidro entupido de ásteres e crisântemos de todas as cores.

Uma semana se passou, durante a qual ela mal vira Gwyn, embora tivesse descoberto por Clotho que Merrill estava sobrecarregando bastante a sacerdotisa com a pesquisa sobre as Valquírias. Nestha, contudo, tinha tantos livros para guardar que as horas passaram rápido.

Principalmente depois que começou a usar os livros para treinar. Enquanto subia a rampa, ela segurava uma pilha pesada e executava uma variedade de agachamentos unilaterais. Por diversas vezes, surpreendeu sacerdotisas de passagem pelo andar acima olhando para ela enquanto se exercitava.

Todo dia, Nestha verificava a ficha de inscrição na pilastra atrás da mesa de Clotho. Vazia.

Dia após dia após dia.

Continue estendendo a mão, dissera Cassian.

Mas de que adiantaria, começou Nestha a se perguntar, se ninguém se desse ao trabalho de estender a mão de volta?

— Se você fechar o punho assim quando socar alguém, vai quebrar o polegar.

Ofegante e com suor escorrendo pelas costas como extensos rios, Nestha fez careta para Cassian. Ela ergueu o punho que ele havia ordenado que ela fechasse, com o polegar para dentro dos dedos flexionados.

— Qual é o problema com meu punho?

— Mantenha o polegar sobre as articulações do indicador e do dedo médio. — Ele fez um punho para demonstrar e agitou o polegar fechado sobre os dedos. — Se o seu polegar atingir o alvo, vai doer pra caramba.

Estudando o punho que Cassian estendeu, Nestha copiou a posição com a própria mão.

— E depois?

Ele indicou com o queixo.

— Faça a posição que estudamos ontem. Pés paralelos, jogue a força para o chão...

— Eu sei, eu sei — murmurou Nestha, e assumiu a posição que ele a havia feito praticar durante três dias. Nestha prestou atenção aos pés conforme os arrastava para a posição, então flexionou levemente os joelhos, balançando o corpo duas vezes para se certificar de que havia encontrado seu centro de equilíbrio.

Cassian a circundou.

— Bom. Qualquer soco que dê precisa ser rápido e preciso, não um golpe aleatório que fará com que você perca o equilíbrio e com que seu braço perca a força. Seu corpo e sua respiração vão alimentar o soco mais do que seu braço em si. — Ele fez uma pose semelhante, e golpeou o ar.

Cassian se moveu com tanta agilidade e força que o golpe terminou antes que ela conseguisse piscar.

Ele estendeu o braço com os músculos se contraindo quando terminou. Cassian tinha puxado as mangas por causa do dia quente de outono, mas não tirara a camisa. Sob o sol forte, a tatuagem no braço esquerdo dele parecia sorver a claridade.

— Alinhe os dois nós dos dedos da frente com seu antebraço. É com isso que você tem que bater, e a força de seu braço vai ser levada até elas. Se bater com o anelar e o mindinho, vai quebrar a mão.

— Não fazia ideia de que socar era tão perigoso.

— Aparentemente, é preciso ter inteligência para ser um brutamontes.

Nestha relaxou as sobrancelhas, mas se concentrou em alinhar o antebraço e os nós dos dedos que ele havia indicado.

— Assim?

— Para socar com os nós certos, você precisa inclinar o pulso para baixo apenas uma fração de centímetro.

— Por quê?

— Para que seu pulso não quebre.

Ela abaixou o braço.

— Levando em consideração a quantidade de jeitos com que posso quebrar minha mão quando for socar alguém, não parece valer a pena.

— Por isso um bom guerreiro sabe quando travar uma batalha. — Ele abaixou o punho. — Você precisa sempre se perguntar se o risco vale a pena.

— E você sempre dá socos perfeitos?

— Dou — respondeu Cassian, sem uma gota de dúvida. Ele afastou o cabelo dos olhos. — Quer dizer, na maioria das vezes. Houve algumas brigas em que eu não estava com o ângulo e o equilíbrio certos, mas um soco, mesmo um que pudesse quebrar minha mão, era a melhor forma de sair de uma confusão. Quebrei a mão... — Cassian semicerrou os olhos para o céu, como se fizesse uma contagem mental. — Ah, acho que umas dez vezes.

— Em quinhentos anos.

— Não dá para ser perfeito em todos os momentos de todos os dias, Nes. — Os olhos dele pestanejaram.

Aquela loucura no corredor da semana anterior não se repetira. E Nestha estava cansada demais à noite para sequer chegar à sala de jantar, que dirá se dar prazer na cama.

— Certo — disse ele. — Agora mova o quadril na direção do soco. — Cassian atingiu o ar de novo. Ele se moveu mais devagar dessa vez, deixando que ela visse como seu corpo fluía na direção do golpe. — Isso vai ativar seu centro de força e ombro, os dois acrescentam mais força. — Outro soco.

— Então aqueles exercícios abdominais não servem só para exibir o tanquinho?

Cassian lançou um sorriso sarcástico para ela.

— Acha mesmo que isto aqui é só para me exibir?

— Acho que já peguei você se olhando no espelho pelo menos uma dúzia de vezes em cada aula. — Nestha indicou o espelho fino do outro lado do ringue.

Ele riu.

— Que mentirosa. Você é quem usa aquele espelho para me ver quando acha que não estou prestando atenção.

Nestha se recusou a deixar que ele visse a verdade em seu rosto. Recusou-se a sequer abaixar a cabeça. Ela se concentrou de novo na posição.

— Toda séria hoje, hein?

— Você não quer que eu treine? — disse Nestha, friamente — Então me treine.

Mesmo que nenhuma sacerdotisa aparecesse, mesmo que ela fosse uma tola idiota por esperar que elas fossem, Nestha não se incomodava em treinar. Os exercícios limpavam sua mente e exigiam tanto raciocínio e respiração que os pensamentos que rugiam tinham pouca chance de devorá-la por inteiro. Era só nos momentos de quietude que aqueles pensamentos martelavam de novo, normalmente quando ela perdia o foco enquanto trabalhava na biblioteca ou tomava banho. E quando isso acontecia, a escada sempre chamava. Os infernais dez mil passos.

Mas será que ajudava em alguma coisa — o treino, o trabalho, as escadas — a não ser mantê-la ocupada? Os pensamentos ficavam à espreita como lobos para sufocá-la. Para despedaçá-la.

Eu amei você desde o primeiro momento em que a segurei nos braços.

Os lobos se aproximaram com as garras estalando.

— Para onde você foi? — perguntou Cassian com os olhos castanhos sombrios de preocupação.

Nestha assumiu a posição de novo. O que fez os lobos recuarem um passo.

— Lugar nenhum.

Elain estava na biblioteca particular.

Nestha, coberta de poeira da biblioteca, soube antes de terminar de descer as escadas.

O delicado cheiro de jasmim com mel da irmã estava presente no corredor de pedras vermelhas como uma promessa de primavera, um rio brilhante que ela seguiu até as portas abertas do cômodo.

Elain estava de pé diante da parede de janelas, usando um vestido lilás cujo corpete justo mostrava como a irmã tinha encorpado desde aqueles primeiros dias na Corte Noturna. Foram-se os ângulos pontudos, agora substituídos por maciez e curvas elegantes. Nestha sabia que ela mesma tivera aquela aparência em algum momento, mesmo que os seios de Elain sempre tivessem sido menores.

Nestha abaixou o rosto e olhou para si mesma, toda ossuda e desajeitada. A irmã se virou para ela, radiante de saúde.

O sorriso de Elain era tão luminoso quanto o sol poente além das janelas.

— Achei que seria uma boa ideia passar aqui e ver como você está.

Alguém tinha levado Elain até lá, já que de jeito nenhum ela teria subido aqueles dez mil degraus.

Nestha não devolveu um sorriso à irmã, mas indicou o próprio corpo, vestido com o couro de combate e coberto de poeira.

— Andei ocupada.

— Você parece um pouco melhor do que algumas semanas atrás.

Na última vez que ela vira Elain — uma semana antes de ir para a Casa. Ela passou pela irmã na agitada praça do mercado que chamavam de Palácio de Osso e Sal, e embora Elain tivesse parado, sem dúvida pretendendo falar com ela, Nestha havia seguido em frente. Sem olhar para trás antes de sumir na multidão. Se estava melhor agora, Nestha não queria nem imaginar como devia estar com uma aparência deplorável na ocasião.

— Quero dizer que você está corada — explicou Elain, afastando-se das janelas para atravessar o quarto. Ela parou a poucos centímetros, como se estivesse se segurando para não dar o abraço que talvez oferecesse.

Como se Nestha fosse algum tipo de leprosa cheia de doenças.

Quantas vezes estiveram naquela sala durante aqueles primeiros meses? Quantas vezes tinha sido daquela forma, só que as duas em lados opostos? Elain havia sido o fantasma naquela ocasião, magra demais e com pensamentos reclusos.

De alguma forma, Nestha havia se tornado o fantasma.

Pior do que um fantasma. Um espectro cuja raiva e fome eram infinitas, eternas.

Elain só precisara de tempo para se ajustar. Mas Nestha sabia que precisava de mais do que aquilo.

— Está gostando de seu tempo aqui em cima?

Nestha encontrou os acolhedores olhos castanhos da irmã. Quando humana, Elain era facilmente a mais bela das três, e quando se tornou Grã-Feérica, aquela beleza foi amplificada. Nestha não conseguia identificar que mudanças tinham sido feitas além das orelhas pontudas, mas Elain passara de bela a arrasadoramente linda. Elain jamais pareceu se dar conta disso.

Era sempre assim entre elas: Elain, doce e distraída, e Nestha, o lobo rosnando ao lado dela, pronto para dilacerar qualquer um que a ameaçasse.

Elain é agradável de se ver, refletira certa vez sua mãe enquanto Nestha estava sentada ao lado da penteadeira e uma criada silenciosamente escovava o cabelo castanho-dourado da mãe dela, *mas não tem ambição. Ela não sonha além do jardim e das lindas roupas. Será um bem valioso no mercado de casamentos para nós um dia, se essa beleza se mantiver, mas serão suas ações, Nestha, não as dela, que nos garantirão um casamento vantajoso.*

Nestha tinha doze anos na época. Elain mal completara onze.

Ela havia absorvido cada palavra das maquinações da mãe, planos para futuros que jamais aconteceram.

Precisaremos pedir a seu pai que vá até o continente quando chegar o momento, dizia a mãe dela com frequência. *Não há homens dignos de nenhuma de vocês duas.* Feyre nem mesmo fora considerada naquela época, uma criança emburrada e estranha ignorada pela mãe. *Realeza humana ainda governa por lá — lordes e duques e príncipes —, mas a riqueza deles se esgotou, muitas das propriedades estão beirando a ruína. Duas lindas moças com a fortuna de um rei poderiam ir longe.*

Talvez eu me case com um príncipe? perguntara Nestha. A mãe dela apenas sorrira.

Nestha sacudiu a cabeça para afastar as memórias e disse, por fim:

— Não tenho escolha a não ser estar aqui, então não vejo como eu poderia estar aproveitando.

Elain entrelaçou os dedos esguios com unhas sempre curtas por causa de seu trabalho nos jardins.

— Sei que as circunstâncias de sua vinda para cá foram terríveis, Nestha, mas você não precisa ser tão trágica a respeito disso.

— Fiquei ao seu lado por semanas — disse Nestha, inexpressivamente. — Semanas, enquanto você definhava, recusando comida e bebida. Enquanto parecia que você torcia para murchar e morrer.

Elain se encolheu. Mas Nestha não conseguiu segurar as palavras que saíam em torrente.

— Ninguém sugeriu que *você* tomasse jeito ou então seria mandada para as terras humanas.

Elain, surpreendentemente, não se abalou.

— Eu não estava bebendo até cair e... e fazendo aquelas outras coisas.

— Fodendo com estranhos?

O rosto de Elain ficou vermelho e ela se encolheu de novo.

Nestha riu com deboche.

— Você vive entre seres que não compartilham desse seu puritanismo humano, sabe. — Elain esticou os ombros de novo, no momento em que Nestha acrescentou: — Você fala como se você e Graysen não tivessem feito nada juntos.

Foi um golpe baixo, mas Nestha não se importava. Ela sabia que Elain tinha perdido a virgindade com Graysen um mês antes de elas serem transformadas em feéricas. Elain havia ficado radiante na manhã seguinte.

Elain inclinou a cabeça. Não se dissolveu na chorona que costumava se transformar quando Graysen era mencionado. Em vez disso, falou:

— Você está com raiva de mim.

Tudo bem, então. Ela também podia ser direta. Nestha disparou de volta:

— Por ter empacotado meus pertences enquanto Rhysand e Feyre me diziam que eu sou uma inútil, uma merda? Estou.

Elain cruzou os braços e disse com calma e tristeza:

— Feyre me avisou que isso poderia acontecer.

As palavras atingiram Nestha como um tapa na cara. Elas tinham falado dela, do *comportamento* dela, da atitude dela. Elain e Feyre — era assim que as coisas estavam agora. Fora esse o laço que Elain escolheu.

Era inevitável, supôs Nestha, com o estômago se revirando. Ela era o monstro. Por que as duas não deveriam se unir e expulsá-la? Mesmo que tivesse mentido para si mesma e acreditado que Elain sempre vira todos os seus defeitos terríveis e decidido ficar ao seu lado do mesmo jeito.

— Mesmo assim, eu quis vir — prosseguiu Elain, com aquela calma concentrada, a lâmina silenciosa envolvendo sua voz. — Eu queria ver você, explicar.

Elain tinha escolhido Feyre, escolhido o mundinho perfeito dela. Amren não fora diferente. A coluna de Nestha enrijeceu.

— Não há nada a explicar.

Elain ergueu as mãos.

— Fizemos isso porque *amamos* você.

— Faça-me um favor e me poupe desse papo furado.

Elain se aproximou com seus olhos castanhos arregalados. Sem dúvida totalmente convencida da própria inocência, de sua bondade nata.

— É verdade. Fizemos isso porque amamos e nos preocupamos com você, e se papai estivesse aqui...

— *Nunca* fale dele. — Nestha exibiu os dentes, mas manteve a voz baixa. — *Nunca mais fale dele, porra.*

Ela proibiu o autocontrole de se esvair por completo. Mas sentiu aquilo, a agitação daquela besta terrível dentro dela. Sentiu o poder emergir, incandescente, mas frio. Nestha avançou contra ele, empurrando-o para baixo, mais e mais abaixo, mas era tarde demais. O arquejo de Elain confirmou que os olhos de Nestha tinham sido tomados por um fogo prateado, como Cassian descrevera.

Mas Nestha sufocou o fogo na parte mais sombria de si, até que estivesse fria, vazia e calma novamente.

A dor lentamente tomou o rosto de Elain. E compreensão.

— É esse o problema aqui? Papai?

Com o dedo trêmulo devido ao esforço de manter aquele poder inquieto sob controle, Nestha apontou para a porta. Cada palavra da boca de Elain ameaçava destruir seu autocontrole.

— *Saia.*

Lágrimas emolduraram os olhos de Elain, mas a voz permaneceu firme e determinada.

— Não havia nada que pudesse ser feito para salvá-lo, Nestha.

As palavras eram como combustível. Elain aceitara a morte dele como algo inevitável. Não se dera ao trabalho de lutar por ele, como se ele não valesse o esforço, do mesmo jeito como Nestha sabia que ela mesma não valia o esforço.

Dessa vez, Nestha não impediu o poder de brilhar em seus olhos; ela tremeu tão violentamente que precisou cerrar as mãos.

— Você diz a si mesma que não havia nada que pudesse ser feito porque não aguenta pensar que *você* poderia ter salvado papai, se ao menos tivesse se dado ao trabalho de aparecer alguns minutos mais cedo. — A mentira era amarga na boca de Nestha.

Não era culpa de Elain que o pai delas havia morrido. Não, era completamente culpa da própria Nestha. Mas se Elain estava tão determinada a encontrar o bem nela, então ela mostraria à irmã o quanto podia ser baixa. Deixaria que uma fração daquela agonia a dilacerasse.

Era por isso que Elain tinha escolhido Feyre. *Por isso.*

Fora Feyre que havia resgatado Elain de novo e de novo. Enquanto Nestha tinha ficado inerte, armada apenas com a língua viperina. Inerte enquanto elas passavam fome. Inerte quando Hybern as levou e as enfiou no Caldeirão. Inerte quando Elain fora sequestrada. E quando o pai delas estava nas mãos de Hybern, ela também não tinha feito nada, *nada* para salvá-lo. O medo a havia congelado, sufocado sua mente, e Nestha havia permitido que o medo a dominasse, de modo que quando o pescoço de seu pai se partiu, era tarde demais. E completamente culpa dela.

Por que Elain *não* escolheria Feyre?

Elain enrijeceu, mas se recusou a recuar do que quer que tivesse visto no olhar de Nestha.

— Acha que *eu* sou a culpada da morte dele? — Cada palavra pingava com intimidação. Entre tantas pessoas, Nestha estava sendo intimidada por Elain. — Ninguém além do rei de Hybern tem culpa. — O tremor na voz traiu a firmeza das palavras.

Nestha sabia que tinha atingido o alvo. Ela abriu a boca, mas não conseguiu continuar. Bastava. Já havia dito o bastante.

E rápido assim, o poder dentro dela recuou, sumindo até virar fumaça ao vento. Deixando apenas exaustão pesando em seus ossos, seu fôlego.

— Não importa o que eu acho. Volte para seu jardinzinho e para Feyre.

Nem as discussões delas no chalé, brigas a respeito de quem ficaria com roupas, botas ou fitas, eram feias assim. Aquelas brigas tinham sido mesquinhas, motivadas pela miséria ou o desconforto. Essa era um monstro completamente diferente, vindo de um lugar tão sombrio quanto a escuridão no fundo da biblioteca.

Arrastando seu vestido roxo, Elain foi até as portas.

— Cassian disse que achava que o treinamento estava ajudando — murmurou ela, mais para si mesma do que para Nestha.

— Desculpe desapontá-la. — Nestha bateu as portas com tanta força que elas chacoalharam.

Silêncio preencheu o quarto.

Ela não se virou para as janelas para ver quem poderia passar voando com Elain, quem testemunharia as lágrimas que Elain provavelmente derramaria.

Nestha deslizou para uma das poltronas diante da lareira apagada e encarou o vazio.

Ela não impediu os lobos quando eles se reuniram ao seu redor de novo, com verdades afiadas e cheias de ódio nas línguas vermelhas. Ela não os impediu quando começaram a despedaçá-la.

Quando Elain entrou de súbito na sala de jantar da Casa, Cassian e Rhys estavam se esquentando do ar frígido do inverno que uivava no Refúgio do Vento.

Os olhos castanhos dela estavam brilhando com lágrimas, mas ela manteve o queixo erguido.

— Quero ir para casa — disse Elain, com a voz um pouco trêmula.

Cassian olhou para Rhys, que tinha deixado a irmã Archeron do meio antes de buscar Cassian no Refúgio do Vento. Ele queria ver com seus próprios olhos quão prontos os illyrianos estavam para a batalha. O fato de Rhys não ter achado nenhuma falha tanto alegrou Cassian quanto o encheu de temor. Se a guerra começasse de novo, quantos morreriam? O fardo da vida de um soldado era lutar, marchar ao lado da Morte, e

Cassian tinha levado machos à batalha diversas vezes. No entanto, quantas promessas tolas de que a paz duraria ele tinha feito às famílias daqueles que haviam perecido na última guerra? Quantas famílias mais precisaria reconfortar? Cassian não sabia por que era diferente dessa vez, por que pesava tanto. Mas enquanto Rhys e Devlon estavam conversando, Cassian estava olhando as crianças do Refúgio do Vento, perguntando-se quantas perderiam o pai.

Cassian afastou essa lembrança quando Rhys, com olhos azul-violeta que não deixavam nada passar, olhou fixamente para Elain.

— O que aconteceu?

Quando Rhys falava assim, era mais um comando do que uma pergunta.

Elain fez um gesto de dispensa com a mão antes de abrir as portas da varanda e sair para o ar fresco.

— Elain — disse Rhys, quando ele e Cassian a seguiram para a luz poente.

Elain ficou perto do parapeito e sentiu a brisa acariciar seu cabelo.

— Ela não está melhorando nada. Não está nem tentando. — Elain se abraçou e encarou o mar distante.

Rhys se virou para Cassian com o rosto sério. *Feyre a avisou.*

Cassian xingou baixinho. *Nestha está progredindo — sei que está. Alguma coisa a provocou.* Ele acrescentou, porque Rhys ainda parecia a morte fria em pessoa, *Vai levar tempo. Talvez baste de visitas das irmãs, por enquanto. Pelo menos não sem a permissão dela.* Ele não queria isolar Nestha. De modo algum. *Se Elain quiser vê-la de novo, deixe-me perguntar a Nestha primeiro.*

A voz de Rhys sibilou como noite líquida. *E quanto a Feyre?*

Ela não quer Feyre aqui.

O poder retumbou de dentro de Rhys, apagando as estrelas em seus olhos.

Calma, porra, disparou Cassian. *Elas têm as próprias merdas para resolver. Você ameaçar destruir Nestha sempre que isso vem à tona não ajuda.*

Rhys continuou o encarando, a dominância inerente ao olhar dele era como a força de uma onda de maré. Mas Cassian esperou passar. Deixou que a onda quebrasse. Então Rhys sacudiu a cabeça e disse a Elain:

— Voo com você para casa.

Elain não protestou quando Rhys a pegou no colo e decolou para o céu manchado de vermelho e cor-de-rosa.

Foi só quando viraram um pontinho preto e roxo nos telhados, quando Rhys planava sobre o rio emoldurado em dourado, como se mostrasse a paisagem a Elain, que Cassian entrou na Casa.

Ele disparou pela sala de jantar e entrou no corredor; avançou escada abaixo, com seus pés devorando cada centímetro de distância até que escancarou as portas da biblioteca comum.

— O que foi que aconteceu, caralho?

Nestha estava sentada em uma poltrona diante da lareira escura, seus dedos enterrados nos braços cilíndricos do assento. Uma rainha em um trono acolchoado.

— Não quero falar com você — foi tudo o que ela disse.

O coração de Cassian batia forte, o peito inflava como se ele tivesse corrido mais de um quilômetro.

— O que você disse a Elain?

Ela inclinou o corpo para a frente, para vê-lo. Então ficou de pé, como um pilar de aço e chamas, e seus lábios se afastaram dos dentes.

— Mas é claro que você presumiria que a culpa foi minha. — Ela chegou perto dele com olhos queimando como um fogo frio. — Sempre defendendo a doce e inocente Elain.

Ele cruzou os braços, deixando que ela se aproximasse tanto quanto quisesse. De jeito nenhum Cassian cederia um passo para ela.

— Devo lembrá-la que você era a principal defensora da doce e inocente Elain até pouco tempo. — Ele a havia testemunhado ficar frente a frente com feéricos capazes de matá-la sem pensar duas vezes, tudo pela irmã.

Nestha apenas fervilhou, quase tremendo de ódio. Ou frio. Pelo Caldeirão, como estava frio ali. Só o piso aquecido oferecia algum alívio.

— Fogo — disse ele, e a Casa obedeceu. Uma grande chama ganhou vida na lareira atrás de Cassian.

— Nada de fogo — disse ela, concentrada em Cassian, embora suas palavras não fossem direcionadas a ele.

A Casa pareceu ignorá-la.

— *Nada* de fogo — ordenou Nestha. Ele podia jurar que ela empalideceu levemente.

Por um segundo, ele estava de novo na casa da mãe de Rhys, no Refúgio do Vento. Ela estava observando o fogo sem parar, como se falasse com o fogo, como se não percebesse que Cassian sequer estivesse ali.

O fogo sibilou e estalou. Nestha disse, fervilhando, para o ar:

— Eu *disse*...

Lenha estalou, como se a Casa alegremente a ignorasse, acrescentando calor à chama.

Mas Nestha se encolheu. Um piscar e um tremor quase imperceptíveis, mas o corpo dela ficou rígido por inteiro. Medo e pesar percorreram suas feições e sumiram.

Estranho.

Qualquer que tivesse sido a curiosidade que Nestha viu no rosto de Cassian a fez se irritar de novo antes que ela se lançasse pelas portas abertas da biblioteca.

— Aonde vai? — indagou ele, incapaz de manter o temperamento longe da voz.

— Sair. — Ela chegou ao corredor e se dirigiu para a escada.

Cassian a seguiu, e deixou um grunhido escapar da garganta. Ele rapidamente cobriu a distância entre os dois.

— Me deixe em paz — disparou ela.

— Qual é o plano, Nes? — Ele a seguiu até o andar mais baixo da Casa e à escada no meio do corredor. — Você avança nas pessoas que amam você até que elas desistam e deixem você em paz? É isso que quer?

Ela puxou a maçaneta da porta antiga e lançou a ele um olhar intimidador por cima do ombro. Nestha abriu a boca, então fechou, para segurar o que quer que estivesse prestes a sair.

Como se ela se controlasse por ele. Com pena dele. *Como se o poupasse.* Como se ele precisasse ser protegido dela.

— Diga — falou Cassian. — Apenas *diga*, porra.

O olhar de Nestha se acendeu com aquele fogo prata. O nariz dela se franziu com um ódio animalesco.

Os Sifões sobre as mãos dele ficaram quentes, preparando-se para um inimigo que Cassian se recusava a reconhecer.

Os olhos dela se voltaram para as pedras vermelhas. E quando eles mais uma vez se ergueram para o rosto de Cassian, o fogo profano no olhar dela havia sumido. Fora substituído por algo tão morto e vazio que era como olhar para os olhos cegos de um soldado caído no campo de batalha. Ele já havia visto corvos bicarem olhos mortos como aqueles.

Nestha não disse nada quando se virou para a escada de novo e começou a descer.

CAPÍTULO 18

Só existia o mármore vermelho da escada, a respiração ofegante de Nestha, as facas que a dilaceravam por dentro ininterruptamente, as paredes que a sufocavam e suas pernas que queimavam a cada passo da descida.

Nestha não queria estar na própria mente, não queria estar no próprio corpo. Queria que a batida de tambores e a música alegre de um violino a enchessem de som, que silenciassem qualquer pensamento. Queria encontrar uma garrafa de vinho e beber sem parar, queria deixar que o vinho a tirasse de dentro de si, que fizesse sua mente flutuar, que a entorpecesse.

Para baixo, para baixo e para baixo.

Girando, girando e girando.

Nestha passou pelo degrau com a marca que sua mão queimara. Passou do degrau 250. Trezentos. Quinhentos. Oitocentos.

Foi no degrau 803 que as pernas dela começaram a fraquejar.

O rugido em sua cabeça se calou quando Nestha se concentrou em ficar de pé.

No milésimo degrau, Nestha parou de vez.

Havia apenas o silêncio que a circundava.

Nestha fechou os olhos e, erguendo um braço para se apoiar como se estivesse se segurando firme em alguém que amava, encostou a testa na pedra fria à direita. Podia ter jurado que uma batida de coração soou dentro da pedra, com tanta nitidez quanto se batesse dentro de um peito sob a orelha dela.

Devia ser seu próprio sangue pulsando, disse Nestha a si mesma. Mesmo agarrada à parede, aquela batida de coração continuava.

Nestha deixou que seu fôlego saísse e entrasse como uma serra. Deixou que o tremor do corpo se acalmasse.

A batida de coração na pedra cessou. A parede se tornou gélida sob sua bochecha vermelha. Áspera contra a ponta de seus dedos.

Ela começou a caminhada de volta. Um passo, depois outro, então outro. As coxas se contraindo, os joelhos reclamando e o peito em chamas.

A cabeça de Nestha tinha esvaziado quando ela praticamente engatinhou os últimos vinte degraus. Havia precisado parar cinco vezes para descansar. Cinco vezes, apenas pelo tempo necessário para recuperar o fôlego e se recompor — apenas até que os rugidos ameaçassem pressioná-la de novo.

Ela estava exausta e completamente esgotada quando chegou. Cassian estava encostado na parede oposta com o rosto sério.

— Não estou com a mínima vontade de brigar — disse ela, inexpressiva, esgotada demais para ficar com raiva. Ela sabia que poderia cobrar o acordo para ordenar que ele voasse com ela até a cidade, mas não tinha a energia para sequer se dar o trabalho. — Boa noite.

Ele se colocou no caminho dela e bloqueou o caminho de Nestha com as asas.

— Até que degrau chegou dessa vez?

Como se isso tivesse importância.

— Mil. — As pernas dela latejavam muito.

— Impressionante.

Nestha ergueu o olhar para o rosto dele, e encontrou sinceridade ali. Ela não se incomodou em esconder o cansaço que pesava em cada parte de seu corpo.

Ela fez menção de passar por ele, mas Cassian não abaixou as asas. A não ser que o socasse para passar, Nestha não sairia dali.

— O que é?

— O que tirou você do sério hoje?

— Tudo. — Ela não queria dizer mais nada.

— O que foi que Elain disse?

Ela não conseguia retornar àquela conversa, não conseguia falar sobre o pai ou a morte dele e nem nada daquilo. Então fechou os olhos pesados.

— Por que elas não se inscrevem para treinar?

Ele sabia de quem Nestha estava falando.

— Talvez não estejam prontas.

— Achei que elas se inscreveriam.

— É por isso que está chateada? — A pergunta dele foi tão atenciosa, tão triste.

Nestha abriu os olhos.

— Algumas delas estão aqui há centenas de anos e ainda não conseguiram se recuperar do que passaram. Então que esperança eu tenho?

Ele esfregou o ombro, como se estivesse dolorido.

— Faz só duas semanas que estamos treinando, Nestha. Você pode até ver mudanças físicas, mas o que está acontecendo na sua mente e no coração vai levar muito mais do que isso. Porra, Feyre levou meses...

— Não quero ouvir sobre Feyre e a incrível jornada dela. Não quero ouvir sobre a jornada de Rhys, nem de Morrigan, nem de ninguém.

— Por quê?

As palavras e o ódio se acumularam de novo. Ela se recusava a falar e, em vez disso, direcionou seu foco a abafar o poder em seu interior até que essa força não conseguisse fazer nada além de murmurar.

— Por quê? — insistiu ele.

— Porque não quero — respondeu ela, irritada. — Ponha essas asas de morcego para lá.

Cassian obedeceu, mas se aproximou, mais alto do que ela.

— Então vou contar a você sobre a minha incrível jornada, Nes. — Seu tom de voz estava gelado de uma forma que ela jamais tinha ouvido.

— Não.

— Matei cada um que feriu minha mãe.

Ela piscou para ele e percebeu que o pesar que sentia sumiu diante daquelas palavras cruéis.

O rosto de Cassian estampava apenas um ódio antigo.

— Quando tive idade e força o suficiente, voltei para a aldeia em que nasci, onde fui arrancado dos braços dela, e descobri que ela estava morta. E não havia ninguém que eu pudesse enfrentar que mudasse aquilo. Eles se recusaram a me contar onde a haviam enterrado. Uma das fêmeas deu a entender que a haviam jogado do penhasco.

Horror e algo parecido com dor a percorreram.

Os olhos dele se incendiaram com uma luz fria.

— Então eu os destruí. Quem não tinha culpa, crianças, algumas fêmeas e os idosos, eu deixei que fossem embora. Mas qualquer um que tivesse participado do sofrimento dela... Eu fiz sofrer de volta. Rhys e Azriel me ajudaram. Encontraram o merda que me gerou. Deixei que meus irmãos o dilacerassem antes que eu acabasse com ele.

As palavras ficaram pairando entre eles.

Com uma fúria suave, ele disse:

— Levei dez anos até poder encarar isso. O que fiz com aquelas pessoas, e o que perdi. Dez anos. — Ele estava trêmulo, mas não de medo. — Então, se quiser levar dez anos para enfrentar o que quer que esteja devorando você viva de dentro para fora, vá em frente. Se quiser levar vinte anos, vá em frente.

O silêncio preencheu o ambiente, interrompido apenas pela respiração irregular dos dois.

Nestha sussurrou:

— Você se arrepende?

— Não — disse ele, com uma honestidade muito determinada. A mesma honestidade que agora a avaliava, notando cada pedaço afiado dela que rugia.

Nestha abaixou a cabeça, como se para impedi-lo de ver tudo.

Dedos quentes e fortes seguraram o queixo dela em concha, calos arranharam sua pele.

Ela permitiu que ele levantasse sua cabeça. Nestha não havia percebido que Cassian tinha se aproximado. Que apenas centímetros os separavam.

A não ser que tivesse sido ela quem se aproximou dele, atraída por cada palavra brutal.

Cassian manteve o toque leve no queixo dela.

— O que quer que você precise jogar contra mim, eu aguento. Não vou quebrar. — Não havia nenhum desafio naquelas palavras. Apenas súplica.

— Você não entende — disse ela, com a voz rouca. — Não sou *como* você e os outros.

— Nunca dei a mínima para isso. — Ele tirou a mão do queixo dela.

Nestha esticou o corpo.

— Deveria.

— Você fala como se quisesse que essa diferença entre nós me incomodasse.

— Incomoda todo mundo. Até o tão especial *Rhysand*.

Cassian exibiu os dentes, qualquer semblante de carinho sumira.

— Eu já disse, e vou falar de novo: não use essa porra de tom debochado quando falar dele.

— Ele não é meu Grão-Senhor. Posso falar dele como eu quiser. — Ela fez menção de ir embora, mas Cassian segurou seu pulso, segurando-a no lugar. — Solte.

— Me obrigue. Use seu treino e me *obrigue*.

O temperamento esquentado veio à tona.

— Você é um canalha arrogante.

— E você é uma bruxa presunçosa. Somos o par perfeito.

Ela grunhiu.

— *Solte*.

Cassian riu, mas obedeceu, virando o rosto ao recuar um passo. E foi a luz de vitória nos olhos dele, a nítida sensação de que ele acreditava que, de algum jeito, a havia irritado e *vencido* aquela briga que a fez agarrar a frente da jaqueta de couro dele.

Nestha disse a si mesma que foi para arrancar aquele sorrisinho do rosto dele que ela fechou os dedos no couro e avançou com a boca contra a dele.

CAPÍTULO 19

Por um instante, havia apenas o calor da boca de Cassian, o toque de seu corpo, a tensão em cada músculo trêmulo do guerreiro quando Nestha entreabriu os lábios sobre os dele, ficando na ponta dos pés.

Ela o beijou de olhos abertos, para poder ver exatamente o quanto os olhos dele se arregalavam.

Nestha se afastou um momento depois e encontrou os olhos dele ainda arregalados e a respiração ofegante de Cassian.

Ela riu baixinho, fazendo menção de soltar os dedos do casaco dele e sair pelo corredor.

Nestha só conseguiu abaixar a mão direita antes que ele avançasse para beijá-la de volta.

A força daquele beijo os derrubou contra a parede e fez a pedra bater nos ombros dela quando Cassian alinhou todo seu corpo contra o dela e deslizou uma das mãos pelo cabelo de Nestha enquanto a outra segurava seu quadril.

Assim que Nestha atingiu aquela parede, assim que Cassian a envolveu, qualquer ilusão de autocontrole foi estilhaçada. Ela abriu a boca, e a língua de Cassian entrou, dando vida a um beijo punitivo e selvagem.

O gosto dele era como uma brisa beijada pela neve e brasa estalando...

Nestha gemeu, incapaz de se segurar.

Aquele som pareceu ter sido a ruína de Cassian, pois os dedos que seguravam o cabelo dela se enterraram na cabeça, inclinando o pescoço de Nestha de forma que ele pudesse sentir melhor o gosto dela, reivindicá-la.

As mãos de Nestha percorreram o peito musculoso de Cassian, desesperadas por qualquer pele, qualquer coisa em que tocar enquanto as línguas deles se encontravam e se afastavam, enquanto a língua dele tocava o céu da boca de Nestha, enquanto a língua de Cassian deslizava pelos dentes dela.

Nestha correspondeu a ele, uma carícia após a outra, e toda a noção de controle se esvaiu. Ela mergulhou os dedos no cabelo de Cassian, e era tão macio quanto ela havia imaginado, as mechas como seda na sua pele.

Cada pensamento rancoroso fugiu de sua mente. Ela se entregou à distração, recebeu-a de braços abertos, deixou que o beijo queimasse tudo. Havia apenas a boca de Cassian, os dentes e a língua dele, lambendo, provando, mordendo; só existia a força do corpo dele, pressionando o dela, mas longe de estar perto o suficiente...

Cassian deslizou as mãos pelo corpo dela, segurou Nestha pela bunda, e a levantou no ar. Ela o abraçou com as pernas, e gemeu de novo quando Cassian pressionou o corpo entre suas coxas.

Nestha precisava desse alívio temporário para a mente, para aquela *coisa* que queimava no fundo dela, as lembranças que a assombravam. Ela precisava daquilo. Precisava dele.

Cassian roçou nela, e gemeu dentro da boca de Nestha com o primeiro impulso do quadril. Ela arqueou as costas ao ouvir aquele som gutural e expôs o pescoço para ele. Cassian foi até o seu pescoço, afastando a boca da de Nestha.

A boca de Cassian traçou uma linha para cima da curva do pescoço dela, trazendo calor consigo, e chegou àquele ponto logo abaixo da orelha de Nestha que a fazia se contrair, que a fazia soluçar. Ele soltou uma risada contra a pele dela.

— Assim? — murmurou Cassian, e passou a língua de novo.

Os seios dela latejavam, e Nestha avançou contra ele, buscando qualquer contato com o peito de Cassian, qualquer tipo de fricção. Mas ele enterrou o rosto no pescoço dela, seus dentes se fechando levemente sobre a pulsação trêmula dela. A mais ínfima dor a fez ofegar; o roçar da língua dele naquele ponto fez os olhos de Nestha se revirarem.

Ele afastou a cabeça do pescoço dela. E Nestha jamais estivera tão exposta quanto quando ele roçou o quadril nela mais uma vez e a viu se contorcer.

Um sorriso sombrio agraciou sua boca.

— Tão receptiva — ronronou ele, com uma voz que Nestha jamais ouvira, mas sabia que rastejaria para ouvir de novo. Ele empurrou o quadril no dela, uma pressão preguiçosa e plena, proporcionada pela rigidez dele contra o latejar incessante dela. Nestha tentou recuperar qualquer noção de controle, de sanidade, e se surpreendeu querendo entregar tudo a ele, deixar que ele a tocasse e tocasse e tocasse, que lambesse e sugasse e a preenchesse...

Cassian rosnou, como se tivesse visto isso no olhar dela, e a beijou de novo.

Suas línguas se entrelaçaram. Seus corpos estavam pressionados tão próximos que ela conseguia sentir o coração dele batendo contra o próprio peito. Ele sentiu o gosto dela por inteiro, se afastou, então provou de novo. Como se estivesse estudando cada lugar da boca de Nestha.

Ela precisava sentir a pele dele. Precisava sentir com as próprias mãos, a boca, o corpo, a rigidez que a pressionava. Enlouqueceria se não conseguisse, enlouqueceria se não conseguisse tirar aquelas roupas, enlouqueceria se ele parasse de beijar...

Nestha enfiou a mão no espaço entre seus corpos, buscando Cassian. Ele gemeu de novo, suave e longamente, quando a mão dela o segurou pelo couro da calça. O fôlego foi roubado dela. O tamanho dele...

A boca de Nestha se encheu de água. Ela ardia, estava tão úmida que cada ponto da costura no meio da calça parecia tortura.

O beijo de Cassian ficou mais intenso, mais selvagem, e ela se atrapalhou com as cordas e os botões da calça dele. Havia tantos que Nestha não sabia onde encontrar aqueles que abririam a calça. As pontas de seus dedos puxavam cada laço, quase arranhando para soltá-lo.

A respiração ofegante de Cassian acariciou a pele dela quando ele mordiscou seu lábio inferior, a orelha, a mandíbula. A respiração ritmada dele ecoava aquilo, o fogo que rugia no sangue dela, e ele capturou a boca de

Nestha mais uma vez, gemendo contra ela quando ela desistiu dos cadarços e botões e espalmou a mão contra ele. Cassian impulsionou o corpo para a frente quando Nestha esfregou a base da palma da mão na extensão dele, maravilhando-se com cada centímetro.

Ele afastou a boca da dela.

— Se você continuar fazendo isso eu vou...

Nestha fez de novo, arrastando a base da mão para cima, na direção da ponta que ela sabia que tocava o abdômen dele. O quadril de Cassian se arqueou na direção dela, e ele inclinou a cabeça para trás, expondo a coluna forte do pescoço. Ela entendeu o formato dele através da calça, e apertou mais a mão, dedicando-se a sua extensão. Cassian trincou os dentes e elevou o peito como um fole. Ao vê-lo perder o controle, ela inclinou o corpo para a frente. Nestha fechou os dentes no pescoço dele ao mesmo tempo que o esfregou de novo, com mais força e mais voracidade.

Cassian sibilou. Com o nome dela nos lábios, o quadril dele avançou em direção à mão dela com uma força que fez Nestha latejar por dentro a ponto de doer, imaginando aquela força, aquele tamanho e calor, enterrados bem no fundo dela. Ela o segurou e movimentou com força enquanto mordia seu pescoço e isso bastou para que Cassian entrasse em erupção.

As asas se fecharam com firmeza quando ele gozou, e cada pulsar do pênis estremeceu através da calça, ecoando pela mão dela conforme Nestha o acariciava sem parar.

Foi só quando Cassian se acalmou, quando estava tremendo — somente então Nestha afastou o rosto do pescoço dele. Seus olhos castanhos estavam tão arregalados que a parte branca brilhava em volta da íris. Um rubor manchava suas bochechas, tão atraente que ela quase se aproximou para lamber ali também.

Ele continuou boquiaberto. Como se tivesse percebido o que tinha feito e se arrependesse.

Cada chama de desejo da divina distração dentro dela se apagou.

Nestha empurrou Cassian pelo peito, e ele imediatamente a soltou, quase a jogando no chão quando os corpos deles se afastaram.

Ela não esperou para ouvir palavras de arrependimento, de que aquilo tinha sido um erro. Ela não permitiria que ele tivesse aquele poder sobre ela. Então Nestha contraiu os lábios em um sorriso frio e cruel e disse, ao ir embora:

— Você é rapidinho, né?

Cassian não conseguia encarar Azriel no café da manhã seguinte.

O irmão tinha voltado tarde na noite anterior, recusara-se a dizer qualquer coisa sobre o que tinha descoberto a respeito de Briallyn, e apenas insistira que naquele dia todos se encontrassem na casa do rio e descobrissem juntos. Cassian não se importava. Ele mal ouvira Azriel perguntando como andavam os treinos.

Tinha ejaculado na calça depois de alguns poucos toques de Nestha, encharcando-se como se não fosse melhor do que era na juventude.

Mas assim que ela o beijou no corredor, ele perdeu qualquer semblante de sanidade. Tornou-se praticamente um animal, lambendo e mordendo o pescoço dela, incapaz de pensar direito além do instinto básico de reivindicá-la.

O gosto dela havia sido como fogo, aço e um alvorecer de inverno. Tudo isso apenas na boca e no pescoço dela. Se tivesse colocado a língua entre as pernas de Nestha... Cassian se agitou na cadeira.

— Aconteceu alguma coisa que eu, como seu supervisor, deva saber? — A pergunta seca de Azriel tirou Cassian da excitação crescente. Pela diversão no rosto do irmão, ele sabia que Az conseguia não só sentir o cheiro daquela excitação, mas vê-la em seu rosto.

— Não — grunhiu Cassian. Ele ouviria até o fim da vida se admitisse o que tinha feito.

Havia encontrado o prazer, e Nestha não. Ele nunca tinha permitido que tal coisa acontecesse.

Tinha gozado tão intensamente que chegou a ver estrelas, e somente então percebeu que ela não tinha. Que ele tinha se envergonhado, que a deixara insatisfeita, e caso aquela fosse a única vez que ele a provaria, Cassian tinha fodido tudo monumentalmente.

E então veio o desaforo dito quando ela se despediu, estilhaçando o que restara do orgulho dele.

Rapidinho, foi o que ela havia ronronado, como se o que tivessem feito não houvesse significado nada.

Ele sabia que era mentira. Tinha sentido a necessidade descontrolada dela, ouvido os gemidos e quisera devorá-los por inteiro. Mas aquela semente de dúvida se enraizou.

Cassian precisava igualar o jogo de alguma forma. Precisava recuperar a vantagem.

Azriel pigarreou, e Cassian piscou.

— O quê?

— Eu perguntei se vocês dois estão prontos para descer até a casa do rio.

— Dois? — Ele piscou em meio à nuvem de excitação.

Azriel riu, as sombras saltitaram.

— Você prestou atenção em alguma coisa de ontem à noite?

— Não.

— Pelo menos é sincero. — Azriel riu. — Você e Nestha estão sendo requisitados lá embaixo.

— Por causa da merda com Elain?

Azriel ficou imóvel.

— O que aconteceu com Elain?

Cassian gesticulou.

— Ela e Nestha brigaram. Nem toca no assunto — avisou ele, quando os olhos de Azriel ficaram sombrios. Cassian expirou. — Vou entender isso como um *não* no que diz respeito ao tópico da reunião, então.

— É sobre o que eu descobri. Rhys falou que quer vocês dois lá.

— É ruim, então. — Cassian observou as sombras se acumularem em torno de Az. — Você está bem?

O irmão dele assentiu.

— Sim. — Mas sombras ainda o cobriam.

Cassian sabia que era mentira, mas não insistiu. Az falaria quando estivesse pronto, e Cassian teria mais sucesso convencendo uma montanha a se mexer do que fazer com que Az desabafasse.

Então disse:

— Tudo bem. Encontramos você lá.

CAPÍTULO 20

Enquanto sobrevoavam Velaris, Nestha mal suportava olhar para Cassian. Cada olhar, cada aroma exalado por ele, cada toque enquanto o macho a carregava até a casa do rio roçava sua pele, ameaçando levá-la de volta à noite anterior, ao momento em que ela estava faminta por provar qualquer parte dele.

Felizmente, Cassian não falou com ela. Mal a olhou. E quando a extensa mansão ao longo do rio surgiu, Nestha tinha se esquecido de ficar irritada com o silêncio dele. Duas semanas na Casa e a cidade de repente pairava imensa, barulhenta e com gente demais.

— A reunião será rápida — prometeu Cassian quando aterrissaram no gramado da entrada, como se ele tivesse lido a tensão no corpo dela.

Nestha não respondeu, incapaz de falar com o estômago se revirando. Quem estaria lá? Qual deles ela precisaria enfrentar e por quem teria que aguentar ser julgada por seu suposto progresso? Todos eles provavelmente já deviam ter ouvido da briga com Elain... pelos deuses, será que Elain estaria presente?

Ela acompanhou Cassian para dentro da linda casa, mal reparando na mesa redonda no centro da entrada, coroada por um vaso imenso cheio de flores recém-colhidas. Mal reparando no silêncio da casa; não havia um criado à vista.

Mas Cassian parou diante da pintura de uma paisagem com uma montanha imponente, estéril, desprovida de vida e mesmo assim, de alguma forma, latejando com presença. Neve e pinheiros encrustavam os picos menores ao redor dela, mas aquela montanha estranha, vazia... Apenas uma rocha preta se elevava do topo. Um monólito, percebeu Nestha, aproximando-se.

Cassian murmurou:

— Não sabia que Feyre tinha pintado Ramiel.

A montanha sagrada do Rito de Sangue. De fato, três estrelas brilhavam fracas no céu crepuscular acima do pico. Era uma representação quase perfeita, real, da insígnia da Corte Noturna.

— Quando será que ela viu Ramiel? — refletiu Cassian, com um sorriso fraco.

Nestha não se incomodou em sugerir que Feyre poderia ter simplesmente olhado dentro da mente de Rhysand. Cassian continuou adiante, levando-a pelo corredor sem dizer mais nada.

Nestha se preparou quando ele parou diante das portas do escritório — o mesmo cômodo em que ela se sentara e recebera o sermão público —, e abriu uma delas.

Rhys e Feyre estavam sentados no sofá de safira diante da janela. Azriel estava encostado na lareira. Amren tinha se aconchegado em uma poltrona, aninhada em um casaco de pele cinza, como se o frio singelo naquele dia fosse um vendaval de inverno. Nada de Elain e nada de Morrigan.

O olhar de Feyre estava cauteloso. Frio. Mas ficou mais acolhedor quando ela sorriu para Cassian, que caminhou até ela e beijou sua bochecha — ou tentou. Ele disse a Rhys:

— Sério? Mesmo aqui ela está com o escudo?

Rhys esticou as pernas longas, cruzando um tornozelo sobre o outro.

— Mesmo aqui.

Cassian revirou os olhos e desabou na poltrona ao lado da de Amren, avaliando o casaco de pele dela e dizendo:

— Nem está *tão* frio assim.

Amren exibiu os dentes.

— Continue falando assim e vai ser o seu couro que vou vestir amanhã.

Talvez Nestha tivesse sorrido, caso Amren não tivesse se voltado para ela. Uma tensão espessa e dolorosa se estendeu entre as duas. Nestha se recusou a desviar o olhar.

Os lábios vermelhos de Amren se contraíram e seu cabelo preto e curto reluzia.

Feyre pigarreou.

— Certo, Az. Pode contar.

Azriel fechou as asas e sombras se contorceram em volta dos tornozelos e do pescoço dele.

— A rainha Briallyn anda mais ocupada do que pensávamos, mas não da forma como esperávamos.

O sangue de Nestha gelou. A rainha que tinha saltado para dentro do Caldeirão voluntariamente, desesperada para ser transformada em imortal. Ela saíra de lá uma velha enrugada — e imortal. Condenada a ser velha e curvada para sempre.

Azriel prosseguiu:

— Na semana em que a vigiei, eu... descobri quais são seus próximos passos. — A forma como ele hesitou antes de falar *descobri* explicava muito: ele havia torturado alguém pela informação. Muitos alguéns.

Nestha olhou para as mãos dele cobertas de cicatrizes e Azriel as escondeu às costas, como se tivesse reparado a atenção dela.

— Continue — disparou Amren, agitando-se na poltrona.

— As outras rainhas de fato fugiram de Briallyn há semanas, como Eris falou. Ela fica sozinha no salão do trono no palácio que compartilhavam. E o que Eris revelou sobre Beron também é verdade: o Grão-Senhor visitou Briallyn no continente, prometendo unir suas forças à causa dela. — Um músculo se contraiu na mandíbula de Azriel. — Mas a formação dos exércitos de Briallyn e a aliança com Beron são apenas o reforço para o que ela planejou. — Ele sacudiu a cabeça e sombras rastejaram por suas asas. — Briallyn quer encontrar o Caldeirão de novo. Para recuperar a juventude.

— Ela nunca vai conseguir o Caldeirão — disse Amren, gesticulando a mão que brilhava com tantos anéis. — Ninguém além de nós, Miryam e Drakon sabe onde ele está escondido. Mesmo que Briallyn descobrisse a localização dele, há proteções e feitiços o suficiente sobre ele para que ninguém jamais consiga invadi-lo.

— Briallyn sabe disso — falou Azriel, com seriedade. O estômago de Nestha se revirou. Azriel assentiu para Cassian. — O que Vassa suspeitava é verdade. Koschei, o senhor da morte, anda sussurrando ao ouvido de Briallyn. Ele continua preso no lago, mas suas palavras são levadas até ela pelo vento. Ele é ancestral e a profundidade de seu conhecimento é infinita. Koschei colocou Briallyn no caminho dos Tesouros Nefastos. Não pelo benefício dela, mas por interesse dele. O feiticeiro deseja usá-los para se libertar do lago. E Briallyn não é a marionete que acreditávamos ser, ela e Koschei são aliados. — Ele acrescentou, dirigindo-se a Cassian: — Você precisa perguntar a Eris se Beron sabe sobre isso. E sobre os Tesouros.

Cassian assentiu durante o silêncio que se seguiu. Nestha se viu perguntando:

— O que são os Tesouros Nefastos?

Os olhos de Amren brilharam com um resquício de poder.

— O Caldeirão fez muitos objetos de poder, há muito tempo, e forjou armas inigualáveis. A maioria se perdeu no decorrer da história e da guerra, e quando cheguei à Prisão, restavam apenas três. Na época, alguns diziam que havia quatro, ou que o quarto tinha sido Desfeito, mas as lendas de hoje falam apenas de três.

— A Máscara — murmurou Rhys —, a Harpa e a Coroa.

Nestha tinha a sensação de que nenhuma delas era coisa boa.

Feyre franziu a testa para o parceiro.

— São diferentes dos objetos de poder na Cidade Escavada? O que fazem?

Nestha tinha feito o possível para se esquecer daquela noite em que Amren e ela foram testar seu suposto dom contra a coleção dentro daquelas catacumbas profanas. Os objetos estavam parcialmente aprisionados na própria pedra: facas, cordões, órbitas e livros, todos brilhando com poder. Nenhum deles era agradável. Se os Tesouros Nefastos eram piores do que o que ela havia testemunhado...

— A Máscara pode despertar os mortos — respondeu Amren, no lugar de Rhys. — É uma máscara da morte, moldada a partir do rosto de um rei há muito esquecido. Quem a usar pode invocar os mortos, comandá-los para que marchem de acordo com sua vontade. A Harpa pode abrir qualquer porta, física ou não. Alguns dizem que portas entre os mundos. E a Coroa... — Amren sacudiu a cabeça. — A Coroa pode influenciar qualquer um, perfurar até mesmo o mais poderoso dos escudos mentais. Sua única falha é que requer proximidade física para começar a mergulhar as garras na mente da vítima. Mas quem usar a Coroa pode obrigar os inimigos a fazer sua vontade. Pode obrigar um pai a matar o filho, ciente do horror, mas incapaz de se impedir.

— E essas coisas foram *perdidas*? — indagou Nestha.

Rhys franziu a testa para ela.

— Aqueles que as possuíam ficaram descuidados. Elas foram perdidas em guerras antigas, ou devido à traição, ou simplesmente porque foram deslocadas e esquecidas.

— O que isso tem a ver com o Caldeirão? — insistiu Nestha.

— Semelhante chama semelhante — murmurou Feyre, olhando para Amren, que assentiu. — Já que os Tesouros foram Feitos pelo Caldeirão, eles podem encontrar seu Criador. — Ela inclinou a cabeça. — Briallyn foi Feita. Ela não poderia encontrar o Caldeirão sozinha?

Amren tamborilou os dedos no braço da poltrona.

— O Caldeirão envelheceu Briallyn para puni-la. — Um olhar para Nestha. — Ou punir você, suponho. — Nestha manteve a expressão cuidadosamente vazia. Amren prosseguiu: — Mas acho que você tomou algo dele quando pegou seu poder, menina.

Feyre olhou para Nestha, a voz dela estava baixa quando perguntou:

— O que, exatamente, aconteceu no Caldeirão?

Cada imagem, pensamento e sentimento invadiu Nestha. Sufocando-a, exatamente como ela precisou sufocar o poder que se elevou com a pergunta da irmã. Ninguém falou. Todos apenas a olharam.

Cassian pigarreou.

— Isso importa? — Todos olharam para ele, e Nestha quase cambaleou de alívio com a troca da atenção. Mesmo que algo tenha acendido no peito dela diante das palavras de Cassian. Da defesa que ele fez dela.

— Isso nos ajudaria a entender — disse Feyre.

— Podemos discutir depois... — começou Cassian, mas Nestha se esticou.

— Eu... — Todos pararam e se viraram para ela. A boca de Nestha secou. Ela engoliu em seco, rezando para que não vissem as mãos trêmulas que ela prendeu sob as coxas. Seus pensamentos a invadiram, cada lembrança gritou, e ela não soube por onde começar, como explicar...

Respire. Sua mente se acalmava sempre que Cassian a guiava nos exercícios. Então ela se permitiu inspirar e expirar lentamente. De novo. Uma terceira vez.

E, no silêncio, Nestha falou:

— Eu não sabia o que estava tomando. Só que estava tomando coisas que o Caldeirão não queria que eu levasse. Pareceu adequado, considerando o que ele estava fazendo comigo.

Pronto. Era tudo o que ela conseguia e iria falar.

Mas Feyre assentiu, seus olhos brilhavam forte com algo que Nestha não conseguiu identificar. Feyre disse a Amren:

— Então, é bastante possível que o Caldeirão *não possa* dar a Briallyn a habilidade de rastreá-lo. Que só conseguisse dar a Briallyn a habilidade de rastrear qualquer coisa que ele tivesse Feito, uma simples sombra do poder original.

Os outros assentiram, e Nestha ousou olhar para Cassian, que lhe retribuiu um sorriso gentil. Como se ao dizer as poucas palavras que ela conseguira falar, tivesse, de alguma forma, feito algo... digno. Seu peito se apertou.

Será que Nestha tinha feito tantas coisas *in*dignas que uma mísera contribuição lhe garantia tanto reconhecimento?

Nestha estava se obrigando a ignorar esse pensamento nauseante quando Amren prosseguiu:

— Se alguém reunisse todos os três objetos, conseguiria usar sua essência combinada, por serem Feitos, para rastrear o Caldeirão, não importa onde esteja.

— Sem falar que se ganharia três objetos terrivelmente poderosos — acrescentou Azriel, em tom sombrio. — Capazes de conceder a até mesmo um exército humano uma vantagem contra os feéricos.

— Quem despertasse os mortos — refletiu Cassian, com a expressão ficando tensa e eliminando qualquer vestígio daquele sorriso de reconhecimento — teria uma força irrefreável, capaz de marchar sem descanso ou comida. Se abrisse qualquer porta, poderia mover esse exército de mortos para onde quisesse. E, com influência ilimitada, poderia fazer com que qualquer território inimigo e seu povo se curvasse em rendição.

A sala foi tomada pelo silêncio mais uma vez. O coração de Nestha galopava.

— E tudo o que Koschei quer é se ver livre do lago? — perguntou Rhys a Azriel.

Mas Amren respondeu.

— Ninguém sabe exatamente a extensão dos poderes dos Tesouros. Além de libertá-lo do lago, Koschei poderia muito bem saber algo sobre os Tesouros que não sabemos, algum poder maior que se manifesta quando os três são unidos.

Rhys olhou para Azriel, que assentiu com pesar.

— O que é um senhor da morte? — perguntou Nestha, quebrando o silêncio.

Os olhares a atingiram como pedras. Cassian respondeu, indicando a cicatriz na lateral do pescoço.

— Contei a você sobre Lanthys e o ferimento que ele me deu. Ele é literalmente incapaz de morrer. Nada pode matá-lo. Koschei também não pode ser morto. Ele é o senhor da própria morte. — Cassian afastou a mão da cicatriz horrível. O brilho em seu olho sugeria que seus pensamentos tinham se voltado para os poderes dela. Nestha ignorou a *coisa* que se contorceu dentro dela em resposta e confirmação, o fogo frio que percorreu sua coluna. Ainda bem que Cassian prosseguiu: — Eles são senhores da morte.

As palavras pairaram no ar. Rhys deixou escapar um palavrão.

— Eu tinha esquecido de Lanthys.

Cassian deu a ele um olhar seco enquanto novamente tocava a cicatriz.

— Eu não.

Para o horror de Nestha, Amren estremeceu. *Amren.*

Feyre pigarreou.

— Então estão tentando encontrar esses Tesouros Nefastos para rastrear o Caldeirão para Briallyn, e provavelmente libertar Koschei nesse meio-tempo. E começar uma guerra, com Beron como aliado, que lhes garantiria qualquer território que quisessem. Ou daria algumas terras a Koschei, dependendo do acordo que ele fizesse com Briallyn, provavelmente um que fosse vantajoso para ele.

— De novo, Briallyn sabe muito bem da influência insidiosa de Koschei — falou Azriel. — Se está sendo manipulada, é porque permite isso para alcançar seus próprios objetivos.

Cassian falou:

— Então, temos esses dois em uma frente, e Beron aqui, pronto e ansioso para ir para a guerra ao lado de Briallyn e expandir o próprio território depois que a carnificina terminar.

A cabeça de Nestha girava. Ela não fazia ideia de nada daquilo que estava acontecendo. Tinha pescado uma informação aqui e ali, mas nada que a tivesse confrontado com o conhecimento do perigo que estava diante deles. Estar à beira de um desastre tão terrível de novo... Ela se agitou na cadeira.

Feyre perguntou a Azriel:

— Briallyn ainda não encontrou os Tesouros Nefastos?

Azriel fez que não.

— Pelo que sei, não. De acordo com os últimos rumores, os Tesouros Nefastos estavam em Prythian. Pelo visto, isso é tudo o que Koschei sabe. Temos isso a nosso favor, pelo menos. Briallyn não vai arriscar vir até aqui, ainda não. Mesmo tendo Beron como aliado. E Koschei está preso ao lago. Mas ambos estão preparando Briallyn para vir, reunindo os maiores espiões e guerreiros do reino dela. Já havia uma horda deles no palácio das rainhas. Por que Briallyn e Koschei levaram os soldados de Eris é algo que ainda não entendi. — Ele indicou Cassian. — Você precisa se encontrar com Eris.

Cassian assentiu.

— Eu vou. Mas precisaremos reforçar as fronteiras. Avisar às cortes. Contar a elas sobre o plano de Beron. Contar em segredo.

— Exporíamos Eris se fizéssemos isso — replicou Rhys. — E perderíamos um aliado valioso — acrescentou ele, quando Cassian revirou os olhos. — Eris é uma cobra, mas é útil. Seus motivos podem ser egoístas e ambiciosos, mas ele pode ter muito a nos oferecer. — Rhys franziu a testa e disse, com cautela: — Concordo com Az. Quero que você atualize Eris sobre isso, como prometeu.

— Tudo bem — concordou Cassian. — Mas e quanto a avisar as cortes sobre os Tesouros?

— Não — respondeu Rhys. — Só começaríamos a arriscar que alguma delas fosse atrás dos Tesouros. Beron mandaria cada guerreiro e espião que tivesse para que encontrasse primeiro. O fato de ele ainda não ter feito isso sugere que não sabe sobre os Tesouros, mas precisamos que Eris confirme essa informação.

Feyre perguntou:

— Por que não procuramos os Tesouros quando estávamos atrás do Caldeirão?

— O Livro era mais fácil de encontrar — disse Amren. — E faz dez mil anos desde a última vez que alguém usou os Tesouros. Deduzi que estivesse tudo no fundo de um oceano.

— Então vamos encontrá-los — afirmou Cassian. — Alguma ideia?

— Objetos Feitos tendem a não querer ser encontrados por qualquer um — avisou Amren. — O fato de terem sumido da memória, de que nem mesmo *eu* pensei neles imediatamente na luta contra Hybern sugere que talvez tenham desejado que assim fosse. Que quisessem permanecer escondidos. Objetos de poder verdadeiros têm esses dons.

— Você fala como se os objetos tivessem consciência — falou Cassian.

— E têm — respondeu Amren, com tempestades percorrendo os seus olhos. — Foram Feitos numa época em que a magia selvagem ainda perambulava pela terra, e os feéricos não eram mestres de tudo. Objetos Feitos naquela época costumavam ganhar autoconsciência e desejos próprios. Não era algo bom. — O rosto de Amren se anuviou com lembranças, e um calafrio correu pela coluna de Nestha.

Rhys pensou em voz alta:

— Da mesma forma que consigo alterar mentes para que esqueçam, talvez eles tenham um dom semelhante.

— Mas Briallyn foi Feita — disse Amren. A boca de Nestha mais uma vez secou. — Quando Briallyn foi Feita, isso provavelmente retirou dela o glamour que encobria os Tesouros Nefastos, e digo glamour por falta de um termo melhor. Reconheceu a rainha como semelhante. Enquanto antes ela poderia ter ouvido a menção dos itens sem nunca pensar duas vezes, agora o pensamento permanecia. Ou talvez tenham chamado Briallyn, apresentando-se a ela em um sonho.

Todos eles, de uma só vez, olharam para Nestha.

— Você — disse Amren, baixinho — é igual. E Elain também.

Nestha enrijeceu.

— Se estão todos enfeitiçando as pessoas para que esqueçam, como Azriel conseguiu se lembrar e trazer a informação até aqui?

— Talvez depois que se descobre sobre eles, que as reconhece, o feitiço seja quebrado — respondeu Amren. — Ou talvez os Tesouros Nefastos queiram que saibamos sobre eles agora, por algum motivo obscuro.

Os pelos nos braços de Nestha se arrepiaram.

Cassian enrijeceu na poltrona.

— Então como... vamos rastrear os Tesouros Nefastos?

Depois de ter aparecido tão silenciosamente que todos se viraram para ela, Elain disse:

— Me usando.

CAPÍTULO 21

A mente de Nestha se calou quando as palavras de Elain finalmente terminaram de ecoar pelo cômodo. Com o rosto pálido de pânico, Feyre tinha se virado no sofá.

Nestha ficou de pé subitamente.

— Não.

Elain permaneceu à porta. Seu rosto estava pálido, mas exibia a expressão mais severa que Nestha já vira.

— Você não decide o que posso ou não fazer, Nestha.

— Da última vez que nos envolvemos com o Caldeirão, ele abduziu você — replicou Nestha, tentando controlar a tremedeira. Ela encontrou as palavras, as armas que buscava. — Achei que você não tivesse mais poderes.

Elain contraiu os lábios.

— Achei que você também não tivesse.

A coluna de Nestha se enrijeceu. Ninguém falou, mas a atenção de todos se fixou nela como uma película sobre a pele.

— Você não vai procurar por ele.

Amren disse, friamente:

— Então procure você, menina.

Nestha se virou para a pequena fêmea.

— Não sei como encontrar nada.

— Semelhante atrai semelhante — respondeu Amren. — Você foi Feita pelo Caldeirão. Assim como Briallyn, você pode rastrear outros objetos também Feitos por ele. E como você foi Feita por ele, é imune à influência e ao poder dos Tesouros. Pode usá-los, sim, mas eles não podem ser usados contra você. — Ela olhou para Elain. — Contra nenhuma de vocês.

Nestha engoliu em seco.

— Não posso. — Mas deixar que Elain se envolvesse, que se colocasse em perigo...

Amren falou:

— Você encontrou o Caldeirão...

— Ele quase me *matou*. Me prendeu como um pássaro em uma gaiola.

Elain disse:

— Então eu vou encontrá-lo. Talvez precise de tempo para... me acostumar de novo com meus poderes, mas posso começar hoje.

— De jeito nenhum — disparou Nestha, fechando os dedos ao lado do corpo. — *De jeito nenhum.*

— Por quê? — indagou Elain. — Tenho que ficar cuidando do meu *jardinzinho* para sempre? — Quando Nestha encolheu o corpo, Elain argumentou: — Você tem que se decidir. Não pode se ressentir de minha decisão de levar uma vida reservada e pacata e ao mesmo tempo se recusar a me deixar fazer qualquer coisa mais significante.

— Então saia em aventuras — respondeu Nestha. — Vá beber e foder com estranhos. Mas fique *longe* do Caldeirão.

Feyre disse:

— A escolha é de Elain, Nestha.

Nestha se virou para ela, ignorando a faísca de ira primordial no olhar de Rhys.

— Fique fora disso — sibilou ela para a irmã mais jovem. — Não tenho dúvida alguma de que *você* colocou essas ideias na cabeça dela, provavelmente a *encorajou* a se atirar ao perigo...

Elain interrompeu em tom afiado:

— Não sou uma criança para que briguem por mim.

A pulsação de Nestha latejou pelo corpo.

— Não se lembra da guerra? Do que enfrentamos? Não se *lembra* do Caldeirão sequestrando você, levando você para o centro do acampamento de Hybern?

— Lembro — respondeu Elain, friamente. — E lembro de Feyre me resgatando.

Rugidos soaram pela mente de Nestha.

Por um segundo, pareceu que Elain fosse dizer algo para apaziguar as palavras. Mas Nestha a interrompeu, fervilhando com a pena que estava prestes a ser atirada a ela.

— Olha só quem decidiu finalmente mostrar as garras — cantarolou ela. — Talvez você se torne interessante no fim das contas, Elain.

Nestha viu o golpe atingir o alvo, como um impacto físico, viu no rosto de Elain, na postura dela. Ninguém falou nada, embora sombras tivessem se reunido no canto da sala, como cobras se preparando para atacar.

Os olhos de Elain brilharam de dor. Alguma coisa implodiu no peito de Nestha ao ver aquela expressão. Ela abriu a boca, como se aquilo pudesse de alguma forma ser desfeito. Mas Elain falou:

— Eu também entrei no Caldeirão, sabe. E ele *me* capturou. Mas, por algum motivo, tudo em que você consegue pensar é no que o *meu* trauma fez com *você*.

Nestha piscou, tudo dentro dela ficou vazio.

Mas Elain deu meia-volta.

— Podem me procurar quando desejarem começar. — As portas se fecharam atrás dela.

Cada palavra horrorosa que Nestha tinha dito pairou no ar, ecoando.

Feyre disse a ela, com uma voz irritantemente gentil:

— Não foi uma escolha fácil pedir a Elain que se colocasse em perigo dessa forma.

Nestha se virou para Feyre.

— E por que *você* não vai atrás dos Tesouros? — Ela odiou cada palavra covarde, odiou o medo que sentia no coração, odiou que, ao fazer esse pedido, expunha sua preferência por Elain. — Você tem toda essa magia, e também foi Feita, mesmo que não tenha sido pelo Caldeirão. Você treinou... você é uma *guerreira*. Não pode encontrá-los?

De novo, aquele silêncio. Mas de um tipo diferente. Como um trovão prestes a ressoar.

— Não — disse Feyre, em voz baixa. — Não posso. — Ela olhou para Rhys, que assentiu com os olhos brilhando.

Todos observavam Feyre agora. Mas a atenção de Feyre permanecia fixa em Nestha.

— Não posso arriscar.

— Por quê? — disparou Nestha.

— Porque estou grávida.

Silêncio recaiu. Silêncio, então Cassian soltou um urro com tanta alegria que estilhaçou o silêncio frágil e transformou-o em cacos, saltando da cadeira para derrubar Rhys.

Eles caíram como um emaranhado de asas e cabelo preto, então Amren dizia a Feyre, com luz dançando em seus olhos:

— Parabéns, menina.

Azriel se abaixou para dar um beijo na testa de Feyre — ou a 3 centímetros dela.

— Eu *sabia* que esse escudo idiota não era só para treinar uma coisa que Helion ensinou a você — dizia Cassian, dando a Rhys um sonoro beijo na bochecha antes de se virar para Feyre e abraçá-la. Rhysand desarmou o escudo por tempo o suficiente para que Cassian a abraçasse, ainda gargalhando.

E quando Rhys baixou o escudo, o cheiro de Feyre preencheu a sala.

Era o cheiro habitual de Feyre, mas... havia alguma coisa nova. Um cheiro mais fraco, suave, como um botão de rosa, subjacente a ele.

Cassian gargalhou.

— Não é à toa que você anda um babaca mal-humorado, Rhys. Acho que estamos prestes a descobrir um patamar inteiramente novo de superproteção.

Feyre olhou com irritação para ele, então para o parceiro.

— Já tivemos discussões sobre isso. O escudo é um meio-termo.

Amren deu um largo sorriso.

— Qual foi a oferta inicial dele?

Feyre fez uma careta.

— Que ele jamais deixasse de ficar ao meu lado durante os próximos dez meses. — Os feéricos levavam mais tempo para gestar as crianças, Nestha aprendera isso debruçada nos livros da biblioteca da Casa durante as semanas iniciais que passara lá. Um mês a mais do que uma gravidez humana.

— De quanto tempo está? — perguntou Azriel, olhando para a barriga ainda reta de Feyre.

Ela deslizou os dedos até ali, como se a atenção de qualquer um sobre o local a fizesse querer proteger a criança dentro.

— Dois meses.

Cassian se virou para Rhys.

— Você está escondendo isso há *dois meses*?

Rhys lançou a ele um sorriso arrogante.

— Achamos que todos vocês já teriam adivinhado a esta altura, para ser sincero.

Cassian gargalhou de novo.

— Como poderíamos adivinhar se você a embrulhou nesse escudo?

— Babaca mal-humorado, lembra?

Cassian riu, e disse a Azriel:

— Vamos ser tios.

Feyre resmungou:

— Que a Mãe ajude esta criança.

O sorriso de Azriel se alargou diante daquilo, mas o olhar de Feyre se voltou para Nestha.

Nestha disse, baixinho, para a irmã:

— Parabéns.

Como não havia falado nada, Nestha conseguira apenas ficar de pé olhando para todos eles, para a alegria e a proximidade que compartilhavam, como se estivesse vendo tudo por uma janela.

Mas Feyre ofereceu a Nestha um sorriso hesitante.

— Obrigada. Você sabe que vai ser tia, né?

— Que os deuses ajudem esta criança mesmo — murmurou Cassian, e Nestha olhou com raiva para ele.

Ela se virou para Rhys e Feyre e percebeu o primeiro observando-a atentamente, o epítome da tranquilidade com o braço sobre os ombros da parceira — o brilho no olhar era de ameaça pura.

Então, Nestha permitiu que ele visse que ela não representava mal algum para Feyre ou para o bebê. Alguma parte primordial dela entendeu que Rhys não era apenas um macho, mas um macho feérico, e ele eliminaria qualquer ameaça a sua parceira e seu filho. E que ele faria isso lenta e dolorosamente e depois daria as costas ao corpo dilacerado dela sem um pingo de arrependimento.

Foi autopreservação, talvez algum novo instinto feérico dela, que fez Nestha abaixar levemente o queixo, deixando que ele visse que ela não pretendia fazer mal, que jamais os machucaria.

O queixo do próprio Rhys se abaixou, e foi isso.

Nestha disse a Feyre:

— Você contou a Elain?

Antes que Feyre pudesse responder, Azriel falou:

— E Mor?

Feyre sorriu.

— Elain foi a única que suspeitou. Ela me pegou vomitando duas manhãs seguidas. — Feyre assentiu na direção de Azriel. — Acho que superou você em guardar segredos.

— Contarei a Mor quando ela voltar de Vallahan — disse Rhys. — Considerando sua reação, Cassian, não acho que ela vai conseguir conter a animação se eu contar enquanto ela estiver lá, mesmo que não diga nada a eles. E não quero que um potencial inimigo saiba. Ainda não.

— Varian? — perguntou Amren. Nestha jamais soubera como a fêmea e o príncipe de Adriata da Corte Estival tinham cruzado caminhos. Ela supunha que agora jamais descobriria.

— Ainda não — repetiu Rhys, sacudindo a cabeça. — Não até que a gravidez esteja mais avançada.

Nestha inclinou a cabeça para a irmã.

— Então você não pode fazer magia enquanto estiver grávida?

Feyre se encolheu.

— Posso, mas considerando meu conjunto incomum de dons, não tenho certeza de como isso pode afetar o bebê. Atravessar não tem problema, mas alguns outros poderes, quando ainda estamos tão no início da gravidez, poderiam exigir demais de meu corpo. — A mão de Rhys apertou o ombro dela. — É um saco. — Feyre deu um peteleco na mão que agarrava seu braço. — Tanto quanto ele se tornou.

Rhys deu uma piscadinha para ela. Feyre revirou os olhos. Mas então ele disse a Nestha:

— Elain vai precisar de tempo para desenferrujar os poderes e tentar usar a Visão para encontrar os Tesouros. Mas você, Nestha... Você poderia usar adivinhação de novo.

Rhys acrescentou:

— O mais rápido possível. O tempo não está do nosso lado.

Nestha perguntou a Amren:

— Você não foi Feita?

— Não como você — respondeu Amren. Ela deu a Nestha um sorriso malicioso. — Está com medo?

Nestha ignorou a provocação. Até mesmo a alegria de Cassian se dissipara.

— Que escolha eu tenho? — perguntou Nestha.

Tendo que escolher entre ela ou Elain, Nestha não tinha outra escolha. Sempre se ofereceria primeiro para manter Elain longe do perigo. Mesmo que tivesse acabado de magoar a irmã mais do que conseguia suportar.

— Você tem escolha, sim — disse Rhys, com firmeza. — Sempre terá escolha aqui.

Nestha lançou a ele um olhar frio.

— Vou à procura. — Ela olhou para a barriga da irmã, para a mão que repousava distraidamente sobre ela. — É óbvio que vou.

Cassian queria trocar uma palavra com Rhys sobre as legiões illyrianas, então Nestha teve que caminhar até a entrada da casa do rio sozinha.

Ela havia chegado à metade do corredor quando Feyre chamou seu nome, e Nestha parou, bem diante da pintura de Ramiel.

O sorriso de Feyre era hesitante.

— Espero com você até ele terminar.

Não se dê ao trabalho, foi o que Nestha quase falou, mas se conteve. Elas caminharam em silêncio até a entrada principal, com todas aquelas pinturas e retratos de todo mundo, exceto dela e da mãe, observando as duas.

O silêncio ficou mais tenso, tornando-se quase insuportável quando pararam no amplo saguão. Nestha não conseguiu pensar em nada para dizer, nada para *fazer* consigo mesma.

Até que Feyre falou:

— É um menino.

Nestha virou a cabeça para a irmã.

— O bebê?

Feyre sorriu.

— Eu queria que você soubesse primeiro. Pedi que Rhys esperasse até que eu tivesse contado a você, mas... — Feyre gargalhou quando novos gritos de alegria ecoaram pelo corredor. — Suponho que ele esteja contando a Az e Cassian agora.

Contudo, Nestha precisou de um momento para entender aquilo: a oferta de gentileza que Feyre havia lhe estendido, o que ela havia revelado...

— Como você pode saber o gênero?

O sorriso sumiu do rosto de Feyre.

— Durante o conflito com Hybern, o Entalhador de Ossos me mostrou uma visão do filho que eu teria com Rhys.

— Como *ele* sabia?

— Não sei — admitiu Feyre, a mão novamente deslizando para a barriga. — Mas não percebi o quanto queria um menino até saber que carregaria um.

— Provavelmente porque ter irmãs foi horrível para você.

Feyre suspirou.

— Não foi o que eu quis dizer.

Nestha deu de ombros. Feyre podia dizer aquilo, mas o sentimento estava sem dúvida ali. Tudo o que tinha acabado de acontecer com Elain...

Feyre pareceu sentir para onde os pensamentos de Nestha estavam indo.

— Elain estava certa. Ficamos tão concentradas em como o trauma dela *nos* impactou que esquecemos que foi ela quem o vivenciou.

— Aquilo foi direcionado a mim, não a você.

— Tenho culpa pelas mesmas coisas, Nestha. — Tristeza apagou o brilho dos olhos de Feyre. — Foi injusto da parte de Elain direcionar aquela verdade só a você.

Nestha não tinha uma resposta para aquilo, não sabia por onde começar.

— Por que não contou a Elain sobre o gênero do bebê primeiro?

— Ela descobriu a gravidez. Eu queria que você soubesse essa parte antes de qualquer outra pessoa.

— Eu não sabia que tinha um placar.

Feyre deu a ela um olhar de exasperação.

— Não tem, Nestha. É que... Preciso de uma desculpa para compartilhar as coisas com você? Você é minha irmã. Eu queria contar antes de qualquer outra pessoa. Só isso.

Nestha também não tinha uma resposta para aquilo. Ainda bem que a voz de Cassian tomou conta do corredor conforme ele se despedia de Rhys.

— Boa sorte — disse Feyre, baixinho, antes de correr para encontrar um Cassian radiante, e Nestha soube que a irmã não estava se referindo apenas aos Tesouros Nefastos.

CAPÍTULO 22

— Você acha que Nestha consegue encontrar os Tesouros? — perguntou Azriel a Cassian enquanto os dois relaxavam na sala de estar que separava os quartos deles e chamas estalavam na lareira à frente. A noite havia se tornado tão fria que precisaram da fogueira, e Cassian, que sempre adorara o outono apesar dos canalhas da Corte Outonal, saboreava o calor.

— Espero que sim — esquivou-se Cassian. Ele não suportava a ideia de Nestha se colocar em perigo, mas entendia completamente as motivações dela. Se precisasse escolher entre mandar um dos irmãos para o perigo, ou ir ele mesmo, sempre, *sempre*, escolheria a si mesmo. Embora tivesse se encolhido diante de cada palavra que saíra da boca de Nestha para Elain, ele não podia culpar o medo e o amor por trás da decisão dela. Só podia admirar que ela tivesse se prontificado, se não pelo bem do mundo, então para manter a irmã segura.

Azriel falou:

— Nestha deveria mesmo tentar usar a adivinhação.

Cassian olhou para o espaço entre as duas poltronas. Os dois tinham se sentado nelas, diante daquela lareira, tantas vezes que era uma regra não dita que a de Azriel era a poltrona à esquerda, mais perto da janela, e a de Cassian ficava à direita, mais perto da porta. Uma terceira poltrona ficava à esquerda de Azriel, em geral para Rhys, e uma quarta à direita de Cassian, sempre para Mor. Uma almofada dourada com borda de renda enfeitava a quarta poltrona, um sinal permanente da propriedade de Mor. Amren, por qualquer que fosse o motivo, raramente ficava ali por tempo o suficiente para ver aquela sala, então nenhuma poltrona jamais tinha sido guardada para ela.

— Nestha não quer usar a adivinhação — falou Cassian. — Nem mesmo sabemos que poder ainda lhe resta.

Mas Elain tinha confirmado para todos: as duas irmãs ainda possuíam os poderes dados pelo Caldeirão. Se eram tão poderosas quanto antes, ele não fazia ideia.

— Você sabe, sim — replicou Azriel. — Você já viu, até mais do que brilha nos olhos dela.

Cassian não tinha contado a ninguém sobre o degrau que tinha encontrado com os nítidos sulcos de dedos queimados nele. Ele se perguntou se Azriel teria de alguma forma descoberto sobre aquilo, se as sombras haviam sussurrado para ele sobre isso.

— Ela está volátil agora. Da última vez que fez uma adivinhação, terminou mal. O Caldeirão *olhou* para ela. E então levou Elain. — Ele tinha visto cada memória terrível passar pelos olhos de Nestha naquele dia. E embora entendesse que Elain tinha dito a verdade, reivindicando o trauma daquela memória, Cassian conhecia em primeira mão o horror constante e a dor de ter um ente querido levado e ferido.

Azriel enrijeceu o corpo.

— Eu sei. Ajudei a resgatar Elain, no fim das contas.

Az nem mesmo hesitara antes de entrar no coração do acampamento de guerra de Hybern.

Cassian deitou a cabeça no encosto da cadeira, e farfalhou as asas entre as fendas projetadas para acomodá-las.

— Se for capaz, Nestha vai acabar usando a adivinhação sozinha, em algum momento.

— Se Briallyn e Koschei encontrarem apenas um dos itens dos Tesouros Nefastos...

— Deixe que Nestha tente do jeito dela primeiro. — Cassian encarou Az. — Se entrarmos ordenando que ela faça, vai dar errado. Deixe que ela esgote as outras possibilidades antes de perceber que apenas uma é viável.

Azriel estudou o rosto dele, então assentiu com seriedade.

Cassian expirou, observando as chamas saltarem e tremeluzirem.

— Vamos ser tios — disse ele após um momento, incapaz de conter o tom maravilhado na voz.

O rosto de Azriel se encheu de orgulho e alegria.

— Um menino.

Não era garantido que o primeiro filho de um Grão-Senhor seria seu herdeiro. A magia às vezes levava um tempo para decidir, e frequentemente ignorava a ordem dos nascimentos. Às vezes encontrava um primo, em vez disso. Às vezes abandonava a linhagem por completo. Ou escolhia o herdeiro naquele momento do nascimento, nos ecos dos primeiros choros de um recém-nascido. Não importaria para Cassian, no entanto, se o filho de Rhys herdasse do pai o poder de sacudir mundos, ou apenas uma fração mínima disso.

Não importaria para Rhys também. Para nenhum deles. Aquele menino já era amado.

— Estou feliz por Rhys — disse Cassian, baixinho.

— Eu também.

Cassian olhou para Az.

— Você acha que algum dia estará pronto para ter filhos? — *Será que um dia poderá confessar a Mor o que está em seu coração?*

— Não sei — respondeu Azriel.

— Você quer um filho?

— Não importa o que eu quero. — Palavras distantes, palavras que impediam Cassian de se intrometer mais. Ele, mesmo assim, ficava feliz por ser um amortecedor entre Mor e Azriel, mas alguma coisa havia mudado recentemente. Nos dois. Mor não se sentava mais ao lado de Cassian, não se jogava mais em cima dele, e Azriel... aqueles olhares desejosos na direção dela tinham se tornado esparsos. Como se ele tivesse desistido. Depois de quinhentos anos, ele tinha, por algum motivo, desistido. Cassian não conseguia entender por quê.

Az perguntou:

— *Você* quer um filho?

Cassian não conseguiu conter o pensamento que surgiu: dele e Nestha contra a parede no andar abaixo, a mão dela o esfregando exatamente da forma como ele gostava, os gemidos dela como uma doce música.

Ele a deixara insatisfeita — ela fugira antes que ele conseguisse empatar as coisas entre os dois. Cassian subira para Refúgio do Vento depois da reunião mais cedo e não a vira na hora do jantar. Não fazia ideia do que diabos diria a ela e nem de como poderia iniciar uma conversa.

Aquele desequilíbrio de prazer era como o acordo inacabado pintado nas costas deles. E uma questão que ele, sem sentir vergonha, chamaria de orgulho de macho. Nestha estava com a vantagem agora. E tinha estampado uma expressão tão arrogante quando o interrompeu: *rapidinho*.

O joelho de Cassian tremeu, e ele olhou com irritação para a chama.

— Cassian?

Ele percebeu que Azriel havia feito uma pergunta. Certo — sobre filhos.

— Claro que quero filhos. — Ele pensava nisso com frequência, em que tipo de família formaria para si, como se certificaria de que seus filhos jamais passariam um momento achando que não eram amados ou queridos; que nunca, nunca, passariam um momento com fome, medo, frio ou dor.

Mas jamais aparecera uma fêmea que o tivesse tentado o bastante para lutar por esse futuro.

Ele supunha, bem no fundo, que era isso que estava esperando: o laço da parceria. O que ele tinha visto entre Feyre e Rhys.

Cassian exalou mais uma vez e ficou de pé. Azriel levantou uma sobrancelha silenciosamente.

Cassian se dirigiu até a porta. Ele não conseguiria descansar e nem se concentrar até que tivesse igualado a partida. Quando entrou no corredor, murmurou, sem olhar para trás:

— Vire o rosto, supervisor.

Enroscada na cama, com um livro apoiado no espesso edredom de penas, Nestha estava chegando ao beijo quente do mais novo romance quando uma batida soou à porta.

Ela fechou o livro de súbito e se sentou encostada nas almofadas.

— Oi?

A maçaneta girou, e ali estava ele.

Cassian ainda usava o couro de combate, as escamas sobrepostas do uniforme cheias de sombras que faziam com que ele parecesse uma grande besta se contorcendo ao fechar a porta.

Ele encostou no carvalho entalhado e as asas se elevaram acima da cabeça como picos gêmeos.

— O que foi? — Ela soltou o livro na mesa de cabeceira, sentando-se mais reta. Os olhos dele deslizaram até a camisola dela e depois se voltaram rapidamente ao rosto. — O que foi? — indagou ela de novo, inclinando a cabeça. O cabelo solto de Nestha escorria sobre um dos ombros, e ela viu que ele também reparou nisso.

A voz de Cassian soou rouca quando ele disse:

— Nunca vi você de cabelo solto.

Ela sempre usava trançado sobre a cabeça ou preso em um coque. Nestha franziu a testa ao olhar para as mechas que escorriam até a cintura, o castanho dourado brilhando à luz fraca.

— É uma inconveniência quando está solto.

— É lindo.

Nestha não conseguiu se impedir de engolir em seco quando levantou o olhar. Os olhos de Cassian estavam incandescentes, mas ele permanecia recostado contra a porta e com as mãos presas atrás do corpo. Como se estivesse fisicamente se segurando.

O cheiro dele flutuou até Nestha, mais sombrio, mais almiscarado do que o habitual. Ela apostaria todo o dinheiro que não tinha que era o cheiro da excitação dele.

Aquilo fez a pulsação de Nestha galopar, desviando tanto do caminho da sanidade que ela saiu aos tropeços atrás do autocontrole. Permitir que ele a afetasse tão facilmente, tão intensamente era inaceitável.

Ela não ousou olhar abaixo da cintura dele, não quando contraiu os lábios em um sorriso frio.

— Veio atrás de mais?

— Estou aqui para acertar a dívida entre nós.

As palavras dele eram guturais. Os dedos dos pés dela se flexionaram sob o cobertor.

Contudo, a voz de Nestha permaneceu surpreendentemente calma.

— Que dívida?

— Aquela de ontem à noite.

Ele falou como se não houvesse espaço para provocações, para humor. Os olhos de Cassian desceram para abaixo do rosto dela, notando as marteladas da pulsação de Nestha.

— Temos negócios inacabados.

Ela buscou qualquer coisa que pudesse usar contra ele.

— Orgulho de macho é algo impressionante. — Quando ele não respondeu, ela atirou mais um obstáculo: — Por que você está aqui? Deixou bem evidente que ontem à noite foi um erro.

Ele não aceitaria.

— Eu nunca disse isso. — A atenção dele permaneceu fixa na pulsação galopante de Nestha.

— Não precisou. Vi em seus olhos.

O olhar dele disparou para o dela.

— O único erro foi que gozei antes de poder provar você.

Nestha sabia que ele não estava falando de sua boca. Ou de sua pele.

Cassian prosseguiu:

— O único erro foi que você fugiu antes que eu conseguisse me ajoelhar.

Ficou difícil respirar.

— Seus amigos não lhe dirão que *isto* é um erro? — Ela indicou o espaço entre eles.

— Meus amigos não têm nada a ver com isso. Com o que quero de você.

Ele falou com tanta determinação que os seios dela se arrepiaram. Os olhos de Cassian foram em direção aos mamilos rígidos de Nestha contra a seda da camisola...

Todo o ser dele pareceu se concentrar nisso. Nela. Todos os quinhentos anos como um guerreiro treinado, um predador no ápice da cadeia. Tudo aquilo, concentrado nela.

A fixação dele a envolveu como uma lufada de vento, de fogo.

— E o treino? — sussurrou ela.

— Isso fica fora do treino. — Os olhos dele tinham se tornado completamente escuros.

A pele dela se repuxou, tornando-se quase dolorida quando teve a sensação de que estava derretendo entre as pernas.

— Nestha.

Um tom de súplica tinha tomado a voz dele. Ele estava trêmulo — a porta atrás dele chacoalhando com a força de seu autocontrole se esvaindo.

Então ela olhou. Abaixo da cintura dele. Para o que fazia força contra a calça.

A mente dela esvaziou, e só havia ele, ela e o espaço entre os dois.

Cassian soltou um grunhido, e o som também pareceu uma súplica.

Ela se obrigou a dizer:

— Isso fica de fora do treino, e de todo o resto. É só sexo.

Alguma coisa mudou na expressão dele, mas Cassian respondeu:

— Só sexo.

Aquilo com certeza seria um erro, com certeza seria algo pelo qual ela pagaria, pelo qual sofreria. Mas não conseguia negá-lo. Negar a si mesma. Apenas aquela noite, ela permitiria.

Então Nestha encontrou o olhar dele de novo, absorvendo cada centímetro trêmulo, contido e falou:

— Sim.

Cassian avançou até ela, uma besta libertada da jaula, e Nestha mal conseguiu se virar para a beira da cama antes que os lábios dele chegassem aos dela, devorando e reivindicando.

Sons parecidos com ronronados graves vibravam do peito dele entre os dedos dela conforme Nestha arrancava o casaco e a camisa dele, rasgando o tecido. Ele afastou os lábios dos dela apenas o suficiente para tirar a camisa; o tecido se prendeu nas asas antes de cair no chão. E ele estava sobre ela de novo, subindo na cama, e Nestha abriu as pernas para ele, deixando que o corpo de Cassian caísse no vão entre as coxas dela.

Ela não conseguiu conter o gemido quando Cassian impulsionou o quadril contra o dela, o couro da calça dele deslizando contra ela. Ele mergulhou a língua na boca de Nestha, o beijo foi como uma marca enquanto uma das mãos deslizava pela coxa nua de Nestha, puxando a camisola junto. Cassian sibilou quando chegou ao quadril de Nestha e não encontrou calcinha nenhuma. Então olhou para onde havia pressionado a ereção contra ela e se deu conta de que apenas o couro da calça o separava da umidade de Nestha.

Ela estava tremendo, e não de medo, quando ele esticou a própria mão trêmula e deslizou a camisola dela mais para cima. Puxou até o umbigo e então a encarou, nua e brilhando, fazendo pressão contra o volume da calça dele. O peito de Cassian se elevou, e ela esperou por aquele toque brutal e exigente, mas ele apenas se inclinou para baixo e beijou o pescoço de Nestha. Carinhoso, sedutor. Cassian deu outro beijo no ombro dela, e Nestha estremeceu. Estremeceu mais conforme ele passou a língua por aquele ponto. Ele beijou o pescoço dela. Lambeu.

Então deslizou as alças da camisola de Nestha até os braços. Beijou as clavículas dela. A cada beijo, ele puxava mais para baixo o decote da camisola. Até que seu hálito aquecesse os seios expostos.

Cassian soltou um ruído do fundo da garganta, do estômago. Como algum tipo de criatura faminta e atormentada. Ele encarou os seios dela, e ela não conseguiu respirar sob aquele olhar incandescente. Não conseguiu respirar quando a cabeça dele mergulhou e ele envolveu o mamilo dela com os lábios.

Nestha arqueou o corpo na cama e deixou um som sem fôlego escapulir.

Cassian apenas repetiu o movimento no outro seio.

E então roçou os dentes pelo bico sensível antes de mordiscar bem levemente.

Nestha gemeu e virou a cabeça para trás, jogando o peito contra ele em uma súplica silenciosa.

Cassian soltou aquela risada sombria e voltou para o outro seio, os dentes roçando, provocando, mordiscando.

Ela esticou as mãos na direção dele, na direção em que ele havia ficado imóvel entre as pernas dela. Ela precisava dele — agora. Na mão dela ou no corpo, Nestha não se importava.

Mas tudo o que Cassian fez foi se afastar. Então levantou e se ajoelhou diante dela. Avaliou o corpo de Nestha sob o dele, a camisola como um monte de seda no tronco dela, todo o restante exposto para ele. Seu próprio banquete para que devorasse.

— Tenho uma dívida com você — disse ele, com aquela voz gutural que a fez se contorcer. Cassian observou o quadril dela ondular, e apoiou as mãos grandes e poderosas em cada coxa dela. Ele esperou que ela sinalizasse que entendia o que ele pretendia. Aquilo com que ela havia sonhado por tanto tempo, nas horas mais escuras da noite.

Com um sussurro engasgado, ela falou:

— Tem.

Cassian lhe deu um sorriso bestial, puramente macho. Então as mãos dele se fecharam nas coxas nuas de Nestha, abrindo-as ainda mais. Ele abaixou a cabeça, e tudo o que ela conseguiu ver foi o cabelo escuro dele, emoldurado pelas lâmpadas, e as asas exóticas, elevando-se acima dos dois.

Ele não perdeu tempo com toques delicados e degustação.

Afastando os lábios dela com uma das mãos, ele passou a língua bem pelo centro.

O mundo se partiu, se refez e se partiu de novo. Cassian deixou escapar um palavrão ao sentir o quanto ela estava molhada, e abaixou a outra mão para ajeitar o volume na calça.

Ele a lambeu de novo, demorando-se naquele ponto no ápice das pernas. Sugando e mordiscando com os dentes antes de se afastar.

Nestha arqueou o corpo, incapaz de conter o gemido que fugiu de sua garganta.

A língua de Cassian passeou para baixo em um movimento vagaroso, e ele apoiou a mão no abdômen de Nestha, contendo-a, quando deslizou a língua direto para dentro dela. A língua dele se enroscou dentro dela, avançando mais fundo do que ela havia esperado, e ela não conseguiu pensar, não conseguiu fazer nada além de se deleitar com aquilo, com ele...

— Seu gosto — grunhiu Cassian contra o corpo dela, subindo de novo pelo emaranhado de nervos com lambidas curtas e provocadoras — é ainda melhor do que eu sonhei.

Nestha soluçou, e ele brincou com a língua. O soluço dela se transformou em um grito, e Cassian riu contra a pele dela, brincando com a língua de novo.

O clímax se tornou um véu translúcido logo além do alcance dela, chegando mais perto.

— Tão molhada — sussurrou ele, e chupou a entrada de Nestha, como se determinado a consumir cada gota dela. — Você está sempre molhada assim para mim, Nestha?

Ela não permitiria que ele tivesse a satisfação de saber a verdade. Mas não conseguiu pensar em uma mentira, não com a língua dele mergulhando e saindo dela, atraindo-a, mas ainda negando a pressão e o latejar incansável de que ela tanto precisava.

Cassian riu, como se soubesse a resposta. Ele a lambeu, seu cabelo sedoso roçando a barriga de Nestha, e ergueu o rosto para encontrar os olhos dela.

Quando os olhares deles se cruzaram, Cassian deslizou um dedo para dentro dela.

Nestha gemeu alto, e ele deslizou a mão desde a coxa dela para afastá-la de novo conforme lambia aquele ponto e seu dedo entrava e saía, em um ritmo provocantemente lento.

Mais — Nestha queria mais. Ela comprimiu o quadril contra ele, com força o bastante para empurrar o dedo de Cassian mais para dentro.

— Que gulosa — murmurou ele, e puxou o dedo até quase a ponta. Apenas para acrescentar um segundo dedo que mergulhou de volta para dentro.

Foi neste momento que Nestha se libertou por completo. Abandonou a sanidade e qualquer orgulho assim que ele a preencheu com aqueles dois dedos. Ele sugou e mordiscou, e o clímax se aproximou dela como uma névoa iridescente.

Cassian grunhiu de novo, entregue a qualquer que fosse a necessidade que o impulsionava, e as reverberações do som ecoaram para lugares dentro dela que jamais tinham sido tocados. Os dedos dele deslizavam para dentro e para fora, esticando-se e preenchendo, tudo isso enquanto ele sentia seu gosto e saboreava.

Nestha cavalgou sua mão, seu rosto, esfregando-se contra Cassian sem se segurar.

— Pelos deuses. — Os dentes de Cassian roçavam contra ela. — Nestha.

O som do nome dela nos lábios dele contra seu ponto mais sensível fez com que a mente de Nestha se estilhaçasse na eternidade.

Ela arqueou para longe da cama com a força de seu clímax, e Cassian se tornou voraz, inserindo os dedos e movendo a língua e os lábios contra ela, como se ele fosse devorar o prazer dela por inteiro. Ele não parou até que Nestha tivesse desabado contra o colchão, até que ela estivesse inerte e zonza e tentando pensar coerentemente.

O deslizar dos dedos de Cassian para fora dela, deixando-a vazia e desejosa, e a remoção da língua de entre suas pernas foi como um beijo frio.

Cassian estava ofegante, ainda ereto quando se levantou e a encarou.

Nestha não conseguia se mover — não se lembrava de como se mover. Ninguém jamais tinha feito aquilo com ela. Feito com que ela se sentisse daquele jeito.

A plenitude do prazer lhe tirara o fôlego. Parecia que o mundo poderia ser refeito com a força do que tinha irrompido dela.

Nestha apenas observou o músculo definido e ofegante do peito de Cassian, as asas e seu lindo rosto.

Ela estendeu a mão para o pênis que estava louca para sentir, provar, mas ele se afastou da cama.

Cassian pegou a camisa e foi até a porta.

— Agora estamos quites.

CAPÍTULO 23

Ver Nestha chegar ao clímax foi o mais perto de uma experiência religiosa que Cassian já havia chegado. Aquilo o abalou profundamente, e somente determinação e orgulho puros o impediram de ejacular na calça de novo. Somente determinação e orgulho puros tinham feito com que ele recuasse da cama quando Nestha estendeu a mão. Somente determinação e orgulho puros tinham feito com que ele saísse do quarto, quando tudo o que queria era mergulhar o pau naquele calor doce e apertado e cavalgar Nestha até que os dois estivessem gritando.

Ele não conseguia tirar o gosto perfeito dela da boca. Não enquanto tomava banho para dormir. Não enquanto tocava seu pau até não poder mais, encharcando o lençol. Não enquanto tomava café da manhã. Não conseguia parar de sentir a pressão dela sobre seus dedos, como um punho de seda ardente. Ele tinha lavado a mão uma dúzia de vezes quando encontrou Nestha no ringue de treino, e ainda conseguia sentir o cheiro dela ali, ainda conseguia sentir o corpo dela, o gosto.

Cassian expulsou o pensamento da mente. Junto com o conhecimento de que se Nestha tinha sido gostosa nos dedos dele, na língua, não seria nada comparado com a sensação dela no seu pau. Ela estava tão contraída que ele sabia que seria paraíso e loucura — sua perdição. E Nestha tinha ficado tão molhada para ele que Cassian sabia que faria coisas deploráveis para ter a permissão de sentir aquela umidade de novo.

Mas a Nestha que entrou no ringue de treino era aquela que ele via toda manhã.

Nenhum indício de rubor, ou brilho nos olhos que dissesse a ele que ela havia sentido prazer.

Mas talvez fosse porque Azriel havia entrado ao lado dela.

O irmão olhou uma vez para Cassian e riu. Az sabia. Ou conseguia sentir o cheiro de Cassian em Nestha, ou já sentia o de Nestha em Cassian, mesmo do outro lado do ringue.

Cassian não se arrependeu do que tinha feito com ela. De jeito nenhum. E talvez fosse o fato de que fazia dois anos desde que ele tinha feito qualquer tipo de sexo, mas não conseguia se lembrar da última vez que tinha sido tão levado pela própria necessidade.

Alguma parte pequena de seu cérebro sussurrou em discórdia. Ele ignorou aquilo. Ignorava havia muito tempo.

— Bom dia, Az — disse Cassian, animado. Ele assentiu para Nestha. — Nes, dormiu bem?

Os olhos dela brilharam com a raiva, que era como combustível para a dele, mas então ela deu um sorriso frio.

— Como um bebê.

Então seria um jogo. Qual deles conseguiria fingir que nada tinha acontecido por mais tempo. Qual deles conseguiria parecer menos afetado.

Cassian lançou um sorriso para ela que mostrou que topava jogar. E que a faria rastejar antes que acabasse.

Nestha apenas começou a abrir o cadarço da bota.

Ele indicou Azriel com o queixo.

— Por que você está aqui em cima?

— Pensei em também treinar um pouco antes de sair hoje — respondeu Az, suas sombras demorando-se sob o arco, como se temessem o sol claro no ringue. — Não estou interrompendo nada, estou?

Cassian podia ter jurado que os dedos de Nestha se demoraram no cadarço da bota. Ele disse, arrastado:

— Nadinha. Vamos começar com combate corpo a corpo.

— O que menos gosto — disse Azriel.

Tirando as botas, Nestha perguntou:

— Por quê?

Az a observou, caminhando descalça até o ringue.

— Prefiro luta com espadas. Corpo a corpo é próximo demais para o meu gosto.

— Ele não gosta de sujar o rosto com o suor do sovaco dos outros — disse Cassian, rindo.

Azriel revirou os olhos, mas não negou.

Nestha observou o encantador de sombras com uma franqueza da qual a maioria das pessoas se esquivava.

Até mesmo Feyre ficara hesitante na presença de Azriel no início, mas Nestha contemplava o macho com o mesmo olhar de avaliação que apontava para todos.

Talvez por isso Azriel nunca tenha dito uma palavra ruim sobre Nestha. Nunca tenha parecido inclinado a começar uma briga com ela. Ela o via, e não tinha medo dele. Não havia muitas pessoas que podiam dizer isso.

Nestha falou:

— Mostre como vocês dois lutam. — Azriel piscou, mas ela acrescentou: — Quero saber o que vou enfrentar. — Quando nenhum deles disse nada, ela perguntou: — O que vi na batalha foi diferente, não foi?

— Foi — respondeu Cassian. — Uma variação do que fazemos aqui, mas requer um tipo de luta diferente. — Sombras cobriram os olhos dela, como se a lembrança daqueles campos de batalha a assombrasse. Ele falou: — Só começaremos o treinamento para batalha daqui a um tempo. — Anos, provavelmente. Az estava observando Nestha como se ele também tivesse percebido as sombras nos olhos dela. Cassian lhe perguntou: — Quer fazer um treino de combate? Faz tempo desde que usei você como pano de chão.

Ele precisava liberar aquela energia — o desejo permanente da noite passada que o deixava confuso. Precisava queimá-la do corpo com movimento e respiração.

Az girou o ombro, inabalado e calmo. Os olhos brilharam como se ele tivesse notado a necessidade de Cassian de expulsar aquela energia acumulada. Mas Az tirou o casaco e a camisa, deixando os Sifões sobre o dorso das mãos, presos no lugar pelo pulso e por uma corrente no dedo médio. Cassian fez o mesmo quando tirou a própria camisa.

O olhar de Nestha o perfurou do outro lado do ringue. Cassian talvez tivesse flexionado os músculos do abdômen ao se aproximar do círculo delimitado com giz. Az sacudiu a cabeça e murmurou:

— Patético, Cass.

Cassian piscou um olho, assentindo para a barriga igualmente musculosa do irmão.

— Onde você anda se exercitando ultimamente?

— Aqui — respondeu Azriel. — À noite. — Quando terminava de espionar os inimigos.

— Não consegue dormir? — Cassian assumiu a posição de luta.

Uma sombra se enroscou no pescoço de Azriel, a única corajosa o bastante para ofuscar a luz do sol.

— Algo assim — disse ele, e se acomodou na própria posição diante de Cassian.

Cassian deixou passar, sabendo que Az teria contado se quisesse compartilhar o que o atormentava tanto a ponto de fazê-lo se exercitar à noite, em vez de pela manhã com eles. Cassian explicou a Nestha, que estava a poucos metros do lado de fora do ringue de giz:

— Vamos com tudo, e depois paramos para eu explicar direitinho os movimentos para você. Pode ser?

Ele precisava expurgar a energia antes de ousar chegar tão perto dela.

Nestha cruzou os braços. Em seu rosto, a expressão era tão neutra que ele se perguntou por um momento se tinha sonhado alguma fantasia selvagem na noite anterior em que sua cabeça estava no meio das pernas dela.

Afastando esse pensamento, ele olhou de novo para Az. Os olhos deles se encontraram, a expressão de Az tão indecifrável quanto a de Nestha, e Cassian assentiu. *Comece.*

Começou com movimentos de pés: um circundar lento, uma avaliação, um esperando que o outro revelasse seu primeiro movimento.

Cassian conhecia os truques de Az. Sabia qual lado Az preferia e como gostava de atacar.

O problema era que Az também conhecia todas as técnicas e os defeitos dele.

Os dois se circundaram de novo. Os pés de Cassian batiam em ritmo constante no chão seco.

— Então? — perguntou ele a Az. — Por que não me mostra em que todo aquele mau humor noturno resultou?

A boca de Az se curvou. Cassian se recusou a morder a isca.

O sol bateu sobre eles, aquecendo a pele exposta e o cabelo de Cassian.

— É só isso? — perguntou Nestha. — Vocês ficam andando em círculos e se provocando?

Cassian não ousou olhar na direção dela. Nem mesmo por um instante. Assim que ele piscasse para ela, Azriel atacaria, e atacaria com tudo. Mesmo assim...

Cassian sorriu. E olhou na direção de Nestha.

Az caiu na armadilha dele e acabou avançando.

Cassian, que esperava o golpe, interceptou o punho que Az lançou contra seu rosto, bloqueando, desviando e então contra-atacando. Az impediu o golpe, abaixou para evitar o segundo que Cassian havia preparado, e mirou nas costelas expostas de Cassian.

Cassian bloqueou, socou em contra-ataque e então a luta teve início.

Punhos, pés e asas, socos e bloqueios, chutes e pisadas, respirações entrecortadas conforme tentavam atravessar a defesa um do outro. Nenhum dos dois colocou força total nos golpes — não da forma como fariam em uma luta de verdade, quando um soco poderia estilhaçar uma mandíbula. Mas usaram força o suficiente para fazer Cassian urrar com o impacto nas costelas e Az perder o fôlego quando Cassian deu um golpe em seu estômago. Az foi poupado de ficar sem ar ao girar o corpo, caso contrário, a luta teria terminado ali.

Dando voltas e mais voltas pelo ringue, e com socos voando e dentes expostos em sorrisos ferozes, eles se perderam em meio ao suor, ao sol e à respiração. Tinham nascido para aquilo, suportado séculos do treino que aperfeiçoara seus corpos e os transformara em instrumentos de violência. Ter como permitir que seus corpos fizessem exatamente o que desejavam era um tipo particular de liberdade.

Eles lutaram mais e mais rápido, e até mesmo a respiração de Cassian ficou entrecortada. Embora Cassian tivesse mais músculos, Azriel era incrivelmente rápido — eles eram páreo um para o outro. Podiam ficar naquilo por horas, se estivessem realmente se enfrentando como inimigos. Talvez ficassem ali por dias, se fossem oponentes em uma das guerras antigas nas quais batalhas inteiras paravam para que se observassem grandiosos guerreiros lutando corpo a corpo.

Mas o tempo não era ilimitado, e Cassian tinha uma lição para repassar à Nestha.

— Certo — disse Cassian, ofegante, entre os dentes trincados, quando bloqueou o chute de Az e saltou um passo para trás, circundando-o de novo. — Quem der o próximo golpe, vence.

— Que ridículo — respondeu Azriel, ofegante. — Vamos continuar até um de nós comer poeira.

Az tinha uma veia competitiva cruel. Não era presunçoso e arrogante, como Cassian sabia que ele mesmo costumava ser, ou possessivo e assustador como Amren. Não, sua veia competitiva era silenciosa, cruel e completamente letal. Cassian tinha perdido a conta de quantos jogos haviam disputado ao longo dos séculos, com um deles certo de que ganharia, apenas para que Azriel revelasse alguma estratégia magistral. Ou quantos jogos tinham sido reduzidos a apenas Rhys e Az, enfrentando-se nas cartas ou no xadrez até o meio da noite, depois que Cassian e Mor tinham desistido e começado a beber.

Eles se encararam de novo, mas Az virou a cabeça para Nestha com olhos arregalados.

Cassian olhou. Seu coração estava na garganta...

Azriel atacou e deu um soco tão forte na mandíbula de Cassian que o fez cambalear.

Zonzo e equilibrando-se, ele soltou um palavrão.

Az soltou uma gargalhada baixa e seus olhos tremeluziram. Ele havia usado a mesma armadilha que Cassian quando aquilo começou, jogara a única carta que faria Cassian perder o foco no oponente.

Tinha acontecido antes — contra Hybern. Nestha tinha gritado o nome dele e, mesmo no meio do campo de batalha, ele abandonou os soldados e correu até ela, sem se importar com nada que não fosse salvá-la.

Mas foi Nestha quem o salvou. E ela havia gritado seu nome para tirá-lo do alcance do Caldeirão.

Os soldados de Cassian foram destruídos pouco depois, e quando ele olhou para ela, entendeu uma coisa — uma coisa que, durante o último ano e meio, tinha se desfeito e esfriado.

Cassian girou o ombro e, com a mão na mandíbula, disse para Az:

— Canalha.

Az riu de novo, e os dois se viraram para Nestha.

Ela permanecia imóvel, como um pilar de calma fria, mas um rubor manchou suas bochechas.

Não havia vento para soprar o cheiro dela para ele, mas pela forma como a garganta dela estremeceu quando olhou de um para o outro...

Azriel tossiu e foi até a estação de água.

— Você está babando — disse Cassian para ela, e Nestha enrijeceu o corpo.

— Se teve alguma coisa atraente — sibilou ela, entrando no ringue —, foi ver Azriel socar seu rosto.

Cassian indicou para que ela assumisse pose de combate.

— Continue se convencendo disso, Nes.

— O que você sabe sobre os Tesouros Nefastos?

— Os o quê? — Gwyn se virou da mesa onde Nestha havia encontrado a sacerdotisa cantando baixinho sozinha, bem do lado de fora da porta fechada do escritório de Merrill.

— Os Tesouros Nefastos — disse Nestha, encolhendo-se diante dos protestos do corpo dolorido quando ocupou uma cadeira na ponta da mesa de Gwyn. — Três artefatos antigos...

Gwyn sacudiu a cabeça.

— Nunca ouvi falar disso.

Nestha ainda estava suada da aula com Cassian e Azriel. Eles haviam repassado com elas os socos, chutes e passos que tinham feito com facilidade, embora nenhum dos dois tivesse rido quando ela pareceu desajeitada.

Ver os dois lutando tinha sido intenso. As lindas formas deles, tatuadas, cheias de cicatrizes e esculpidas com músculos, brilhando de suor conforme lutavam com uma ferocidade e inteligência que ela jamais tinha visto... Ela mesma estava suando quando terminaram, perguntando-se como seria estar entre aqueles dois corpos de machos, deixar que eles voltassem toda aquela atenção letal para adorá-la.

Elain desmaiaria ao ouvir tais pensamentos. E se ouvisse que Nestha já tivera dois machos na cama não uma, mas duas vezes, e que tinha gostado de cada segundo. Mas os machos com quem Nestha se compartilhou não se pareciam com Cassian e Azriel. Não *eram* Cassian e Azriel.

Nestha se obrigou a se concentrar durante a lição, mas assim que os deixou no ringue de treino, pensamentos obscenos a invadiram, deixando-a parcialmente distraída enquanto caminhava até a biblioteca. Pensar em Cassian enchendo sua boca enquanto Azriel a tomava por trás e nos dois satisfazendo-a em uníssono...

Falar com Gwyn sobre os Tesouros Nefastos tinha trazido Nestha de volta à realidade bem rápido.

— Parece que os Tesouros têm um glamour que faz as pessoas esquecerem que eles existem — disse Nestha a Gwyn. Em seguida, explicou brevemente o que eram, com detalhes vagos sobre por que eram desejados. Ela não mencionou a rainha Briallyn, ou Koschei, ou o Caldeirão. Apenas que os Tesouros precisavam ser encontrados rápido. E que Gwyn não deveria mencionar aquilo a ninguém.

Nestha supôs que, ao fazer aquilo, desobedecia diretamente a ordem de Rhys por silêncio, mas... ele que fosse para o inferno.

Quando terminou, Gwyn estava de olhos arregalados e com o rosto tão pálido que suas sardas se sobressaíam como alto-relevo.

— E você precisa encontrá-los?

— Não faço a menor ideia de onde começo a procurar. Qual deles encontro primeiro.

Gwyn mordeu o lábio inferior.

— Temos um sistema de catalogação extenso — refletiu ela, distraída, mas olhou na direção das pilhas além delas, para o poço aberto no fundo da biblioteca. — Mas não listam o que há abaixo do Nível Sete.

— Eu sei.

Gwyn inclinou a cabeça.

— Então por que veio até mim?

— Você é obviamente boa no que faz, se está trabalhando com alguém tão exigente quanto Merrill. Se tiver um momento livre, qualquer ajuda seria bem-vinda. Ou se pudesse apenas me apontar numa direção.

— Deixe-me terminar de revisar este capítulo e então vejo o que consigo descobrir.

Nestha ofereceu um sorriso tenso.

— Obrigada.

Gwyn gesticulou com a mão.

— Encontrar objetos para ajudar nossa corte a proteger o mundo é muito animador. Talvez seja o máximo de empolgação que estou disposta a vivenciar ultimamente, mas vai ser uma aventura.

— Você pode vir treinar se quiser outro tipo de aventura — disse Nestha, com cautela.

Gwyn ofereceu a ela um sorriso contido.

— Temo que isso não seja para mim.

— Por que não?

Gwyn indicou o couro de combate de Nestha, as escamas sobrepostas.

— Não sou uma guerreira.

— Também não sou. Mas você poderia ser.

Gwyn fez que não com a cabeça.

— Acho que não. Se eu quisesse ser uma guerreira, teria tomado esse caminho quando criança. Em vez disso, eu me ofereci como acólita, e é isso o que sou.

— Você não precisa abrir mão de uma coisa para ser outra. Treinar é exercício. Aprender a respirar, se alongar e lutar. Não está pesquisando as Valquírias para Merrill? Isso pode até ajudar você a entendê-las melhor. — Nestha deu um tapinha em uma das coxas. — E já tenho músculos crescendo. Duas semanas, e consigo ver a diferença.

— Por que uma sacerdotisa precisaria de coxas musculosas?

Nestha semicerrou os olhos para Gwyn e voltou a trabalhar.

— É por causa de Cassian?

— Cassian é um macho bom e honrado.

— Eu sei que é. — Ela sempre soubera. Nestha insistiu: — Mas é a presença de Cassian que faz você hesitar?

Não houvera indício naquela manhã do que tinha acontecido entre eles na noite anterior. Como se a dívida entre os dois tivesse sido paga, e Cassian não tivesse mais interesse em tocá-la. Como se ela fosse uma coceira que foi coçada, e pronto. Ou talvez ele não tivesse gostado tanto quanto ela.

Isso a deixava inquieta, o fato de passar tanto tempo pensando naquilo.

Gwyn não respondeu, e Nestha soube que ela não tinha direito de insistir, não quando um rubor surgiu nas bochechas de Gwyn e a cabeça dela se curvou levemente. Vergonha — era vergonha e medo.

Algo no peito de Nestha se contraiu quando ela começou a ir embora.

— Tudo bem. Avise se você encontrar alguma coisa sobre os Tesouros.

Nestha repassou a conversa durante as horas em que trabalhou. Quando verificou a ficha de inscrição ao deixar a biblioteca ao pôr do sol, nenhum nome tinha sido acrescentado.

Ela sentiu os olhos de Clotho em sua direção enquanto observava a folha em branco. Nestha por fim se virou para a sacerdotisa, sentada à mesa com as mãos unidas diante do corpo. Silêncio se estendeu entre as duas, mas Nestha não disse nada ao partir.

Ela foi até a escada, em vez de ir para o quarto ou para a sala de jantar, e encarou a vermelhidão curva dos degraus.

Nestha começou a descida, mais devagar desta vez, contemplando cada posição do pé. Deixou que cada passo para baixo fosse um pensamento, um pedaço de um dos quebra-cabeças de Amren, que ela separava.

Ela desceu mais e mais, revirando cada palavra e olhar de Gwyn durante o tempo em que Nestha tinha trabalhado na biblioteca. *Passo a passo*, disse ela a si mesma, a cada movimento que queimava e tremia suas pernas. *Passo a passo*.

De novo, ela repassou a conversa. Cada passo era uma palavra, movimento ou cheiro diferente.

Nestha estava no passo dois mil quando parou.

Ela sabia o que precisava fazer.

CAPÍTULO 24

Cinco dias depois, Cassian estava sentado diante da mesa da Grã-Sacerdotisa da biblioteca e observava a caneta encantada dela se mover. Seu caminho havia se cruzado com o de Clotho algumas vezes ao longo dos séculos. Ele sabia que a fêmea tinha um senso de humor ácido e travesso, mas era uma presença reconfortante. Ele havia jurado não olhar para as mãos dela ou para o rosto que só tinha visto uma vez, quando Mor a levou para lá tanto tempo atrás. Estava tão surrado e ensanguentado que sequer parecia um rosto.

Ele não fazia ideia de como tinha se curado sob o capuz. Se Madja tinha conseguido salvá-lo de um jeito que não fora capaz salvar as mãos de Clotho. Cassian supôs que não importava a aparência dela, não quando havia realizado e construído tanta coisa com Rhys e Mor naquela biblioteca. Um santuário para fêmeas que tinham vivido horrores tão inomináveis que ele sempre se sentia feliz ao fazer justiça por elas.

A mãe de Cassian precisara de um lugar como aquele. Mas Rhys só o estabeleceu muito depois de ela ter deixado o mundo. Ele se perguntava se a mãe de Azriel tinha algum dia considerado ir até lá, ou se ele havia insistido para que ela fosse.

— Bom, Clotho — disse Cassian, recostando-se na cadeira, cercado pelos barulhos de pergaminho farfalhando e das túnicas das sacerdotisas como asas esvoaçando —, você pediu uma audiência?

A caneta dela fez um floreio quando terminou de escrever.

Já pedi a Nestha duas vezes que não pratique na biblioteca, e ela ignorou meu pedido. Faz cinco dias que ela tem terminantemente ignorado minhas ordens para que pare.

As sobrancelhas de Cassian se ergueram.

— Ela está treinando aqui embaixo?

De novo, a caneta rabiscou o papel. Ele olhou para o poço aberto à esquerda, como se fosse ver Nestha ali. Uma semana tinha se passado desde aquela loucura no quarto dela, e eles não tinham falado a respeito e nem feito mais nada. Cassian não tinha certeza se seria sábio continuar.

Além da rotina árdua de exercícios para fortalecer o corpo dela, Cassian repassara com Nestha as minúcias do combate corpo a corpo, passos individuais e movimentos que podiam ser reunidos em combinações infinitas. Aprender cada um daqueles passos requeria não apenas força, mas foco — lembrar qual movimento se correlacionava com o passo numerado, deixar que o corpo dela começasse a se lembrar sozinho: um soco cruzado, um gancho, um chute alto... Ele havia perdido a conta de quantas vezes a vira murmurando para o corpo que se lembrasse para que ela não precisasse *pensar* tanto.

Mas Cassian sabia que ela gostava dos socos. Dos chutes. O rosto dela se iluminava conforme avançava pelos movimentos, focando sua força em um só ponto de impacto. Ele sempre se sentia daquela forma quando fazia os movimentos direito, como se seu corpo e mente e alma tivessem se alinhado e começado a cantar.

Clotho escreveu, *Nestha vem praticando constantemente nos últimos dias.*

— Ela causou algum mal?

Não. Mas pedi que parasse, e ela não parou.

Cassian conteve o sorriso. Talvez as aulas matinais não estivessem tão exigentes.

— O trabalho dela está prejudicado com isso?

Não. Isso não vem ao caso.

A boca dele se repuxou para o lado.

Clotho escreveu, *Preciso que você dê um fim a isso.*

— Incomoda as outras?

Ver alguém chutando e socando sombras as distrai.

Cassian precisou abaixar a cabeça para que Clotho não visse a diversão no olhar dele.

— Vou falar com ela. Ela está lá embaixo agora? — Ele assentiu para a rampa suave. — Com sua permissão, é claro.

Aquele era o porto seguro delas. Não importava que ele fosse um membro da corte de Rhys, ou que tivesse ido até lá antes. Ele sempre pedia permissão. Só deixara de fazer isso uma vez: quando os Corvos de Hybern atacaram.

Sim. Dou a você permissão para entrar. Nestha está no Nível Cinco. Talvez você consiga convencê-la.

Tomando isso como sua deixa, Cassian se levantou.

— Você sabe que é de Nestha Archeron que estamos falando, né? Ela não faz nada que não queira. E é a que tem menos chances de me dar ouvidos.

Clotho conteve uma gargalhada. *Ela tem uma vontade de ferro.*

— De aço. — Ele sorriu. — Foi bom ver você, Clotho.

Digo o mesmo, lorde Cassian.

— É só Cassian — disse ele, como tinha dito tantas vezes antes.

Você é um lorde por seus feitos. Não é um título de nascença, mas conquistado.

Ele fez uma reverência com a cabeça ao dizer, com a voz embargada:

— Obrigado.

Somente ao chegar na seção em que Clotho dissera que Nestha estava Cassian se recuperou das palavras da sacerdotisa. Do significado que tinham para ele.

Os passos arrastados o receberam primeiro, então a respiração constante e rítmica, que ele passara a conhecer tão intimamente. Cassian fez sua respiração se igualar à dela, obrigou os próprios passos a ficarem silenciosos e olhou para o corredor seguinte de estantes.

Qualquer um passando pela rampa só precisaria olhar para a direita para ver Nestha de pé ali, em uma posição de luta quase perfeita, atirando socos na direção da prateleira. Ela havia escolhido cinco livros como alvos e dava cada soco na direção deles como se fossem as partes do corpo que ele havia mostrado a ela que atacasse.

Então Nestha parou, exalou e afastou do rosto uma mecha de cabelo rebelde, depois ajeitou os livros antes de voltar para o carrinho de metal atrás dela.

— Você ainda está abaixando o cotovelo — disse Cassian, e Nestha se virou, caindo de costas contra o carrinho com tanta surpresa que ele engoliu uma gargalhada. Nunca tinha visto Nestha Archeron tão... abalada.

Ela ergueu o queixo quando caminhou até Cassian. Ele observou cada movimento das pernas dela. Nestha tinha parado de jogar tanto o peso para a perna direita, e músculos esguios e fortes se contraíam nas coxas dela. Três semanas talvez não fossem muito tempo para que um corpo humano ganhasse músculo, mas ela era Grã-Feérica agora.

— Não estou abaixando o cotovelo — desafiou Nestha, saindo do corredor de estantes de livros até a área plana diante da inclinação da rampa.

— Acabei de ver você fazer isso duas vezes com aquele gancho direito.

Ela encostou na ponta de uma longa prateleira.

— Presumo que Clotho tenha enviado você para me repreender.

Ele deu de ombros.

— Não sabia que você estava tão focada no treino que continuava praticando aqui.

Os olhos dela praticamente brilhavam na escuridão.

— Estou cansada de ser fraca. De depender de outros para me defender.

Justo.

— Antes que eu comece o sermão por ignorar os pedidos de Clotho, só quero dizer que...

— Mostre. — Nestha se afastou da prateleira e esticou o corpo diante dele. — Mostre onde estou abaixando o cotovelo.

Ele piscou diante da intensidade agitada no rosto dela. Então engoliu em seco.

Engoliu em seco porque ali estava ela: um lampejo daquela pessoa que ele conhecera antes que a guerra contra Hybern tivesse terminado. Um lampejo dela, como uma miragem — como se, caso ele olhasse por tempo demais, ela fosse se dissipar e sumir.

Então Cassian falou:

— Assuma a posição.

Nestha obedeceu.

Esperando que Clotho não aparecesse para jogá-lo do parapeito por desobedecer às ordens dela, ele falou:

— Certo. Dê o gancho direito.

Nestha obedeceu. E abaixou o maldito cotovelo.

— Volte para a posição. — Ela voltou, e ele perguntou: — Posso?

Nestha assentiu, e se manteve perfeitamente imóvel ao fazer pequenos ajustes no ângulo do braço.

— Soque de novo. Devagar.

Ela seguiu a instrução e a mão de Cassian se fechou em torno do cotovelo dela conforme o braço começou a abaixar.

— Está vendo? Mantenha aqui no alto. — Ele colocou o braço dela de volta na posição inicial. — Não se esqueça de balancear o peso no quadril. — Cassian segurou o braço dela, mantendo bons 30 centímetros de distância entre os corpos dos dois, e fez o movimento do soco. — Assim.

— Entendi. — Nestha se reposicionou, e ele recuou um passo. Sem que Cassian desse a ordem, ela executou o soco de novo. Com perfeição.

Cassian assoviou.

— Faça isso com mais força e vai estilhaçar a mandíbula de um macho — disse ele, com um sorriso torto. — Faça uma combinação um-dois, quatro-cinco-três e um-um-dois.

As sobrancelhas de Nestha se franziram conforme ela se reposicionava. Seus pés se colocaram em posição, firmando o peso do corpo no piso de pedra.

Então ela se moveu, e foi como observar um rio, como observar o vento cortar uma montanha. Não foi perfeito, mas quase.

— Se fizer isso contra um oponente — disse Cassian —, ele vai acabar no chão, tentando recuperar o fôlego.

— E então eu o mato.

— Isso, uma espada no coração concluiria o serviço. Mas se atingir o peito dele forte o suficiente com aquele último soco, talvez faça um dos pulmões entrar em colapso. Em um campo de batalha, você optaria pelo golpe mortal com uma espada ou apenas o deixaria ali, incapaz de se mover, para que outra pessoa terminasse o serviço enquanto você enfrenta o próximo oponente.

Ela assentiu, como se esse papo parecesse uma conversa perfeitamente normal. Como se ele estivesse lhe dando dicas de jardinagem.

— Tudo bem. — Cassian pigarreou e fechou as asas de novo — Então, chega de treinar na biblioteca. A próxima pessoa que Clotho vai pedir para lhe dar um sermão talvez não seja alguém com quem você esteja com vontade de conversar.

Os olhos de Nestha ficaram sombrios quando ela considerou qual de suas pessoas menos preferidas seria, então assentiu de novo.

Com seu trabalho concluído, Cassian falou:

— Faça mais uma combinação. — Ele proferiu a ordem.

O sorriso de Nestha era felino conforme ela executava. E o gancho direito nem chegou a oscilar para baixo.

— Bom — disse ele, e se virou para a rampa que o levaria para a saída.

Cassian se espantou com o que viu: sacerdotisas tinham parado diante do parapeito de vários andares diferentes, olhando para os dois. Para Nestha.

Com a atenção dele, elas imediatamente começaram a andar, trabalhar ou guardar livros. Mas uma jovem sacerdotisa com cabelo marrom-acobreado — a única delas sem capuz ou pedra — permaneceu no parapeito por mais tempo. Mesmo de um andar abaixo e do outro lado do buraco, Cassian via que os grandes olhos dela eram da cor de água morna e rasa. Ficaram arregalados por um momento antes de ela também sumir.

Cassian se virou de novo para Nestha, que o encarou com os olhos quase úmidos.

— Seu gancho direito foi perfeito esta manhã — murmurou ele.

— Foi.

— Mas não quando observei você entre as estantes de livros.

— Imaginei que você me corrigiria.

Choque e encanto tomaram conta dele. Ela havia saído do corredor de estantes antes de deixar que Cassian a corrigisse. Colocando-se à vista. Para que todas o vissem ensinando a ela.

Ele a olhou boquiaberto.

— Pode dizer a Clotho que não vou mais precisar treinar na biblioteca — disse Nestha, com tranquilidade, antes de se virar para o corredor de estantes de novo.

Ela sabia que Clotho e as demais jamais o convidariam, e que jamais iriam até o ringue para ver o que ele podia fazer. Como ele ensinava. Então Nestha mostrara às sacerdotisas o que estava aprendendo, dia após dia. Mais do que isso, ela havia irritado tanto Clotho que a sacerdotisa tinha ordenado que ele descesse até lá.

Fora ali que Nestha o usara para uma demonstração. Não para si mesma, mas para as sacerdotisas que tinham se aproximado para assistir.

Cassian soltou uma gargalhada baixa.

— Astuta, Archeron.

Nestha levantou a mão por cima do ombro para dar tchau ao chegar ao carrinho.

Nestha se deu conta de que elas precisavam ver como Cassian era quando a ensinava. Que havia toque, mas sempre com a permissão dela, e sempre de uma forma profissional. Precisavam ver como ele jamais debochava dela, apenas corrigia atenciosamente. E precisavam ver o que ele havia ensinado a ela. Ouvi-lo dizer exatamente o que ela podia fazer com aquelas combinações de socos e chutes.

O que as sacerdotisas podiam aprender a fazer.

Mas naquela noite, quando Nestha partiu, a folha de inscrição continuava vazia.

Ela olhou para Clotho, que estava sentada à mesa, como sempre, desde o alvorecer até o anoitecer.

Se a sacerdotisa tinha entendido que fora enganada, não demonstrou. Mas havia algo parecido com tristeza emanando de Clotho, como se ela também quisesse ver aquela folha preenchida naquele dia.

Nestha não sabia por que aquilo importava. Por que a tristeza de Clotho a deixou sem fôlego. Depois, Nestha começou a subir, subir pela Casa até os dez mil degraus.

Talvez ela não prestasse para nada mesmo. Talvez tivesse sido tola ao achar que aquele truque poderia convencê-las. Talvez o treino físico não fosse o que elas requeriam para superar seus demônios, e ela fora tão arrogante a ponto de achar que sabia do que elas precisavam.

Mais e mais para baixo das escadas Nestha caminhou enquanto as paredes se fechavam ao seu redor.

Ela só chegou ao degrau novecentos antes de dar meia-volta com os passos tão pesados quanto como se tivessem sido cobertos por blocos de chumbo.

Nestha ainda estava suando e ofegando quando entrou aos tropeços no quarto e encontrou um livro na mesa de cabeceira. Ela ergueu uma sobrancelha para o título.

— Este não é o seu tipo de romance — disse ela ao quarto.

Não era sequer um romance. Era um antigo manuscrito encadernado chamado *A dança da batalha*.

Nestha disse:

— Pode levar de volta, obrigada. — A última coisa que queria ler à noite era um texto velho e chato sobre estratégia de guerra. A Casa não obedeceu, e Nestha suspirou e pegou o manuscrito, a encadernação de couro preto tão desgastada pelo tempo que era mole como manteiga.

Um cheiro familiar flutuou das páginas.

— Não foi você que deixou isto para mim, foi?

A Casa respondeu jogando uma pilha de romances, como se para dizer: *Isto é o que eu teria escolhido.*

Nestha olhou para o manuscrito, que exalava o cheiro de Cassian, como se ele o tivesse lido milhares de vezes.

Ele o havia deixado para ela. Julgara que Nestha era digna do que quer que houvesse dentro.

Nestha se sentou na beira da cama e abriu o livro.

Era meia-noite quando ela fez uma pausa na leitura de *A dança da batalha* e esfregou as têmporas. Não tinha soltado o livro, nem mesmo para jantar à sua mesa, e ficou segurando o tomo com uma das mãos enquanto devorava o ensopado com a outra.

Era impressionante o quanto da arte da guerra se parecia com a manipulação social que a mãe insistira para que ela aprendesse: escolher o campo de batalha, encontrar aliados entre os inimigos de um inimigo... Parte daquilo era inteiramente novo, obviamente, e era uma forma tão precisa de pensar que ela sabia que seria necessário ler o manuscrito muitas vezes para compreender inteiramente as lições dele.

Nestha tinha conhecimento de que Cassian sabia como liderar exércitos. Ela o vira fazer isso com uma precisão e esperteza irredutíveis. Mas, ao ler o manuscrito, percebeu que jamais entendera o quanto era preciso um pensamento sofisticado para planejar batalhas e guerras.

Nestha apontou o manuscrito na mesa de cabeceira e encostou nos travesseiros.

Ela imaginou Cassian em um campo de batalha, como estivera naquele dia que enfrentara um comandante de Hybern e atirara uma lança com tanta força que o macho tinha sido atirado do cavalo ao cair.

Ele desviou dos conselhos do manuscrito de apenas uma forma: lutou na linha de frente com seus soldados, em vez de comandar da retaguarda.

Ela deixou os pensamentos livres por um momento, até que se detiveram sobre outro emaranhado.

Será que importava se as sacerdotisas não aparecessem para o treino? Além da própria relutância dela de reconhecer o fracasso, será que importava?

Importava. De alguma forma, importava.

Ela havia fracassado em todos os aspectos da vida. Completa e espetacularmente, e evitar que outros se dessem conta disso tinha sido seu principal propósito. Nestha os afastara, se isolara, porque o peso de todos aqueles fracassos ameaçava estilhaçá-la em mil pedaços.

Nestha esfregou o rosto com as mãos.

O sono demoraria muito para vir.

Suor ainda escorria por seu corpo quando Nestha entrou na biblioteca na tarde seguinte, dirigindo-se até a rampa que a levaria até onde havia deixado o carrinho.

Ela não teve coragem de olhar para a folha de inscrição vazia. De tirá-la.

Não teve coragem de olhar para Clotho e admitir a derrota. Ela continuou andando.

Mas Clotho a parou ao erguer a mão. Nestha engoliu em seco.

— O que foi?

Clotho apontou para trás de Nestha, o dedo retorcido indicando a porta. Não, a pilastra.

E não era tristeza que emanava da sacerdotisa, mas algo parecido com uma animação vibrante. Algo que fez Nestha dar meia-volta e caminhar até a pilastra.

Um nome tinha sido escrito na folha.

Um nome, com letras fortes. Um nome, pronto para a aula do dia seguinte.

GWYN

• PARTE DOIS •

LÂMINA

CAPÍTULO 25

— Pare com esse nervosismo — murmurou Cassian pelo canto da boca.

— Não estou nervosa — murmurou Nestha de volta, mesmo ao saltitar entre os pés, tentando não olhar para o arco aberto enquanto o relógio tiquetaqueava em direção às 9 horas.

— Só relaxe. — Ele esticou o casaco.

— É você que está inquieto — sibilou ela.

— Porque *você* está me deixando inquieto.

Passos se arrastaram na pedra além da entrada em arco, e a respiração de Nestha escapou em uma onda que ela não havia percebido que estava contendo até o cabelo marrom-acobreado de Gwyn aparecer. Sob a luz do sol, a cor do cabelo dela era extraordinária, as mechas de dourado reluziam, e os olhos azul-mar eram quase perfeitamente iguais às pedras que as outras sacerdotisas usavam.

Gwyn olhou para eles, de pé no centro do ringue, e parou subitamente. O cheiro do medo dela fez Nestha se aproximar.

— Oi.

As mãos de Gwyn estavam trêmulas quando ela deu mais um passo para dentro do ringue e olhou para a curva aberta do céu.

Era primeira vez que ela saía — para o exterior de verdade — em anos. Cassian, muito gentil, foi até a estante de armas de treino que alegou que não usariam durante meses, e fingiu que as arrumava.

Gwyn engoliu em seco.

— Eu, hã... me dei conta durante a subida até aqui que não tenho roupas adequadas. — Ela indicou as vestes pálidas. — Acredito que estas não sejam ideais.

Cassian disse, sem olhar para elas:

— Posso ensinar você com as vestes, se desejar. O que for mais confortável.

Gwyn ofereceu um sorriso contido a ele.

— Vou ver como a lição de hoje vai ser e então decido. Usamos as vestes em grande parte porque é tradição, não são regras rigorosas. — Ela encontrou o olhar de Nestha ao sorrir. — Esqueci qual é a sensação de ter sol pleno sobre a cabeça. — Gwyn olhou para cima de novo. — Desculpem se eu passar algum tempo olhando boquiaberta para o céu.

— Imagina — disse Nestha. Ela não tinha encontrado Gwyn no dia anterior, depois de ver que a sacerdotisa estava inscrita para a lição daquele dia, mas estava quase com medo de vê-la, preocupada que uma observação azeda acidentalmente proferida fizesse Gwyn pensar duas vezes.

As palavras ficaram presas na garganta de Nestha, mas Cassian pareceu antecipar isso.

— Tudo bem. Chega de conversa fiada. Nes, mostre a nossa nova amiga, Gwyn, não é? Eu sou Cassian. Nes, mostre seus pés a ela.

— Pés? — As sobrancelhas acobreadas de Gwyn se elevaram.

Nestha revirou os olhos.

— Você vai ver.

Gwyn entendeu o conceito de firmar o corpo com os pés melhor do que Nestha tinha conseguido, e certamente não teve problemas com passar o peso para o lado direito do quadril ou outras coisas que Nestha tinha se esforçado para corrigir durante três semanas. Mesmo com a túnica, era evidente que Gwyn tinha o corpo flexível e esguio, acostumada com a graciosidade casual dos feéricos que Nestha estava apenas aprendendo.

Ela esperava ter de persuadir a amiga, mas depois que Gwyn superou a trepidação inicial, se tornou uma participante motivada, e uma companhia alegre. A sacerdotisa ria dos próprios erros, e não se irritava com as correções de Cassian.

Ao fim da aula, no entanto, as vestes de Gwyn estavam encharcadas de suor, e mechas de cabelo cacheavam em torno do rosto vermelho dela. Cassian ordenou que as duas bebessem água antes dos exercícios de resfriamento.

Enquanto Gwyn se servia de um copo, falou:

— No templo, em Sangravah, tínhamos uma série de movimentos antigos que executávamos ao nascer do sol. Não para treinamento de combate, mas para acalmar a mente. Fazíamos resfriamento depois deles também, mas chamávamos de enraizamento. Os movimentos nos levavam para fora dos nossos corpos, de certa forma. Permitiam que entrássemos em comunhão com a Mãe. O enraizamento nos assentava de volta ao mundo presente.

— Por que você se inscreveu, então? — Nestha bebeu o copo que Gwyn estendeu a ela. — Se já tem exercícios para acalmar a mente com os quais está acostumada?

— Porque nunca mais quero me sentir impotente — disse Gwyn, baixinho, e todos aqueles sorrisos leves e risadas alegres se foram. Nos olhos dela, uma honestidade franca e dolorosa reluziu.

Nestha engoliu em seco e, embora o instinto lhe dissesse para recuar, ela falou, baixinho:

— Eu também.

O sino acima da porta da loja tocou quando Nestha entrou, limpando os flocos de neve que tinham se agarrado ao ombro de sua túnica. Cassian precisara subir até as montanhas Illyrianas depois da segunda aula deles com Gwyn, e, para a surpresa dela, ele pedira a Nestha que se juntasse a ele. Cassian já havia combinado com Clotho que ela se atrasaria algumas horas para o trabalho na biblioteca. Ele não tinha explicado o motivo além de um comentário casual sobre tirá-la da Casa para tomar ar puro.

Mas Nestha aceitara o convite, e também não dissera a ele o motivo. Cassian nem mesmo parecera curioso quando ela pediu que ele a deixasse no Refúgio do Vento para que pudesse fazer compras. Talvez uma fagulha tivesse brilhado no olho dele, como se Cassian soubesse, mas ele estava distante, calado.

Como Cassian estava lá em cima para se encontrar com Eris, Nestha não o culpava. Ele a deixara perto da fonte, no centro da aldeia congelante, certificando-se de que ela soubesse que, se precisasse se aquecer, a casa da mãe de Rhys estava aberta.

Velaris ainda estava sob o toque do verão, o outono mal começava a expulsá-lo, mas Refúgio do Vento já havia se entregado de vez ao abraço do inverno. Nestha não se demorou para entrar na loja.

— Nestha — disse Emerie, recebendo-a e olhando por cima do ombro e das asas largas de um macho de aparência jovem de onde ela estava, atendendo a ele no balcão. — Que bom ver você.

Aquilo era alívio na voz dela? Nestha se certificou de que havia fechado bem a porta antes de entrar. A neve em suas botas deixava marcas enlameadas ao lado daquelas deixadas pelo cliente de Emerie.

O macho se virou parcialmente para Nestha, revelando um rosto de beleza comum, com o cabelo escuro preso na altura do pescoço e olhos marrons vítreos. O babaca estava bêbado. *Babaca* parecia ser o termo correto, pois a postura rígida de Emerie revelava desprezo e cautela.

Nestha passeou até o balcão, dando ao macho um olhar de cima a baixo que ela sabia que costumava fazer as pessoas quererem derrubá-la. Pela forma como ele enrijeceu o corpo, cambaleando um pouco sobre as botas, ela sabia que tinha funcionado.

— Bom dia — falou Nestha, alegremente, para Emerie. Outra coisa que machos pareciam detestar: ser ignorados por uma fêmea.

— Espere sua vez, bruxa — grunhiu o macho, virando-se de novo para o balcão e para Emerie.

Emerie cruzou os braços.

— Acho que acabamos aqui, Bellius.

— Acabaremos quando eu disser. — As palavras saíram um pouco enroladas.

— Tenho um horário marcado — falou Nestha, lançando um olhar frio para ele. Ela farejou o macho e enrugou o nariz. — E você parece precisar de um horário com uma banheira.

Ele se virou de vez para ela, os ombros musculosos se esticando. Mesmo com a expressão vítrea, a ira ferveu em seu olhar.

— Sabe quem sou?

— Um tolo bêbado desperdiçando meu tempo — disse Nestha. Havia dois Sifões, de um azul mais escuro do que os de Azriel, sobre o dorso das mãos grandes dele. — Saia.

Emerie enrijeceu o corpo, como que se preparando para a retaliação. Mas ela disse, antes que o macho pudesse responder:

— Falaremos sobre isso depois, Bellius.

— Meu pai me mandou para entregar uma mensagem.

— Mensagem recebida — respondeu Emerie, erguendo o queixo. — E minha resposta é a mesma: esta loja é minha. Se ele quer tanto uma, pode abrir a própria.

— Sua cadela rancorosa — disparou Bellius, cambaleando um passo para trás.

Nestha deu uma risada fria e vazia. Feéricos e humanos tinham mais em comum do que ela havia imaginado. Quantas vezes tinha testemunhado os credores do pai dela surgindo à porta para assustá-lo e tirar dele o dinheiro que não tinha? E então teve a vez em que foram além das ameaças. Quando deixaram a perna do pai dela destruída. E despedaçaram também qualquer noção de segurança.

— Saia — disse Nestha, de novo, apontando para a porta quando Bellius se transtornou com a risada dela que se dissipava. — Faça um favor a si mesmo e saia.

Bellius esticou o corpo todo e abriu as asas.

— Ou o quê?

Nestha estava limpando as unhas.

— Não acho que você vai querer descobrir a parte do *ou o quê*.

Bellius abriu a boca, mas Emerie falou:

— Seu pai já tem minha resposta, Bellius. Sugiro que pegue água da fonte antes de voar para casa.

Bellius cuspiu no chão e seguiu pisando forte até a saída, lançando a Nestha um olhar zonzo antes de bater a porta atrás de si.

Em silêncio, Nestha e Emerie o observaram cambalear até a rua coberta de neve e abrir as asas. Nestha franziu a testa quando ele decolou.

— Amigo seu? — perguntou Nestha, encarando Emerie no balcão de novo.

— Meu primo. — Emerie se encolheu. — O pai dele é meu tio. Do lado do meu pai. — Ela acrescentou, antes que Nestha pudesse perguntar: — Bellius é um jovem idiota e arrogante. Vai participar do Rito de Sangue desta primavera, e sua arrogância só cresceu nos últimos meses, agora que ele acredita que vai se tornar um guerreiro de verdade. Ele é tão habilidoso que foi posicionado em uma unidade de reconhecimento no continente, e, pelo visto, acaba de voltar da comemoração desse feito. — Emerie limpou um grão de poeira invisível no balcão. — Mas eu não esperava que ele estivesse bêbado no meio do dia. Esse é um novo fundo do poço para ele. — Rubor manchou as bochechas dela. — Desculpe que você teve que testemunhar isso.

Nestha deu de ombros.

— Lidar com bêbados idiotas é minha especialidade.

Emerie ficou brincando com o ponto imaginário do balcão.

— Nossos pais eram farinha do mesmo saco. Eles acreditavam que os filhos deviam ser severamente disciplinados por qualquer infração. Havia pouco espaço para perdão e compreensão.

Nestha contraiu os lábios.

— Conheço o tipo. — A mãe da mãe dela havia sido igual, antes de morrer de uma tosse profunda que se tornou uma infecção mortal. Nestha tinha 7 anos quando a dama de expressão rigorosa que insistia em ser chamada de vovozinha espancara a palma de suas mãos até sangrarem com uma régua, por errar os passos nas aulas de dança. *Menina imprestável e desengonçada. Você é um desperdício do meu tempo. Talvez isto a ajude a se lembrar de prestar atenção às minhas ordens.*

Tudo o que Nestha havia sentido quando a besta velha morreu havia sido alívio. Elain, que tinha sido poupada das crueldades da tutela de vovó, chorou e prontamente colocou flores no túmulo dela — túmulo esse que foi logo acompanhado da lápide da mãe delas. Feyre era jovem demais para entender, mas Nestha jamais se deu ao trabalho de colocar flores no túmulo de vovozinha. Não quando carregava a cicatriz perto do polegar esquerdo de uma das punições mais cruéis da mulher. Ela só deixava flores para a mãe, cujo túmulo havia visitado mais do que gostava de admitir.

Nem uma vez ela fora visitar o túmulo do pai nos arredores de Velaris.

— Você está bem? — perguntou Nestha a Emerie, por fim. — Bellius vai voltar?

— Não — respondeu Emerie, sacudindo a cabeça. — Quer dizer, estou bem. Mas não, ele é membro da tropa de guerra do Cume de Ferro. As terras deles ficam a algumas horas de voo daqui. Ele não vai voltar tão cedo. — Ela deu de ombros. — Recebo essas visitinhas da família de meu tio de vez em quando. Nada de que eu não dê conta. Embora Bellius tenha sido algo novo. Acho que eles pensam que ele é adulto o bastante agora para me intimidar. — Nestha abriu a boca, mas Emerie ofereceu mais um meio-sorriso e mudou de assunto. — Você parece bem. Muito mais saudável do que quando a vi... Quanto tempo faz agora? Quase três semanas. — Ela deu a Nestha um olhar de avaliação. — Você não voltou.

— Passamos a treinar em Velaris — explicou Nestha.

— Eu estava prestes a escrever uma carta para você quando Bellius me interrompeu. Perguntei sobre o couro de combate forrado com lã. — Emerie apoiou os antebraços no balcão imaculado. — Pode ser feito, mas não é barato.

— Então está além de meus meios, mas obrigada por pesquisar, de qualquer forma.

— Eu poderia encomendar e deixar que você pague quando conseguir.

Era uma oferta generosa. Muito além da bondade que qualquer um jamais havia mostrado a Nestha no mundo humano, quando o pai dela estava tentando vender os entalhes de madeira por algumas míseras moedas de cobre.

Apenas Feyre as mantivera alimentadas e vestidas, ganhando quantias esparsas pelas peles e pela carne que caçava. Ela as mantivera vivas. Da última vez que caçara para as irmãs, a comida tinha acabado no dia anterior.

Se Feyre não tivesse voltado para casa com carne naquela noite, elas teriam morrido de fome ou mendigado na cidade.

Nestha dissera a si mesma naquele dia que Tomas a acolheria, caso fosse necessário. Talvez também acolhesse Elain. Mas a família dele tinha sido desprezível, tinham bocas demais para alimentar. O pai dele teria recusado alimentá-la, sem dúvida. Nestha havia se preparado para oferecer a única coisa que tinha para vender a Tomas, se aquilo evitasse que Elain passasse fome. Teria vendido o corpo na rua para qualquer um que pagasse o suficiente para alimentar a irmã. O corpo dela não significava nada — nada, foi o que Nestha dissera a si mesma, conforme sentia as opções diminuindo. Elain significava tudo.

Mas Feyre tinha voltado com comida. E então sumiu do outro lado da Muralha.

Três dias depois, Nestha terminou com Tomas. Enfurecido, ele se atirou nela, prendendo-a contra a enorme pilha de madeira encostada na parede do celeiro. *Vadia cruel*, grunhira ele. *Acha que é melhor do que eu? Agindo como uma rainha quando não tem merda nenhuma*. Ela jamais se esqueceria do som do vestido dela rasgando, da ganância nos olhos dele conforme suas mãos tateavam a saia dela, tentando subi-la enquanto se atrapalhava com a fivela do próprio cinto.

Apenas o terror puro e cru e o instinto de sobrevivência que a salvaram. Nestha permitiu que ele se aproximasse, que achasse que a força dela se fora, e então cravou os dentes na orelha dele. E rasgou.

Tomas gritara, mas a soltou — apenas o suficiente para que ela se libertasse e saísse aos tropeços pela neve, cuspindo o sangue dele da boca, e não parasse de correr até chegar ao chalé.

E então tinha chegado a notícia dos navios do pai dela: encontrados, com toda a riqueza intacta.

Nestha sabia que era mentira. Os baús de joias e ouro não tinham vindo daquele carregamento maldito, mas de Tamlin, o pagamento pela mulher humana que ele havia roubado. Para ajudar a família que ele condenara a morrer sem a caça de Feyre.

Nestha afastou a lembrança.

— Não precisa. Mas obrigada.

Emerie esfregou as longas e finas mãos.

— Está congelando, e vou fazer minha pausa para o almoço. Gostaria de se juntar a mim?

Além de Cassian, ninguém a convidava para comer havia um bom tempo. Ela não dera motivos para nenhum dos dois. Mas ali estava: uma oferta honesta e simples. De alguém que não fazia ideia do quanto ela era terrível.

Almoçar com Emerie seria uma indulgência; era apenas uma questão de tempo até que a fêmea descobrisse mais sobre Nestha. Até que soubesse de cada coisa terrível, e então os convites parariam. Será que ela era melhor do que Bellius, já que passou meses bêbada e fervilhando de ódio? Se Emerie soubesse, a expulsaria daquela loja também.

Mas, por enquanto, nem os boatos, nem a verdade tinham chegado a Emerie.

— Gostaria, sim — respondeu Nestha, e foi sincera.

A sala dos fundos da loja de Emerie era tão imaculada quanto a frente, embora houvesse caixas de estoque sobressalente empilhadas contra a parede. Duas janelas davam para um jardim coberto de neve e, além dele, via-se o pico da montanha mais próxima, bloqueando o céu cinza com sua extensão rochosa.

Uma pequena cozinha ficava à direita, pouco mais do que uma fogueira e um balcão e uma pequena mesa de trabalho. Algumas cadeiras de madeira estavam em torno dela, e Nestha se deu conta de que a mesa era também a área de refeições. Um conjunto de mesa tinha sido disposto para uma pessoa.

— Só você? — perguntou Nestha quando Emerie foi até o balcão de madeira e pegou uma bandeja de rosbife e um prato com cenouras assadas. Ela os dispôs na mesa diante de Nestha e pegou um pedaço de pão, junto com uma tigela de manteiga.

— Só eu. — Emerie abriu um armário para pegar um segundo conjunto de mesa. — Sem parceiro ou marido para me incomodar.

Ela falou com um pouco de tensão, como se tivesse algo mais ali, mas Nestha disse:

— Nem eu.

Emerie lançou um olhar sarcástico para ela.

— E aquele bonitão do general Cassian?

Nestha bloqueou a lembrança da cabeça dele entre suas coxas, da língua na entrada dela, deslizando para dentro.

— De jeito nenhum — respondeu Nestha, mas os olhos de Emerie brilharam com compreensão.

— Olha, é muito bom conhecer outra fêmea que não é obcecada por se casar e fazer bebês — disse Emerie, sentando-se à mesa e indicando para que Nestha fizesse o mesmo. Ela colocou rosbife, cenoura e pão no prato de Nestha, e empurrou a tigela de manteiga para ela. — Está gelado, mas deve ser comido assim. Costumo almoçar apenas por tempo o bastante para me alimentar.

Nestha avançou e grunhiu.

— Está delicioso. — Ela deu outra mordida. — Você quem fez?

— Quem mais teria feito? Não temos nenhum tipo de restaurante por aqui, exceto o açougueiro. — Emerie apontou com o garfo para o jardim além da construção. — Eu planto meus vegetais. Essas cenouras vieram do jardim.

Nestha comeu uma garfada.

— Têm um sabor delicioso. — Manteiga, tomilho e alguma coisa intensa...

— O segredo está nos temperos. Que são escassos por aqui, infelizmente. Illyrianos não sabem ou se importam com eles.

— Meu pai era mercador — disse Nestha, um abismo se abrindo diante das palavras dela. Ela pigarreou. — Ele negociava temperos do mundo todo. Ainda me lembro do cheiro no escritório dele, era como mil personalidades diferentes todas reunidas no mesmo espaço.

Feyre adorava ficar no escritório do pai delas, mais fascinada com o comércio do que Nestha aprendera ser aceitável para uma jovem rica. Feyre sempre fora assim: completamente desinteressada nas regras que governavam a vida deles, desinteressada em se tornar uma verdadeira dama que ajudaria a aumentar a fortuna da família com um casamento vantajoso.

Elas raramente concordavam em alguma coisa. E aquelas visitas ao escritório do pai tinha resultado em um ressentimento fervilhante entre elas.

Feyre tinha tentado fazer com que ela se interessasse, tinha mostrado a ela tantas raridades para tentá-la. Mas Nestha mal tinha ouvido as explicações da irmã, em grande parte de olho nos parceiros de negócios do pai dela para saber se os filhos deles poderiam ser bons pretendentes. Feyre ficava enojada. Tinha deixado Nestha ainda mais determinada.

— Você viajava com ele?

— Não, minhas duas irmãs e eu ficávamos em casa. Não era apropriado que viajássemos o mundo.

— Sempre me esqueço de como as ideias humanas de propriedade são semelhantes às dos illyrianos. — Emerie deu outra garfada. — Você gostaria de ter visto o mundo, se pudesse?

— Era meio mundo, não era? Com a Muralha erguida.

— Ainda assim é melhor do que nada.

Nestha riu.

— Você está certa. — Ela considerou a pergunta de Emerie. Se seu pai tivesse oferecido levá-las em um dos navios, deixar que elas vissem litorais estranhos e distantes, será que teriam ido? Elain sempre quisera visitar o continente para estudar as tulipas e outras flores famosas, mas a imaginação dela não ia além disso. Feyre tinha falado certa vez sobre a gloriosa arte dos museus e das propriedades privadas do continente. Mas isso era tudo na ponta oeste. Além dela, o continente era tão vasto. E ao sul, outro continente se estendia. Será que ela teria ido?

— Eu teria brigado — disse Nestha, por fim —, mas no final teria cedido à curiosidade.

— Ainda tem família nas terras humanas?

— Minha mãe morreu quando eu tinha 12 anos, e meu pai... Ele não sobreviveu à guerra mais recente. Os pais deles morreram durante minha infância. Não tenho família por parte de pai, e minha mãe tinha uma prima no continente e que convenientemente nos esqueceu quando caímos na pobreza.

Nestha escrevera carta após carta quando caíram na pobreza, implorando à prima Urstin que as abrigasse. Elas não foram respondidas, e o dinheiro para postagem havia acabado. Nestha ainda se perguntava se a prima sequer soubera o que acontecera com os parentes que havia ignorado e deixado morrer.

Nestha perguntou, com cautela:

— E sua família? — Ela vira e ouvira o bastante de Bellius para ter uma ideia geral, mas não podia deixar de perguntar.

— Mamãe morreu ao me dar à luz, e meu irmão mais velho morreu em uma briga entre tropas de guerra dez anos antes de eu nascer. Meu pai morreu durante a guerra contra Hybern. — As palavras saíram rigorosas, frias. — Não me importo com o resto de meus parentes, embora a família de meu pai faça questão de tentar reivindicar esta loja e a riqueza dele.

— Eles não têm direito a ela, têm?

— Não. Rhysand mudou as leis de herança há séculos para incluir as fêmeas, mas meus tios não parecem se importar. Eles ainda aparecem de vez em quando para me incomodar como Bellius fez. Acreditam que uma mulher não deveria ter um negócio próprio, que eu deveria me casar com um macho nesta aldeia e deixar a loja para eles. — Ela fez uma careta. — São abutres.

Emerie terminou o almoço e serviu chá para as duas.

— É uma pena que você não vai aparecer por aqui com tanta frequência. Não seria nada mal ter alguém racional com quem conversar.

Nestha piscou ao ouvir o elogio, e percebeu o pingo de verdade que revelava sobre Emerie: ela estava infeliz naquele lugar. Todas aquelas perguntas sobre viajar...

— Você pensa em se mudar?

Emerie engasgou com uma risada.

— E ir para onde? Pelo menos aqui eu conheço gente. Nunca deixei esta aldeia. Nunca subi até o alto daquela montanha ali. — Ela indicou a janela e Nestha se concentrou em não olhar para as asas de Emerie.

Nestha bebeu do chá. Era uma infusão intensa, com um pouco de amargor. Ela devia ter feito careta, pois Emerie explicou, baixinho:

— O chá é escasso por aqui, um luxo que me permito. Mas para durar mais, acrescento um pouco de casca de salgueiro. Também ajuda com algumas de minhas... dores.

— Que dores?

— Minhas asas às vezes doem. As cicatrizes, quer dizer. Como um ferimento antigo.

Nestha sufocou a pena. Ela bebeu todo o chá no momento em que Emerie terminou, e disse:

— Obrigada pela comida. — Levantando-se, ela pegou o próprio prato.

— Pode deixar comigo. — Emerie se apressou para o outro lado da mesa. — Não se incomode.

Ela se moveu com uma graciosidade genuína, como alguém que se sentia confiante no próprio corpo.

Nestha passou para a frente da loja e, por fim, revelou seu motivo para visitar:

— O treinamento que estou fazendo com Cassian na Casa do Vento está aberto a qualquer um, qualquer fêmea, quer dizer. Fêmeas que passaram por situações... difíceis. — As asas de Emerie, a família horrível, não eram a mesma coisa por que Gwyn havia passado, mas os traumas tinham muitas faces. — Treinamos toda manhã das 9 às 11 horas, embora às vezes avance até o meio-dia. Você é bem-vinda.

Emerie enrijeceu o corpo.

— Não tenho como chegar lá, mas agradeço a oferta.

— Alguém poderia vir buscar e trazer você de volta. — Nestha não sabia quem, mas se precisasse pedir ao próprio Rhys, pediria.

— É uma oferta generosa, mas tenho a loja para gerenciar. — O rosto de Emerie não entregava nada, tão endurecido pela batalha quanto o de Azriel. — Não estou interessada em treinamento de guerra. Duvido que consiga clientes nesta cidade se souberem que estou fazendo uma coisa assim.

— Você não me parece ser covarde.

As palavras pairaram entre as duas.

Emerie mordeu o lábio. Mas Nestha deu de ombros.

— Mande notícias se quiser se juntar a nós. A oferta continua de pé.

Cassian odiava admitir, mas para um babaca mimado e desalmado, Eris até que era útil. Principalmente para algo em particular: a bolha de calor que os aquecia contra os ventos frios que se entremeavam pelos pinheiros das estepes Illyrianas. Alguma magia de fogo para aquecer os ossos deles.

— Os Tesouros Nefastos — refletiu Eris, observando o céu cinza que ameaçava neve. — Nunca ouvi falar. Embora não me surpreenda.

— Seu pai ouviu falar deles? — As estepes não eram território neutro, mas estavam vazias o suficiente para que Eris finalmente aceitasse o pedido de Cassian para se encontrarem ali. Depois de levar dias para responder à mensagem dele.

— Não, graças à Mãe — falou Eris, cruzando os braços. — Ele teria me contado se soubesse. Mas se os Tesouros têm consciência como você sugeriu, se eles *querem* ser encontrados... Temo que também possam estar se comunicando com outros. Não apenas Briallyn e Koschei.

Beron de posse dos Tesouros seria um desastre. Ele se uniria às fileiras do rei de Hybern. Poderia se tornar algo terrível e imortal, como Lanthys.

— Então Briallyn deixou de informar Beron sobre a busca pelos Tesouros quando ele a visitou?

— Aparentemente, ela também não confia nele — falou Eris, com o rosto cheio de contemplação. — Vou precisar pensar nisso.

— Não conte a ele — avisou Cassian.

Eris sacudiu a cabeça.

— Você não entendeu. Não vou contar porcaria nenhuma. Mas o fato de Briallyn estar ativamente escondendo seus planos maiores... — Eris assentiu, mais para si mesmo. — É por isso que Morrigan está em Vallahan? Para descobrir se eles sabem sobre os Tesouros?

— Talvez — mentiu Cassian. Ela ainda estava tentando convencê-los a assinar o novo tratado. Mas Eris não precisava saber disso.

— E eu achando que Morrigan ia tanto até lá para se esconder de mim — falou Eris.

— Não seja convencido. É só coincidência. — Ele não teve certeza se a mentira funcionou.

— Por que eu não deveria me sentir convencido com tais pensamentos? Você é um convencido que acha que é mais do que um bastardo vira-lata.

Os Sifões de Cassian brilharam no dorso das mãos, e Eris riu diante da prova de que havia atingido o alvo. Mas Cassian se obrigou a dizer, tranquilamente:

— Essa é toda a informação que tenho.

— Você me deu muito em que pensar.

— Certifique-se de manter isso em *segredo* — avisou Cassian de novo.

Eris piscou um olho antes de atravessar para ir embora.

Sozinho ao vento uivante, Cassian suspirou. Recebeu os ventos gelados, o cheiro fresco de pinheiro, e desejou que lavassem sua irritação e seu desconforto.

Mas eles permaneceram. Por algum motivo, permaneceram.

CAPÍTULO 26

A ausência de treinamento extra pelas estantes de livros fez Nestha ficar menos exausta quando saiu da biblioteca. Cassian a havia recolhido no Refúgio do Vento depois de duas horas e meia, e ela já estava tão entediada sentada na casa da mãe de Rhys que quase sorriu ao vê-lo. Contudo, o rosto de Cassian estava tenso, os olhos frios e distantes, e ele mal havia falado com ela quando Rhys apareceu. Rhys mal falara com ela também, mas isso já era de se esperar. Era até melhor assim.

Mas Cassian não dissera nada além de "vejo você mais tarde" antes de ir embora de novo com Rhys depois que o Grão-Senhor os levou de volta para a Casa do Vento, com o rosto ainda tenso e irritado.

Com a energia extra zunindo pelo corpo naquela noite e perguntando-se incessantemente por que Cassian pareceu tão chateado, Nestha não teve vontade de comer no quarto e cair no sono. Então ela se viu à porta da sala de jantar.

Cassian estava descansando na cadeira dele, com uma taça de vinho na mão, encarando o nada. Um príncipe-guerreiro emburrado, contemplando a morte dos inimigos. Ela deu um passo para dentro da sala, e a taça de vinho sumiu.

Nestha riu.

— Não sou tão alcoólatra a ponto de roubar vinho da sua mão.

— A Casa recebeu ordens específicas... nada de vinho quando você estiver perto. — Ele flexionou os dedos e se sentou esticado. — Foi a Casa que tirou de mim.

— Ah. — Nestha ocupou a cadeira diante dele quando um conjunto de mesa e um prato de comida apareceram, junto com água para os dois.

Cassian voltou a encarar a refeição comida pela metade. Desde a guerra que ela não via aquele rosto tão sério.

— Aconteceu alguma coisa com as rainhas ou os Tesouros?

Ele piscou.

— O quê? — E deu de ombros. — Não, é que... Eris estava simpático como sempre hoje. — Ele brincou com o frango assado, espetando-o com o garfo.

Nestha pegou o próprio garfo com tanta fome que deixou o assunto morrer ao devorar a comida. Depois de matar a fome, disse:

— Pedi a Emerie que se juntasse ao treino.

— Presumo que ela tenha negado. — Suas palavras soaram inexpressivas, e o olhar estava distante.

— De fato. Mas se ela mudar de ideia, achei que talvez alguém pudesse atravessar com ela até aqui.

— Claro. — Nestha percebeu que Cassian não estava apenas sendo lacônico com ela, ele estava tão preocupado com o que quer que o estivesse corroendo que mal conseguia conversar.

Aquilo a incomodou mais do que deveria. Incomodou tanto que ela perguntou:

— O que houve? — Nestha se obrigou a continuar comendo e agindo o mais casualmente possível, tentando convencê-lo a se abrir. A falar sobre o que tinha levado aquela expressão magoada até seus olhos.

Baixando o olhar até o prato, Cassian contou a ela sobre o encontro com Eris.

— Eris está determinado a nos ajudar a encontrar os Tesouros... e se certificar de que o pai dele não coloque as mãos nelas, ou que saiba sobre elas — falou Nestha, quando ele concluiu. — Isso não é bom? Por que você está inquieto desse jeito? — *Por que está com uma cara tão abatida?*

— É a maldade daquela *alma* de merda dele que me irrita. Nem ligo que tenha me chamado de bastardo vira-lata. — Eris tinha chamado Cassian daquelas coisas, percebeu Nestha. Um ódio ressoou nela. — É que, aliado ou não, eu o *odeio*. Ele é tão ardiloso e inabalável e... não aguento nem olhar para a cara dele. — Cassian soltou o garfo e olhou pela janela atrás dela. — Eris, com seus jogos de palavras e a política deturpada, é um inimigo com o qual não sei lidar. Sempre que o encontro, sinto como se ele tivesse a vantagem. Como se eu precisasse alcançá-lo, e ele vê através de cada tentativa atrapalhada que faço de ser inteligente. Talvez isso faça de mim um brutamontes estúpido mesmo.

Tristeza sincera tomou conta do rosto dele — e tanto desprezo por si mesmo que Nestha ficou de pé. Ele ficou imóvel quando ela deu a volta na mesa, e só levantou a cabeça quando Nestha se encostou na beira da mesa ao lado do prato dele.

— Rhys deveria matá-lo e acabar logo com isso.

— Se alguém vai matar Eris, será Mor ou eu. — Os olhos castanhos dele estavam quase suplicantes. Não para ela, Nestha sabia, mas para o destino. — Mas matá-lo provaria que Eris e os outros da laia dele estão certos a meu respeito. E independentemente de como eu me sinto com relação a Eris, ele daria um Grão-Senhor melhor do que Beron. Não importa o que quero, ainda é preciso considerar o bem-estar da Corte Outonal.

Cassian era bom. Em sua alma, em seu coração de guerreiro, Cassian era bom de uma forma que Nestha sabia que a maioria das pessoas não era. De uma forma que ela sabia que ela mesma não era e jamais seria.

Ele não era um guerreiro que matava por impulso, mas um macho que cuidadosamente considerava cada vida que precisava ceifar. Que defenderia o que amava até a morte.

E Eris... Ele havia ferido Cassian. Com o que tinha feito a Morrigan, sim, mas também com as palavras tão semelhantes àquelas que a própria Nestha já havia usado. A mágoa estava nos olhos de Cassian, tão exposta como um ferimento.

Vergonha percorreu o corpo dela. Vergonha, raiva e um tipo selvagem de angústia. Nestha não podia suportar a dor nos olhos dele, equilibrando-se no limite do desespero. Não conseguia suportar a ausência dos sorrisos, as piscadelas e a postura arrogante que ela conhecia tão bem.

Faria qualquer coisa para dar um fim àquela expressão nos olhos dele. Mesmo que apenas por alguns momentos.

Então Nestha apoiou as mãos nos braços da cadeira dele ao dar um beijo suave em seu pescoço.

Cassian perdeu o fôlego. Mesmo assim, Nestha deu outro beijo na pele macia e quente do pescoço dele, logo abaixo da orelha. E outro, agora mais baixo, mais perto do colarinho da camisa escura.

Ele estremeceu, e Nestha beijou a saliência rígida no centro do pescoço dele. Lambeu.

Cassian se moveu na cadeira, gemendo baixinho. Sua mão se levantou para segurar o quadril dela, como se fosse empurrá-la para longe, mas Nestha tirou a mão dele.

— Deixa comigo — disse ela, contra o pescoço de Cassian. — Por favor.

Ele engoliu em seco, e aquela saliência rígida se moveu contra a boca dela. Cassian não a impediu, e então Nestha o beijou de novo, passando para o outro lado do pescoço. Tinha alcançado aquele ponto logo abaixo da orelha quando colocou a mão no peito dele e sentiu seu coração acelerando contra a palma.

Ela não o beijou na boca. Não queria aquela distração. Nada disso, pensou ela, enquanto deslizou entre Cassian e a mesa e se ajoelhou.

Os olhos dele se arregalaram.

— Nestha.

Ela levou a mão à calça dele; o volume já fazendo pressão por dentro.

— Por favor — disse ela de novo, e o olhou nos olhos. De onde estava, ajoelhada entre as pernas de Cassian, ele estava bem mais alto do que ela, mas a tensão nos olhos dele se suavizou quase imperceptivelmente antes de ele assentir. Cassian estendeu a mão para ajudá-la com os botões e cadarços, mas Nestha colocou a mão gentilmente sobre a dele.

Os dedos dela estavam firmes e determinados conforme Nestha abria a calça de Cassian. A mente dela estava completamente nítida.

Os músculos das coxas dele se contraíram contra ela quando Nestha o liberou e quase arquejou.

O pau dele era enorme. Lindo, duro e completamente enorme. Sua boca secou, cada plano que tinha feito precisou ser subitamente repensado. De modo algum ele caberia inteiro em sua boca. Talvez de modo algum ele sequer coubesse no *corpo* dela.

Mas Nestha com certeza queria tentar.

Os dedos dela estremeceram um pouco conforme ela os roçou pela extensão grossa e longa. A pele era tão macia, mais macia do que seda ou veludo. E ele estava duro como aço por baixo. Cassian estremeceu, e Nestha ergueu os olhos e encontrou o olhar dele fixo em sua mão.

— Como você gosta? — perguntou ela, sussurrando ao sentir uma vontade fervorosa percorrer seu corpo. Ela fechou a mão no pênis dele, seus dedos mal conseguiam se fechar. — Devagar? — Apertando levemente, Nestha subiu a mão com a suavidade de uma pena sobre ele.

Cassian sacudiu a cabeça, como se não tivesse palavras.

Ela o acariciou de novo, um pouco mais forte.

— Assim?

O peito se elevou, e os dentes brilharam quando Cassian os trincou. Mas ele sacudiu a cabeça.

Nestha sorriu, e quando o tocou uma terceira vez, apertou com força, deixando as unhas roçarem a base sensível da extensão dele.

O quadril de Cassian se arqueou para fora da cadeira, e ela o segurou com uma das mãos.

— Entendi — murmurou ela, e repetiu. Ainda mais forte, girando o pulso ao chegar à cabeça redonda.

Ele tentou arquear o corpo contra a mão de Nestha, mas ela o segurou de novo com a outra mão.

— E assim? — ronronou ela, abaixando a cabeça. — Gosta assim?

Deslizando a língua até a pequena fenda na ponta, Nestha lambeu a cabeça larga dele. Ela lambeu a gotinha de umidade que já havia se acumulado ali.

Tudo em seu corpo se derreteu; uma descarga de umidade escorreu entre as coxas dela quando o gosto preencheu sua boca, sal e alguma outra coisa, algo vital.

— Ah, deuses — ofegou Cassian. E as palavras, o gemido que as carregou, eram tão deliciosas que Nestha sugou a ponta dele com a boca e roçou a língua pela parte de baixo.

Sibilando, ele jogou a cabeça para trás contra a cadeira.

Ela lambeu a extensão dele em um movimento longo. Esfregou as coxas apertadas quando sentiu o gosto, quando sentiu todo aquele gosto morno e metálico na boca. Nestha lambeu o outro lado, cobrindo-o com sua língua, tornando mais fácil para ela fechar a boca em torno dele de novo e deslizá-lo entre seus lábios.

Cassian a preencheu quase que imediatamente, e Nestha olhou para baixo e descobriu que havia tanto dele ainda exposto que ela precisou acrescentar a mão.

— Nestha — suplicou ele, e ela o esfregou mais uma vez, tirando quase tudo da boca antes de o engolir de novo, deixando sua garganta relaxar, desesperada pelo máximo dele na boca quanto conseguisse encaixar.

A mão de Cassian tinha disparado para o cabelo dela, agarrando-a, e Nestha percebeu que ele estava se segurando. Não queria avançar para dentro dela, feri-la, desagradá-la.

E não poderia ser assim. De jeito nenhum.

Ela queria que ele se perdesse, queria que ele agarrasse a cabeça dela e fodesse com sua boca com tanta força quanto conseguisse.

Então, quando Nestha o recebeu de novo na boca enquanto a mão trabalhava em uníssono, ela roçou os dentes. Suave o suficiente para doer só um pouquinho.

Cassian resistiu, e Nestha permitiu, engolindo-o vorazmente, apertando-o com a mão o bastante para informar a ele que queria aquilo, queria que ele se soltasse. Ela puxou os lábios até a pontinha dele, enroscando a língua em torno, e mirou Cassian com os olhos entreabertos.

Os olhos dele estavam sobre ela, arregalados e vítreos de desejo.

E quando Cassian a encarou, quando viu que ela olhava para ele...

Ele se libertou.

Cassian não aguentava. Era tortura, um tipo especial de tortura, ter Nestha ajoelhada diante dele com o pau na boca e na mão e não poder rugir de prazer. Mas então ela o encarou entre os cílios, e a visão dela com o pau dele entre os lábios fez algo se partir.

Ele não se importava que estivessem na sala de jantar, que uma parede de janelas e portas acompanhasse metade do cômodo e que qualquer um que passasse voando pudesse ver.

Cassian deslizou a outra mão para o cabelo dela, entremeou os dedos no coque trançado, e deu impulso contra a boca de Nestha.

Ela o recebeu profundamente, e gemeu tão alto que reverberou pelo pênis dele até chegar às bolas. O membro se retesou mais, e o clímax se acumulou em sua coluna, um nó incandescente que o fez arquear o corpo contra a boca de Nestha mais uma vez. Ele estava completamente à mercê dela.

Nestha gemeu de novo, um encorajamento baixinho, e Cassian não precisou de mais nada. Segurando o cabelo dela, o couro cabeludo, e mantendo-a no lugar, ele avançou com o quadril. Nestha o acompanhou com cada impulso, boca e mão trabalhando em uníssono, até que o calor escorregadio dela, os dentes que às vezes roçavam nele, que o provocavam, a pressão do punho dela — eram insuportáveis, eram tudo com que ele se preocupava.

Cassian fodeu a boca dela, e os gemidos dela o fizeram decidir que ele também o faria com o resto de Nestha. Que tiraria aquela calça dela e enfiaria tão fundo que ela gritaria o nome dele e reverberaria até o teto.

Cassian fez menção de tirar, mas Nestha se recusou a se mover. Ele grunhiu, seus dedos fechando-se na cabeça dela para impedi-la.

— Quero entrar em você — foi o que conseguiu dizer, com a voz áspera.

Mas Nestha levantou o olhar para ele de novo por baixo dos cílios, e Cassian viu seu membro sumir dentro da boca dela. A ponta dele tocou o fundo de sua garganta.

Ah, deuses. Ele trincou os dentes.

— Quero terminar dentro de você.

Nestha apenas abafou uma risada, e o sugou tão profundamente que Cassian não conseguiu segurar. Não conseguiu segurar seu alívio quando ela deslizou a outra mão para dentro da calça dele e segurou as bolas em concha, apertando-as de leve.

Arqueando o corpo contra ela ao jorrar dentro da garganta de Nestha, Cassian ejaculou com um rugido que balançou o vidro da mesa.

Ela se segurou, o segurou e, quando Cassian parou de estremecer, ela suave e graciosamente deslizou a boca para fora dele.

Nestha o encarou enquanto engolia. Engolia cada gota do que ele havia derramado dentro da boca dela. E então seus lábios se curvaram para cima. Uma rainha triunfante.

Cassian estava ofegante, não se importava que seu pênis ainda estivesse para fora, escorregadio e pingando, apenas que ela estava a meros centímetros e ele devolveria aquele favor em particular que Nestha lhe fizera.

Nestha ficou de pé e os olhos se voltaram para o pênis dele. O calor no olhar dela ameaçou queimá-lo, e o cheiro da excitação dela envolveu Cassian e enterrou suas garras com força.

— Tire a calça — grunhiu ele.

O sorriso de Nestha apenas aumentou, pura diversão felina.

Ele foderia ela naquela mesa. Naquele momento. Não se importava com mais nada, nem com a área comum em que estavam, nem com Eris ou Briallyn ou Koschei ou os Tesouros Nefastos. Precisava estar dentro dela, sentir aquela pressão quente em volta dele e reivindicá-la como ela o havia reivindicado.

Os dedos de Nestha deslizaram até os botões e cadarços da calça, e ele tremeu ao vê-los abrirem o primeiro botão...

Passos se arrastaram no corredor. Um aviso. De alguém que sabia como ficar em silêncio.

Cassian enrijeceu, então enfiou o pênis latejando na calça. Nestha ouviu o som e se afastou alguns centímetros, fechando de novo aquele primeiro botão. Cassian tinha acabado de se arrumar quando Azriel entrou.

— Boa noite — disse o irmão dele, com uma calma irritante, ao caminhar até a mesa.

— Az. — Cassian não conseguiu manter a irritação longe da voz. Ele encontrou o olhar ciente demais do irmão e silenciosamente comunicou cada gota de irritação que sentiu pela chegada inconveniente dele. Azriel apenas deu de ombros, avaliando a comida que a Casa tinha trazido para ele. Como se soubesse exatamente o que havia interrompido e levasse seu dever de supervisor muito a sério.

Nestha os observava, mas assim que Cassian se virou para ela, ela se colocou em movimento, afastando-se da mesa e seguindo para a porta.

— Boa noite. — Ela não esperou que ele respondesse antes de partir.

Cassian olhou com raiva para Az.

— Muito obrigado.

— Não sei do que está falando — disse Az enquanto sorria, olhando para a comida.

— Babaca.

Az riu.

— Não entregue suas cartas de uma vez só, Cass.

— O que isso quer dizer?

Az assentiu para a porta.

— Guarde alguma coisa para depois.

— Enxerido.

Az deu uma garfada.

— Você deixou que ela chupasse seu pau no meio da sala de jantar. Na mesa que estou usando agora para comer meu jantar. Eu diria que isso me dá direito a uma opinião.

Cassian gargalhou, sua tristeza de mais cedo sumira. Por causa dela. Tudo por causa dela.

— É justo.

CAPÍTULO 27

Nestha não fazia ideia de como encararia Cassian na manhã seguinte, mas Gwyn forneceu uma barreira que ela ficou muito ansiosa por usar. Nestha encontrou a sacerdotisa nos degraus da área de treino, e Gwyn lhe ofereceu um sorriso alegre.

— Bom dia.

— Bom dia — respondeu Nestha, caminhando ao lado dela. — Alguma coisa sobre os Tesouros?

Gwyn fez que não com a cabeça. Ela ainda estava com a túnica, embora tivesse passado a prender o cabelo com uma trança firme.

— Até perguntei a Merrill ontem à noite. Ela quebrou aquele feitiço, mas, fora algumas menções em textos antigos, não conseguiu encontrar nada além do que você já sabe. Nenhum indício sobre quando ou onde eles foram perdidos ou quem perdeu. Não conseguimos nem descobrir quem os possuiu por último, pois é uma informação que retoma pelo menos dez mil anos.

Era sempre um choque lembrar exatamente da idade dos feéricos. Qual deveria ser a idade de Amren para que ela tivesse se lembrado dos objetos dos Tesouros Nefastos quando ainda estavam livres pelo mundo. Mas, aparentemente, nem mesmo Amren tinha memória de quem havia os usado pela última vez.

Nestha afastou o pensamento, e a pontada fria de dor que veio junto.

— Talvez se revele uma tarefa impossível — disse Gwyn, repuxando a boca para o lado. — Não tem outro jeito de encontrar?

Havia. Envolvia ossos e pedras. O corpo de Nestha travou.

— Não — mentiu ela. — Não tem outro jeito.

— Você vai subir até Refúgio do Vento? — Nestha se viu perguntando a Cassian quando Gwyn se despediu deles ao final da lição. Gwyn tinha começado com as posições de luta naquela manhã, e tinha exigido tanta concentração de todos eles que Nestha não teve um momento para realmente falar com ele a sós. Houve um olhar levemente oblíquo quando ela chegou, e nada além disso.

Nestha não se arrependia do que tinha feito na sala de jantar. Mesmo que estivesse gritantemente óbvio que Azriel soubesse o que havia interrompido.

Mas estar ali sozinha com Cassian... O gosto dele permanecia em sua boca, como se ele tivesse deixado sua marca na língua dela.

Nestha tinha ficado deitada, acordada, na cama na noite passada, pesando em cada carícia, cada som que ele fez, ainda sentindo a pressão dos dedos dele na cabeça conforme ele dava impulso contra sua boca. A simples lembrança a fez deslizar a mão entre as pernas, e ela precisou encontrar o ápice duas vezes antes que seu corpo se acalmasse o bastante para dormir.

Cassian tirou o casaco de onde o havia deixado, agitando-se para dentro do couro preto com escamas.

— Preciso inspecionar as legiões de novo. Para me certificar de que estejam se preparando para o possível conflito e que os recrutas estejam em boa forma.

— Ah. — Os olhos deles se encontraram, e ela podia jurar que os dele ficaram sombrios, como se Cassian estivesse se lembrando de cada momento delicioso da noite anterior. Mas ela sacudiu a cabeça, limpando a mente.

— Gwyn está indo bem — disse Cassian, assentindo para o arco por onde a sacerdotisa tinha sumido. — Ela é uma menina legal.

Nestha tinha descoberto que Gwyn tinha 28 anos, de fato, apenas uma menina para ele.

— Eu gosto dela — admitiu Nestha.

Cassian piscou.

— Acho que nunca ouvi você falar isso sobre ninguém. — Nestha revirou os olhos, mas ele acrescentou: — Uma pena que as outras sacerdotisas não vêm.

Nestha verificava a folha de inscrição todo dia, mas ninguém mais tinha colocado o nome. Gwyn disse a Nestha que ela havia pessoalmente convidado algumas das sacerdotisas, mas elas tinham medo demais, eram inseguras demais.

— Não sei o que posso fazer para encorajá-las — disse Nestha.

— Continue fazendo o que está fazendo. — Ele terminou de fechar o casaco.

Uma brisa fria de outono passou, trazendo cheiros da cidade abaixo: pão, canela e laranjas; carnes assadas e sal. Nestha inspirou, identificando cada um deles, perguntando-se como poderiam, todos, de alguma forma se combinar para criar uma sensação única de outono.

Nestha inclinou a cabeça ao ter uma ideia.

— Se você vai passar no Refúgio do Vento, pode me fazer um favor?

Cassian estava na loja de Emerie e fazia sua melhor tentativa de um sorriso não ameaçador quando dispôs o conteúdo da sacola que carregava.

Emerie olhou para o que ele havia colocado no balcão impecável.

— Nestha deu isso a você?

Tecnicamente, Nestha o havia informado, a Casa dera a ela. Mas ela pedira à Casa por aqueles itens, com a intenção de que fossem levados até ali.

— Ela disse que é um presente.

Emerie pegou uma lata de bronze, entreabriu a tampa e inalou. O cheiro defumado e aveludado de folhas de chá fluiu para fora.

— Ah, que coisa boa. — Ela ergueu um frasco de vidro com um pó moído fino. Quando Emerie girou a tampa, um cheiro amendoado e apimentado tomou conta da loja. — Cominho. — O suspiro dela foi como o de uma pessoa apaixonada. Ela pegou outro, então outro, seis frascos de vidro no total. — Cúrcuma, canela, pimenta, cravo e... — Ela olhou para o rótulo. — Pimenta-do-reino.

Cassian colocou o último frasco na mesa, uma grande caixa de mármore que pesava no mínimo 1 quilo. Emerie tirou a tampa e soltou uma gargalhada.

— Sal. — Ela pegou com os dedos em pinça os cristais flocados. — Muito sal.

Os olhos dela brilharam quando um sorriso raro percorreu seu rosto. Fez com que Emerie parecesse mais jovem, levando embora o peso e as cicatrizes de todos aqueles anos com o pai.

— Por favor, diga a ela que agradeço.

Ele pigarreou, lembrando-se do discurso que Nestha o fizera decorar.

— Nestha diz que você pode agradecer aparecendo para o treino amanhã de manhã.

O sorriso de Emerie hesitou.

— Falei a ela no outro dia: não tenho como ir.

— Ela imaginou que você fosse dizer isso. Se quiser ir, mande um recado e um de nós virá buscá-la. — Precisaria ser Rhys, mas ele duvidava que o irmão protestaria. — Se não puder ficar para o treino inteiro, não tem problema. Venha por uma hora, antes de a loja abrir.

Os dedos de Emerie se ergueram dos temperos e do chá.

— Não é um bom momento.

Cassian sabia que não deveria insistir.

— Se algum dia mudar de ideia, é só avisar. — Ele deu meia-volta do balcão, dirigindo-se à porta.

Cassian sabia que Nestha dera o presente em parte para tentar Emerie a se juntar a ela no treino, mas também por bondade. Ele perguntara por que ela estava mandando aquelas coisas, e Nestha respondera:

— Emerie precisa de temperos e de um bom chá.

Aquilo o havia chocado, assim como ele se chocara mais cedo ao ouvi-la admitir que gostava de Gwyn.

Nestha, quando estava com Gwyn, era uma criatura completamente diferente de quem era com a corte. Elas não brincavam ou riam uma com a outra, mas havia uma leveza entre elas que Cassian jamais vira, nem mesmo quando Nestha estava com Elain. Ela sempre fora a guardiã de Elain, ou a irmã de Feyre, ou aquela que fora Feita pelo Caldeirão.

Com Gwyn... ele se perguntava se Nestha gostava da moça porque com ela era apenas Nestha. Talvez ela se sentisse assim com Emerie também.

Será que ia para Velaris, noite após noite, não apenas para se distrair e se entorpecer, mas para estar com pessoas que não conheciam o peso de tudo que ela carregava?

Cassian chegou à porta, exalando suavemente. Ele havia se recusado a pensar no que Nestha tinha feito com ele na sala de jantar enquanto estavam treinando, principalmente com Gwyn ali, mas ver o sorriso hesitante de Nestha quando enfiou o chá e os temperos em uma sacola o fez suprimir o desejo de empurrá-la contra a parede e beijá-la.

Ele não fazia ideia de qual era o estado das coisas com eles. Se estavam de volta à dinâmica de um favor em troca de outro. Ela não dera qualquer indício a ele de que o receberia em sua cama, ou se tinha ficado de joelhos para tirá-lo do estado emburrado em que ele estava.

Se tinha, aquilo indicava que em algum nível ela se importava com o bem-estar dele, não é? E pena. Porra, se Nestha o havia chupado porque sentia pena...

Não. Não tinha sido isso. Ele vira o desejo nos olhos dela, sentira a maciez da boca de Nestha em seu pescoço naqueles primeiros toques. Tinha sido conforto, dado da única forma que ela conhecia.

Cassian abriu a porta, olhou para trás e viu Emerie ainda no balcão, com a mão sobre a variedade de temperos e chá. Seus olhos estavam sérios, os lábios eram uma linha fina. Ela não parecia ciente da presença dele, então Cassian aproveitou a deixa para ir embora e levantou voo.

Nestha subiu os degraus do ringue de treino, refletindo sobre os Tesouros Nefastos. Ela presumiu que os outros não haviam tido mais sorte do que ela, e se as coisas eram realmente tão urgentes quanto Azriel alegava, então talvez pesquisar na biblioteca não fosse o melhor caminho.

Mas seu estômago se revirou ao sopesar a outra opção, ao se lembrar do que tinha acontecido na primeira e única vez em que tentara a adivinhação.

Suas mãos tremeram quando Nestha subiu o último dos degraus. Ela fechou os dedos em punhos, respirando fundo pelo nariz para se acalmar.

Cassian já estava no centro do ringue. Ele sorriu quando ela subiu.

Foi um sorriso mais largo do que os de costume, animado e... como se estivesse contente.

Os olhos de Nestha se semicerraram quando ela entrou na claridade do ringue. Gwyn já estava esperando a alguns metros de Cassian e um sorriso iluminava seu rosto.

E diante deles, bebendo um copo na estação de água, estava Emerie.

CAPÍTULO 28

Emerie se provou tão desajeitada e sem equilíbrio quanto Gwyn se mostrara graciosa.

— Tem a ver com suas asas — disse Cassian com tanta gentileza que Nestha, equilibrando-se sobre uma perna e jogando a outra para trás, quase caiu na terra ao lado de Emerie. — Sem o uso total das asas, seu corpo compensa pela falta de equilíbrio daquele jeito. — Ele indicou a queda de boca na terra que ela havia feito.

Gwyn parou o próprio exercício de equilíbrio.

— Por quê?

— As asas agem como um contrapeso. — Ele ofereceu a mão para ajudar Emerie a se levantar. — São cheias de músculos delicados que constantemente se ajustam e equilibram sem a gente nem pensar. — Emerie ignorou a mão dele e ficou de pé sozinha. Cassian explicou com cuidado. — Muitos dos músculos principais podem ser impactados quando as asas de alguém são cortadas.

Gwyn olhou para Nestha, que ficou tensa, franzindo a testa. Gwyn e Emerie tinham feito uma amizade fácil em minutos. Isso poderia ser porque Gwyn encheu Emerie de perguntas sobre a loja dela conforme as duas repassavam os exercícios de abertura.

Emerie limpou a terra da calça de couro, mais larga do que aquelas que Nestha usava, como se ela se sentisse desconfortável com a norma de serem justas na pele.

O olhar de Cassian se suavizou.

— Qual das curandeiras cortou você?

O queixo de Emerie se ergueu e a cor sumiu de seu rosto. Ela o encarou, no entanto, com um nível de objetividade que Nestha só podia admirar.

— Meu pai mesmo quem fez.

Cassian soltou um palavrão, baixo e sujo.

Emerie falou, com a voz fria:

— Lutei contra ele, então o resultado ficou ainda mais desleixado.

Gwyn e Nestha ficaram caladas quando Emerie estendeu a asa direita quase toda antes que se recolhesse e estremecesse. Assim como o rosto de Emerie.

— Consigo abrir essa até aqui. — Ela estendeu a asa esquerda até quase a metade da extensão dela. — Isso é tudo o que consigo deste lado.

Cassian parecia prestes a passar mal.

— Ele mereceu morrer naquela batalha. Já merecia ter morrido muito antes, Emerie. — Os Sifões dele brilharam em resposta, e algo selvagem e travesso se aqueceu no sangue de Nestha diante das palavras grunhidas e do puro ódio no rosto dele.

Emerie fechou as asas de novo.

— Ele merecia morrer por muito mais do que fez com minhas asas.

— Se você vai vir até Velaris todo dia, posso pedir que Madja suba até aqui. Ela é a curandeira particular da corte. — Rhys tinha levado Emerie, Nestha descobrira. E a levaria de volta em uma hora.

Emerie ficou mais tensa.

— Agradeço a oferta, mas não é necessário.

Cassian abriu a boca, mas Nestha interrompeu:

— Chega de jogar conversa fora. Se só temos Emerie por uma hora hoje, então repasse com a gente os socos, Cassian. Deixe que ela veja o que ainda vai precisar aprender.

Emerie lançou a ela um olhar de gratidão, e Nestha ofereceu um leve sorriso em resposta.

Cassian assentiu e, pelo brilho nos olhos dele, ela soube que ele estava muito ciente do motivo da interrupção.

Gwyn perguntou a Emerie:

— Vocês têm bibliotecas em Illyria? — Outra saída oferecida.

— Não. Nunca estive em uma. — A tensão sumira da postura de Emerie, palavra após palavra.

Gwyn prendeu novamente o cabelo lustroso na base da nuca.

— Você gosta de ler?

A boca de Emerie se curvou para cima.

— Moro sozinha no alto das montanhas. Não tenho nada para fazer com o tempo livre exceto trabalhar no jardim e ler qualquer que seja o livro que encomendo pelo serviço de correio. E no inverno, nem a distração do meu jardim eu tenho. Então, sim. Gosto de ler. Não consigo sobreviver sem ler.

Nestha grunhiu em concordância.

— Que tipo de livros? — perguntou Gwyn.

— Romances — disse Emerie, arrumando a trança preta e grossa cheia de tons vermelhos e marrons sob a luz do sol. Nestha se espantou. Os olhos de Emerie se iluminaram. — Você também? Quais?

Nestha listou os cinco melhores, e Emerie riu, um sorriso tão largo que foi como ver outra pessoa.

— Já leu os romances de Sellyn Drake?

Nestha fez que não. Emerie arquejou espantada, tão dramaticamente que Cassian murmurou alguma coisa sobre ser poupado de fêmeas obcecadas por obscenidades antes de avançar mais no ringue.

— Você *precisa* ler os livros dela. *Precisa*. Vou trazer o primeiro amanhã. Você vai ficar acordada a noite inteira lendo, eu juro.

— Obscenidades? — perguntou Gwyn, ouvindo as palavras murmuradas de Cassian. Houve tanta hesitação na voz dela que Nestha arrumou a postura.

Nestha olhou para Emerie, percebendo que a fêmea não sabia sobre Gwyn... a história dela, ou o porquê de as sacerdotisas morarem na biblioteca. Mesmo assim, Emerie perguntou:

— O que você lê?

— Aventura, às vezes mistérios. Mas na maior parte do tempo preciso ler o que Merrill, a sacerdotisa com quem trabalho, escreveu naquele dia. Não é tão emocionante quanto um romance, nem de longe.

Emerie falou, casualmente:

— Posso trazer um dos livros de Drake para você também, um dos mais leves. Uma introdução às maravilhas do romance. — Emerie piscou um olho para Nestha.

Nestha esperou Gwyn recusar, mas a sacerdotisa sorriu.

— Eu vou adorar.

Rhys apareceu no ringue exatamente quando disse que apareceria. Uma hora, nem mais, nem menos.

Poeira vermelha e suor cobriam Emerie, mas o olhar dela brilhava alegremente quando ela fez uma reverência para o Grão-Senhor.

Gwyn, no entanto, enrijeceu, aqueles olhos grandes da cor do mar pareceram ainda mais sobrenaturais quando se arregalaram. Não sentiu cheiro de medo algum, mas algo como surpresa... admiração.

Rhys lançou a ela um sorriso tranquilo, um que Nestha apostaria que tinha sido fabricado para deixar as pessoas à vontade com a tão magnífica presença dele. O sorriso casual de um macho acostumado a que as pessoas ou fugissem de terror ou caíssem de joelhos em adoração.

— Olá, Gwyn — disse ele, em tom acolhedor. — Bom ver você de novo.

Gwyn corou, saindo do transe, e fez uma reverência baixa.

— Meu senhor.

Nestha revirou os olhos, e viu que Rhys a observava. Aquele sorriso casual se aguçou quando ele encontrou o olhar dela.

— Nestha.

— Rhysand.

As outras duas mulheres olhavam de um para o outro, o pingue-pongue dos olhares delas era quase cômico. Cassian caminhou até o lado de Nestha e passou o braço pelos ombros dela antes de falar em tom tranquilo para Rhys:

— Essas moças vão acabar com você em combate muito em breve.

Nestha fez menção de sair de baixo do peso forte e suado do braço dele, mas Cassian fechou demais a mão amigável em seu ombro, e seu sorriso nem mesmo hesitou. O olhar de Rhys deslizou de um para o outro, havia pouca acolhida nos olhos dele. Mas muita cautela.

O principezinho não gostava dela com o amigo dele.

Nestha encostou em Cassian. Não muito, mas o suficiente para que um guerreiro treinado como Rhysand notasse.

Aquela mão sombria e sedosa roçou a mente dela. Um pedido.

Nestha pensou em ignorar, mas se viu abrindo uma pequena porta entre aquela barreira de aço e espinhos que ela mantinha em volta de si dia e noite. A porta era basicamente um buraco de fechadura, e ela deixou o que supôs ser o equivalente a seu rosto mental olhar através do buraco para o plano escuro e brilhante adiante. *O que é?*

Você deve tratar Gwyn com bondade e respeito.

A coisa que estava além da fortaleza da mente dela era uma criatura com garras, escamas e dentes. Estava escondida da vista sob sombras que se retorciam e sob a ocasional estrela cadente que brilhava na escuridão, mas, vez ou outra, um lampejo de asa ou garra brilhava.

Vá cuidar da sua vida. Nestha bateu aquele pequeno buraco para fechá-lo.

Ela piscou, lentamente registrando que Emerie perguntava a Cassian sobre a lição da manhã seguinte, e o que perderia hoje por sair uma hora mais cedo.

Os olhos de Rhys brilharam.

O braço de Cassian permaneceu em volta de Nestha, e o polegar dele se moveu sobre o ombro dela em uma carícia tranquila e reconfortante. Se ele havia percebido ou sentira a conversa silenciosa de Nestha com o Grão-Senhor, não deixou transparecer.

— Pronta? — perguntou Rhys a Emerie com aquele sorriso gentil e agradável de novo. Emerie talvez tenha corado. Rhysand tinha esse efeito nas pessoas.

Nestha se perguntava como Feyre suportava aquilo, o modo como todas as pessoas babavam no parceiro dela. Nestha tentou se desvencilhar do braço de Cassian de novo, e dessa vez ele deixou. Ela seguiu Emerie até onde ela pegava o casaco pesado.

— Então você vai voltar amanhã? — perguntou Nestha. Um olhar por cima do ombro revelou Gwyn caminhando até a estação de água, ou para dar privacidade aos dois machos, ou por desconforto em ser deixada com eles.

Nestha se sentiu culpada por tê-la abandonado, e fez uma nota mental de não permitir que acontecesse de novo. Gwyn havia lidado bem com Cassian nos últimos dias: ela não o tocava, e ele não a tocava, mas ela não tinha se afastado dele como fez agora. Nestha não queria pensar no motivo, que cicatrizes tinham sido marcadas tão profundamente em Gwyn que dois dos machos mais confiáveis daquela terra inteira não conseguiam deixá-la à vontade.

Rhysand podia ser um canalha arrogante e vaidoso, mas era honroso. Lutava incansavelmente para proteger os inocentes. O fato de Nestha não gostar dele não tinha nada a ver com o que ele havia provado tantas vezes: que era um governante justo que colocava o povo em primeiro lugar. Não, ela só achava que a personalidade dele — aquela arrogância ardilosa — era irritante.

Emerie respondeu:

— Volto amanhã.

Nestha inclinou a cabeça.

— Eu não fazia ideia de que chás e temperos eram tão convincentes.

Emerie deu um leve sorriso.

— Não foi só o presente, mas o lembrete do que ele significa.

— E o que ele significa?

Emerie olhou para o céu, fechando os olhos quando uma brisa de outono ondulou por ela.

— Que há um mundo além do Refúgio do Vento. Que sou covarde demais para vê-lo.

— Você não é covarde.

— Você disse que eu era, naquele dia.

Nestha se encolheu.

— Eu estava com raiva.

— Você estava certa. Fiquei acordada a noite inteira pensando naquilo. E então você pediu que Cassian entregasse os temperos e o chá e percebi que existe, *sim*, um mundo lá fora. Um mundo amplo e vibrante. Talvez essas lições me deixem mais corajosa para desbravá-lo.

Nestha ofereceu um sorriso hesitante.

— Para mim, parece uma ótima justificativa.

Cassian observava o rosto de Rhys com atenção conforme Nestha e Emerie falavam, e Gwyn caminhava para se juntar a elas. Promessas de livros trocados eram o assunto.

Rhys disse a ele, *Que desenvolvimento mais interessante.*

Cassian não se incomodou em fazer a expressão do rosto parecer agradável. *Você não precisava ter dado um aviso mental a Nestha.*

Rhys franziu a testa. *Como você sabe que fiz isso?*

O canalha nem tentou negar.

Reparei na forma como ela ficou tensa. E conheço você muito bem, irmão. Você viu Gwyn e pensou o pior de Nestha. Ela tratou Gwyn — e Emerie — com gentileza.

Foi isso que irritou você?

Fico irritado porque você parece ser incapaz de acreditar numa coisa boa sequer a respeito dela. Parece que se recusa a acreditar que ela possa ser boa, caralho. Precisava surpreendê-la daquele jeito?

Arrependimento brilhou nos olhos de Rhys.

Cassian prosseguiu, *Você não está facilitando. Deixe que ela construa esses laços, e não se meta nisso.*

Rhys piscou. *Desculpe. Vou fazer isso.*

Cassian respirou fundo. Rhys acrescentou, *Você achou mesmo que precisava colocar o braço nos ombros dela para segurá-la?*

Não quero vocês dois a 10 metros um do outro. Você está com uma parceira grávida, Rhys. É capaz de matar qualquer um que represente uma ameaça a Feyre. Você é um perigo para todos nós no momento.

Eu jamais faria mal a alguém que Feyre ama. Você sabe disso.

Havia tanta tensão nas palavras que Cassian deu um tapinha no ombro do irmão, apertando o músculo tenso por baixo. *Talvez seja melhor deixar Emerie do outro lado da Casa amanhã. Dê a Nestha um tempo para se resolver.*

Tudo bem.

As três fêmeas se aproximaram deles. Rhys abriu as asas e disse a Emerie:

— Vamos?

Emerie aceitou a mão que Rhys estendeu.

— Vamos. — Ela olhou para Cassian, então para Nestha, e falou: — Obrigada.

Maldição. Aquela gratidão e esperança nos olhos de Emerie o atingiu bem no coração.

Rhys segurou a fêmea perto do corpo, tomando cuidado com o toque íntimo das asas dela contra o corpo dele, e disparou para o céu.

Conforme Rhys voou acima das proteções da Casa, logo antes de atravessar para o Refúgio do Vento, ele disse a Cassian, *Não sei que porra vocês dois andam fazendo nessa Casa, mas que fedor de sexo.*

Cassian gargalhou. *Um macho educado nunca falaria uma coisa dessas.*

A risada de Rhys ecoou na mente de Cassian. *Não acho que você sabe o que a palavra* educado *significa.*

Graças aos deuses.

O irmão dele riu de novo. *Eu disse a Az que bancar o supervisor seria inútil.*

CAPÍTULO 29

As pernas de Nestha cederam no degrau três mil.

Ofegando e com suor escorrendo pelas costas e pela barriga, ela apoiou as mãos nas coxas trêmulas e fechou os olhos.

O sonho tinha sido igual. O rosto do pai dela, cheio de amor e medo, e seu olhar vazio quando morreu. O estalo do pescoço. O sorriso malicioso e cruel de Hybern.

Cassian e Azriel não tinham aparecido para o jantar, e ela não recebeu explicação alguma para aquilo. Eles deviam estar na casa do rio ou pela cidade, e Nestha ficou surpresa ao perceber que desejava companhia. Surpresa ao descobrir que o silêncio da sala de jantar a sufocava.

Claro que ela não seria convidada para sair. Tinha feito questão de ser o mais desagradável possível por mais de um ano. E, mais do que isso, eles não tinham obrigação de incluí-la em tudo.

Ninguém tinha obrigação nenhuma de incluí-la. Ou vontade, pelo visto.

Seus arquejos ecoavam pela pedra vermelha. Ela havia acordado do pesadelo suando frio, e estava na metade do caminho quando percebeu aonde ia. Se ela por acaso chegasse ao final, para onde iria? Ainda mais de camisola.

Ainda via o pai quando fechava os olhos. Sentia cada lampejo de horror, dor e medo que ela havia suportado durante aqueles meses próximos da guerra.

Ela precisava, de algum jeito, encontrar os Tesouros Nefastos.

Tinha fracassado em todas as tarefas que haviam dado a ela. Tinha fracassado em impedir que a Muralha fosse destruída, fracassado em salvar a legião illyriana do golpe incinerador do Caldeirão...

Nestha conteve aquela cadeia de pensamentos.

Alguma coisa bateu no degrau ao lado dela, e ela piscou e encontrou um copo de água.

— Obrigada — disse ela, bebendo intensamente, deixando que o frescor a acalmasse ainda mais. Ela perguntou para a escuridão: — Você já leu algum livro de Sellyn Drake?

A Casa não respondeu, o que ela deduziu que significava um não.

— Uma amiga vai me trazer um dos romances dela amanhã. Vou emprestar para você quando terminar.

Nada. Então uma brisa fresca soprou escada abaixo, resfriando a testa suada dela.

— Obrigada — disse Nestha de novo, inclinando o corpo na direção da brisa.

Outra coisa tilintou ao lado dela no degrau, e ela encontrou duas pedras ovais chatas e três pedaços de osso amarronzado devido à idade, ossos do tornozelo de alguma besta ovina. Sua boca secou. Ossos e pedras; para adivinhação.

— Não posso — disse ela, rouca.

Aquela brisa uniu os ossos, e o tilintar soou como uma pergunta jogada no poço de uma escada. *Por quê?*

— Coisas ruins aconteceram da última vez. O Caldeirão *olhou* para mim. E levou Elain. — Ela não conseguiu impedir que o corpo travasse. — Não dá, não posso arriscar. Nem mesmo por isso.

Os ossos e as pedras sumiram, junto com aquela brisa refrescante.

Nestha começou a subir, gemendo baixinho. A cada passo, ela podia ter jurado que sentia o gosto de desapontamento no ar.

— Nestha precisa começar a procurar pelos Tesouros — disse Amren, girando o vinho na taça, sentada diante de Cassian na imensa mesa de jantar da casa do rio. O jantar mensal da corte deles, como sempre, tinha se transformado em horas de conversa em torno daquela mesa, e múltiplas garrafas de vinho depois, conforme o relógio se aproximava da uma hora da manhã, nenhum deles dava qualquer sinal de se mexer.

Apenas Feyre tinha ido dormir. Estar grávida a tornava insuportavelmente sonolenta, reclamara ela. Tão cansada que precisava de sonecas ao longo do dia, e estava na cama na maioria das noites às 21 horas.

Cassian encontrou o olhar cinzento de Amren.

— Nestha está procurando. Não a pressione.

Da cabeceira da mesa, onde estava sentado em uma pose relaxada, Rhys falou:

— Ela pediu que as sacerdotisas procurassem por ela. Eu mal chamaria isso de procurar.

Varian, sentado ao lado de Amren, com o braço apoiado no encosto da cadeira dela, perguntou:

— Você ainda não pediu que Helion pesquise os Tesouros na biblioteca dele? — Varian era a única pessoa fora da Corte Noturna, e à exceção de Eris, que Rhys permitira que soubesse da busca deles. Mas tinha vindo com um risco: Varian servia a Tarquin, Grão-Senhor da Corte Estival. Embora ele tivesse prometido a Rhys não dizer nada a Tarquin a respeito daquilo sem ter motivo, caso Tarquin perguntasse a Varian, ele se veria em uma posição delicada quanto a sua lealdade.

O relacionamento de Tarquin e Rhys tinha se recuperado desde a guerra, mas não o bastante para que Rhys confiasse no macho com conhecimento a respeito dos Tesouros. E Cassian, que havia se metido em uma briguinha que talvez tenha resultado na destruição de um prediozinho da última vez que estivera na Corte Estival, estava disposto a concordar. Não a respeito de Tarquin. Não, ele gostava do macho. E gostava bastante de Varian. Mas havia pessoas maldosas na Corte Estival — assim como em todas as cortes —, e ele não confiava que fossem tão generosas quanto o governante delas.

— Helion é um último recurso — falou Rhys, tomando seu vinho. — Ao qual podemos chegar em alguns dias caso Nestha sequer tente uma adivinhação. — As últimas palavras se dirigiram para Cassian. — Mas eu pediria que Elain tentasse o que puder antes de abordarmos Helion.

Elain havia ido embora com Feyre, alegando que precisava acordar com o alvorecer para cuidar do jardim de uma feérica idosa. Cassian não sabia muito bem por que suspeitava que aquilo não fosse verdade. Havia tensão no rosto de Elain quando ela falou. Normalmente, quando dava essas desculpas, Lucien estava por perto, mas o macho permanecia nas terras humanas, com Jurian e Vassa.

Cassian replicou:

— Nestha vai usar a adivinhação, ainda que seja para evitar que Elain se coloque em risco. Mas vocês têm que entender que Nestha foi profundamente afetada pelo que aconteceu durante a guerra... Elain foi levada pelo Caldeirão depois que ela tentou adivinhação. Não podem culpar Nestha por hesitar.

Amren falou:

— Não temos tempo de esperar até que Nestha decida. Por mim, falamos com Elain amanhã. É melhor ter as duas trabalhando nisso.

Azriel enrijeceu, um sinal evidente do humor vindo dele quando o macho falou, em voz baixa:

— Existe toda uma escuridão inerente aos Tesouros Nefastos à qual Elain não deveria ser exposta.

— E Nestha deveria? — grunhiu Cassian.

Todos olharam para ele.

Cassian engoliu em seco, oferecendo um olhar de desculpas a Az, que deu de ombros.

Amren terminou o vinho e disse a Cassian:

— Nestha tem uma semana. Mais uma semana para encontrar os Tesouros pelos métodos dela. Depois, buscaremos pelos nossos. — Ela assentiu para Azriel. — Incluindo Elain, que é mais do que capaz de se defender sozinha contra a escuridão dos Tesouros, se quiser. Não a subestime.

Cassian e Azriel olharam para Rhys, que apenas bebeu do próprio vinho. A ordem de Amren se mantinha. Como a segunda no comando naquela corte, caso Rhys não indeferisse, a palavra dela era a lei.

Cassian olhou com raiva para Amren.

— Não é certo usar Elain como ameaça para manipular Nestha para que use adivinhação.

— Há formas mais cruéis de convencer Nestha, menino.

Cassian se recostou na cadeira.

— Você é uma tola se acha que ameaças farão com que ela a obedeça.

Todos ficaram tensos de novo. Inclusive Varian.

Os lábios de Amren se abriram em um sorriso afiado.

— Estamos à beira de outra guerra. Deixamos o Caldeirão escapar de nossas mãos na última, o que quase nos custou tudo. — A nova forma feérica de Amren era prova disso, ela abrira mão de seu ser imortal de outro mundo para permanecer naquele corpo. Nenhum fogo cinza brilhava em seus olhos. Ela era mortal, da forma como os Grão-Feéricos são mortais. Os dedos de Varian se enroscaram nas pontas retas do cabelo dela, como se para se assegurar de que ela estava ali, de que permanecia com ele. — Precisamos eliminar esse potencial desastre antes de perdermos a vantagem. Se precisarmos manipular Nestha para que faça adivinhação, mesmo que seja usando Elain contra ela, então faremos o que for necessário.

O estômago dele se revirou.

— Não gosto disso.

— Não precisa gostar — disse Amren. — Só precisa calar a boca e fazer o que lhe pedem.

— Amren — falou Rhys, envolvendo seu alerta em uma camada de repreensão e aviso.

Amren nem mesmo piscou com remorso, mas Varian franziu a testa para ela.

— O que é? — disparou ela.

O príncipe de Adriata lançou a ela um sorriso exasperado.

— Não falamos sobre isso? Sobre... ser gentil?

Amren revirou os olhos. Mas seu rosto se suavizou, ainda que de leve, quando ela encontrou o olhar de Cassian de novo.

— Uma semana. Nestha tem uma semana.

Três dias se passaram. Emerie foi a cada treino, e embora Gwyn tivesse quase alcançado o progresso de Nestha, Emerie precisaria de mais esforço.

Por isso, Nestha e Gwyn faziam dupla uma com a outra para repassar as séries de exercícios que Cassian mostrava a elas, e ele treinava equilíbrio e mobilidade com Emerie.

Nenhuma delas se importava, muito menos depois que perceberam que Emerie estava certa sobre os livros de Sellyn Drake. Nestha ficara acordada por duas noites seguidas para ler o primeiro romance da autora, uma fantasia erótica de deixar a pele eriçada, do jeito que ela desejava. E, conforme prometido, Emerie levara um exemplar de um dos romances mais brandos de Drake para Gwyn, que chegara corada na manhã seguinte e contara a Emerie que se aquele livro era considerado brando, ela não podia nem imaginar o conteúdo dos outros.

Depois daquele primeiro dia, Emerie decidiu que o movimento matutino não era tão intenso, então passou a ficar por toda a duração das aulas, que agora oficialmente duravam três horas inteiras. Então elas treinavam e, entre os exercícios, falavam de livros. Nestha acordou na quarta manhã e percebeu que estava... animada para encontrar com elas de novo.

Ela estava guardando um exemplar na biblioteca naquela tarde quando Gwyn a encontrou. Devido aos treinos toda manhã, Gwyn estava mais ocupada às tardes, o que significava que Nestha raramente a via na biblioteca, exceto quando Gwyn estava percorrendo prateleiras, buscando um ou outro livro para Merrill. Ocasionalmente, Nestha ouvia um lindo trecho ressonante de canção de algum canto distante da biblioteca — o único indicativo de que Gwyn estava por perto.

Naquela tarde, contudo, foi a respiração ofegante de Gwyn que anunciou a sua presença segundos antes de a sacerdotisa aparecer. Os olhos dela estavam tão arregalados que Nestha ficou em estado de alerta, observando a escuridão atrás da fêmea.

— O que foi? — Será que a escuridão lá debaixo a havia perseguido?

Gwyn se controlou o suficiente para dizer:

— Não sei como, mas Merrill descobriu que você trocou o livro. — Ela arquejou ao apontar para um andar bem acima. — Você deveria ir embora.

Nestha franziu a testa.

— E daí? Não vou deixar que ela me amedronte como se eu fosse uma criança desgarrada.

Gwyn empalideceu.

— Quando ela está furiosa, é...

— É o que, Gwyneth Berdara? — cantarolou uma voz fêmea das prateleiras. — Quando estou furiosa, sou *o quê*?

Gwyn se encolheu, virando-se lentamente conforme a beldade de cabelos brancos surgia da escuridão. As vestes pálidas dela flutuavam atrás do corpo como se sob um vento fantasma, e a pedra azul no alto do capuz dela tremeluziu. Gwyn fez uma reverência com a cabeça, seu rosto ficou pálido.

— Não quis dizer nada, Merrill.

Nestha trincou os dentes ao ver a reverência e o medo no rosto e nas palavras suaves de Gwyn.

Sacerdotisas pararam ao longo das sacadas acima delas.

Merrill voltou os olhos fascinantes para Nestha.

— Não gosto de ladrões e mentirosos.

— Nem eu — respondeu Nestha com frieza enquanto ergueu o queixo.

Merrill sibilou.

— Você tentou me passar a perna em meu próprio escritório. — Ela nem mesmo olhou para Gwyn, que se encolheu para longe.

— Não sei do que está falando.

— Não sabe, é? Estou falando de quando fui ver o livro que minha assistente idiota tinha me trazido *incorretamente*, sim, isso mesmo, eu sabia sobre isso desde o início, e encontrei o livro certo no lugar, com *seu* cheiro nele. Quer dizer que você não tem nada a ver com isso? — Merrill olhou de Gwyn para Nestha. — É inaceitável pedir a outros que consertem sua própria estupidez e desatenção.

O medo de Gwyn roçava contra os sentidos dela. Nestha falou, abaixando a voz:

— Gwyn não fez nada disso. E quem se importa? Você está tão entediada aqui embaixo que precisa inventar esses dramas para se entreter? — Ela gesticulou para a passagem aberta atrás de Merrill. — Nós duas estamos ocupadas. Saia e nos deixe trabalhar em paz.

Alguém arquejou em algum andar acima.

Merrill gargalhou; aquele vento fantasma sussurrou em torno dela.

— Você não sabe quem eu sou, menina?

— Sei que você está atrapalhando meu trabalho — disse Nestha, com aquela calma inexpressiva que ela sabia que deixava as pessoas transtornadas. — E sei que isto é uma biblioteca, mas você armazena livros como se fosse sua coleção pessoal.

Merrill exibiu os dentes.

— Acha que não sei quem *você* é? A menina humana que foi enfiada no Caldeirão e saiu Grã-Feérica. A fêmea que matou o rei de Hybern e levantou a cabeça dele como um troféu enquanto o sangue escorria.

Surpresa iluminou o rosto de Gwyn diante da descrição.

Nestha não se permitiu sequer engolir em seco.

— Mesmo aqui, sob tanta rocha, os boatos chegam até a mim — disse Merrill. — Ele encontra caminho entre as rachaduras e murmura o que acontece no mundo ao meu ouvido. — Merrill riu com escárnio. — Você acha que tem direito de fazer o que quiser agora?

O poder de Nestha ressoou em suas veias. Ela o pisoteou, o engoliu e o sufocou.

— Acho que você gosta muito de se ouvir.

— Sou descendente de Rabath, Senhor do Vento Oeste — disse Merrill, fervilhando. — Diferente de Gwyneth Berdara, não sou uma lacaia para ser dispensada.

Essa bruxa que fosse para o quinto dos infernos. Bastava de se esconder e se segurar.

Nestha deixou que o poder fervesse até a superfície, uma quantidade que ela sabia que fazia seus olhos brilharem. Deixou que estalasse, mesmo ao ignorar os urros selvagens e profanos.

Gwyn tinha recuado um passo. Até mesmo Merrill piscou quando Nestha disse:

— Tenho certeza de que esse recalque não combina com um título chique desses.

Nestha sorriu, selvagem e cruel. Merrill apenas olhou entre ela e Gwyn antes de dizer:

— Volte para o trabalho, ninfa.

Vento estalou ao encalço dela, Merrill saiu batendo os pés em direção à escuridão.

Nestha soltou o fio do poder, abafando a música e o rugido dele com a mão de ferro.

Mas somente quando o vento frio de Merrill se foi, Gwyn encostou-se em uma prateleira, esfregando as mãos no rosto. As sacerdotisas que estavam observando se colocaram em movimento de novo, enchendo a biblioteca com seus sussurros.

— Ninfa? — perguntou Nestha, invadindo o silêncio farfalhante.

Gwyn abaixou as mãos, notou a ausência do poder brilhando nos olhos de Nestha, então suspirou aliviada. Mas sua voz permaneceu casual.

— Minha avó era uma ninfa do rio que seduziu um Grão-Feérico da Corte Outonal. Então, sou um quarto ninfa, mas é o suficiente para isto. — Gwyn indicou os olhos grandes, de um azul tão claro que podia ser o mar raso, e o corpo esguio. — Meus ossos são um pouco mais flexíveis do que os dos Grão-Feéricos comuns, mas quem liga?

Talvez por isso Gwyn fosse tão boa com o equilíbrio e os movimentos.

Gwyn prosseguiu:

— Minha mãe era indesejada pelos dois povos. Ela não podia viver nos rios da Corte Primaveril, mas era selvagem demais para o confinamento da floresta de Outono. Então ela foi entregue na infância para o templo, em Sangravah, onde foi criada. Ela participou do Grande Rito quando teve idade, e eu, nós... minha irmã e eu, quer dizer... fomos o resultado daquela união sagrada com um macho desconhecido. Ela jamais descobriu quem ele era, pois a magia o escolheu naquela noite, e ninguém jamais apareceu para perguntar sobre meninas gêmeas. Fomos criadas no templo também. Nunca deixei o templo até... até vir para cá.

Havia tanta dor nos olhos de Gwyn naquele momento. Uma dor tão terrível que Nestha sabia que não deveria perguntar sobre a mãe ou a irmã gêmea dela.

Gwyn sacudiu a cabeça, como se desfazendo a lembrança. Ela abriu os dedos.

— Minha gêmea tinha membranas entre os dedos, como as ninfas. Eu não tenho.

Tinha.

De novo, Gwyn suspirou.

— Merrill vai transformar sua vida num inferno, sabe.

— Ela que tente — respondeu Nestha, tranquilamente. — Vai ser difícil tornar pior.

— Bom, agora temos um inimigo comum. Merrill jamais vai se esquecer disso. — Ela indicou as sacadas onde as sacerdotisas tinham se posicionado. — Embora eu suponha que elas também não. Não é todo dia que alguém a enfrenta. Só Clotho consegue fazer com que ela tome jeito de verdade, mas Clotho deixa que ela faça como quiser, em grande parte porque Merrill dá aqueles ataques ventosos que fazem com que os manuscritos de todos saiam voando.

— Sempre que precisar de alguém para colocar Merrill no lugar dela, fale comigo.

Gwyn deu um leve sorriso.

— Da próxima vez, talvez eu tenha a coragem de fazer eu mesma.

Parecia que as sacerdotisas não tinham se esquecido do que Nestha tinha feito.

Nestha, Gwyn e Emerie estavam fazendo os alongamentos de abertura, Cassian com o rosto impassível e olhos atentos para pegar qualquer erro, quando passos se arrastaram no arco além da área de treino.

Todos pararam diante das três figuras encapuzadas que surgiram, com mãos unidas tão firmes que as articulações estavam brancas.

Mas as sacerdotisas avançaram para a luz do sol, para o céu aberto. Piscaram para ele, como se lembrassem do que eram aquelas coisas.

Gwyn ficou de pé com um rolamento ágil, sorrindo tanto que Nestha ficou momentaneamente espantada. A sacerdotisa era bonita na biblioteca, mas com aquela alegria, aquela confiança conforme se dirigia até as três sacerdotisas, Gwyn tinha alcançado uma beleza que rivalizava com a de Merrill ou Mor.

Ou talvez nada tivesse mudado além da confiança, da forma como os ombros de Gwyn estavam retos, a cabeça erguida e o sorriso livre conforme ela dizia:

— Roslin. Deirdre. Ananke. Eu esperava que vocês viessem.

Nestha não tinha verificado a folha de inscrição naquela manhã. Tinha parado de acreditar que qualquer uma exceto Gwyn apareceria para treinar.

No entanto, as três se reuniram quando Cassian ofereceu um sorriso casual que era quase uma réplica do de Rhys. Feito para deixar as pessoas à vontade e diminuir a ameaça do poder dele, do corpo dele.

— Moças — disse ele, gesticulando para o ringue. — Bem-vindas.

Roslin e Ananke não disseram nada, mas a do meio, Deirdre, tirou o capuz.

Nestha conteve cada instinto que a teria feito arquejar. Emerie, no colchonete ao lado dela, parecia tentar fazer o mesmo.

Uma longa e cruel cicatriz cortava o rosto de Deirdre, quase atingindo o olho esquerdo. Estava saliente, de um branco marcante contra a pele marrom dela, e se alongava desde os cabelos pretos com cachos bem pequenos até a fina e linda mandíbula da moça. Os olhos pretos redondos, emoldurados por um tufo espesso de cílios que os faziam parecer ainda mais redondos, estavam arregalados, mas determinados, quando ela falou:

— Tomara que não estejamos muito atrasadas.

Todas elas olharam para Nestha. Mas ela não era a líder ali.

Ela olhou para Cassian, e ele deu de ombros, como se para dizer *Sou apenas o instrutor.*

Outra cicatriz avançava pelo pescoço de Deirdre e desaparecia sob a túnica. O fato de cicatrizes como aquela sequer existirem em uma Grã-Feérica sugeria um evento de tal violência, de tal horror, que o estômago de Nestha se revirou. Mesmo assim, ela caminhou na direção da sacerdotisa.

— Estávamos começando agora.

— Me dê aquelas pedras e ossos, por favor — disse Nestha, baixinho, para a Casa, enquanto estava sentada na biblioteca particular com um mapa de todas as sete cortes à sua frente, e Cassian um passo atrás.

Uma pequena tigela de argila surgiu ao lado do mapa, cheia deles.

Nestha engoliu em seco devido à secura na boca.

Cassian assoviou.

— Ela ouve mesmo você.

Nestha olhou por cima do ombro. Ela o havia convidado depois de voltar do trabalho na biblioteca por pura precaução, foi o que disse a si mesma. Se perdesse o controle, se não conseguisse testemunhar onde seu dedo recairia no mapa, alguém precisava estar lá. Essa pessoa, por acaso, era ele.

Não importava que ele um dia estivera ao lado dela, com a mão nas costas de Nestha, como estava agora, e deixara que ela se confortasse no calor e na força dele.

Cassian olhou da tigela de instrumentos de adivinhação para o mapa.

— Por que mudou de ideia?

Nestha não se deu tempo para hesitar antes de deslizar os dedos para dentro da tigela e pegar o punhado de pedras e ossos. Eles tilintaram uns contra os outros, ocos e antigos.

— Não consegui parar de pensar naquelas sacerdotisas que vieram para o treino hoje. Roslin disse que não colocava os pés do lado de fora há sessenta anos. E Deirdre, com aquelas cicatrizes... — Ela respirou fundo. — Estou pedindo que elas sejam corajosas, que se esforcem, que enfrentem seus medos. Mas não estou fazendo o mesmo.

— Ninguém acusou você disso.

— Não preciso que ninguém diga. Eu sei. E talvez eu tenha medo de fazer essa adivinhação, mas tenho mais medo de ser uma hipócrita covarde.

As sacerdotisas eram novatas em todo o sentido da palavra: Ananke tinha um equilíbrio tão ruim que caíra tentando plantar os dedos na terra. Roslin tinha sido apenas um pouco melhor. Nenhuma delas tinha tirado o capuz, não como Deirdre fizera, mas Nestha vira lampejos do cabelo vermelho como vinho de Roslin, do cabelo dourado de Ananke e de suas peles pálidas como creme.

Cassian falou:

— Tem certeza de que não quer fazer isso com Rhys e Amren por perto?

Nestha apertou os ossos e as pedras no punho.

— Não preciso deles.

Ele se calou, deixando que ela se concentrasse.

Tinha levado alguns momentos na primeira e única vez que ela havia tentado. Para deixar a mente se esvaziar, esperar por aquele puxão pelo corpo que a lançara contra uma força invisível. Nestha tinha sido atirada pela terra e, quando abrira os olhos, estava de pé em uma tenda de guerra, com o rei de Hybern diante dela e o Caldeirão como uma massa invasora escura além dele.

Nestha fechou os olhos, desejando que a mente se acalmasse quando levantou o punho fechado sobre o mapa. Ela se concentrou na respiração, no ritmo dos suspiros de Cassian.

Deu pra ouvir quando ela engoliu em seco.

Tinha fracassado em tudo. Mas podia fazer aquilo.

Fracassara com o pai, fracassara com Feyre por anos a fio antes daquilo. Fracassara com a mãe, supunha ela. E com Elain, também fracassara: primeiro ao deixar que fosse levada por Hybern naquela noite em que foram tiradas da cama; depois, por deixar que ela entrasse naquele Caldeirão. Por fim, quando o Caldeirão a levou para o coração do acampamento de Hybern.

Nestha fracassara, fracassara e fracassara, e não havia fim para aquilo, não havia fim...

— Alguma coisa?

— Não fale.

Cassian grunhiu, mas se aproximou. Seu calor agora era como uma massa sólida ao lado dela.

Nestha se obrigou a esvaziar a mente. Mas não conseguiu. Era como estar naquela maldita escada — ela apenas girava e girava e girava, descendo e descendo.

Os Tesouros Nefastos. Ela precisava encontrar os Tesouros Nefastos.

A Máscara, a Harpa e a Coroa.

Mas outros pensamentos surgiram também. Muitos.

A Máscara, ela se esforçou em pensar. *Onde está a Máscara dos Tesouros Nefastos?*

Sua palma estava escorregadia com suor, as pedras e os ossos se mexiam em seu punho fechado. Se a Máscara era consciente como o Caldeirão tinha sido... Ela não podia deixar que a visse. Que encontrasse o que ela mais amava.

Não podia deixar que a visse, que a encontrasse, que a ferisse.

A Máscara, pediu ela às pedras e aos ossos. *Encontre a Máscara.*

Nada respondeu. Não houve nenhum puxão, nenhum sussurro de poder. Ela exalou pelas narinas. *A Máscara*, pediu Nestha a eles.

Não houve nada.

O coração dela galopava, mas Nestha tentou de novo. Tomou uma rota diferente. Pensou na origem comum deles, naquela que ela e os Tesouros Nefastos compartilhavam. O Caldeirão.

Um vazio escancarado respondeu.

Nestha franziu a testa, agarrando os itens com mais força. Imaginou o Caldeirão: a grande tigela do mais escuro dos ferros, tão grande que múltiplas pessoas poderiam tê-la usado como banheira. Tinha uma forma física, mas quando aquela água gelada a engoliu, não havia fundo. Apenas um abismo de água congelante que logo se tornaria completa escuridão. A coisa que tinha existido antes da luz; o berço do qual toda a vida tinha surgido.

Suor brotou em gotas na testa dela, como se o próprio corpo de Nestha se rebelasse contra a lembrança, mas ela se obrigou a lembrar da aparência do Caldeirão na tenda de guerra do rei de Hybern, acomodado sobre o junco e os tapetes, uma besta primordial que estava dormente quando Nestha lá entrara.

E então, havia aberto um olho. Não um que ela pudesse ver, mas um que Nestha sentia fixo nela. Tinha se arregalado ao perceber quem estava ali: a fêmea que tinha tomado tanto, tanto. Ele concentrou todo o poder infinito, todo o ódio, sobre ela. Como um gato prendendo um rato com a pata.

A mão dela tremeu.

— Nestha?

Ela não conseguia respirar.

— Nestha?

Ela não conseguia suportar a lembrança daquele horror e fúria antigos... Ela abriu os olhos.

— Não consigo — disse ela, rouca. — Não consigo. O poder... acho que não o tenho mais.

— Está aí. Vi nos seus olhos, senti nos meus ossos. Tente de novo.

Ela não conseguia conjurá-lo. Não podia enfrentá-lo.

— Não consigo.

Nestha soltou as pedras e os ossos na tigela.

Ela não conseguiu suportar o desapontamento na voz de Cassian quando ele falou:

— Tudo bem.

Ela não jantou com ele. Não fez nada exceto rastejar até a cama, encarar a escuridão, e se jogar nela em queda livre.

Ele estava atrás dela.

Entremeando pelos corredores da Casa e serpenteando como uma cobra escura, procurava, farejava e caçava Nestha.

Ela não conseguia se mover na cama. Não conseguia abrir os olhos para soar o alarme, para fugir.

Ela o sentiu se aproximar, rastejando escada acima. Pelo corredor dela.

Ela não conseguia mover o corpo. Não conseguia abrir os olhos.

Escuridão deslizou pela fenda entre a porta e o piso de pedra.

Não — não podia tê-la encontrado. Ele a pegaria dessa vez, seguraria Nestha naquela cama e arrancaria dela tudo o que havia sido tomado dele.

A escuridão rastejou até a cama dela, e Nestha obrigou os olhos a se abrirem para vê-la se reunir acima dela, uma nuvem disforme, mas uma presença tão maligna que ela soube o nome antes que a presença saltasse.

Ela gritou quando a escuridão do Caldeirão a prendeu na cama, e então não havia nada a não ser o terrível peso dele preenchendo seu corpo, dilacerando Nestha de dentro para fora...

E então nada.

Cassian acordou sobressaltado e levou a mão à faca na mesa de cabeceira.

Ele não sabia por quê. Não havia tido um pesadelo, não ouvira nenhum barulho. Mas o terror e o pesar rastejavam dentro dele, acelerando seu coração. O solitário Sifão em sua mão brilhava como sangue fresco, como se também buscasse um inimigo para atacar.

Nada.

Mesmo assim, o ar tinha ficado frio como gelo. Tão frio que a respiração dele se condensava, e então as lâmpadas se acenderam. Acenderam e tremeluziram, piscando, como se estivessem desesperadamente sinalizando para ele.

Como se a Casa estivesse implorando para que ele corresse.

Cassian saltou da cama e a porta se abriu antes que ele conseguisse disparar até ela. Atirando-se ao corredor, com a faca na mão, ele não se importava que estivesse só de short, ou que só estivesse com um Sifão. A porta de Az se escancarou um segundo depois, e os passos do irmão se aproximaram atrás dele conforme Cassian chegou às escadas e correu para baixo.

Ele havia chegado ao patamar do andar de Nestha quando ela gritou.

Não um grito de raiva, mas de puro terror.

Seu corpo se aguçou ao ouvir aquele grito, como se não fosse mais do que a faca em sua mão, uma arma para ser usada para eliminar e destruir qualquer ameaça a ela, para matar e matar e não parar até que o último inimigo estivesse morto ou sangrando.

Sua porta estava aberta, e luz irradiava lá de dentro. Uma luz prateada e fria.

— Cassian — avisou Az, mas Cassian acelerou, correndo o mais rápido que tinha corrido na vida. Ele se chocou contra o arco da porta dela, adentrou apressado no quarto de Nestha, e parou subitamente diante do que via.

Nestha estava deitada na cama com o corpo arqueado. Banhada em fogo prateado.

Ela gritava, puxava os lençóis com as mãos, e aquele fogo queimava e queimava sem destruir os cobertores e nem o quarto. Queimava e se contorcia, como se a devorasse.

— Pelos deuses — sussurrou Azriel.

O fogo irradiava frio. Cassian jamais ouvira falar de tal poder entre os Grão-Feéricos. De fogo, sim — mas fogo com *calor.* Não seu gêmeo gelado e terrível.

Nestha arqueou o corpo de novo, soluçando entre os dentes trincados.

Cassian avançou até ela, mas Azriel o segurou pelo tronco. Ele grunhiu, pensando se conseguiria se desvencilhar dos braços de Azriel, mas a forma como Az o segurava era bastante perspicaz.

Nestha gritou de novo, e uma palavra surgiu no grito. *Não.*

Ela começou a gritar, a suplicar, *Não, não, não.*

Nestha arqueou o corpo de novo, e aquele fogo foi sugado para dentro, como se uma inalação profunda tivesse sido feita, prestes a ser exalada, invadindo o mundo...

As janelas do quarto foram sopradas para fora.

A escuridão da noite, cheia de sombras, vento e estrelas, invadiu o recinto.

E quando Nestha entrou em erupção e explodiu em labaredas de fogo prateado, Rhys atacou.

Ele sufocou o fogo dela com sua escuridão, como se tivesse soltado um cobertor nele. Nestha gritou, e dessa vez foi um ruído de dor.

A noite ficou límpida o suficiente para que Cassian conseguisse ver Rhys na cama, rugindo algo que o vento, o fogo e as estrelas abafavam. Mas, pelos lábios dele, Cassian sabia que era o nome dela.

— Nestha! — gritou Rhys. O vento se dissipou o bastante para que Cassian ouvisse desta vez. — *Nestha! É um sonho!*

O fogo de Nestha recuou de novo, e Rhys empurrou uma onda de escuridão sobre ela. A Casa inteira tremeu.

Cassian se debateu contra Azriel, gritando para que Rhys parasse com aquilo, parasse de machucá-la...

A escuridão de Rhys fez pressão para baixo, e a chama de Nestha revidou para cima, como se os dois poderes fossem espadas se chocando em batalha, lutando pela vantagem.

Domínio ecoou pelas palavras de Rhys desta vez.

— Acorde. É um sonho. *Acorde.*

Nestha ainda lutava, e Rhys trincou os dentes, sentindo poder se acumulando de novo.

— Me solte — disse Cassian para Azriel. — Az, me solte agora mesmo. — Azriel, para a surpresa dele, soltou.

Cassian sabia que as chances não estavam a seu favor. Ele tinha uma faca e um Sifão. Ser pego na magia entre Nestha e Rhys seria equivalente a entrar desarmado na cova de um leão.

Mas ele caminhou até onde o fogo prateado e a mais escura das noites lutavam.

E disse, com uma calma tranquilizadora:

— Nestha.

O fogo prateado tremeluziu.

— Nestha.

Ele podia jurar que a consciência dela, que aquele poder, tinha se voltado para ele. Apenas por tempo o suficiente.

A onda do poder de Rhys que a atingiu não foi o ataque bruto de mais cedo, mas uma onda macia que varreu aquela chama. Que a conteve.

Rhys ficou imóvel de um jeito que dizia a Cassian que o irmão não estava mais totalmente presente, mas na mente da fêmea que tinha ficado imóvel sobre a cama. Ele raramente pensava muito nos poderes de Rhys como daemati — no poder de Feyre também —, mas nunca se sentira tão grato por aquilo.

Cassian mal ousou respirar. Azriel pairou atrás dele enquanto Rhys estava diante da cama.

Lentamente, aquela chama retrocedeu. Sumiu como fumaça.

Lentamente, o corpo de Nestha relaxou.

E então a respiração dela se equilibrou e o corpo ficou inerte. Pacificamente inconsciente.

Cassian engoliu em seco, seu coração batia tão forte que ele sabia que Azriel podia ouvir quando se aproximou dele.

Então Rhys inalou de forma intensa e seu corpo se moveu plenamente de novo. Com suas próprias sombras reunidas nos ombros, Azriel perguntou:

— O que aconteceu?

Mas Rhys apenas caminhou até a pequena área de estar e desabou em uma cadeira. As mãos do Grão-Senhor estavam trêmulas — tremiam tanto que Cassian não sabia o que fazer. Pela preocupação estampada no rosto de Azriel, o irmão também não sabia.

Cassian perguntou:

— Deveríamos chamar Feyre?

— Não. — A palavra saiu como um grunhido. Os olhos de Rhys brilharam como estrelas violeta. — Ela não chega perto daqui.

— Aquilo foi... — Azriel olhou para a cama e para a fêmea inconsciente sobre ela. — Aquilo foi o verdadeiro poder de Nestha? Aquele fogo prateado?

— Só a superfície dele — sussurrou Rhys, cujas mãos ainda tremiam conforme ele as passava pelo rosto. — Merda.

Cassian firmou os pés, como se pudesse interceptar fisicamente o que Rhys estava prestes a dizer.

— Entrei no pesadelo dela. — Rhys olhou para Cassian. — Por que não me disse que tentaram adivinhação hoje?

— Não funcionou. — E o medo e a culpa de Nestha eram tão pesados na sala que o peito dele doeu. Cassian a deixara sozinha depois daquilo, sabendo que ela gostaria de privacidade.

Rhys soltou um suspiro trêmulo.

— A adivinhação foi como um gatilho. Para as lembranças. Percebi quando entrei. — A garganta dele se moveu, como se fosse inspirar, mas se conteve. — Ela estava sonhando com o Caldeirão. Com... com o momento em que ela entrou. — Cassian jamais vira Rhys tão sem palavras.

— Eu vi — sussurrou Rhys. — Senti. Tudo o que aconteceu dentro do Caldeirão. Vi quando ela tomou o poder dele com dentes, garras e ódio. E vi... *senti*... o que ele tomou dela.

Rhys esfregou o rosto e lentamente se enrijeceu. Ele encontrou o olhar de Cassian sem hesitar, aqueles olhos cheios de remorso e dor.

— O trauma dela é... — A garganta de Rhys tremeu.

— Eu sei — sussurrou Cassian.

— Eu imaginava — sussurrou Rhys —, mas foi diferente *sentir.*

— Qual é o poder dela? — perguntou Azriel.

— Morte — sussurrou Rhys, com as mãos trêmulas de novo quando ficou de pé e seguiu para a janela, a qual estava agora se consertando, um caco após o outro, como se uma paciente mão trabalhasse naquilo. Ele olhou para a fêmea que dormia na cama, e medo anuviou o rosto do Grão-Senhor da Corte Noturna. — Pura morte.

CAPÍTULO 30

O sonho tinha sido real e surreal ao mesmo tempo, e não havia fim nele, nenhuma forma de escapar.

Até que uma voz masculina familiar tinha dito o nome dela.

E o terror havia sido interrompido, como se o eixo do mundo tivesse mudado em direção àquela voz. Aquela voz, que se tornou uma porta, cheia de luz e força.

Nestha estendeu a mão na direção dela.

E então havia outra voz masculina na mente dela, e aquela também era familiar, e cheia de poder. Mas fora gentil, de uma forma que ela jamais ouvira a voz ser, e a tirara com calma do poço escuro do sonho, guiando-a com a mão salpicada de estrelas até uma terra de nuvens e colinas ondulantes sob uma lua brilhante.

Nestha se aninhara em uma daquelas colinas, a salvo e vigiada sob o luar, e dormira.

Ela caiu no sono, pesado e sem sonhos, e não abriu os olhos até que a luz do sol, não da lua, beijou seu rosto.

Ela estava no próprio quarto, com lençóis retorcidos e parcialmente no chão, mas...

Cassian estava dormindo em uma cadeira ao lado de sua cama.

A cabeça dele estava em um ângulo estranho, as asas arrastavam na pedra e ele vestia apenas um short e um cobertor que parecia ter sido colocado por alguém sobre seu colo.

Tinha sido um pesadelo, percebeu ela, com um jato frio de compreensão. Nestha sonhara com o Caldeirão; estava perdida dentro dele, gritando e gritando.

E tinha sido a voz dele que ela ouviu. A voz dele e...

Não havia sinal de Rhysand. Apenas Cassian.

Ela o encarou por longos minutos, a palidez incomum do rosto dele, as sobrancelhas ainda franzidas de preocupação, como se não parasse de se preocupar com ela nem em sonhos. O sol emoldurava seu cabelo preto e brilhava entre suas asas, ressaltando os tons de vermelho e dourado em ambos.

Como um cavaleiro vigiando sua donzela. Ela não conseguiu impedir a imagem que saltou das páginas de seus livros infantis. Como um príncipe-guerreiro, com aquelas tatuagens e o peito musculoso.

A garganta de Nestha se apertou insuportavelmente e seus olhos arderam. Ela não se permitiria chorar, não por si mesma, e não ao vê-lo montando guarda ao lado da cama dela a noite toda.

Mas pareceu que as piscadelas furiosas de Nestha o acordaram, como se ele pudesse ouvir o tremor dos seus cílios.

Os olhos castanhos de Cassian dispararam para os dela, como se ele sempre soubesse exatamente onde ela estava. E estavam tão cheios de preocupação e daquela bondade irredutível que ela precisou lutar intensamente para evitar que as lágrimas caíssem.

Cassian disse, gentilmente:

— Oi.

Ela se conteve.

— Oi.

— Você está bem?

— Estou. — Não. Mas não pelo motivo que ele achava.

— Que bom. — Cassian gemeu, espreguiçando-se, primeiro os braços e depois as asas. Os músculos se contraíram. — Quer conversar sobre isso?

— Não.

— Tudo bem.

E foi isso.

Mas Cassian lançou a ela um meio-sorriso, e foi tão normal, tão *ele* de uma forma que ninguém mais era ou jamais seria, que a garganta de Nestha se apertou de novo.

— Quer tomar café?

Nestha conseguiu responder ao meio-sorriso dele com um próprio.

— Gosto das suas prioridades, general.

— O que aconteceu com você? — perguntou Emerie enquanto elas ofegavam durante exercícios abdominais. — Está pálida como a morte.

— Pesadelos — falou Nestha, desejando não olhar para onde Cassian estava, instruindo Roslin de uma distância respeitosa sobre como fazer um agachamento direito. Eles tinham tomado um café da manhã silencioso, mas não fora estranho. Tinha sido confortável... tranquilo. Agradável.

Gwyn perguntou, do outro lado de Nestha:

— Você os tem com frequência?

— Tenho. — Nestha concluiu um abdominal, resmungando devido à fraqueza no tronco.

— Eu também — disse Gwyn, em voz baixa. — Algumas noites, preciso de uma poção para dormir de nossa curandeira, para conseguir apagar.

Emerie deu a Gwyn um olhar observador. Emerie jamais tinha perguntado sobre o passado de Gwyn, ou sobre as histórias de outras sacerdotisas, mas era uma fêmea atenta. Certamente vira a forma como elas mantinham uma distância saudável de Cassian, sentia o cheiro da hesitação e do medo delas, e tinha juntado as peças. Emerie perguntou a Nestha:

— Sobre o que sonhou?

O corpo de Nestha travou, mas ela se colocou em movimento de novo, recusando-se a deixar as lembranças tomarem conta.

— Sonhei com o Caldeirão. Com o que ele fez comigo.

Gwyn disse, brincando com o cabelo:

— Também sonho com meu passado.

A admissão de Gwyn e a da própria Nestha não as fez perder o ritmo. A mente de Nestha tinha se esvaziado um pouco. E, de alguma forma, ela descobriu que conseguia se forçar ainda mais.

Talvez ao dizer aquelas verdades ela lhes dera asas. E as lançara voando pelo céu aberto acima.

— Como você está?

Cassian estava sentado diante da mesa de Rhys na casa do rio, um tornozelo apoiado no joelho, e perguntou:

— Eu? Eu que lhe pergunto. Você está deplorável.

— Ontem foi um dia difícil, seguido por uma noite difícil. — Rhys apoiou a cabeça sobre um punho fechado na mesa.

Cassian inclinou a cabeça.

— O que aconteceu antes do desastre que foi a noite passada?

Pelos deuses, ele quase havia chorado naquela manhã ao abrir os olhos e encontrar Nestha olhando para ele com o rosto calmo e livre de dor. As sombras ainda pairavam, sim, mas ele aceitava qualquer coisa no lugar dos gritos dela. No lugar daquela magia que Rhys só conseguiu explicar como *pura morte*

Quando Rhys não respondeu, Cassian falou:

— Rhys.

Rhys não olhou para ele ao sussurrar:

— O bebê tem asas.

Alegria tomou conta de Cassian — mesmo que o sussurro partido e o que aquelas palavras queriam dizer tenham feito seu sangue esfriar.

— Tem certeza?

— Tivemos uma consulta com Madja ontem de manhã.

— Mas ele é apenas um quarto illyriano. — Era possível, é claro, que o bebê tivesse herdado asas, mas improvável, considerando que o próprio Rhys havia nascido sem elas, e apenas as conjurava por meio de qualquer que fosse a magia estranha e sobrenatural que possuía.

— Ele é. Mas Feyre estava em forma illyriana quando ele foi concebido.

— Isso faz diferença? Achei que ela só fizesse as asas, nada mais.

— Ela muda de forma e transfigura todo seu ser na forma que assume. Quando se dá asas, ela essencialmente altera o corpo no nível mais intrínseco. Então era inteiramente illyriana naquela noite.

— Ela não tem asas agora.

— Não, ela mudou de volta antes que soubéssemos.

— Então deixe que ela se transforme em illyriana de novo para carregar o bebê.

O rosto de Rhys estava sério.

— Madja baniu a transfiguração. Ela diz que alterar o corpo de Feyre de qualquer maneira agora poderia colocar o bebê em risco. Caso isso seja ruim para o bebê, Feyre está proibida de sequer mudar a cor do cabelo até depois do nascimento.

Cassian passou a mão pelo cabelo.

— Entendo. Mas, Rhys... vai ficar tudo bem. Não é tão ruim assim.

Rhys grunhiu.

— *É* ruim, sim. Por tantas malditas razões. É muito *ruim*.

Rhys não tinha ficado tão fora de si assim desde que retornara da corte de Amarantha.

— Respire — disse Cassian, calmamente.

Os olhos de Rhys fervilharam; as estrelas dentro deles se apagaram.

— Vai se foder.

— Respire fundo, Rhysand. — Cassian indicou a janela atrás dele, o gramado que descia até o rio. — Quer ir lutar para extravasar? Tenho energia para queimar.

As portas do escritório se abriram e Azriel entrou. Pela expressão triste estampada em seu rosto, ele já sabia.

Azriel ocupou a cadeira ao lado de Cassian.

— Diga do que precisa, Rhys.

— Nada. Preciso não perder a cabeça para que minha parceira não capte um cheiro disso quando ela voltar para casa para almoçar. — Rhys semicerrou os olhos, e poder ecoou pelo cômodo. — *Ninguém* diz uma palavra sobre isso para Feyre. *Ninguém*.

— Madja não a avisou? — perguntou Azriel.

— Não tão detalhadamente. Ela só mencionou um risco elevado durante o parto. — Rhys soltou uma gargalhada áspera. — Um risco elevado.

O estômago de Cassian se revirou.

Azriel falou:

— Sei que é um momento ruim, mas tem outra coisa para considerar, Rhys.

Rhys ergueu a cabeça de novo.

O rosto de Azriel parecia pedra.

— A gravidez não será visível por mais algumas semanas, mas alguém vai reparar em breve. As pessoas vão descobrir sobre a gravidez.

— Eu sei.

— Eris vai descobrir.

— Ele é nosso aliado. Suspeito que estará mais concentrado em lidar com o pai e encontrar os soldados perdidos do que nisso.

Então Az o acertou em cheio:

— E Tamlin vai descobrir.

O grunhido de Rhys fez as luzes piscarem.

— E daí?

Cassian lançou a Azriel um olhar irritado de aviso, mas Az falou, sem medo e inabalado:

— Precisamos nos preparar para qualquer reação.

— Estou pouco me fodendo para o Tamlin.

O fato de Rhys não entender o que Az quis dizer informou a Cassian o quanto ele estava transtornado e apavorado.

Cassian tentou imitar o tom calmo de Azriel.

— Ele pode reagir mal.

— Se colocar os pés nesta fronteira, ele morre.

— Não duvido disso — falou Cassian. — Mas Tamlin já está por um fio. Você e Lucien não deixaram dúvidas que ele quase não melhorou no último ano. Descobrir sobre a gravidez de Feyre pode fazer com que ele desabe de novo. Com uma possível nova guerra e Briallyn metida com Koschei, precisamos de um aliado forte. Precisamos das forças da Corte Primaveril.

— Então escondemos a gravidez dela?

— Não. Mas precisamos chamar Lucien — disse Azriel, apenas um pouco mais tenso, como se não gostasse nada daquilo. — Precisamos dar a notícia a ele, e colocá-lo permanentemente na Corte Primaveril para conter qualquer dano e para ser nossos olhos e ouvidos.

Silêncio. Eles deixaram as palavras serem absorvidas por Rhys.

— A ideia de cuidar de Tamlin me faz querer estilhaçar aquela janela — falou Rhys, mas foi uma reclamação suficiente para que Cassian quase desabasse de alívio. Pelo menos aquele tom afiado de violência havia acalmado. Apenas um pouco.

— Vou entrar em contato com Lucien — ofereceu-se Azriel.

Ainda havia medo nos olhos de Rhys, então Cassian deu a volta pela mesa e puxou seu Grão-Senhor de pé. Rhys permitiu.

Cassian passou um braço sobre os ombros de Rhys.

— Vamos nos sujar de sangue.

CAPÍTULO 31

Nestha acabava de se acomodar à mesa de jantar e estava com o estômago roncando de fome quando Cassian entrou. Mancou para dentro, na verdade.

Ela não conseguiu segurar um arquejo quase silencioso que lhe escapou quando viu o olho roxo, o lábio cortado e a mandíbula machucada.

— O que aconteceu? — indagou ela.

Cassian meio mancou, se arrastou até a cadeira, e então desabou nela.

— Lutei com Rhys.

— Você parece um pedaço de carne moída.

— Devia ver como ele ficou. — Ele soltou uma gargalhada rouca.

— Por que lutaram assim? — Se tivera algo a ver com o pesadelo dela...

— Rhys precisava extravasar. — Cassian suspirou para a tigela de frango assado e sopa de arroz que surgiu diante dele. — Apesar daquele exterior tranquilo que meu irmão mostra para o mundo, ele precisa se soltar de vez em quando.

— Acho que temos significados bem diferentes para a palavra.

Ele riu, tomando uma colherada de sopa.

— Não foi por diversão. Só para liberar tensão.

— Tensão pelo quê? — Nestha sabia que não era da sua conta.

Mas Cassian soltou a colher e ficou com o rosto sério.

— O bebê tem asas.

Ela precisou piscar algumas vezes para processar aquilo.

— Como já sabem?

— A magia de Madja permite que ela veja o formato geral de um bebê no útero, para ver se está tudo bem. Ele está grande o suficiente agora para que ela detecte que todos os membros estão em ordem... e que ele tem asas.

Totalmente inacreditável, a forma como a magia deles podia funcionar. Conseguir ver dentro do próprio útero.

Nestha não conseguiu impedir a voz baixa em sua mente de se perguntar o que o poder dela própria poderia fazer, se soltasse a coleira em que o mantinha. E não conseguiu segurar a descarga de pânico que respondeu. Como se pensar naquilo permitisse que ele vagasse livremente.

Nestha se obrigou a perguntar:

— Então Rhysand não queria que o bebê tivesse asas?

Cassian continuou comendo.

— Não é isso. Vai ser uma alegria para ele, para mim, Az e Feyre também, eu acho, ensinar o bebê a voar, a amar o vento e o céu como nós amamos. O problema é o nascimento.

— Não entendo.

— Quantos meio-illyrianos você conhece?

— Só Rhys, acho.

— Isso é porque são extremamente incomuns. Mas a mãe de Rhys era illyriana. E mulheres illyrianas quase nunca se casam e reproduzem fora de suas comunidades. Machos illyrianos fazem isso muito mais frequentemente, ou pelo menos saem transando por aí, mas raramente se vê os filhos.

— Por quê?

— Fêmeas illyrianas têm uma pélvis especificamente feita para que crianças com asas passem. Fêmeas Grã-Feéricas não têm. E quando uma criança tem asas, pode ficar presa durante o parto. — O rosto dele tinha ficado pálido sob os hematomas. — A maioria das fêmeas morre, os bebês também. Não tem como a magia ajudar, a não ser fraturar a pélvis da fêmea para alargá-la para o nascimento. O que pode matar o bebê do mesmo jeito.

— Feyre vai morrer? — As palavras dela saíram como um sussurro. Por um segundo, cada gota de desprezo, ódio e amargura se foi. Um pânico puro e cristalino as substituiu.

— Algumas sobrevivem. — Cassian fez menção de esfregar o rosto, mas parou antes de tocar os ferimentos. — Mas o parto é tão violento que muitas delas chegam perto da morte ou são tão alteradas por ela que não conseguem ter outro filho.

— Mesmo com uma curandeira para curá-las? — O coração dela batia forte, tão nauseantemente rápido que Nestha precisou soltar os talheres.

— Sinceramente, não sei. Qualquer tentativa passada de cortar a criança do ventre da mãe acabou... — Ele estremeceu. — Mãe nenhuma sobreviveu. — O sangue de Nestha se tornou ácido. Cassian girou os ombros. — Então não vamos nem tentar essa opção. Madja vai estar lá a cada passo, fazendo o possível. E ainda não sabemos como a própria magia de Feyre vai impactar o nascimento.

— Feyre está nervosa?

— Ela ainda não sabe de tudo. Mas todos nós que crescemos aqui sabemos o que significa quando uma fêmea Grã-Feérica carrega um bebê com asas.

Nestha se concentrou em conter o medo que escorria por ela.

— E Rhys precisou lutar para liberar esse medo.

— Sim. Junto com a culpa e a dor dele.

— Talvez outra corte tenha uma curandeira que saiba mais do que Madja. Talvez uma com povo alado. A Corte Crepuscular tem os Peregrinos, o povo de Drakon é Serafim. Myriam não tem asas, mas deu à luz os filhos de Drakon.

— Rhys vai para a ilha deles amanhã. E Mor está fazendo perguntas discretas pelas cortes feéricas no continente. — Ele passou a mão pelo cabelo e o Sifão refletiu luz. — Se houver uma forma de salvar Feyre da morte, Rhys vai descobrir. Ele não vai parar por nada até descobrir uma forma de poupá-la.

Silêncio recaiu, e o peso no peito dela era quase insuportável. Rhys faria aquilo, ela sabia, sem sombra de dúvida. O Grão-Senhor iria até o fim do mundo atrás de um jeito de salvar Feyre.

Ela disse, baixinho:

— Vou tentar a adivinhação de novo.

O olho preto de Cassian se destacou na luz quando ele abaixou as sobrancelhas em aviso.

— Depois de ontem à noite...

Ela levantou o queixo. Se aquele bebê sobrevivesse... Nestha não permitiria que ele nascesse em um mundo mais uma vez mergulhado em guerra. Mas ela não disse isso, não conseguiu se abrir daquela forma.

— Preciso recuperar minhas forças depois da tentativa de ontem. Faremos isso amanhã à noite.

— Quero Rhys e Amren lá. E Az.

— Tudo bem.

Cassian encostou na cadeira. Era quase cômico, o olhar pesado dele combinado com o lábio cortado e o olho roxo. Ele falou, depois de um momento:

— Por que você não me procurou?

Nestha sabia o que ele queria dizer apenas pela forma como a voz dele baixou uma oitava.

Ela podia jogar aquele jogo de distração. Ele não fazia ideia do quão bem ela aprendera a jogá-lo. Então Nestha deixou a própria voz baixar também.

— Por que você não *me* procurou?

— Estou interpretando suas deixas. Você não pareceu ter interesse em mim depois de... — Ele mirou a mesa entre os dois, para o chão onde ela havia ajoelhado entre as pernas dele. — Não machuquei você, machuquei?

Nestha soltou uma risada rouca.

— Não, não me machucou. — Ela estendeu o braço sobre a mesa, traçando o dedo pelo braço dele antes de o encarar. — Eu adorei quando você fodeu minha boca, Cassian.

Os olhos dele ficaram mais sombrios. Nestha se levantou, e ele ficou completamente imóvel quando ela deu a volta pela mesa e parou ao lado da cadeira dele.

— Quer transar comigo nesta mesa? — perguntou ela, baixinho, passando a mão pela superfície lisa. Ele estremeceu, como se tivesse imaginado aquele toque em sua pele.

— Quero — respondeu ele, com a voz gutural. — Nesta mesa, nesta cadeira, em cada superfície desta Casa.

— Não acho que a Casa gostaria de um comportamento tão impróprio. Muito embora ela também seja leitora de romance.

— Eu... O quê? — A respiração dele tinha se tornado ofegante.

Nestha se aproximou e deu um beijo na boca cortada dele. Não foi um gesto romântico. Não foi nem mesmo carinhoso. Foi um desafio e uma provocação maliciosa para que esquecesse o medo e a dor e se entrelaçasse com ela.

— Não tenho interesse em levar para cama um macho que parece que saiu de uma briga de taverna — disse ela, contra os lábios dele.

— Podemos diminuir as luzes.

Nestha riu. O desejo tinha embaçado a visão dele, e Nestha sabia que, se olhasse para baixo, veria a prova do quanto ele estava afetado. Mas não se entregaria a essa tentação.

Ele seria a recompensa dela — mas apenas depois que ela tivesse realizado a adivinhação.

Os lábios de Nestha se curvaram.

— Quando você estiver curado e bonitinho de novo — disse ela, afastando-se —, aí deixo você foder comigo onde quiser nesta Casa.

As mãos de Cassian se enterraram nos braços da cadeira, como se estivesse se segurando para não saltar nela. Mas sua boca se entreabriu em um sorriso selvagem.

— Combinado.

Ninguém perguntou sobre Nestha mudar de ideia quando ela e Cassian entraram no escritório da casa do rio no fim da tarde seguinte e encontraram Rhys, Feyre, Azriel e Amren esperando diante de um mapa gigante dos reinos feéricos. Uma tigela de pedras e ossos estava ao lado dele.

Todos encaravam, sopesando e julgando-a. Mas os olhos de Nestha recaíram sobre Feyre, que estava do outro lado da sala, com uma das mãos repousada distraidamente na leve saliência da barriga.

Nestha se recusou a deixar qualquer coisa transparecer em seu rosto quando ofereceu à irmã um curto aceno de cumprimento. Ela se odiou quando os olhos de Feyre se suavizaram — odiou a emoção pura ali quando Feyre assentiu de volta, sorrindo hesitantemente.

O alívio e a felicidade nos olhos de Feyre eram demais para Nestha. O fato de que só um aceno feito por educação provocasse aquilo em sua irmã. Incapaz de suportar, Nestha olhou para onde Rhysand estava, ao lado de Feyre. Um olhar para ele e Nestha permitiu que sua mente se abrisse — apenas um pouco.

Não vou dizer uma palavra a Feyre, jurou Nestha.

Ela não fez isso por nenhuma gentileza em particular, mas para tirar aquele olhar de cautela de Rhys antes que a perfurasse ainda mais. Ele sem dúvida soubera ou imaginara que Cassian tinha contado a ela sobre as asas do bebê.

Rhys apenas disse, com a voz cautelosa, *Obrigado.*

Nestha não perguntou sobre a visita dele a Miryam ou Drakon — se tinha descoberto alguma coisa. Ela chegou à mesa, com Cassian sempre por perto. Mas se esqueceu dele quando viu Amren, que a olhava com um desprezo frio.

As palavras que meses antes Nestha havia tanto tentado esquecer dispararam do poço mais escuro de suas lembranças, cada uma a perfurando. *Você se tornou patética, um desperdício de vida.*

Nestha desviou do olhar de Amren e se concentrou no mapa.

— Vamos logo com isso.

Azriel perguntou, ao lado de Amren:

— Quando você tentou, há dois dias, não sentiu nada?

— Nada. — Os dedos de Nestha pairaram na tigela de ferramentas. — Minha mente ficou andando em círculos em volta de si mesma.

— Em que você pensou? — perguntou Amren.

No quanto ela se odiava. No pai. No quanto temia o Caldeirão.

Nestha respondeu:

— Nos Tesouros. E no que aconteceu da última vez em que tentei adivinhação.

Feyre disse:

— Não vamos deixar que nenhum mal aconteça com Elain. Rhys a protegeu com escudos esta manhã, e vamos ficar de olho nela o tempo todo.

— Olhos podem ser ofuscados — disse Nestha.

— Não aqueles sob meu comando — disse Azriel, com uma leve ameaça. Nestha o encarou, sabendo que ele era o único, à exceção de Feyre, que poderia realmente entender a hesitação dela. Ele fora com Feyre ao centro do acampamento de Hybern para salvar Elain, ele conhecia o risco. — Não vamos cometer o mesmo erro duas vezes.

Ela acreditou nele.

— Tudo bem. — Ela pegou as pedras e os ossos. Estavam frios como gelo contra seus dedos.

Segurando-os firme, Nestha fechou os olhos e estendeu o braço sobre o mapa aberto na mesa. Ninguém falou, embora o peso dos olhares deles a pressionasse.

O calor de Cassian emanou ao seu lado e as asas dele farfalharam perto das costas dela.

Ela permitiu que aquele calor e aquele farfalhar a ancorassem.

Ele fora salvá-la do pesadelo dela, tinha ficado com Nestha enquanto ela dormia. Tinha vigiado e lutado por ela. Ele não deixaria que nenhum mal viesse até ela agora.

Nenhum mal

Nenhum mal

Nenhum mal

O que tinha sido uma espiral interminável de pensamentos sumiu. Um buraco se escancarou na mente dela.

Nenhum mal

Nenhum mal

Nenhum mal

Nestha entrou naquela escuridão, como se lentamente mergulhasse em um lago.

O braço de Cassian roçou o dela, e Nestha deixou que aquilo a ancorasse também. Um bote salva-vidas. Ela segurou a mão dele com sua mão livre e entrelaçou os dedos deles. Deixou que o toque a firmasse quando ela permitiu que o que restava de sua mente deslizasse sob a superfície escura.

E então, nada.

Caindo lentamente. Pairando como uma pequena pedra estremecendo até o fundo de um lago.

A Máscara, sussurrou ela, projetando a mente para a eternidade. *Onde está a Máscara dos Tesouros Nefastos?*

Ela ainda flutuava em noite líquida.

No início e no fim, havia Escuridão e nada mais. Ela ouvira aquela verdade pela primeira vez, compreendendo-a, durante sua batalha contra o Caldeirão. E entendia de novo agora, conforme flutuava para aquele mesmo lugar estranho, tanto cheio quanto vazio, eternamente frio.

Onde está a Máscara?, perguntou Nestha ao vazio.

Distante, como uma vela em uma janela, ela sentiu a mão de Cassian apertar a dela. Aquele era o caminho de volta. Nada poderia prendê-la, contê-la, se ela tivesse aquele caminho de volta.

Onde está a Máscara?

Durante longos minutos, apenas o tique-taque do relógio de pêndulo no canto preenchia o escritório.

Nestha ficou ao lado de Cassian, com os dedos agora frouxos na mão dele enquanto a outra mão dela se estendia sobre o mapa, com ossos e pedras fazendo volume dentro dos dedos fechados.

Cassian trocou olhares com Feyre. Ele mal conseguira olhar para ela e para a saliência em sua barriga. Mas havia se forçado a sorrir; a personificação da calma casual e arrogante.

Agora uma brisa fria e fantasmagórica passava por ele. Os pelos se arrepiaram em sua nuca.

Amren soltou um sibilo baixo.

— Para onde ela está vagueando?

A mão de Nestha ainda estava sobre o mapa. Mas os dedos dela nos dele tinham ficado frios como gelo.

Cassian apertou a mão dela, desejando transmiti-la calor.

Do outro lado da mesa, a respiração de Azriel se condensou. Rhys se aproximou de Feyre, posicionando-se de modo a interceptar qualquer ameaça inesperada.

— Isso não aconteceu naquela vez durante a guerra contra Hybern — murmurou Azriel.

Antes que qualquer um deles pudesse responder, as pálpebras de Nestha se moveram — como se ela estivesse vendo alguma coisa. Com o movimento de um espasmo em direção uma à outra, suas sobrancelhas se uniram. Os dedos dela se apertaram sobre as pedras e ossos, e as articulações ficaram brancas. O ar ficou ainda mais frio.

— Menina, caso você esteja vendo a Máscara, este é um bom momento para soltar os ossos — ordenou Amren, com cautela na voz.

A mão de Nestha permaneceu fechada. Mas seus olhos ainda se moviam rapidamente atrás das pálpebras, procurando, buscando.

— Nestha — comandou Feyre. — Abra a mão. — Feyre tinha entrado na mente de Nestha da última vez, tinha tirado a irmã, graças ao poder de daemati que herdara de Rhys. Feyre disse um palavrão baixinho. — Ela não chegou a baixar os escudos. Os escudos dela são...

— Uma fortaleza de ferro sólido — murmurou Rhys, de olho em Nestha.

— Não consigo entrar — sussurrou Feyre. — E você?

— A mente dela está protegida por uma coisa que magia feérica alguma consegue romper — disse Amren. A essência do próprio Caldeirão.

Mas Nestha não dava sinais de medo, nenhum cheiro.

— Deem tempo a ela — murmurou Cassian. Pelos deuses, como estava frio. As pálpebras de Nestha estremeceram de novo.

— Não gosto disso — disse Feyre. — Onde quer que ela esteja, parece mortal.

O frio continuou baixando. A mão de Nestha apertou a dele — um apertão forte.

Um aviso.

— Tire ela de lá, Rhys — exigiu Cassian. — Tire ela agora.

— Não consigo — disse ele, baixinho, com o poder como um manto de estrelas e noite em volta dele. — Eu... As portas da mente dela estavam abertas na outra noite. Estão fechadas agora.

— Ela não quer que ele a veja. Ou que nos veja — disse Feyre, com a expressão tensa. — Ela o trancou do lado de fora, só que com isso se trancou do lado de dentro.

O estômago de Cassian se revirou.

— Nestha — disse ele ao ouvido dela. — Nestha, abra a mão e volte.

A respiração dela ficou mais intensa. O frio aumentou.

— *Nestha* — grunhiu ele...

E o frio parou. Não sumiu, mas... parou. Os olhos de Nestha se abriram. Neles, um fogo prateado ardia. Não havia nada de feérico neles.

Rhys empurrou Feyre para trás dele. Ela se empurrou de volta para o lado dele. Mas a mão de Nestha continuou apertando a de Cassian. Ele apertou de volta, deixou que seus Sifões lançassem uma faísca de poder por sua pele.

Nestha moveu a cabeça tão lentamente que foi como ver uma boneca se mexer. Os olhos dela encontraram os dele.

A Morte o observava.

Mas a Morte havia caminhado ao lado dele durante todos os dias de sua vida. Então Cassian acariciou a palma da mão dela com o polegar e disse:

— Oi, Nes.

Nestha piscou, e ele deixou que os Sifões a espetassem com seu poder de novo. O fogo tremeluziu.

Ele assentiu para o mapa.

— Solte as pedras e os ossos. — Ele não deixou que ela sentisse o cheiro do medo dele. Ali estava o ser sobre o qual o Entalhador de Ossos tinha sussurrado, exaltado e temido.

Os olhos dela estampavam chamas. Ninguém ousou respirar.

— Solte as pedras e os ossos, e então você e eu podemos brincar — disse Cassian, deixando que ela sentisse o calor e a necessidade dele, obrigando-se a lembrar daquele beijo provocador no jantar e da promessa dela de deixar que ele a comesse onde quisesse na Casa; o que aquilo tinha feito nele, o quanto ardia. Cassian deixou que tudo isso se acendesse em seus olhos, deixou que o cheiro de sua excitação a envolvesse.

Todos ficaram tensos quando ele inclinou o corpo para a frente, abaixou a cabeça e a beijou.

Os lábios de Nestha eram como lascas de gelo.

Mas ele deixou que a frieza machucasse seus lábios e roçou a língua contra a dela. Mordiscou o lábio inferior de Nestha até sentir que os abriu por uma fração. Passou a língua para dentro daquela abertura, e encontrou o interior da boca de Nestha, normalmente tão macio e quente, encrustado com cristais de gelo.

Nestha não o beijou de volta, mas não o empurrou para longe. Então Cassian, pela união de suas bocas, lançou seu calor para dentro e, com a mão livre, segurou o quadril dela enquanto seus Sifões beliscavam a mão de Nestha mais uma vez.

A boca de Nestha se abriu mais, e ele deslizou a língua sobre cada centímetro — pelos dentes congelados e pelo céu da boca. Aquecendo, amaciando, libertando.

A língua dela se levantou e encontrou a dele com uma carícia única que rachou o gelo na boca de Nestha.

Cassian inclinou a boca sobre a dela, puxando-a contra o peito, e provou Nestha como queria fazer na outra noite, profunda e completamente, reivindicando-a. A língua dela mais uma vez roçou a dele, e então o corpo dela estava se aquecendo, e Cassian se afastou o suficiente para dizer, contra os lábios dela:

— Solte, Nestha.

Ele aproximou a boca da de Nestha mais uma vez, desafiando-a a liberar aquele fogo frio contra ele.

Alguma coisa bateu e tilintou ao lado deles.

E quando a outra mão de Nestha segurou o ombro dele, com dedos agora livres de pedras e ossos, quando ela arqueou o pescoço, dando a ele acesso melhor e mais profundo, Cassian quase estremeceu de alívio.

Ela parou o beijo primeiro, como se deslizasse para dentro do próprio corpo e se lembrasse de quem a beijava, onde estavam, quem assistia.

Cassian abriu os olhos e a encontrou tão perto que os dois compartilhavam o fôlego. Uma respiração normal, não condensada. Os olhos de Nestha haviam retornado ao azul-acinzentado que ele conhecia tão bem. Havia uma surpresa dilaceradora e um pouco de medo iluminando seu rosto. Como se ela jamais o tivesse visto.

— Interessante — observou Amren, antes de ir ao encontro da fêmea que estudava o mapa.

Com a mão de Rhys segurando a dela com força, Feyre olhava boquiaberta. Cautela se acendeu no rosto de Rhys. No de Azriel também.

Que diabo você fez para tirá-la daquilo? perguntou Rhys.

Cassian não sabia ao certo. *A única coisa em que consegui pensar.*

Você aqueceu a sala toda.

Não foi a minha intenção.

Nestha se afastou — não bruscamente, mas com tamanha determinação que fez Cassian olhar para o ponto em que ela e Amren estavam avaliando no mapa.

— O pântano de Oorid? — Feyre franziu a testa para o ponto no Meio. — A Máscara está em um pântano?

— Oorid, um dia, foi um lugar sagrado — disse Amren. — Guerreiros eram colocados em seu descanso final naquelas águas pretas como a noite. Mas Oorid se transformou num lugar de escuridão há muito tempo. Não me olhe assim, Rhysand, sabe o que quero dizer. É uma região tão vil que ninguém se aventura por lá, e apenas os piores feéricos são atraídos até ele. Dizem que a água lá flui até Sob a Montanha, e que as criaturas que vivem no pântano há muito usam as passagens aquáticas subterrâneas para viajar pelo Meio, até mesmo para dentro das montanhas das cortes que o cercam.

Feyre franziu a testa.

— Não dá para ser mais específico? — Ela perguntou a Rhys: — Temos um mapa detalhado do Meio?

Rhys sacudiu a cabeça.

— É proibido mapear o Meio além de vagos marcos. — Ele apontou para a montanha sagrada no centro, onde tinha sido mantido preso por quase cinquenta anos. A Montanha, os bosques, o pântano... Tudo pode ser visto da terra e do ar. Mas os segredos, aqueles descobertos a pé... esses são proibidos.

A testa de Feyre continuou franzida.

— Por quem?

— Um conselho antigo de Grão-Senhores. O Meio é um lugar onde magia selvagem ainda vive, prospera e se alimenta. Respeitamos como uma entidade própria, e não queremos provocar a ira dele ao revelar seus mistérios.

Feyre encarou Nestha, que estava olhando inexpressivamente para onde as pedras e os ossos tinham caído, em uma pilha organizada sobre o pântano.

— O Meio é onde a Tecelã do Bosque morava — disse Feyre, com a voz tensa. — Se você for ao pântano, vai precisar se armar.

— Nós dois estaremos armados — disse Cassian. — Até os dentes.

Quando Nestha não respondeu, todos olharam para ela. Nenhum deles ousou perguntar sobre aquele poder, o ser que olhara para ele. Aquele que Cassian derretera com um beijo. Ele ainda conseguia sentir o gosto de gelo na língua, sentia o cheiro semelhante ao dela, mas completamente diferente.

Nestha falou:

— Vamos amanhã.

Feyre se sobressaltou:

— Precisam de tempo para se preparar...

— Vamos amanhã — repetiu Nestha. Cassian vislumbrou tudo o que ela não dizia. Queria ir no dia seguinte para não ter a chance de pensar duas vezes. De descobrir mais sobre o perigo que enfrentaria.

Os dedos dele roçaram a lombar de Nestha, aproveitando o calor dela depois de todo aquele frio.

— Partiremos depois do café da manhã.

CAPÍTULO 32

— Eu deveria ir com vocês — disse Rhys a Cassian quando eles se encontraram no saguão da casa do rio na manhã seguinte.

— *Eu* deveria ir com vocês — replicou Feyre, recostando-se no corrimão da escada e franzindo a testa para o parceiro e para Cassian.

Nestha os observava em silêncio, o peso das armas que ela carregava era como mãos fantasmas pressionando suas costas, coxas e quadril. *Você tem tantas chances de se machucar quanto de ferir um oponente*, dissera Cassian ao colocar as armas na mesa de jantar naquela manhã, *mas é melhor do que entrar em Oorid desarmada*. Ela escolheu uma adaga e ele sorriu. *O lado pontudo vai no inimigo.*

Nestha lhe dera um olhar repreensivo, mas deixou que ele a ajudasse com as alças e fivelas dos vários estojos de armas, concentrando-se nas mãos fortes de Cassian sussurrando sobre a pele dela, e não na tarefa futura.

— Nós dois deveríamos ir com vocês — corrigiu Rhys. — Mas pelo menos Azriel estará lá.

— Obrigado pela consideração — disse Cassian, sarcasticamente, e beijou a bochecha de Feyre. Rhys devia ter baixado o escudo dela naquele momento. — Vocês dois nem são pais ainda e essa superproteção galinhal atingiu um nível insuportável.

— *Superproteção galinhal?* — Feyre engasgou com a gargalhada.

— É uma expressão — disse Cassian, tão casualmente que Nestha se perguntou se ele entendia o perigo ao qual estavam se dirigindo.

Nestha voltou o olhar para Azriel, que deu de ombros sutilmente em confirmação. Sim, eles estavam prestes a se aventurar em um pântano letal e antigo. Não, Cassian não parecia tão perturbado quanto eles dois estavam.

Nestha fez uma careta, e Az ofereceu a ela um sorriso sutil. Eles podiam ser aliados, era o que aquele sorriso parecia dizer. Contra a insanidade absoluta de Cassian. Ela se viu respondendo a Azriel com um sorriso próprio.

Rhys suspirou para o teto.

— Vamos?

Nestha olhou para o alto das escadas, para Feyre. Elain escolhera mais uma vez ficar no quarto enquanto Nestha estava presente, o que não era um problema. Problema algum. Elain podia fazer as próprias escolhas. E tinha escolhido fechar de vez a porta para Nestha. Mesmo ao receber de braços abertos Feyre e o mundo dela. O peito de Nestha se apertou, mas ela se recusou a pensar sobre o assunto e reconhecer aquilo. Elain era como um cachorro, leal a quem quer que fosse o mestre que a mantivesse alimentada e confortável.

Nestha desviou a atenção das escadas, amaldiçoando-se por ser uma tola ao sequer olhar para lá.

— Não gosto disso — disparou Feyre, avançando na direção dela. — Você não teve treino o suficiente.

Cassian riu.

— Ela tem dois guerreiros illyrianos para vigiá-la. O que poderia dar errado?

— Não responda — falou Rhys, sarcasticamente, para a parceira. Ele encontrou o olhar de Nestha. Estrelas nasciam e morriam nos olhos dele. — Se não quiser ir...

— Vocês precisam de mim — disse Nestha, erguendo o queixo. — O pântano é grande demais e vocês não vão conseguir encontrar a Máscara sem meu... dom. — Ela não fazia ideia de *como* encontraria a Máscara em

Oorid, mas eles podiam pelo menos começar a explorar a área naquele dia. Pelo menos fora isso que Cassian disse de manhã.

Feyre parecia pronta para protestar, mas Azriel estendeu as mãos cobertas de cicatrizes para Cassian e Nestha. Feyre deu um passo adiante de novo.

— O Meio não se parece com nada que você tenha visto antes, Nestha. Não abaixe a guarda nem por um instante.

Nestha assentiu, sem se incomodar em dizer que ela já agia assim há muito tempo.

Azriel não lhes deu a chance de trocar mais uma palavra antes que sombras murmurantes deslizassem em torno deles. Nestha não conseguiu deixar de se segurar em Azriel, entendendo em algum nível intrínseco que, se soltasse, rolaria pelo espaço entre os lugares e se perderia para todo o sempre.

Mas então uma luz cinza e aquosa a atingiu. E o ar — o ar era pesado, preenchido por uma umidade desacelerada, bolor e solo argiloso. Nenhum vento se movia em torno deles; nem mesmo uma brisa.

Cassian assoviou.

— Olhem só que buraco. — Soltando a mão de Azriel, Nestha fez exatamente isso.

Oorid se estendia diante deles. Ela jamais vira um lugar tão morto. Um lugar que fazia sua parte ainda humana se encolher, sussurrando que era *errado errado errado* estar ali.

Azriel estremeceu. O encantador de sombras da Corte Noturna *estremeceu* quando a totalidade do ar, do cheiro e da quietude opressores de Oorid o atingiu.

Os três avaliaram a área deserta.

Nem mesmo a água do Caldeirão era de um preto tão sólido quanto o da água ali, que parecia ser constituída de nanquim. Nas sombras a poucos metros, onde a água encontrava a grama, sequer uma folha se via onde a superfície a tocava.

Árvores mortas, acinzentadas pela idade e pela erosão, elevavam-se como as lanças quebradas de mil soldados, algumas envoltas em cortinas de musgo. Nenhuma folha se agarrava aos seus galhos. A maioria dos galhos tinha sido quebrada, deixando estacas pontiagudas se estendendo dos troncos.

— Sequer um inseto — observou Azriel. — Nem um só pássaro.

Nestha se esforçou para ouvir. Só teve silêncio como resposta. Vazio até mesmo de um sussurro de brisa.

— Quem enterraria seus mortos aqui?

— Não os colocavam na terra — disse Cassian, com a voz estranhamente abafada, como se aquele ar espesso engolisse qualquer eco. — Estas eram águas funerárias.

Nestha falou:

— Prefiro ser queimada até virar cinzas e jogada ao vento a ser deixada aqui.

— Preferência registrada — respondeu Cassian.

— Este lugar é maligno — sussurrou Azriel. Havia um medo verdadeiro nos olhos castanhos do encantador de sombras.

Os pelos nos braços de Nestha se arrepiaram.

— Que tipo de criatura vive aqui?

— Só agora você pergunta? — disse Cassian, erguendo as sobrancelhas. Ele e Azriel tinham colocado a armadura mais espessa, conjurada quando eles tocavam os Sifões no dorso das mãos.

— Eu estava com medo de perguntar antes — admitiu ela. — Não queria perder a calma.

Cassian abriu a boca, mas Azriel respondeu:

— Coisas que caçam na água e se banqueteiam com carne.

— Ninguém vê um kelpie há muito tempo — replicou Cassian.

— O que não significa que foram extintos.

— O que é um kelpie? — perguntou Nestha, com o coração acelerado diante da tensão estampada no rosto deles.

— Uma criatura ancestral, um dos primeiros monstros reais dos feéricos — disse Cassian. — Os humanos chamavam por outros nomes: cavalos-d'água, nixies. Eram metamorfos que moravam nos lagos e rios e atraíam pessoas desavisadas para seus braços. E depois de terem afogado a pessoa, a devoravam. Só as entranhas retornavam à margem.

Nestha encarou a superfície preta do pântano.

— E eles vivem aqui?

— Eles sumiram centenas de anos antes de nós nascermos — disse Cassian, com firmeza. — São um mito sussurrado em volta de fogueiras, e um aviso para que crianças não brinquem perto da água. Mas ninguém sabe para onde foram. A maioria foi caçada, mas os sobreviventes... — Ele admitiu com um aceno para Azriel: — É possível que tenham fugido para o Meio. O único lugar que poderia protegê-los. — Nestha fez uma careta. Cassian lançou um sorriso para ela que não chegou aos olhos. — Só não saia correndo atrás de um lindo cavalo branco ou um rapaz de rosto bonito e vai ficar tudo bem.

— E fique longe da água — acrescentou Azriel, com seriedade.

— E se a Máscara estiver na água? — perguntou ela, indicando o amplo pântano. Haviam decidido que voariam por cima dele, e deixariam que ela sentisse o que havia ali.

— Então Az e eu tiraremos no palitinho, como os guerreiros valentes que somos, e o perdedor entra.

Azriel revirou os olhos, mas riu. O sorriso de Cassian por fim iluminou seu olhar quando ele abriu os braços.

— A beleza de Oorid aguarda, minha dama.

Cassian havia passado por lugares horríveis no decorrer de seus cinco séculos de existência.

O pântano de Oorid era, de longe, o pior. Sua mera essência exalava morte e podridão.

O ar opressor abafava até mesmo o som das asas deles, como se Oorid não permitisse que som algum perturbasse seu sono antigo.

Nestha se agarrou a ele conforme voavam. Com Az ao seu lado, Cassian olhava para a floresta morta que se estendia abaixo; a água preta a inundara como um espelho de obsidiana. Estava tão parada que ele conseguia ver os reflexos deles perfeitamente.

Com o vento açoitando seu cabelo trançado, Nestha falou:

— Não sei exatamente o que estou procurando.

— Só mantenha todos os sentidos atentos e veja se alguma coisa chama atenção. — Cassian começou um círculo amplo para o oeste. O ar pareceu pressionar as asas dele, como se fosse derrubá-los na terra.

Mas entrar naquela água preta seria um caso extremo.

Ilhas de grama pontuavam a extensão, algumas tão cheias de espinhos que ele não conseguia encontrar um lugar seguro para aterrissar. Os emaranhados de espinhos eram um deboche do que poderia ter sido — como se Oorid tivesse um dia produzido rosas. Sequer uma flor brotava.

— É insuportável. — Nestha estremeceu.

— Ficaremos só o tempo que conseguirmos aguentar — disse Cassian —, e, se não encontrarmos nada, voltaremos amanhã e retomaremos de onde paramos.

Ele tinha duas espadas, quatro facas, um arco illyriano e uma aljava de flechas, além dos sete Sifões. Mas não conseguia afastar a sensação de que voava despido.

— O que mais vive aqui além de kelpies?

— Dizem que bruxas — murmurou ele. — Não do tipo humano — acrescentou ele, quando ela ergueu uma sobrancelha. — Do tipo que costumava ser outra coisa e então sua sede por magia e poder as transformou em criaturas desprezíveis, banidas até aqui por diversos Grão-Senhores.

— Elas não parecem tão ruins assim.

— Elas bebem sangue jovem para preencher a frieza que a magia deixou nelas.

Nestha se encolheu. Cassian prosseguiu conforme ela observou o pântano:

— Há os encantadores de luz: seres lindos e etéreos que, quando você se perde, simulam rostos amigos para lhe atrair. Somente quando você está nos braços deles verá sua verdadeira face, antes que eles a afoguem no pântano. Mas esses matam por diversão, não para comer.

— Todas essas criaturas horríveis são simplesmente *deixadas* aqui, sem supervisão?

— O Meio não está sob a jurisdição de nenhum Grão-Senhor. Há muito tempo que é o local de desova de indesejáveis.

— Não era para estarem na prisão?

— Os crimes deles são inerentes à natureza. Um kelpie é feito para atrair e matar, como um lobo é feito para caçar a presa. O Meio os mantém separados de nós sem puni-los pelo jeito como foram feitos.

— Mas ninguém vem livrar o mundo deles?

— O Meio é cheio de magia primordial. Tem as próprias regras e leis. Se caçar os kelpies ou os encantadores de luz sem ser provocada, pode acabar presa aqui.

Ela estremeceu.

— Como a Máscara pode ter acabado no pântano?

— Não sei. — Ele indicou o chão. — Está sentindo alguma coisa?

— Não. Nada.

Cassian olhou por cima do ombro para Az antes de eles entrarem em uma nuvem de neblina que pairava sobre a seção norte do pântano. Era tão espessa que Cassian se elevou mais, com medo de empalá-los em uma árvore alta. A névoa era tão fria que passava como dedos gelados pelas asas e pelo rosto dele.

Nestha estremeceu, então sussurrou:

— Cassian.

Ele saiu da névoa e virou para a esquerda.

— Sentiu alguma coisa?

— Não sei o que senti. — Ela engoliu em seco. — Tem alguma coisa aqui.

Ele olhou por cima do ombro de novo para sinalizar para Azriel.

Mas Az não estava ali.

CAPÍTULO 33

— A*zriel!*

O grito de Cassian nem chegou a produzir eco.

Agarrada ao pescoço dele, Nestha observou a névoa.

Cassian permaneceu fora dela, batendo as asas no mesmo lugar enquanto procurava pelo irmão.

— Segure firme — sibilou Cassian, antes de se lançar em uma queda e usar o impulso para planar pela névoa.

Luz azul piscou abaixo e mais adiante. Os Sifões de Azriel.

— Merda — disparou Cassian, e desceu mais.

Árvores afiadas como espadas se projetavam para cima, e ele desviou delas e ficou com as asas a um centímetro de serem dilaceradas por aquelas estacas. O coração de Nestha galopava, mas ela não fecharia os olhos para escapar da morte ao redor, não quando Cassian desceu sob a cortina da névoa e eles viram o que Azriel enfrentava.

Cassian se virou tão rápido que Nestha mal teve tempo de se segurar, e então ele estava voando de volta por onde tinha vindo, pela névoa.

— Aonde você vai? — indagou ela. — Tem duas dúzias de soldados ali!

— Soldados da Corte Outonal — explicou Cassian, batendo as asas com tanta força que o vento atacava os olhos dela. — Não sei que merda estão fazendo aqui, ou se Eris nos fodeu bonito, mas um deles disparou uma flecha de freixo na asa de Az.

— Então por que estamos voando *para longe*?

— Porque não vou aterrissar com você no meio daquilo.

— Me coloque no chão! — gritou Nestha. — Me coloque no chão onde der e volte para ele! — Cassian não obedeceu e continuou observando o pântano abaixo em busca do lugar certo. Ela bateu com a mão no peito musculoso dele. — Cassian!

— Sei o que cada segundo me custa, Nestha — disse ele, em voz baixa.

— Me coloque numa porra de uma árvore, então! — Ela apontou para uma da qual eles desviaram por pouco.

Cassian viu uma área que ele julgou ser segura o suficiente: uma extensão sólida de terra gramada onde o resquício de uma árvore se elevava. Cassian a colocou na árvore, como Nestha havia sugerido, empoleirando-a no galho mais alto e mais firme. O galho rangeu e balançou sob o peso dela.

— Fique aqui — comandou ele, esperando até que ela tivesse fechado as mãos no galho e estivesse agarrada como uma criança que tinha subido alto demais. — Volto logo. *Não* desça. Não importa o que veja ou ouça.

— Vá. — Nestha sabia que era completamente inútil numa briga. Ela só o distrairia.

— Cuidado — avisou Cassian, como se não fosse ele aquele prestes a tomar a direção do perigo, então se foi. Nestha se agarrou ao galho da árvore com tanta força que o corpo dela tremeu inteiro. O silêncio do pântano a envolveu como um cobertor de chumbo.

Oorid devorou as ágeis batidas das asas de Cassian dentro de segundos, de modo que ela nem conseguiu ouvir quando ele sumiu na névoa.

Cassian se dirigiu para onde seus sentidos lhe diziam que Az ainda lutava. A visão dele não ajudava porra nenhuma — a névoa parecia mais espessa agora.

A Corte Outonal estava ali. Seriam aqueles os soldados desaparecidos de Eris, ou será que ele havia feito todos de tolos? Será que Beron, de alguma forma, tinha descoberto os planos deles?

Ele voou o mais rápido possível, rezando para que Az os tivesse contido, mesmo com aquela flecha de freixo na asa. A limitação que a flecha impunha ao poder de Az era o único motivo pelo qual os soldados ainda não estavam mortos — o motivo pelo qual os Sifões de Azriel tinham produzido uma faísca, não uma parede incineradora contra soldados que eram muito menos habilidosos.

Cassian mergulhou numa calma fria, despertando cada um de seus Sifões. Ele os alimentou de seu poder, e os Sifões o desviaram de volta, confirmando que estavam prontos; que ele estava pronto para o derramamento de sangue.

Os Sifões azuis de Azriel se acenderam adiante, uma mancha cobalto na névoa, e Cassian disparou mais alto no céu, até que aquele azul fosse um tremor abaixo dele.

Ele parou no ar, para que os guerreiros não conseguissem ouvir nenhuma asa batendo.

Então, bateu as asas silenciosamente e deslizou em queda livre. Foi atingido pela névoa e o ar pesado golpeou seu rosto, mas ele silenciosamente sacou uma lâmina e a faca presa em sua coxa.

A névoa se abria a quase um metro da briga.

Os soldados não tiveram tempo de olhar para cima antes de Cassian descer sobre eles.

Sangue jorrou e machos gritaram quando o poder vermelho disparou dos Sifões de Cassian. Az, com a asa esquerda ferida e sangrando e com os próprios Sifões acesos, lutava contra seis soldados ao mesmo tempo. A flecha de freixo tinha deixado o poder de Az quase inutilizável. Mas os Sifões estavam brilhando como um sinal — para Cassian.

Ver a asa ferida de Az fez sua mente começar a rugir.

Cassian matou, matou e não parou.

Muito tempo.

Cassian e Azriel estavam longe há muito tempo.

Os braços e as pernas de Nestha começavam a travar pelo esforço de se agarrar como um filhote de urso à árvore. Ela sabia que tinha meros minutos até que seu corpo se rebelasse e se soltasse.

Não havia som, nenhum clarão de luz. Apenas o pântano silencioso, a névoa e a árvore morta.

Cada fôlego ecoava os pensamentos dela. Cada fôlego era engolido pela opressão de Oorid.

Ela vira Cassian enfrentar soldados de Hybern. Duas dúzias dos da Corte Outonal não seriam nada. Mas por que eles estavam ali?

As pernas dela tremiam tanto que Nestha quase soltou o galho. Ela sabia que devia compor uma visão absolutamente patética, disposta daquele jeito sobre o galho exatamente como Cassian a havia deixado, com as pernas enroscadas, os tornozelos cruzados um sobre o outro e dedos enterrando-se na madeira seca e prateada.

Cuidadosamente, ela se impulsionou para cima e sentiu os braços formigando devido à dormência de segurar tão forte por tanto tempo. Suas pernas também cederam com alívio quando ela as liberou, deixando que ficassem penduradas no ar. Nestha observou a direção por onde Cassian havia ido. Nada.

Ele havia caído em batalha antes — ela o vira gravemente ferido. Na primeira vez em Hybern, quando ele tentou rastejar até ela conforme Nestha ia até o Caldeirão. Na segunda vez, contra as forças de Hybern, quando ele teve o abdômen dilacerado e Azriel segurou as entranhas com as próprias mãos. E na terceira vez, contra o próprio rei de Hybern, quando ela pediu a ele, ordenou a ele, que a usasse como isca, como distração enquanto ela atraía o rei para longe de Feyre e do Caldeirão.

Depois de tantos encontros com a morte, era apenas uma questão de tempo até que fosse definitivo.

A boca de Nestha secou. Azriel tinha sido atingido com uma flecha de freixo. E se os soldados tivessem ferido Cassian da mesma forma? E se os dois precisassem de ajuda?

Ela não podia fazer nada contra duas dúzias de soldados — nem contra um único soldado, para falar a verdade —, mas não podia suportar ficar sentada em uma árvore como uma covarde. Sem saber se ele estava vivo. E ela possuía magia. Não fazia ideia de como usá-la, mas... tinha, pelo menos. Talvez ajudasse.

Nestha disse a si mesma que também estava preocupada com Azriel. Disse a si mesma que se importava com o destino do encantador de sombras tanto quanto com o de Cassian. Mas era o rosto morto de Cassian que ela não suportava imaginar.

Nestha não se permitiu reconsiderar quando, mais uma vez, se deitou no galho, fechando os braços em volta dele ao descer a perna às cegas, procurando o galho logo abaixo...

Ali. O pé dela encontrou apoio, mas Nestha não deixou que aguentasse seu peso inteiro. Ainda agarrada ao galho, com as unhas enterradas na madeira morta com tanta força que farpas entraram sob elas, Nestha se abaixou para o galho abaixo. Ofegante, ela se ajoelhou de novo, e, mais uma vez, abaixou o pé, encontrando outro galho. Mas estava longe demais. Resmungando, ela subiu a perna de novo e cuidadosamente colocou as mãos de cada lado dos joelhos, concentrando-se no equilíbrio, exatamente como Cassian havia ensinado, pensando em cada movimento do corpo, nos pés, na respiração.

Com as pontas dos dedos reclamando das farpas que perfuravam a pele sensível sob as unhas, ela abaixou as pernas até que atingissem o galho abaixo. O galho seguinte estava mais próximo, mas era mais fino e mais bambo. Ela precisou se deitar sobre ele para evitar que se partisse.

Galho após galho, Nestha desceu até que suas botas mergulhassem no chão coberto de musgo, e a árvore se erguesse como um gigante acima dela.

O pântano se expandia ao redor, quilômetros de água preta e árvores e grama mortas.

Ela precisaria caminhar na água para chegar até ele. Nestha se concentrou na respiração — ou tentou. Cada inalação permaneceu rasa, curta.

Cassian podia estar ferido e morrendo. Sentar-se sem fazer nada não era uma opção.

Ela observou a margem, um metro adiante, em busca de algum indício de água mais rasa sobre a qual pudesse avançar até a ilha de musgo mais próxima, coberta com espinhos de dilacerar a pele, mas a água estava tão escura que era impossível determinar se estava rasa ou se descia até um poço sem fim.

Nestha se concentrou na respiração de novo. Ela sabia nadar. Sua mãe tinha se certificado disso, graças a uma prima que havia se afogado na infância. *Assassinada por fadas*, alegara a mãe dela. *Eu a vi ser arrastada para o rio.*

Será que tinha sido um kelpie? Ou os próprios medos da mãe dela distorcidos em algo monstruoso?

Nestha se obrigou a chegar perto da beira da água preta.

Corra, sussurrou uma voz baixinha. *Corra, corra e não olhe para trás.*

A voz era fêmea, gentil. Sábia e serena.

Corra.

Ela não conseguia. Se fosse correr, seria na direção dele, não para fugir.

Nestha entrou na beira da água, onde a grama sumia na escuridão.

O rosto dela a encarou de volta da quietude. Pálido e com olhos arregalados de terror.

Corra. Seria aquela voz tudo que lhe restara dos instintos humanos, ou algo mais? Ela olhou para seu reflexo como se ele fosse lhe dizer.

Alguma coisa farfalhou nos espinhos da ilha, e Nestha levantou a cabeça. Seu coração galopava conforme ela procurava por aquele rosto masculino familiar e as asas. Mas não havia sinal de Cassian. E seja lá o que estivesse naquele emaranhado... Ela deveria encontrar outra ilha para ficar.

Nestha observou o reflexo de novo.

E encontrou um par de olhos escuros como a noite olhando de volta através dele.

CAPÍTULO 34

Nestha tropeçou para longe tão rápido que caiu de costas no chão que tinha tanto musgo que amorteceu o impacto. Um rosto emergiu pela água preta onde o reflexo dela estivera. Era humanoide e mais branco do que osso. Macho. Pouco a pouco, centímetro a centímetro, a cabeça se elevou acima da água escura. Cabelos da cor de obsidiana flutuavam na água em torno da criatura, tão sedosos que poderiam muito bem ser a superfície do lago em si.

Os olhos pretos dele enormes — não havia nenhuma parte branca à vista — e as maçãs do rosto tão acentuadas que poderiam ter cortado o ar. O nariz era estreito e longo, como uma lâmina, e água pingava da ponta do nariz sobre uma boca... uma boca...

Era grande demais, aquela boca. Lábios sensuais, mas amplos demais.

Então os braços deslizaram para fora da água.

Com movimentos rígidos e aos solavancos, eles se esticaram para o musgo, brancos e finos, terminando em dedos tão longos quanto o antebraço de Nestha. Dedos que se enterraram na grama, revelando quatro articulações e unhas afiadas como adagas. Elas racharam e estalaram conforme ele se esticou e as enterrou na grama, buscando apoio.

O fôlego de Nestha foi arrancado dela, e o pavor, como um rugido, tomou conta de sua mente conforme ela rastejava para trás.

Ele se impulsionou para fora da água e revelou um torso ossudo e o cabelo preto que se arrastava atrás dele como uma rede.

Nestha avançou para trás de novo conforme ele lentamente erguia a cabeça.

Aquela boca ampla demais se entreabriu. Fileiras gêmeas de dentes podres, pontudos como cacos de vidro, preenchiam a boca que exibia um sorriso.

A bexiga de Nestha se aliviou e suas pernas ficaram úmidas e mornas.

Ele sentiu o cheiro, viu, e aquela boca se abriu ainda mais. Os dedos, em frenesi, puxavam mais e mais do corpo para fora da água. O quadril estreito e nu...

O macho se apoiou nos braços ao deslizar uma longa perna branca da escuridão. Outra. E então ele se ajoelhou e ficou de quatro, sorrindo para ela.

Nestha não conseguiu se mover. Não conseguiu fazer nada a não ser olhar para aquele rosto pálido, para aqueles olhos pretos tão escuros quanto o pântano, e para os dedos frenéticos longos demais, aqueles dentes de enguia...

Ele falou então, e não foi uma língua que ela reconheceu. A voz da criatura falhava e era grave e rouca, cheia de uma voracidade terrível e de uma perversão cruel.

A voz feminina suave na cabeça dela suplicou, *Corra, corra, corra.*

A cabeça dele se inclinou. Os cabelos pretos encharcados escorreram com o movimento, cheios do que pareciam ser algas do pântano. Como se ele também tivesse ouvido aquela voz feminina. Ele falou de novo, dessa vez com um tom mais exigente, sua voz soando como rocha esfregando rocha.

Kelpie. Aquilo era um kelpie, e ele a mataria.

Corra, gritou a voz. *Corra!*

As pernas de Nestha tinham se tornado distantes, dormentes. Ela não conseguia se lembrar de como usá-las.

A cabeça do kelpie estremeceu e os dedos convulsionaram na grama. O sorriso dele aumentou de novo. Tanto que ela viu a língua comprida e preta que se enroscava na boca, como se o macho já conseguisse sentir o gosto da carne dela.

Quando ele avançou nela, Nestha não conseguiu se lembrar de como se gritava.

Não conseguiu fazer absolutamente nada quando aqueles dedos longos se fecharam em suas pernas e as garras rasgaram sua pele, e a puxaram em sua direção.

Dor arrancou Nestha do estupor, e ela lutou e se agarrou com os dedos à grama, que se soltou em tufos, como se não tivesse raiz nenhuma. Como se o pântano não fosse fazer nada para ajudá-la.

O kelpie a puxou conforme serpenteava de volta para a água frígida.

E a arrastou para baixo da superfície.

Os dois soldados estavam de joelhos. A armadura leve de couro deles estampava a insígnia de Eris de dois cães sobre as patas traseiras na altura do peito. Isso não confirmava nada. Eles poderiam ter sido enviados até lá por Eris, ou por Beron, ou por ambos. Até que Azriel ou Rhys pudessem arrancar respostas deles, Cassian não desperdiçaria tempo com teorias. Não que os soldados tivessem oferecido alguma explicação.

Os rostos deles estavam vazios. Não havia um traço de medo — nem no cheiro deles.

Azriel ofegava. Sua asa sangrava sem parar no ponto onde ele arrancara a flecha de freixo. Cassian, coberto de sangue que não era dele, avaliava os dois soldados sobreviventes e os companheiros caídos em volta deles. Muitos em pedaços.

— Amarre-os — disse Cassian a Azriel, que já havia cicatrizado o suficiente para conjurar o poder dos Sifões. Luz azul disparou do irmão dele, envolvendo-se em torno dos pulsos dos dois machos, dos tornozelos e das bocas; então, os acorrentou juntos.

Cassian lidara com assassinos e prisioneiros suficientes para saber que manter dois prisioneiros vivos permitiria que ele confirmasse informações, que colocasse um contra o outro.

Os soldados tinham lutado cruelmente, com espadas e chamas, mas não tinham falado com os oponentes ou um com o outro. Aqueles dois pareciam tão distraídos e ausentes quanto os comparsas deles.

— Tem alguma coisa errada com eles — murmurou Azriel enquanto os dois soldados simplesmente os encaravam com violência nos olhos. Violência, mas sem reconhecimento ou compreensão de que agora estavam à mercê da Corte Noturna, e em breve aprenderiam como aquela corte obtinha respostas dos inimigos.

Cassian fungou.

— Pelo cheiro, eu diria que eles não tomam banho há semanas.

Az também farejou, fazendo uma careta.

— Será que estes são os soldados desaparecidos de Eris? Ele disse que andavam agindo estranho antes de sumirem. Eu certamente consideraria isto um comportamento estranho.

— Não sei. — Cassian limpou o sangue do rosto com o dorso da mão. — Acho que logo vamos descobrir. — Ele avaliou o irmão da cabeça aos pés. — Você está bem?

— Estou. — Mas a voz de Az estava tensa o suficiente para indicar que a asa doía como nunca. — Precisamos sair daqui. Pode haver mais deles.

Cassian enrijeceu o corpo. Ele deixara Nestha em uma árvore. Uma árvore alta, claro, mas...

Ele levantou voo, sem esperar para ver se Azriel conseguiria seguir antes de começar a bater as asas na direção daquele trecho de terra. Melhor do que uma ilha, decidira ele. Em uma ilha ela teria ficado presa. Mas o trecho de grama em que ele a havia deixado parecia ter sido um campo, um dia, e a árvore era tão alta que teria sido preciso um gigante para alcançá-la. Ou alguma outra coisa com asas.

O ar se abriu, e Azriel apareceu ao encalço dele, instável e cambaleando, mas voando. Escuridão se elevou atrás deles, confirmando que Az usava as sombras para esconder os prisioneiros.

Cassian seguiu o cheiro de Nestha de volta até aquela árvore. A névoa só diminuiu quando os galhos mais altos dela surgiram. Mas Nestha não estava ali.

Ele pairou no lugar enquanto avaliava a árvore e o chão.

— Nestha! — Ela não estava na grama, ou na árvore seguinte. Ele desceu até a terra, seguindo o cheiro dela por toda a área, mas não ia mais longe. Ia direto até a água, e então sumia.

Azriel aterrissou, girando no lugar.

— Não a vejo.

A água continuava parada como vidro preto. Não havia uma onda sequer. Havia uma ilha a quase 5 metros do outro lado da água — será que Nestha havia tomado aquela direção?

Cassian não conseguia respirar e nem pensar direito...

— *Nestha*!

Oorid devorou o rugido dele antes que pudesse ecoar sobre a água preta.

CAPÍTULO 35

Não havia luz, nada além da água frígida e mãos com garras que a puxavam.

Nestha já estivera ali antes. Era exatamente como o Caldeirão, como quando foi puxada em direção a uma escuridão gélida...

Era assim que ela morreria, e não havia nada que pudesse ser feito a respeito, ninguém para salvá-la. Ela havia tomado o último fôlego e nem mesmo fora um completo, tão concentrada no terror que se esquecera de que tinha armas, e que tinha magia...

Armas. Cega na escuridão, Nestha pegou a adaga ao lado do corpo. Ela havia revidado contra o Caldeirão. Faria o mesmo agora.

Seus ossos reclamavam onde o kelpie a agarrava; a mão dele a informava onde atacar. Trabalhando contra a correnteza conforme ela acelerava, Nestha estocou com a adaga para baixo, rogando aos deuses para que não cortasse a própria perna.

Osso reverberou contra a lâmina. A mão na perna dela se espalmou, e Nestha enfiou a ponta da adaga mais fundo quando o braço se afastou.

Ela se debateu na escuridão que espiralava. O lado de cima e o de baixo se embaçaram e embaralharam; Nestha estava se afogando...

Mãos esguias se chocaram contra seu peito, uma se fechando em seu pescoço quando as costas dela atingiram algo macio e arenoso. O leito.

Não, ela não acabaria daquela forma, indefesa como estivera naquele dia contra o Caldeirão...

Lábios e dentes colidiram com sua boca, e Nestha gritou quando o kelpie a beijou, enfiando a língua preta com gosto de carne podre em sua boca.

Por um segundo, ela não estava debaixo da água, mas contra uma pilha de madeira nas terras humanas, a boca dura de Tomas esmagava a dela e as mãos dele tateavam seu corpo...

Nestha lutou para afastar a cabeça, para libertar a boca, mas seus pulmões se encheram de ar. Como se o kelpie tivesse respirado para dentro dela. Como se a quisesse viva por um pouco mais de tempo, para prolongar sua dor.

O kelpie recuou, e Nestha teve o bom senso de fechar a boca dolorida e invadida, de prender aquele fôlego que ele lhe dera. De não questionar como tal coisa era sequer possível.

As mãos do kelpie percorreram o corpo dela, arrancando cada arma com uma mira infalível, como se ele não precisasse enxergar naquela escuridão, como se aqueles olhos pretos enormes conseguissem enxergar cada filete de luz como alguma criatura do fundo do mar. O corpo inteiro de Nestha ficou rígido e imóvel, cada toque brutal era dominador e furioso e deleitava-se com o medo dela.

Quando ele terminou de desarmá-la, os pulmões de Nestha estavam ardendo de novo, e ela sentiu aquele corpo masculino magro empurrá-la contra o fundo mais uma vez quando ele enfiou a boca na dela.

Nestha arquejou, mas abriu a boca para ele, deixando que ele enchesse sua boca com mais um fôlego vital que não tinha nada a ver com bondade. A língua dele se agitou como um verme contra a dela, e as mãos esguias e grandes demais percorreram seus seios e cintura, e quando Nestha arquejou de novo, lutando contra o choro, a risada dele foi como um sopro pelos lábios dela.

O kelpie se afastou, fileiras de dentes arranharam a boca de Nestha quando ele o fez, e ela estremeceu quando ele se demorou, acariciando seu cabelo. Seu pequeno prêmio — era o que o toque dizia. Como faria com que ela sofresse e implorasse antes do fim. Nestha havia escapado dos monstros do reino humano apenas para encontrar os mesmos acima da Muralha. Tinha escapado de Tomas apenas para acabar ali, furiosa como estivera naquela ocasião.

Aquela voz feminina suplicante sumira. Como se o que quer que ela fosse, quem quer que fosse, soubesse que não existia mais esperança.

Nestha buscou internamente seu poder enquanto o kelpie começou a nadar de novo, com a mão em volta da cintura dela, puxando-a.

As pernas delas se chocaram contra objetos metálicos e ossos, de alguma forma preservados dentro do pântano.

Alguns dos ossos pareciam ainda carnudos.

Por favor, implorou Nestha àquele poder dormente, ancestral e terrível dentro dela. *Por favor.* Nestha o conjurou, buscando o poder no abismo dentro de si.

Ela conseguia vê-lo brilhando adiante, dourado e reluzente. Seus dedos tentaram tocá-lo.

O kelpie nadou mais rápido pela escuridão, ziguezagueando pelos objetos na água como se fossem as raízes de uma árvore.

A coisa dourada ficou mais próxima, e era um disco redondo — seu poder — que ficava mais, mais e mais próximo. Conforme Nestha era arrastada, aquele disco dourado correu na direção de seus dedos abertos. O kelpie pareceu não notar; ele não desviou quando aquilo disparou para a mão esticada de Nestha.

Não era o poder dela que brilhava adiante.

O disco se conectou com seus dedos, e Nestha soube o que era quando o apertou com força. Semelhante atraía semelhante. Poder atraía poder.

Alheio, o kelpie continuava a puxá-la. O fôlego de Nestha mais uma vez começou a falhar. Os pés e as pernas dela roçavam objetos afiados como adagas e cortavam-se em alguns deles.

Em uma de suas mãos havia poder. Morte a agarrava pela outra.

Ela sabia o que precisava fazer com o tipo de lucidez que apenas o desespero e o terror puros podem trazer. Sabia o que precisava arriscar. Seus dedos se fecharam na coisa em sua mão.

O kelpie diminuiu a velocidade, como se sentisse a mudança nela. Mas não rápido o bastante.

Ele não conseguiu impedi-la de levar a Máscara ao rosto.

CAPÍTULO 36

Os pulmões de Nestha pararam de doer. Seu corpo parou de latejar.

Ela não precisava de ar. Não sentia dor.

Conseguia ver fracamente pelos buracos dos olhos na Máscara. O kelpie era uma coisa branca e fina — uma criatura de puro ódio e fome.

Ele a soltou, como se em choque e com medo. Como se hesitasse ao ver o que ela agora usava.

Foi tudo de que Nestha precisou.

Ela conseguia senti-los ao redor. Os mortos.

Sentia seus corpos há muito apodrecidos, alguns já meros ossos, enquanto outros estavam preservados, parcialmente devorados sob a armadura antiga. Suas armas estavam próximas, jogadas e ignoradas pelas criaturas do pântano, que estavam mais interessadas em se alimentar de carne em putrefação, mesmo das mais antigas.

Milhares e milhares de corpos.

Mas ela não chamaria milhares. Ainda não.

Seu sangue era uma canção fria, a Máscara era como um eco que serpenteava ao som dela, sussurrando tudo o que ela poderia fazer. *Meu lar*, era o que parecia suspirar. *Meu lar.*

Nestha não a rejeitou. Apenas a recebeu, deixando que a magia — mais fria do que a dela, e tão antiga quanto — fluísse para suas veias.

O kelpie se controlou, e exibiu os conjuntos idênticos de dentes antes de saltar.

A mão esquelética de alguém se fechou no tornozelo dele.

O kelpie se virou e olhou para baixo bem no momento em que outra mão esquelética, coberta com uma luva rachada pelo tempo, se fechou no outro tornozelo.

Outra mão, com carne caindo dos dedos, agarrou a juba de cabelos pretos dele.

O kelpie se virou para Nestha de novo, os olhos pretos arregalados.

Oscilando na água, com o poder da Máscara como uma canção gelada através dela, Nestha chamou os mortos. Para fazer o que o corpo dela não podia.

Embora tivesse lutado contra Tomas, contra o Caldeirão, contra o rei de Hybern, todos tinham *acontecido* com ela. Ela havia sobrevivido, mas depois de ter sido tomada pelo medo e pela desesperança.

Hoje não.

Hoje, ela aconteceria *a ele*.

O kelpie se debateu e livrou-se de uma das mãos esqueléticas quando outras dez, nas pontas de longos braços ossudos, se estenderam. Os corpos deles se levantaram com os braços. O kelpie tentou nadar para fora do alcance, mas um esqueleto alto parcialmente vestido em armadura enferrujada apareceu atrás dele e envolveu-o com os braços. Um rosto que era apenas osso olhou por cima do ombro do kelpie e abriu a mandíbula, revelando dentes pontudos — o que significava que não se tratava de um Grão-Feérico — que brilharam antes de se enterrarem na pele branca do kelpie.

Ele gritou, mas não saiu som algum. Assim como os mortos não emitiam som ao emergir do leito lamacento, alguns até em formação de combate enquanto convergiam até ele.

Nestha deixou o poder fluir por ela, permitindo que a Máscara fizesse o que desejasse, erguendo os honráveis mortos que um dia tinham sido enterrados ali e tinham sofrido o sacrilégio de servirem como um banquete infinito para o kelpie e os da espécie dele.

O kelpie resistia aos mortos, seus olhos estavam suplicantes agora. Mas Nestha se fixou nele sem um pingo de piedade, ainda sentindo o gosto da podridão em sua boca.

Ela sabia que ele conseguia ver os dentes dela brilhando. Sabia que o kelpie conseguia ver seu sorriso frio conforme ela ordenava aos mortos que o despedaçassem.

— *NESTHA!*

Mergulhado até a cintura na água escura e tão densa que ele não conseguia ver o próprio quadril, Cassian rugia o nome dela conforme Az voava acima, procurando, procurando...

Ele havia sentido o cheiro dela na margem do rio — o cheiro dela e de urina, que os deuses o condenassem ao inferno. Ela vira alguma coisa, tinha sido atacada por alguma coisa tão horrível que havia se molhado, e agora sumira sob aquela água...

— *NESTHA*!

Ele não sabia por onde começar naquela escuridão. Se continuasse a fazer muito mais barulho, outras coisas viriam procurar, mas precisava encontrá-la, ou murcharia e morreria, ele...

— *NESTHA*!

Azriel aterrissou na água ao lado dele.

— Não vejo nada — disse ele, ofegante, e com olhos tão desesperados quanto Cassian sabia que os seus estavam. — Precisamos de Rhys...

— Ele não está respondendo.

Como se o pântano engolisse as mensagens deles da mesma forma que engolia som.

Cassian caminhava com água até o peito e tateava as mãos às cegas em busca de qualquer pista, de um corpo...

Ele urrou ao pensar naquilo, e nem mesmo Oorid conseguiu abafar o som.

Ele se atirou para a frente, e somente a mão de Azriel no colarinho de sua armadura o segurou. Az grunhiu:

— *Olhe.*

Cassian olhou para onde Azriel apontava para a água mais profunda. A superfície estava ondulando. Uma luz dourada brilhava abaixo. Cassian avançou pela água naquela direção, mas Az o impediu de novo, seus Sifões brilhando em azul.

Foi quando as lanças romperam a superfície.

Como uma floresta se erguendo da água, lança após lança após lança surgiu. Então os capacetes, pingando água, alguns enferrujados, outros brilhando como se recém-forjados. E sob aqueles capacetes: crânios.

— Que a Mãe nos salve — sussurrou Azriel, com a voz embalada não por um assombro, mas pelo mais puro terror conforme os mortos se levantavam das profundezas de Oorid.

Uma fileira deles; uma legião. Alguns eram meras coleções de ossos de pé, mandíbulas abertas e olhos cegos. Alguns parcialmente preservados, com a carne em decomposição balançando sobre as costelas expostas. A julgar pelas armaduras elegantes, eram guerreiros, reis, príncipes e lordes.

Eles emergiram da água, de pé na parte rasa perto da ilha espinhenta. E quando aquela luz dourada irrompeu pela superfície diante deles, os mortos se ajoelharam.

Cada palavra sumiu da mente de Cassian quando Nestha também emergiu da água, como se erguida por um pilar submerso. Uma máscara dourada repousava sobre o rosto dela, primitiva, mas gravada com arabescos e desenhos tão antigos que tinham perdido todo o significado.

Água escorria de suas roupas, o cabelo tinha sido puxado da trança, e de sua mão...

A cabeça de um kelpie pendia da cortina de cabelos pretos, o rosto rasgado congelado em um grito. Exatamente como a cabeça do rei de Hybern tinha pendido da mão dela.

Apenas fogo prateado queimava nos olhos atrás da Máscara.

— Pelos deuses — sussurrou Azriel. Os mortos estavam parados, imóveis, uma legião pronta para atacar. A vontade da fêmea era a vontade dos mortos; o comando dela era a única razão de sua existência. Não tinham mais ego... apenas ela, apenas Nestha, flutuando entre eles.

— Nestha — sussurrou Cassian.

Ela soltou a cabeça do kelpie. A água escura a seus pés a engoliu por inteiro.

Uma onda fria de poder foi em direção a eles e, quando os atingiu, Cassian deixou que passasse por ele, em torno dele e se entregou. Porque se colocar contra ele seria como provocar a ira da Máscara. Colocar-se contra ele seria se colocar contra a própria Morte.

Ela era a própria Morte.

Azriel estremeceu, suportando aquele poder primitivo.

Mas os dois eram illyrianos, gostasse Az ou não. Então fizeram o que seu povo sempre fazia diante do belo rosto da Morte. Se curvaram.

Com o peito mergulhado na água, eles não podiam se curvar muito, mas os dois abaixaram a cabeça até que seus rostos quase tocassem a superfície. Cassian ergueu o olhar enquanto mantinha a posição, e observou o dourado do reflexo da Máscara dançar na água. Então aquele dourado se moveu.

Ele levantou a cabeça e viu Nestha tirar a Máscara.

Os mortos desabaram. Caíram sob a superfície preta com jatos de água e ondulações e sumiram de vez. Nem uma lança sequer restou.

Nestha desabou. Cassian avançou até ela e sentiu a água gelada ferindo seu rosto. Ele a segurou bem no momento em que ela afundou.

Nestha parecia uma boneca de pano quando ele a puxou de volta para Az, que estava com a espada erguida contra qualquer coisa que pudesse sair daquela água. Quando chegaram à margem, à grama e à árvore, Cassian avaliou o rosto pálido, rasgado e arranhado ao redor da boca e da mandíbula...

Nestha piscou, e seus olhos estavam novamente azul-acinzentados, e ela agarrava a Máscara ao peito como uma criança com sua boneca, tremendo, tremendo e tremendo.

Cassian só conseguiu fechar os braços em torno dela e segurá-la firme, até que o tremor passasse e a inconsciência oferecesse a Nestha a misericórdia do esquecimento.

CAPÍTULO 37

Havia um lugar na Corte dos Pesadelos onde nem mesmo Keir e seu esquadrão de elite de Precursores da Escuridão ousavam pisar.

Depois que os inimigos da Corte Noturna entravam naquele lugar, não saíam. Não vivos, pelo menos.

A maior parte do que restava de seus corpos não saía também. Eles passavam pela escotilha no centro da sala circular — e entravam no recinto das bestas que se contorciam e habitavam aquele poço. Para suas escamas, garras e fome impiedosa. As bestas não se alimentavam frequentemente; podiam receber um corpo a cada dez anos e fazer durar, entrando em hibernação entre as refeições.

O sangue dos dois machos da Corte Outonal que escorreu pelo ralo do piso de pedra preta as acordou.

Os grunhidos e sibilos delas, as caudas estalando e as garras arranhando deveriam ter incentivado os machos acorrentados às cadeiras a falar.

Azriel estava encostado contra a parede ao lado da porta solitária, com Reveladora da Verdade ensanguentada em sua mão. Cassian, um passo atrás dele, e Feyre, do outro lado de Az, observavam enquanto Rhys e Amren se aproximavam dos dois machos.

— Estão mais dispostos a se explicar? — perguntou Rhys, deslizando as mãos para dentro dos bolsos.

Apenas o conhecimento de que Nestha estava dormindo segura no quarto, no palácio de Rhys acima daquela montanha, protegida pelo poder do Grão-Senhor dele, permitiu que Cassian permanecesse naquela sala. A Máscara, coberta com um tecido de veludo preto, estava sobre uma mesa em outra sala do palácio, igualmente protegida e enfeitiçada. Azriel atravessara com eles para longe do pântano momentos depois de Nestha desmaiar, e os levara até a residência de Rhys no alto da Cidade Escavada. Cassian sabia, quando Rhys sumiu um segundo depois, que ele tinha ido até o pântano buscar os soldados da Corte Outonal e que os levaria até ali.

Nestha estava inconsciente desde então.

Os dois machos eram parecidos, do modo como pessoas pertencentes a mesma corte tendem a se parecer: a Corte Outonal tendia para cabelos de diversos tons de vermelho, olhos castanhos ou dourados, às vezes verdes, e, geralmente, pele pálida. O macho à esquerda tinha cabelo avermelhado mais para o marrom; o cabelo daquele à direita brilhava como cobre-claro. Os dois permaneciam com expressões vazias.

— Devem estar sob algum tipo de encantamento — observou Amren, circundando os machos. — A única motivação deles parece ser ferir sem motivo, sem contexto.

— Por que vocês atacaram membros de minha corte no pântano de Oorid? — perguntou Rhys, com aquela mesma calma tranquila que tantos tinham ouvido logo antes de serem dilacerados em filetes sangrentos.

Rhys concordara que os soldados que haviam atacado eram provavelmente os soldados da Corte Outonal que haviam sumido, mas como tinham ido parar no pântano de Oorid... Bom, era isso que pretendiam descobrir. Rhys tinha tentado entrar na mente deles, mas não encontrara nada além de névoa e neblina.

Os machos apenas olhavam na direção de Cassian, na direção de Azriel, e fervilhavam com violência.

Feyre comentou da parede:

— Eles são como cães raivosos, perderam qualquer sanidade.

— Eles também lutaram como se fossem — disse Cassian. — Sem inteligência, apenas... um desejo de matar.

Rhys estendeu a mão para aquele de cabelo acastanhado, o macho que sangrava nos lugares em que Azriel sabia que machucariam, mas não matariam. Az sabia onde cortar um macho sem permitir que sangrasse até a morte. Sabia como fazer aquilo durar dias.

— Se estão sob um feitiço de Briallyn ou Koschei — sugeriu Feyre —, então é certo feri-los dessa forma?

A pergunta ecoou pela câmara, por cima do grunhido das bestas famintas.

Rhys falou, depois de um momento:

— Não. Não é.

Amren disse a Feyre:

— O nevoeiro na mente deles e o fato de que suportaram as torturas de Az sem mostrar compreensão de nada além de dor básica pelo menos confirma nossas suspeitas.

— Se é assim que vocês querem justificar — disse Feyre, um pouco fria —, então tudo bem.

Todos eles, inclusive Feyre, tinham sido torturados em algum momento.

Feyre se virou para Rhys.

— Precisamos chamar Helion. Não por causa da... você sabe — disse ela, olhando para os dois soldados que podiam muito bem ainda estar cientes de tudo, mesmo presos dentro das próprias mentes —, mas para quebrar o feitiço sobre eles.

— Sim — respondeu Rhys, com os olhos brilhando com algo como culpa e vergonha. Alguma conversa silenciosa transcorreu entre ele e a parceira, e Cassian sabia que Rhys estava perguntando sobre a tortura, pedindo desculpas por fazer Feyre testemunhar os dez minutos em que Azriel havia trabalhado.

Mas Feyre, Cassian sabia, estava ciente do que veria quando entrou. E muito ciente de que aqueles dez minutos tinham sido apenas os movimentos de abertura em uma sinfonia de dor que Azriel podia conduzir com uma eficiência brutal.

O rosto de Feyre se suavizou depois de um momento, e ela ofereceu a Rhys um leve sorriso que fez os olhos dele se iluminarem. Rhys afirmou:

— Eles ficam aqui, vigiados. Vou contatar Helion imediatamente.

Cassian perguntou:

— E Eris? Quando contaremos a ele que encontramos seus soldados? Ou o que fizemos com a maioria deles?

— Vocês agiram em legítima defesa — disse Feyre, cruzando os braços. — Até onde sei, quem quer que estivesse controlando os soldados é o culpado pelas mortes deles, não vocês.

Amren acrescentou:

— Contaremos a Eris depois de verificarmos tudo. Ainda existe a possibilidade de que ele esteja, de alguma forma, por trás disso.

Feyre assentiu, dando sua aprovação, mas a boca dela se contraiu.

— Esses dois machos têm famílias que certamente estão preocupadas com eles. Deveríamos ser o mais rápido possível.

Cassian afastou o pensamento de todos os machos que não tinha deixado de pé — que também tinham famílias preocupadas. Cada morte tinha um peso, criava uma ondulação no mundo, no tempo. Era fácil demais se esquecer daquilo. Ele olhou para Az, mas o rosto do irmão estava frio como pedra. Se Az se arrependia do que tinham feito, não revelava nenhum indício. Cassian fechou as asas.

— Seremos o mais rápido que pudermos.

Deixaram no recinto os machos cujo sangue ainda escorria até as bestas trêmulas.

Eles subiram, para fora do calabouço da Cidade Escavada, para fora daquele lugar desprezível, até estarem sobre as pilastras de pedra da lua do lindo palácio acima. Rhys seguiu para a sala onde estava a Máscara. Ele abriu a porta e seu corpo se enrijeceu.

Nestha estava sentada à mesa, encarando a Máscara coberta por um tecido.

— Como chegou aqui? — perguntou Rhys, enquanto sombras escuras como a noite espiralavam nas pontas de seus dedos. Cassian sabia que o irmão tinha tornado as proteções na porta impenetráveis. Ou pelo menos deveriam ser impenetráveis.

— A porta estava aberta — disse Nestha, entorpecida, e olhou para o rosto deles, como se procurasse alguém. Cassian entrou na sala, e os olhos dela se fixaram sobre ele.

O macho ofereceu um sorriso triste a ela.

— A Máscara abriu a porta para você? — indagou Amren.

— Eu me senti atraída até aqui — respondeu Nestha, mesmo enquanto olhava Cassian de cima a baixo.

Procurando ferimentos, percebeu ele. Ela estava olhando para ver se *ele* estava ferido. Como se fosse ele que tivesse acabado com a boca arrebentada, o pescoço marcado por garras e os tornozelos e canelas dilacerados. Os ferimentos dela tinham parado de sangrar, já formavam casca, mas... que o Caldeirão o condenasse, mas Cassian não suportava ver um machucado nela.

— Ela fala com você? — perguntou Feyre, inclinando a cabeça.

Cassian tinha contado tudo a eles — tudo o que conseguira entender. Nestha tinha sido atacada por um kelpie, arrastada para debaixo da água, e de alguma forma tinha encontrado a Máscara, conjurado os mortos de Oorid até ela para matar o kelpie e emergir triunfante.

— Apenas um tolo desesperado colocaria aquela Máscara — disse Amren, mantendo-se bem longe da mesa. Se era para colocar distância entre ela e Nestha, ou para evitar a Máscara, ele não fazia ideia. — Você tem sorte de ter conseguido tirá-la do rosto. A maioria dos que a usaram jamais conseguiu tirar. Para se separar dela, precisaram ser decapitados. É o preço do poder: pode erguer um exército de mortos para conquistar o mundo, mas jamais se libertar da Máscara.

— Eu desejei que ela saísse, e ela saiu — falou Nestha, observando Amren com um desdém frio.

— Semelhante atrai semelhante — disse Rhys. — Outros não puderam se libertar porque a Máscara não reconhecia o poder deles. A Máscara os usou, não o contrário. Apenas alguém Feito da mesma fonte sombria poderia usar a Máscara e não ser governado por ela.

— Então a rainha Briallyn poderia usá-la — falou Azriel. — Talvez por isso os soldados da Corte Outonal estivessem em Oorid: ela ainda não pode arriscar colocar os pés aqui, mas encontrou uma unidade para ir no lugar dela.

As palavras ondularam pela sala.

Nestha, de novo, olhou para a Máscara.

— Ela deveria ser destruída.

— Isso não é possível — falou Amren. — Talvez se o Caldeirão tivesse sido realmente destruído, a Máscara poderia ter acabado enfraquecida o suficiente para que os Grão-Senhores e Feyre unissem seus poderes para fazer isso.

— Se o Caldeirão tivesse sido destruído — disse Feyre, com um tremor —, a vida teria deixado de existir.

— Então a Máscara permanece aqui — disse Amren, sarcasticamente. — Só podemos lidar com ela. Não pode ser eliminada.

— Deveríamos jogá-la no mar, então — falou Nestha.

— Não gostou dos mortos-vivos, menina? — perguntou Amren.

Nestha desviou os olhos na direção de Amren de uma forma que fez Cassian se preparar para o pior.

— Nada de bom pode vir do poder dela.

— Se a jogarmos no mar — disse Azriel —, alguma criatura maligna pode encontrá-la. É mais seguro mantê-la trancafiada conosco.

— Mesmo que consiga abrir portas e desfazer feitiços? — perguntou Rhys.

— Semelhante atrai semelhante — disse Feyre, para o silêncio confuso. — Talvez Nestha consiga protegê-la e trancar a sala. Contê-la.

— Não sei fazer esses feitiços — disse Nestha. — Fracassei nos mais básicos quando treinava com Amren, lembra?

A cabeça de Feyre se inclinou para o lado.

— É isso que acha, Nestha? Que você fracassou?

Nestha esticou o corpo, e o peito de Cassian se apertou diante da parede que se ergueu nos olhos dela, tijolo após tijolo. Diante da verdade que Nestha tinha deixado escapar com aquela única palavra.

— Não importa — disse Nestha, a versão antiga de si mesma ressurgindo e virando a cabeça conforme o queixo se erguia. — Diga como faço os feitiços e vou tentar. — Ela direcionou a última parte para Amren e Rhys.

— Quando Helion vier — disse Rhys, tranquilamente, como se ele também entendesse o que Nestha havia revelado —, vou pedir que mostre a você. Ele conhece feitiços de proteção que nem eu conheço.

O silêncio se tornou tão tenso que Cassian se obrigou a sorrir.

— Considerando que Nestha dispensou as investidas sensuais dele durante a guerra, ele pode não estar tão inclinado a ajudá-la.

— Ele vai ajudar — falou Rhys, cujos olhos estavam salpicados por estrelas. — Ainda que seja só para ter mais uma chance com ela.

Nestha revirou os olhos, e o gesto foi tão normal que o sorriso de Cassian se tornou mais genuíno, agora acentuado por alívio.

Você deixa seu coração à mostra de todos, irmão, falou Rhys, sem se virar para Cassian.

Cassian apenas deu de ombros. Já nem se importava mais.

Feyre disse a Nestha:

— Deveríamos pedir a Madja que cuide dos seus machucados.

— Já estão cicatrizando — falou Nestha, e Cassian se perguntou se ela fazia ideia do quanto sua aparência estava horrível.

De fato, Amren disse:

— Parece que um gato tentou devorar seu rosto. — Ela fungou. — E está fedendo a pântano.

— São as consequências de ser arrastada de cara num brejo — disse Cassian, para Amren, o que lhe garantiu um olhar de surpresa de Nestha. Ele perguntou a ela: — Como o kelpie pegou você?

A garganta arranhada de Nestha vibrou.

— Eu fiquei... nervosa quando você, vocês dois, não voltaram. — O silêncio na sala foi palpável. — Fui atrás de vocês.

Cassian não ousou dizer que só havia ficado fora por trinta minutos. Trinta minutos, e ela entrara em pânico daquele jeito?

— Não teríamos deixado você — respondeu ele, com cautela.

— Não fiquei com medo de ser deixada. Fiquei com medo de que vocês dois morressem.

O fato de ela ficar enfatizando *vocês dois* causou um apertou no peito dele. Cassian sabia o que ela cuidadosamente evitava dizer. Estava tão preocupada que tinha se aventurado nos perigos de Oorid por ele.

Nestha desviou do olhar de Cassian.

— Eu estava prestes a entrar na água quando o kelpie apareceu. Ele rastejou até a margem, falou comigo e depois me arrastou para dentro.

— Ele falou com você? — perguntou Rhys.

— Não em uma língua que eu conhecesse.

A boca de Rhys se repuxou para o lado.

— Pode me mostrar?

Nestha franziu a testa, como se indisposta a reviver a memória, mas assentiu. Os olhares deles ficaram vazios, e então Rhys recuou.

— Aquela coisa... — Ele observou Nestha com puro choque por ela ter sobrevivido. Rhys se virou para Amren. — Ouça.

Até mesmo o rosto de Amren se empalideceu diante do que quer que Rhys tivesse lhe mostrado, e então ela sacudiu a cabeça, o que fez o cabelo preto curto balançar.

— Esse é um dialeto de nossa língua que não é falado há 15 mil anos.

— Só consegui entender uma ou outra palavra — falou Rhys.

Feyre arqueou uma sobrancelha.

— Você fala a língua dos feéricos antigos?

Rhys deu de ombros.

— Minha educação foi abrangente. — Ele fez um gesto gracioso e tranquilo com a mão. — Exatamente para situações como esta.

Azriel perguntou:

— O que o kelpie falou?

Amren virou os olhos para Nestha, e respondeu:

— Ele disse: É você *meu sacrifício, doce carne? Como é jovem e pálida. Diga, estão retomando os sacrifícios às águas?* E quando ela não respondeu, o kelpie falou: *Deus nenhum pode salvar você. Vou levá-la, pequena beldade, e você será minha noiva antes de virar meu jantar.*

Nestha levou uma das mãos até as marcas em seu rosto, e depois se encolheu.

Horror escorreu por Cassian — e, por fim, um ódio líquido.

— As pessoas costumavam fazer sacrifícios para os kelpies? — perguntou Feyre, franzindo o nariz com nojo e medo.

— Sim — disse Amren, fazendo careta. — A maioria dos feéricos antigos e dos humanos acreditava que os kelpies eram deuses dos rios e lagos, embora eu sempre tenha me perguntando se os sacrifícios começaram como uma forma de evitar que os kelpies os caçassem. Mantê-los alimentados e felizes, controlar as mortes, e quem sabe eles não sairiam da água para pegar as crianças. — Os dentes dela brilharam. — Para que esse ainda estivesse falando aquela língua antiga... ele deve ter se retirado para Oorid há muito tempo.

— Ou foi criado por pais que falavam aquela língua — replicou Azriel.

— Não — respondeu Amren. — Os kelpies não se reproduzem. Eles estupram e aterrorizam, mas não se reproduzem. Eles foram feitos, de acordo com as lendas, pela mão de um deus cruel, e depositados nas águas deste mundo. O kelpie que você matou, menina, talvez fosse um dos últimos.

Nestha olhou para a Máscara de novo.

Rhys falou:

— Ela voou até você. A Máscara. — Ele devia ter visto na mente dela.

— Eu estava tentando chamar meu poder — murmurou Nestha, e todos ficaram imóveis, ela jamais falara do poder tão explicitamente. — Isso respondeu no lugar dele.

— Semelhante atrai semelhante — repetiu Feyre. — Seu poder e o da Máscara são semelhantes o bastante para que chamar um fosse o mesmo que chamar o outro.

— Então você admite que seus poderes ainda estão aí — disse Amren, sarcasticamente.

Nestha a encarou.

— Você já sabia disso.

Cassian se intrometeu antes que as coisas dessem errado.

— Tudo bem. Deixem que a Lady Morte descanse um pouco.

— Isso não tem graça — sibilou Nestha.

Cassian piscou o olho, mesmo quando os outros ali ficaram tensos.

— Acho que vai pegar.

Nestha fez cara de raiva, mas foi uma expressão humana, e ele preferiria aquilo a qualquer momento em vez daquele fogo prateado. Ao ser que tinha caminhado sobre água e comandado uma legião dos mortos.

Ele se perguntou se Nestha pensava o mesmo.

Nestha ficou no palácio de pedra da lua no alto da Cidade Escavada. Feyre sugerira que o espaço aberto e iluminado seria melhor do que os corredores escuros e vermelhos da Casa do Vento. Pelo menos naquela noite.

Nestha estava cansada demais para concordar, para explicar que a Casa era amiga dela, e que a teria mimado e agradado como uma babá idosa.

Ela mal notou o quarto opulento — que se projetava da lateral da montanha, cujos picos cobertos de neve brilhavam sob o sol ao redor, com uma cama cheia de lençóis e travesseiros brancos reluzentes, e... Bom, ela não pôde deixar de notar a piscina de banho rebaixada a céu aberto, cuja água escorria pela borda que, por sua vez, se projetava acima do penhasco e pingava na queda infinita lá embaixo.

Faixas de vapor espiralavam sobre superfície da água, convidativas e perfumadas com lavanda, e ela estava alerta o bastante para tirar as roupas e entrar na água antes de sujar os lençóis de novo. Já tinham sido trocados desde que ela dormira ali mais cedo — Nestha sabia disso porque tinha deixado uma grande impressão de lama na cama ao levantar, e agora estava impecável.

Nestha entrou devagar na piscina e fez uma careta quando a água trouxe uma ardência aos machucados. Além dos picos, o sol passou de dourado branco para amarelo e mergulhou para o abraço da terra. Nuvens gordas e felpudas eram sopradas, cheias de luz cor de pêssego, lindas contra o céu que se arroxeava. Os dedos dela foram até o cabelo, e conforme Nestha passou as mãos pela bagunça embaraçada e ainda encharcada, viu o céu se transformar no mais lindo pôr do sol que já vira. Pedaços de alga de pântano e lama saíam como cascas de seu cabelo e eram carregados pela água para além da borda da piscina.

Suspirando, Nestha deslizou para dentro, sentiu o rosto arder, e esfregou o couro cabeludo. Ela emergiu, com o cabelo ainda espesso e sujo, e observou a parede ao lado da piscina, onde havia frascos do que deveriam ser misturas para lavar o corpo e o cabelo.

Ela jogou um punhado nas mãos, seu nariz se encheu com o cheiro de hortelã e alecrim, e esfregou o cabelo. Ela deixou o cheiro inebriante levar embora sua tensão, o máximo possível, e ensaboou as mechas pesadas. Outro mergulho na água a fez limpar as bolhas. Quando Nestha emergiu, levou a mão à barra de sabão que tinha cheiro de amêndoa doce.

Nestha lavou cada parte do corpo duas vezes. E somente quando terminou, se permitiu observar a vista de novo. O pôr do sol estava no ápice, o céu estava incandescente com rosa, azul e dourado e roxo, e ela desejou que a luz a preenchesse, que lavasse qualquer resquício da escuridão de Oorid.

Ela jamais tinha sentido nada semelhante ao poder da Máscara. O kelpie, pelo menos, tinha parecido real — o terror, o ódio e o desespero dela tinham sido todos sentimentos humanos e comuns. Assim que Nestha colocou a Máscara, aquelas sensações sumiram. Ela se tornou mais, se tornou algo que não precisava de ar para respirar, algo que não entendia ódio, amor, medo ou luto.

Aquilo a havia assustado mais do que qualquer outra coisa. Aquela total falta de sensação. Como havia sido bom, se sentir tão distante de tudo.

Nestha engoliu em seco. Ela não havia confessado a nenhum deles. Já estava contemplando a Máscara quando a encontraram na sala, contemplando aquele vazio. Perguntando-se se alguém algum dia já havia usado a Máscara não para despertar os mortos, mas simplesmente para não estar mais dentro da própria mente.

Não, ela não havia perdido a consciência. Tinha matado o kelpie porque desejou que ele morresse. Mas todo o peso, os pensamentos que ecoavam, o ódio e a culpa que a cortavam como facas — tinham sumido.

E tinha sido tão sedutor, tão libertador e belo, que ela soubera que a Máscara deveria ser destruída. Ao menos, para salvá-la.

Não vinha ao caso que, pelo mesmo motivo, ela seria a única pessoa com acesso a ela. Todos estariam salvos da tentação e do poder da Máscara — exceto ela. Aquela que mais precisava ficar longe do objeto.

Uma batida soou à porta, e Nestha desceu abaixo da superfície escura da piscina, deixando o longo cabelo cobrir os seios, antes de dizer:

— Oi?

Cassian entrou, com uma bandeja de comida na mão, e parou de súbito quando não a viu na cama. Os olhos dele dispararam para a piscina rebaixada, e ela podia jurar que ele quase soltou a bandeja no carpete branco.

— Eu... Você.

A perda de palavras bastou para afastá-la dos pensamentos, para repuxar os cantos da boca para cima.

— Eu?

Cassian sacudiu a cabeça como um cachorro molhado.

— Trouxe comida. Achei que iria querer jantar.

— Não tem sala de jantar aqui?

— Tem, mas achei que você talvez precisasse relaxar.

Ela o observou, surpresa por ele a conhecer tão bem a ponto de saber que a ideia de falar com todo mundo de novo e de se vestir com roupas adequadas, era desgastante e deprimente. Ele a conhecia bem o bastante para entender que ela preferiria comer no quarto e se recompor.

Cassian pigarreou.

— Vou deixar ali. — Ele indicou com o queixo a mesa ao lado da borda da piscina, onde a água escorria para baixo da montanha.

Nestha se virou quando ele seguiu um pouco mais tenso para a escrivaninha e apoiou a bandeja.

— Certo. — Ele pigarreou de novo. — Aproveite o banho. E a refeição.

Ver Cassian tão vermelho afastou as sombras do coração dela. Os pensamentos sobre a Máscara se tornaram um ronco distante.

— Quer entrar?

Ele inspirou, mas alguma coisa parecida com dor percorreu as feições dele.

— Você está machucada.

Nestha ficou de pé, o que fez água escorrer e os cabelos grudarem nos seios sem conseguir esconder os mamilos rígidos por baixo.

— Pareço machucada para você?

Ele assentiu ao olhar para os cortes pelo corpo e rosto dela.

— Parece.

Nestha riu.

— Parece pior do que eu meu sinto agora.

Cassian não respondeu. Seu peito se elevava e baixava em um ritmo aguçado. Com cada elevação irregular, ela começou a latejar entre as pernas, como se o corpo de Nestha respondesse ao dele.

Sim, era o que o corpo dela parecia dizer. *Isso... ele. Vida para afastar a Máscara; vida para afastar o horror de Oorid.* A necessidade de tocá-lo, de sentir o calor e a força dele, ecoaram por ela.

Se ele não entraria na banheira, então Nestha precisaria ir até Cassian.

Nestha caminhou em direção aos degraus da piscina rebaixada e Cassian ficou rígido.

Ele sussurrou:

— Achei que você tinha morrido hoje.

Nestha chegou à escada.

— Eu também. — Ela deu um passo acima, expondo o abdômen. — Achei que você também estava morto.

— Deve ter ficado feliz.

Ela sorriu, observando o olhar dele descer a cada pedaço dela que era revelado. Outro passo para cima expôs o sexo dela para ele.

— Não fiquei. — Nestha chegou ao piso do quarto.

Usando o que Nestha sabia que eram quinhentos anos de força de vontade, Cassian levantou a concentração para o rosto dela conforme Nestha foi até ele e a água continuava a escorrer do corpo.

— Quer fazer isso? — sussurrou ele.

— Quero. — Ela parou a um passo dele, com o cabelo molhado caído pelo tronco, e o encarou. Os olhos de Cassian queimavam como estrelas. Nestha deu a ele um sorriso que era puramente feérico. — Só sexo.

As palavras pareceram incitar alguma coisa, porque Cassian piscou.

— Isso. Só sexo. — Ele não falou com a mesma leveza. Ainda assim, não foi até ela.

Então Nestha falou:

— Não pode haver nada além de sexo, Cassian.

A mandíbula dele se contraiu, e ele pareceu travar alguma batalha interna antes de falar, sombriamente:

— Nesse caso, então, aceito o que você me oferecer. — Cassian se inclinou para a frente, ainda sem tocar no corpo dela com o seu, e disse, contra a orelha de Nestha: — E eu vou te tomar como você me quiser.

Seus cabelos ainda pingavam e os dedos dos pés dela se contraíram no piso de pedra.

— E se *eu* quiser tomar você?

Ele sorriu contra a orelha dela.

— Então imploro que me cavalgue até que eu mude de ideia.

Ela derreteu, e pela forma que as asas dele se fecharam, ela soube que Cassian conseguia sentir a umidade que se acumulava entre as coxas.

Cassian tirou carinhosamente o cabelo molhado de cima dos seios dela. A respiração de Nestha veio em fôlegos intensos conforme ele traçou a ponta do dedo pelo mamilo dela. E repetiu a ação.

Palavras balbuciaram em sua boca, mas Nestha não conseguiu se lembrar de como falava, não conseguia pensar em nada exceto aquele dedo que circulava seu mamilo, deixando o corpo todo latejando de desejo.

Cassian pressionou o mamilo dela, uma pressão forte e intensa que a fez gemer.

Desesperada por mais, por ele inteiro, Nestha falou:

— Faça o que quiser.

Ele circulou o mamilo dela de novo, um predador brincando com o jantar.

— Isso não parece muito sedutor, *faça o que quiser.* — Ele fechou o mamilo dela entre o polegar e o indicador, a exigência no gesto era tanta que Nestha olhou para o rosto dele. Cassian era o retrato da arrogância do macho, um guerreiro pronto para a conquista, e ela quase chegou ao clímax só ao ver aquilo. Os olhos dele ficaram sombrios. — A forma como você às vezes me olha me faz pensar coisas tão imundas, Nestha.

— Faça essas coisas. Faça tudo comigo.

Ele beliscou o mamilo dela até quase doer. Nestha arqueou ao toque, uma súplica silenciosa por mais, para que ele se soltasse.

— Não temos tempo em uma só noite para todas as coisas que quero fazer a você, com você. Cada lugar em que quero tocar e penetrar.

Ela esfregou as coxas uma na outra, desesperada por qualquer fricção.

— Então faça seu melhor.

Cassian deu uma risada sombria, mas a outra mão dele chegou ao seio intocado dela, circulando por ali também. Ela observou seus dedos marrom-claros brincarem contra sua pele pálida, observou enquanto ele a tocava como se quisesse mapear cada centímetro de seu corpo e tivesse todo o tempo do mundo para fazê-lo. Nestha conseguia distinguir a rigidez abaixo da cintura de Cassian.

— Quer me chupar de novo? — sussurrou ele ao ouvido dela. — Você me quer escorrendo pela sua garganta de novo?

Nestha soltou um gemido de confirmação.

— Você continuou sentindo meu gosto dias depois?

Ela não podia responder, não podia revelar a verdade.

Os dedos dele se fecharam nos mamilos de Nestha, causando apenas a dor necessária para deixá-la completamente úmida.

— Sentiu?

— Senti. Senti seu gosto por dias. — As palavras saíram aos tropeços, e com elas, uma sensação de certeza e voracidade veio à tona e arrancou-a daquele estupor de desejo. — Pensei no seu pau na minha boca toda noite desde então, enquanto enfiava minha mão entre as pernas.

Ele rugiu, e Nestha roçou a mão contra a rigidez dele, apertando-o. Ela levantou a cabeça, encontrou o olhar sombrio dele, e exibiu os dentes.

— Pensei na sua cabeça entre minhas pernas também — disse ela, com o coração galopando —, e em como sua língua deslizou para dentro de mim. — Ela o apertou de novo.

Cassian gemeu, e os polegares dele acariciaram os mamilos sensíveis demais dela.

Nestha levou a outra mão até o peito dele, empurrou-o em direção à cama, e ele foi, obediente, permitindo que ela determinasse o ritmo, o lugar.

— Prometi que você poderia me foder onde quisesse na Casa — disse ela, com uma voz que parecia mais um ronronado grave e rouco que ela mal reconhecia. A parte posterior das coxas dele atingiu a cama, e Cassian a segurou, e desceu uma das mãos até a cintura de Nestha para equilibrar os dois. — Mas aqui não é a Casa. — A respiração dele saía áspera em torno dos dois conforme ela sorria para as feições sérias e tensas dele. — Então acho que isso significa que vamos foder onde *eu* quiser.

Cassian sorriu, e a mão na cintura dela desceu e segurou em concha a bunda de Nestha. Ele apertou um dos lados.

— Contanto que eu ainda possa foder você na Casa.

Ela igualou o sorriso selvagem dele.

— Que bom.

A mão de Cassian deslizou mais para o sul, entre as pernas dela, sentindo-a por trás. Os dedos dele roçaram na umidade que se acumulara ali, e ele disse um palavrão, puxando a mão, segurando-a entre os dois. A umidade dela se refletiu nos dois dedos dele, e os olhos de Cassian brilharam com intenção predatória quando ele levou os dedos à boca e lambeu, um a um.

O corpo dela ardia, contraindo-se em torno do vazio, desesperada por algo que o preenchesse. Para que ele o preenchesse. Nestha roçou os dedos pela extensão do pênis dele, ainda preso dentro da calça. E quando passou por ali uma segunda vez, ele abriu a boca sobre a dela.

Foi um beijo leve, provocador.

Nestha mordeu o lábio inferior de Cassian. Então ele a puxou para si e esmagou os corpos deles juntos. As duas mãos agora seguravam a bunda de Nestha enquanto ele a pressionava contra si. As bocas abertas deles se esbarraram, se encontraram, e Nestha sentiu o próprio gosto na língua dele. Em seguida, agarrou o cabelo sedoso de Cassian e puxou-o pelo couro cabeludo.

Cassian girou, virando os dois de lado, e então ela estava deitada com as costas no colchão enquanto Cassian estava diante dela.

Ele tirou a boca quando apoiou as pernas dela na cama, flexionando-as na altura dos joelhos. Quando a puxou para a beira do colchão, de forma a deixar o sexo dela exposto para ele.

Cassian se ajoelhou, levantou as asas acima do corpo, e passou a língua direto pelo centro dela.

Nestha gemeu no mesmo momento que ele, e Cassian deixou que ela se contorcesse, como se soubesse que, deixá-la daquele jeito, se mexendo, sem nada preenchendo-a, fosse fazê-la ficar cada vez mais desesperada. Ele a lambeu para saboreá-la mais uma vez, detendo-se no ápice das coxas de Nestha, sugando o conjunto de nervos para dentro da boca e mordiscando com os dentes, antes de começar de novo.

De novo. De novo.

Ele a devorava, derretendo o corpo dela como um pedaço de chocolate na língua.

Nestha não aguentava mais, e agarrou o próprio peito, desesperada por mais toque, mais sensação. Ele ergueu a cabeça de entre as pernas dela e percebeu que a mão de Nestha apalpava o próprio seio. Notou e sorriu, com os dentes brilhando brancos contra o brilho corado dela.

— Gosta de me ver assim, ajoelhado na sua frente? — perguntou ele, com palavras que ecoaram pelo centro dela. Ele mergulhou a língua nela. — Pelo seu gosto, acho que sim.

Nestha arqueou o corpo, impulsionando-o mais contra a língua dele, mas Cassian apenas riu e negou a Nestha o que ela desejava. Ele deu outra lambida lenta em Nestha, da base até o topo, e quando chegou naquele monte de nervos, deslizou dois dedos para dentro dela.

Dois, não um, porque ele parecia saber que ela já o estava esperando, que o queria desinibido e bruto e selvagem. Ela se afastou da cama ao arquear, e Cassian enfiou os dedos de novo e, em meio a sua respiração irregular, disse:

— Como você quer?

Ele enfiou a mão para dentro de Nestha de novo, arrancando dela uma resposta.

— Com força — arquejou ela.

— Graças à Mãe — blasfemou ele, e Nestha ouviu um clique de metal e o farfalhar do couro, e então a língua dele a acariciou de novo, além daquele monte de nervos, para cima da barriga dela, até os seios, até que ele estivesse sobre ela.

Cassian a moveu mais para cima da cama. Nestha não se importava que suas pernas se abrissem para ele, só ligava para o fato de ele estar pelado, e para todos aqueles músculos trincados e a pele reluzente que brilhavam acima dela.

Cassian se abaixou até o nicho entre as coxas dela, e seus olhos estavam tão arregalados que Nestha não conseguia ver a parte branca deles. Ele abriu a boca, mas ela não queria ouvir palavras, não queria saber o que ele estava prestes a dizer. Ela segurou o rosto dele entre as mãos e o beijou selvagemente, raspando a língua nos dentes conforme ela esmagava as bocas juntas.

A ponta larga do pau de Cassian tocou a entrada dela, escorregando na umidade ali, e ele abaixou a mão para se direcionar para dentro.

Com o primeiro impulso de Cassian para dentro de seu corpo, labaredas irromperam em Nestha. Ela ofegou contra a boca dele, mordendo o lábio inferior de Cassian conforme ele entrava devagar. Apenas três centímetros.

Ele parou. Cassian era tão grande que o alargamento causava a mais doce das dores — tão grande que ela não tinha certeza de que conseguiria recebê-lo por inteiro. Ele tremeu, segurando-se quase sem ter entrado nela, como se ele estivesse agora se perguntando o mesmo.

Sua hesitação e preocupação derreteram algum caco gelado dentro dela. E a fizeram se libertar de qualquer inibição.

Nestha segurou a bunda de Cassian, sentiu os músculos flexionarem sob as pontas dos dedos, e o puxou para si.

Só mais três centímetros. Apenas mais três centímetros, porque Cassian apoiou os braços na cama, segurando o quadril contra o puxão dela.

— Vou machucar você.

— Eu não ligo. — Nestha passou a língua pela mandíbula dele.

— Mas eu ligo — grunhiu ele, ficando tenso quando Nestha tentou puxá-lo para ela. — Nestha.

Os dedos dela se enterraram de novo, o sangue e os ossos dela gritando por mais dele, mas Cassian se recusou a se mover.

— Nestha. Olhe para mim.

Combatendo o rugido dentro do corpo, ela obedeceu. Calor se incendiou nos olhos dele, e algo mais também.

— Olhe para mim — sussurrou Cassian.

Que os deuses a livrassem, mas ela olhou. Não conseguiu tirar os olhos dele. Encontrou-se em queda livre nos olhos escuros e no lindo rosto de Cassian.

O quadril dele se flexionou, e ele deslizou mais três centímetros para dentro — então recuou até quase a borda.

As respirações se sincronizaram, e Nestha ficou imóvel sob Cassian, sentindo uma calma absoluta, uma plenitude absoluta se espalhando por ela conforme o quadril se moveu de novo, e ele avançou para dentro de novo, um pouco mais fundo dessa vez.

Cassian a encarava a cada pequeno impulso, a cada recuo. Ele a alargava, preenchendo-a centímetro a centímetro, e Nestha sabia que ele estava certo de ir devagar nessa primeira união.

Recuando e avançando, Cassian a preencheu. Eles não disseram nada, simplesmente compartilharam o fôlego com olhos arregalados conforme se encaravam.

Ele tirou de novo, com um movimento longo o suficiente para que ela soubesse que ele estava quase todo dentro. Cassian parou com o pau quase todo fora, e observou o rosto dela. Um deus guerreiro conquistador. Havia a chamado de Lady Morte, e ele era sua espada.

Cassian se abaixou para beijar Nestha. E quando sua língua deslizou para dentro da boca dela, ele se impulsionou para dentro com um poderoso movimento final.

Nestha gemeu quando ele se chocou até a base. O impacto total dele a atingiu, a alargou, e ela não conseguia respirar rápido o bastante. Cassian recuou mais uma vez e se chocou de novo dentro dela, empurrando os corpos dos dois mais para cima da cama.

Ele gemeu dessa vez, e o som foi o fim dela. Nestha fechou as pernas em volta dele, tomando cuidado com as asas, e aproximou os lábios para encontrar os dele. Cassian mergulhou ainda mais, e ela enterrou as unhas em seus ombros.

Pelos deuses — nada nunca fora tão bom, tão pleno, tão incandescente e prazeroso. Nada jamais tivera aquela sensação, nada.

Cassian ditava o ritmo suave e profundo, e por um momento, Nestha não conseguiu fazer nada além de acompanhá-lo, impulso após impulso. Por um momento, ela olhou entre os corpos deles para onde o pau de Cassian mergulhava nela, tão grosso, longo e refletindo sua umidade que Nestha se fechou em torno dele, o clímax dela já se acumulando.

Ele sentiu os músculos internos dela o apertarem mais forte e grunhiu:

— Porra, Nestha.

E ela gostou tanto de vê-lo perdido que fez de novo, fechando-se nele no momento em que ele entrou por completo. Cassian arqueou o corpo contra o movimento e enterrou os dedos na cama.

— Porra — repetiu ele.

Mas não foi o suficiente. Não chegou nem perto de bastar. Ela queria Cassian rugindo, queria que ele ficasse tão perdido que não conseguiria lembrar nem do próprio nome.

Nestha o impediu com a mão no peito. Apenas uma das mãos, e ele parou, completamente sob o comando dela. Se ela quisesse acabar ali, acabaria.

Aquilo a sensibilizou tanto que ela não conseguiu manter o tremor longe da voz quando disse:

— Quero você mais fundo.

Com olhos selvagens, Cassian ofegou, quando ela saiu dos braços dele. Quando se virou de barriga para baixo e ergueu a parte posterior do corpo para ele, oferecendo-se.

Ele fez um ruído baixo de desejo. Nestha arqueou o quadril mais alto, convidando-o a receber, a se banquetear.

O autocontrole dele se estilhaçou. Ele estava sobre ela em um instante, levantando mais o quadril de Nestha ao entrar com um único impulso. Nestha gritou, um som de tanto prazer que ela sabia que tinha ecoado nas montanhas quando o sentiu atingir seu ponto mais profundo.

Cassian martelou para dentro dela, uma das mãos se movendo do quadril até o cabelo, puxando a cabeça dela para trás, expondo a garganta de Nestha. Ela se entregou àquilo, a ele, e a falta de controle foi inebriante, tão prazerosa que ela mal conseguiu suportar. Ele avançou mais forte, tão profundamente naquele ângulo que ela talvez tivesse gritado de novo, talvez tivesse gemido.

A outra mão de Cassian passeava entre as pernas dela e o pau a martelava. Os cabelos de Nestha estavam presos como rédeas em uma das mãos dele, enquanto a outra estava sobre o prazer dela. Ela estava completamente à mercê dele, e ele sabia disso — Cassian grunhia de desejo, metendo com tanta força que as bolas estalavam contra ela.

O toque sedoso a fez entrar em erupção.

O clímax de Nestha a esmagou e fugiu de dentro dela, fazendo os músculos internos o contraírem com firmeza.

Cassian rugiu. O som ecoou pelo quarto, e ele virou um selvagem quando atingiu o clímax, e jorrou nela com tanta força que seu sêmen escorreu pelas coxas de Nestha.

E então o peso dele caiu nas costas dela, e apenas um braço que ele estendeu para os segurar evitava que os dois desabassem.

Recuperando-se, Nestha só conseguia respirar, respirar e respirar.

Cassian estava enterrado nela, e aquilo era tão bom, tão certo, que Nestha o queria sempre assim, profundamente nela, com sêmen escorrendo por suas pernas, para sempre.

— Ah, deuses — sussurrou ele, contra a coluna dela, sobre a tatuagem. — Isso foi...

— Eu sei — disse ela, ofegante. — Eu sei.

Era o máximo que ela confessaria. O máximo que se permitiria admitir. Bom demais. Fora bom demais, e nada nem ninguém jamais se compararia.

Ele disse, com a voz trêmula:

— Eu sujei você toda.

Ela enterrou o rosto no cobertor.

— Eu gosto.

Cassian ficou imóvel, mas gentilmente se afastou dela com um longo, longo puxão. Ele puxou seu sêmen junto, e mais um filete escorreu pelas coxas de Nestha, e pingou no cobertor quando ele se afastou de vez. Ela não se moveu. Não conseguia se mover. Não queria se mover.

Nestha sentiu que Cassian ajoelhava atrás dela, encarando a bunda que ela ainda mantinha empinada, a vista que oferecia.

— Eu não deveria gostar tanto de ver isso — grunhiu ele.

Os seios dela se retesaram. Mas Nestha perguntou, timidamente:

— Ver o quê?

— Você. Coberta de mim. Sua intimidade, linda desse jeito.

Ela corou e abaixou o corpo até o colchão.

— Ninguém nunca falou assim comigo.

— Mas é. É a mais linda que já vi.

Ela sorriu contra o cobertor.

— Mentiroso.

— Já estou além de mentiras agora, Nestha.

A voz dele estava tão áspera que Nestha olhou por cima do ombro. Cassian ainda estava ajoelhado, e o rosto dele... Estava completamente arrasado, como se ela o tivesse despedaçado e deixado em ruínas.

— O que foi? — perguntou ela, mas ele se afastou da cama e pegou as roupas caídas.

Nestha se virou, as pernas e o interior encharcados com a essência dele e a dela, mas ele vestiu a calça, pegou a camisa, o casaco, e as armas que ela não percebeu que ele havia carregado. Quando Cassian levantou a cabeça, ele lançou a ela um sorriso malicioso.

— Só sexo, né?

Era uma armadilha, de alguma forma. Nestha não sabia dizer como, mas as palavras eram perigosas. Contudo, ela fora sincera. Ou quisera ser, pelo menos. Então Nestha falou:

— É.

Os olhos dele brilharam, e Cassian sorriu de novo, dirigindo-se até a porta.

— Obrigado pela diversão, Nes. — Ele piscou um olho e foi embora.

Ela encarou a porta, confusa com a saída dele, tão rápida que o sêmen dele ainda vazava dela.

Seria punição? Será que ele não tinha gostado? Nestha tinha a prova de que ele gostara entre as pernas, mas machos podiam sentir prazer e ainda assim não considerar bom.

Será que ele estava tentando demonstrar o que ela havia feito com todos aqueles machos? Levando-os para a cama e então os expulsando?

Nestha dissera apenas sexo, mas pensou que ao menos viria com algum... carinho. Alguns minutos para aproveitar a sensação do corpo dele contra o dela antes que o orgulho a fizesse mandá-lo embora.

Nestha ficou ajoelhada na cama, encarando a porta e com o silêncio como sua única resposta.

CAPÍTULO 38

— Você o levou para cama, não foi?

A pergunta sussurrada de Emerie fez Nestha virar a cabeça para ela enquanto os músculos da barriga tremiam conforme mantinha a posição elevada do abdominal. Emerie, copiando a posição à esquerda, apenas riu do choque no rosto de Nestha. Gwyn, do outro lado de Emerie, estava com olhos arregalados.

Nestha manteve as feições neutras e se esticou até o chão, certificando-se de manter os músculos abdominais contraídos até que as costas estivessem esticadas contra o chão de pedra de novo.

— Por que você disse isso?

— Porque você e Cassian andam trocando olhares suspeitos a manhã toda.

Nestha olhou com raiva para Emerie.

— Não andamos, não.

Foi difícil não olhar para o outro lado do ringue, para onde Cassian estava agora introduzindo o mais novo grupo de sacerdotisas — duas dessa vez, Ilana e Lorelei — ao posicionamento dos pés e ao equilíbrio. Nestha *tinha*, na verdade, visto Cassian olhando na direção dela duas vezes desde que a aula havia começado, duas horas antes, mas fizera questão de não se envolver em contato visual demorado.

— Andaram, sim — sussurrou Gwyn, baixo o suficiente para que a audição feérica de Cassian não reconhecesse as palavras. Nestha revirou os olhos.

— Bom, se não quer falar sobre isso — disse Emerie, com igual quietude —, então pelo menos conte o que aconteceu ontem, por que não teve aula, e onde você estava à tarde.

— Me pediram para manter segredo — disse Nestha. Os ferimentos dela já haviam cicatrizado e sumido, o que facilitava a omissão de informações.

— Tem alguma coisa a ver com os Tesouros — disse Gwyn. Aqueles olhos azul-mar andavam reparando em coisas demais.

Nestha não respondeu, e isso foi resposta o suficiente. Emerie sabia do básico — tanto quanto Gwyn — e franziu a testa. Mas manteve a voz a um sussurro.

— Então você não dormiu mesmo com ele?

Nestha fez outro abdominal elevando o tronco até os joelhos.

— Eu não disse isso.

Emerie soltou um *hmmm*.

As bochechas de Nestha coraram. Emerie e Gwyn trocaram olhares. E foi Gwyn quem disse:

— Foi bom?

Nestha fez outro abdominal, e Cassian gritou do outro lado do ringue:

— Emerie! Gwyn! Se conseguissem fazer abdominais tão bem quanto conseguem tagarelar, já teriam terminado.

Emerie e Gwyn deram sorrisos maliciosos.

— Desculpe! — gritaram elas, e se colocaram em movimento.

Nestha ficou parada quando o olhar de Cassian encontrou o dela. O espaço entre eles ficou tenso, os sons das sacerdotisas se exercitando se dissiparam em nada, o céu virou um borrão azul acima, o vento era uma carícia distante nas bochechas dela...

— Você também, Archeron — ordenou ele, apontando para onde Emerie e Gwyn agora se exercitavam, aparentemente fazendo o possível para não rir. — Faça mais 15. — Nestha lançou um olhar emburrado para todos eles e recomeçou suas abdominais. Era por *isso* que ela estava evitando contato visual com ele.

A atenção de Cassian se voltou para outro lugar, mas a cada abdominal para cima, Nestha se viu controlando o impulso de olhar em sua direção. Ela perdeu a conta três vezes. Cafajeste.

Entre abdominais, Gwyn falou:

— Sabe, Nestha, se você está com problemas para se concentrar...

— Ah, por favor — murmurou Nestha.

Gwyn soltou uma risada sussurrada.

— É sério. Aprendi uma nova técnica das valquírias ontem à noite. Chama-se Silenciamento Mental.

Mesmo com o corpo gritando devido ao esforço dos abdominais, Nestha conseguiu perguntar:

— O que é isso?

— Elas costumavam fazer para acalmar a mente e as emoções. Algumas delas faziam três ou quatro vezes por dia. Mas é basicamente o ato de se sentar e deixar a mente se calar. Pode ajudar você a se... concentrar.

Emerie deu risadinhas, mas Nestha parou, ignorando a implicação de Gwyn.

— Isso é possível? Treinar a mente?

Gwyn parou o exercício também. O sorriso provocador dela se tornou contemplativo.

— Bom, é. Requer treino constante, mas tem um capítulo inteiro nesse livro que resumi para Merrill sobre como elas faziam. Envolvia respiração profunda e a capacidade de se tornar ciente acerca do corpo, de depois aprender a se desapegar. Elas usavam para permanecer calmas diante dos medos, se acalmar depois de uma batalha difícil, e para combater quaisquer que fossem os demônios interiores que possuíam.

— Guerreiros illyrianos não fazem isso — murmurou Emerie. — A mente deles está cheia de ódio e batalha. Só piorou desde a última guerra. Agora que estão reconstruindo seus batalhões.

— As valquírias achavam que emoções exacerbadas eram distrações diante de um oponente — falou Gwyn. — Elas treinavam a mente para ser armas tão afiadas quanto qualquer lâmina. Conseguir manter a compostura, saber acessar aquele lugar de calma em meio à batalha as tornou adversárias inabaláveis.

O coração de Nestha acelerava a cada palavra. Aquietar a mente...

— Consegue pedir que uma escriba faça cópias do capítulo?

Gwyn sorriu.

— Já pedi.

Cassian disparou:

— Vocês três querem fofocar ou treinar?

Nestha lançou a ele um olhar sarcástico.

— Não conte isso a ele — avisou ela. — É nosso segredo. — E Cassian não ficaria surpreso quando *ela* se tornasse a inabalável?

Emerie e Gwyn assentiram em concordância quando Cassian se aproximou. Cada músculo, cada trecho de sangue e osso no corpo de Nestha ficou em estado de alerta. Ela havia retornado para a Casa naquela manhã, atravessado até lá por um Rhys neutro demais. Cassian não estava à vista.

Ela só teve trinta minutos para tomar café da manhã e colocar o couro sobressalente, pois aqueles que tinha vestido no pântano ainda estavam encharcados. O conjunto que tinha colocado era maior — não largo, mas um pouco maior. Ela não havia notado o quanto seu conjunto habitual era justo até colocar aquele bem mais confortável. Não tinha notado quanto músculo tinha ganhado nas coxas e nos braços durante o mês até se dar conta de que os movimentos tinham sido restritos pelo antigo par.

Cassian parou diante delas com a mão no quadril.

— Tem alguma coisa mais interessante hoje do que o treino?

Ele sabia. O canalha sabia que estavam falando dele. A fagulha em seu olhar e o meio-sorriso mostravam isso.

Os lábios de Emerie tremiam com o esforço de evitar sorrir.

— De jeito nenhum.

A atenção de Gwyn quicava entre Nestha e Cassian.

Cassian disse às sacerdotisas:

— É mesmo?

Gwyn sacudiu a cabeça rápido demais para ser inocente e começou os abdominais de novo, o que fez seu rosto sardento brilhar com suor. Emerie tinha se juntado a ela e as duas treinavam com tanta dedicação que era risível. Nestha olhou para Cassian.

— O que é?

Os olhos dele dançavam com interesse malicioso.

— Terminou sua série?

— Terminei.

— E os abdominais?

— Também.

Ele se aproximou, e Nestha não conseguiu deixar de pensar na forma com que Cassian se aproximara na noite anterior, no modo como aquelas mãos agarraram o quadril dela enquanto ele avançava nela por trás. Algo devia ter aparecido no rosto dela, porque Cassian disse, com a voz baixa:

— Você certamente tem sido produtiva, Nes.

Ela engoliu em seco e soube que as duas fêmeas ao seu lado estavam se segurando para não falar nada. Nestha, contudo, ergueu o queixo.

— Quando é que vamos fazer algo de útil? Quando começaremos com arco e flecha ou espadas?

— Acha que está pronta para dar conta de uma espada?

Emerie soltou um sibilo, mas manteve a concentração.

Nestha se recusou a sorrir e a corar, e disse, sem desviar os olhos de Cassian:

— Só você pode me responder isso.

As narinas dele se dilataram.

— Levante.

Cassian tinha dito a si mesmo dúzias de vezes desde que saíra daquele quarto que o sexo tinha sido um erro. Mas ao ver Nestha desafiá-lo, aquela insinuação fervilhando como chamas, não conseguia se lembrar por quê.

Algo a ver com ela só querer sexo, algo a ver com o sexo ter sido o melhor da maldita vida dele, e como o havia deixado literalmente aos pedaços.

Nestha piscou.

— O que foi?

Ele indicou o centro do ringue.

— Você me ouviu. Acha que está pronta para lidar com uma espada, então prove.

As amigas dela estavam claramente cientes do que eles haviam feito na noite anterior. Emerie não conseguia sequer esconder as risadas, e Gwyn ficava olhando de esguelha para eles.

Ele disparou para as duas fêmeas:

— Terminem os exercícios agora ou farão em dobro.

Elas pararam de encarar.

Nestha ainda o encarava com seu lindo rosto corado devido ao suor e à exaustão. Uma gota de transpiração escorreu pela têmpora dela, e Cassian precisou se segurar para não lambê-la.

Ela perguntou:

— Vamos aprender a usar espadas?

Ele seguiu para a estante do outro lado do ringue e ela o acompanhou.

— Vamos começar com espadas de madeira, feitas para treinar. Nem por cima do meu cadáver vou colocar aço de verdade nas mãos de novatas.

Ela riu, e ele enrijeceu o corpo. Cassian falou, por cima do ombro:

— Se você é infantil demais para falar de lâminas sem rir, então não está pronta para treinar espadas.

Ela fez uma careta. Mas Cassian falou:

— Estas são armas mortais. — Ele deixou a voz se elevar para que todas as fêmeas ouvissem, embora estivesse falando apenas com ela. — Precisam ser tratadas com uma dose saudável de respeito. Nem cheguei a tocar em uma espada de verdade durante os primeiros sete anos.

— Sete *anos*? — indagou Gwyn atrás deles.

Cassian chegou à estante e sacou uma espada longa, quase uma réplica da illyriana que ele mantinha às costas.

— Acha que crianças deveriam andar por aí empunhando espadas de verdade?

— Não — disparou Gwyn. — Só quis dizer que... você pretende que a gente pratique com espadas de madeira por sete anos?

— Se vocês três continuarem rindo desse jeito, sim.

Nestha disse a Gwyn e Emerie:

— Não deixem que ele intimide vocês.

Cassian riu.

— Palavras perigosas para uma fêmea prestes a me enfrentar.

Ela revirou os olhos, mas hesitou quando ele estendeu a espada de treino com o punho voltado para ela.

— É pesada — observou Nestha ao sentir o peso todo.

— A espada de verdade pesa mais.

Nestha olhou para o ombro dele, onde o cabo da espada despontava por cima.

— Mesmo?

— Sim. — Ele assentiu olhando para as mãos dela. — Segure o cabo com as duas mãos. Não aperte o punho perto demais da ponta.

Emerie começou a tossir, e a boca de Nestha se contraiu, mas ela se conteve — combateu a vontade de rir. Até mesmo Cassian conteve uma gargalhada antes de pigarrear.

Mas Nestha fez o que ele instruiu.

— Os pés onde mostrei a você — disse ele, muito ciente de cada olhar sobre eles. Pela forma como o rosto de Nestha ficou sério, Cassian sabia que ela também estava ciente. Que aquele momento, com aquelas sacerdotisas observando, era crucial, de alguma forma.

Vital.

Nestha encontrou o olhar de Cassian. E cada pensamento em sexo, em como tinha sido bom, se esvaiu no momento em que ela ergueu a espada diante do corpo.

Foi como uma chave, finalmente, abrindo uma fechadura.

Era uma espada de madeira, mas não era. Era parte do treino, mas não era.

Cassian demonstrou a ela oito cortes e bloqueios diferentes. Cada um era um movimento individual, explicara ele, e como socos, podiam ser combinados. O mais difícil era se lembrar de guiar com o cabo da espada e usar o corpo inteiro, não só os braços.

— Bloqueio um — ordenou ele, quando Nestha ergueu a espada perpendicularmente ao corpo, levantando-a contra um inimigo invisível. — Corte três. — Ela girou a lâmina, lembrando-se de liderar com o maldito cabo, e cortou para baixo em um ângulo inclinado. — Estocada um. — Mais um giro, e ela avançou, batendo a lâmina contra um inimigo imaginário.

Todas tinham parado para olhar.

— Bloqueio três — comandou Cassian. Nestha trocou para a pegada de mão só usando apenas a esquerda e subindo até o peito, onde ele a instruíra a mantê-la. Aquela seria sua mão-escudo, dissera ele, e aprender a mantê-la fechada perto do corpo seria essencial para sua sobrevivência. — Corte dois. — Nestha arrastou a espada em linha reta para cima, partindo aquele inimigo da virilha até o esterno. — Bloqueio dois. — Ela girou em um dos pés, arrastando a espada do peito daquele inimigo para interceptar outro golpe invisível.

Nenhum dos movimentos possuía qualquer semblante da elegância e do poder dele. Ainda eram travados e ela precisava de um segundo para se lembrar de cada um dos passos, mas Nestha disse a si mesma que levaria muito mais do que trinta minutos de instrução para aprendê-los. Cassian a lembrara disso muitas vezes.

— Bom. — Ele cruzou os braços. — Bloqueio um, corte três, estocada dois.

Ela obedeceu. Os movimentos fluíram mais rápido, mais certeiros. A respiração dela entrava em sincronia com o corpo a cada golpe.

— *Bom*, Nestha. De novo.

Ela conseguia ver o campo de batalha enlameado, e ouvia os gritos de aliados e inimigos. Cada movimento era uma luta por sobrevivência, por vitória.

— De novo.

Ela conseguia ver o rei de Hybern, o Caldeirão, e os Corvos — via o kelpie e Tomas e todas aquelas pessoas que tinham desprezado a pobreza e o desespero dos Archeron, os amigos que tinham dado as costas com sorrisos estampados no rosto.

O braço dela era uma dor distante, secundária àquela canção que se acumulava no sangue dela.

A sensação era boa. A sensação era tão, tão boa.

Cassian ordenou combinações diferentes, e Nestha obedeceu, deixou que fluíssem por ela.

Cada inimigo odiado, cada momento no qual ela estivera impotente contra eles subiu à superfície. E com cada movimento da espada, cada fôlego, um pensamento se formava. Ecoava a cada inalação, estocada e bloqueio.

Nunca mais.

Nunca mais ela seria fraca.

Nunca mais ficaria à mercê de alguém.

Nunca mais fracassaria.

Nunca mais, nunca mais, nunca mais.

A voz de Cassian parou, e então o mundo parou, e tudo que existia era ele, com seu sorriso destemido, como se soubesse que música rugia no sangue de Nestha, como se somente ele entendesse que a lâmina era instrumento para canalizar aquele fogo revolto dentro dela.

As outras fêmeas estavam completamente caladas. A hesitação e o choque delas brilhavam no ar.

Lentamente, Nestha tirou os olhos de Cassian e olhou para Emerie e Gwyn, já movendo-se pelo ringue. Cassian estava com as espadas de madeira prontas quando elas chegaram.

Não havia medo algum nos olhos delas. Como se elas também vissem o que Cassian via. Como se elas também ouvissem aquelas palavras dentro da mente de Nestha.

Nunca mais.

CAPÍTULO 39

O fogo dentro dela não parou.

Nestha mal conseguiu fazer o trabalho na biblioteca naquela tarde graças ao fogo, àquela energia saltitante. Quando o relógio bateu seis horas, ela se despediu de Clotho e foi direto para a escada exterior.

Mais e mais para baixo, girando e girando e girando.

Degrau após degrau após degrau.

Ela não parou. Não podia parar.

Como se tivesse sido libertada de uma gaiola na qual não sabia que estava.

A cada passo para baixo, ela ouvia as palavras. *Nunca mais.*

Nestha havia escapado do kelpie por pura sorte. Mas tinha ficado apavorada. Tão apavorada quanto na ocasião em que fora atirada nas profundezas do Caldeirão, tão apavorada quanto tinha se sentido com Tomas. Pelo menos com Tomas ela havia lutado. Com o kelpie, mal fizera alguma coisa até que a Máscara a salvou.

Nestha tinha se sentido tão assustada. Tão fraca e trêmula. Era inaceitável. Inaceitável que ela tivesse se permitido recuar e se acovardar e se encolher.

Mais e mais para baixo, girando e girando e girando.

Degrau após degrau após degrau.

Nunca mais. Nunca, nunca mais.

Nestha chegou ao degrau de número seis mil e começou a subida.

As primeiras chuvas de outono chegaram no dia seguinte, e Cassian em parte esperava que as sacerdotisas não aparecessem para treinar, mas elas já estavam esperando molhadas e no frio quando ele entrou no ringue de treino. Nenhuma delas se deu ao trabalho de usar magia para se manter secas.

Como se elas quisessem a dificuldade, o esforço a mais.

No centro do grupo estava Nestha, com olhos já concentrados.

O sangue de Cassian esquentou, incapaz de conter o desejo ao ver aquela determinação no rosto dela, a ansiedade de aprender mais, de se esforçar mais.

Ele não a procurara na noite anterior, decidindo dormir na casa do rio em vez de arriscar a tentação. O sexo tinha sido tão bom — e ele sabia que se não colocasse algum semblante de obstáculo, seria totalmente consumido. *Ela* o consumiria por completo.

Nestha, Emerie e Gwyn estavam juntas, e havia três novas sacerdotisas naquele dia.

— Moças — disse ele, como cumprimento, observando as onze fêmeas encharcadas que esperavam como tropas para serem comandadas em campo de batalha. Roslin tirara o capuz, revelando uma cabeça de cabelo vermelho-vivo e pele pálida sobre feições delicadas. Os olhos dela eram castanho-claros, e se estava com medo de revelar o rosto, não deixou transparecer. Cassian observou o resto da fila e, bom, aquilo era novo. Gwyn estava usando couro illyriano. Os antigos de Nestha, pelo cheiro nas roupas.

Cassian as observou, todas de olhares nítidos e ansiosas.

— Acho que vamos precisar de mais um tutor.

Na manhã seguinte, embora as fêmeas estivessem hesitantes perto de um rosto novo, Azriel se manteve tão distante e calado que elas rapidamente relaxaram perto dele. Az prontamente concordou em encaixar as aulas em sua agenda antes de partir para ficar de olho em Briallyn.

Cassian continuou a treinar Nestha, Emerie e Gwyn. A chuva não aliviava, e eles estavam todos encharcados, mas o esforço mantinha o frio longe.

— Então isso pode mesmo derrubar um macho com um movimento? — perguntou Gwyn a Cassian enquanto ela estava diante de Nestha. Eles tinham feito uma pausa com as espadas para alongar as mãos, mas em vez de sentar ociosos e deixar que o corpo ficasse rígido devido à falta de atividade, ele havia mostrado a elas algumas técnicas para se livrar de uma situação difícil.

Gwyn estava distraída naquele dia — um dos olhos do outro lado do ringue. Cassian só podia presumir que ela estava observando o irmão dele, que dera a Gwyn um leve sorriso de cumprimento ao chegar. Gwyn não retornara o sorriso. Cassian se amaldiçoou pela tolice. Ele devia ter perguntado a ela se Gwyn estaria confortável com Azriel ali. Talvez devesse ter perguntando a todas as sacerdotisas sobre incluir outro macho, mas principalmente Gwyn, a pessoa que Azriel tinha encontrado naquele dia em Sangravah.

Ela não havia falado nada durante a aula. Só olhava de vez em quando para Az, que permanecia profundamente concentrado em suas obrigações. Cassian não conseguia decifrar a expressão no rosto dela.

Ele se concentrou nas fêmeas à sua frente.

— Este movimento pode deixar qualquer um inconsciente se você atingir o ponto certo. — Cassian segurou a mão de Nestha, colocando-a no pescoço dele. Os dedos dela eram tão pequenos contra os dele, e estavam congelando. Talvez ele tivesse traçado o polegar pelo dorso da mão dela antes de posicionar os dedos de Nestha. — Você deve procurar este ponto de pressão. Se atingir com força suficiente, vai fazer com que caiam como uma pedra.

Os dedos de Nestha se fecharam, e Cassian segurou a mão dela. Mas ela sorriu, como se soubesse que o havia surpreendido. Ele apertou os dedos frios dela.

— Sei que você estava considerando fazer isso.

— Eu jamais faria uma coisa assim — respondeu ela, tranquila, com os olhos dançando.

Cassian piscou um olho, e Nestha tirou a mão do pescoço dele.

— Tudo bem — disse ele. — De volta às espadas. Quem quer me mostrar os oito pontos de novo?

Mesmo depois de terem trocado de roupa, Nestha e Gwyn continuavam geladas até os ossos uma hora depois de a aula ter terminado. Aninhada em um nicho quente e confortável de uma parte da biblioteca raramente visitada, Nestha bebia seu chá de hortelã, e deixava o calor percorrer seu corpo enquanto lia o capítulo que Gwyn havia copiado. Ela dera um a Emerie antes da amiga partir, recebendo uma promessa da illyriana de que ela praticaria naquela noite para que pudessem trocar observações no dia seguinte.

— Então é fácil assim mesmo? — perguntou Nestha, apoiando os papéis na almofada desgastada do sofá.

Gwyn, sentada na ponta oposta do sofá, esticou os pés na direção do fogo; suas vestes farfalhavam.

— De fato *parece* fácil, mas de acordo com tudo o que li, não é.

— Aqui diz que você só precisa sentar num lugar confortável e silencioso, fechar os olhos, respirar bastante, e desapegar da mente.

— Estou dizendo: as valquírias levavam meses para aprender o básico, e dominar isso exigia fazer esses exercícios *várias* vezes por dia. Mas vamos tentar. Diz no fim deste capítulo que se estivermos fazendo pela primeira vez, talvez a gente fique sonolenta, ou até durma, mas aprender a combater a vontade de dormir é algo que faremos mais para a frente.

— Preciso de uma soneca depois do treino de hoje — murmurou Nestha, e Gwyn riu em concordância. Nestha apoiou o chá na mesa baixa diante do sofá. — Tudo bem. Vamos tentar.

— Eu decorei as etapas, então vou guiar a gente — sugeriu Gwyn.

Nestha riu.

— É claro que decorou.

Gwyn deu um tapa de brincadeira no ombro dela.

— Aprender isso é meu emprego, você sabe.

— Você teria decorado essa informação de qualquer forma.

— Não posso negar. — Gwyn gargalhou, terminou o próprio chá e então se sentou ereta. — Fique em uma posição sentada confortável, alerta, mas à vontade.

— Nem sei o que isso significa.

Gwyn demonstrou, arrastando-se até que as costas tocassem as almofadas do encosto, os pés ficassem plantados no chão e as mãos repousassem suavemente nos joelhos. Nestha copiou a posição. Gwyn a avaliou, então assentiu.

— Agora respire fundo três vezes, inspire pelo nariz contando até seis, expire pela boca contando até seis. Depois de terminar a terceira respiração, feche os olhos, e continue respirando.

Nestha obedeceu. Inalar e exalar por tanto tempo requeria mais concentração e esforço do que ela esperava. A respiração era alta demais nos ouvidos dela; cada fôlego parecia fora de sincronia com os de Gwyn. Será que tinha tomado fôlego duas vezes, ou três? Ou quatro?

— Consigo sentir você pensando demais aqui — murmurou Gwyn. — Feche os olhos e continue respirando. Tome cinco fôlegos.

Nestha obedeceu. Sem nada que a distraísse visualmente, ela imaginou que a respiração seria mais fácil de acompanhar.

Não era. De alguma forma, sua mente só queria pairar por aí. Ela se *ordenou* a se concentrar na contagem, a cronometrar cada fôlego e contar quantos tomava, no entanto, se viu pensando nas almofadas macias, no chá que esfriava, no cabelo ainda úmido...

Quantos fôlegos tinham sido?

— Acho que estou ficando louca — murmurou Nestha.

Gwyn a calou.

— Agora, deixe a respiração se acalmar, e se concentre nos sons ao redor. Repare nesses sons, então deixe que eles se dissipem.

Nestha obedeceu. À esquerda, ela discernia pés se arrastando e vestes farfalhando. Quem estava passeando pelas estantes? Que livros elas...

Concentração. Abandonar os sons. Alguém estava caminhando ali perto. Ela notou isso, e, com uma exalação, mandou o pensamento embora flutuando. À direita, a respiração de Gwyn continuava constante.

Gwyn devia ser boa naquilo. Gwyn era boa em tudo, na verdade. Mas isso não a irritava. Por qualquer que fosse o motivo, Nestha queria enaltecer sua amiga para quem quer que ouvisse.

Sua amiga. Era isso que Gwyn era. As coisas...

Foco. Desapego. Nestha reparou na respiração de Gwyn, libertou o pensamento, e passou para o som seguinte. Então o seguinte.

— Agora, observe seu corpo — disse Gwyn, baixinho. — Comece pela cabeça, desça lentamente até os dedos dos pés e avalie como está se sentindo. Se tem algum ponto dolorido...

— Tudo está dolorido depois daquela lição de espadas — sibilou Nestha.

Gwyn segurou outra risada.

— É sério. Note se há pontos doloridos, se há pontos em que a sensação é boa... — Papéis farfalharam. — Ah, e as instruções também dizem que quando terminar, deve avaliar como *você* está se sentindo. Não se demore com isso, apenas reconheça.

Nestha não gostava muito de como esta última parte soava, mas obedeceu. Cada parte de seu corpo doía, desde uma rigidez no pescoço até uma dor no pé esquerdo. Ela não se dera conta de quantos pequenos pedaços dela existiam, todos constantemente gritando suas dores ou seu estado. Quanto barulho sua cabeça produzia. Mas reconheceu cada uma daquelas coisas e deixou que elas se dissipassem para longe.

Avaliar suas emoções, no entanto... Como ela estava se sentindo? No momento, cansada, mas... satisfeita por estar ali com Gwyn. Rindo. Fazendo aquilo. Se fosse mais fundo...

— Agora vamos trabalhar a respiração concentrada. Inspire pelo nariz, expire pela boca. Faça dez vezes, depois comece de novo. Se um pensamento surgir, reconheça, então mande de volta para onde veio. Diga a si mesma: *Sou a rocha contra a qual a onda quebra*. Seus pensamentos são a onda. Deixe que eles quebrem em você.

Parecia fácil.

Não era. Nas primeiras vezes que Nestha contou dez fôlegos, nenhum pensamento a importunou. Mas quando começou o conjunto seguinte...

O que Elain pensaria, se visse Nestha ali com uma amiga? O pensamento surgiu do nada. Pareceu até que aquela ideia havia corrido na direção dela assim que relaxara a mente. Será que Elain ficaria satisfeita, ou sentiria necessidade de avisar Gwyn a respeito da verdadeira natureza de Nestha?

Ela estava no folego de número cinco. Não, seis. Espere... talvez tenham sido apenas três.

— Comece de novo se perder a conta — disse Gwyn, como se tivesse ouvido a interrupção na respiração constante de Nestha.

Nestha obedeceu, concentrando-se nas respirações, não em Elain. *Reconheço esse pensamento sobre minha irmã, e estou abrindo mão dele.*

Ela estava no sétimo fôlego quando a irmã apareceu de novo. *E no entanto, por algum motivo, você só consegue pensar no que* meu *trauma fez com* você.

Será que Elain estava certa? Feyre admitira que também era culpada daquilo, mas... Feyre não conhecia Elain como Nestha conhecia. Ou, não antes. Antes de Elain ter escolhido Feyre.

Antes de Amren ter escolhido Feyre.

Antes...

Reconheço esses pensamentos e estou abrindo mão deles.

Nestha inspirou uma oitava vez. *Estou me concentrando na minha respiração. Esses pensamentos existem, e estou deixando que eles passem por mim.*

Nestha tomou outro fôlego. Forçou a mente a pensar apenas na respiração.

— Quando terminar seu próximo conjunto de dez respirações — falou Gwyn, próxima, e, no entanto, longe — pare de contar e apenas deixe a mente fazer o que quiser. Faremos isso por alguns segundos, então pararemos. O objetivo é trabalhar em períodos cada vez mais longos assim.

Nestha obedeceu, contando cada um dos dez fôlegos restantes. Sentindo aquele momento da parada como uma onda iminente. Ela terminou o décimo fôlego.

Faça como quiser, mente. Pode pairar até aqueles lugares sombrios e horríveis.

Mas a mente não o fez. A mente de Nestha permaneceu. Não pairou. Ela apenas... ficou sentada ali. Contente. Descansando. Como um gato enroscado aos pés dela.

Imóvel.

Apenas alguns momentos se passaram antes de Gwyn sussurrar:

— Comece a mergulhar de volta para seu corpo. Repare nos sons ao nosso redor. Repare na sensação de seus dedos das mãos, dos pés.

Estranho, tão estranho encontrar seu corpo subitamente... tranquilizado. Distante. Como se ela de alguma forma tivesse conseguido mesmo se afastar. Deixar que ele descansasse. E sua mente...

— Abra os olhos — sussurrou Gwyn.

Nestha abriu. E pela primeira vez na vida, sentiu-se completamente tranquila na própria pele.

CAPÍTULO 40

A chuva continuou caindo por dois dias, o que manteve a temperatura baixa. Folhas se espalhavam por toda Velaris, e o Sidra era agora uma cobra prateada, às vezes escondido pela névoa que pairava. As fêmeas apareciam todo santo dia, sem falta.

Mas apenas Nestha estava ao lado dele quando Cassian bateu à porta da pequena loja do ferreiro na periferia a oeste de Velaris.

A loja de pedras cinza e telhado de palha não tinha mudado durante os cinco séculos em que ele era cliente — tinha comprado todas as armas não illyrianas ali. Cassian a teria levado a um ferreiro illyriano, mas a maioria deles eram machos retrógrados e supersticiosos que não queriam as fêmeas perto das lojas. O macho Grão-Feérico de pele corada que abriu a porta para eles era habilidoso e gentil, ainda que ríspido.

— General — disse o macho, limpando as mãos cobertas de fuligem no avental de couro manchado. Ele abriu mais a porta, o calor delicioso disparou para fora e os encontrou sob a chuva fria. Os olhos escuros do ferreiro percorreram Nestha, reparando no cabelo encharcado e nas vestes de couro dela, na intensidade calma das feições apesar do tempo horrível.

Ela estampara a mesma expressão no rosto, em cada linha de expressão do corpo, enquanto treinava naquela manhã. E quando Cassian emitiu o convite para que ela se juntasse a ele ali durante o almoço. Ele tinha convidado todas as fêmeas, mas Emerie precisava voltar para Refúgio do Vento, e as sacerdotisas não estavam dispostas a deixar a montanha. Então, apenas Nestha foi com ele até a pequena aldeia, com a cidade pairando do lado leste e planícies amplas e planas se estendendo na direção do mar a oeste.

— Como posso ajudar você?

Cassian cutucou Nestha para a frente com a mão na lombar dela, e sorriu para o macho.

— Quero que Lady Nestha aprenda como se faz uma lâmina. Antes que ela escolha uma de verdade.

O ferreiro avaliou Nestha de novo.

— Acho que não preciso de uma aprendiz.

— Só uma breve demonstração — falou Cassian, mantendo o sorriso estampado enquanto olhava para Nestha, que estava encarando para além do ombro largo do ferreiro, para dentro da oficina atrás dele. O ferreiro franziu a testa profundamente, então Cassian acrescentou: — Quero que ela aprenda quanto trabalho e habilidade estão envolvidos no processo. Que veja que uma lâmina não é apenas uma ferramenta para matar, mas uma obra de arte também. — Elogios sempre ajudavam a abrir o caminho. Rhys ensinara isso a ele.

O olhar de Nestha se voltou para o rosto do ferreiro, e, por um momento, eles se encararam. Então Nestha falou:

— O que você puder me mostrar, durante qualquer tempo livre que tenha, me deixaria muito grata.

Cassian tentou não mostrar surpresa diante das palavras educadas. Do indício de deferência.

Aquilo pareceu adiantar, pois o ferreiro gesticulou para que entrassem.

Nestha ouviu enquanto o macho de cabelos pretos explicava os diversos estágios de se forjar uma lâmina, desde a qualidade do minério até o teste. Cassian ficou perto dela, fazendo as próprias perguntas, pois Nestha falou pouco. Uma das poucas vezes em que ela falou foi para pedir para se afastar das fogueiras que rugiam na sala da forja e ir até a área mais fria e mais escura da oficina. Mas quando o ferreiro terminou de repassar o processo de desenho de lâminas mais ornamentais, Nestha perguntou:

— Posso testar? — Diante da hesitação do ferreiro, Nestha deu um passo adiante, com os olhos na porta além deles, cheios do estrondo da forja. — Martelar as lâminas, quero dizer. Se você tiver alguma sobressalente. — Ela olhou para Cassian. — Você será compensado, é claro.

Cassian assentiu.

— Pagaremos pelas lâminas que possivelmente sejam danificadas.

O ferreiro avaliou Nestha de novo, como se testasse o minério nela, então assentiu.

— Tenho algumas em que você poderia tentar.

Ele os levou de volta ao calor, às chamas e à luz, e Cassian podia jurar que Nestha estava inalando e exalando em um ritmo perfeito e controlado. Ela mantinha o olhar no ferreiro, no entanto, conforme ele trazia uma espada inacabada e a colocava sobre a bigorna. Bonita, mas comum. Uma espada simples, sem nada de mais, dissera o ferreiro. Depois de uma demonstração ágil e impecável, ele entregou o martelo a Nestha.

— Firme os pés assim — disse o ferreiro, e Nestha acompanhou as instruções dele até erguer o martelo acima de um dos ombros e descer a ferramenta.

O clangor de uma batida soou, e a espada saiu quicando. Uma tentativa desastrada. Nestha trincou os dentes.

— Não é tão fácil quanto parece.

O ferreiro apontou para a espada.

— Tente de novo. Leva um tempo para se acostumar. — Cassian jamais ouvira o macho falar tão... gentilmente. Normalmente, as conversas deles eram breves e diretas, livres de formalidades ou detalhes pessoais.

Nestha bateu com a espada de novo. A mira estava melhor dessa vez, mas ainda assim era sofrível. Pedaços de carvão estalaram na forja atrás deles, e Nestha se encolheu. Antes que Cassian pudesse perguntar o motivo, ela trincou os dentes de novo e bateu com a espada uma terceira vez. Quarta. Quinta.

Quando o ferreiro sacou uma adaga, Nestha tinha pegado o jeito da coisa. Estava até um pouco sorridente.

— Adagas requerem uma técnica diferente — explicou o ferreiro, demonstrando de novo. Tanto trabalho, habilidade e dedicação, tudo por uma lâmina comum. Cassian balançou a cabeça. Quando tinha sido a última vez que ele parou para apreciar o artesanato e o trabalho que eram empregados em suas armas?

Suor brotava na testa de Nestha conforme ela martelava a adaga; os golpes e o corpo estavam mais firmes agora. Orgulho se entremeou no peito dele. Ali estava ela, aquela fêmea que tinha sido forjada durante a guerra contra Hybern. Mas diferente, mais concentrada. Mais forte.

Cassian estava ouvindo apenas parcialmente quando o ferreiro trouxe uma espada longa.

Mas ele ficou atento quando Nestha se curvou sobre ela em um movimento suave e o martelo atingiu o alvo.

Golpe após golpe, e Cassian podia ter jurado que o mundo parou quando ela se libertou com a mesma intensidade que Nestha levava para o treino.

O ferreiro sorriu para ela. A primeira vez que Cassian tinha visto o macho fazer isso.

O braço de Nestha formava um arco acima dela, o martelo estava preso em seus dedos flexionados. Era uma dança, cada um dos movimentos dela sincronizado com o eco que ecoava do martelo na lâmina. Ela batia na espada ao som de uma música que ninguém além dela podia ouvir.

Cassian deixou que ela continuasse. A chuva e o vento farfalhavam o telhado de palha a uma contrabatida distante acima deles, e ele começou a se perguntar o que sairia do calor e das sombras.

Aprender a lutar com espada não era uma tarefa fácil — requeria repetição, memória muscular e paciência — mas Nestha, Emerie, e Gwyn estavam dispostas.

Não, percebeu Cassian enquanto as observava guardar as espadas na chuva gelada que continuou no dia seguinte. Estavam mais do que dispostas: tinham treinado com uma concentração renovada e firme. Nenhuma delas mais do que Nestha, que agora guardava a espada e pegava uma faixa de tecido. Ela começou a enfaixar as mãos, alongando o pescoço ao fazer isso.

Eles não tinham conversado depois da lição com o ferreiro na tarde anterior, embora ela tivesse agradecido a ele baixinho quando voltaram para a Casa do Vento. Ela estava com aquela intensidade no rosto de novo e com os olhos distantes — como se estivesse se concentrando em algum alvo invisível. Então ele não a havia procurado na noite anterior, embora cada parte dele tivesse gritado para fazer isso. Ele daria tempo a ela. Deixaria que ela tomasse a iniciativa quando estivesse pronta. Caso o quisesse de novo.

Cassian sufocou o pensamento e permitiu que a chuva gelada esfriasse seu desejo, seu pesar.

Em silêncio, Nestha se aproximou do saco de pancadas: um tronco de árvore caído que tinha sido envolvido em cobertores grossos. Ela se aproximava dele como se estivesse enfrentando um oponente.

Nestha olhou por cima do ombro para Cassian quando parou diante do tronco, havia uma pergunta em seus olhos.

Ele assentiu.

— Se quiser usar os últimos 15 minutos para treinar, vá em frente.

Era tudo de que ela precisava, e ele estava satisfeito demais para dizer qualquer outra coisa quando Nestha assumiu a posição de luta e começou a socar.

O primeiro impacto nas articulações dos dedos dela contra a madeira acolchoada doeu. Mas ela bateu onde deveria, e seu polegar continuou onde ela o obrigara a aprender a ficar, e quando seu braço recuou, a dor se tornou uma canção. Ela deu mais um soco, arrancando um satisfatório *tum* da madeira.

Bom — aquilo era *bom*. Colocar tudo para fora, canalizar as angústias daquele jeito.

A respiração de Nestha estava aguçada como uma lâmina, mas ela deu um gancho esquerdo, e depois dois cruzados com o punho direito.

Ela não sentia a chuva, não sentia o frio.

Cada soco carregava o medo, a raiva e o ódio para fora do corpo e para dentro daquele tronco.

Durante três dias, ela manteve aquele fogo no sangue. Por três dias, sonhou com espadas, escadas e combate. Não conseguiu impedir. Ela caíra na cama tão cansada que não teve chance de sequer ler antes de ficar inconsciente. Certamente não fez sexo com Cassian. Nem mesmo um olhar incandescente do outro lado da mesa de jantar.

A presença de Azriel ajudava. Ele agora treinava as recrutas mais jovens, calado, gentil, mas inabalável, e se ela não soubesse, juraria que pelo menos duas das sacerdotisas — Roslin e Ilana — suspiravam sempre que ele passava.

Alguma parte pequena e terrível dela estava feliz por não terem suspirado por Cassian. Ela também socou aquele pensamento para fora. Aquele pensamento patético e egoísta.

Assim como ela inteira era patética, egoísta e cheia de ódio.

Um-dois, dois-um-um; ela socava e socava, atirando o corpo todo no tronco.

— Pelo Caldeirão — disse uma voz masculina familiar ao lado de Cassian, e ele se virou e viu Lucien no arco da área de treino. O resto das sacerdotisas e de Azriel tinha partido dez minutos antes. Nestha nem mesmo notou. — Feyre disse que estava treinando, mas eu não sabia que ela estava... bom, *treinando*.

Cassian assentiu como cumprimento e manteve os olhos em Nestha onde ela socava o tronco acolchoado sem parar, como tinha feito pelos últimos 25 minutos seguidos. Ela estava em um lugar que Cassian conhecia bem — onde pensamento e corpo se tornavam um, onde o mundo se dissipava em nada. Trabalhando alguma coisa bem no fundo dela.

— Achou que ela estivesse lixando as unhas?

O olho mecânico de Lucien estalou. O rosto dele ficou tenso quando Nestha deu um espetacular gancho esquerdo no tronco de madeira. Que estremeceu com o impacto.

— Fico pensando, sabe. Será que não há coisas que jamais deveriam ser despertas? — murmurou.

Cassian olhou com raiva para ele.

— Cuide da sua vida, foguinho.

Lucien apenas observou Nestha atacar, a pele reluzente dele estava um pouco pálida.

— Por que você está aqui? — perguntou Cassian, incapaz de conter o tom afiado. — Onde está Elain?

— Não venho sempre a esta cidade para ver minha parceira. — As últimas duas palavras pingavam desconforto. — Vim até aqui porque Feyre disse que eu deveria. Preciso matar algumas horas antes de me encontrar com ela e Rhys. Ela achou que eu poderia gostar de ver Nestha em ação.

— Ela não é uma atração de circo — disse Cassian, entre os dentes.

— Não é por diversão. — O cabelo ruivo de Lucien brilhou na escuridão do dia chuvoso. — Acho que Feyre queria uma avaliação do progresso de alguém que não a vê há um tempo.

— E? — disparou Cassian.

Lucien lançou a ele um olhar desmotivador.

— Não sou seu inimigo, sabe. Pode parar com essa fachada de brutamontes agressivo.

Cassian deu a ele um sorriso que não chegou aos olhos.

— Quem disse que é fachada?

Lucien soltou um suspiro demorado.

— Muito bem, então.

Nestha deu mais uma série de socos, e Cassian soube que ela estava chegando ao golpe de nocaute. Dois cruzados esquerdos e um gancho direito que se chocaram tão forte com a madeira que o tronco rachou.

Então ela parou, pressionando a madeira com o punho.

A respiração ofegante dela espiralava da boca, se condensando.

Lentamente, ela se esticou, primeiro se abaixando e soltando vapor entre os dentes conforme se virava. Ele viu um lampejo de fogo prateado nos olhos dela, que logo sumiu. Lucien tinha ficado imóvel.

Nestha caminhou até os dois machos. Ela encontrou o olhar de Lucien ao se aproximar do arco, e não disse nada antes de prosseguir para a Casa. Como se palavras estivessem além dela.

Somente quando os passos de Nestha se dissiparam Lucien falou:

— Que a Mãe poupe vocês.

Cassian já estava caminhando até o tronco da madeira.

Havia um pequeno sulco de impacto no centro dele, através do acolchoamento, até a própria madeira. Ele brilhava. Cassian levou dedos trêmulos até ali.

A marca de queimadura, ainda brilhando como brasa.

O bloco de madeira inteiro estava incandescente de dentro para fora. Ele levou a palma da mão até ali. A madeira estava fria como gelo.

O bloco se dissolveu em uma pilha de cinzas.

Cassian encarou em silêncio assombrado, a madeira fumegante ainda sibilando na chuva.

Lucien se aproximou pelo lado dele. O macho apenas repetiu, com a voz solene:

— Que a Mãe poupe vocês.

CAPÍTULO 41

Helion, Grão-Senhor da Corte Diurna, chegou na Cidade Escavada na tarde seguinte em um cavalo alado.

Ele quisera entrar na cidade escura em uma carruagem dourada puxada por quatro cavalos brancos como a neve e com crinas feitas de fogo dourado, foi o que Rhys contou a Cassian, mas Rhys tinha proibido a carruagem e os cavalos, e avisou a Helion que ele teria que atravessar; caso contrário, era melhor nem ir.

Por isso o pégaso. A ideia de Helion de um meio-termo.

Cassian ouvira os boatos sobre o raro pégaso de Helion. Os mitos diziam que o premiado garanhão tinha voado tão alto que o sol o queimara, mas ao olhar para o animal agora... Bom, Cassian provavelmente sentiria inveja, caso ele mesmo não tivesse asas.

Os cavalos alados eram raros — tão raros que se dizia que os sete pares procriadores de cavalos alados de Helion eram os únicos que restavam. De acordo com a crença popular, certa vez houve muito mais deles, antes dos registros históricos, e a maioria tinha simplesmente sumido, como se tivessem sido devorados pelo próprio céu. A população deles escasseara mais nos últimos mil anos, por motivos que ninguém podia explicar.

Amarantha não tinha ajudado nesse quesito. Ela massacrara três dúzias dos pégasos de Helion além de queimar tantas das bibliotecas dele. Os sete pares de pégasos que restavam tinham sobrevivido porque tinham sido libertados antes que os brutamontes de Amarantha conseguissem chegar às baias deles na torre mais alta do palácio de Helion.

O par mais adorado por Helion — aquele garanhão preto, Meallan, e a parceira dele — não produziam crias havia trezentos anos, e aquele último potro não tinha chegado a desmamar quando sucumbiu a uma doença que curandeiro nenhum conseguiu curar.

De acordo com as lendas, os pégasos tinham vindo da ilha sobre a qual estava a Prisão — um dia haviam se alimentado em campos lindos que fazia muito tempo tinham dado lugar a musgo e névoa. Talvez isso fosse parte da decadência: a terra natal deles tinha sumido, e o que quer que os sustentasse ali não existia mais.

Cassian se permitiu admirar Meallan aterrissando nas pedras pretas do pátio diante dos portões imponentes que davam para dentro da montanha, a crina do garanhão soprava ao vento contra as asas pretas como azeviche. Restavam poucas coisas nas terras feéricas que podiam incitar qualquer tipo de surpresa em Cassian, mas aquele garanhão magnífico, orgulhoso e arrogante e apenas parcialmente domado, lhe tirou o fôlego do peito.

— Incrível — murmurou Rhys, com admiração semelhante brilhando no rosto.

Feyre sorriu com prazer, e Cassian soube por aquele olhar que ela pintaria aquele animal — e possivelmente o mestre fascinante também. Azriel também piscava espantado enquanto o garanhão batia com as patas no chão, bufando, e Helion deu tapinhas no pescoço grosso e musculoso do pégaso antes de descer.

— Seja bem-vindo — disse Rhys, avançando.

— Não é o desfile que eu queria — falou Helion, segurando a mão de Rhys —, mas Meallan sabe como entrar com estilo. — Ele assoviou, e o pégaso deu meia-volta e, graciosamente, apesar do tamanho, bateu aquelas asas poderosas e saltou de volta para o céu para esperar pelo mestre em outro lugar.

Helion sorriu para Feyre, que observou de olhos arregalados o garanhão levantar voo nas nuvens. Ele disse:

— Posso levar você para um passeio, se quiser.

Feyre sorriu.

— Normalmente, eu aceitaria a oferta, mas acho que não posso arriscar.

As sobrancelhas de Helion se ergueram. Por um segundo, Rhys e Feyre conversaram silenciosamente, e então Rhys assentiu.

A voz de Rhys encheu a mente de Cassian um segundo depois. *Vamos contar a ele.*

Cassian manteve o rosto neutro. *Por que arriscar?*

Rhys falou, com seriedade, *Porque precisamos das bibliotecas dele*. Para encontrar algum jeito de salvar Feyre, omitiu Rhys. O Grão-Senhor dele prosseguiu: *E porque você e Azriel estavam certos, é apenas uma questão de tempo até que a gravidez apareça. Ela aceitou meu pedido do escudo, mas vai me castrar se eu sugerir enfeitiçá-la para esconder a gravidez*. Rhys fez uma careta. *Então, lá vamos nós.*

Cassian assentiu. *Estou ao seu lado, irmão.*

Rhys lançou um olhar de gratidão a ele, e então retirou o escudo sobre a parceira, porque o cheiro de Feyre — aquele cheiro maravilhoso e delicioso — encheu o ar. Os olhos de Helion se arregalaram, voltando-se direto para o abdômen dela, onde a mão de Feyre agora repousava sobre a pequena saliência. Ele soltou uma gargalhada.

— Então é por isso que precisava aprender sobre escudos impenetráveis, Rhysand. — Helion se aproximou para beijar a bochecha de Feyre. — Meus parabéns a vocês dois.

Feyre sorriu, mas o sorriso de Rhys foi menos aberto. Se Helion notou, não disse nada. O Grão-Senhor Diurno olhou para Cassian e Azriel, então franziu a testa.

— Onde está minha bela Mor?

Az falou, tenso:

— Saiu.

— Que pena. Ela é muito mais bonita de se ver do que vocês dois.

Cassian revirou os olhos.

Helion deu um risinho, limpando uma bolinha de tecido invisível da túnica branca drapeada, então encarou Rhys. A pele marrom-escura dele brilhava sobre os músculos fortes das coxas e pernas nuas, as sandálias douradas amarradas até altura das panturrilhas eram inúteis no solo coberto de neve ao redor deles. O Grão-Senhor não levava armas — o único metal nele era o bracelete dourado em torno de um dos bíceps musculosos, esculpido em forma de cobra, e a coroa dourada com espinhos sobre o cabelo preto na altura do ombro. Seria impossível confundir Helion com qualquer coisa que não fosse um Grão-Senhor. Mesmo assim, Cassian sempre gostara do ar casual e irreverente dele. O macho disse a Rhys:

— Então? Você queria que eu investigasse um feitiço? Ou isso era uma desculpa para me trazer para seu palácio dos prazeres deturpado sob esta montanha?

Rhys suspirou.

— Por favor, não faça com que eu me arrependa de ter trazido você aqui, Helion.

Os olhos dourados de Helion se iluminaram.

— Qual seria a graça se eu não fizesse isso?

Feyre deu o braço a ele.

— Senti sua falta, meu amigo.

Helion deu tapinhas na mão dela.

— Vou negar até o túmulo se você contar a alguém, mas também senti a sua, Quebradora da Maldição.

— Gosto *muito* mais deste palácio do que daquele lá de baixo — disse Helion uma hora depois, avaliando as pilastras de pedra da lua e as cortinas translúcidas que sopravam sob uma brisa leve que contrariava a cadeia montanhosa coberta de neve em volta deles. Além dos escudos do palácio, Cassian sabia que aquela brisa se tornava um vento estrondoso e cortante que podia esfolar a carne dos ossos.

Helion se jogou em uma cadeira baixa diante de uma das vistas infinitas, suspirando.

— Tudo bem. Quer minha avaliação agora que saímos da Cidade Escavada?

Feyre passou para o assento ao lado do dele, mas Cassian, Rhys e Az permaneceram de pé, enquanto o encantador de sombras ficou recostado em uma pilastra, parcialmente escondido da vista. Feyre perguntou:

— Os soldados estão enfeitiçados?

Helion tinha brevemente falado e tocado as mãos dos dois soldados da Corte Outonal acorrentados àquela sala, mantidos vivos e alimentados pela magia de Rhys. O rosto de Helion ficara tenso quando ele tocou as mãos deles — e então o Grão-Senhor murmurou que tinha visto o bastante.

Nada na Cidade Escavada parecera incomodá-lo até aquele momento. Não as pilastras pretas imponentes e os entalhes nelas, não o povo maligno que a ocupava, não as trevas absolutas do lugar. Se aquilo lembrou a Helion da época dele Sob a Montanha, ele não deixou à mostra. Amarantha moldara sua corte de acordo com aquela, aparentemente — uma réplica sofrível, dissera Rhys.

— *Enfeitiçados* não é a palavra certa — disse Helion, franzindo a testa. — Os corpos e suas ações de fato não pertencem a eles, mas não há feitiço algum sobre os machos. Consigo sentir feitiços, como fios. Aqueles capazes de encantar parecem amarras em torno de um indivíduo. Não senti nada disso.

— Então qual é o problema com eles? — perguntou Rhys.

— Não sei — admitiu Helion, com uma seriedade incomum. — Em vez de um fio, era mais como uma névoa. Um nevoeiro, exatamente como você descreveu, Rhysand. Não havia nada a que me agarrar, nada tangível para quebrar, mas estava *ali*.

Rhys perguntou:

— Parece menos com um feitiço e mais como... uma influência?

Merda. *Merda*.

Helion esfregou a mandíbula.

— Não consigo explicar agora, mas é como se esse nevoeiro em volta da mente os guiasse. — Ele notou as expressões do grupo. — O que foi?

A boca de Feyre se contraiu.

— A Coroa... parte dos Tesouros Nefastos.

E então tudo veio à tona, a rainha Briallyn e a caçada dela pelos Tesouros, o envolvimento de Koschei, a Máscara que Nestha tinha recuperado.

Apenas os segredos de Eris a respeito da gravidade da traição de Beron permaneceram não ditos. Quando Feyre concluiu, Helion balançou a cabeça lentamente.

— Achei que teríamos pelo menos um descanso de tentar evitar desastres como esse.

— Somente a Harpa permanece sumida, então — falou Azriel. Ele continuava encostado na pilastra, envolto em sombras. — Se Briallyn tem a Coroa, é possível que ela a tenha há um tempo, e é por isso que as outras rainhas fugiram para os próprios territórios. Talvez tenham achado que a coroa seria usada contra elas, por isso fugiram. Talvez ela até mesmo a tenha encontrado aqui, durante a guerra, enquanto estávamos todos distraídos combatendo Hybern, e usou para retirar suas forças, para ganhar tempo. Pode ter sido isso que chamou a atenção de Koschei para ela, é isso que ele quer dela.

— Pode até ser — disse Feyre —, mas por que usar os soldados de Eris para atacar nossa gente em Oorid? Qual é o motivo?

— Talvez fosse para nos avisar que ela sabe que *nós* sabemos dos planos dela — sugeriu Rhys.

— Mas como ela sabia que estaríamos no pântano? — perguntou Cassian. — Aqueles soldados não tinham poder de atravessar, eles teriam precisado viajar a pé durante semanas para chegarem lá.

— Eles estão desaparecidos há mais de um mês — observou Feyre.

Helion falou:

— Lembrem que Briallyn também foi Feita. Ela pode não conseguir usar adivinhação para encontrar o Caldeirão, mas consegue usar adivinhação para encontrar os Tesouros Nefastos tão bem quanto Nestha Archeron. Ela poderia ter descoberto que a Máscara estava em Oorid, mas não ousou se aventurar nas trevas do pântano. É possível que ela tenha infiltrado os soldados para tomar a Máscara de vocês depois que a encontrassem.

— Ou nos enganar para que os matássemos, nos tornando inimigos da Corte Outonal — falou Cassian.

— Mas Briallyn só pode ser idiota — disse Feyre — se acha que aqueles soldados seriam o suficiente para dominar qualquer um de nós.

Helion assentiu para Feyre.

— Você disse que a Máscara está aqui agora? Posso ver?

— Precisamos da sua ajuda com ela, na verdade — disse Feyre. — Rhys protegeu e trancou a sala onde a Máscara está, mas ela abriu as trancas para deixar minha irmã entrar, provavelmente porque ela foi Feita. E se ela consegue entrar, é possível que Briallyn também consiga. — Feyre colocou as mãos tatuadas nos bolsos. — Pode mostrar a Nestha como ela mesma pode fazer a proteção? Alguma coisa com talvez um pouco mais de... *tchan*?

— *Tchan?* — perguntou Rhys, erguendo uma sobrancelha.

— *Tchan* — repetiu Feyre, olhando com irritação para ele. — Não é todo mundo que tem a língua de veludo como a sua.

Rhys piscou um olho.

— Que bom que você se beneficia disso, Feyre querida.

Cassian optou por ignorar a insinuação, e o lampejo de excitação entre os dois. Helion, no entanto, riu.

Azriel pigarreou.

— Nestha está esperando.

— Ela está aqui? — Helion praticamente brilhou com luz dourada.

— Sim — disse Feyre, levantando-se da cadeira. Cassian não deixou de notar o olhar provocante que sua Grã-Senhora deu a Rhys quando passou, dirigindo-se para as salas na ponta norte do palácio. E não deixou de notar a gargalhada grave que Rhys deu a ela em resposta, cheia de promessa sensual.

Ele não conseguiu segurar a pontada no peito diante da intimidade casual, da afeição e do amor diretos. Muito diferente de *apenas sexo*.

Helion seguiu, comentando sobre a beleza do palácio. Cassian bloqueou o Grão-Senhor, ocupado demais remoendo como Nestha sequer se incomodara em protestar quando ele deixou a cama dela. Nem mesmo se aproximara dele procurando mais desde então.

Cassian estava se contendo, principalmente porque ela parecia se exaurir durante o treino, trabalhando o que quer que precisasse no coração, na mente. Mas ele não tinha conseguido parar de se lembrar daquilo — do sexo, e daquela imagem dela, das costas dela ainda erguidas enquanto ela estava deitada na cama, de sua linda intimidade inchada e reluzente, molhada com o sêmen dele.

— Em que *você* está pensando? — cantarolou Helion quando eles se aproximaram de uma porta de madeira fechada.

Cassian se esticou. Não tinha percebido que seus pensamentos tinham incitado aquele cheiro. Ele sorriu.

— Na sua mãe.

Helion riu.

— Sempre me esqueço do quanto gosto de você.

— Fico feliz em fazê-lo lembrar. — Cassian piscou um olho.

Feyre chegou à porta, bateu, então ali estava ela — Nestha.

Ela estava sentada à mesa onde a Máscara repousava, com um livro aberto diante dela. Pela velocidade com que fechou o volume, Cassian sabia que ela estava lendo um dos romances que ela, Emerie e Gwyn trocavam.

Cassian percebeu que ficou tenso quando Helion entrou na sala, e Nestha ficou de pé. Ela estava com um vestido azul-escuro naquele dia — a primeira vez em um mês que ele a via de vestido. Não havia mais tecido sobrando. Ela ganhara peso o suficiente para que o corpete ficasse de novo justo, e aqueles seios fartos transbordassem graciosamente acima do decote acentuado.

Helion ofereceu uma reverência com a cabeça, a epítome da graciosidade cortesã.

— Lady Nestha.

Nestha ensaiou uma mesura, mas os olhos dela se voltaram para Feyre.

— Lady?

Feyre deu de ombros.

— Ele está sendo educado.

Nestha voltou os olhos para Cassian.

— Agora entendo por que você acha o título irritante.

Ele sorriu, e Helion piscou — como se chocado por ela ter se esquecido de que um Grão-Senhor estava diante dela.

Mas Nestha tinha ignorado Helion da primeira vez que eles se viram também, totalmente indiferente.

Cassian disse a ela:

— Não fica mais fácil.

Nestha encarou Helion de novo, observando aquela coroa de ouro cheia de espinhos e a túnica branca drapeada.

— Aquele cavalo alado que voou até aqui mais cedo era seu?

O sorriso de Helion era algo de beleza cultivada.

— Ele é meu mais belo garanhão.

— É lindo.

— Assim como você.

Nestha inclinou a cabeça quando Cassian se viu quase sem fôlego, esperando pela resposta dela. Feyre e Rhys pareciam tentar não rir, e Azriel era o retrato do tédio frio.

Nestha avaliou Helion durante tanto tempo que ele se mexeu, desconfortável. Um grão-Senhor ficou *desconfortável* com o olhar dela. Nestha falou, por fim:

— Agradeço o elogio. — E pronto.

Aquela pausa enquanto ela avaliava Helion tinha sido uma pausa cortesã. Avaliando o melhor modo de atacar.

Helion franziu levemente a testa.

Rhys pigarreou, e havia diversão nos olhos dele.

— Bom, aí está. — Ele apontou para o suporte de veludo preto na mesa. — Nestha?

Ela tirou o tecido. O ouro antigo e surrado brilhou, e Helion sibilou quando um poder frio e estranho encheu a sala, sussurrando como uma brisa fria.

Helion se virou para Nestha, toda a sensualidade sumira.

— Você usou mesmo isso e sobreviveu? — Não era uma pergunta que exigia resposta. — Cubra de novo, por favor. Não consigo aguentar.

Rhys fechou as asas.

— Ela afeta você tanto assim?

— Não sente as garras frias se fechando nos seus sentidos? — perguntou Helion.

— Não tanto assim — disse Feyre. — Conseguimos sentir o poder dela, mas não incomodou nenhum de nós desse jeito.

Helion estremeceu, e Nestha jogou o tecido sobre a Máscara. Como se o tecido de alguma forma a cegasse para a presença deles.

— Talvez um ancestral meu tenha usado certa vez, e o aviso do preço esteja impresso em meu sangue. — Helion exalou, trêmulo. — Muito bem, não-Lady Nestha. Permita-me mostrar a você alguns truques de proteção que nem mesmo o esperto Rhysand consegue fazer.

No fim, Helion criou as proteções e as ligou ao sangue de Nestha. Uma agulhada dele, cortesia de Reveladora da Verdade, tinha concluído tudo, e Cassian percebeu que ficou tenso ao ver aquela pequena gota vermelha. Ao sentir o cheiro dela.

Foi um exercício de força de vontade dizer ao corpo que não havia ameaça, que o sangue tinha sido oferecido, que ela estava bem. Mas isso não o impediu de trincar os dentes tão alto que Feyre sussurrou para ele, por baixo da conversa de Nestha e Helion:

— Qual é o seu problema?

Cassian murmurou de volta:

— Nada. Pare de ser tão enxerida, Quebradora da Maldição.

Feyre lançou a ele um olhar de esguelha.

— Você está agindo como um animal enjaulado. — Os lábios dela se curvaram para cima. — Está com ciúmes?

Cassian manteve a voz neutra.

— De Helion?

— Não vejo mais ninguém nesta sala segurando a mão de minha irmã e sorrindo para ela no momento.

O canalha estava mesmo fazendo aquilo, embora Nestha permanecesse impassível.

— Por que eu estaria com ciúmes?

A risada de Feyre foi um farfalhar de ar.

Cassian não conseguiu segurar o sorriso de resposta, o que lhe garantiu um olhar confuso de Azriel. Cassian balançou a cabeça, no momento em que Nestha tirou a mão da de Helion e perguntou:

— Então é isso?

— Depois que deixarmos a sala, ninguém poderá entrar. Nem você, caso não desfaça as proteções, conseguirá entrar.

Nestha soltou um suspiro baixinho.

— Que bom.

— Vou lhe mostrar o feitiço de abertura — disse Helion, mas ela se afastou dele.

— Não — disse Nestha, abruptamente. — Não, não quero saber.

Silêncio recaiu sobre o lugar.

Nestha disse a ninguém em particular:

— Se Briallyn está caçando a Máscara, se ela me apreender, não quero ter nenhum conhecimento de como soltá-la. — Era uma atitude sábia, mesmo que ele sentisse náusea ao considerar, mas ele podia ter jurado que era mentira. Podia ter jurado que Nestha não queria ter acesso à informação... para ela mesma.

Como se ela pudesse se sentir tentada pela Máscara.

Rhys falou:

— Tudo bem. Helion pode me mostrar, e se precisarmos do conhecimento, mostro a você. — Rhys estendeu a mão para Helion, indicando como ele preferiria que o macho lhe mostrasse o feitiço. Os dedos deles se entrelaçaram, os olhos ficaram distantes, e então Rhysand piscou. — Obrigado.

Azriel falou:

— Precisamos avisar a Eris sobre os soldados dele terem reaparecido. E o que fizemos com eles.

Cassian olhou para sua família, seus amigos.

— Quanto diremos a Eris? Informamos a ele que temos a Máscara?

A pergunta pairou ali. Então Rhys falou:

— Ainda não. — Ele olhou para Cassian. — Visite Eris amanhã. — Rhys indicou a Nestha. — Você vai com ele.

Nestha enrijeceu, e Cassian tentou não olhar boquiaberto.

— Por quê? — perguntou ela.

— Porque você gosta de jogar o jogo — disse Rhys. Ele sem dúvida reparou em como ela lidou sutilmente com as tentativas de Helion de flertar mais cedo. Rhys sabia como usar uma ferramenta à disposição dele. — Mas a escolha é sua — acrescentou ele.

Cassian pigarreou.

— Por mim, tudo bem. — Nestha, para surpresa dele, não protestou.

— Quero confirmar que Briallyn tem a coroa — falou Azriel. — Vou viajar para as terras humanas amanhã.

— Não — disseram Feyre e Rhys ao mesmo tempo, com o mesmo fôlego.

Os olhos de Azriel estremeceram.

— Eu não estava pedindo permissão.

Rhys riu.

— Não importa.

Az abriu a boca para protestar, mas Feyre disse:

— Você não vai, Azriel. Se Briallyn tiver a coroa e pegar você, mesmo que ela apenas suspeite que você está próximo, quem sabe o que poderia fazer?

— Me dê algum crédito, Feyre — respondeu Az. — Posso continuar bem escondido.

— Não assumimos riscos — disse Feyre, sua voz impassível com comando. — Retire todos os seus espiões.

— De jeito nenhum.

Cassian se preparou, mas Feyre não recuou.

— Informação de seus espiões, de *qualquer* espião, não é confiável com a Coroa em jogo. Amren disse que precisa de proximidade para enterrar as garras na mente de alguém. Ficaremos bem longe de Briallyn.

Azriel fervilhou de ódio e se virou para Rhys.

— E você concorda com ela?

— Ela é sua Grã-Senhora — respondeu Rhys, friamente. — O que ela diz é lei.

Az olhou para ele, e depois para Feyre. Determinou que eles eram uma unidade imóvel, uma parede impenetrável contra a qual sua fúria apenas quebraria de novo e de novo.

No silêncio tenso, Helion assentiu para o corredor iluminado adiante do quarto.

— Eu gostaria de me retirar da presença odiosa da Máscara, e talvez aproveitar seu palácio, Rhysand. Faz muito tempo desde que estive em um lugar tão silencioso. Se me permitirem, vou ficar aqui por uma ou duas horas.

— Alguma coisa o incomoda em casa? — perguntou Rhys, caminhando ao lado do Grão-Senhor.

Cassian encontrou o olhar de Nestha quando ele saiu da sala, e ela pegou o livro antes de segui-los para fora. Feyre saiu com Azriel, murmurando com a mão tatuada no ombro dele.

Cassian perguntou a Nestha:

— O que está lendo hoje?

— *Uma breve história dos grandes cercos*, de Osian.

Ele quase tropeçou.

— Não é um romance?

— Percebi depois que você me deixou *A dança da batalha* que tenho muito que aprender. Ontem à noite pedi à Casa que me desse alguma coisa que você talvez lesse.

— Por quê?

Nestha enfiou o livro debaixo do braço.

— Qual é o objetivo de aprender técnicas de luta se não sei o verdadeiro propósito e os usos delas? Você me treinaria para ser uma arma, e eu seria apenas isso: a arma de outra pessoa. Quero saber como usá-la... quer dizer, me usar. E como usar os outros.

Cassian ficou calado de choque conforme eles subiam os degraus, acompanhando Helion e Rhys, que tagarelavam adiante do grupo.

— Você planeja liderar um exército, Nes?

— Não um exército. — Ela olhou de esguelha para ele. — Mas talvez uma pequena unidade de fêmeas.

Ela estava absolutamente séria.

— As sacerdotisas?

— Não sei se elas participariam, mas... Há outras lá fora, tenho certeza, que poderiam participar. Sou imortal agora, ou o mais próximo possível disso. Não tenho nada além de tempo para planejar um futuro distante.

O peito dele se apertou. Planejando o futuro. Era um sinal muito bom.

Cassian bateu à porta do quarto de Nestha na Casa depois do jantar. Ela não havia se juntado a ele e Azriel, mas talvez fosse melhor assim.

O Grão-Senhor e a Grã-Senhora da Corte Noturna haviam confrontado o encantador de sombras naquela tarde, e saíram triunfantes.

Talvez *triunfantes* não fosse a palavra certa, mas o argumento tinha terminado com Azriel relutantemente concordando em não espionar Briallyn por enquanto — e ficando emburrado no jantar.

A voz de Nestha ecoou pela madeira.

— Entre.

Ele a encontrou na cama com um livro apoiado nos joelhos. Parecia que tinha voltado aos romances.

— Chega de livros sobre guerra? — Ele ergueu os três que tinha levado, seu motivo para estar ali. Sua desculpa.

— Só durante o dia. — Ela se sentou, puxando os cobertores em torno da cintura. — O que é isso?

— Mais textos que achei que pudessem interessar você. — Ele os apoiou na mesa.

Nestha abaixou o queixo em um aceno curto, a longa trança balançou sobre o peito com o movimento. Ela usava uma camisola de manga longa, e embora não houvesse fogueira na lareira, o quarto permanecia quente. Como se a Casa tivesse notado que ela não gostava de fogo e o aquecesse de outra forma.

Cassian se obrigou a se afastar da mesa, a se dirigir à porta dela de novo. Nestha disse, antes que ele chegasse ao arco:

— Não foi bom para você?

Cassian se virou lentamente.

— O quê?

Um rubor corou as bochechas dela quando Nestha ergueu o queixo.

— O sexo não foi bom para você?

Ele engoliu em seco.

— Por que você diria isso?

A garganta de Nestha oscilou. Ela estava... Merda, será que ela realmente se sentia tão insegura a respeito dele?

— Você saiu rápido. E não me procurou de novo.

Eu saí rápido porque precisava manter alguns pedaços de mim intactos.

— Você anda concentrada no treino.

Os olhos dela brilharam com algo que parecia mágoa.

— Então, tá. Boa noite.

— Não foi o que eu quis dizer. Porra, Nestha. — Ele caminhou até a cama, e ela se esticou de novo, olhando para Cassian acima dela. — Como eu poderia ser tão egoísta... de exigir mais sexo de você quando você está tão investida no treino?

— Não é uma exigência se os dois querem — disse ela. — E eu só fiquei preocupada que você... não tivesse gostado tanto quanto eu.

— Acha que não procurei você porque não *gostei*? — Quando ela não disse nada, Cassian apoiou as mãos de cada lado de Nestha e se inclinou para sussurrar ao ouvido dela, inspirando seu perfume: — Eu gostei *demais*. Pensei nisso por dias e dias. — Ela estremeceu, e ele sorriu contra a pele macia da orelha dela. Cassian amava aquilo, ver aquele exterior gelado se desfazer, ver como ele a afetava. — Você tem se tocado à noite, pensando naquela vez, como eu?

O queixo de Nestha se abaixou com o mais sutil aceno de cabeça, e pelo canto do olho, ele viu um lampejo dos dentes dela quando Nestha mordeu o lábio inferior.

— Esses dedinhos doces têm sido tão bons quanto os meus?

Ele segurou a respiração, mas ela não responderia. Cassian sabia que ela não queria dar a ele a satisfação. Ele mordiscou o lóbulo da orelha dela, arrancando um arquejo de Nestha.

— Então?

— Não sei — sussurrou ela. — Eu precisaria ver de novo.

— Hmm. — Cassian abaixou a boca, dando um beijo sob cada orelha. O pau dele ficou mais duro, já doendo contra a calça. — O que você acha de fazermos uma comparação lado a lado?

Ela gemeu, e Cassian rastejou para a cama, montando nas pernas dela. O sangue dele latejava por cada centímetro do corpo, acompanhando a pulsação do pau, e Cassian se afastou do pescoço de Nestha e viu os olhos dela iluminados com desejo.

O mundo se calou, e ela o encarou sem desviar conforme ele lentamente puxava o cobertor da cintura dela. A camisola de Nestha estava embolada no alto das coxas, e ele passou a mão por uma delas e acariciou os músculos lisos que se acumulavam ali com o polegar.

— Por que não me mostra como você se toca, Nestha? Assim, vou lembrar você de como eu toco seu corpo. — Ele expôs os dentes em um sorriso malicioso. — Depois você pode me dizer qual das duas sensações é melhor.

O peito dela inflou e os seios rígidos despontaram pela camisola. A boca de Cassian se encheu d'água, o corpo estremeceu com o controle necessário para evitar colocar a boca neles.

Ela parecia ler cada linha do corpo dele, cada palavra do desejo de Cassian. Os olhos dela brilharam com fogo derretido.

— Enquanto eu... me toco, você está proibido de me tocar — disse ela, com um sorriso feral. — E proibido de se tocar.

A pele dele esquentou, retesando-se sobre os ossos.

— Certo.

Cassian esperou que ela se acomodasse nos travesseiros, mas Nestha pegou a barra da camisola para se despir, amassando a roupa em uma bola antes de atirá-la ao chão.

Cada pensamento recuou da mente dele quando ela inclinou a metade do corpo ali, completamente nua, aqueles lindos seios rígidos e esperando por ele, a pele sedosa quase brilhando. E entre as pernas... Nestha puxou os joelhos levemente para cima, abrindo-as. Expondo-se.

Cassian soltou um ruído baixo e sofrido. A intimidade rosada dela brilhava, e aquele cheiro inebriante e sedutor o chamava. Ele precisava sentir o gosto, precisava senti-la na língua, no pau...

— Nada de tocar — ronronou Nestha, porque a mão dele estava pairando na direção do pau, desesperada por qualquer tipo de alívio da visão dela aberta e nua, emoldurada pelas luas feéricas.

A respiração dele ficou presa na garganta — e acabou o abandonando de vez quando Nestha deslizou dois dedos delicados pelo corpo. Eles pararam no alto daquele montinho de nervos e ali se mexeram lentamente em círculos.

A respiração dela ficou irregular, mas Nestha o viu observando conforme ela fez outro círculo, e então desceu mais. Um deslize lento e torturante até o centro, antes de o pulso dela se curvar para baixo e Nestha mergulhar os dedos dentro do próprio corpo.

Cassian gemeu, o quadril avançando um pouco onde ele estava ajoelhado, e Nestha lhe deu um olhar de repreensão. Ele ficou imóvel, incapaz de pensar em outra coisa que não os dois dedos dela conforme Nestha os deslizou para dentro do corpo de novo, e gemeu. Os dedos voltaram brilhando com a umidade dela, e ele talvez estivesse ofegante quando ela os mergulhou uma terceira vez, profunda e lentamente.

— Isso — sussurrou Nestha, iniciando um movimento lento e constante como se bombeasse — é o que eu faço quando penso em você toda noite.

Se ela tocasse nele, Cassian ejacularia. Mas ele grunhiu:

— Faça com mais força.

Nestha estremeceu, como se aquelas palavras fossem um toque físico, e obedeceu. Os dois gemeram dessa vez, e ele se viu dizendo:

— Por favor.

Cassian não sabia o que aquilo queria dizer — só que precisava tocá-la.

Nestha sorriu para ele com diversão felina.

— Ainda não.

Ela deslizou a mão entre as pernas dele de novo.

— Imagino você me tomando, de novo e de novo. Com força, como fizemos antes. — Ele não conseguia respirar, não conseguia fazer nada a não ser encarar a mão e o rosto zonzo de prazer de Nestha. — Imagino você menos paciente do que foi na primeira vez, simplesmente metendo em mim, até o fundo. — Ela ecoou as palavras com um mergulho rápido dos dedos.

— Não quero machucar você — disparou ele, rezando para a Mãe e o Caldeirão para que mantivesse sua sanidade.

— Não vai me machucar. — A outra mão dela provocou aquele monte de nervos. — Quero você desinibido.

Cassian soltou um ruído baixo, estava necessitando.

Ela abafou uma risada maliciosa.

— Quer me ver gozar? Ou quer provar?

— Provar. — Ele imploraria sobre carvão quente por uma lambida nela.

Nestha abriu mais as pernas.

— Então pode se servir, Cassian.

O nome dele nos lábios dela foi o fim de Cassian. Ele agarrou as coxas de Nestha e as escancarou, então sua boca estava nela, lambendo-a da base ao ápice com um deslize longo e luxuriante.

Ela gemeu, mais alto do que na primeira vez, e Cassian agarrou as pernas dela de novo, prendendo-as sobre os ombros enquanto enterrava seu rosto contra ela.

Não havia nada de suave no movimento, nada provocador. Ele se banqueteou com a língua, os lábios e os dentes, e cada gosto fez os rugidos no sangue dele aumentarem como uma onda poderosa em seu interior. Nestha se esfregava contra ele e os dedos dos pés faziam tantas cócegas nas asas de

Cassian que ele precisou parar um momento para não ejacular com aquele simples toque. Ele ensinaria Nestha a brincar com as asas depois. Porque Cassian queria que ela tocasse as asas dele, que aprendesse onde acariciar enquanto eles transavam, para que ele gozasse tão forte a ponto de ver estrelas, que ela aprendesse os lugares onde acariciar mesmo enquanto ele não estivesse fodendo com ela, para que ejaculasse em sua mão, na boca.

Cassian deslizou a língua até o interior dela, o clímax já se acumulando sob a pele dele, na coluna. Era rápido demais — ele não queria ir rápido demais.

Cassian se obrigou a fazer uma pausa. Ele se obrigou a recuar, se afastar. Ver Nestha nos travesseiros, nua e aberta para ele, quase o fez ejacular.

Mas ele tirou a camisa. A calça.

Só quando ele estava nu, ajoelhado entre as pernas dela, com o pênis apontado para a frente, foi que Cassian disse:

— Quer meus dedos, minha língua, ou meu pau, Nestha? — Ele segurou o último entre o punho fechado para ela, bombeando o pênis com uma pressão lenta, quase dolorosa. Ela observou com olhos arregalados, como se lembrasse do tamanho dele dentro dela.

— Que tal uma comparação lado a lado? — foi o que Nestha conseguiu dizer, mas a malícia não estava nos olhos dela, não quando ele tocou no pau de novo, saboreando como aquilo fazia com que ela perdesse o fôlego.

— O que você quiser. O que você precisar. — Ele sabia que eram as palavras de um tolo, sabia que tinha oferecido demais.

Mas ela apenas olhou para o pau dele.

— Quero isso. Agora.

Cassian murmurou uma oração de agradecimento à Mãe e se deitou sobre ela, apoiando-se nos braços.

— Me coloque dentro de você.

Quando a mão de Nestha se fechou em volta dele, Cassian arqueou o corpo e trincou os dentes. Ela sorriu ao ver aquilo, e bombeou tão forte quanto ele havia se tocado, no limite da dor. Nestha o encaixou em sua entrada encharcada.

Ele não esperou dessa vez. Não entrou lentamente, não depois de ela ter dito que queria o contrário.

Cassian mergulhou para dentro de Nestha e avançou.

Nestha soltou um ruído que era algo entre um gemido e um grito, e ele se viu ecoando o barulho quando todo o calor sedoso e incandescente dela o envolveu. Ela era tão perfeita e avassaladoramente apertada. Como se tivesse sido feita para ele, e ele, para ela.

Cassian saiu com um deslize longo, e avançou de volta, preenchendo-a completamente. As unhas de Nestha se enterraram no ombro dele, aquela dor secundária, aquela dor como um prazer quando ela o marcou.

Cassian recuou de novo, abaixando a cabeça para ver o próprio pau deslizar para fora dela, reluzindo com a umidade de Nestha e, então, entrar novamente. Cada centímetro para dentro daquele núcleo apertado e incandescente era um paraíso e um tormento, e ele precisava de mais, precisava ir mais fundo, precisava rastejar tanto para dentro que não teria como se desenlaçar depois.

As unhas de Nestha cortaram a pele dele, e o cheiro do sangue de Cassian encheu o ar. Ele se abaixou para beijá-la. Nestha avançou para ele imediatamente, e ele deixou que ela sentisse o próprio gosto em sua língua, movendo-a no ritmo das investidas.

Nestha fechou os lábios na língua de Cassian e a sugou como tinha feito com o pênis, e qualquer pensamento são se dissipou. Puxando-a para ele, Cassian se ajoelhou, as pernas dela se cruzaram em volta da cintura dele quando ele avançou de novo e de novo para dentro dela. Nestha inclinou a cabeça para trás, expondo o pescoço, e Cassian mordeu bem no centro, tão forte que deixou uma marca.

Nestha se movia contra o seu pau, e Cassian raspava os dentes pelo pescoço e mergulhava cada vez mais fundo.

Nestha soltou o ombro dele e segurou o próprio seio em concha, e Cassian quase atingiu o clímax quando a viu erguendo o seio para ele, num comando silencioso.

Cassian lambeu o mamilo dela, e ela se esfregou nele, com aqueles músculos delicados se flexionando com firmeza.

— *Porra* — disse ele, em volta do seio dela. Nestha deu uma risada sussurrada e repetiu o movimento.

Em determinado momento, tudo o que existia era a língua e os dentes dele no seio de Nestha, as investidas quase selvagens do pau de Cassian para dentro do calor apertado dela, o ritmo do quadril dela a cada investida, como se tentasse fazer com que ele fosse ainda mais fundo. Cassian tirou a boca do seio de Nestha e mordeu seu pescoço e ombro, selando os dois corpos e unindo-os em um único ser conforme ele investia mais fundo e com mais força.

Foi neste momento que os dedos dela encontraram suas asas. O toque não foi forte, mas suave — uma carícia tão gentil, hesitante e maravilhada que ele rugiu.

O clímax veio como uma torrente para ele, e Cassian avançou para dentro de Nestha com uma investida tão potente que ela gritou, atingindo o clímax junto com ele. Ela se fechou em torno dele, pulsando, escorrendo, e ele arqueou o corpo, em frenesi, reduzido àquela necessidade de estar dentro dela, de se derramar dentro dela, de derramar o máximo de si que conseguisse.

Nestha o cavalgou até que Cassian tivesse parado de jorrar, até que o prazer dela a deixasse jogada sobre o peito dele, com um braço ainda esticado em direção à asa dele.

Os dois se agarraram, e Cassian tentou se recompor, se lembrar, pelo amor dos deuses, de qual era seu nome e onde estavam.

Mas só havia ela. Apenas aquela fêmea em seus braços.

E o único nome do qual ele se lembrava era o dela.

Nestha não conseguia se mexer.

Enroscada em Cassian, que estava ajoelhado no centro da cama, com as mãos ainda fechadas na bunda de Nestha para mantê-la no lugar e o pênis dele enterrado dentro dela, ela *não queria* se mexer.

Nestha jamais sentira aquilo com ninguém, aquela força que fazia com que um simples olhar do amante a deixasse no seu limite; bastava um olhar e, quando ela dava por si, estava tirando as roupas e se dando prazer diante dele.

Não tinha condições de sentir vergonha. Não quando tinha sido tão bom, tão certo.

Ele estava trêmulo, e as asas se contraíram quando o pênis, por fim, se exauriu.

Nestha disse a si mesma que não deveria gostar tanto daquilo — de ver Cassian acabado, de sentir o sêmen dele dentro dela, escorrendo dela. E o fato de que gostava a fez se afastar, por fim, gemendo baixinho quando ele tirou o pênis.

Nestha se ajoelhou diante dele, quase joelho contra joelho.

— Ainda preciso de mais.

A cabeça de Cassian se ergueu e os olhos dele brilharam.

— Eu sei.

Ela não conseguia respirar diante daquele olhar, daquele rosto lindo.

— Como é possível eu precisar de você de novo tão rápido? — Não foi uma pergunta tímida de cortesã, mas proferida com puro desespero. Porque ela precisava de mais. Precisava dele de volta dentro dela, precisava do peso dele, da boca e dos dentes de Cassian nela. Nestha não conseguia explicar aquilo, aquela sede crescente e insaciável.

Os olhos dele se agitaram.

— Senti que precisava de você desde o momento que a vi pela primeira vez. E agora que posso ter você, não quero parar.

— Sim — sussurrou ela, não admitiria nada além disso. — Sim.

Eles se encararam por um longo minuto, por uma eternidade. Então, para choque e prazer dela, Cassian enrijeceu diante de seus olhos.

— Viu o que você faz comigo? — perguntou ele. — Está vendo o que acontece sempre que olho para você, a porra do dia inteiro?

Ela deu um risinho.

— Eu me lembro vagamente de você se gabando semanas atrás de que *eu* seria aquela a rastejar até a sua cama. Parece que o jogo virou.

Os lábios dele se repuxaram para cima.

— Parece que sim. — O coração de Nestha galopou quando ele continuou olhando nos olhos dela. — Fique de quatro — ordenou Cassian, com a voz tão baixa que ela mal conseguiu entender. Mas o sangue dela esquentou, e um latejar que não tinha nada a ver com a força com que ele acabara de tomá-la começou a aumentar entre as pernas dela mais uma vez.

Então Nestha fez como ele pediu, posicionando-se, ainda úmida e brilhando com o alívio dos dois.

Ele rosnou de satisfação.

— Linda. — Ela gemeu um pouco, porque por baixo do elogio, havia puro desejo. Cassian grunhiu: — Coloque as mãos na cabeceira da cama.

A respiração dela começou a falhar de novo, mas Nestha obedeceu, já latejando de vontade.

Cassian se levantou atrás dela, segurando-a pelo quadril. Ele empurrou um joelho contra cada um dos dela, abrindo mais as pernas de Nestha. As pontas dos dedos calejadas roçaram pela extensão da coluna dela, até a tatuagem, a tinta que os unia.

Ele se aproximou para sussurrar ao ouvido dela:

— Segure firme.

CAPÍTULO 42

Cassian recebeu o chamado para a casa do rio logo depois do alvorecer.

Ele não dormira no quarto de Nestha — não, depois daquela segunda vez, quando o corpo dele inteiro ficou saciado e satisfeito, ele rolou de cima dela e voltou para o próprio quarto. Nestha não dissera nada. O entendimento estava ali: apenas sexo, mas não precisavam esperar tanto entre uma vez e outra.

O sono tinha sido evasivo conforme ele pensava no que os dois haviam feito, no que ele tinha feito com ela. A segunda vez tinha sido ainda mais forte do que a primeira, e ela recebera tudo o que ele jogara contra ela, igualando o ritmo e a profundidade exigentes dele, e tinha se segurado àquela cabeceira até que seu corpo desabara de prazer. Pelos deuses, o sexo com Nestha era como...

Cassian não se permitiu fazer comparações enquanto estava no escritório de Rhys, ao lado de Amren e Azriel, encarando o Grão-Senhor deles do outro lado da escrivaninha. Aqueles pensamentos não tinham ajudado na noite anterior. Ou naquela manhã, quando ele acordou duro e latejando, e percebeu que o cheiro dela estava nele inteiro.

Ele sabia que os amigos sentiam. Nem Rhys nem Azriel comentaram nada, mas os olhos de Amren tinham se semicerrado. No entanto, ela não disse nada, e ele se perguntou se Rhys teria lhe dado um comando silencioso. Cassian guardou a curiosidade sobre porque Rhys poderia sentir necessidade de fazer tal coisa.

— Tudo bem, Rhysand — disse Amren, apoiando um pé sob a coxa. — Diga por que estou aqui antes do café da manhã enquanto Varian ainda está dormindo profundamente em minha cama.

Rhys abriu uma lona que ocupava parte de sua escrivaninha.

— Estamos aqui porque recebi uma visita ao alvorecer de um ferreiro no limite oeste da cidade.

Cassian ficou imóvel ao ver o que havia ali: uma espada, uma adaga, e uma espada longa, todas embainhadas em couro preto.

— Qual ferreiro?

Rhys se recostou na cadeira, cruzando os braços.

— Aquele que você e Nestha visitaram há vários dias.

As sobrancelhas de Cassian se franziram.

— Por que ele trouxe essas armas para você? Como presente?

Azriel se aproximou e estendeu a mão coberta de cicatrizes para a espada mais próxima.

— Eu não faria isso — avisou Rhys, e Az parou.

Rhys falou para Cassian:

— O ferreiro largou as armas aqui em pânico absoluto. Ele disse que as lâminas eram amaldiçoadas.

O sangue de Cassian gelou.

Amren perguntou:

— Amaldiçoadas de que jeito?

— Ele só disse amaldiçoadas — respondeu Rhys, indicando as armas. — Disse que não queria ter nada a ver com elas e que eram nosso problema agora.

Amren voltou os olhos para Cassian.

— O que aconteceu na loja?

— Nada — disse ele. — O ferreiro deixou que ela martelasse o metal um pouco, para que tivesse uma noção do trabalho árduo que é fazer armas. Mas não teve *maldição* nenhuma.

Rhys se esticou.

— Nestha martelou as lâminas?

— Todas as três — disse Cassian. — Primeiro a espada, depois a adaga, e por último a espada longa.

Rhys e Amren trocaram um olhar.

Cassian exigiu saber:

— O que foi?

Rhys perguntou a Amren:

— É possível?

Amren olhou para as lâminas.

— Faz... faz tanto tempo, mas... sim.

— Alguém poderia me explicar... — disse Azriel, olhando para as três lâminas de uma distância segura.

Cassian se obrigou a se sentar perfeitamente imóvel enquanto Rhys passava a mão pelo cabelo preto.

— Houve uma época em que os Grão-Feéricos eram mais elementais, mais propensos a ler as estrelas e criar obras-primas da arte das joias e das armas. Os dons deles eram mais puros, mais conectados com a natureza, e podiam imbuir objetos com esses dons.

Cassian imediatamente soube para onde aquilo estava indo.

— Nestha colocou o poder dela nessas espadas?

— Ninguém consegue criar uma espada mágica há mais de dez mil anos — falou Amren. — A última que foi Feita, a grandiosa lâmina Gwydion, sumiu na época em que o que restava dos Tesouros desapareceu.

— Esta espada não é Gwydion — disse Cassian, que conhecia bem os mitos a respeito da espada. Tinha pertencido a um verdadeiro Grão-Rei feérico em Prythian assim como havia um em Hybern. Ele havia unido as terras, o povo, e durante um tempo, com aquela espada, a paz havia reinado. Até que ele foi traído pela própria rainha e por seu general mais destemido, perdeu a espada para os dois, e as terras caíram nas trevas mais uma vez. Nunca mais outro Grão-Rei foi visto, apenas Grão-Senhores, que governaram os territórios que um dia responderam ao rei.

— Gwydion se foi — disse Amren, um pouco triste —, ou está contente por ter sumido há milênios. — Ela assentiu para a espada longa. — Isso é algo novo.

Azriel falou:

— Nestha criou uma nova espada mágica.

— Sim — disse Amren. — Somente os Grandes Poderes podiam fazer isso. Gwydion recebeu seus poderes quando a Grã-Sacerdotisa Oleanna a mergulhou no Caldeirão enquanto era forjada.

O sangue de Cassian gelou, ondas percorreram sua pele.

— Um toque da magia de Nestha enquanto a lâmina ainda estava quente...

— E a lâmina foi imbuída dele.

— Nestha não sabia o que estava fazendo — disse Cassian. — Ela estava liberando a raiva.

— O que pode ser pior — disse Amren. — Quem sabe que emoções ela jogou nas lâminas com o poder dela? Talvez as tenha moldado em instrumentos de tais sentimentos, ou talvez tenha sido o catalisador para liberar o poder dela. Não tem como saber.

— Então usaremos a espada — falou Cassian — e descobriremos.

— Não — replicou Amren, em tom afiado. — Eu não ousaria sacar essas lâminas. Principalmente não a espada longa. Consigo sentir poder acumulado ali. Ela trabalhou nessa por mais tempo?

— Sim.

— Então precisa ser tratada como um objeto dos Tesouros Nefastos. *Novos* Tesouros.

— Você não pode estar falando sério.

As sobrancelhas de Amren se abaixaram.

— Os Tesouros Nefastos foram forjados pelo Caldeirão. Nestha possui os poderes do Caldeirão. Então qualquer coisa que ela faça e imbua com o poder se torna um novo Tesouro. A esta altura, eu nem mesmo comeria uma fatia de pão se ela tivesse torrado.

Todos olharam para as três lâminas sobre a mesa.

Azriel falou:

— As pessoas matariam por esse poder. Ou a matariam para impedi-lo, ou nos matariam para capturá-la.

— Nestha forjou um novo Tesouro — disse Cassian, contendo o ódio diante da verdade das palavras de Azriel. — Ela poderia criar *qualquer coisa*. — Ele assentiu para Rhys. — Ela poderia encher nossos arsenais com armas que nos fariam vencer qualquer guerra. — Briallyn, Koschei e Beron não teriam a menor chance.

— Por isso Nestha não deve saber disso — falou Amren.

Cassian indagou:

— Como é?

Os olhos cinzentos de Amren se mantiveram firmes.

— Ela não pode saber.

Rhys falou:

— Isso parece um risco. E se, alheia a esse fato, ela criar mais?

— E se, em um dos ataques de mau humor dela — desafiou Amren —, Nestha criar o que quiser apenas para nos castigar?

— Ela *nunca* faria isso — disse Cassian, irritado. Ele apontou para Amren. — Você também sabe disso, porra.

— Nestha não criaria os Tesouros Nefastos — disse Amren, inabalada pelos grunhidos dele —, mas os Tesouros dos Pesadelos.

— Não posso mentir para ela — disse Cassian, olhando para Rhys. — Não posso.

— Não precisa mentir — respondeu Amren. — Só não ofereça a informação.

Ele apelou para Rhys:

— Você não vê problema nisso? Porque eu com certeza vejo.

— A ordem de Amren se mantém — disse Rhys, e por um segundo, Cassian o odiou. Odiou a desconfiança e cautela que ele viu no rosto de Rhys.

— Eu teria cuidado quando estiverem transando — acrescentou Amren, os lábios se retraindo em uma expressão de desprezo. — Quem sabe no que ela pode transformar você quando as emoções estiverem à flor da pele?

— Chega — disse Azriel, e Cassian voltou os olhos agradecidos ao irmão. Az prosseguiu: — Estou com Cassian nisso. Não é certo esconder essa informação de Nestha.

Rhys considerou, então olhou longa e seriamente para Cassian, que sustentou o olhar, manteve as costas retas e a expressão séria. Rhys disse, por fim:

— Quando Feyre voltar do estúdio, vou perguntar a ela. Ela vai ser o voto decisivo.

Era um meio-termo, e até mesmo Amren concordou com aquilo. Cassian assentiu, desconfortável, mas disposto a deixar a decisão recair nas mãos de Feyre.

Amren se aninhou na cadeira.

— Aquela espada há de entrar para a história. — Suas palavras ecoaram pelo recinto e os olhos dela ficaram sóbrios ao olhar para a espada longa. — Resta saber se será lembrada pelo bem ou pelo mal.

Cassian afastou o tremor que percorreu sua espinha, como se o próprio destino, em pessoa, tivesse ouvido as palavras e estremecido. Ele lançou um sorriso para ela.

— Você adora ser dramática, né?

Amren fez cara feia e ficou de pé.

— Vou voltar para a cama. — Ela apontou para Rhysand. — Guarde essas armas em algum lugar onde ninguém vai encontrá-las. E que a Mãe o amaldiçoe se você ousar desembainhar uma delas.

Rhys gesticulou para dispensá-la, entediado e cansado.

— Com certeza.

— Estou falando sério, menino — disse Amren. — *Não* desembainhe essas armas. — Ela encarou os três machos antes de partir. — Nenhum de vocês.

Por um momento, apenas o tique-taque do relógio de pêndulo fez barulho.

Rhys olhou na direção do relógio. Então disse, com os olhos distantes:

— Não consigo encontrar nada que ajude Feyre com o bebê... com o parto.

O peito de Cassian se apertou.

— E Drakon e Miryam?

Rhys sacudiu a cabeça.

— As asas dos Serafim são tão flexíveis e arredondadas quanto as dos illyrianos são ossudas. É isso que vai matar Feyre. Os filhos de Miryam conseguiram passar pelo canal vaginal dela porque as asas se flexionavam com facilidade, e quase todo mundo da parte humana do povo dela que se relacionou com o povo de Drakon teve um sucesso semelhante. — A garganta de Rhys oscilou. As palavras seguintes partiram o coração de Cassian.

— Foi só quando vi a pena nos olhos deles que percebi quanta esperança eu ainda tinha. Até Drakon precisar me abraçar para evitar que eu desabasse.

Cassian deu alguns passos em direção ao irmão. Ele segurou o ombro de Rhys, recostando-se na beira da escrivaninha.

— Vamos continuar procurando. E quanto a Thesan?

Rhys soltou os botões do alto do casaco preto, revelando um indício do peito tatuado abaixo.

— A Corte Crepuscular não tinha nada útil. Os Peregrinos são semelhantes aos Serafins, são parentes, embora distantes. Os curandeiros deles sabem como virar um bebê com asas que está sentado no útero, como tirá-lo da mãe, mas, de novo: as asas deles são flexíveis.

Azriel apareceu do outro lado de Rhys e colocou uma das mãos no ombro dele também.

O relógio continuou tiquetaqueando, um lembrete brutal de cada segundo que corria na direção da perdição certeira. O que precisavam, percebeu Cassian a cada tique daquele relógio, era de um milagre.

Azriel perguntou:

— E Feyre ainda não sabe?

— Não. Ela sabe que o parto vai ser difícil, mas ainda não contei a ela que pode muito bem custar sua vida. — Rhys falou dentro das mentes deles, como se não conseguisse dizer em voz alta, *Não contei que os pesadelos que agora me arrancam do sono não são sobre o passado, mas sobre o futuro.*

Cassian apertou o ombro de Rhys.

— Por que não quer contar?

A garganta de Rhys estremeceu.

— Porque não consigo tomar coragem de incutir esse medo nela. De tirar a única gota de alegria nos olhos dela sempre que Feyre leva a mão à barriga. — A voz dele falhou. — Porra, esse terror está me devorando vivo. Eu me mantenho ocupado, mas... Não tem ninguém com quem fazer um acordo pela vida dela, não tem dinheiro no mundo que possa salvá-la, *nada* que eu possa fazer para salvar Feyre.

— Helion? — perguntou Azriel, com os olhos cheios de dor.

— Contei a ele antes de ele ir embora ontem. Puxei Helion de lado depois que Feyre atravessou para casa, e implorei a ele de joelhos que encontrasse alguma coisa nas mil bibliotecas que a salve. Ele disse que todo bibliotecário-chefe e pesquisador que estejam com tempo serão colocados na busca. Em algum momento da história, alguém deve ter estudado isso. Encontrado um jeito de trazer ao mundo um bebê com asas cuja mãe não tivesse o corpo equipado para isso.

— Não percamos a esperança, então — disse Cassian. Rhys estremeceu, abaixando a cabeça e escondendo os olhos com o cabelo preto.

Cassian ergueu o olhar para Azriel, cujo rosto mostrava tudo: esperança não seria suficiente para manter Feyre viva.

Cassian engoliu em seco, e voltou o olhar para as três lâminas na mesa.

Os cabos eram comuns — tanto quanto se poderia esperar de um ferreiro em uma aldeia pequena. Ele fazia belas armas, sim, mas nenhuma obra-prima artística. O cabo da espada longa era uma simples guarda em cruz, o punho era um pedaço de metal redondo.

Gwydion, a última das espadas mágicas, havia sido preta e tão linda quanto a noite.

Quantas brincadeiras Cassian não tinha feito quando criança com Rhys e Azriel, fingindo que um longo cabo de vassoura era Gwydion? Quantas aventuras não tinham imaginado, compartilhando aquela espada mítica entre eles conforme matavam monstros e resgatavam donzelas?

Não importava que a donzela de Rhys tivesse matado um monstro ela mesma e o resgatado em vez disso.

Mas se Amren estivesse certa... Cassian não conseguia lembrar de outro lugar no mundo que possuísse uma lâmina mágica, imagine três.

Aquelas poderiam muito bem ser as únicas existentes.

Cassian tamborilou os dedos na mesa, sentindo uma curiosidade profunda.

— Vamos ver.

— Amren disse para não chegarmos perto dessas armas — avisou Azriel.

— Amren não está aqui — disse Cassian, rindo. — E não precisamos *tocar* nelas. — Ele deu um tapinha no ombro de Rhys. — Use essa magia chique para desembainhá-las.

Rhys levantou a cabeça.

— Não é uma boa ideia.

Cassian se encolheu.

— Isso deveria estar escrito no brasão da Corte Noturna.

Algumas estrelas brilharam nos olhos de Rhys. Azriel murmurou uma oração.

Mas Rhys tomou fôlego duas vezes para se acalmar e liberou seu poder na direção da espada imensa, deixando que ele erguesse a lâmina com mãos salpicadas de estrelas.

— É pesada — observou Rhys, com as sobrancelhas franzidas em concentração. — De um jeito que não deveria ser. Como se estivesse lutando contra minha magia. — Ele manteve a espada flutuando acima da escrivaninha, perpendicular a ela, como se estivesse sobre um suporte.

Cassian se preparou quando Rhys inclinou a cabeça e puxou o cabo com a magia. Rhys refletiu:

— O ferreiro nunca disse nada sobre *o que* pareceu amaldiçoado, e ele deve ter tocado várias vezes nela, para sentir o poder e a trazer aqui, no mínimo. Então não pode ser uma espada da morte que mate qualquer mão descuidada.

Azriel grunhiu.

— Eu teria cuidado mesmo assim.

Com um sorriso travesso na direção de Az, Rhys usou o poder para tirar a bainha preta.

Não saiu fácil, como se a espada não quisesse ser revelada — ou não por Rhysand, pelo menos.

Mas centímetro após centímetro, a bainha deslizou da lâmina. E centímetro a centímetro, o aço fresco brilhou — *brilhou* de verdade, como se o luar estivesse dentro do metal.

Nem Az conseguiu controlar a expressão para algo que não fosse um assombro boquiaberto quando a bainha por fim caiu.

Cassian tropeçou para trás, chocado.

Faíscas iridescentes dançavam pela lâmina. Magia pura estalava no aço. A luz dançava e se acendia como se um martelo invisível ainda a atingisse.

Os pelos do corpo de Cassian se arrepiaram.

Rhys inalou, reunindo a magia, então a fez pairar e desembainhou a outra espada e a adaga.

Elas não faiscaram com poder puro, mas Cassian conseguia sentir. A adaga irradiava frio, a lâmina brilhava tão forte que parecia uma estaca de gelo ao sol. A segunda espada parecia quente — colérica e determinada.

Mas a espada longa entre as outras duas... As faíscas sumiram, como se sugadas para dentro da própria lâmina.

Nenhum deles ousou tocar. Alguma coisa profunda e primitiva dentro de Cassian avisou a ele que não tocasse. Que ser empalado ou cortado por aquela lâmina não seria um corte normal.

Uma risada baixa de fêmea ondulou da porta, e Cassian não precisou se virar para saber que Amren estava de pé ali.

— Eu sabia que esses três idiotas não conseguiriam resistir.

Rhys murmurou:

— Nunca vi nada assim. — A magia dele fez as três lâminas girarem, permitindo que o grupo observasse cada faceta. O rosto de Az ainda estava inexpressivo de espanto.

— Amarantha destruiu uma — disse Amren.

Cassian se espantou.

— Nunca ouvi falar disso.

Amren corrigiu:

— Reza a lenda que ela jogou uma no mar. A arma não parava de jeito nenhum nas mãos de Amarantha, e nem nas mãos de qualquer um de seus comandantes, então, em vez de deixar que o rei de Hybern a tomasse, ela a jogou no mar.

Azriel perguntou:

— Qual espada?

— Narben. — Os lábios vermelhos de Amren se curvaram para baixo. — Pelo menos era isso que os boatos diziam. Você estava Sob a Montanha na época, Rhys. Ela teria mantido segredo. Eu só soube por uma ninfa da água que estava fugindo.

— Narben era ainda mais antiga do que Gwydion — falou Rhys. — Onde diabos ela estava?

— Não sei, mas ela encontrou, e quando a espada não se curvou a ela, Amarantha a destruiu. Como fez com todas as coisas boas. — Era o máximo que Amren diria sobre aquela época terrível. — Talvez tenha sido para nosso bem. Se o rei de Hybern tivesse possuído Narben, temo que teríamos perdido a guerra.

Os poderes de Narben não eram a luz sagrada e salvadora de Gwydion, mas muito mais sombrios.

— Não acredito que aquela bruxa jogou a espada no mar — disse Cassian.

— Vou repetir: foi um boato, ouvido de alguém que ouviu de alguém. Vai saber se ela realmente encontrou Narben. Mesmo que não obedecesse a Amarantha, ela teria sido uma tola de jogar a espada fora.

— Amarantha às vezes não tinha um raciocínio muito bom — falou Rhys. Cassian odiava o som do nome dela na boca do irmão. Pelo lampejo de ódio no rosto de Azriel, o encantador de sombras também.

— Mas você, Rhysand, você tem. — Amren assentiu para as armas que ainda giravam. — Com essas três armas, poderia se fazer Grão-Rei.

As palavras ecoaram pela sala. Cassian piscou lentamente.

Rhys disse, tenso:

— Não desejo ser Grão-Rei. Só desejo estar aqui, com minha parceira e meu povo.

Amren replicou:

— Todas as sete cortes unidas sob um governante nos dariam chances muito melhores de sobrevivência em qualquer conflito iminente. Não seria preciso discutir e fazer politicagem para mandar seus exércitos. Gente insatisfeita como Beron não teria como ameaçar nossos planos nem se aliar aos nossos inimigos.

— Teríamos que travar uma guerra interna primeiro. Eu seria considerado traidor por meus amigos de outras cortes, seria forçado a fazer com que se ajoelhassem.

Com sombras sobre os ombros, Azriel deu um passo adiante.

— Kallias, Tarquin e Helion podem estar dispostos a se ajoelhar. Thesan o fará se os outros fizerem.

Cassian assentiu. Rhys como Grão-Rei: ele não conseguia pensar num macho em quem confiasse mais. Em outro macho que seria um governante mais justo do que Rhys. E com Feyre com Grã-Rainha... Prythian seria abençoada de ter tais líderes. Então Cassian falou:

— Tamlin provavelmente lutaria, e perderia. Beron seria o único em nosso caminho.

Rhys mostrou os dentes.

— Beron já está em meu caminho, e se saindo muito bem nisso. Não tenho interesse em justificar esse comportamento dele. — Ele deu a Cassian um olhar desapontador. — Não precisamos sair logo para atravessar você e Nestha até a Corte Primaveril para se encontrarem com Eris?

— Não mude de assunto — cantarolou Cassian.

O poder de Rhys ecoou pela sala.

— Não quero ser Grão-Rei. Não tem por que discutir isso.

— O seu poder é terrível e lindo, Rhysand — falou Amren, suspirando. — Você tem três lâminas mágicas à sua frente, cada uma capaz de tornar alguém rei por seu próprio mérito, e, mesmo assim, você preferiria compartilhar o poder. Se limitar a suas fronteiras. Por quê?

Rhys indagou:

— Por que você quer que eu me transforme num conquistador?

Amren disparou de volta:

— Por que você foge do poder que é seu direito de nascença?

— Não fiz nada para merecer esse poder — falou Rhys. — Eu nasci com ele. É uma ferramenta para defender meu povo, não para atacar outros. — Ele os observou. — De onde está vindo esse assunto?

Azriel falou, baixinho:

— Estamos todos enfraquecidos... todas as sete cortes. E nos estranhando mais ainda entre nós e com o resto do mundo desde a guerra. Se Montesere e Vallahan marcharem contra nós, se Rask se unir a eles, não aguentaremos. Não com Beron já contra nós e aliado a Briallyn. Não se Tamlin não conseguir controlar a culpa e o luto e se tornar o que ele um dia foi.

Cassian continuou por ele, fechando as asas.

— Mas uma terra unida sob um só rei e rainha, armados com tal poder e tais objetos... Faria nossos inimigos hesitarem.

Rhys grunhiu:

— Se você acha por um momento que Feyre estaria remotamente interessada em ser Grã-Rainha, está delirando.

Amren disse:

— Feyre veria como um mal necessário. Para proteger seu filho de nascer na guerra, ela faria o que fosse preciso.

— E eu não? — indagou Rhys, ficando de pé. — Não serei Grão-Rei. Não vou considerar isso, nem hoje e nem daqui a um século.

Amren olhou para a espada longa, que ainda girava lentamente acima deles.

— Então explique para mim por que, depois de milhares de anos, objetos que um dia coroaram e ajudaram os antigos feéricos voltaram. Da última vez que um Grão-Rei governou Prythian, foi com uma *espada mágica* na mão. Olhe para essa espada longa na sua frente, Rhysand, e diga que não é um sinal do próprio Caldeirão.

A respiração de Cassian ficou presa na garganta.

— Foi um acidente, Amren. Nestha não fez isso de propósito.

Amren sacudiu a cabeça, o que fez seu cabelo balançar.

— Nada é acidental. O poder do Caldeirão flui por Nestha, e poderia tê-la usado como marionete sem que ela soubesse. Queria que aquelas armas fossem Feitas, e então elas foram Feitas. Queria que Rhysand tivesse as armas, e então, o ferreiro trouxe até você. A você, Rhysand, não para Nestha. E não se esqueça que a própria Nestha, e Elain, qualquer que seja o poder dela, estão aqui. Feyre está aqui. Todas as três irmãs abençoadas pelo destino e dotadas de poderes que se igualam ao seu. Só a Feyre já deixaria você duas vezes mais forte. Nestha, então, lhe deixaria irrefreável. Principalmente se ela marchasse para a batalha usando a Máscara. Inimigo nenhum poderia enfrentá-la. Ela massacraria os soldados de Beron, então os levantaria dos mortos e os voltaria contra ele.

O sangue de Cassian gelou. Sim, Nestha seria irrefreável. Mas a que custo para a alma dela?

Rhys olhou friamente para Amren.

— Não vou alimentar essa ideia ridícula por nem mais um segundo sequer.

Cassian sabia que eles tinham sido dispensados. Ele assentiu para Az, que o seguiu para fora. Os dois pararam, no entanto, bem diante da ombreira da porta. Olharam para trás, para o irmão, seu Grão-Senhor, agora sentado sozinho à escrivaninha. O peso de tantas escolhas pressionando seu ombro, baixando suas asas.

— Muito bem, Rhysand. — Amren também deu as costas para a escrivaninha e para as lâminas que a magia de Rhys agora colocava de volta nas bainhas e apoiava na superfície. — Mas saiba que a benevolência do Caldeirão será oferecida a você por tempo limitado até que seja oferecida a outro.

CAPÍTULO 43

Inspirando o odor inebriante e doce da vegetação de lilases roxas que floresciam atrás deles, Nestha olhou de esguelha para Cassian. Ela podia jurar que ele estava sutilmente se coçando sempre que ela se virava para admirar a pura beleza e a paz da floresta da Corte Primaveril.

Rhys atravessara com os dois até ali, calado e de rosto impassível, então se fora. Cassian não parecera abalado com aquilo, então Nestha não perguntou. Muito menos enquanto esperavam que Eris aparecesse a qualquer momento.

Nestha fingiu olhar para uma roseira, então virou a cabeça de volta para Cassian e o encontrou, de fato, coçando os braços.

— O que está acontecendo com você?

— Odeio este lugar — murmurou ele, ficando vermelho. — Alergia.

Nestha engoliu uma gargalhada.

— Não precisa esconder de mim. No mundo humano, eu costumava ficar com tanta coceira que precisava tomar dois banhos por dia para me livrar de todo o pólen. — Bom, antes de terem se mudado para o chalé. Depois daquilo, Nestha tinha sorte se tomava banho uma vez por semana, graças ao incômodo de aquecer e carregar tanta água até a banheira solitária no canto do quarto delas. Às vezes, ela e Elain até compartilhavam a água do banho, tirando no palitinho quem entraria primeiro.

A garganta de Nestha se apertou, e ela observou as cerejeiras balançando acima. Elain amaria aquele lugar. Tantas flores, todas desabrochadas, tanto verde — o verde vibrante e claro da grama nova —, tantos pássaros cantando e tanta luz do sol morna e amanteigada. Nestha se sentiu como uma nuvem de tempestade em meio àquilo tudo. Mas Elain... A Corte Primaveril tinha sido feita para alguém como ela.

Uma pena que a irmã se recusava a vê-la. Nestha teria dito a Elain que visitasse o lugar.

E uma pena que o senhor que governava aquela terra fosse um merda.

— Eris está atrasado — disse Nestha a Cassian. Eles estavam esperando havia dez minutos. — Acha que ele vem?

— Deve estar tomando chá, aproveitando o fato de que estamos aqui, esperando por ele. — Cassian refletiu. — Bom, ele não sabia que você também iria vir. Mas vai gostar de me deixar esperando.

— Ele é um desgraçado. — Nas poucas vezes em que Nestha havia se encontrado com o filho do Grão-Senhor da Corte Outonal, ela detestara o macho de expressão fria e arrogante. Exatamente o tipo de pessoa que abandonaria Morrigan ferida no bosque.

— Está falando de mim, ou do brutamontes ao seu lado? — disse uma voz grave e aveludada nas sombras de uma cornácea em botão.

E ali estava ele, como se os pensamentos dela o tivessem conjurado. Eris se vestia tão impecavelmente quanto Rhysand, sem uma mecha do cabelo longo fora do lugar. Mas embora as feições angulosas de Eris fossem belas, luz nenhuma brilhava nos olhos dele. Nenhuma alegria.

Aqueles olhos recaíram sobre Nestha, percorrendo desde o cabelo trançado até suas botas.

— Oi, Nestha Archeron.

Nestha encontrou o olhar do macho. Ela não disse nada, deixando que o desprezo frio congelasse seu olhar.

A boca de Eris se curvou para cima. Mas a expressão sumiu quando ele se virou para Cassian.

— Ouvi falar que você tem algo a me contar sobre meus soldados.

Cassian cruzou os braços.

— Notícia boa e ruim, Eris. Escolha a que quiser.

— Ruim. Sempre a ruim primeiro. — O sorriso de Eris estava cheio de veneno.

— A maioria dos seus soldados está morta.

Eris apenas piscou.

— E a notícia boa?

— Dois deles sobreviveram.

Nestha estudou cada ínfima alteração no rosto de Eris: o ódio que brilhou em seus olhos, o desprazer que estampou seus lábios contraídos e a irritação que culminou no tremor de um músculo da mandíbula. Como se inúmeras perguntas estivessem percorrendo sua mente. A voz de Eris permaneceu inexpressiva, no entanto.

— E quem fez isso?

Cassian fez uma careta.

— Tecnicamente, Azriel e eu. Seus soldados foram encantados pela rainha Briallyn e Koschei para se tornarem assassinos irracionais. Eles nos atacaram no pântano de Oorid, e não tivemos escolha a não ser matá-los.

— Mesmo assim, dois sobreviveram. Que conveniente. Presumo que tenham recebido o tratamento especial de interrogatório de Azriel? — A voz de Eris pingava desdém.

— Só conseguimos conter dois — disse Cassian, com a voz tensa. — Sob a influência de Briallyn, estavam fervendo de raiva.

— Vamos jogar limpo. Você *só* se deu o trabalho de conter dois, quando sua sede de sangue de brutamontes passou.

Nestha enxergou tudo vermelho ao ouvir as palavras, e Cassian inspirou.

— Fizemos o possível. Havia duas dúzias deles.

Eris riu, debochado.

— Certamente havia bem mais, e você poderia ter facilmente poupado mais do que dois. Mas não sei por que eu esperaria que alguém como você tivesse feito melhor do que isso.

— Quer que eu peça desculpas? — grunhiu Cassian. O coração de Nestha começou a bater selvagemente diante do ódio que cobria a voz dele, a dor que brilhava em seus olhos. Cassian se arrependia daquilo, ele não gostara de matar aqueles soldados.

— Você ao menos tentou poupar os outros, ou simplesmente se lançou em um massacre? — perguntou Eris, fervilhando.

Cassian hesitou. Nestha podia jurar que viu as palavras acertarem o alvo. Não, Cassian não havia hesitado. Nestha sabia que não. Ele jamais hesitaria em salvar alguém que amava de um inimigo. Não importava o que custasse a ele.

Nestha deu um passo mais para perto de Eris.

— Seus soldados dispararam uma flecha de freixo em uma das asas de Azriel.

Eris mostrou os dentes.

— E você participou desse massacre também?

— Não — disse ela, honestamente. — Mas me pergunto: Será que Briallyn armou os soldados com aquelas flechas de freixo, ou vieram de seu arsenal particular?

Eris piscou, a única confirmação de que ela precisava.

— Essas armas são banidas, não são? — perguntou ela a Cassian, cujas feições permaneciam tensas. A conflagração dentro de Nestha queimou mais intensamente, com mais força. Ela voltou a atenção para Eris. Se ele podia brincar com Cassian, então ela devolveria o favor. — Para quem estava guardando aquelas flechas? — refletiu Nestha. — Inimigos estrangeiros? — Ela sorriu levemente. — Ou um inimigo doméstico?

Eris a encarou de volta.

— Não sei do que está falando.

O sorriso de Nestha não hesitou.

— Será que uma flecha de freixo no coração mataria um Grão-Senhor?

O rosto de Eris empalideceu.

— Está desperdiçando meu tempo.

Nestha deu de ombros.

— E você está desperdiçando o nosso. Até onde sabemos, você enfeitiçou seus soldados para nos matar. Alegou que seus cães encontraram cheiros no local do desaparecimento deles que ligava o caso a Briallyn, então mentiu sobre as alianças de Beron. Talvez você até mesmo tenha feito o pai de Morrigan atrasar a visita dele a Velaris em uma grande maquinação para conquistar nossa confiança. Tudo parte de seu jogo.

O olhar de Cassian foi como um toque físico no rosto dela, mas Nestha manteve a atenção em Eris, que estava com as costas tensas.

— Se quiser bancar o belicista, vá em frente, Eris. — O sorriso dela se alargou. — Gosto de um adversário interessante.

— Não sou seu inimigo — disparou Eris, e Nestha soube que tinha vencido. Pela carícia dos dedos de Cassian em sua lombar, ele também soube.

Cassian falou:

— Sinto muito por não ter salvado seus soldados, Eris. De verdade. Os dois restantes serão enviados de volta a você hoje, embora permaneçam sob o feitiço da Coroa. Mas não sou seu inimigo também. Briallyn e Koschei são nossos inimigos, de nós dois. Se as famílias daqueles soldados precisarem de qualquer coisa, ficarei feliz em fazer o que puder para ajudar.

Algo como orgulho cresceu dentro dela ao ouvir as palavras sinceras de Cassian. Ele daria tudo o que tivesse para aquelas famílias, se corrigisse aquele erro.

Eris olhou de um para outro. Reparou na mão às costas dela. No que Cassian deixara exposto.

Eris disse a Nestha, com um risinho:

— Você é uma coisa bonitinha. Eu ficaria feliz de jogar qualquer tipo de jogo com você, Nestha Archeron.

Os dedos de Cassian ficaram tensos às costas dela. Eris pareceu sentir isso também. Será que Cassian tinha alguma ideia das coisas que deixava vulneráveis para que pessoas como Eris atacassem? Ele vivia muito abertamente, muito destemidamente, para reparar ou se importar. Ela não podia deixar de admirar aquilo.

— Quando você se cansar do animal — disse Eris a Nestha, indicando Cassian com o queixo —, venha me procurar. Vou lhe mostrar como um futuro Grão-Senhor brinca.

Cassian grunhiu, abrindo a boca, mas parou.

Eris também ficou imóvel.

Nestha sentiu um segundo depois. A presença espreitando na direção deles com patas macias.

Cassian a empurrou para trás dele no momento em que uma besta de pelo dourado com chifres curvos saltou de trás dos arbustos e aterrissou na clareira da floresta.

Ela jamais se esqueceria daquela besta. De como havia quebrado a porta do chalé delas e a apavorado até os ossos. Como tudo em que conseguira pensar foi proteger Elain enquanto Feyre pegava aquela faca para enfrentá-lo.

Tamlin.

Olhos verdes os avaliaram. Notaram Eris. Depois Cassian. E, por fim, ela.

Tamlin soltou um grunhido baixo e grave, e os Sifões de Cassian se acenderam.

— Estávamos indo embora — disse Cassian, com uma calma tranquilizadora e pegando a mão de Nestha. Ele os lançaria ao ar. Mas será que seria rápido o bastante para evitar as garras de Tamlin? Ou o poder?

O olhar de Tamlin permanecia sobre ela. Revoltado e colérico.

Aquele era o macho, a besta, que a irmã dela um dia amara. Por quem desistira de tudo, inclusive da vida mortal, para salvar. O qual, então, pegara o amor dela e o deturpara, quase destruindo Feyre no processo. Até Rhys. Até Cassian e os outros ajudarem a trazê-la de volta. Ajudarem Feyre a aprender a se amar de novo.

Nestha não dava a mínima ao fato de ele ter aparecido para ajudar durante a batalha final com Hybern. Tamlin tinha ferido Feyre. De uma forma imperdoável.

Ela jamais se incomodara antes. Ficara enojada, sim, mas... Nestha viu que seus dedos se fechavam. Viu que seus lábios se afastavam dos dentes quando ela grunhiu.

Sua irmã mais nova tinha sido levada por aquele macho porque a própria Nestha não conseguira enfrentá-lo. Tamlin chegou a olhar para ela e *perguntar* se Nestha iria no lugar de Feyre. E ela dissera que não, porque era uma covarde odiosa e horrível.

Não seria covarde agora.

Nestha deixou que uma brasa de seu poder brilhasse nos olhos. Deixou que Tamlin visse quando ela falou:

— Você não vai tocar em nós.

— Tenho todo o direito de matar invasores em minhas terras. — As palavras saíram guturais, quase impossíveis de entender. Como se Tamlin não falasse há muito tempo.

— Estas ainda são suas terras? — perguntou Nestha, friamente, saindo de trás de Cassian. — Pelo que andei ouvindo, você não se dá mais ao trabalho de governá-las.

Eris permaneceu completamente imóvel. Ele tinha sido pego se encontrando com eles, percebeu Nestha. Se Tamlin contasse a alguém.

Nestha falou:

— Sugiro que mantenha o focinho calado a respeito disso.

Tamlin fervilhou e seus pelos se arrepiaram.

— Você é tão terrível quanto sua irmã disse que era.

Nestha gargalhou.

— Eu ficaria muito triste em desapontá-la.

Ela se fixou no olhar esmeralda dele, sabendo que chamas prateadas brilhavam nos dela.

— Entrei no Caldeirão por sua causa — disse ela, baixinho, e um trovão ecoou ao longe. Era como se Cassian e Eris tivessem desaparecido. Só havia Tamlin, só aquela besta, e o que ele tinha feito a ela e à família dela.

— Elain entrou no Caldeirão por sua causa — prosseguiu Nestha. As pontas dos dedos dela se aqueceram, e ela sabia que se olhasse para baixo, encontraria brasas prateadas brilhando ali. — Não me importa o quanto você peça desculpas ou tente se redimir por isso, ou alegue que não sabia que o rei de Hybern faria tal coisa depois de você implorar a ele que não fizesse. Você tramou com ele. Porque achou que Feyre era sua *propriedade*.

Nestha apontou para Tamlin. O chão tremeu.

Cassian disse um palavrão atrás dela.

Tamlin se encolheu ao esticar do dedo dela e enterrou as garras no solo.

— Abaixe esse dedo, sua bruxa.

Nestha sorriu.

— Que bom que você se lembra do que aconteceu com a última pessoa para quem apontei. — Ela abaixou o braço. — Estamos de saída agora.

Nestha recuou para onde Cassian já estava esperando de braços abertos. Ele os fechou em volta da cintura dela. Nestha olhou para Eris, que deu a ela um curto aceno de aprovação, então sumiu.

Nestha disse a Tamlin, antes de eles levantarem voo:

— Se contar a alguém que nos viu, Grão-Senhor, vou arrancar sua cabeça do corpo também.

Nestha encarava o poço de escuridão no fundo da biblioteca.

Ela não conseguira dormir e passou o dia inteiro mal conseguindo evitar reviver o encontro com Tamlin. Cassian voara até a casa do rio, e não tinha voltado. Talvez Rhys tivesse ido garantir o silêncio de Tamlin depois das maquinações deles com Eris. Talvez Rhys fizesse um favor a todos e transformasse a mente de Tamlin em gelatina.

Nestha apoiou os braços no parapeito do Nível Cinco, deixando que a cabeça abaixasse. Àquela hora da noite, não havia ninguém acordada, e ela não sabia onde ficavam os dormitórios, então não podia procurar Gwyn. Não que quisesse acordar a amiga. De qualquer forma, duvidava que Gwyn fosse querer ouvir seus problemas.

Um copo de leite morno apareceu no parapeito atrás dela.

Nestha olhou para a biblioteca escura.

— Obrigada — disse ela, para a Casa.

A Corte Primaveril tinha parecido estagnada. Oca. Vazia apesar da vida crescente. Mas aquela Casa era viva. Ela a recebia e queria que Nestha crescesse e prosperasse. Era um lugar onde Nestha podia descansar ou explorar, onde podia ser quem e o que quisesse.

Era isso que significava um lar? Ela jamais soubera. Mas aquele lugar... Sim, *lar* podia ser um bom nome. Talvez fora isso que Feyre também sentiu, quando deixou a Corte Primaveril para vir para essas terras. Talvez Feyre tivesse se apaixonado por essa corte tanto quanto tinha por seu governante.

Alguma coisa se agitou na escuridão abaixo. Nestha se esticou, deixando o leite para lá.

Ali. No coração do poço escuro, como um tendão de fumaça... alguma coisa se mexeu.

Parecia se expandir e se contrair, pulsando a uma batida selvagem...

— Achei que encontraria você aqui. Bom, ou aqui ou nas escadas até a cidade.

A voz de Cassian soou atrás dela, e Nestha se virou.

Ele ficou alerta, mas Nestha olhou por cima do ombro na direção da escuridão. Nada.

Tinha sumido. Ou ela havia imaginado.

— Não é nada — disse Nestha, quando ele olhou por cima do parapeito. — Apenas sombras.

Cassian exalou, encostando no parapeito.

— Não consegue dormir?

— Fico pensando em Tamlin.

— Você lidou bem com ele. E com Eris também. Não acho que ele vá se esquecer daquilo tão cedo.

— Ele é uma cobra.

— Que bom que concordamos em alguma coisa.

Nestha abafou uma gargalhada.

— Não gostei dele ter falado com você daquele jeito.

— É como muita gente fala comigo.

— O que não faz com que seja certo. — Ela própria já havia falado com ele daquela forma. Tinha dito coisas muito piores a Cassian do que Eris. Sua garganta se apertou.

Mas Nestha falou:

— Não acredito que Feyre tenha algum dia amado Tamlin.

— Tamlin jamais a mereceu. — Cassian apoiou a mão nas costas dela.

— Não. — Nestha olhou de novo para a escuridão abaixo. — Ele não a mereceu.

CAPÍTULO 44

— Alguém pode me dizer de novo por que isso seria uma boa ideia? — Gwyn estava ofegante ao lado de Nestha e suor escorria pelo rosto conforme elas repassavam os exercícios básicos com espada.

— A mim também — grunhiu Emerie. Nestha, sem fôlego para falar, apenas grunhiu em concordância.

Cassian riu, e o som reverberou no corpo de Nestha. Ele tomara a mão dela na biblioteca na noite anterior e, olhos ainda suaves, levara-a até o quarto dela. Mas aquela ternura sumira quando ele viu uma cópia dos capítulos de Gwyn sobre as valquírias na escrivaninha de Nestha. Estava lendo sobre as guerreiras, explicou ela quando Cassian pegou as páginas e folheou.

A única resposta dele foi beijá-la intensamente antes de se deitar na cama e posicionar Nestha acima do rosto dele para poder se banquetear dela prazerosamente. Nestha só aguentou um minuto até precisar tocar nele, e se virou, deixando que Cassian continuasse devorando-a enquanto ela se esticava pelo corpo dele e o colocava na boca.

Ela nunca tinha feito aquilo — se banqueteado enquanto alguém se banqueteava nela — e Cassian tinha ejaculado na língua dela logo antes de Nestha gozar na dele. Os dois esperaram apenas por um curto tempo, ofegantes no silêncio da cama dela, antes de Nestha subir nele, acariciando-o com a mão, depois a boca, e quando ela estava pronta, Nestha mergulhou em Cassian, recebendo cada centímetro maravilhoso e espesso. Com ele se esticando e a preenchendo tão deliciosamente, Nestha chegou ao clímax rápido. Ele acompanhou o prazer dela e segurou o quadril de Nestha, impulsionando-se para dentro, atingindo aquele ponto perfeito e a levando ao clímax de novo.

Ela estava sutil e agradavelmente dolorida naquela manhã, e Cassian piscara um olho para ela do outro lado da mesa de café da manhã, como se soubesse o quanto certas áreas estavam sensíveis quando ela estava sentada.

Não havia vestígio daquela satisfação arrogante agora conforme Cassian dizia a elas:

— Achei que hoje seria um bom dia para integrar a estrela de oito pontas, mas se vocês já estão reclamando, podemos esperar até a semana que vem.

— Não estamos reclamando — disse Gwyn, inspirando. — Você só está deixando a gente sem fôlego.

As mais novas sacerdotisas que treinavam com Az já estavam exaustas e com as pernas bambas.

Cassian encarou Nestha.

— Bela unidade de valquírias que você tem.

Gwyn se virou para Nestha.

— Você contou a ele?

— Não — disseram Nestha e Cassian juntos. Cassian acrescentou: — Acha que eu não reparei nas técnicas de respiração que permitem que vocês fiquem com aquele olhar calmo e tranquilo mesmo quando Az e eu irritamos vocês? Eu certamente não ensinei isso. Posso reconhecer um Silenciamento Mental a quilômetros de distância.

Elas apenas olharam boquiabertas para ele. Então Gwyn perguntou:

— Você conhece a técnica?

— É claro que conheço. Lutei ao lado das valquírias na Guerra.

Um silêncio preenchido por choque tomou conta do ambiente. Nestha tinha se esquecido de como aqueles feéricos eram velhos, do quanto Cassian tinha visto e vivido. Ela pigarreou.

— Você conheceu as valquírias pessoalmente?

Gwyn soltou um ruído agudo de pura animação. Azriel, do outro lado do ringue com o resto das sacerdotisas, se virou parcialmente ao ouvir o som e ergueu as sobrancelhas.

Cassian estampou um sorriso.

— Lutei ao lado das valquírias em cinco batalhas. Mas isso acabou na Batalha do Desfiladeiro Meinir. — O sorriso dele sumiu. — Quando a maioria delas morreu para salvar o lugar. As valquírias sabiam que era uma missão suicida desde o início.

Azriel retornou aos seus deveres, mas Nestha teve a sensação de que o encantador de sombras monitorava cada palavra, cada gesto do irmão dele.

Até mesmo Gwyn parou de sorrir.

— Por que elas lutaram, então? Todos ali sabiam que seria um massacre. Mas jamais consegui encontrar nada sobre a política por trás daquilo.

— Não sei. Eu era um milico de uma legião illyriana; não estava inteirado de nenhumas das discussões dos líderes. — Ele olhou para Nestha, que estava olhando boquiaberta para ele. — Mas eu tinha... amigas que morreram naquele dia. — A forma como ele hesitou na palavra *amigas* a fez se perguntar se alguma deles havia sido mais do que isso. E embora fossem mortas honradas, caídas em batalha, alguma coisa feia se revirou no peito dela. — As valquírias lutavam quando nem mesmo os mais corajosos machos queriam. Os illyrianos tentaram se esquecer disso. Lutei contra machos que eram meus superiores, argumentando para que ajudássemos as valquírias. Eles me espancaram até que eu perdesse os sentidos, me acorrentaram a uma carroça de suprimentos e me deixaram lá. Quando recobrei os sentidos, a batalha tinha acabado, as valquírias tinham sido massacradas.

Aquele era o macho que ela havia levado para a cama, que partira de novo na noite anterior sem lhe dar um beijo de boa noite.

— Por que você não mencionou isso quando viu as páginas sobre elas em minha escrivaninha?

— Você não perguntou. — Cassian desembainhou sua arma illyriana. — Chega de história. — Ele desenhou quatro linhas na terra, todas se cruzando para formar uma estrela de oito pontas. — Este é seu mapa para golpear com a espada. Essas oito manobras. Vocês já aprenderam seis delas. Aprenderão as outras duas hoje, e começaremos as combinações.

Gwyn perguntou:

— Por que não usamos as técnicas das valquírias, já que você as admirava tanto?

— Porque não conheço essas técnicas.

Nestha deu um risinho.

— Se nós seremos as valquírias renascidas — disse ela —, talvez devêssemos combinar as técnicas illyrianas e valquirianas.

Ela disse de brincadeira, mas as palavras ecoaram pelo espaço, como se tivesse dito alguma grande verdade, alguma coisa que fez o destino prestar atenção. Com os olhos semicerrados, Azriel se virou completamente para elas dessa vez. Como se aquelas sombras tivessem sussurrado alguma coisa para ele.

Um calafrio percorreu a coluna de Nestha.

Cassian olhou para o rosto delas. Como se tivesse visto algo que não tinha visto antes.

Por fim, ele falou, rapidamente:

— Hoje, aprenderemos técnicas illyrianas. — Ele assentiu para Gwyn. — Amanhã, você me traz qualquer informação que tiver sobre o estilo das valquírias.

— É muita coisa — falou Gwyn. — Merrill está escrevendo um livro sobre isso. Eu poderia conseguir uma cópia do manuscrito atual, já que reúne a maior parte da informação em um só lugar.

Cassian pareceu controlar qualquer que fosse a emoção que tivesse tomado conta dele, pois o macho esfregou a mandíbula. O sangue de Nestha latejou em resposta.

— Alguma coisa nova — disse ele, mais para si mesmo do que para elas. — Alguma coisa antiga se tornando nova.

Ele sorriu de novo, e Nestha viu que sua boca se curvava em resposta, com um sorriso.

Principalmente quando os olhos de Cassian se iluminaram.

— Muito bem, moças. Primeira lição sobre as valquírias: elas não reclamam de estarem suadas.

— Valquírias? — perguntou Feyre do outro lado da mesa de jantar na casa do rio, com o garfo na metade do caminho até os lábios. — De verdade?

— De verdade — falou Cassian, tomando um gole do vinho no jantar daquela noite. Ele tinha ido até a casa para discutir o que fazer com as armas que Nestha tinha Feito, para descobrir qual seria o voto de Feyre. Ela não hesitara ao dizer que Nestha deveria ser informada. Mas quando se voluntariou para contar à irmã, Cassian se prontificou. Ele contaria a Nestha, quando o momento certo chegasse.

A única que não tinha votado era Mor, que permanecia em Vallahan para continuar incentivando seus governantes a assinar o novo tratado, a ausência dela era marcada por um lugar de honra colocado à mesa.

— Nunca ouvimos falar delas nas terras humanas — disse Elain. Ela ficara tão fascinada quanto Feyre ao ouvir Cassian contar: primeiro sobre o interesse de Nestha e das outras, depois da breve história das guerreiras fêmeas. — Deviam ser criaturas pavorosas.

— Algumas eram tão lindas quanto você, Elain — disse Rhys, ao lado de Feyre —, por fora. Mas depois que colocavam os pés na arena de batalha, se tornavam tão sedentas por sangue quanto Amren.

Amren levantou a taça em um brinde.

— Eu gostava daquelas fêmeas. Nunca deixavam um macho dizer a elas o que fazer, mas dispensaria aquele rei tolo delas. Ele é tão culpado por suas mortes quanto os illyrianos que fugiram da batalha.

— Você está totalmente certa — falou Cassian. Ele havia levado muito, muito tempo para superar aquela batalha. Jamais retornara ao desfiladeiro nas montanhas Gollian, mas segundo rumores, as rochas ali permaneciam estéreis, como se a terra ainda lamentasse as mortes das fêmeas que tinham dado a vida sem hesitar, que riam na cara da morte e viviam a vida plenamente. A primeira amante dele de fora das fronteiras da Corte Noturna havia sido uma guerreira valquíria, uma fêmea destemida chamada Tanwyn cujo sorriso parecia uma tempestade. Ela havia cavalgado para aquela batalha à frente das valquírias e nunca mais voltara do desfiladeiro. Cassian acrescentou, depois de um momento: — Nestha teria se encaixado bem entre elas.

— Sempre achei que ela tivesse nascido do lado errado da Muralha — admitiu Elain. — Nestha transformava salões de baile em campos de batalha e tramava como qualquer general. Igualzinho a vocês dois — disse ela, assentindo para Cassian, e então, um pouco mais timidamente, para Azriel.

Azriel ofereceu um pequeno sorriso a ela, do qual Elain rapidamente virou o rosto. Cassian escondeu sua confusão. Lucien certamente não estava por perto para grunhir para qualquer macho que olhasse para ela por tempo demais.

Feyre, por fim, comeu sua garfada farta.

— Nestha é um lobo que passou a vida trancado em uma jaula.

— Eu sei — disse Cassian. Ela era um lobo que jamais aprendera a *ser* um lobo, graças àquela jaula que os humanos chamavam de boas maneiras e sociedade. E como qualquer animal maltratado, ela mordia quem se aproximasse. Ainda bem que ele gostava de ser mordido. Ainda bem que ele se deliciava com os hematomas e arranhões que ela deixava em seu corpo todas as noites, e que o senso de liberdade que ela exalava quando ele estava enterrado nela, o fazia querer se libertar também.

Elain se inclinou para a frente.

— Você só acha que sabe, mas nunca a viu dançando. É aí que Nestha deixa o lobo solto. Quando tem música.

— É mesmo? — Nestha *tinha* dito a ele uma vez, quando ele a arrancou de uma taverna especialmente imunda, que havia ido lá só pela música. Cassian a ignorara, pensando que era uma desculpa.

— É — falou Elain. — Ela foi treinada em dança desde muito nova. Ela adora tanto dança quanto música. Não da forma como eu gosto de uma valsa ou uma gavota, mas da forma como os artistas fazem da dança uma arte. Nestha podia fazer um salão de baile inteiro parar quando dançava com alguém.

Cassian apoiou o vinho.

— Ela mencionou aulas de dança para mim algumas semanas atrás. — Ele presumiu que aquelas aulas fossem o motivo pelo qual Nestha tinha rapidamente dominado o trabalho com os pés e o equilíbrio, apesar da dificuldade inicial. A memória muscular devia ter permanecido intacta. Mas se a dança tinha sido incutida nela tão impiedosamente quanto ele havia aprendido a lutar...

— Acho normal ela não querer se abrir muito sobre esse assunto — disse Elain. — Nestha tinha apenas 14 anos no último baile a que fomos antes… bom, antes de ficarmos pobres… — Elain sacudiu a cabeça. — Outra jovem herdeira estava no baile, e ela simplesmente me *odiava*. Era muitos anos mais velha, e eu nunca havia feito nada para provocá-la, mas acho que…

— Que ela sentia inveja da sua beleza — falou Amren, com um sorriso divertido nos lábios vermelhos.

Elain corou.

— Talvez.

Definitivamente era aquilo. Embora Elain mal devesse ter 13 anos na época.

— Bom, Nestha viu como ela me tratava, as crueldades casuais e como me ignorava, e aguardou. Esperou até aquele baile, quando um belo duque do continente foi até lá encontrar uma noiva. A família dele estava sem dinheiro, o motivo pelo qual ele ousara ir até lá, para conseguir uma noiva rica e encher os cofres das propriedades deles. Nestha sabia que a herdeira estava de olho nele. A moça tinha se gabado sobre aquilo com todas nós no toucador de todos os bailes durante as semanas que precederam.

— Nestha gastou uma pequena fortuna no vestido e em joias para aquela noite. Nosso pai sempre teve medo demais dela para dizer não, e naquela noite… Bom, ela realmente parecia a filha do Príncipe dos Mercadores. Com aquele vestido de seda ametista com fios de ouro, diamantes e pérolas no pescoço e nas orelhas… — Elain suspirou. Tanta riqueza. Cassian jamais se dera conta da riqueza que elas possuíram e perderam.

— O baile inteiro parou quando Nestha entrou — disse Elain. — Ela fez uma entrada triunfante, perfeitamente fria e distante, mesmo aos 14 anos. Ela mal olhou para o duque. Porque tinha aprendido sobre ele também. Sabia que ele ficava cansado de quem o perseguia. E sabia que a riqueza que ela usava naquela noite diminuía tudo o que aquela herdeira estava usando.

Amren sorria agora.

— Nestha tentou conquistar um duque só por rancor? Aos *14 anos*?

Elain não sorriu.

— Ela o atraiu para que a chamasse para uma dança com alguns olhares bem posicionados pelo salão. A mesma valsa que a herdeira queria para ela, que tinha se gabado que seria tudo de que precisaria para garantir o pedido de casamento. Nestha *roubou* aquela dança dela. E então roubou o duque também. Nestha dançou naquela noite como se fosse uma de vocês.

— Acho que você nunca viu Cassian dançar, né? — murmurou Rhys.

Cassian fez um gesto grosseiro para o Grão-Senhor quando Feyre e Az riram.

Com a voz baixa quase como em reverência, Elain continuou:

— O duque era vaidoso, e Nestha usou isso. O salão inteiro parou. A dança deles foi boa a esse ponto; e ela estava linda à altura de toda aquela ostentação. E quando terminou... Eu soube que ela era uma artista naquele momento. Da mesma forma que Feyre é. Mas o que Feyre faz com tinta, é o que Nestha fazia com música e dança. Nossa mãe viu quando éramos crianças, e transformou em uma arma. Tudo isso para que Nestha um dia se casasse com um príncipe.

Cassian congelou. Um príncipe... será que era isso que Nestha queria? O estômago dele se revirou.

— O que aconteceu com o duque? — perguntou Azriel.

Elain fez uma careta.

— Ele propôs casamento na manhã seguinte.

Rhys engasgou com o vinho.

— Ela tinha14 anos.

— Eu disse: Nestha é *muito* boa dançarina. Mas foi isso o que meu pai disse, que ela era jovem demais. Foi uma saída graciosa, pois meu pai, apesar dos defeitos dele, conhecia bem Nestha. Ele sabia que ela provocara o duque para que fizesse uma oferta de casamento só para punir a herdeira pela crueldade dela comigo. Nestha não tinha interesse nele, sabia que era jovem demais. Mesmo que o duque parecesse mais interessado em apenas... reservá-la até que ela tivesse idade. — Elain estremeceu com asco. — Mas acho que parte de Nestha acreditou mesmo que ela um dia se casaria com um príncipe. Então o duque voltou para casa sem noiva, e aquela herdeira... Bom, ela foi uma das pessoas que sentiu prazer com nossos infortúnios.

— Eu tinha me esquecido — murmurou Feyre. — Disso, e da dança dela.

— Nestha nunca mais tocou no assunto — disse Elain. — Eu só observava.

Nestha estava errada, percebeu Cassian, ao pensar que Elain era leal e amorosa como um cachorro. Elain via tudo que Nestha fazia, e entendia os seus motivos.

Amren perguntou, sem rodeios:

— Então sua mãe deturpou os prazeres criativos de Nestha, transformando-os no arsenal de uma alpinista social?

Feyre interrompeu:

— Nossa mãe não era o que se chamaria de uma pessoa agradável. Nestha fez as próprias escolhas, mas depois de muita influência de nossa mãe.

Elain assentiu, unindo as mãos no colo.

— Então, fico muito feliz em saber dessa história de valquíria. Fico feliz que Nestha encontre interesse em alguma coisa de novo. E que possa canalizar tudo... *aquilo* para isso. — *Aquilo*, Cassian sabia, significava a raiva dela, a lealdade destemida e irredutível àqueles que amava, os instintos de lobo e a habilidade para matar.

Eles passaram para assuntos muito menos alegres, mas Cassian remoeu aquilo durante a noite. A luta era apenas uma parte. O treino daria sustento a ela, canalizaria aquela raiva, mas precisava haver mais. Precisava haver alegria.

Precisava haver música.

CAPÍTULO 45

— Acho que as valquírias eram ainda mais sádicas do que os illyrianos — grunhiu Gwyn, e Nestha podia ver as pernas da sacerdotisa tremendo conforme ela mantinha a pose que estava ilustrada em um dos muitos volumes de pesquisa. — Não tem Silenciamento Mental que baste para me fazer completar esses exercícios. Qual era a frase que elas usavam? *Sou a rocha contra a qual a onda quebra*. Mas uma rocha jamais precisou manter um agachamento.

— Isso é um absurdo — concordou Emerie, com os dentes trincados.

Cassian girava distraidamente uma longa adaga na mão.

— Eu falei que elas eram guerreiras frias.

Nestha ofegava entre os dentes em um ritmo constante.

— Minhas pernas vão quebrar.

— Vocês três ainda têm... vinte segundos. — Cassian olhou para o relógio que Azriel havia trazido da Casa e deixado na mesa da estação de água. O encantador de sombras estava fora naquele dia, mas as sacerdotisas que ele costumava treinar tinham sido deixadas com um plano de aulas rigoroso.

As pernas de Nestha tremiam e queimavam, mas ela firmou a força nos dedos dos pés e se concentrou na respiração. Ela buscou aquele lugar de calma, onde poderia ficar além da dor e do corpo trêmulo, e estava tão perto, tão próximo, se pudesse apenas se concentrar, respirar mais profundamente...

— Acabou o tempo — disse Cassian, e as três desabaram na terra. Ele riu de novo. — Patético.

— Tente você — disse Gwyn ofegante, deitada na terra de barriga para cima. — Acho que nem mesmo você sobreviveria.

— Graças às passagens que você me mandou ontem à noite, eu estava aqui ao amanhecer fazendo os exercícios — respondeu ele. Nestha ergueu as sobrancelhas. Cassian não estava no jantar, e não a havia procurado, mas ela estava tão cansada depois de algumas noites de pouco sono que não se incomodou. — Decidi que, se vou torturar vocês três, preciso pelo menos me garantir. — Ele piscou um olho. — Exatamente para o momento em que você reclamasse que eu deveria sofrer junto.

— Por isso que você está desse jeito — murmurou Emerie, virando-se para se deitar de barriga para cima e olhar para o céu frio de outono. Os dias tinham desistido de qualquer tentativa de parecerem quentes, embora o verdadeiro frio ainda não tivesse chegado. O sol oferecia uma gota de calor contra a brisa gelada, um calor amanteigado que aquecia os ossos, o qual Nestha aproveitava enquanto também estava deitada.

— Vou tomar isso como um elogio.

O sorriso dele apertou algo no fundo do estômago de Nestha.

Ele a viu olhando e aquele sorriso se tornou um pouco mais ciente. Mas Cassian apenas disse:

— Se você tivesse que nomear uma espada, como a chamaria?

Gwyn respondeu, embora a pergunta não tivesse sido direcionada a ela:

— Majestade Prateada.

Emerie riu.

— Sério?

Gwyn indagou:

— Como *você* chamaria?

Emerie considerou.

— Assassina de Inimigos, ou algo assim. Algo intimidador.

— E você acha isso melhor?

A boca de Nestha se repuxou para cima com as provocações das amigas. Gwyn olhou para ela com seus olhos azul-mar alegres.

— O que é pior: Assassina de Inimigos ou Majestade Prateada?

— Majestade Prateada — falou Nestha, e Emerie se esticou, triunfante. Gwyn balançou a mão, vaiando.

— Como você chamaria? — perguntou Cassian a Nestha de novo.

— Por que quer saber?

— Porque sim.

Ela ergueu a sobrancelha. Mas então disse, com toda sinceridade.

— Assassina.

As sobrancelhas dele ficaram retas.

Nestha deu de ombros.

— Sei lá. É preciso mesmo dar um nome para uma espada?

— Só me diga: se precisasse nomear uma espada, como chamaria?

— Você vai dar uma espada de presente de Solstício de Inverno para ela? — perguntou Emerie.

— Não.

Nestha escondeu o sorriso. Ela adorava aquilo — quando as três se juntavam contra ele, como leoas em volta de uma carcaça muito musculosa e muito atraente.

— Então por que continua perguntando? — disse Gwyn.

Cassian fez uma careta.

— Curiosidade.

Mas a mandíbula dele se contraiu. Não era apenas curiosidade. Havia outro motivo. Por que ele iria querer que ela nomeasse uma espada?

— De volta ao trabalho — disse ele, unindo as mãos. — Por toda essa rebeldia, vocês vão fazer o dobro de tempo do agachamento das valquírias hoje.

Emerie e Gwyn gemeram, mas Nestha avaliou Cassian por mais um momento antes de acompanhar as duas.

Ela ainda estava remoendo aquilo quando terminaram, duas horas depois, encharcadas de suor e com as pernas trêmulas. Emerie e Gwyn retomaram a conversa anterior e foram até a estação de água.

Nestha observou as duas irem embora, então se virou para Cassian.

— Por que estava me enchendo por causa do nome de uma espada?

Os olhos dele permaneciam em Gwyn e Emerie.

—Só queria saber como você chamaria uma.

— Isso não é resposta. Por que você quer saber?

Ele cruzou os braços, e depois os descruzou.

— Lembra de quando fomos ao ferreiro?

— Lembro. *Ele* vai me dar uma espada de Solstício de Inverno?

— Ele deu três. Aquelas que você tocou.

Ela arqueou uma sobrancelha.

Cassian bateu com o pé no chão.

— Quando você martelou aquelas lâminas, você as imbuiu, as duas espadas e a adaga, com seu poder. O poder do Caldeirão. Elas agora são lâminas mágicas. E não estou falando de magia legal e bonita. Estou falando de uma magia poderosa e ancestral que não é vista há muito, muito tempo. Não restam mais armas mágicas. Nenhuma. Elas foram perdidas, destruídas ou jogadas ao mar. Mas você Fez três delas. Você criou novos Tesouros Nefastos. E poderia criar ainda mais, se quisesse.

As sobrancelhas dela se erguiam mais a cada palavra absurda.

— Eu Fiz três armas mágicas?

— Nós ainda não sabemos que tipo de magia elas têm, mas sim.

Nestha inclinou a cabeça. Emerie e Gwyn pararam de conversar na estação de água, como se pudessem ver ou sentir a mudança nela. E não foi o fato de que tinha Feito aquelas armas que a atingiu como um golpe.

— "Nós" quem?

— O quê?

— Você disse "Nós não sabemos que tipo de magia elas têm". "Nós" quem?

— Rhys, Feyre e os outros.

— E há quanto tempo vocês todos sabem disso?

Ele se encolheu e percebeu seu erro.

— Eu... Nestha...

— *Há quanto tempo?* — A voz dela se tornou afiada como vidro. As sacerdotisas estavam olhando, e ela não se importava.

Cassian sim, aparentemente.

— Este não é o lugar para ter essa conversa.

— Era você quem estava tentando tirar um nome de mim no meio do treino! — Ela indicou o ringue.

O sangue de Nestha latejava nas orelhas, e a expressão de Cassian se encheu de mágoa.

— Isso não está saindo como deveria. Nós discutimos sobre contar a você, mas votamos e o resultado foi em seu favor. Porque confiamos em você. Eu só... não tinha tido a chance de mencionar ainda.

— Havia a possibilidade de você nem me *contar*? Vocês todos se sentaram e me julgaram? Teve até uma *votação?* — Alguma coisa profunda no peito dela se partiu ao saber que todas as coisas terríveis a seu respeito tinham sido analisadas.

— É que... Merda. — Cassian estendeu a mão para ela, mas Nestha recuou. Todas estavam olhando agora. — Nestha, aqui não é...

— Quem. Votou. Contra mim.

— Rhys e Amren.

Aquilo a atingiu como um golpe físico. Rhys não era surpresa. Mas Amren, que sempre a entendera mais do que os outros; Amren, que não tinha medo dela; Amren, com quem Nestha havia brigado tão feio... Alguma pequena parte dela esperava que Amren não a odiasse para sempre.

A cabeça de Nestha se calou. O corpo dela se calou.

Cassian arregalou os olhos.

— Nestha...

— Tudo bem — disse ela, friamente. — Não estou nem aí.

Ela deixou que ele a visse fortalecer aquelas paredes de aço na mente. Usou cada gota de Silenciamento Mental que havia praticado com Gwyn para ficar calma, concentrada e equilibrada. Inspirando pelo nariz, expirando pela boca.

Nestha girou os ombros exageradamente, da mesma forma com que se aproximou de Emerie e Gwyn, cujos rostos estavam franzidos com preocupação de uma forma que Nestha sabia que ela não merecia, de uma forma que ela sabia que um dia sumiria, quando elas também percebessem como ela era terrível. Quando Amren dissesse a elas que desperdício patético de vida ela era, ou quando ouvissem por outra pessoa, e deixassem ser suas amigas. Ela se perguntava se elas sequer diriam pessoalmente, ou se apenas sumiriam.

— Nestha — disse Cassian de novo. Mas ela deixou o ringue sem olhar para ele.

Emerie estava ao seu encalço imediatamente, seguindo-a escada abaixo.

— O que houve?

— Nada — disse Nestha, com uma voz que até ela própria achou estranha. — Assuntos da Corte.

— Você está bem? — perguntou Gwyn, um passo atrás de Emerie.

Não. Ela não conseguia segurar o rugido em sua mente, o estalo no peito.

— Estou — mentiu Nestha, e não olhou para trás quando atingiu a plataforma e sumiu pelo corredor.

Nestha chegou ao seu quarto, onde encheu a banheira. Ela sabia que Cassian viria. Ficou de pé ao lado da banheira e ficou observando a água jorrar, enquanto ele batia à porta. Ela esperou até sentir que ele tinha ido embora, desistindo dela como todos tinham feito, e cessou a água.

— Ele foi embora?

A porta se abriu em resposta.

— Obrigada. — Ela caminhou para o corredor vazio. Talvez a Casa o tivesse escondido de vista, pois Nestha não sentiu cheiro ou viu qualquer lampejo de Cassian conforme correu pelo pequeno lance de escadas perto do quarto. Até o fim do corredor. Logo através do arco até aquela longa escadaria.

Foi somente então que ela liberou a fúria. Somente então que abandonou aquela frieza e se entregou à fúria no coração.

Amren a julgara tão indigna de confiança, tão terrível, que saber que tinha aquele dom de mudar mundos seria perigoso. Amren tinha falado com os demais sobre isso, e eles tinham *votado* naquilo.

Mais e mais e mais para baixo.

Degrau após degrau após degrau.

Girando e girando e girando.

Ela não contou os degraus. Não sentiu as pernas se movendo. Havia apenas o rugido do sangue, o rugido na mente e o estalo no centro do peito. Não havia Silenciamento Mental que pudesse acalmá-la, que fosse capaz de sufocar aquilo.

O chão se aproximou.

Nestha não conseguia pensar devido á fúria, à dor. Não conseguia *pensar*, apenas se mover.

A escada ficou mais quente, mais longe do vento frio acima.

Amren tinha desistido de vez dela. O debate a respeito de enviá-la até lá em cima tinha sido diferente — Nestha sabia que o debate tinha sido por um desejo de ajudá-la. Conseguia reconhecer isso agora.

Já este último, tinha sido por ódio e medo dela.

Os telhados ficaram nítidos. As pernas dela tremiam. Nestha não as sentia.

Ela não sentia nada além daquele ódio incandescente conforme as escadas subitamente pararam e ela se viu diante de uma porta.

A porta se abriu antes que os dedos dela pudessem tocar a maçaneta. Luz do sol invadiu as escadas, revelando paralelepípedos adiante.

Com o ódio ondulando como uma tempestade ao redor dela, Nestha finalmente pisou novamente em Velaris.

CAPÍTULO 46

Ela não reparou na cidade ao redor, nas pessoas que ou viam seu rosto e se mantinham bem longe ou simplesmente seguiam seu caminho. Não reparou nos laranjas, vermelhos e amarelos vibrantes das árvores de outono ou no azul reluzente do Sidra conforme atravessava uma das inúmeras pontes que se estendiam por seu corpo sinuoso, dirigindo-se à margem oeste.

Nestha se entregou à fúria. Mais tarde, não teria lembrança de ter corrido para o alto das escadas do apartamento. Nenhuma lembrança da caminhada até lá antes de bater com a mão na porta de madeira. O material da porta se estilhaçou como se fosse vidro.

Amren e Varian estavam na cama, a pequena fêmea estava nua enquanto cavalgava o Príncipe de Adriata. Os dois pararam, Amren se virou para a porta, Varian arrumou a postura e um escudo de água os envolveu quando Nestha entrou no quarto e grunhiu:

— *Você*. Você achou que eu não deveria sequer *saber* do que meu poder é capaz.

Amren se moveu com a rapidez dos Grão-Feéricos, saltando de cima de Varian, que pegou um lençol para se cobrir quando ela jogou um robe de seda sobre o corpo. Aquela parede brilhante de água fez parecer que eles estavam sob a superfície do oceano. Amren olhou para Varian.

— Abaixe.

Ele obedeceu, saiu da cama e enfiou as longas pernas musculosas na calça.

Nestha grunhiu para ele:

— Saia.

Mas, com o rosto tenso de preocupação, o príncipe da Corte Estival observou Amren. Ele ficaria, morreria defendendo Amren. Nestha riu e sentiu uma amargura cobrindo sua língua. Certa vez, Amren tinha sido aquela pessoa para ela — a pessoa que ela sabia que a defenderia em uma briga, que falaria em favor dela. Amren assentiu para ele, e Varian lançou a Nestha um olhar de aviso antes de correr para fora do quarto.

Presumivelmente para contar aos outros, mas Nestha não se importava. Não quando Amren falou:

— Suponho que aquele canalha linguarudo tenha dito a você mais do que era necessário.

— Você votou contra mim — disse ela, com uma voz fria que traiu a rachadura em seu peito.

— Você não fez nada para provar que é capaz de dar conta de um poder tão terrível — disse Amren, com igual frieza. — Naquela barca, você disse isso quando deu as costas de qualquer tentativa de dominá-lo. Me ofereci para ajudar, mas você deu as costas.

— Dei as costas porque você escolheu minha irmã. — Assim como Elain. Amren era a amiga *dela*, aliada *dela*, mas no fim, nada disso teve importância. Ela havia escolhido Feyre.

— Não escolhi ninguém, sua mimada — disparou Amren. — Eu disse a você que Feyre tinha solicitado que você e eu trabalhássemos juntas de novo, e você de alguma forma deturpou isso achando que eu estava me *aliando* a ela? — Nestha não respondeu. — Eu disse a eles que deixassem você em paz durante meses. Recusei-me a falar sobre você com eles. E no momento em que percebi que meu comportamento não estava ajudando você, que talvez sua irmã estivesse certa, *eu* de alguma forma traí você?

Nestha sacudiu a cabeça.

— Você sabe como me sinto em relação à Feyre.

— Sim, coitadinha da Nestha, com uma irmã mais nova que a ama tanto que está disposta a qualquer coisa para ajudá-la.

Nestha bloqueou a lembrança de Tamlin na forma bestial, de como ela queria arrancar membro após membro dele. Não era melhor do que ele, no fim das contas.

— Feyre não me ama. — Ela não merecia o amor de Feyre. Assim como Tamlin não merecera.

Amren soltou uma gargalhada.

— Você acreditar que não é amada por Feyre apenas prova que é indigna de seu poder. Qualquer um tão voluntariamente cego não pode ser confiado. Você seria um pesadelo ambulante com aquelas armas.

— Agora é diferente. — As palavras ecoaram vazias. Era mesmo? Será que *ela* estava diferente do que fora no último verão, quando ela e Amren brigaram na barca, e o total desapontamento de Amren com o fracasso dela em *ser* alguma coisa tinha finalmente surgido?

Amren sorriu, como se também soubesse daquilo.

— Pode treinar o quanto quiser, trepar com o Cassian o quanto quiser, mas isso não vai consertar o que está quebrado se você não começar a refletir.

— Não me venha com sermão. *Você*... — Ela apontou para Amren, e podia ter jurado que a fêmea saiu da linha de fogo. Como Tamlin tinha feito. Como se Amren também se lembrasse que da última vez que Nestha tinha apontado para um inimigo, ele acabara com a cabeça decepada. Uma risada sem alegria irrompeu de Nestha. — Você acha que eu marcaria você com uma promessa de morte?

— Você quase fez com Tamlin no outro dia. — Então Cassian tinha contado a eles tudo sobre aquilo também. — Mas vou dizer de novo o que disse naquela barca: acho que você tem poderes que ainda não entende, respeita ou controla.

— Como você ousa presumir que sabe o que é melhor para mim?

Quando Amren não respondeu, Nestha sibilou:

— Você era minha *amiga*.

Amren exibiu os dentes.

— Era mesmo? Não acho que você sabe o que essa palavra quer dizer.

O peito dela doeu, como se aquele punho invisível a tivesse socado de novo. Passos soaram além da porta estilhaçada, e ela se preparou para Cassian entrar rugindo...

Mas era Feyre.

Tinta manchava suas roupas casuais; uma pincelada de branco decorava sua bochecha sardenta. Varian devia ter corrido seminu pelas ruas até chegar ao estúdio dela. Feyre disse, ofegante:

— Parem com isso.

Se Feyre reparou ou se importou com as farpas e os destroços no chão, não deixou à vista quando se aproximou. Feyre suplicou:

— Nestha, Cassian contou de um jeito que acabou parecendo pior do que realmente é.

— Cassian contou a você? — Ele tinha ido até Feyre em vez de ir até ali?

— Não, mas posso adivinhar. Ele não queria esconder nada de você.

— Meu problema não é com Cassian. — Nestha nivelou o olhar para Amren. — Confiei que você me defenderia.

— Eu parei de defender você no momento em que você decidiu usar essa lealdade como escudo contra todo mundo.

Nestha grunhiu, mas Feyre, com as mãos erguidas, se colocou entre as duas.

— Esta conversa acaba agora. Nestha, volte para a Casa. Amren, você... — Ela hesitou, como se considerasse o quanto era sábio dar ordens a Amren. Feyre concluiu com cautela: — Você fique aqui.

Nestha soltou uma gargalhada baixa.

— Você é Grã-Senhora dela. Não precisa agradá-la. Não agora que ela é menos poderosa que qualquer um de vocês.

Os olhos de Feyre se incendiaram.

— Amren é minha amiga, e é membro desta corte há séculos. Eu ofereço *respeito* a ela.

— E é respeito que ela oferece a você? — disparou Nestha. — É respeito o que o seu *parceiro* oferece a você?

Feyre ficou imóvel.

Amren avisou:

— Não diga mais uma maldita *palavra*, Nestha Archeron.

Feyre perguntou:

— Do que está falando?

E Nestha não se importava. Não conseguia pensar por cima dos rugidos.

— Algum deles já contou a você, a *respeitada* Grã-Senhora deles, que o bebê no seu ventre vai lhe matar?

Amren disparou:

— *Cale a boca!*

Mas a ordem dela foi confirmação o suficiente. Com o rosto empalidecendo, Feyre sussurrou de novo:

— Do que está falando?

— Das asas — respondeu Nestha, fervilhando. — As asas illyrianas do menino vão ficar presas no seu corpo feérico durante o parto, e isso vai matar vocês dois.

Silêncio preencheu o quarto, o mundo.

Feyre sussurrou:

— Madja só disse que o parto seria arriscado. Mas o Entalhador de Ossos... O filho que ele me mostrou não tinha asas. — A voz dela falhou. — Será que ele só me mostrou o que eu queria ver?

— Não sei — disse Nestha. — Mas sei que seu parceiro ordenou que ninguém informasse você da verdade. — Ela se virou para Amren. — Vocês todos votaram nisso também? Falaram dela, a julgaram, e decidiram que ela era indigna da verdade? Qual foi o *seu* voto, Amren? Deixar que Feyre morresse na ignorância? — Antes que Amren pudesse responder, Nestha se virou para a irmã. — Você não se perguntou por que seu precioso Rhysand tem agido como um babaca mal-humorado há semanas? Porque ele *sabe* que você vai morrer. Ele sabe, e mesmo assim não disse nada.

Feyre começou a tremer.

— Se eu morrer... — O olhar dela foi até um dos braços tatuados. Ela levantou a cabeça e, com os olhos brilhando com lágrimas, perguntou a Amren: — Vocês... todos vocês sabiam disso?

Amren lançou um olhar desencorajador na direção de Nestha, mas falou:

— Não queríamos alarmar você. O medo pode ser tão mortal quanto qualquer ameaça física.

— Rhys sabia? — Lágrimas escorriam pelas bochechas de Feyre, manchando a tinta pincelada ali. — Sobre a ameaça às nossas vidas?

— Ela olhou para baixo do próprio corpo, para a mão tatuada que aninhava o abdômen.

E Nestha soube naquele momento que, durante a vida toda, ela jamais tinha sido amada pela mãe como Feyre já amava o menino que crescia em seu ventre.

Isso partiu algo dentro de Nestha — partiu aquela raiva, aquele rugido — ver aquelas lágrimas começarem a cair, o medo tomando conta do rosto sujo de tinta de Feyre.

Ela fora longe demais. Ela... Ah, deuses.

Amren falou:

— Acho melhor, menina, você falar com Rhysand sobre isso.

Nestha não podia suportar — a dor, o medo e o amor no rosto de Feyre enquanto ela acariciava a barriga.

Amren grunhiu para Nestha:

— Espero que esteja feliz agora.

Nestha não respondeu. Não sabia o que dizer ou fazer consigo mesma. Ela simplesmente deu meia-volta e correu para fora do apartamento.

Cassian tinha ido até a casa do rio. Aquele tinha sido o terceiro erro dele naquele dia.

O primeiro tinha sido o jeito atrapalhado com que perguntara sobre um nome de espada, levantando as suspeitas de Nestha. Ele não conseguira mentir para ela, então contara tudo.

O segundo erro tinha sido deixar Nestha se esconder no quarto e não sair entrando para falar com ela. Deixar que ela tomasse banho, pensando que aquilo a acalmaria. Ele fez o mesmo, e quando saiu do banho, seguiu o cheiro dela até o andar das escadas para o exterior, onde a porta estava aberta.

Ele não fazia ideia se Nestha conseguira sair ou se desabara lá dentro, então também desceu os degraus. Todos os dez mil enquanto sentia o cheiro fresco e furioso que ela deixara pelo caminho.

Nestha havia chegado à base. A porta tinha sido deixada aberta.

Ele se lançou para o céu, sabendo que teria problemas para encontrar o cheiro dela na cidade tumultuada, esperando vê-la do ar. Cassian presumiu que Amren estivesse trabalhando na casa do rio, então foi para lá.

Mas Amren não estava lá. E nem Nestha.

Ele havia chegado ao escritório de Rhys quando a notícia veio. Não de um mensageiro, mas de Feyre — diretamente para a mente de seu parceiro.

Rhys estava na mesa, com o rosto tenso enquanto silenciosamente falava com ela. Cassian viu aquele olhar, soube com quem ele estava falando, e ficou imóvel. Nenhuma das duas estava ali, o que significava que deviam estar no apartamento de Amren, e se Feyre estava passando o relatório...

Cassian se virou para a porta, sabendo que poderia chegar lá em um voo de dois minutos, rezando para que conseguisse ser rápido o bastante...

— Cassian.

A voz de Rhys era algo saído de um pesadelo, da escuridão entre as estrelas.

Cassian congelou ao ouvir aquele tom de voz que tão raramente ouvia, e nunca dirigido a ele.

— O que aconteceu?

O rosto de Rhys estava completamente calmo. Mas morte — uma morte escura e revolta — estava nos olhos dele. Não restava uma estrela ou rastro de violeta.

Rhys disse, naquela voz que era como o inferno corporificado:

— Nestha achou adequado informar Feyre do risco a ela e ao bebê.

O coração de Cassian começou a galopar, mesmo enquanto se estilhaçava.

Rhys o encarou de volta, e foi tudo o que Cassian conseguiu fazer para suportar aquilo enquanto seu irmão, seu Grão-Senhor, dizia:

— Tire Nestha desta cidade. Agora mesmo. — O poder de Rhys ecoou pela sala como uma tempestade crescente. — Antes que eu a *mate*, porra.

CAPÍTULO 47

Cassian encontrou Nestha correndo por uma rua lateral, como se ela suspeitasse que Rhysand estivesse prestes a sair em uma caçada que só se encerraria quando seu sangue fosse derramado. Mas ele sabia que ela só estava correndo do que tinha feito, que corria de si mesma. Corria na direção de uma das tavernas de que tanto gostava.

Cassian não deu a Nestha a chance de vê-lo quando ele planou para baixo até o beco, segurou-a pela cintura e abaixo dos joelhos, e levou os dois para o céu.

Ela não o combateu, não disse uma palavra sequer. Ficou apenas deitada nos braços dele, com o rosto frio contra seu peito.

Cassian planou sobre a Casa do Vento e encontrou Azriel ali, pairando no lugar, com uma mochila pesada na mão. Se tinha sido por um aviso separado de Rhys, ou pelos sussurros das próprias sombras de Az, ele não sabia.

Cassian pegou a mochila, prendeu a alça em um dos pulsos, e grunhiu devido ao peso enquanto segurava Nestha. Az não disse nada quando Cassian passou por ele em disparada, subindo para o céu de outono.

E não ousou olhar de volta para a cidade atrás dele.

Não havia sons na cabeça nem no corpo dela. Ela sabia que Cassian a segurava, sabia que eles estavam voando há horas e horas, e não se importava.

Tinha feito algo imperdoável.

Ela merecia ser transformada em névoa sangrenta por Rhysand. Desejava que Cassian não tivesse ido salvá-la.

Eles voaram para as montanhas até que o sol afundou atrás deles. Quando aterrissaram, os arredores estavam cobertos pela escuridão. Cassian fez uma careta quando desceu, como se cada parte dele doesse, e soltou a mochila que Azriel dera a eles a seus pés.

— Vamos acampar aqui hoje à noite — disse ele, baixinho e com frieza.

Nestha não queria falar. Estava determinada a não dizer mais uma palavra pelo resto da vida.

— Vou fazer uma fogueira — prosseguiu ele, e não havia nada de bondoso em seu rosto.

Ela não suportava. Então deu as costas e observou a pequena área onde haviam aterrissado: um trecho plano de terra seca logo abaixo da projeção de uma rocha preta.

Em silêncio, ela caminhou até a parte mais profunda da saliência. Em silêncio, se deitou na terra dura e batida, usando o braço como travesseiro, e se enroscou contra a parede da rocha.

Nestha fechou os olhos e se obrigou a ignorar os ruídos de estalo da madeira conforme o fogo a consumia, desejou derreter para dentro da terra, dentro da montanha, e desaparecer para sempre.

Cassian.

A voz de Feyre preencheu a mente de Cassian, tirando-o de onde estava observando as estrelas surgirem acima da vista ampla. Ele havia voado com Nestha até as montanhas Dormentes, a cordilheira que separava Illyria de Velaris. Eram picos menores que ainda não estavam ao alcance do inverno, com muitos rios e animais para caçar.

Cassian.

Esqueci que você consegue falar por telepatia.

A risada dela soou. *Não consigo decidir se deveria me sentir ofendida ou não. Talvez devesse usar meus dons de daemati mais frequentemente.* Ela parou antes de dizer, *Você está bem?*

Eu é que deveria perguntar.

Rhysand exagerou. Total e completamente.

Cassian sacudiu a cabeça, embora Feyre não pudesse ver. *Sinto muito que você tenha descoberto.*

Eu não. Estou furiosa com todos vocês. Entendo por que não queriam me contar, mas estou furiosa.

Bom, e nós estamos furiosos com Nestha.

Ela teve a coragem de me dizer a verdade.

Ela disse a verdade para ferir você.

Talvez. Mas ela foi a única que disse alguma coisa.

Cassian suspirou pelo nariz. *Ela...*Ele refletiu. *Acho que ela viu os paralelos entre as suas situações e, do jeito dela, decidiu vingar vocês duas.*

É isso que eu acho também. Rhys discorda.

Eu queria que você tivesse descoberto de outra forma.

Olha, eu não. Mas vamos enfrentar isso juntos. Todos nós.

Como você pode estar tão calma?

A alternativa é o medo e o pânico. Não vou deixar meu filho sentir essas coisas. Vou lutar por ele, por nós, até não poder mais.

A garganta de Cassian se apertou. *Vamos lutar por vocês também.*

Eu sei. Feyre parou de novo. *Rhys não tinha o direito de mandar vocês embora da cidade, ou de ameaçar Nestha. Ele percebeu isso, e pediu desculpas. Quero que você volte para casa. Vocês dois. Para onde foram?*

Para a floresta. Cassian olhou por cima do ombro, para onde Nestha estava dormindo durante as últimas horas, enroscada contra a parede de pedra. *Acho que vamos ficar aqui alguns dias. Vamos fazer uma trilha.*

Nestha jamais fez uma trilha na vida. Garanto que ela vai odiar.

Então diga a Rhys que é a punição dela. Porque Rhys, apesar de pedir desculpas pelas ameaças, ainda estaria furioso. *Diga a ele que Nestha e eu vamos fazer uma trilha, e que ela vai odiar, mas que ela volta para casa quando eu decidir que está pronta para isso.*

Feyre ficou quieta por um longo minuto. *Ele diz que sabe que deveria dizer que não precisa, mas pede para contar a você que está secretamente felicíssimo.*

Que bom. Eu estou secretamente feliz em saber disso.

Feyre gargalhou, e o som era prova de que ela poderia estar magoada e chocada com a notícia, mas que estava, de fato, se adaptando a ela. Não deixaria que aquilo a fizesse se acovardar e chorar. Ele não sabia por que havia esperado menos dela.

Feyre disse, *Por favor, cuide dela, Cassian. E se cuide.*

Cassian olhou para a fêmea dormindo quase escondida nas sombras da rocha.

Pode deixar.

CAPÍTULO 48

— Levante.

Nestha ficou tensa e entreabriu um olho para se proteger da claridade ofuscante do alvorecer. Cassian estava de pé acima dela, com um prato do que pareciam ser cogumelos e torrada em uma das mãos. O corpo dela inteiro doía devido à dureza do solo e ao frio da noite. Nestha mal dormira, tinha praticamente deitado ali, encarando a rocha, desejando ignorar os sons do fogo, desejando sumir, virar nada.

Ela se sentou devagar, e Cassian empurrou o prato para ela.

— Coma. Temos um longo dia pela frente.

Ela ergueu os olhos, pesados e doloridos, para o rosto dele.

Não havia nada acolhedor ali. Nenhum desafio ou luz. Apenas o guerreiro sólido e frio como uma pedra.

Cassian disse:

— Vamos caminhar do alvorecer até o anoitecer, com apenas duas paradas ao longo do dia. Então coma.

Não importava. Se ela comia ou dormia ou fazia a trilha. Nada disso.

Mas Nestha se obrigou a comer o que ele havia preparado, sem falar quando ele apagou a fogueira que tinha feito, concentrando-se em qualquer coisa que não fosse o som de *crack* da lenha. Cassian rapidamente guardou os suprimentos de cozinha, junto com o resto da comida na mochila de lona.

Ele a pegou, os músculos se contraíram no antebraço com o peso, e caminhou até Nestha antes de jogar a mochila aos pés dela.

— Não consigo colocar uma mochila desse tamanho nas costas com as asas. Então você vai carregar.

Será que Azriel sabia daquilo? Pelo brilho gelado e divertido no olhar de Cassian, ela achou que sim.

Nestha terminou a comida e não tinha nada com que lavar o prato, então o enfiou na mochila.

Ele falou:

— Você pode lavar a louça quando chegarmos ao rio Gerthys, na hora do almoço. É uma caminhada de seis horas a partir daqui.

Ela não se importava. Que ele a fizesse desabar no chão, que a obrigasse a caminhar e a agir como criada. Não adiantaria de nada.

Não a consertaria.

Nestha ficou de pé; suas articulações estalaram e o corpo ficou rígido. Ela não se incomodou em refazer a trança.

— Você pode tratar das suas necessidades ali no canto. — Ele assentiu para a leve curva na face do penhasco. — Não tem ninguém aqui.

Ela fez como ele pediu. Quando voltou, Cassian apenas assentiu para a mochila.

— Pegue.

Nestha grunhiu quando a levantou. Devia pesar pelo menos um terço do peso dela. Suas costas quase se curvaram quando colocou a mochila nos ombros, mas conseguiu e agitou o corpo para ajustá-la. Ela mexeu nas correias e nas fivelas até que estivesse justa contra a coluna e com o peso equilibrado no peito e no quadril.

Cassian aparentemente decidiu que ela havia feito um trabalho decente.

— Vamos.

Nestha deixou que ele liderasse, e em dez minutos, a respiração dela ficou ofegante e as pernas começaram a queimar conforme Cassian subia a encosta, atravessando a face da montanha. Ele não falou com ela, e Nestha não falou com ele.

O dia estava tão frio quanto se podia desejar, as montanhas em torno deles eram de um verde vibrante, os rios azuis estavam tão cristalinos que mesmo do alto dava para ver as pedras brancas que cobriam seus leitos.

O sol formou um arco no céu, arrancando suor da testa e do pescoço de Nestha. O cabelo dela ficou encharcado de suor. Mesmo assim, ela caminhou, seguindo Cassian mais para o alto do pico. Ele chegou a uma protuberância rochosa, olhou por cima do ombro para se certificar de que ela estava atrás, então desapareceu — provavelmente descendo.

Ela chegou à protuberância e contemplou o quanto era íngreme.

Ele havia falado algo sobre pararem em um rio. Bom, muito abaixo e adiante havia uma faixa de rio, semicoberto por árvores. Não parecia que levaria horas para chegar até lá, mas... Cassian andava atravessado em relação à montanha, em vez de descer em linha reta. Ninguém conseguiria descer reto sem tropeçar e cair para a própria morte.

Um conjunto completamente diferente de músculos logo começou a protestar diante da descida. Era pior do que subir, percebeu ela — agora parecia que a mochila estava determinada a jogá-la para a frente e então a atirar no vale e no rio.

Ao contrário de Nestha, Cassian não se incomodava em apressar cuidadosamente o passo entre a grama e as pequenas pedras. Ele, pelo menos, tinha a garantia das asas. Àquela altura, as nuvens pairavam como observadores desocupados, nenhuma delas caridosa o suficiente para oferecer sombra contra o sol escaldante.

As pernas de Nestha tremiam, mas ela continuou se movendo. Agarrou-se às alças da mochila onde estavam presas contra o peito, e usou os braços para escorar o peso. Ela acompanhou Cassian montanha abaixo, passo após passo, hora após hora.

Com um passo após o outro, Nestha seguiu sem dizer nada.

Eles pararam para almoçar no rio. Se é que pão e queijo duro podiam ser considerados almoço.

Nestha só ligava para o fato de que enchia sua barriga. Só ligava para o fato de que o rio diante deles estava cristalino e limpo, e ela estava seca. Ela desabou na margem gramada e se ajoelhou para enterrar o rosto na água. Nestha arquejou contra o choque de frio, então se levantou e levou água até a boca com a palma da mão em concha diversas vezes, engolindo sem parar.

Ela se afastou do rio e se deitou de lado, com a respiração ainda pesada.

— Você tem trinta minutos — disse Cassian de onde estava, sentado na grama alta e oscilante, bebendo do cantil. — Use como quiser.

Ela não disse nada, até assentir parecia difícil.

Ele abriu a mochila e jogou um cantil para ela.

— Encha isso. Se você desmaiar, pode cair da montanha e quebrar cada osso do corpo.

Nestha não olhou para ele. Não deixou que Cassian visse a palavra em seus olhos. *Que bom.*

Mas ele ficou imóvel. Suas palavras seguintes foram mais gentis, e ela se ressentiu delas também.

— Descanse.

Cassian sabia que Nestha passava boa parte do tempo se odiando.

Mas ele nunca soube que ela se odiava tanto a ponto de querer... não existir mais.

Ele reparou na expressão dela quando mencionou a ameaça de cair. E soube que voltar para Velaris não a salvaria daquele olhar. Ele não podia salvá-la daquele olhar também.

Apenas Nestha podia se salvar daquele sentimento.

Ele deixou que ela descansasse durante os trinta minutos que havia prometido, e talvez ainda estivesse um pouco irritado com ela, pois apenas disse:

— Vamos — antes de recomeçar.

Ela seguiu adiante em meio aquele silêncio pesado e transbordante. Tão calada como um burro de carga.

Ele conhecia aquelas montanhas bem o bastante por tê-las sobrevoado durante séculos: pastores viviam ali, em geral, feéricos comuns que preferiam a solidão do verde imponente e das pedras preto-amarronzadas às áreas mais populosas.

Os picos não eram tão cruéis e pontiagudos quanto aqueles em Illyria, mas tinham uma presença que Cassian não podia explicar direito. Mor certa vez dissera a ele há muito tempo que aquelas terras eram usadas para cura. Que as pessoas feridas no corpo e no espírito tinham se aventurado naquelas montanhas, no lago que eles estavam a dois dias e meio de alcançar, para se recuperar.

Talvez por isso ele tivesse ido. Algum instinto tinha se lembrado da cura, sentido o coração dormente daquela terra, e decidira levar Nestha até ali.

Quilômetro após quilômetro, com o silêncio dela como uma assombração que pairava atrás dele, Cassian se perguntava se seria o suficiente.

CAPÍTULO 49

Estavam na metade da subida de uma montanha que parecia uma mera colina de longe, quando Cassian disse lá da frente:

— Vamos acampar aqui esta noite.

Ele tinha parado em um ponto que dava vista para a montanha, cujo pico mais próximo, separado apenas por outro rio que serpenteava bem abaixo, estava tão perto que Nestha podia tê-lo acertado com uma pedra. O chão era pálido e empoeirado, e, acima de tudo, era plano.

Nestha não disse nada quando cambaleou até o solo plano, com as pernas por fim cedendo, e se jogou na terra.

O solo feriu sua bochecha, mas ela não se importou, não quando respirou, de novo e de novo, e sentiu o corpo tremer. Não se moveria até o dia raiar. Nem para usar o banheiro. Ela preferia se molhar a precisar mover outro músculo.

Cassian disse, do outro lado do pequeno local:

— Tire a mochila antes de desmaiar para que eu pelo menos possa fazer meu jantar.

As palavras dele eram frias, distantes. Ele mal falara com ela o dia todo.

Nestha merecia — merecia coisa pior.

Esse pensamento a fez abrir as fivelas da mochila sobre o quadril e o peito. A mochila bateu no chão, e ela se virou e a empurrou para Cassian com o pé. A perna de Nestha tremeu com o movimento. Mas se obrigou a recuar, até estar encostada em uma pequena pedra.

Ele segurou a mochila com apenas um grunhido, como se ela não estivesse suando e tremendo sob aquele peso o dia todo. Então saiu até o arbusto mais próximo, cuja grama e vegetação farfalhante chegava na altura do joelho.

O vento murmurou, entremeando-se entre os picos. Sombras lentamente espreitaram sobre as faces rochosas das montanhas, o resquício de sol projetou os limites superiores dela em ouro, o frio se aprofundou a cada centímetro entregue à escuridão crescente.

O rio, com suas muitas cachoeiras mal discerníveis na vista, rugia abaixo da encosta da montanha num fluxo constante que ela ouvira ao longo do dia enquanto caminharam. Mesmo ali, com a luz diminuindo, as cores do rio mudaram de cinza para jade e então pinho, conforme ele entremeava os picos ao longo do leito do vale.

Estava tudo tão quieto, mas, de certa forma, vigilante. Como se ela estivesse cercada por algo ancestral e parcialmente acordado. Como se cada pico tivesse os próprios humores e preferências, como se as nuvens escolhessem se agarrar a ele ou evitá-lo, ou se as árvores optassem por sincronizar suas florações ou os deixar sem vegetação. Os formatos eram tão estranhos e longos que pareciam que gigantes tinham um dia se deitado ao lado dos rios, colocado um cobertor amarrotado sobre o corpo e caído num sono eterno.

Pensar em dormir devia tê-la atraído até o sono, pois a seguir, o mundo ficou escuro, exceto pelas estrelas e pela lua quase cheia, tão brilhante que uma fogueira não era necessária. Se bem que o calor até que seria útil. Cassian ficou deitado a alguns metros de distância, de costas para ela e com as asas emolduradas pelo luar.

Ele havia deixado um prato de comida para ela — pão e queijo duro e algum tipo de carne seca. Nestha no entanto, ignorou o ronco no estômago e nem tocou na comida.

Ela apenas estalou o pescoço duro, jogou um cobertor sobre o corpo e se deitou no chão. Então deslizou o braço sob a cabeça e fechou os olhos, protegendo-se do frio.

Durante os dois dias seguintes, Nestha encarou a parte de trás da cabeça de Cassian.

Durante os dois dias seguintes, ela não falou.

Cada pedrinha ou rocha parecia estar em uma missão para fazê-la tropeçar, torcer o tornozelo ou entrar em suas botas.

Com a chegada da tarde do dia seguinte, nuvens pairando logo acima dos picos com um vento rápido, a cabeça dela começou a latejar. A luz do sol se tornou clara demais; seu suor ardia.

Apesar dos dias de caminhada, só haviam percorrido alguns dos picos. Montanhas pelas quais Cassian disparava quando voava eram intermináveis a pé. Ela não perguntou como ele escolhia a trilha certa e nem para onde estavam indo. Nestha só o seguia, com os olhos fixos nas costas de Cassian.

Aquela visão ficou embaçada conforme sua cabeça, e seu corpo inteiro, balançaram um pouco.

Ela tentou engolir e viu que a garganta estava tão seca que a língua tinha ficado presa ao céu da boca. Nestha soltou a língua. Água — quando tinha sido a última vez que bebera um gole? O cantil estava no alto da mochila, mas parar para pegá-lo... Ela não estava com vontade de abrir as fivelas para tirar a mochila. De sinalizar para ele que precisava parar.

A última noite tinha sido igual à anterior: Nestha havia chegado ao acampamento deles, desabado e mal conseguira tirar a mochila antes de cair no sono. Ela acordou mais tarde e encontrou um prato de comida fria ao lado, coberto com um tecido fino como proteção. Nestha comeu enquanto ele dormia, e depois fechou os olhos de novo.

Somente a mais profunda exaustão poderia invocar o amortecimento que ela almejava. Sempre que paravam ao longo do dia, ela estava tão cansada que caía de joelhos e jogava a mochila. E durante as pausas, ela estava tão cansada que não conseguia pensar na coisa terrível em que havia se transformado, naquele caco que, bem no fundo, ela sempre fora. Nenhum treino, nenhum aprendizado sobre as valquírias e nenhum Silenciamento Mental ajudaria. Nada ajudaria.

Então ela poderia esperar pela água. Porque parar seria permitir que aqueles pensamentos entrassem, mesmo que a acompanhassem como sombras de chumbo, mais pesados do que o pico.

O tornozelo dela se torceu sobre uma pedra solta, e ela trincou os dentes ao sentir a pontada de dor, mas prosseguiu. Cassian não tropeçara nem mesmo uma vez. Ela sabia: passara o dia observando-o. Mas ele tropeçou agora. Nestha avançou, mas... Não. Era ela. Era ela quem estava caindo.

Cassian estava na metade da subida pelo leito do rio seco quando pedras foram esmagadas e caíram atrás dele.

Ele se virou e encontrou Nestha imóvel, com a cara no chão.

Ele soltou um palavrão, correu pela trilha rochosa, e caiu de joelhos diante dela. Mesmo com a calça, as pedras afiadas machucaram suas pernas, mas ele não se importou, não enquanto a virava, com o coração galopando.

Nestha havia desmaiado. O alívio dele foi algo primitivo, tranquilizador, mas...

Ele não olhava para trás para vê-la havia horas. Um branco frágil cobria os lábios de Nestha; a pele dela estava corada e suada. Ele pegou o cantil no cinto, abriu a tampa, e colocou a cabeça dela no colo.

— Beba — ordenou ele, abrindo a boca de Nestha por ela, o sangue rugindo nos ouvidos.

Nestha se mexeu, mas não protestou quando ele jogou um pouco de água pela garganta dela. Aquilo bastou para que ela abrisse os olhos. Estavam vítreos.

Cassian indagou:

— Quando foi a última vez que bebeu água?

Os olhos dela ficaram mais atentos. A primeira vez que ela olhava para ele em três dias inteiros. Mas Nestha apenas pegou o cantil e bebeu intensamente, esvaziando a garrafa.

Quando ela terminou, gemeu, impulsionando o corpo para fora do corpo dele, mas apenas para ficar de lado.

Ele disparou:

— Você deveria ter bebido água durante o dia.

Ela encarou as rochas em volta deles.

Cassian não suportava aquele olhar — a distância, a indiferença, como se ela não mais se importasse se vivia ou morria ali, na natureza.

O estômago dele se revirou. Instinto urrou para que ele a abraçasse, para que a reconfortasse e acalmasse, mas outra voz, uma voz antiga e sábia, sussurrou para que eles continuassem em frente. Mais uma montanha, disse aquela voz. Só mais uma montanha.

Ele confiou naquela voz.

— Vamos acampar aqui esta noite.

Nestha não tentou levantar, e Cassian procurou uma extensão mais plana do solo. Ali, alguns metros acima do leito do rio e à esquerda. Plano o suficiente.

— Vamos — chamou ele. — Mais alguns metros e você pode dormir.

Ela não se mexeu. Não conseguia.

Ele disse a si mesmo que era porque ela havia desmaiado e poderia não ter força, mas Cassian caminhou até ela. Agachou-se e a levantou nos braços, com mochila e tudo.

Ela não disse nada. Absolutamente nada.

Mas Cassian sabia que estava vindo — aquela tempestade. Sabia que Nestha falaria de novo, e que, quando falasse, era melhor ele estar pronto para aguentar.

* * *

Nestha encontrou outro prato esperando quando acordou na escuridão. A lua cheia tinha mostrado sua face, tão forte que as montanhas, os rios e o vale estavam iluminados a ponto de até as folhas das árvores lá embaixo serem visíveis. Ela jamais contemplara uma vista assim. Parecia uma terra secreta e dormente que o tempo havia esquecido.

Ela não era nada diante daquela vista, daquelas montanhas. Tão insignificante para aquilo tudo quanto as pedras que ainda chacoalhavam em sua bota. Era um alívio divino não ser nada e ninguém.

Ela não se lembrava de ter caído no sono, mas o dia raiou, e eles estavam em movimento de novo. Em direção ao norte, dissera ele — mostrando a ela, em um raro momento de civilidade, que os lados musguentos das árvores sempre se voltavam para aquela direção, ajudando-o a permanecer no caminho.

Havia um lago, dissera ele durante o almoço. Eles o alcançariam naquela noite, e permaneceriam ali por um ou dois dias.

Ela mal ouvira. Um pé atrás do outro, quilômetro após quilômetro, para cima e para baixo. As montanhas a observavam, o rio cantava para ela, como se a guiassem adiante até aquele lago.

Nem um milhão de quedas a faria uma pessoa melhor. Nestha sabia disso. E se perguntava se ele sabia também. Ficava pensando se ele achava que fazer aquela trilha até lá com ela era um esforço fútil.

Ou talvez era como uma das histórias antigas que ela ouvira quando criança: ele era o caçador de uma rainha cruel, levando-a até o interior da floresta antes de arrancar seu coração.

Ela queria que fosse isso. Queria que alguém cortasse aquela coisa maldita de dentro de seu peito. Queria que alguém sufocasse a voz que sussurrava cada coisa terrível que ela já fizera, cada pensamento horrível que tivera, cada pessoa que desapontara.

Nestha tinha nascido errada. Tinha nascido com garras e presas e jamais conseguira evitar usá-las, jamais conseguira sufocar aquela parte que rugia diante da traição, que podia odiar e amar mais violentamente do que qualquer um jamais entendera. Elain era a única que talvez entendesse, mas agora a irmã a odiava.

Nestha não sabia consertar aquilo. Não fazia ideia de como consertar nada daquilo. Como parar de ser daquele jeito.

Ela não se lembrava de uma época em que não sentira raiva. Talvez antes da mãe morrer, mas mesmo então, a mãe dela era amarga, desdenhava do pai de Nestha, e o desdém da mãe se tornara o dela.

Ela não conseguia conter aquele ódio incansável e revolto. Não conseguia se impedir de atacar antes de ser ferida.

Ela não era melhor do que um cão raivoso. Tinha agido como um cão raivoso com Amren e Feyre. Uma besta, exatamente como Tamlin. Ela nem mesmo tinha se importado com o fato de que finalmente conseguira descer as escadas da Casa — será que valia a pena se vangloriar quando aquilo só aconteceu por conta de um acesso de fúria?

Será que *ela* valia... será que era digna de valor?

Foi essa pergunta que fez tudo desabar dentro dela.

Nestha terminou de subir a montanha que Cassian subira à frente, e um lago turquesa reluzente se estendeu diante deles. Ficava levemente rebaixado entre dois picos, como se um par de mãos verdes tivesse se fechado em concha para conter a água ali. Pedras cinza cobriam a margem.

Nestha não viu o lago, ou as pedras, ou a luz do sol e o verde.

A visão dela se embaçou, e seus olhos ardiam como se tivessem sido cortados — abertos com um corte para permitir que as lágrimas passassem.

Ela chegou às pedras antes de cair de joelhos, com tanta força que a rocha feriu seus ossos. Será que era digna de valor?

Nestha sabia qual era a resposta. Sempre soubera.

Cassian se virou na direção dela, mas Nestha não o viu também, ou ouviu suas palavras.

Apenas enterrou o rosto nas mãos e chorou.

CAPÍTULO 50

Depois que os arquejos dolorosos escaparam dela, Nestha soube que não conseguiria parar.

Ela se ajoelhou na margem daquele lago na montanha e extravasou de vez.

Permitiu que cada pensamento terrível a atingisse, que corresse por ela. Permitiu-se ver o rosto pálido e arrasado de Feyre quando revelara a verdade, quando deixara que o próprio ódio e a dor a guiassem.

Ela jamais conseguiria superar aquilo, aquela culpa. Não fazia sentido tentar. Ela soluçava na escuridão das mãos.

E então, as pedras emitiram cliques, e uma presença morna e constante surgiu ao seu lado. Ele não a tocou, mas sua voz soou próxima quando disse:

— Estou aqui.

Ela soluçou mais forte ao ouvir aquilo. Não conseguiu parar. Como se uma represa tivesse se rompido e tudo o que ela pudesse fazer fosse deixar a água seguir seu curso e tomá-la em suas correntes revoltas.

— Nestha. — Os dedos dele roçaram o ombro dela.

Nestha não suportava aquele toque. Aquela bondade.

— Por favor — disse ela.

A primeira palavra dela em cinco dias.

Ele ficou imóvel.

— Por favor o quê?

Ela se afastou dele.

— Não me toque. Não... não seja *bom* comigo. — As palavras eram uma confusão proferida em meio ao choro.

— Por quê?

A lista de motivos surgiu, lutando para sair, para serem ditos, e Nestha deixou que eles fluíssem por ela, e sussurrou:

— Eu deixei que ele morresse.

Cassian ficou calado.

Entre as mãos no rosto, Nestha continuou sussurrando.

— Ele foi me salvar, e lutou por mim, e eu deixei que ele morresse com ódio no meu coração. Ódio dele. Ele morreu porque não impedi. — A voz dela falhou, e Nestha chorou mais intensamente. — E fui tão horrível com ele, até o fim. Fui tão, tão horrível com ele a vida toda, e ele ainda assim me amava por algum motivo. Eu não merecia, mas ele amava. E deixei ele morrer.

Ela curvou o corpo sobre os joelhos, dizendo contra as palmas das mãos:

— Não posso desfazer isso. Não posso consertar. Não posso consertar a morte dele, não posso consertar o que eu disse a Feyre, não posso consertar nenhuma das coisas horríveis que fiz. Não posso *me* consertar.

Ela chorava com tanta força que teve a impressão de que seu corpo se partiria. Queria que o corpo se desfizesse como um ovo quebrado, queria que o que restava de sua alma saísse pairando pelo vento da montanha.

Nestha sussurrou:

— É demais para mim.

— Não é culpa sua.

Com o rosto ainda entre as mãos, como se o gesto pudesse protegê-la, ela sacudiu a cabeça. Cassian disse:

— A morte de seu pai não foi culpa sua. Eu estava lá, Nestha. Eu também procurei uma saída. E não havia nada que pudesse ser feito.

— Eu podia ter usado meu poder, eu podia ter *tentado*...

— Nestha. — O nome dela era um suspiro, como se Cassian estivesse magoado. Então os braços dele estavam em volta dela, e Nestha foi puxada até o colo dele. Ela não lutou, não quando ele a aconchegou contra seu peito. Contra sua força e seu calor.

— Eu podia ter encontrado uma saída. Eu deveria ter encontrado uma saída.

A mão de Cassian começou a acariciar o cabelo dela.

O corpo dela inteiro, até os ossos, tremeu.

— A morte de meu pai é... é o motivo pelo qual não suporto fogueiras.

A mão dele parou, então voltou a acariciá-la.

— Por quê?

— A lenha... — Ela estremeceu. — Ela *estala*. Como o som de osso se partindo.

— Como o pescoço de seu pai.

— Isso — sussurrou ela. — É isso que eu ouço. Não sei como algum dia vou *não* ouvir o pescoço dele se partindo quando estou perto de uma fogueira. É... é *tortura*.

Cassian continuou acariciando a cabeça dela.

Uma onda de palavras se impulsionou para fora dela.

— Eu deveria ter encontrado uma forma de nos salvar antes daquilo. Salvar Elain e Feyre quando éramos pobres. Mas eu estava com tanta *raiva*, e queria que ele tentasse, que lutasse por nós, mas ele não lutou, e eu teria deixado que todos nós morrêssemos de fome para provar como ele era um miserável. Aquilo me consumiu tanto que... que eu deixei Feyre entrar naquela floresta e disse a mim mesma que não me importava, que ela era meio selvagem, e que não importava, e, no entanto... — Nestha soltou um choro doloroso. — Fecho meus olhos e a vejo naquele dia que ela saiu para caçar pela primeira vez. Vejo Elain entrando no Caldeirão. Vejo Elain sendo levada por ele durante a guerra. Vejo meu pai morto. E agora vejo o rosto de Feyre quando contei a ela que o bebê a mataria. — Nestha tremia sem parar e as lágrimas queimavam suas bochechas.

Cassian continuou acariciando o cabelo e as costas dela enquanto a abraçava diante do lago.

— Eu odeio isso — disse ela. — Cada parte de mim que... *faz* essas coisas. Mas não consigo parar. Não consigo retirar minhas defesas, porque deixar que ela caia, deixar tudo entrar... — Era isso que aconteceria. Essa confusão esganiçada e chorosa que ela havia se tornado. — Não suporto isso em minha mente. Não suporto ouvir e ver tudo, de novo e de novo. É só isso que ouço, o pescoço dele se partindo. As últimas palavras dele para mim. Dizendo que me amava. — Ela sussurrou: — Eu não merecia esse amor. Não mereço *nada*.

As mãos de Cassian se apertaram nela e as mãos da própria Nestha caíram conforme ela enterrou o rosto no casaco dele e chorou apoiada em seu peito.

Ele falou, depois de um momento:

— Posso contar mais sobre minha mãe, e sobre como a morte dela me destruiu. Posso contar com detalhes sobre o que fiz depois, e o que isso me custou. Posso contar sobre a década que levei para pôr isso em prática. Posso contar quantos dias e noites sofri durante os 49 anos que Amarantha manteve Rhys preso, com a culpa me dilacerando porque eu não estive lá para ajudá-lo, porque não pude salvá-lo. Posso contar como ainda olho para ele e sei que não sou digno dele, que fracassei quando ele precisou de mim... isso me tira o sono às vezes. Posso dizer que já matei tanta gente que perdi a conta, mas lembro da maioria dos rostos. Posso dizer como ouço Eris e Devlon e os demais falando e, bem no fundo, ainda acredito que eu sou um brutamontes, um bastardo inútil. Que não importa quantos Sifões eu tenha ou quantas batalhas tenha vencido, porque fracassei com as duas pessoas que me são mais queridas quando mais importava.

Ela não conseguiu encontrar as palavras para dizer que ele estava errado. Que ele era bom, e corajoso, e...

— Mas não vou dizer nada disso — falou Cassian, dando um beijo no alto da cabeça de Nestha.

O vento pareceu pausar, a luz do sol no lago ficou mais clara.

Ele falou:

— Vou dizer que você vai superar isso. Que vai enfrentar tudo, e que vai superar. Que essas lágrimas são *boas*, Nestha. Essas lágrimas significam que você se importa. Vou dizer que não é tarde demais, para nada. E não posso dizer quando, ou como, mas vai melhorar. O que você está sentindo, a culpa, a dor e esse ódio de si mesma... você vai superar. Mas só se estiver disposta a lutar. Só se estiver disposta a encarar, acolher esse sentimento, passar por tudo e sair pelo outro lado. E talvez você ainda sinta aquela pontada de dor, mas *há* outro lado. Um lado melhor.

Ela se afastou do peito dele. Encontrou o olhar de Cassian cheio de lágrimas.

— Não sei como chegar lá. Não acho que sou capaz.

Os olhos dele brilharam de dor por ela.

— Você é. Eu já vi... já vi o que você pode fazer quando está disposta a lutar pelas pessoas que ama. Por que não aplica essa mesma coragem e lealdade a si mesma? Não diga que não merece. — Ele segurou o queixo dela. — Todo mundo merece felicidade. O caminho até lá não é fácil. É longo, e difícil, e normalmente viajado às cegas. Mas você segue em frente. — Ele indicou as montanhas, o lago. — Porque sabe que o destino vale a pena.

Ela virou o rosto para cima, para ele, aquele macho que tinha caminhado com ela durante cinco dias em silêncio, esperando, ela sabia, por aquele momento.

Nestha disparou:

— Todas as coisas que eu fiz antes...

— Deixe isso no passado. Peça desculpas para quem você sentir que precisa, mas deixe essas coisas para trás.

— O perdão não é assim tão fácil.

— O perdão é algo que também damos a nós mesmos. E posso falar com você até estas montanhas ruírem ao nosso redor, mas se você não quiser ser perdoada, se não quiser parar de se sentir assim... não vai acontecer. — Ele segurou o queixo dela com a mão em concha, e seus calos arranharam a pele superaquecida dela. — Não precisa se tornar um ideal impossível. Não precisa se tornar doce e sorridente. Pode dar a todos aquele olhar de *Vou Acabar Com Meus Inimigos*, que é o meu preferido, aliás. Pode manter esse temperamento afiado de que gosto tanto, sua ousadia e coragem. Não quero que você perca essas coisas, que você se enjaule.

— Mas eu ainda não sei como me consertar.

— Não há nada quebrado para ser consertado — disse ele, com determinação. — Você está se *ajudando*. Curando as partes que doem, e que talvez também machuquem os outros.

Nestha sabia que ele jamais diria, mas ela via no olhar dele, que ela o havia machucado. Muitas vezes. Ela sabia que sim, mas ver aquilo no rosto dele... Ela levou a mão à bochecha de Cassian e a deixou ali, cansada demais para se importar com o carinho do toque.

Cassian roçou o rosto contra a mão dela e fechou os olhos.

— Vou estar com você a cada passo — sussurrou ele contra a palma dela. — Só não me exclua. Se você quiser andar em silêncio por uma semana, não tem problema para mim. Contanto que fale comigo depois.

Ela acariciou a maçã do rosto dele com o polegar, maravilhando-se com Cassian — com as palavras e a beleza dele. Algum pedaço essencial dela se encaixou. Um pedaço que sussurrou, *Tente.*

Cassian abriu os olhos e eles eram tão lindos que quase tiraram o fôlego dela. Nestha se inclinou para a frente até que a testa deles se tocassem. E apesar de tudo que fervilhava em seu coração, de tudo que fluía pelo seu corpo, com certeza e sinceridade, Nestha apenas sussurrou:

— Obrigada.

A tempestade tinha caído, e não foi o que Cassian esperava. Ele esperava raiva capaz de derrubar montanhas. Não lágrimas o suficiente para encher aquele lago.

Cada soluço partira seu coração.

Cada tremor do corpo dela conforme as palavras saíam o levara aos pedaços. Até que ele não conseguiu evitar se enroscar nela, e a reconfortou.

Nestha não ouvia madeira estalando numa fogueira, mas osso se partindo. Ele devia ter imaginado.

De quantas fogueiras Nestha havia se encolhido, ouvindo não a madeira, mas o pescoço do pai se quebrando? No Solstício de Inverno do ano anterior, ela estava pálida e retraída — muito pior do que o costume. E eles tinham uma fogueira imensa, crepitante, naquela sala. Que continuou queimando, quente e ruidosa a noite toda.

Cada estalo a lembrara do pai. Cada um havia sido cruel. Insuportável. E quando ela subitamente saiu correndo da casa na cidade no fim da festa... Tinha sido para fugir deles, ou se livrar do som? Talvez os dois, mas... Ele desejava que ela tivesse dito alguma coisa. Ele desejava ao menos ter desconfiado.

E merda, quantas fogueiras tinha acendido nos últimos dias? Naquela primeira noite, Nestha tinha se enroscado o tão longe da chama quanto pôde. Tinha dormido com um braço sobre a cabeça. Bloqueando as orelhas; que a Mãe o condenasse. E no ferreiro, quando ela pediu para passar para uma sala mais fria, mais silenciosa — uma *sem* o estalo da forja... Tinha sido preciso mais coragem do que ele entendia para que ela pedisse para voltar para a oficina, para as chamas, para martelar aquelas lâminas.

Nestha estava sofrendo e Cassian não fazia ideia do quanto aquilo consumia cada faceta da vida dela. Ele vira a aversão que Nestha tinha de si mesma e a raiva dela, mas não percebera o quanto ela estava ciente daquilo. Quanto aquilo a havia devorado. Ele não podia suportar. Saber o quanto ela sofrera, durante tanto tempo.

Cassian a abraçou na margem do lago até o pôr do sol, até que a lua subiu, e eles permaneceram ali, ouvindo a respiração um do outro, como se o mundo tivesse sido inundado pelas lágrimas dela, como se os dois estivessem esperando para ver o que surgiria depois que a água da enchente retrocedesse.

O lago brilhava como um espelho prateado ao luar, tão forte que podia ser o crepúsculo.

O estômago dele roncava de fome, mas conforme a lua subia mais, ele deu um beijo na cabeça de Nestha.

— Levante.

Ela se agitou contra ele, mas obedeceu. Cassian gemeu, as pernas estavam duras de ter se sentado por tanto tempo, e ficou de pé com ela. Os braços de Nestha envolveram o próprio corpo. Como se ela fosse se recolher para trás daquele muro de aço dentro da mente, do coração.

Cassian sacou a espada illyriana das costas.

Ela brilhou com o luar quando ele a estendeu para Nestha, com o cabo voltado para ela.

— Pegue.

Piscando, com os olhos ainda inchados de lágrimas, Nestha obedeceu. A arma caiu quando ela fechou as mãos no cabo, como se não esperasse o peso depois de tanto tempo com as espadas de treino.

Cassian recuou um passo. Então falou:

— Mostre a estrela de oito pontas.

Ela estudou a lâmina, então engoliu em seco. Suas feições estavam abertas, temerosas, mas tão confiantes que Cassian quase caiu de joelhos. Ele assentiu para a lâmina.

— Mostre, Nestha.

O que quer que ela buscasse no rosto dele, Nestha encontrou. Ela afastou as pernas e firmou o pé nas pedras. Cassian prendeu o fôlego quando Nestha assumiu a primeira posição.

Ela ergueu a espada e executou um corte em arco perfeito. Então trocou o peso entre as pernas no momento em que virou a espada, e subiu o braço contra um ataque invisível. Outra troca de peso e a espada desceu, um corte brutal que teria cortado um adversário ao meio.

Cada corte era perfeito. Como se aquela estrela de oito pontas estivesse marcada no coração dela.

A espada era uma extensão de seu braço, uma parte dela, tanto quanto o cabelo ou seu fôlego. Cada movimento florescia com propósito e precisão. Ao luar, diante do lago prateado, ela era a coisa mais linda que Cassian já vira.

Nestha terminou o oitavo movimento, e retornou com a espada ao centro.

A luz em seus olhos brilhou mais forte do que a lua acima.

Tanta luz e claridade que ele só conseguiu sussurrar:

— De novo.

Com um sorriso suave que Cassian jamais vira antes, de pé na margem do lago iluminada pela lua, Nestha começou.

• PARTE TRÊS •
VALQUÍRIA

CAPÍTULO 51

— Então quer dizer — murmurou Emerie, pelo canto da boca, quando elas estavam no ringue de treinamento dois dias depois — que você brigou com sua família, desapareceu durante uma semana com Cassian, voltou sabendo manusear uma espada *de verdade*, e quer que eu acredite que não aconteceu *nada*?

Gwyn deu risinhos, a atenção dela estava fixa em amarrar um pedaço de fita de seda branca em uma viga de madeira que se projetava da lateral do ringue. Nem a fita nem a viga estavam ali uma semana antes, e Nestha não fazia ideia de como tinham prendido a madeira na pedra, mas ali estava.

O vento gelado da manhã embaraçou o cabelo de Nestha.

— É exatamente o que estou dizendo.

— Diga que ao menos fez sexo a semana inteira — murmurou Emerie.

Nestha se engasgou com uma gargalhada e Cassian ficou tenso do outro lado do ringue — mas ele não se virou.

— Talvez tenha acontecido algumas vezes. — Depois daquela noite diante do lago, ela e Cassian ficaram ali durante dois dias inteiros, ou treinando com a espada dele, ou transando como animais na margem, na água, curvados sobre uma pedra enquanto ela gemia o nome dele tão alto que ecoava nas montanhas que os cercavam. Cassian a possuíra de novo e de novo, e Nestha o agarrara com as unhas e rasgara a pele dele todas as vezes, como se pudesse entrar em Cassian e unir as almas dos dois.

Eles voltaram na noite anterior, e ela estava cansada demais para se aventurar até o quarto dele. Presumira que Cassian tinha sido chamado para a casa do rio, porque ele não estava no jantar, e também não a procurara.

Ela ainda não estava pronta para ver Feyre. Depois de tudo o que havia confessado a Cassian, aquele passo... era algo que ela enfrentaria em breve.

— Pronto — disse Gwyn. A fita branca oscilava ao vento, pendurada na viga. Atrás delas, algumas das sacerdotisas que treinavam com Azriel tinham se virado para ver o que era o lance da fita. O encantador de sombras cruzou os braços e inclinou a cabeça, mas permaneceu em seu lado do ringue.

Cassian, no entanto, se aproximou do trabalho de Gwyn e passou a seda branca entre dois dedos. Nestha não conseguiu segurar seu rubor.

Ele tinha feito aquilo no lago: depois de foder ela usando os dedos, manteve o contato visual enquanto esfregava esses dedos um no outro, testando a viscosidade da umidade dela contra a pele, da mesma forma que tocava aquela fita. Pela forma como os olhos castanhos dele ficaram sombrios, Nestha soube que ele estava se lembrando da mesma coisa.

Mas Cassian pigarreou.

— Explique — ordenou ele a Gwyn.

Gwyn esticou os ombros.

— Este é o teste das valquírias para confirmar se o treino está completo e se você está pronta para a batalha: cortar a fita ao meio.

— O quê? — perguntou Emerie, rindo.

Cassian fez um ruído contemplativo, indicando a outra metade do ringue.

— Az me disse que vocês também começaram o treino preliminar com as lâminas de aço enquanto estávamos fora. — Ele assentiu para Gwyn e Emerie. Gwyn olhou para Azriel, o qual observava em silêncio. — Então, mostrem o que aprenderam. Cortem a fita ao meio.

— Se cortarmos a fita ao meio — perguntou Emerie a Gwyn, cautelosa —, nosso treino está completo?

Gwyn olhou de novo para Azriel, que se aproximou. Ela disse:

— Não tenho tanta certeza.

Cassian soltou a fita.

— O treino de um guerreiro nunca está completo, mas se conseguirem cortar esta fita ao meio, com um só corte, então eu diria que podem se defender contra a maioria dos inimigos. Mesmo que só estejam treinando há pouco tempo. — Diante do silêncio delas, ele olhou de uma para a outra. — Quem vai primeiro?

De novo, as três trocaram olhares. Nestha franziu a testa. Quem fosse primeiro ficaria com o fardo da humilhação. Gwyn balançou a cabeça. De jeito nenhum.

A boca de Emerie se abriu.

— Por que eu? — indagou ela.

— Como é? — perguntou Cassian, e Nestha se deu conta de que elas não haviam falado nada.

— Você é a mais velha — disse Gwyn, empurrando Emerie na direção da fita.

Emerie resmungou, mas se aproximou da fita ondulante e pegou com relutância a espada que Cassian estendeu. Azriel murmurou por cima do ombro para as sacerdotisas sob sua guarda enquanto elas assistiam. As fêmeas imediatamente começaram a se mover de novo. Mas a atenção de Azriel permaneceu na fita.

— Vamos apostar? — perguntou Gwyn a Nestha.

— Cale a boca — sibilou Emerie, embora um tom de diversão iluminasse seus olhos.

Nestha deu um risinho.

— Vá em frente, Emerie.

Falando um palavrão baixinho e com as asas bem fechadas, Emerie levantou a espada numa pose quase perfeita e desceu a lâmina pela fita.

A seda branca oscilou e se dobrou sobre a lâmina. E definitivamente não se partiu ao meio.

— Vamos todas admitir que sabíamos que isso aconteceria — falou Emerie, com os dentes expostos quando desceu a espada de novo. A fita dançou inofensivamente para longe.

Cassian deu um tapinha no ombro dela.

— Parece que vou ver você no treino de amanhã.

— Babaca — murmurou Nestha.

Cassian gargalhou e pegou a espada de Emerie, e — no mesmo fôlego — girou, cortando baixo e reto.

A metade inferior da fita flutuou até o chão. Um corte perfeito.

Ele sorriu.

— Pelo menos eu consigo cortar a fita.

Nestha não se esqueceu daquela frase final. Ainda pensava nela quando terminaram de treinar aquele dia, e com toda certeza quando ela arrastou Cassian escada abaixo, direto para o quarto dele, com o desejo latejando nas veias.

Cassian aparentemente sentia o mesmo, pois ele mal havia falado nos últimos poucos minutos e seus olhos brilhavam incandescentes. Eles só conseguiram chegar até a escrivaninha, contra a parede, antes de Nestha agarrá-lo — bem no momento em que ele a empurrou contra a superfície de madeira e tirou a calça de Nestha.

Curvada sobre a mesa, com a metade de baixo do corpo completamente exposta, Nestha roçava os mamilos latejando contra a superfície de madeira, deliciando-se com a pressão brutal. O casaco dela, a camisa, as botas — tudo isso permaneceu. Na verdade, a calça só estava abaixada até os tornozelos, restringindo mais seus movimentos. Deixando-a completamente à mercê dele.

E quando o pau de Cassian finalmente mergulhou profundamente nela, os dois gemeram. Ele estava atrás de Nestha, com uma das mãos apoiada na escrivaninha e a outra agarrada ao quadril dela, quando ele tirou até quase a ponta, então empurrou para dentro de novo devagar. Nestha se contorceu.

— Eu podia ficar te comendo por dias — disse ele contra o pescoço suado dela. Nestha gemeu contra uma pilha de papéis. — Estou encharcado de você, porra — grunhiu Cassian, e a mão no quadril dela deslizou e provocou o ápice das coxas de Nestha.

À primeira carícia provocadora, ela sussurrou:

— Cassian.

Ele entrava com força nela com um ritmo constante e profundo. O deslize líquido do pau de Cassian para seu interior fazia um barulho obsceno no quarto silencioso. As bolas dele roçavam na pele dela, fazendo cócegas a cada investida potente.

— Mais forte. — Ela queria Cassian impresso em seus ossos. — *Mais forte.*

— *Porra* — explodiu ele, com um só fôlego, e se afastou de onde estava apoiado. — Segure na mesa — ordenou Cassian, e Nestha se esticou para se agarrar às beiradas no momento em que as mãos de Cassian tocaram seu quadril. As coxas dele afastaram as dela, abrindo-as ainda mais, o máximo que ela conseguisse abrir, e Cassian não avisou antes de suas mãos a apertarem e ele ir com tudo.

Investidas deliciosas e punitivas, se chocavam tão profundamente que chegavam à parede mais interna dela, e os olhos de Nestha viraram para trás diante da pura felicidade. Ele se tornou selvagem, incontrolável. Ela talvez tivesse soluçado ao sentir o prazer, o puro tamanho dele, tão grande que jamais poderia se acostumar com aquilo. Cada impulso incontrolável a empurrava contra a mesa, e ela sentia a madeira e os papéis provocando seus seios, e Nestha quase chorou ao sentir aquilo.

Os dedos de Cassian se enterraram tão forte no quadril dela que Nestha soube que ficaria roxa, e amaria aquele hematoma. Ele mudou de posição, e o pau mergulhou ainda mais, esfregando aquele ponto, e os sons que saíram dela não eram humanos ou feéricos, mas algo muito mais primordial.

— Porra, isso — grunhiu Cassian, diante da libertação dela. — Assim, Nestha. — Ele enfatizava cada palavra com uma investida selvagem. — Você gosta quando entro assim?

Ela gemeu em confirmação, então conseguiu falar:

— Gosto quando você me come com força. Quando meu corpo todo fica dolorido com o menor movimento... — Ela precisou buscar as palavras. O controle. — Penso em você. No seu pau.

— Que bom. Quero que meu pau seja a única coisa na sua cabeça. — O ritmo hesitou quando Cassian lambeu a curva do pescoço dela. Nestha conseguia ouvir o sorriso provocador nas palavras dele quando Cassian sussurrou: — Porque a sua bocetinha linda é a única coisa em que eu penso.

Ao ouvir as palavras, a linguagem suja dele, os dedos dos pés dela se contraíram. Mas Nestha não deixaria que ele vencesse aquela partida, não quando isso tinha, de alguma forma, se tornado uma competição para ver quem podia fazer o outro gozar primeiro, então ela sussurrou:

— Adoro quando você me deixa tão cheia de gozo que depois fico vazando por séculos. Adoro sentir sua porra deslizando pela minha coxa, e saber que você deixou sua marca em mim.

— Porra — exalou ele, com investidas agora selvagens, tão descontroladas que somente as mãos dela na mesa mantinham os pés de Nestha no chão. — *Porra!*

Cassian ejaculou com um rugido, e com a primeira pulsação do pau dele jorrando profundamente dentro dela, Nestha atingiu o clímax, gritando tão alto que ele cobriu a boca dela com a mão. Ela mordeu os dedos de Cassian, e ele continuou se movimentando dentro dela, derramando-se sem parar. Até que seu sêmen estivesse novamente escorrendo pelas coxas dela, até que ele deslizasse os dedos por um filete e levasse até aquele ponto no ápice da intimidade de Nestha.

— Você está brincado com fogo, sabia? — sussurrou ele ao ouvido dela, esfregando sua umidade ali, roçando a pele sensível dela em círculos despretensiosos.

Nestha não respondeu quando os dedos dele a friccionaram e ela gozou de novo.

Nestha não se aventurou na cidade para ver Feyre. Ou Amren.

Mas continuou tomando as escadas. Não conseguira chegar à base de novo. Parte dela sabia que se quisesse, até poderia conseguir — assim como poderia abrir a boca e pedir a Cassian que a levasse até a casa do rio. Mas não fez isso.

Então, continuou tentando as escadas durante uma semana inteira, sempre chegando até a metade antes de voltar com as pernas parecendo gelatina quando alcançava o corredor.

Era adequado, considerando que seus braços também eram gelatina. Sim, ela sustentava a espada com o corpo todo, mas os braços doíam mais que tudo. E não ajudou que tivessem começado a trabalhar com escudos agora.

Ninguém tinha conseguido cortar a fita de Gwyn ao meio.

Todas tentavam no início e no fim de cada lição, e todas fracassavam. Nestha começara a ficar com asco de qualquer fita em qualquer lugar que fosse, amarrada nos cabelos ruivos de Roslin, dobrada na gaveta de acessórios da penteadeira dela, até mesmo presa para marcar a página do último romance que Emerie havia emprestado. Todas riam dela. Provocando-a.

Nestha percorria os degraus, e treinava, e fracassava. Ela levava Cassian para a cama toda noite e às vezes durante o dia, embora eles jamais dormissem no quarto um do outro. Nunca. Eles transavam, acabavam um com o outro, e se despediam.

Não importava que havia noites em que ela queria que ele ficasse. Queria rolar de cima dele e se aconchegar no calor de Cassian e cair no sono ouvindo sua respiração. Mas ele sempre saía antes que ela reunisse coragem de pedir.

Nestha estava folheando um título sobre história militar na biblioteca — que tinha *um* parágrafo sobre estratégias de emboscada das valquírias — quando Gwyn surgiu.

— Diga que encontrou o segredo delas para cortar a fita.

— Você e aquela fita — murmurou Nestha, fechando o volume. De todas elas, Gwyn tinha se tornado a mais determinada a obter sucesso.

Gwyn cruzou os braços, o que fez suas vestes pálidas farfalharem. Ela se encolheu e esfregou o ombro.

— Você já sabia que os escudos eram tão pesados assim? Eu não fazia ideia. Não é à toa que as valquírias tenham aprendido a usá-los como armas tão mortais quanto as espadas. — Ela suspirou. — Elas devem ter sido uma visão e tanta na batalha: rachando os crânios dos inimigos com golpes dos escudos, atirando-os para derrubar um adversário de costas antes de os perfurarem... — Ela esfregou o ombro de novo. — Os músculos dos braços delas deviam ser duros como aço.

Nestha riu com escárnio.

— Deviam mesmo. — Ela inclinou a cabeça. — Agora que você está aqui, quero pedir um favor.

Gwyn arqueou uma sobrancelha.

— Sobre os Tesouros?

— Não. — Nestha sabia que precisaria usar adivinhação, em breve, para achar a Harpa. Tinha perdido uma semana nas montanhas, e se a rainha Briallyn já estava com a Coroa... O tempo não estava ao lado delas. Mas ela falou: — Você mencionou há um tempo que vocês fazem cultos à noite, com música, não é?

Gwyn sorriu.

— Ah, sim. Quer se juntar a nós? Prometo que não é só coisa religiosa. Quero dizer, é, mas é lindo. E a caverna em que fazemos o culto é linda também. Foi escavada pelo rio subterrâneo que flui abaixo da montanha, então as paredes são lisas como vidro. E é acusticamente perfeita, o formato e o tamanho ampliam e deixam mais nítidas as vozes lá dentro.

— Parece divino — admitiu Nestha.

— E é — Gwyn sorriu de novo, os olhos se iluminando com orgulho. — Algumas das músicas que vai ouvir são tão antigas que existiam antes da palavra escrita. Algumas tão antigas que nem mesmo as tínhamos em Sangravah. Clotho encontrou em um livro nas prateleiras abaixo do Nível Sete. Hana, ela é quem toca o alaúde, descobriu como ler a melodia.

— Eu vou. — Nestha trocou o peso do corpo entre os pés. — Acho que preciso de algo assim. — Diante do olhar confuso de Gwyn, Nestha falou: — Eu... — Ela procurou ou jeito mais suave de dizer aquilo. — Eu...

Gwyn colocou as mãos dentro dos bolsos das vestes e ficou esperando com o rosto receptivo.

Nestha por fim disse, deixando-se proferir as palavras:

— Depois da guerra, eu não estava muito boa da cabeça. Ainda não estou, acho, mas durante mais de um ano depois da guerra... — Ela não conseguia encarar Gwyn. — Fiz muitas coisas das quais me arrependo. Feri pessoas que me arrependi de ter ferido. E feri a mim mesma. Eu bebia dia e noite e eu... — Ela não queria dizer a palavra para Gwyn... *transar*, então falou: — Eu levava estranhos para a cama. Para me punir, para me esquecer. — Ela gesticulou com um dos ombros. — É uma longa história, e não vale a pena contar, mas em meio a tudo isso, escolhia tavernas e casas de espetáculo para frequentar por causa da música. Sempre amei música. — Ela se preparou para o julgamento condenatório. Mas apenas tristeza preencheu o rosto de Gwyn.

— Você deve ter adivinhado que minha residência na Casa, meu treino, meu trabalho na biblioteca sejam a tentativa de minha irmã de me ajudar. — A irmã, a quem Nestha ainda não tinha pedido desculpas, a qual não tinha coragem de enfrentar. — E eu... Acho que talvez eu esteja feliz por Feyre ter feito isso por mim. A bebida, os machos... não sinto falta de nada disso. Mas da música... disso eu sinto falta. — Nestha gesticulou com a mão, como se pudesse banir a vulnerabilidade que tinha oferecido. Mas prosseguiu: — E como eu não sou exatamente bem-vinda na cidade, esperava que você tivesse sido sincera quando disse que eu poderia ir a um dos cultos. Só para poder ouvir um pouco de música de novo.

Os olhos de Gwyn brilharam, como a luz do sol em um mar quente. O coração de Nestha galopava, esperando pela resposta dela. Mas Gwyn falou:

— Sua história merece ser contada, sabe.

Nestha começou a protestar, mas Gwyn insistiu.

— Vale sim. Mas sim... se você quer música, venha para os cultos. Ficaremos felizes em receber você. *Eu* ficarei feliz em receber você.

Até que Gwyn descobrisse o quanto ela fora horrível.

— Não — disse Gwyn, aparentemente lendo o pensamento no rosto dela. A sacerdotisa segurou a mão de Nestha. — Você... eu entendo. — Nestha ouviu o coração de Gwyn começar a galopar. — Eu entendo — repetiu Gwyn — como é... fracassar com as pessoas mais importantes. Viver com medo de que as pessoas descubram. Eu temo que você e Emerie descubram a minha história. Eu sei que quando souberem, nunca mais vão me ver da mesma forma. — Gwyn apertou a mão de Nestha.

A história dela viria mais tarde. Nestha deixou que Gwyn visse em seu rosto, que quando Gwyn estivesse pronta, nada que ela pudesse revelar a faria dar as costas.

— Venha ao culto desta noite — falou Gwyn. — Ouça a música. — Ela apertou a mão de Nestha de novo. — Você sempre será bem-vinda a se juntar a mim, Nestha.

Nestha não percebeu o quanto precisava ouvir aquilo. Ela apertou a mão de Gwyn em resposta.

CAPÍTULO 52

Os bancos de madeira que ocupavam a imensa caverna de pedra vermelha estavam cheios de figuras de capuz pálido, as gemas azuis brilhavam à luz da tocha conforme elas esperavam o início do culto do pôr do sol. Nestha ocupou um lugar em um banco nos fundos, e atraiu alguns olhares curiosos das fêmeas encapuzadas que passavam em fileira, mas ninguém falou com ela.

O outro lado do espaço era elevado, mas não havia altar sobre a elevação. Um pilar de pedra natural se erguia do solo; o topo achatado se parecia mais ou menos com um pódio. Nada mais. Nenhuma efígie ou ídolo, nenhum móvel decorado com ouro.

Com um vento frio em seu encalço, uma figura de cabelos prateados entrou batendo os pés pelo corredor, e as outras abriram bastante espaço. Nestha enrijeceu quando os olhos da cor do crepúsculo de Merrill se assentaram sobre ela e se semicerraram em reconhecimento — e ódio. Mas a fêmea continuou adiante e ocupou seu lugar sobre a elevação, onde Clotho tinha aparecido. Ainda nada de Gwyn.

A última das sacerdotisas encontrou um assento disponível e silêncio recaiu quando um grupo de sete fêmeas subiu na elevação ao lado de Merrill e Clotho. Algumas usavam capuzes; outras estavam com a cabeça exposta. E uma daquelas sacerdotisas de cabeça exposta...

Gwyn. Os olhos dela brilhavam com malícia e satisfação quando encontraram os de Nestha, como se para dizer: *Surpresa.*

Nestha não conseguiu evitar um sorriso em resposta.

Um sino tocou sete vezes em algum lugar próximo; o som ecoou pelas pedras e pelos pés de Nestha. Cada badalada foi uma convocação, um chamado para que se concentrassem. Todas se levantaram à sétima badalada. Nestha olhou para o mar de túnicas pálidas e pedras azuis quando a sala inteira pareceu inspirar.

Quando aquela sétima badalada terminou, uma música irrompeu o recinto.

Não de algum instrumento, mas de todo lado. Como se fossem apenas uma voz, as sacerdotisas começaram a cantar, uma onda de som brilhante.

Nestha só conseguiu olhar boquiaberta para as sacerdotisas que cantavam aquela linda melodia. As vozes da frente da caverna lideravam o coro e elevavam-se acima das outras. Gwyn cantou de queixo erguido, um brilho fraco parecia irradiar dela.

A música era pura, antiga, alternava-se entre o sussurro e trechos mais fortes, em um momento era como um tendão de névoa, no seguinte, era como um raio de luz dourado. A música terminou, e Merrill falou sobre a Mãe, o Caldeirão, a terra, o sol e a água. Falou de bênçãos, sonhos e esperança. De perdão, amor e amadurecimento.

Nestha ouvia apenas em parte, esperando que o som, aquele som perfeito e lindo, começasse de novo. Gwyn parecia brilhar com orgulho e ousadia.

Merrill terminou a oração, e o grupo começou outra música.

A música era como uma trança — uma trança de sete vozes, entremeando-se para dentro e para fora; mechas individuais que juntas formavam um padrão. Na metade, um tambor surgiu na mão da cantora na ponta esquerda. Um alaúde soou do centro.

Ela jamais ouvira uma música assim. Como um feitiço, um sonho que ganhava forma. A sala inteira cantou e cada voz ecoou pela pedra.

Nítida, poderosa e rouca em algumas notas, a voz de Gwyn se elevava acima de todas. Uma mezzo-soprano. A palavra flutuou das profundezas da memória de Nestha, proferida por um tutor de música com os olhos cheios de água que rapidamente afirmou que Nestha era um caso perdido como cantora ou musicista, mas que tinha um ouvido incomumente aguçado.

A música acabou, e mais orações e palavras flutuaram de Merrill enquanto Clotho permanecia calada ao lado dela. Então outra música começou — essa mais alegre, mais rápida do que a anterior. Como se as músicas fossem uma progressão. Essa era um canto ritmado, com palavras que tropeçavam umas nas outras como água dançando na encosta de uma montanha, e o pé de Nestha bateu no chão acompanhando a batida. Nestha podia jurar que, por baixo da bainha da túnica, Gwyn fazia o mesmo. As palavras e as contramelodias dançavam, girando e girando, até que as paredes murmuraram com a música, até que a pedra pareceu cantar de volta.

Elas terminaram, e começaram outra música — guiada por batidas de tambor consecutivas e depois por uma única voz. A harpa se juntou ao conjunto e trouxe consigo uma segunda voz. Então o alaúde, junto com uma terceira voz. As três cantavam alternada e concomitantemente, outra trança de vozes e melodias. Elas chegaram ao segundo verso, e as outras quatro se juntaram; a sala cantava em uníssono

A voz de Gwyn voou como um pássaro através da caverna quando ela começou a terceira música com um solo, e Nestha fechou os olhos, inclinando-se para a música, fechando um sentido para poder se deliciar com o som da amiga. Alguma coisa chamava na música de Gwyn, de uma forma que as outras não tinham feito. Como se Gwyn estivesse chamando apenas ela, com sua voz cheia de luz do sol, alegria e determinação inabalável. Nestha jamais ouvira uma voz como a de Gwyn, que alternava entre treinada e selvagem, como se houvesse tanto som lutando para se libertar de Gwyn que ela não conseguisse conter tudo. Como se o som *precisasse* ser libertado para o mundo.

As outras se juntaram a Gwyn para o segundo verso, e a harmonia da harpa se elevou acima da música, arcos de notas sem palavras.

De olhos fechados, apenas a música importava — a música, as vozes, a harpa. A canção envolveu Nestha, e a sensação foi de como se ela tivesse sido atirada de um poço sem fundo de som. A voz de Gwyn se elevou de novo, segurando uma nota tão alta que foi como um raio de luz pura, perfurando e chamando. Duas outras vozes se juntaram, ondulando, pulsando em torno daquela nota alta repetida, enquanto a harpa ainda tocava e vozes sussurravam e flutuavam, embalando Nestha mais e mais para baixo, até um lugar puro e antigo onde não existia o mundo exterior, ou tempo, nada além da música nos ossos, das pedras aos seus pés, ao seu lado, acima.

A música tomou forma atrás dos olhos de Nestha conforme a sacerdotisa cantava letras em línguas tão antigas que ninguém as usava mais. Ela viu do que a música falava: terra coberta de musgo e sol dourado, rios cristalinos e as sombras profundas de uma floresta milenar. A harpa tocava, e montanhas ondulavam adiante, como se um véu tivesse sido removido com o toque daquelas cordas, e ela estivesse voando para lá — na direção de uma montanha imensa, envolta em neblina, com terra estéril a não ser por musgo, pedras e um mar cinza e tempestuoso em volta dela. A própria montanha tinha dois picos no topo, e nas pedras que se projetavam dos lados dela estavam entalhados símbolos estranhos e antigos, tão velhos quanto a própria música.

O corpo de Nestha se derreteu, os ossos dela e as pedras da caverna se tornaram uma lembrança distante conforme ela flutuou até a montanha, viu imponentes portões escavados, e passou por eles, entrando em uma escuridão tão plena que era primordial, uma escuridão cheia de coisas vivas e terríveis.

Um caminho levava para a escuridão, e ela o acompanhou, passou por portas sem maçanetas, seladas para sempre. Sentiu horrores espreitando atrás daquelas portas, um horror maior do que os outros — um ser de névoa e ódio — mas a música a levou além de todos eles, invisível e despercebida.

Aquele lugar era completamente letal. Um lugar de sofrimento, ódio e morte. A alma de Nestha tremia ao caminhar por aqueles corredores. E embora ela tivesse passado pela porta que a mantinha a salvo daquele ser mais terrível do que os demais... ela sabia que ele a observava. Nestha se recusou a olhar para trás, a reconhecer isso.

Então ela flutuou mais e mais para baixo, a harpa e as vozes pulsavam e a guiavam, até que ela parou diante de uma pedra. Nestha colocou a mão na pedra e descobriu que era uma ilusão, e a atravessou, descendo mais um corredor, sob a própria montanha, e então estava de pé em uma caverna, quase idêntica àquela na qual as sacerdotisas cantavam, como se estivessem ligadas por música e sonho.

Mas em vez de pedra vermelha, era escavada em pedra preta. Símbolos tinham sido gravados no piso liso e nas paredes curvas, subindo até um teto tão alto que sumia na escuridão. Feitiços e defesas mágicas pulsavam em torno da sala, mas ali, no centro do espaço, colocada como se tivesse sido disposta por alguém que simplesmente deu as costas e se esqueceu dela...

Ali, no centro da câmara, havia uma pequena harpa dourada.

Frio penetrou Nestha e desanuviou sua mente o bastante para que ela se desse conta de onde estava. Para que percebesse que a música das sacerdotisas a havia embalado em um transe, que seus próprios ossos e a pedra da montanha que a cercava tinham sido suas ferramentas de adivinhação, e ela havia flutuado até aquele lugar...

A Harpa reluzia na escuridão, como se estivesse possuída pelo próprio sol dentro do metal e das cordas. *Toque-me*, era o que parecia sussurrar. *Deixe-me cantar de novo. Una sua voz com a minha.*

A mão dela se estendeu para as cordas. *Toco.*

A Harpa suspirou, um ronronado baixo escapuliu do objeto quando a mão de Nestha se aproximou. *Vamos abrir portas e caminhos; vamos nos mover pelo espaço e pelas eras juntas. Nossa música vai nos libertar de regras e fronteiras terrenas.*

Sim. Ela tocaria a Harpa, e não haveria nada além de música até que as estrelas se apagassem.

Ser tocada. Há tanto tempo que desejo ser tocada, disse o Tesouro, e Nestha podia ter jurado que ouviu um sorriso dentro do som. *O que minha canção pode abrir aqui?* Uma risada fria, sem humor, saltitou pelos ossos de Nestha. Ela cantou de novo: *Tocar, tocar...*

A música parou, e a visão se estilhaçou.

Os joelhos de Nestha cederam quando a sala surgiu varrendo sua visão, e ela desabou no banco, o que lhe garantiu um olhar alarmado de Gwyn em meio à multidão. O coração de Nestha galopava, sua boca estava seca como areia, e ela se obrigou a ficar de pé de novo. A ouvir o fim do culto conforme ela encaixava as peças, percebia o que tinha descoberto com aquela adivinhação acidental.

— Tem certeza?

Cassian encostou o quadril contra a escrivaninha de Rhys.

— Nestha disse que a Harpa está sob a Prisão.

— Ela nunca foi à Prisão — disse Rhys, franzindo a testa.

Sendo bem sincero, Cassian tinha achado que Nestha estava bêbada quando havia invadido a sala de jantar uma hora antes, sem fôlego, e contado a ele aquela história insana. Ele mal conseguira acompanhar o que ela disse-ra, exceto pelo fato de que Nestha acreditava que a Harpa estava na Prisão.

Pior, que ela havia *despertado* a Harpa na Prisão. Que caos ela poderia causar se não fosse controlada? Pensar nisso deixou Cassian gelado até o âmago.

Então ele voou até ali, e encontrou Rhys no escritório. De novo debruçado sobre livros de antigas curandeiras, tentando encontrar uma forma de salvar a parceira.

Rhys encostou na cadeira. Refletiu.

Az tinha atravessado até um ponto de encontro na costa leste para se atualizar com Mor sobre a situação em Vallahan, e Feyre tinha saído para jantar com Amren, então eram apenas eles dois naquela noite. Cassian tinha sugerido que Nestha fosse contar a Rhys pessoalmente, mas ela se recusou. Estava abalada... precisava de tempo para se recompor. Ele veria como ela estava mais tarde. Para se certificar de que ela não estava reclusa demais dentro da própria mente.

Rhys tamborilou os dedos no bíceps. Encarou a escrivaninha por um longo momento.

— Quando ouvimos sobre a traição de Beron, pedi que Helion me mostrasse como aplicar um escudo sobre a Prisão como aquele em torno de Feyre.

— Você imaginou que isso fosse acontecer?

— Não. — Um músculo se contraiu na mandíbula de Rhys. — Feyre e eu estávamos preocupados que Beron tentasse libertar os presos para usar em um conflito, como usamos o Entalhador de Ossos na guerra. Me dê esta noite, e vou abrir o escudo para você amanhã.

— Leva tanto tempo assim para desfazer um escudo?

Rhys passou a mão pelo cabelo. A preocupação sulcou rugas profundas na testa dele.

— É uma mistura de magia e feitiços, então, sim. E admito que estou tão distraído ultimamente que posso precisar de mais tempo para me certificar de que seja feito direito.

O estômago de Cassian se revirou diante da inexpressividade do rosto de Rhys. Mas ele apenas falou:

— Tudo bem.

Uma espada surgiu na mesa, conjurada de onde quer que Rhys a guardasse. A espada longa que Nestha tinha Feito.

— Leve com você — disse o Grão-Senhor dele, em voz baixa. — Quero ver o que acontece se Nestha usá-la.

— Uma visita à Prisão não é o momento para seus experimentos — replicou Cassian.

As estrelas nos olhos de Rhys se apagaram.

— Então vamos torcer para que ela não precise usar.

CAPÍTULO 53

— É sério que Rhysand deu essa espada para mim por vontade própria? — perguntou Nestha a Cassian na manhã seguinte, conforme eles caminhavam pela encosta musguenta e cheia de pedras da montanha imponente conhecida como a Prisão. Era exatamente como ela havia visto no transe, e até pior pessoalmente. A própria terra parecia abandonada. Como se alguma coisa maior tivesse existido ali e então sumido. Como se a terra ainda esperasse pelo retorno dela.

Rhys disse que se vamos entrar na Prisão, deveríamos estar bem armados — falou Cassian, com seu cabelo escuro soprado pelo vento frio e úmido do mar cinza revolto além da planície à direita dela. — E este é o melhor lugar em que ele conseguiu pensar para experimentarmos a espada que você Fez.

— Então, se der errado, pelo menos ela vai me matar, e a ninguém mais? — Nestha não conseguiu afastar o tom afiado da voz. Rhys atravessara com eles até ali e deixara-os na base da montanha, pois magia nenhuma poderia perfurar as defesas pesadas dela. Nestha não tinha conseguido encará-lo.

— Você não vai ser morta. Nem por aquela lâmina, nem por nada ali dentro. — A mandíbula de Cassian se contraiu quando ele observou os portões altos acima deles. Ele havia colocado muitos dos atuais prisioneiros ali, e Nestha tinha ouvido as histórias assustadoras de Feyre sobre ter visitado a Prisão em diversas ocasiões. Havia pouco que amedrontasse sua irmã, então o fato de Feyre achar que a Prisão era apavorante não ajudava com o nó no estômago de Nestha.

— Você se lembra das regras? — perguntou Cassian, quando eles se aproximaram dos portões de ossos, intricadamente entalhados com todo tipo de criaturas.

— Lembro. — Segurar a mão de Cassian o tempo todo, não falar de Amren, não falar de *nada* a respeito dos Tesouros ou da corte ou da gravidez de Feyre, não falar das criaturas que ele havia colocado ali, não fazer nada, exceto andar e ficar em alerta total. E tirar aquela Harpa dali antes que pudesse libertar o caos.

Os portões de ossos se abriram. Cassian ficou tenso, mas continuou subindo.

— Parece que estão nos aguardando.

Para baixo, dentro da escuridão, do próprio inferno, eles seguiram.

Nestha agarrou a mão de Cassian, o salva-vidas dela naquele lugar sem luz. Um dos Sifões de Cassian iluminava com luz vermelha, banhando em sangue as paredes pretas e as portas pelas quais eles passavam ocasionalmente.

Cassian se moveu com a fluidez de um guerreiro treinado, mas ela reparou no olhar dele percorrendo o caminho que seguiam, o qual mergulhava para dentro da terra. A entrada para o corredor escondido que Nestha vira na adivinhação ficava muito, muito abaixo — entre uma porta de ferro com uma única runa sobre ela, e uma pequena alcova na pedra.

Ruídos baixos sussurravam pela pedra. Nestha podia jurar que unhas rasparam atrás de uma porta. Quando ela olhou para Cassian, o rosto dele empalideceu. Ele notou o olhar dela e deu uma batidinha no peitoral esquerdo — logo acima da cicatriz espessa que havia ali. Indicação de quem estava preso atrás daquela porta. Quem raspava as unhas por ela.

O sangue de Nestha gelou. Annis Azul.

Pele cor de cobalto e garras de ferro, dissera ele. *Annis gostava de comer a presa.*

Nestha engoliu em seco, apertou a mão de Cassian, e eles prosseguiram para baixo.

Minutos ou horas se passaram, ela não sabia quanto. No escuro, no ar pesado e sussurrante, o tempo deixara de importar.

Náusea percorreu seu corpo. Amren tinham ficado naquele lugar durante milhares de anos, atirada ali por tolos que a temiam em sua verdadeira forma, aquele ser de chama e luz que tinha devastado o exército de Hybern.

Nestha não podia imaginar passar um dia sequer naquele lugar. Um ano.

Ela não sabia como Amren não tinha enlouquecido. Como havia encontrado a força para sobreviver.

Nestha tratara Amren mal. Esse pequeno pensamento ficou preso em sua mente. Ela a havia usado, exatamente como Amren tinha dito, como um escudo contra todos. E Amren, que tinha sobrevivido durante milênios naquele lugar terrível, junto com os piores monstros na terra... Amren achava que *ela* era terrível.

Tristeza queimou como ácido.

Alguma coisa martelou na rocha à esquerda deles, e Nestha se encolheu. Cassian apertou a mão dela.

— Ignore — murmurou ele.

Mais e mais para baixo, até um lugar pior do que o inferno. E então ela viu uma alcova que estava gravada em sua memória, por trás de suas pálpebras. E — sim, ao lado dela havia uma porta de ferro com a única runa na superfície.

— Aqui — Nestha indicou o queixo na direção da pedra lisa. — Através da rocha.

Quando Cassian não respondeu, Nestha se virou para ele.

A concentração do guerreiro estava fixa na porta de ferro. Sua pele marrom reluzente tinha ficado pálida.

Seus lábios proferiram, sem som, o nome do ser atrás dela.

Lanthys.

— Tem certeza... — Cassian engoliu em seco. — Tem certeza de que este é o lugar?

— Tenho. — Nestha não pensou duas vezes, estendeu a mão livre e avançou para a pedra.

Seus dedos atravessaram a rocha. Como se ela não existisse.

Cassian a puxou de volta, mas Nestha avançou, e sua mão, então seu pulso e depois seu braço sumiram. E eles passaram.

— Eu não fazia ideia de que havia algo mais na Prisão — sussurrou Cassian conforme eles continuaram por outro corredor. Nenhuma porta o ladeava, apenas pedra lisa. — Achei que só havia celas.

— Eu disse — respondeu ela. — Vi uma câmara aqui.

A luz do Sifão sobre a mão de Cassian revelou um arco e uma abertura, e ali estava. Símbolos salientes entalhados no chão projetavam sombras contra a luz carmesim. A câmara redonda inteira estava cheia deles. E no centro, a Harpa dourada, coberta com relevo intricado, feita com cordas de prata.

Ela não cantou, não falou. Podia muito bem ser um instrumento comum.

E foi exatamente por isso que Nestha puxou Cassian até que ele parasse sob o arco, sem ousar pisar no chão entalhado.

— Precisamos tomar cuidado. — Nestha olhou para a câmara ampla e vazia. — Tem defesas mágicas e feitiços aqui.

Cassian esfregou a mandíbula com a mão livre.

— Minha magia não se dobra na direção de feitiços. Posso destruir escudos e defesas mágicas, mas se for uma armadilha como a que Feyre e Amren enfrentaram na Corte Estival, não consigo sentir.

Nestha bateu o pé com um ritmo ágil.

— As defesas de Rhys sobre a Máscara não conseguiram me manter longe. A Máscara queria que eu me aproximasse, então permitiu que eu passasse pela proteção. Talvez a Harpa faça o mesmo. Semelhante atrai semelhante, como vocês todos gostam tanto de repetir.

— Não vou deixar você entrar nessa sala sozinha. Ainda mais se essa coisa quer ser tocada.

— Não acho que temos escolha.

Ele apertou a mão dela e esfregou os calos contra os de Nestha.

— Você vai na frente, eu acompanho.

— E se minha presença passar despercebida, mas a sua acionar uma armadilha? Não podemos arriscar perder essa oportunidade.

A garganta dele tremeu.

— Não posso arriscar perder você.

As palavras acertaram o coração de Nestha em cheio.

— Eu... Você pode. Você precisa. — Antes que ele pudesse protestar mais, Nestha falou: — Você está me treinando para ser uma guerreira mas me afasta do perigo? Como isso é melhor do que ser um animal enjaulado?

As palavras deviam ter atingido alguma coisa dentro dele.

— Tudo bem. — Cassian desembainhou a longa espada que carregava para ela. Ele prendeu o objeto de peso considerável no tronco de Nestha. Ela ajustou o equilíbrio. — Vamos tentar do seu jeito. E ao primeiro sinal de qualquer coisa errada, partimos.

— Tudo bem. — Ela engoliu a secura na boca.

Os olhos dele brilharam, reparando na hesitação de Nestha.

— Não é tarde demais para mudar de ideia.

Ela fervilhou.

— Não vou deixar que ninguém além de nós coloque as mãos na Harpa.

Com isso, ela se aproximou da linha de demarcação entre o corredor e a câmara. Preparando-se, empurrou um pé adiante.

Foi como pisar na lama.

Mas as defesas mágicas permitiram que Nestha atravessasse. Ela deu outro passo, com o braço estendido atrás do corpo para segurar a mão de Cassian. A pressão dos feitiços pressionava suas canelas, seu quadril, seu corpo, e espremia seus pulmões.

— Essas não se parecem com nenhuma defesa mágica que eu já tenha sentido — sussurrou Nestha, parando de pé enquanto esperava qualquer indício de uma armadilha acionada. — Elas parecem antigas. Incrivelmente antigas.

— Provavelmente são de antes deste lugar ser usado como uma prisão.

— O que era aqui antes?

— Ninguém sabe. Sempre esteve aqui. Mas esta câmara... — Ele observou o espaço adiante de Nestha. — Eu não sabia que lugares assim existiam aqui. Talvez... — Ele franziu a testa. — Parte de mim se pergunta se a Prisão foi construída ou abastecida com seus prisioneiros para esconder a presença da Harpa. Tem tantos poderes terríveis aqui, e as defesas mágicas na própria montanha... Será que alguém escondeu a Harpa sabendo que jamais seria notada com tanta magia terrível em torno dela.

A boca de Nestha secou de novo.

— Mas quem a colocou aqui?

— Seu palpite é tão bom quanto o meu. Alguém que existia antes de os Grão-Senhores governarem. Rhys me contou que esta ilha talvez tenha até mesmo sido uma oitava corte.

— Você não reconhece essas marcas no chão?

— Não mesmo.

Ela soltou um longo suspiro.

— Não acho que nenhuma armadilha foi acionada.

Ele assentiu.

— Ande logo.

Os olhos deles se encontraram, e Nestha virou o rosto da preocupação pura nos olhos de Cassian quando ela tirou a mão da dele e entrou na câmara.

As defesas mágicas pesavam contra a pele de Nestha a cada passo sobre o piso de pedra em direção à Harpa reluzente.

— Parece recém-polido — observou ela para Cassian, que assistia do arco. — Como isso é possível?

— Ela existe fora das amarras do tempo, assim como o Caldeirão.

Nestha estudou os entalhes no chão. Todos pareciam espiralar para uma mesma direção.

— Acho que são estrelas — sussurrou ela. — Constelações. — E como um sol dourado, a Harpa estava no centro do sistema.

— Esta *é* a Corte Noturna — disse Cassian, em tom seco.

Mas, de alguma forma, parecia... diferente da magia da Corte Noturna. Nestha parou diante da Harpa, as defesas faziam pressão contra sua pele quando ela observou a moldura dourada e as cordas prateadas. A Harpa estava sobre uma grande representação da estrela de oito pontas. Os pontos cardeais mais extensos do que os outros quatro, com a Harpa situada diretamente no coração da estrela.

Os pelos da nuca de Nestha se arrepiaram. Ela podia jurar que o sangue de seu corpo correu em sentido contrário.

Ela teve a sensação arrepiante de que tinha sido levada até ali.

Não pelo Caldeirão, pela Mãe ou pela Harpa. Por algo mais vasto. Algo que se estendia até as estrelas entalhadas em torno deles.

As mãos frias e leves guiavam seus pulsos conforme ela pegava a Harpa.

Seus dedos roçaram no metal gelado. A Harpa murmurou contra sua pele, como se ainda sustentasse uma nota final desde a última vez em que fora tocada...

Feéricos gritavam, batendo na pedra que não estava ali um momento antes, suplicando pelo bem de seus filhos, implorando para serem libertados, serem libertados...

Nestha teve a sensação de que estava caindo, dando cambalhotas pelo ar, pelas estrelas e pelo tempo...

Era uma armadilha, e nosso povo foi tolo demais para perceber...

Eras, estrelas e escuridão se instalaram em torno dela...

Os feéricos arranhavam pedras, destruindo as unhas em rochas onde um dia houvera uma porta. Mas o caminho de volta estava eternamente selado, e eles imploraram conforme tentavam passar seus filhos pela parede sólida, se ao menos seus filhos pudessem ser poupados...

Uma luz ofuscante piscou. Quando se dissipou, Nestha estava em um palácio de pedras brancas.

Um grande salão, onde cinco tronos agraciavam um palanque. O sexto trono, no centro, era ocupado por uma idosa de orelhas pontudas. Uma coroa dourada e pontiaguda repousava sobre a cabeça dela, brilhando como o ódio em seus olhos pretos.

A velha feérica enrijeceu o corpo e as vestes de veludo azul se agitaram com o movimento. Seus olhos, nítidos apesar do rosto enrugado, se aguçaram. Diretamente sobre Nestha.

— Você tem a Harpa — disse a rainha, com a voz parecendo papel se amassando. E Nestha sabia diante de quem estava congelada, que coroa estava sobre aquele cabelo branco fino. Os dedos retorcidos de Briallyn se fecharam nos braços do trono, e o olhar dela se semicerrou. A rainha sorriu, revelando uma boca cheia de dentes semipodres.

Nestha recuou um passo — ou tentou. Não conseguiu se mover.

O sorriso horrível de Briallyn se aprofundou e ela disse, em tom de conversa:

— Meus espiões me contaram quem são suas amigas. A feérica de linhagem mista e a illyriana traumatizada. Que garotas mais adoráveis.

O sangue de Nestha ferveu, e ela soube que seus olhos estavam incandescentes com poder quando grunhiu:

— Se chegar perto delas, vou abrir sua garganta. Vou caçar e estripar *você.*

Briallyn proferiu:

— Esses laços são tolice. Uma tolice tão grande quanto você ainda segurando a Harpa, que canta as respostas para todas as minhas perguntas. Eu sei onde você está, Nestha Archeron...

A escuridão invadiu o recinto.

Uma escuridão imóvel e sólida se chocou contra Nestha com a força de uma parede.

Gritos ainda ecoavam.

Não — não, aquele era um macho gritando seu nome.

E ela não havia se chocado contra a escuridão. Ela havia colidido com a pedra, e agora estava no chão, com a Harpa em mãos.

— *NESTHA*! — Luz vermelha brilhou, avançando como uma maré de sangue pelas pedras, pelo rosto dela, pelo teto. Mas os Sifões de Cassian não conseguiam quebrar as defesas mágicas. Ele não conseguia alcançá-la.

Nestha agarrou a Harpa contra o peito, a última de suas reverberações ecoou por ela. Precisava soltar. De alguma forma, ao encostar na Harpa enquanto Briallyn usava a Coroa, ela abrira um caminho entre a mente e os olhos delas. Nestha podia ver Briallyn, e Briallyn podia ver Nestha, podia sentir onde ela estava. Ela precisava soltar...

Nestha não conseguiu fazer mais do que tremer as pontas dos dedos enquanto um peso invisível e opressor a pressionava, como se fosse esmagá-la até virar poeira no chão. *Solte*, pediu ela silenciosamente, trincando os dentes e roçando os dedos na corda mais próxima. *Me liberte, seu objeto maldito.*

Não gosto do seu tom de voz. Respondeu uma voz linda, rouca e preenchida por uma música tão bela que partiu o coração de Nestha.

Com isso, a Harpa fez mais força contra ela, e Nestha rugiu silenciosamente.

A unha dela raspou uma corda. *Me solte!*

Devo abrir uma porta para você, então? Libertar aquilo que está preso?

Sim, sua maldita! Sim!

Faz muito tempo, irmã, desde que fui tocada. Vou precisar de tempo para me lembrar dos acordes certos...

Não me venha com brincadeirinhas. Nestha gelou ao ouvir a palavra que a Harpa usara. *Irmã.* Como se ela e aquela coisa fossem iguais.

As cordas pequenas são para brincadeiras — movimentos e saltos leves — mas as mais longas, as últimas... Tantas maravilhas e horrores profundos poderíamos tocar e criar. Magia tão grandiosa e monstruosa que forjei com meu último menestrel. Devo mostrar a você?

Não. Só abaixe essas defesas mágicas.

Como quiser. Toque a primeira corda, então.

Nestha não hesitou quando a ponta de seu dedo se fechou sobre a primeira corda, agarrando-a e depois soltando. Uma gargalhada musical preencheu sua mente, mas o peso foi levantado. Sumiu.

Nestha respirou, levantando-se, e viu que estava livre para se mover como quisesse. A Harpa ainda estava em suas mãos, dormente. O próprio ar parecia mais leve. Mais solto. Como se abrir outra porta tivesse fechado aquela que dava para Briallyn.

— NESTHA! — berrava Cassian do outro lado da câmara.

— Estou bem — gritou ela, afastando os resquícios de tremores. — Mas acho que alguém muito maligno usou isto pela última vez. — Ela observou a escuridão acima. — Acho que a usaram para... para prender os inimigos e os filhos dos inimigos na própria rocha. — Era isso que estava acontecendo com ela naquele momento? A Harpa a estava empurrando para dentro da rocha, fundindo a alma dela com a pedra? Nestha estremeceu.

Cassian indagou:

— Você está ferida? O que aconteceu?

Ela gemeu, ficando de pé lentamente.

— Não. Eu... Eu a toquei e recebi uma memória. Uma ruim. — Uma que ela jamais esqueceria. — E precisamos ir embora. A Harpa me mostrou Briallyn, usando a coroa. Ela me *viu* aqui. — As palavras saíram aos tropeços quando Nestha caminhou de volta pela caverna cheia de defesas mágicas, sentindo aquele ponto central, a estrela no coração dele, como uma presença física às suas costas. Aquelas mãos grandes e leves pareciam puxá-la, tentando fazer com que ela voltasse, mas Nestha as ignorou, explicando a Cassian o que ouvira da Harpa, e o que tinha sido revelado na visão com Briallyn.

A respiração de Cassian permaneceu irregular. Ele não relaxou um músculo até que Nestha tivesse voltado ao corredor do túnel. Até que a mão dele estivesse de novo sobre a dela. Ele nem mesmo se incomodou em olhar para a Harpa, ou comentar sobre Briallyn. Apenas a observou em busca de um sinal de perigo.

Foi mais íntimo que qualquer outro olhar que ele já dera a Nestha. Até em comparação com aqueles olhares que trocavam quando ele estava enterrado profundamente nela, movendo o corpo, o olhar dele jamais tinha sido tão abertamente puro.

Nestha segurou a Harpa ao lado do corpo e não conseguiu impedir a mão que ergueu até a bochecha dele.

— Estou bem.

Cassian deu um beijo no centro da palma da mão dela.

— Não sei por que duvidei de você. — Ele se afastou do toque dela. — Vamos dar o fora daqui. — Uma promessa sombria envolveu as palavras, e ela soube o que fariam assim que devolvessem a Harpa para que se tornasse problema de Rhysand.

Suas bochechas coraram, algo parecido com prazer percorreu seu corpo. O fato de ele a escolher, escolher eles — de querer tanto o conforto do corpo dela.

Nestha entrelaçou os dedos com os dele, apertando tão forte quanto as mãos deles podiam ser unidas. Cassian apertou de volta, e a puxou pela passagem, para longe da visão de dor e da memória há muito esquecida. A espada batia contra a coxa dela, e Nestha falou, rompendo o silêncio:

— Escolhi Ataraxia como nome.

Cassian olhou por cima do ombro para ela.

— Essa espada? O que significa?

— É da Língua Antiga. Encontrei em um livro no outro dia, na biblioteca. Gostei de como soou.

— Ataraxia — disse ele, como se estivesse experimentando a própria arma. — Gostei.

— Fico tão feliz que você aprove.

— É melhor do que Assassina, ou Majestade Prateada — disparou ele de volta. Seu sorriso estava mais alegre do que o Sifão reluzente sobre sua mão esquerda. A pulsação de Nestha acelerou. — Ataraxia — disse ele de novo, e Nestha podia ter jurado que a lâmina pendurada em seu cinto murmurou em resposta. Como se gostasse do som da voz dele tanto quanto ela.

Eles chegaram ao fim do túnel, mas Nestha parou Cassian com um puxão na mão.

— O que foi? — perguntou ele, observando a caverna. Mas ela ficou na ponta dos pés e o beijou de leve. Cassian piscou com um choque quase cômico quando Nestha se afastou. — Por que fez isso?

Nestha deu de ombro e ficou com o rosto todo vermelho.

— Gwyn e Emerie são minhas amigas — disse ela, baixinho. Nestha afastou seu terror por Briallyn estar de olho nelas. — Mas... — Ela engoliu em seco. — Acho que talvez você também seja, Cassian.

O silêncio de Cassian era palpável, e ela se amaldiçoou por expor aquele desejo, aquela compreensão. Desejou poder retirar as palavras, a estupidez...

— Eu sempre fui seu amigo, Nestha — disse ele, rouco. — Sempre.

Ela não conseguiu suportar ver o que havia nos olhos dele.

— Eu sei.

Cassian levou os lábios à têmpora dela, e os dois saíram do túnel por fim, entrando no caminho principal da Prisão, no brilho pesado dele.

Nestha sussurrou, finalmente ousando dizer:

— E eu sempre...

Cassian a jogou para trás dele tão rápido que o resto das palavras morreu na garganta dela.

— Fuja. — As batidas de seu coração e o puro terror encheram o ar. — Nestha, *fuja*.

Ela se virou para o que ele encarava, viu a lâmina illyriana brilhando como rubi sob a luz do Sifão. Como se uma lâmina pudesse fazer alguma coisa.

A porta da cela de Lanthys estava aberta.

CAPÍTULO 54

Cassian olhou para a porta aberta da cela de Lanthys e soube duas coisas.

A primeira, e mais óbvia, era que ele estava prestes a morrer.

A segunda era que ele faria qualquer coisa no mundo para evitar que Nestha tivesse o mesmo destino.

A segunda deixou sua mente mais nítida a ponto de tranquilizar e afiar seu medo, transformando, assim, seu pavor em uma arma. Quando a voz serpenteou da escuridão em torno deles, Cassian estava pronto.

— Pensei muito em quando você e eu nos encontraríamos de novo, Senhor dos Bastardos.

Cassian nunca tinha, nem uma vez, esquecido o timbre e a frieza daquela voz, como fazia o sangue dele se arrepiar com espinhos de gelo. Mas Cassian respondeu:

— Tantos séculos aqui dentro e você não inventou um nome mais criativo para mim?

A risada de Lanthys se enroscou em volta deles como uma cobra. Cassian segurou a mão de Nestha, embora sua ordem para que ela fugisse ainda pairasse entre os dois. Era tarde demais para correr. Pelo menos para ele. Tudo o que restava era dar a ela tempo o suficiente para escapar.

— Você achou que foi tão inteligente com o espelho de freixo — disse Lanthys, fervilhando e com sua voz ecoando em torno deles. A luz do Sifão esquerdo de Cassian revelou apenas escuridão nebulosa pintada de vermelho. — Achou que podia *me* enganar. — Outra risada. — Eu sou imortal, menino. Um verdadeiro imortal, como você jamais pode esperar ser. Dois séculos aqui dentro não são nada. Eu sabia que só precisaria esperar até encontrar um modo de fugir.

— E encontrou? — provocou Cassian, para a névoa que era Lanthys. — Parece que alguém ajudou você a sair. — Ele emitiu um clique com a língua.

Só precisava esperar — esperar até que o ataque viesse. Então Nestha poderia fugir. Ela estava rígida ao lado dele, completamente congelada. Cassian a cutucou com um pé, tentando arrancá-la do estupor. Ele precisava que ela estivesse pronta para fugir, não enraizada no lugar como um cervo.

— A porta se abriu pela minha própria vontade — ronronou Lanthys.

— Mentiroso. Alguém a abriu para você.

Nestha engoliu audivelmente, e Cassian soube. Quando ela ordenou que a Harpa a soltasse... A Harpa também havia soltado Lanthys. *Só abaixe essas defesas mágicas*, instruíra ela. E foi o que o instrumento fez: as defesas sobre ela, e as defesas próximas, sobre a cela de Lanthys. A Harpa tinha dito que queria ser tocada. E ali estava ela: tocando o terror em Cassian e Nestha.

E se a Harpa tivesse estendido o alcance além da porta de Lanthys? E se cada porta de cela estivesse aberta...

Merda.

Mas Cassian disse ao monstro que ele mais temia:

— Então você pretende ficar rodopiando à minha volta como uma nuvem carregada? E aquela forma bonitona que eu vi no espelho?

— É isso o que sua companheira prefere? — sussurrou Lanthys perto demais, perto demais. Nestha se encolheu. Lanthys inalou. — O que você é?

— Uma bruxa — sussurrou Nestha. — Do coração sombrio de Oorid.

— Aí está um nome que não ouço há muito tempo. — A voz de Lanthys soou a poucos centímetros de Nestha. Cassian trincou os dentes. Ele precisava que o monstro se reunisse do outro lado dela, de forma que o caminho para cima ficasse livre. Precisava atrair Lanthys até ele. — Mas você não tem cheiro do peso de Oorid, do desespero de lá. — Uma inalação, ainda atrás deles, bloqueando a saída. — Seu cheiro... — Ele suspirou. — Uma pena que sujou um cheiro desses com o fedor de Cassian. Eu mal consigo distinguir alguma coisa em você além da essência dele.

Apenas isso, percebeu Cassian, impedia que Lanthys percebesse o que ela era. Que ficasse interessado, como o Entalhador de Ossos tinha ficado. Mas revelava outra verdade perigosa: onde atacar primeiro.

— O que você está escondendo aí atrás? — perguntou Lanthys, e Nestha se virou, como se o acompanhando, mantendo a Harpa escondida às costas. Mas Lanthys deu uma gargalhada. — Ah. Entendi. Há muito tempo me pergunto quem viria reivindicá-la. Eu conseguia ouvir a música dela, sabe. A última nota, como um eco na pedra. Fiquei surpreso ao encontrá-la aqui embaixo, escondida sob a Prisão, depois de todo esse tempo.

A névoa rodopiou e Lanthys cantarolou:

— Que música belíssima ela faz. Que maravilha ela tece. Tudo se curva a essa Harpa: estações, reinos, a ordem do tempo e dos mundos. Nada disso a afeta. E a última corda... — Ele gargalhou. — Até a morte se curva para essa corda.

Nestha engoliu em seco de novo. Cassian apertou a mão dela com mais força e disse, casualmente:

— Vocês verdadeiros imortais são todos iguais: babacas arrogantes que adoram se ouvir falar.

— E nenhum de vocês feéricos enxergam quem são de verdade. — Lanthys cantarolou, fazendo mais uma volta, e Cassian preparou a lâmina. — Considerando apenas o cheiro, eu diria que vocês dois são...

Cassian soltou a mão de Nestha e avançou, estocando a lâmina na névoa antes que Lanthys pudesse dizer mais uma maldita palavra.

Lanthys gritou de ódio quando os Sifões de Cassian brilharam, e Cassian rugiu:

— *FUJA!* — antes de atacar de novo. Lanthys recuou, e Cassian usou esse descanso para soltar o Sifão da mão esquerda e atirá-lo a Nestha, ordenando que se acendesse. — *Vá!* — comandou ele, quando jogou a pedra para ela. O rosto contraído de medo de Nestha ficou vermelho enquanto ela segurou seu Sifão, mas Cassian já estava se virando para Lanthys.

Os passos esmagando pedras e se dissipando informaram a ele que Nestha obedeceu.

Que bom.

Lanthys se acumulou na escuridão, uma víbora se preparando para atacar.

Cassian só rezava para que Nestha saísse pelos portões antes de ele morrer.

Nestha fugiu daquela voz que era uma junção de puro ódio, crueldade e voracidade. A voz que roubou a alegria dela, o calor, qualquer coisa que não fosse o medo mais básico e primordial.

As coxas dela protestaram diante do caminho íngreme, mas Nestha disparou na direção dos portões, obedecendo ao comando de Cassian, enquanto ouvia os rugidos do guerreiro e do monstro ecoando pelas pedras. Luz vermelha piscou atrás dela. As portas das celas da Prisão chacoalhavam. Bestas gritavam atrás deles, como se percebendo que uma havia fugido. Querendo sair também.

Ela agarrou a Harpa com uma das mãos, o Sifão de Cassian brilhando na outra. Precisava chegar aos portões. Então descer a montanha. E gritar por Rhysand e rezar para que ele tivesse algum tipo de feitiço que sentisse seu nome ao vento. Então ele precisaria correr de volta para o alto da montanha, descer o caminho e...

Cassian podia estar morto quando Nestha chegasse aos portões que ficavam tão no alto. Ele podia estar morrendo naquele exato momento.

Uma descarga gelada perfurou seu coração.

Ela havia fugido. *Abandonado* Cassian.

A Harpa ficou quente em sua mão, murmurando. O ouro brilhou como se derretido.

Vamos abrir portas e caminhos; vamos nos mover juntas pelo tempo e espaço, o instrumento tinha cantado durante a adivinhação acidental dela. *Nossa música vai nos libertar de regras e fronteiras terrenas.*

Abrir portas... Ela abrira uma porta com ela — da cela de Lanthys. Abriu uma porta com o poder do instrumento que a pressionava. Mas se mover no espaço...

As cordas pequenas são para brincadeiras — movimentos e saltos leves — mas as mais longas, as últimas... Tantas maravilhas e horrores profundos poderíamos tocar e criar.

Nestha contou as cordas. Vinte e seis. Ela havia tocado a primeira, a menor, para se libertar do poder da Harpa, mas o que as outras faziam?

Vinte e seis, vinte e seis, vinte e seis...

A voz de Gwyn flutuou de muito longe, recontando a pesquisa inicial de Merrill sobre dimensões. A possibilidade de *vinte e seis* dimensões.

Vamos nos mover juntas pelo tempo e espaço... As cordas pequenas são para brincadeiras — movimento e saltos leves... Será que a Harpa podia... O fôlego de Nestha ficou preso na garganta. Será que a Harpa conseguia transplantá-la de um lugar para outro? Não apenas abrir uma porta, mas criar uma que ela pudesse atravessar?

Libertar de regras e fronteiras terrenas...

Ela precisava tentar. Por Cassian.

Algo se mexeu na escuridão acima, passos apressados seguindo na direção dela. Alguém tinha entrado na Prisão pelos portões. Nestha virou o Sifão de Cassian na direção do barulho, preparando-se para qualquer que fosse o monstro que vinha disparado...

Machos feéricos usando armaduras desgastadas e sujas corriam para ela. Pelo menos dez soldados da Corte Outonal.

Nestha sabia quem os havia enviado e atravessado-os com o poder de Koschei. Quem os controlava, mesmo do outro lado do mar.

Eu sei onde você está, Nestha Archeron.

E como Rhys tinha baixado os escudos em volta da Prisão... eles entraram sem pestanejar.

Nestha não pensou. Ela lançou mão daquele fogo prateado dentro dela. Deixou que cobrisse suas mãos.

— Leve-me até Cassian — sussurrou ela, e tocou a primeira corda prateada da Harpa.

O mundo e os soldados que se aproximavam sumiram, e Nestha teve a sensação de que era jogada, mesmo ainda parada, e rezou e rezou...

Metal brilhou e luz vermelha se acendeu, e ali estava Cassian, sangrando no chão, os Sifões brilhando, lutando contra a névoa diante dele.

Não havia onde acertar um golpe fatal. A névoa se dissipava a cada golpe da espada de Cassian, e Lanthys gritava com cada um, mas Lanthys não podia ser morto. Apenas contido, como Cassian dissera.

E a Harpa podia abrir portas — mas não matar pessoas. Ela correu até Cassian, e posicionou o dedo na corda da Harpa para carregar os dois dali.

Mas os olhos de Cassian se incendiaram e ele gritou:

— *SAI...*

A névoa se fechou em torno do pescoço dele e o atirou para longe.

O grito de Nestha se espalhou pelo túnel quando ela o viu atingir a parede de rocha e cair no chão, com as asas esmagadas. Ele não se moveu.

Uma risada que parecia uma faca raspando pedra preencheu o túnel e então Nestha foi atirada também, chocando-se contra a parede com tanta força que seus dentes trincaram e sua cabeça girou. O fôlego escapuliu conforme seus dedos se espalmaram na Harpa, antes de ela atingir o chão.

Mas Nestha tinha caído perto de Cassian, e ela correu para virá-lo, rezando para que seu pescoço não tivesse se partido, para que ela não o tivesse condenado ao irem até lá...

O peito de Cassian inflou e desceu, e a coisa poderosa e primordial dentro dela respirou um suspiro de alívio. Mas durou pouco, pois Lanthys gargalhou de novo.

— Você vai desejar que o golpe o tivesse matado antes de eu terminar com vocês dois — disse a criatura. — Vai desejar ter continuado fugindo. — Mas Nestha se recusou a ouvir mais uma palavra, não enquanto estivesse ajoelhada sobre Cassian e fosse a única coisa entre ele e Lanthys.

Ela já se encontrara naquela situação antes.

Estivera exatamente naquela posição, com a cabeça dele no colo e ouvindo a Morte rir dos dois.

Naquela vez, ela havia se curvado sobre Cassian e esperado ele morrer. Naquela ocasião, havia desistido.

Nestha não fracassaria desta vez. A névoa se aproximou, e ela podia ter jurado que sentiu a mão de alguém se esticar até ela.

Aquilo bastou para que Nestha se pusesse em movimento.

Sacando a espada ao mesmo tempo em que ficou de pé, Nestha executou uma combinação perfeita.

Lanthys gritou, e não foi nada parecido com o que ela ouvira antes — esse foi um som de estourar os tímpanos, constituído de puro choque e fúria.

Nestha sopesou Ataraxia, acomodou o próprio peso entre os pés, e se certificou de que a posição estava certa. Inabalável. A lâmina começou a brilhar.

A névoa se contorceu, encolheu e estremeceu como se combatesse um inimigo invisível, e então se tornou sólida e adquiriu cor.

Um macho nu e de cabelos dourados estava diante dela. Ele era de altura mediana, tinha a pele da cor de ouro* esculpida com músculos e o rosto anguloso fervilhando de ódio. Não era uma criatura repulsiva e horrível, mas bela.

Os olhos pretos dele se semicerraram na direção da espada quando ele sibilou:

— *Essa não é Narben.* — O nome não significava nada para Nestha.

Ela avançou, estocando Ataraxia para a oitava posição. Lanthys saltou para trás.

Cassian gemeu, recobrando a consciência enquanto ela mantinha sua posição.

— Qual deus da morte é você? — perguntou Lanthys, exigindo uma resposta enquanto olhava da espada para Nestha. O fogo prateado chiava nos olhos dela.

Nestha balançou Ataraxia de novo, e Lanthys se encolheu para longe. Com medo da lâmina.

Aquilo que não podia ser morto estava com medo da espada dela. Não dela, mas de Ataraxia. Sua arma Feita.

— Entre em sua cela. — Nestha avançou um passo, com Ataraxia apontada à sua frente. Lanthys recuou lentamente na direção da cela.

— O que é essa *espada*? — Seu cabelo loiro balançava até a cintura conforme ele recuou de novo.

— O nome dela é Ataraxia — disparou Nestha. — E vai ser a última coisa que você vai ver.

Lanthys caiu na gargalhada, o som era como o de um corvo. Horroroso comparado com a linda forma dele.

---

* "Golden skin" no original.

— Você chamou uma espada da morte de *Ataraxia*? — gargalhou ele, e a própria montanha tremeu.

— Ela vai matar você, goste você ou não do nome.

— Ah, acho que não — disse Lanthys, fervilhando. — Cavalguei na Caçada Selvagem antes de você ser sequer um fiapo de existência, *bruxa de Oorid*. Conjurei os cães e o mundo se acovardou diante de seus latidos. Galopei adiante da Caçada, e feéricos e bestas se curvaram diante de nós.

Nestha girou Ataraxia na mão, um movimento que ela passara a fazer com as lâminas illyrianas em momentos de distração durante o treino. Ela vira Cassian fazer aquilo frequentemente, e descobriu que dissipava energia acumulada.

Nestha não tinha se dado conta de que era uma técnica de intimidação tão eficiente. Lanthys se encolheu.

Ela rogou para que os soldados da Corte Outonal que chegariam pela passagem a qualquer momento hesitassem diante da lâmina também. Mas sabia que eles não fariam isso. Não com Briallyn e a Coroa controlando-os.

— Qual deus da morte é você? — perguntou de novo. — *Quem é você por baixo dessa pele?*

— Não sou ninguém — disparou ela.

— De quem é o fogo que queima em seu olhar prateado?

— Você sabe de quem — respondeu ela, irritada.

De alguma forma, aquilo o assustou. Lanthys empalideceu.

— Não é possível. — Ele olhou para a Harpa ao lado de um Cassian que despertava, e seus olhos se arregalaram de novo. — Ouvimos falar de você aqui. Você é aquela sobre quem o mar, o vento e a terra sussurraram. — Ele estremeceu. — *Nestha*. — Lanthys sorriu, mostrando dentes um pouco longos demais. — Você tomou do próprio Caldeirão.

Lanthys parou de recuar. E estendeu a mão grande e graciosa.

— Você nem sabe o que consegue *fazer*. Venha. Vou lhe mostrar. — Ele sorriu de novo, com aqueles dentes longos demais, transformando o rosto de belo para terrível com uma contração dos lábios. — Venha comigo, Rainha das Rainhas, e vamos trazer de volta o que um dia foi perdido. — As palavras eram uma canção de ninar, uma promessa coberta de mel. — Vamos reconstruir o que éramos antes de as legiões de ouro dos feéricos lançarem suas correntes e nos derrubarem. Vamos ressuscitar a Caçada Selvagem e cavalgar triunfantes noite adentro. Vamos construir palácios de gelo e chamas, palácios de escuridão e luz estelar. A magia fluirá livre novamente.

Nestha podia ver o retrato que Lanthys teceu no ar em torno deles. Ela se viu em um trono preto, uma coroa da mesma cor nos cabelos soltos. Imensas bestas de ônix — com escamas, como aquelas que ela viu nas pilastras da Cidade Escavada — se deitavam ao pé do altar. Ataraxia se recostava no trono dela, e do outro lado... Lanthys estava sentado ali, a mão dele entrelaçada na dela. O reino deles era infinito; o palácio construído de pura magia que vivia e prosperava ao redor deles. A Harpa estava atrás deles em um altar, a Máscara também, mas a Coroa dourada não estava ali.

Estava sobre a cabeça de Lanthys.

E foi esse o fio retorcido que a puxou para fora — o brilho escancarado da ganância dele. Ele tinha visto a Harpa, sabia que ela estava atrás dos Tesouros, e revelou o que faria com eles. A Coroa ele reivindicaria para si. Não teria influência sobre ela, mas o reinado deles seria de coerção. Escravidão.

Um quarto objeto repousava no altar, encoberto por sombras. Mas ela não conseguia ver mais do que um lampejo de osso desgastado pelo tempo...

A visão mudou, e eles se contorciam em uma enorme cama preta, a pele cor de ouro das costas de Lanthys brilhava conforme ele se movia dentro dela. Tanto prazer... ela jamais conhecera tal prazer com ninguém. Apenas ele conseguia foder ela daquele jeito, entrando tão profundamente, o corpo dela quente, flexível e úmido por causa dele, e logo, logo a semente de Lanthys criaria raízes no ventre dela e a criança que ela carregaria para ele governaria o universo inteiro...

Outro fio retorcido que a levou para fora. Para além da ilusão.

O corpo de Nestha não era dele para tocar, para encher de vida. E ela *conhecera*, sim, um prazer melhor do que o que ele havia mostrado.

Nestha piscou, e a imagem sumiu.

Lanthys grunhiu. Ele agora estava à distância do braço dela. À distância de Ataraxia.

— Posso dar um jeito naquele problema ali — grunhiu ele para Cassian. — E você vai se esquecer desses laços rapidinho.

Ela sopesou Ataraxia mais alto.

— Volte para sua cela e feche a porta.

— Vou escapar de novo. — Lanthys riu. — E quando eu fugir, vou encontrar você, Nestha Archeron, e você vai ser minha rainha.

— Não. Acho que não vou. — Nestha deixou seu poder ondular pela lâmina. Ataraxia cantou, brilhando como a lua.

Lanthys ficou pálido.

— O que você está fazendo?

— Terminando o serviço.

E os olhos dele estavam tão fixos na lâmina reluzente que ele não olhou de esguelha para Cassian. Não viu a adaga ser sacada. Aquela que Cassian atirou com mira impecável.

Ela se enterrou até o cabo no peito de Lanthys.

Lanthys gritou, arqueando o corpo, e Nestha saltou. Ela desceu uma combinação dois-três, cortando uma cruz reta, deixando o poder de seu fôlego, de suas pernas e do abdômen carregar a lâmina.

Ataraxia cantou uma canção de amor ao vento quando açoitou o ar.

A cabeça e o cadáver de Lanthys caíram em direções opostas, batendo no chão.

Sangue escuro e estranho jorrou, e então Cassian estava ali, gemendo ao fechar a mão na dela de novo.

— A Harpa — disse ele, ofegante, seu rosto era o retrato da dor. Sangue escorria pela têmpora dele. — Pegue e vamos. Precisamos sair daqui.

— Você consegue ficar em pé?

Ele cambaleou sobre os pés. Não conseguiria dar três passos.

— Sim — respondeu o macho. Para tirá-la dali, Nestha sabia que ele tentaria. Assim como ela sabia que Lanthys estava morto. Será que tinha sido a espada, ou o poder dela? Como Nestha tinha Feito a espada, ela supôs que a arma tecnicamente contava *como* seu poder, mas... Mesmo que ele fosse imortal, seu corpo havia sido dilacerado. De alguma forma. Uma pequena parte dela se deliciou com aquilo, mesmo enquanto o resto de Nestha tremia.

Agora o arranhar e os estampidos de passos corriam na direção deles.

— Soldados da Corte Outonal — sussurrou Nestha, apontando para o caminho escuro que subia. — Mais deles. Briallyn os mandou para pegar a Harpa.

— *Mais...*

Uma gritaria começou pela montanha. Gritos petrificados, suplicantes e sons de punhos batendo. Não na rocha ou nas portas que os seguravam, mas nas paredes opostas das celas. Como se estivessem implorando à Prisão que os poupasse dela e daquela espada.

Lanthys tinha caído. E os ocupantes da Prisão haviam sentido.

Até mesmo os passos dos soldados da Corte Outonal pareceram ficar mais lentos com o som.

Nestha sorriu sombriamente, e pegou a Harpa.

— Não vamos fugir daqui. E deixaremos os soldados da Corte Outonal intocados. — Ao menos para provar que Eris estava errado. Mas os ferimentos de Cassian... Sim, eles precisavam ir embora. Rápido. — Segure em mim — ordenou ela, e sussurrou: — O jardim da frente da casa de Feyre diante do rio Sidra em Velaris.

Cassian disparou um aviso, mas Nestha tocou três cordas dessa vez. Tocar apenas uma a carregara até ali, então ela supôs que duas os levariam talvez um pouco mais longe do que aquilo, e Velaris... Bom, parecia que seriam necessárias três cordas. Ela não queria saber até onde todas as 26 cordas a levariam se fossem tocadas. Ou se alguém fizesse uma melodia.

O mundo sumiu de novo, Nestha teve a sensação de que caía mesmo enquanto estava parada, e então...

Sol, grama e uma brisa gelada de outono. Uma casa imensa e linda atrás deles, um rio adiante, e nenhum vestígio da Prisão ou de Lanthys. Nestha soltou Cassian quando Rhysand disparou para fora das portas de vidro da casa. Ele olhou boquiaberto para o amigo, e quando Nestha viu Cassian à luz do dia... Sangue escorria do cabelo dele até a bochecha. O lábio de Cassian estava cortado; o braço pendia em um ângulo estranho...

Foi tudo o que Nestha viu antes de Cassian desabar na grama.

CAPÍTULO 55

— É um cortezinho. Pare de fazer alarde.

— Seu crânio estava rachado, e seu braço estava quebrado. Você está de castigo por alguns dias.

Você só pode estar brincando.

— Ah, estou sim.

Nestha podia ter sorrido da discussão entre Cassian e Rhysand, caso não concordasse com o Grão-Senhor. Feyre estava ao lado do parceiro com as feições tomadas pela preocupação.

Nestha ainda sentia o peso de Ataraxia em uma mão, e o da Harpa na outra.

Os olhos da irmã se voltaram para ela. Nestha engoliu em seco, fixando o olhar em Feyre. Ela rogou para que a irmã pudesse ler as palavras silenciosas em seu rosto. *Desculpa pelo que eu falei para você no apartamento de Amren. De verdade.*

O olhar de Feyre se suavizou. E então, para o choque de Nestha, Feyre respondeu na mente dela: *Deixe isso para lá.*

Nestha enrijeceu, tentando disfarçar a surpresa. Ela havia se esquecido de que a irmã era... Qual era a palavra? Daemati. Capaz de falar pela mente, como Rhys podia. Nestha falou, com o coração galopando: *Eu estava com raiva, e peço desculpas.*

A pausa de Feyre foi considerável. Então ela disse, as palavras parecendo os primeiros raios do alvorecer: *Eu perdoo você.*

Nestha tentou não desabar. Ela pretendia perguntar sobre o bebê, mas Rhys se virou para ela e disse:

— Coloque a Harpa na mesa, Nestha.

Nestha colocou, com cuidado para não tocar em nenhuma das 26 cordas.

— Ela permitiu que vocês atravessassem dentro e para fora da Prisão — disse Feyre, olhando para a Harpa. — Suponho que por ser Feita e não depender das regras da magia comum, certo? — Ela olhou para Rhys, que deu de ombros. A boca de Feyre se contraiu. — Se algum de nossos inimigos colocasse as mãos nisso, usaria contra nós em um segundo. Nenhuma defesa mágica em volta desta casa, da Casa do Vento, em volta de nenhum de nossos esconderijos e refúgios estaria segura. Sem falar que a Harpa parece ter vontade própria, um desejo de criar problemas. Não podemos colocá-la de volta na Prisão, não agora que foi despertada.

Rhys esfregou a mandíbula.

— Então vamos trancafiá-la com a Máscara, com defesas e feitiços, para não poder se comportar mal de novo.

— Eu as manteria separadas — aconselhou Feyre. — Lembra do que aconteceu quando as metades do Livro ficaram próximas uma da outra? E por que facilitar para um inimigo obter as duas?

— Bem observado — disse Cassian, encolhendo-se como se as palavras fizessem seu crânio doer. Madja tinha curado a fratura fina logo acima da têmpora dele, mas Cassian sentiria dor durante alguns dias. E o braço quebrado estava curado, mas ainda sensível o bastante para exigir cuidados. A visão de todas as ataduras bastou para fazer Nestha desejar poder matar Lanthys de novo.

Rhys tamborilou os dedos na mesa, observando a Harpa. Então ele perguntou a Nestha:

— Além de ver Briallyn, você disse que também viu alguma coisa assim que tocou na Harpa?

Nestha explicara rapidamente quando eles chegaram.

— Acho que quem usou a Harpa por último fez algo terrível com ela. Talvez tenha prendido as pessoas que um dia viveram na ilha da Prisão dentro das paredes, de algum jeito. Isso é possível?

Dúvida brilhou nos olhos de Rhys.

Nestha perguntou:

— O que é a Caçada Selvagem? — Ela também havia contado a ele sobre o encontro com Lanthys, e a presença dos soldados da Corte Outonal. Cassian tinha convencido Rhys a não os confrontar, pelo menos até poderem lidar com Briallyn. Quando Rhys levantou o escudo em torno da Prisão de novo, eles já haviam sumido.

Rhys respirou fundo, encostando na cadeira.

— Sendo bem sincero, achei que fosse apenas mito. O fato de Lanthys se lembrar... Bom, há sempre a chance de ele estar mentindo, suponho, mas considerando que estava falando a verdade, então ele teria mais de 15 mil anos.

Feyre perguntou:

— Então, o que é?

Rhys ergueu a mão e um livro de lendas de uma prateleira atrás dele flutuou até seus dedos. Ele o dispôs sobre a mesa. Então abriu em uma página, revelando a imagem de um grupo de seres altos, de aparência esquisita, com coroas na cabeça.

— Os feéricos não foram os primeiros mestres deste mundo. De acordo com nossas lendas mais antigas, a maioria agora esquecida, fomos criados por seres que eram quase deuses, e monstros. Os Daglan. Eles governaram durante milênios, e escravizaram a nós e aos humanos. Eram mesquinhos, cruéis e bebiam a magia da terra como se fosse vinho.

Os olhos de Rhys se voltaram para Ataraxia, então para Cassian.

— Algumas correntes da mitologia alegam que um dos heróis feéricos que se levantou para destroná-los foi Fionn, que recebeu a espada longa Gwydion da Grã-Sacerdotisa Oleanna, que mergulhou a arma no próprio Caldeirão. Fionn e Gwydion destronaram os Daglan. Um milênio de paz se seguiu, e as terras foram divididas em territórios de fronteiras confusas que foram os precursores das cortes, mas no fim daqueles mil anos, eles estavam no pescoço uns dos outros, à beira da guerra. — O rosto dele ficou tenso. — Fionn os unificou e se colocou acima deles como Grão-Rei. O primeiro e único Grão-Rei que esta terra já teve.

Nestha podia ter jurado que as últimas palavras foram ditas com um olhar afiado na direção de Cassian. Mas Cassian apenas piscou um olho para Rhys.

— O que aconteceu com o Grão-Rei? — perguntou Feyre.

Rhys passou a mão por uma página do livro.

— Fionn foi traído pela rainha dele, que tinha sido a líder do próprio território, e pelo melhor amigo dele, que era seu general. Eles o mataram, tomando algumas das armas mais poderosas e preciosas da linhagem dele, e então, do caos que se seguiu, os sete Grão-Senhores se ergueram, e as cortes existem desde então.

Feyre perguntou:

— Amren se lembra disso?

Rhys sacudiu a cabeça.

— Apenas vagamente agora. Pelo que entendi, ela chegou durante aqueles anos antes de Fionn e Gwydion se erguerem, e foi para a Prisão durante a Era das Lendas, a época em que esta terra estava cheia de figuras heroicas que estavam empenhadas em caçar os últimos membros da raça dos antigos mestres. Eles temiam Amren, acreditavam que ela era um dos inimigos, e a atiraram na Prisão. Quando ela saiu de novo, tinha perdido a queda de Fionn e a perda de Gwydion, e encontrou os Grão-Senhores governando.

Nestha considerou tudo o que Lanthys tinha dito.

— E o que é Narben?

— Lanthys perguntou sobre ela?

— Ele disse que minha espada não é Narben. Ele pareceu surpreso.

Rhys estudou a lâmina dela.

— Narben é uma espada da morte. Está perdida, possivelmente destruída, mas de acordo com as histórias, ela pode matar até mesmo monstros como Lanthys.

— A espada de Nestha também pode, aparentemente — falou Feyre, também estudando a lâmina.

— Decapitá-lo com a espada o matou — refletiu Rhys.

— Um corte dela pareceu prendê-lo a uma forma física — corrigiu Nestha. — A adaga de Cassian atingiu o alvo apenas depois de Lanthys ter sido forçado a abrir mão da névoa dele.

— Interessante — murmurou Rhys.

Cassian disse:

— Você ainda não explicou a Caçada Selvagem.

Rhys virou algumas páginas do livro, até a ilustração de uma horda de cavaleiros sobre cavalos e todo tipo de bestas.

— Os Daglan se deleitavam em aterrorizar os feéricos e os humanos sob seu controle. A Caçada Selvagem era uma forma de manter todos nós na linha. Eles reuniam uma horda dos guerreiros mais destemidos e impiedosos deles e lhes davam liberdade para matar como quisessem. Os Daglan possuíam bestas poderosas e monstruosas, os cães, como eram chamados, embora não se parecessem com os cães que conhecemos, que usavam para jogar as presas no chão antes de as torturarem e matarem. É uma história terrível, e, em grande parte, podem ser mitos elaborados.

— Os cães se pareciam com as bestas da Cidade Escavada — disse Nestha, baixinho.

Todos olharam para ela.

Nestha admitiu:

— Lanthys me mostrou uma visão. De... do que ele e eu poderíamos ser. Juntos. Nós governávamos em um palácio, rei e rainha com os Tesouros, e aos nossos pés estavam aqueles cães. Eles se pareciam com as bestas escamosas entalhadas nas pilastras da Cidade Escavada.

Nem mesmo Rhys tinha uma resposta para aquilo.

A mandíbula de Cassian se contraiu.

— Então, ele estava tentando seduzir e matar ao mesmo tempo?

O estômago de Nestha se revirou, mas ela não mencionou o quanto aquela visão tinha sido gráfica.

— Havia um quarto objeto na visão, mas estava nas sombras, algum dia houve um quarto Tesouro? Tudo o que consegui discernir foi um pedaço de osso antigo.

Rhys passou a mão pelo cabelo preto.

— Até onde a história confirmou, existem apenas três objetos dos Tesouros.

Feyre perguntou:

— E se estiver protegido por um feitiço, como aquele que deflete qualquer pensamento sobre os Tesouros, para evitar que as pessoas jamais saibam sobre o quarto objeto?

Os olhos de Rhys ficaram sombrios.

— Então que a Mãe nos poupe, porque até mesmo Amren só se lembra vagamente de um rumor dele.

As palavras pairaram ali. Nestha perguntou:

— Então agora vou atrás da Coroa.

— Não — disse Cassian, com os olhos nebulosos de dor se aguçando.

Feyre assentiu.

— Briallyn sabe que temos os outros dois itens. Ela mandou aqueles soldados atrás da Harpa.

Cassian grunhiu.

— Pensei que Eris estava sendo um babaca, mas quando contei a ele sobre as duas dúzias de soldados em Oorid, ele disse que havia mais na unidade que desapareceu. — Ele esfregou a mandíbula. — Eu deveria ter escutado. Deveria ter investigado. Briallyn tinha mais uma dúzia esperando para atacar. — Autodepreciação tomou conta da expressão dele, e Nestha suprimiu a vontade de pegar a mão de Cassian.

Feyre replicou:

— Eris fala tanta besteira o tempo inteiro que qualquer um pode perder um comentário indiferente como esse, Cass. Pelo menos agora podemos contar a Eris onde está o resto dos soldados. — Nestha podia ter abraçado a irmã pelo alívio que curvou os ombros de Cassian quando ele ouviu as palavras dela. Apesar de toda a arrogância, as opiniões dos amigos da família importavam profundamente para ele. Nenhum deles jamais o repreenderia por fracassar, mas Cassian se puniria por isso.

Nestha roçou os dedos contra os de Cassian em compreensão silenciosa. Os dedos dele se enroscaram contra os dela, encontrando o olhar dela como se para dizer: *Está vendo? Somos iguais no fim das contas.*

Feyre prosseguiu:

— Se Briallyn quer tanto a Máscara e a Harpa a ponto de ter agido tão rapidamente hoje, ela vai continuar vindo atrás de nós. E estaremos à espera dela. — Uma luz determinada entrou nos olhos dela.

Rhys franziu a testa.

— Mesmo só com a Coroa, Briallyn pode causar muito estrago. Até onde sabemos, Beron está sob o controle dela, no mesmo transe que os soldados de Eris. Precisamos dar um fim a ela e recuperar a Coroa. Antes que a guerra se deflagre de fato.

— É arriscado demais — replicou Feyre. — Nós perseguimos o Caldeirão em Hybern e não terminou bem.

— Então aprendemos com nossos erros — desafiou Rhys.

— Ela vai ter montado uma armadilha — disse Feyre. — Não vamos atrás dela.

Silêncio recaiu antes de Rhys falar:

— Então precisamos garantir alianças do tempo da guerra de novo, e logo. E fazer controle de danos naquelas que já temos e que podem estar fragilizadas.

Cassian arqueou uma sobrancelha, preocupação brilhando em seus olhos.

— Parece que você tem uma ideia.

— Eris vem para a comemoração do Solstício de Inverno na Cidade Escavada — disse Rhys. Estava chegando rápido, percebeu Nestha. — Ele está abalado desde que Tamlin pegou vocês dois se encontrando com ele, e anda se perguntando se vamos recuar da aliança agora que existe uma pequena chance de que Tamlin possa revelá-la. Ou decidir entregá-lo primeiro. Precisamos lembrar a Eris de nosso compromisso contínuo, e de que ele é... importante para nós. Que nós o protegemos.

Cassian grunhiu com desprezo; Feyre ecoou a expressão.

— Então compre um presente para ele — disse Feyre, gesticulando — e diga que todos mandamos nosso carinho.

— Ele vai querer mais do que isso — falou Rhys, contorcendo a boca, e seus olhos recaíram sobre Nestha.

Cassian se esticou antes que Rhys conseguisse falar.

— Você não vai usá-la.

Feyre olhou de um para o outro, e depois de um segundo, como se o parceiro tivesse falado na mente dela, Feyre indagou:

— Sério, Rhys?

Rhys se recostou, e Nestha franziu a testa, a única entre eles que aparentemente não sabia o que aquilo queria dizer. Rhys disse a ela:

— Você não precisa fazer nada que não queira. Mas Elain mencionou que você tem uma habilidade especial no salão de dança. Habilidade que uma vez lhe garantiu a mão de um duque com uma única valsa.

Ela havia se esquecido daquela noite, do borrão das joias e sedas e o belo rosto daquele duque. Tudo o que ela havia sentido na ocasião foi triunfo selvagem.

— Nem por cima da porra do meu cadáver — disse Cassian, irritado.

Nestha perguntou:

— Você quer que eu dance com Eris? — O coração dela começou a bater forte, não só de medo.

— Quero que você seduza Eris — falou Rhys. — Não para levá-lo para a cama, mas para fazer com que perceba o que pode obter depois que entender que não temos planos de romper essa aliança. Para fazer com que os benefícios pesem mais do que os riscos.

Nestha cruzou os braços, ignorando o olhar significativo de Cassian, silenciosamente exigindo que ela dispensasse aquela ideia de vez.

— Acha mesmo que eu dançar com Eris solidificaria a lealdade dele?

— Acho que Eris é nosso aliado, e vai esperar dançar com uma dama desta corte no baile, não importa o que aconteça. Não vou deixar Feyre a um metro dele, Mor pode matá-lo, e é mais provável que Amren mais o assuste do que conquiste, então você e Elain são as únicas opções.

— Elain não chega perto dele — disse Feyre. — E você não me *deixa* chegar perto dele?

Rhys lançou a ela um sorriso encantador.

— Sabe o que quero dizer.

Feyre revirou os olhos.

— Você está se tornando insuportável. — Ela se virou para Nestha. — Eris não é... Ele não é bom. Não é como Beron, mas ele...

— Eu sei o que ele fez com Morrigan — disse Nestha. Ou, na verdade, o que ele não tinha feito: ajudado a fêmea, quando a família dela a havia brutalizado e largado na fronteira da Corte Outonal como punição por ter arruinado a aliança de casamento deles. Eris a havia encontrado e simplesmente dado as costas. — Eu lidei com ele no outro dia. Sei em que estaria me metendo.

— Mor — prosseguiu Rhys —, pode ensinar as danças a você. Ela precisou aprender todas, e como ainda preside a Corte dos Pesadelos, é a melhor para ensinar você.

— Nestha não concordou com nada — disparou Cassian. — Mesmo uma dança com aquele canalha é muito...

— Eu danço — interrompeu Nestha, apenas por rancor por ele ser tão... territorial. Ela olhou para a espada ainda em sua mão. — Acabei de matar um ser imortal. Eris não é nada. E se vai fazer com que ele se lembre de por que é bom se manter aliado com a gente, fazer com que ele pense que pode me obter se mantiver sua parte do acordo, então tudo bem.

— Ele já é nosso aliado — replicou Cassian. — Uma dança vai realmente garantir a cooperação contínua dele?

— Precisamos mostrar a Eris que respeitamos e confiamos nele — admitiu Feyre, com um suspiro de derrota. — Mesmo que não seja verdade. E deixar que ele dance com alguém de nossa família é prova disso, pelo menos para alguém da Corte Outonal. Se ele acabar comendo da mão de Nestha, fantástico. Se isso só fizer com que ele se lembre que estamos do lado dele, ótimo. Mas esses laços precisam ser mantidos.

— Não estou gostando disso — grunhiu Cassian.

— Não precisa gostar — disse Feyre, levantando a cabeça, cheia daquela autoridade de Grã-Senhora. — Você só precisa observar do canto e não parecer que quer arrancar a cabeça dele.

Nestha interrompeu:

— Diga a Morrigan que vou me encontrar com ela para as aulas de dança assim que estiver disponível.

Feyre e Cassian, ainda fervilhando um para o outro, silenciosamente se viraram para Nestha.

Nestha se aproximou da escrivaninha e apoiou Ataraxia ali.

— Aqui — disse ela a Rhys. — Pode levar de volta.

Rhys não disse nada, mas as sobrancelhas de Feyre se ergueram.

— Por que não fica com ela?

O olhar curioso de Cassian a queimou como um ferrete, mas Nestha apenas disse:

— Não estou interessada em mais mortes.

Nestha inalou pelo nariz contando até seis, prendeu a respiração por alguns segundos, então exalou pela boca por mais seis segundos. Na quietude do quarto dela naquela noite, acomodada na cadeira, ela se concentrou na respiração e em nada mais.

Qualquer pensamento que aparecia ela reconhecia e deixava passar. Mesmo que alguns ficassem voltando.

Nestha não se importou com onde tinham escondido a Harpa. Se precisassem do sangue dela para protegê-la como tinham precisado para a Máscara, avisariam. Mas pensar no que vinha a seguir...

Respire. Conte.

Nestha inalou de novo, e fixou a atenção nas costelas que se expandiam, e na sensação do fôlego em seu corpo. Mesmo treinando há semanas, os exercícios de Silenciamento Mental em alguns dias eram mais difíceis do que em outros. Mas ela insistia, dez minutos de manhã e dez minutos à noite.

Nestha exalou, contando. Prosseguiu.

Era tudo o que ela deduziu que poderia fazer: seguir em frente. Um dia e um fôlego de cada vez.

Ela se desapegou desse pensamento também. Respirou e respirou, então parou de contar de vez. Deixou a mente pairar.

Mas sua mente não pairou em todas as direções. Ela permaneceu calma. Descansando.

Contente onde estava.

A guerra havia deixado o chalé intocado. Mas passara por invernos difíceis desde que Nestha o vira pela última vez.

Azriel atravessara até lá com Cassian e ela depois do treino, mas não ficara. Aparentemente, Gwyn queria que ele repassasse manuseio de adaga, então ele os deixou com a promessa de voltar em uma hora.

Nestha não fazia ideia se uma hora seria o bastante, ou muito pouco. Não fazia ideia de por que havia pedido a Cassian que fosse até ali com ela, na verdade. Mas ela havia colocado na cabeça que precisava visitar. Ver aquele lugar.

O sol de outono do meio-dia tornava o abandono ainda mais evidente: o telhado de palha que tinha mofado ou estava com trechos faltando, as ervas daninhas grandes, já ficando marrons antes do inverno, subindo até as pequenas janelas das paredes de pedra. A garganta de Nestha se apertou, mas ela se obrigou a caminhar até a entrada.

Cassian permaneceu calado atrás dela, com passos tão silenciosos que ele poderia ser o vento frio se curvando entre a grama alta demais. Sua cabeça e braço estavam completamente curados naquela manhã, dois dias depois de Nestha concordar em seduzir Eris. Cassian tinha até se exercitado ao lado dela mais cedo, embora com um ritmo mais lento do que o normal. Como se ele estivesse realmente obedecendo ao aviso de Rhys e Madja para pegar leve. O fato de ele ter feito os exercícios sem fazer careta tinha levado alguma parte intrínseca dela a suspirar aliviada — e a ousar pedir a ele que se juntasse a ela naquele dia. Ela jamais teria chamado Cassian para ir junto se ele ainda estivesse ferido.

Não que houvesse um inimigo ali que representasse alguma ameaça. Nenhum humano perambulava pela estrada cheia de folhas atrás do chalé; apenas alguns pássaros cantavam uma melodia desanimada das árvores quase sem folhas.

Muda, monótona e vazia. Era assim que essa terra parecia, mesmo com o outono sobre ela. Como se nem mesmo o sol pudesse se dar o trabalho de brilhar direito ali.

O coração de Nestha bateu forte quando ela colocou a mão na porta de madeira gelada. O sulco de marcas de garras ainda estava ali.

— Deixada por Tamlin, imagino? — perguntou Cassian atrás dela.

Nestha deu de ombros, incapaz de encontrar as palavras. Ela e Elain tinham colocado a porta no lugar depois que Tamlin a quebrara. O pai delas, com a perna destruída sem possibilidade de conserto e incapaz de segurar peso, as observara, oferecendo conselhos úteis.

Os dedos de Nestha se fecharam em punho quando ela abriu a porta com o ombro. As dobradiças enferrujadas reclamaram, rangendo, e um cheiro empoeirado, semipodre, encheu seu nariz.

As bochechas dela coraram. Cassian estava ali, vendo aquilo...

— Sou só um brutamontes, lembra? — Ele passou para o lado dela. — Já vivi em lugares muito piores. Pelo menos você teve paredes e um telhado.

Nestha não havia se dado conta do quanto precisava ouvir aquelas palavras, e seus ombros relaxaram quando ela entrou no chalé. Na escuridão fria, interrompida apenas por raios de sol, ela franziu a testa para o teto.

— Essa casa *costumava* ter um telhado. — O dano tinha deixado entrar todo tipo de criatura e tempo, as primeiras tinham se acomodado, a julgar pelos ninhos e as várias fezes espalhadas.

A boca de Nestha ficou seca. Aquele lugar horrível e escuro.

Ela não conseguia parar de tremer.

Cassian apoiou a mão no ombro dela.

— Explique para mim.

Ela não conseguia. Não conseguia encontrar palavras.

Ele apontou para uma longa mesa. Uma perna tinha quebrado, e o móvel estava inclinado.

— Você comia aqui?

Ela assentiu. Eles comiam ali, algumas refeições em silêncio, outras com ela e Elain tentando preencher o silêncio com conversas frívolas, outras com ela e Feyre se atracando. Como aquelas últimas refeições que tiveram naquela casa.

O olhar de Nestha pairou até a pintura descascando nas paredes. Os pequenos desenhos complexos. Cassian acompanhou o olhar dela.

— Foi Feyre que pintou isso?

Nestha engoliu em seco, e conseguiu dizer:

— Ela pintava sempre que podia. Qualquer dinheiro a mais que conseguisse guardar ia para tintas.

— Você já viu o que ela fez no chalé nas montanhas?

— Não. — Nestha nunca havia ido lá.

— Feyre pintou o lugar inteiro. Exatamente como aqui. Ela contou certa vez que aqui tem uma cômoda...

Nestha foi até o quarto.

— Esta aqui? — Cassian a seguiu, e, pelos deuses, o quarto estava tão lotado, escuro e fedido. A cama ainda estava coberta com os lençóis manchados. As três tinham dormido ali durante anos.

Cassian passou a mão pela cômoda pintada, maravilhando-se.

— Ela pintou mesmo estrelas para si antes de saber que Rhys era seu parceiro. Antes de saber que ele existia. — Os dedos de Cassian traçaram gavinhas de flores na segunda gaveta. — A gaveta de Elain. — Elas desciam, enroscando-se em uma chama. — E a sua.

Nestha conseguiu dar um grunhido de confirmação, o peito dela se apertou a ponto de doer. No canto havia um par de sapatos desgastados e semipodres. Os sapatos dela. Um deles estava rasgado na costura do dedão. Ela usava aqueles sapatos — em público. Ainda se lembrava da lama e das pedras entrando.

O coração de Nestha galopava, e ela saiu do quarto, de volta para o espaço principal.

Ela não teve a intenção, mas olhou para a lareira escura. Na direção da cornija.

As miniaturas de madeira do pai dela estavam ali, com uma camada espessa de poeira e teias de aranha. Algumas tinham sido derrubadas, provavelmente por qualquer que fosse a criatura que agora vivia ali.

Aquele rugido familiar enchia as orelhas dela, e os passos de Nestha batiam alto demais nas tábuas empoeiradas conforme ela se aproximou da lareira.

O entalhe de um urso sobre as patas traseiras — não maior do que o punho dela — estava no centro. Os dedos de Nestha tremeram quando ela pegou a miniatura e soprou a poeira.

— Ele era muito habilidoso — disse Cassian, baixinho.

— Não o suficiente — respondeu Nestha, colocando o urso de volta na cornija de pedra. Ela estava com ânsia de vômito.

Não. Ela podia controlar aquilo. Controlar a si mesma. E enfrentar o que estava adiante.

Nestha inspirou pelo nariz. Exalou pela boca. Contou as respirações.

Cassian estava ao lado dela o tempo todo. Sem falar e sem tocar. Simplesmente ali, caso ela precisasse. Seu amigo — que ela pedira que fosse até ali com ela, não porque estavam compartilhando a cama, mas porque ela o *queria* ali. A segurança, a bondade e a compreensão dele.

Nestha pegou mais uma miniatura de cima da lareira: uma rosa entalhada de um tipo de madeira escura. Ela a segurou na palma da mão, o peso sólido era surpreendente, e ela traçou um dedo sobre uma das pétalas.

— Ele fez este para Elain. Pois era inverno e ela sentia falta das flores.

— Ele fez alguma para você?

— Ele sabia muito bem que não deveria. — Ela inspirou um fôlego trêmulo, segurou, então expirou. Deixou que sua mente se acalmasse. — Acho que ele teria feito, se eu tivesse dado o mínimo de encorajamento, mas... nunca dei. Eu tinha tanta raiva.

— Você teve a vida virada de ponta-cabeça. Era compreensível que sentisse raiva.

— Não foi o que você disse quando nos conhecemos. — Ela se virou e o viu arqueando uma sobrancelha. — Você disse que eu era uma pessoa de merda por deixar minha irmã mais nova sair para a floresta caçar enquanto eu não fazia nada.

— Eu não falei assim.

— A mensagem foi a mesma. — Ela esticou os ombros, virando-se para uma pequena cama de acampamento quebrada nas sombras além da lareira. — E você estava certo. — Ele não respondeu quando ela caminhou até a cama. — Meu pai dormiu aqui durante anos, deixando o quarto para nós. Aquela cama ali... Foi onde eu nasci. Minha mãe morreu naquela cama. Eu odeio aquela cama. — Ela passou a mão pela madeira rachada da estrutura do móvel. Farpas ficaram presas nas pontas de seus dedos. — Mas odeio esta cama de acampamento ainda mais. Ele a arrastava para a frente da lareira todas as noites e se aninhava ali, aconchegado sob as cobertas. Eu sempre achei que ele parecia tão... tão *fraco*. Como um animal covarde. Aquilo me revoltava.

— E ela causa revolta em você agora? — Uma pergunta casual, mas cuidadosa.

— Ela... — A garganta de Nestha ondulou. — Eu achei que ele dormindo ali fosse uma punição adequada enquanto ficávamos com a cama. Nunca me ocorreu que ele *queria* que ficássemos com a cama, para ficarmos aquecidas e o mais confortáveis possível. Que só conseguiríamos levar algumas peças de mobília de nossa antiga casa, e ele escolheu aquela cama como uma delas. Para nosso conforto. Para não precisarmos dormir em camas de acampamento ou no chão. — Ela esfregou o peito. — Eu nem mesmo o deixei dormir ali quando os cobradores quebraram as pernas dele. Eu estava tão perdida no luto, na raiva e... e na tristeza, que eu queria que ele sentisse uma fração do que eu sentia. — O estômago dela se revirou.

Cassian apertou o ombro dela, mas não disse nada.

— Ele devia saber disso — disse ela, rouca. — Ele *devia* saber o quanto fui horrível, e mesmo assim... ele nunca gritou. Aquilo também me irritava. E então ele nomeou um navio em minha homenagem. Velejou com ele até a batalha. Eu só... Não entendo o motivo.

— Você era a filha dele.

— E isso é uma explicação? — Ela observou o rosto dele, a tristeza estampada ali. Tristeza, por ela. Pela dor no peito e pelas lágrimas nos olhos dela.

— O amor é complicado.

Nestha desviou os olhos dele ao ouvir aquilo. Ela era uma covarde por evitar o olhar dele. Mas ergueu o queixo.

— Nunca pensei em como devia ser difícil para ele. Passar daquele homem que tinha feito a própria fortuna, que ficou conhecido como o Príncipe dos Mercadores, para alguém sem nada. Não acho que perder minha mãe acabou com ele da mesma forma que perder a frota. Ele estava tão certo de que a empreitada lhe daria ainda mais riquezas, uma quantidade obscena de riquezas. As pessoas disseram que ele estava louco, mas ele se recusou a ouvir. Quando ficou provado que elas estavam certas... Acho que a humilhação acabou com ele tanto quanto a perda financeira.

Ela estudou os calos que já estavam crescendo nos dedos e nas palmas dela.

— Os cobradores pareceram felizes quando vieram aqui, como se eles tivessem se ressentido dele o tempo todo, e ficaram mais do que contentes por descontar na perna dele. Passei o tempo todo mais apavorada com o que fariam comigo e Elain. Feyre... Ela tentou fazer com que eles parassem. Ficou aqui com ele enquanto nós nos escondemos no quarto. — Ela se obrigou a encontrar o olhar de Cassian de novo. — Eu não desapontei Feyre apenas quando a deixei ir para a floresta. Houve muitas outras vezes.

— Você já disse isso a ela?

Nestha riu.

— Não. Não sei como.

Ele a estudou, e ela resistiu à vontade de se encolher sob o escrutínio.

— Você vai achar uma forma. Quando estiver pronta.

— Quanta sabedoria.

Cassian esboçou uma reverência.

Apesar daquela casa, da história que a cercava, Nestha sorriu. Ela enfiou a rosa entalhada no bolso.

— Já vi o suficiente.

Ele arqueou uma sobrancelha.

— Sério?

Ela fechou a rosa de madeira no bolso.

— Acho que só precisava ver este lugar. Uma última vez. Para saber que saímos. Que não resta nada aqui a não ser poeira e memórias ruins.

Ele deslizou o braço pela cintura dela conforme os dois seguiram para a porta, olhando de novo as pequenas pinturas que Feyre tinha espremido pelo chalé.

— Az vai demorar a voltar. Vamos voando.

— E os humanos? — Eles sairiam gritando de terror.

Cassian deu um sorriso malicioso para ela, abrindo aquela porta meio quebrada para ela. Levando-a para a luz do sol e o ar puro.

— Vai apimentar um pouco o dia deles.

CAPÍTULO 56

Um mês se passou e o inverno espreitou sobre Velaris como uma estaca de gelo diante do vidro de uma janela.

O treino da manhã tinha se tornado um evento gelado, a respiração delas formava nuvens no ar frio conforme treinavam com espadas e facas cujo metal era tão frio que machucava as palmas das mãos. Até mesmo seus escudos às vezes ficavam encrustados de gelo. As valquírias aprendiam a lutar em todo tipo de tempo, dissera Gwyn a elas. Principalmente no frio. Então, quando a neve caía ocasionalmente, Nestha e as demais também treinavam.

Nestha precisou trocar o tamanho da armadura de couro, e quando ela se olhava no espelho todas as manhãs para trançar o cabelo, o rosto que a olhava de volta tinha perdido a palidez, as sombras sob os olhos. Mesmo com Cassian transando com ela em cada superfície da Casa, às vezes até as primeiras horas da manhã, a exaustão e os hematomas roxos sob os olhos dela tinham sumido.

Ela disse a si mesma que não importava que ele jamais ficasse na cama depois para abraçá-la. Ela se perguntava quando Cassian se cansaria daquilo — dela. Certamente ele ficaria entediado e seguiria em frente. Mesmo que se banqueteasse nela toda noite como se estivesse faminto. Que agarrasse as coxas dela com as mãos poderosas e lambesse e sugasse ela até que Nestha estivesse se contorcendo. Às vezes ela montava no rosto dele, as mãos agarradas à cabeceira da cama, e cavalgava a língua de Cassian até gozar. Às vezes era a língua dela nele, em volta dele, e ela engolia até a última gota que ele derramava em sua boca. Às vezes ele derramava no peito dela, na barriga, nas costas, e ela gozava com o primeiro jato dele na pele.

Ela não podia se imaginar ficando cansada dele. Tomá-lo de novo e de novo só fazia o desejo crescer.

Ela estava praticando danças com Morrigan no escritório da Casa duas vezes por semana, as duas mal trocavam mais do que poucas palavras enquanto Nestha aprendia valsa após valsa, algumas específicas da Cidade Escavada, outras da Corte Outonal, outras dos feéricos em geral.

Rhys dera a elas a esfera Veritas, para que Morrigan pudesse dividir com Nestha as lembranças das danças, e das músicas que as acompanhavam.

Nestha tinha assistido aos passos, aos bailes e às festas que às vezes eram cheias de luz, e outras vezes eram cercadas por escuridão e tristeza. Morrigan não ofereceu qualquer explicação além de comentários sobre a técnica de uma dançarina.

Mas a música... Era genial. Tão cheia de vida e movimento que ela sempre se via desejando ter mais uma ou duas horas de aulas apenas para ouvir de novo e de novo e de novo.

Ninguém aparecia para assistir as duas, nem mesmo Cassian. Se Morrigan relatava sobre o progresso delas, não demonstrava.

Agora, com o Solstício de Inverno a três dias, Morrigan estava encerrando a lição enquanto a neve caía do outro lado da parede de janelas. Ela perguntou a Nestha, subitamente:

— O que você vai vestir para o baile, afinal?

Nestha, encostada na mesa de trabalho para recuperar o fôlego e ouvindo as notas do violino pela miragem tremeluzente da esfera Veritas, deu de ombros.

— Um de meus vestidos.

— Ah, não. — Suor brotava na testa de Morrigan, e o cabelo loiro trançado dela se ondulava levemente com a umidade. — Eris... — Ela buscou as palavras. — Ele só liga para as aparências. Você precisa usar a coisa certa.

Nestha considerou o que Morrigan costumava usar, e franziu a testa.

— Não posso usar uma coisa tão reveladora. — Tanto Morrigan quanto Feyre optavam por *menos é mais* quando se tratava do modelito para a Cidade Escavada. Nestha não tinha problemas com nudez diante dos companheiros de quarto, mas em público... Seu lado humano continuava à espreita dentro dela.

— Vou procurar. — Morrigan se afastou do parapeito da janela. — Ver o que temos.

— Obrigada, Morrigan.

Foi a primeira conversa normal que elas haviam tido. A primeira vez que Nestha sequer proferira aquelas palavras para Morrigan. Que dizia o nome dela.

Morrigan piscou, percebendo isso também.

— É só Mor, sabe. Amren é a única pessoa nesta corte que me chama de Morrigan, e isso é porque ela é uma velha rabugenta.

Os lábios de Nestha se repuxaram para cima.

— Muito bem, então. — Ela acrescentou, experimentando: — Mor.

O relógio soou as 13 horas, e Nestha começou a sair pela porta, deixando a esfera e a música alta no lugar delas na mesa.

— Preciso ir para a biblioteca. — Ela já estava atrasada, mas a música era tão cativante que Nestha não queria parar.

— Eu também, na verdade — disse Morrigan, Mor, e as duas caminharam juntas pelo corredor. — O trabalho que estou fazendo por Rhys e Feyre em Vallahan requer alguma pesquisa, e Clotho está pesquisando para mim.

— Ah.

Um silêncio desconfortável recaiu conforme elas caminhavam pelas escadas, então para outro corredor.

As portas imponentes da biblioteca apareceram antes que Nestha perguntasse:

— Incomoda você que eu vou dançar com Eris?

Mor refletiu.

— Não. Porque sei que você vai fazer com que ele rasteje antes do final.

Não foi um elogio. Não de verdade.

Elas encontraram Clotho à mesa de sempre. Ela se levantou, cumprimentando Mor com um abraço que deixou Nestha sem palavras.

— Minha velha amiga — disse Mor, com o rosto se iluminando com acolhimento. O rosto que ela mostrava a todos naquela corte, exceto a Nestha. E àqueles na Cidade Escavada.

Vergonha revirou o estômago de Nestha. Mas ela não disse nada quando a caneta e o papel encantados de Clotho escreveram: *Você parece bem, Mor.*

— Eh. — Mor levantou um dos ombros. — Nestha tem acabado comigo com as aulas de dança, mas eu ando bem.

Encontrei os livros que você pediu. Clotho apoiou a mão torta em uma pilha de livros na mesa.

Nestha entendeu aquilo como sua deixa para partir, e assentiu para as fêmeas conforme elas entraram numa discussão sobre o material. Gwyn estava esperando um andar abaixo, observando-as, com Emerie nas estantes atrás dela.

— O que você está fazendo aqui? — perguntou Nestha a Emerie. Ela ainda estava no ringue de treinamento quando Nestha saiu correndo para a aula de dança. Mas aquilo tinha sido horas antes.

— Eu queria ver onde vocês duas trabalham — disse Emerie, de olho em Clotho e Mor, um andar acima. Ela suspirou, assentindo para Mor. — Sempre me esqueço do quanto ela é linda. Ela não tem mais ido até Refúgio do Vento. — Nestha podia jurar que rubor corou a testa e as bochechas de Emerie.

De fato, na escuridão profunda da biblioteca, Mor brilhava como um raio de sol. Até a escuridão do fundo pareceu rastejar para longe.

— Eu estava mostrando a Emerie as maravilhas do escritório de Merrill enquanto ela está em uma reunião — falou Gwyn. — Preciso ir trabalhar, mas achei que você poderia mostrar os arredores enquanto guarda os livros. — Gwyn lançou um olhar sarcástico para ela. — E dança.

Nestha revirou os olhos. Ela talvez tivesse sido surpreendida praticando as valsas nas estantes uma ou duas vezes. Ou dez.

Nestha assentiu para Emerie, atraindo o olhar da fêmea para longe dos gestos animados de Mor.

— Vamos.

Mas Gwyn falou:

— Na verdade, antes de vocês duas irem, queria dar uma coisa a vocês. Como essa é provavelmente a última vez que nos veremos antes do fim do Solstício de Inverno.

Nestha e Emerie trocaram olhares confusos. A última perguntou:

— Você comprou presentes para a gente?

Gwyn apenas disse:

— Encontro vocês no seu carrinho. — Com isso, ela disparou para dentro da escuridão.

Emerie e Nestha se dirigiram ao Nível Cinco, onde Nestha tinha deixado o carrinho dela. Tinha sido enchido de novo com livros que precisavam ser guardados. Ela explicou o que fazia, mas Emerie parecia ouvir apenas em parte. O rosto dela tinha ficado pálido.

— O quê?

A testa de Emerie se franziu.

— Eu... eu não devo ter bebido água o suficiente durante o treino. — Elas haviam tentado duas novas técnicas das valquírias que Gwyn tinha encontrado na noite anterior, e as duas eram especialmente cruéis, obrigando-as a usar escudos como plataformas para lançar uma colega valquíria no céu, e a fazer os abdominais segurando o peso daqueles escudos.

Ninguém tinha conseguido cortar a fita, embora Emerie tivesse picotado a ponta dois dias antes.

— Qual é o problema? — insistiu Nestha.

Os olhos de Emerie ficaram vazios.

— É... eu juro que consigo ouvir meu pai gritando lá embaixo. — As mãos dela tremeram quando a fêmea levantou uma delas para colocar uma mecha de cabelo atrás da orelha. — Consigo ouvi-lo gritando para mim, consigo ouvir a mobília quebrando...

O sangue de Nestha gelou. Ela virou a cabeça para a rampa de descida à direita delas. Nenhuma escuridão espreitava ali, mas estavam em um nível baixo o suficiente...

— Este lugar é antigo e estranho — disse ela, mesmo enquanto processava o que Emerie tinha admitido. Ela jamais falara do pai além do corte das asas. Mas Nestha tinha entendido o suficiente: o homem era, na melhor das hipóteses, como o pai de Tomas Mandray.

— Vamos subir um andar, onde a escuridão não sussurra tão alto. Tenho certeza de que Gwyn vai nos encontrar com facilidade. — Ela deu o braço ao de Emerie, aproximando seu corpo, deixando parte de seu calor passar para a amiga.

Emerie assentiu, embora permanecesse pálida.

Nestha se perguntou se Emerie ouvia os gritos do pai a cada passo.

Gwyn as encontrou mesmo, a sacerdotisa estava ofegante e corada ao entregar dois envelopes retangulares, cada um mais ou menos do tamanho de um livro grande e fino.

— Um para cada uma de vocês.

Nestha abriu o papel marrom e viu uma pilha de páginas escritas. No alto da primeira página dizia apenas *Capítulo 21*. Ela leu as primeiras linhas abaixo disso, então quase soltou as páginas.

— Isso... isso é sobre *nós*.

Gwyn sorriu.

— Convenci Merrill a nos acrescentar no penúltimo capítulo. Ela até me deixou escrever, com as anotações dela, é claro. Mas é sobre o renascimento das valquírias. Sobre o que estamos fazendo.

Nestha não tinha palavras. As mãos de Emerie estavam tremendo de novo quando ela folheou as páginas.

— Você tinha tudo *isso* a dizer sobre nós? — disse Emerie, engasgando com uma gargalhada.

Gwyn esfregou as mãos.

— E tem mais por vir.

Nestha leu uma linha aleatória na quinta página. *Não importava se o sol batia forte no rosto, ou se a chuva congelante transformava seus ossos em gelo, Nestha, Emerie e Gwyneth apareciam para treinar todas as manhãs, prontas para...*

A garganta dela doeu; seus olhos arderam.

— Estamos em um livro.

Os dedos de Gwyn deslizaram para os dela, apertando forte. Nestha ergueu o rosto e a viu segurando a mão livre de Emerie também. Gwyn sorriu de novo, os olhos alegres.

— Nossas histórias merecem ser contadas.

Nestha estava se recuperando da generosidade do presente de Gwyn naquela noite quando encontrou um bilhete de Cassian, dizendo a ela que precisava passar a noite nos postos de observação illyrianos para lidar com alguma rixa frívola entre tropas de guerra. Com o Rito de Sangue a meros meses de acontecer, dissera ele, as tensões estavam sempre elevadas, mas aquele ano parecia especialmente ruim. Novas rivalidades apareciam a cada poucos dias, antigos rancores ressurgiam... Nestha, apesar do conteúdo do bilhete, sorriu consigo mesma, imaginando a expressão de Cassian de quem não aceita desaforos enquanto explicava a lei.

Mas a diversão dela logo sumiu, e embora tivesse tentado o Silenciamento Mental duas vezes depois do jantar, não conseguia se acalmar. Continuava pensando no presente de Gwyn, no rosto apavorado de Emerie quando ela sentiu algo na escuridão.

Sentada à escrivaninha, observando o nada, Nestha apoiou a testa na palma da mão.

Uma xícara de chocolate quente apareceu ao lado dela, junto com um punhado de biscoitos. Nestha riu.

— Obrigada.

Ela tomou um gole da bebida e quase suspirou com a intensidade do cacau.

— Eu gostaria de tentar uma fogueira — disse ela, baixinho. — Uma pequena.

Imediatamente, a Casa acendeu uma pequena chama na lareira. Uma lenha estalou, e Nestha esticou o corpo e sentiu o estômago revirar.

Era uma fogueira. Não era o pescoço do pai. O olhar dela passou para a rosa de madeira entalhada que ela havia colocado sobre a cornija, semioculta pelas sombras ao lado de uma miniatura de uma fêmea de corpo flexível, com braços elevados que agarravam uma lua cheia. Algum tipo de deusa primordial — talvez até mesmo a própria Mãe. Nestha não se deixou pensar no motivo pelo qual sentiu a necessidade de colocar a rosa ali. Por que não tinha simplesmente jogado a miniatura em uma gaveta.

Outra lenha estalou, e Nestha se encolheu. Mas permaneceu sentada ali. Encarando aquela rosa entalhada.

Será que ela viveria o resto da vida como Emerie, sempre olhando por cima do ombro em busca da sombra do passado que a assombrava? Será que ela se assemelhava à Emerie naquela tarde, apavorada e magoada?

Ela devia mais a si mesma. Emerie também merecia mais. Uma chance de viver a vida sem medo e pesar.

Então Nestha podia tentar. Naquele momento. Ela enfrentaria aquela fogueira.

Outra lenha estalou. Nestha trincou os dentes. *Respire. Inspire por seis segundos, segure, expire por mais seis.*

Ela fez exatamente isso.

Isso é uma fogueira. Ela lembra a você de seu pai, de algo terrível que aconteceu. Mas não é ele, e embora você esteja se sentindo desconfortável, consegue superar isso.

Nestha se concentrou na respiração. Obrigou-se a relaxar cada um dos músculos tensos demais, começando pelo rosto e indo até os dedos dos pés.

Tudo isso enquanto dizia a si mesma, de novo e de novo, *Isso é uma fogueira. Deixa você desconfortável. É por isso que você reage dessa forma. Pode respirar para superar isso. Se resolva com esse trauma.*

O corpo dela não relaxou, mas Nestha conseguiu se sentar ali. Suportar a fogueira até que se tornasse brasa, e se extinguisse de vez.

Ela não entendeu por que se viu à beira de lágrimas conforme cinzas queimaram. Não entendeu por que a descarga de orgulho que preencheu seu peito fez com que ela quisesse rir e comemorar e dançar em volta do quarto. Nestha não tinha feito nada além de se sentar diante de uma fogueira, mas... ela havia se sentado. E ficado.

Não tinha fracassado. Tinha enfrentado aquilo e sobrevivido.

Ela podia não ter salvado o mundo ou liderado exércitos, mas tomou aquele pequeno passo inicial.

Nestha limpou os olhos, e quando olhou em volta do quarto silencioso, ela se sobressaltou ao encontrar uma trilha de galhos de sempre-verde que levavam até sua porta, a qual agora estava aberta.

Erguendo a sobrancelha, ela se levantou.

— O que é isso? — perguntou ela à Casa, acompanhando a trilha que tinha sido deixada por ela.

Pelo corredor, ao longo das escadas, descendo até a própria biblioteca.

— Aonde vamos? — perguntou Nestha ao ar quente. Ainda bem que até mesmo as madrugadoras entre as sacerdotisas tinham ido dormir, de modo que ninguém a viu correndo atrás do rastro de galhos. Eles espiralavam pelos andares da biblioteca, mais e mais para o interior, até que chegaram ao sétimo nível.

Nestha parou subitamente quando a trilha acabou no limite da parede de escuridão.

Uma luz se acendeu adiante dela. Várias luzes.

Como se para dizer: *Venha. Não tema.*

Então Nestha respirou fundo ao entrar na escuridão.

Pequenas velas serpenteavam para dentro de uma escuridão familiar. Ela e Feyre tinham um dia se aventurado até lá embaixo — tinham enfrentado horrores ali. Não restava nenhuma evidência daquele dia. Apenas a escuridão iluminada pelo fogo e as velas que a levavam até os níveis mais baixos da biblioteca.

Ao próprio poço.

Nestha as seguiu, descendo em espiral até o fundo do poço, onde uma pequena lanterna brilhava, iluminando fracamente as prateleiras de livros encobertas pela sombra constante em torno delas.

Com o coração acelerado, Nestha levantou a lanterna com uma das mãos e olhou para a escuridão, intocada pela luz da biblioteca bem no alto. O coração do mundo, da existência. Do ser.

O coração da Casa.

— Essa... — Os dedos dela se fecharam na lanterna. — Essa escuridão é *seu* coração.

Como se em resposta, a Casa colocou um pequeno galho de sempre-verde aos pés dela.

— Um presente de Solstício de Inverno. Para mim.

Ela podia ter jurado que a mão morna de alguém acariciou seu pescoço em resposta.

— Mas sua escuridão... — Espanto suavizou seu tom de voz. — Você estava tentando me mostrar. Mostrar às outras. Quem você é, bem no fundo. O que assombra você. Estava tentando mostrar a elas todos esses pedaços sombrios e quebrados porque as sacerdotisas, e Emerie e eu... Somos como você.

A garganta dela se apertou diante do que a Casa lhe dera de presente. Aquele conhecimento.

Nestha levantou mais a lanterna e soprou a chama.

Deixou que a escuridão invadisse. Recebeu-a.

— Não tenho medo — sussurrou ela para a escuridão. — Você é minha amiga e meu lar. Obrigada por compartilhar isso comigo.

De novo, Nestha podia ter jurado que aquele toque fantasma acariciou seu pescoço, sua bochecha, sua testa.

— Feliz Solstício — disse ela, para a linda escuridão quebrada.

CAPÍTULO 57

Cassian normalmente se sentia animado pelo Solstício de Inverno por uma variedade de motivos, começando pelos habituais três dias de bebedeira com a família e terminando com a diversão caótica da guerra de bola de neve anual com seus irmãos. Seguida por um tempo na sauna de bétula e mais bebedeira, normalmente até que os três desmaiassem em várias posições idiotas. Um ano, ele acordou usando uma peruca loira e nada além de uma guirlanda de sempre-verde em torno da virilha como um tapa-sexo. Havia pinicado terrivelmente, embora não fosse nada comparado à ressaca de fazer a cabeça latejar.

Ele supôs que no fundo gostasse do Solstício de Inverno porque era um período de tempo ininterrupto que passava com as pessoas que mais valorizava.

Mas esse ano, assim como fora no ano anterior, o momento o enchia de nada além de azia.

A Corte dos Pesadelos estava decorada como de costume, adornada para a comemoração que durava três dias inteiros incluindo a noite mais longa do ano. Havia um baile diferente a cada noite, e no primeiro deles, Nestha dançaria com Eris.

Naquela noite. Dali a pouco.

Ele tivera um mês para se preparar para aquilo. Um mês em que estivera na cama de Nestha — ou que pelo menos transara com ela ali. Só o Caldeirão sabia que ela nem mesmo pedia que ele ficasse depois que eles acabavam.

Ele estava de pé diante do altar preto, olhando para a multidão reluzente com uma expressão que prometia a morte. Az estava do outro lado do altar, estampando uma expressão semelhante.

Cada uma das pessoas ali podia queimar no maldito inferno.

Começando por Keir, à frente da multidão reunida. E terminando com Eris, que estava de pé, orgulhoso e altivo — usando o preto da Corte Noturna — ao lado dele.

Mor estava ao lado dos tronos de Feyre e Rhysand, representando os dois até que eles chegassem.

O salão do trono inteiro estava enfeitado com velas pretas, coroas de flores e guirlandas de sempre-verdes e azevinho. As mesas de banquete idênticas que acompanhavam cada lado do imenso espaço estavam abarrotadas de comida, mas eram proibidas a todos até que Feyre e Rhys permitissem.

Ele até havia atenuado seu comportamento "Noite triunfante" com o povo da Cidade Escavada ultimamente, mas não muito. Cassian não invejava o malabarismo que Rhys fazia entre as cortes. Eles não podiam isolar Keir, não se fossem precisar dos Precursores da Escuridão dele novamente. Por isso o tom mais amigável. Mas não podiam deixar que ele se esquecesse da surra que receberia caso saísse da linha. Por isso o tom apenas *levemente* mais amigável.

Não tinham ouvido nada a respeito da Coroa, nada de Briallyn. Ela não fora atrás dos Tesouros. Cassian não era burro a ponto de acreditar que tinha acabado. Nenhum deles era.

As portas imponentes do salão do trono por fim se abriram.

Poder sombrio ecoou pela montanha, avisando da chegada deles. A montanha cantou junto. Todos se viraram quando o Grão-Senhor e a Grã-Senhora surgiram, coroados e trajando preto.

Rhys estava bonito como sempre, mas Feyre...

O salão arfou.

Aquela noite também servia a outro propósito: contar ao mundo sobre a gravidez de Feyre.

Ela usava um vestido de recortes pretos brilhantes, bem parecido com o que usara ali na primeira visita — e não fazia nada para esconder a barriga saliente.

Não, a roupa exibia o ventre grávido, brilhando sob a luz de velas.

O rosto de Rhys era o retrato do orgulho do macho arrogante. Cassian sabia que ele destruiria em mil pedaços sangrentos qualquer um que sequer piscasse errado para Feyre. De fato, violência fria ondulava de Rhys conforme eles caminhavam na direção do altar, o cheiro de bebê intenso de Feyre enchendo o ar. Ele deixaria que todos ali sentissem, confirmando ainda mais que ela estava grávida.

Feyre podia muito bem ser uma deusa antiga, coroada e reluzente, com a barriga inchada com vida. O rosto sereno dela estava lindo, e seus lábios vermelhos e carnudos se entreabriram em um sorriso para Rhys conforme eles se dirigiram aos tronos. Keir parecia dividido entre a raiva e o choque; o rosto de Eris estava cuidadosamente neutro.

O movimento nos fundos do salão tirou o olhar de Cassian dos inimigos, e então...

As duas irmãs estavam de preto. As duas caminhavam atrás de Rhys e Feyre, um indicativo silencioso de que eram parte da família real. De que tinham seus próprios poderes magníficos. Eles haviam planejado dessa forma, querendo que Eris visse por conta própria o quanto Nestha era valiosa. Cassian se perguntou se Elain e Nestha tinham rompido o silêncio delas enquanto esperavam para entrar. Não falavam uma com a outra havia meses.

Elain de preto ficava ridícula. Sim, ela era linda, mas a cor do vestido modesto de longas mangas drenava a alegria do rosto dela. O vestido a vestia, e não o contrário. E Cassian sabia que a crueldade da Cidade Escavada a incomodava. Mas ela não hesitara em vir. Quando Feyre sugeriu que ela ficasse em casa, Elain endireitara os ombros e afirmara que era parte daquela corte — e que faria o que fosse preciso. Então Elain tinha soltado o cabelo loiro-acastanhado para aquela noite, afastando-o do rosto com pentes de pérolas combinando. Ele nunca tinha pensado, durante os dois anos em que a conhecia, em Elain como insípida, mas vestida de preto, não importava o quanto ela alegasse ser parte daquela corte... Aquilo sugava a vida dela.

Nestha com aquele vestido preto da Corte Noturna ameaçava deixar Cassian de joelhos.

Ela havia trançado o cabelo sobre a cabeça, seu estilo habitual, mas no alto dele, uma delicada tiara de pedra preta reluzente repousava, com espinhos finos que se projetavam para cima formando uma coroa escura. Cada espinho era encimado por uma minúscula safira, como se os espinhos fossem tão afiados que tivessem perfurado o céu e tirado sangue cobalto dele.

E o vestido...

Linha de prata bordava o corpete justo, as alças eram tão estreitas que pareciam invisíveis contra a pele branca como a lua. O decote mergulhava até quase o umbigo, onde o fio de prata se enroscava e segurava uma pequena safira que combinava com aquelas na coroa. A saia volumosa se arrastava no chão escuro, farfalhando no silêncio ondulante.

O queixo de Nestha permaneceu erguido, acentuando seu longo e lindo pescoço. Os lábios pintados de vermelho se curvaram em um sorriso felino quando os olhos delineados dela observaram o salão que vigiava cada fôlego seu.

Nestha pareceu brilhar com a atenção. Possuí-la. Comandá-la.

Feyre e Rhys ocuparam seus tronos, e Nestha e Elain ficaram de pé na base do altar, entre ele e Azriel. Cassian não ousou dizer uma palavra a Nestha, nem mesmo olhar para ela, para o corpo exposto — o corpo que ele havia experimentado tantas vezes que era um milagre não haver uma marca de seus lábios no pescoço dela.

Ele também não ousou olhar para Eris. Um olhar e toda a trama deles seria revelada. Até o cheiro dela — cheiro *dele*, Cassian sabia, com bastante satisfação — tinha sido cuidadosamente enfeitiçado para esconder qualquer vestígio da relação dos dois.

Feyre disse para a multidão reunida:

— Que as bênçãos do Solstício de Inverno estejam sobre vocês.

Keir se apressou para a frente, fazendo uma reverência baixa.

— Permita-me estender meus parabéns. — Cassian sabia que o canalha não tinha um pingo de sinceridade.

Eris se aproximou como o convidado de honra deles.

— E permita-me estender os meus também, em nome de meu pai e da Corte Outonal inteira. — O macho lançou um sorriso bonito e treinado para Feyre. — Ele vai ficar animadíssimo com essa notícia.

A boca de Rhys se curvou com um meio-sorriso cruel, que apagou as estrelas em seus olhos.

— Tenho certeza de que vai.

Não tinha como fingir: Rhys era realmente o Grão-Senhor da Corte dos Pesadelos enquanto Feyre e o bebê deles estivessem ali. Ele mataria qualquer um que os ameaçasse. E gostaria de fazer isso.

Rhys disse, para ninguém em particular:

– Música.

Uma orquestra escondida em um mezanino coberto por um biombo começou a tocar.

Feyre levantou a voz e disse:

— Vão, comam. — A multidão ondulou conforme as pessoas seguiram para as mesas.

Apenas Eris e Keir permaneceram diante deles. Nenhum dos dois sequer olhou para Mor, embora ela risse debochadamente deles, com um vestido vermelho como uma chama à meia-luz do salão.

Cassian, com a armadura preta, se sentia mais como as bestas entalhadas nas pilastras altas sob aquela montanha. Tinha penteado o cabelo e deixado solto, e esse era o máximo da arrumação dele para a noite. Passara a maior parte do tempo pensando em como gostaria de arrancar a pele de Eris em minúsculas tiras, em como Rhys e Feyre tinham cruzado um limite ao pedir aquilo de Nestha. Ele amava os dois, mas podiam ter encontrado outra forma de garantir a lealdade de Eris. Não que Cassian tivesse pensado em uma alternativa melhor.

Pelo menos Briallyn e Koschei não haviam feito mais nada. Embora ele não tivesse dúvidas de que agiriam em breve.

Com a voz como trovão à meia-noite, Feyre deu um comando à multidão:

— Dancem.

As pessoas encontraram seus pares e entraram discretamente na dança. Keir foi com elas dessa vez.

— Antes de você se juntar à diversão, Eris — cantarolou Rhys, e uma longa caixa preta surgiu em suas mãos —, eu gostaria de dar seu presente de Solstício.

Cassian manteve o rosto inexpressivo. Rhys tinha comprado um *presente* para o desgraçado?

Rhys fez a caixa flutuar até Eris com um vento beijado pela noite. Deixou que o suficiente daquele vento permanecesse, envolvendo-se atrás de Eris, de modo que Cassian soube que bloqueava o macho de vista. Da vista de Keir, especificamente.

Eris ergueu as sobrancelhas e abriu a tampa entalhada. Ele enrijeceu o corpo e falou, com a voz mais baixa.

— O que é isso?

— Um presente — falou Rhys, e Cassian teve um relance do cabo familiar na caixa.

A adaga que Nestha tinha Feito. Cassian se segurou para não virar na direção de Rhys e Feyre, indagando em que diabo os dois estavam pensando.

Eris inspirou. Feyre disse:

— Você sente o poder.

— Há chamas nela — disse Eris, sem tocar a adaga. Como se a magia dele o avisasse. Com o rosto levemente pálido, ele fechou a tampa. — Por que dar isso a mim?

— Você é nosso aliado — disse Feyre, descansando a mão na barriga. — Você enfrenta inimigos que existem fora das leis de magia habituais. Pareceu justo dar a você uma arma que operasse fora dessas leis também.

— Isso é realmente Feito, então.

Cassian se preparou para a verdade, a verdade maldita e perigosa que seria revelada sobre Nestha. Mas Rhys falou:

— Da minha coleção pessoal. Uma herança de família.

— Você possuía um item Feito e o manteve escondido todos esses anos? Durante a guerra?

— Não faça pouco de nossa generosidade — avisou Feyre a Eris, baixinho.

Eris ficou imóvel, mas assentiu. Ele estendeu a caixa de volta a Rhys.

— Vou deixar sob seus cuidados enquanto danço, então. — Ele acrescentou com o que Cassian podia jurar que era sinceridade: — Obrigado.

Feyre assentiu quando Rhys pegou a caixa e a colocou ao lado do trono.

— Use bem. — Ela sorriu baixinho para Eris. — Normalmente, eu pediria a você para dançar, mas minha condição me deixou tão enjoada que não sei o que pode acontecer se eu rodopiar. — Era verdade. Feyre tinha disparado do jantar três noites antes para encontrar o banheiro mais próximo. Agora ela fazia questão de olhar de uma irmã para a outra. Elain dava uma impressão passável de parecer interessada. Nestha apenas parecia entediada. Como se não tivessem acabado de dar para Eris a adaga Feita por ela.

Talvez fosse porque os olhos de Nestha tivessem desviado para a multidão que dançava. Como se ela não pudesse se conter quando a música aumentava. Ela parecia ouvir em parte. Talvez a música significasse mais para ela do que a adaga, mais do que magia e poder.

Feyre notou a direção do olhar de Nestha.

— Minha irmã mais velha vai tomar meu lugar.

Nestha apenas olhou para Eris, que tirou o olhar observador de Elain para encarar a mais velha das irmãs Archeron com uma mistura de cautela e determinação que fez Cassian trincar a mandíbula. Ou quase, caso não tivesse se controlado a tempo de manter a expressão neutra conforme Nestha começou a caminhar na direção de Eris.

Eris ofereceu um braço, e Nestha o aceitou com o rosto neutro, o queixo erguido e deslizando a cada passo. Eles pararam no limite da pista de dança, afastando-se para se encarar.

Outros observaram dos limites da pista conforme a dança terminou e as cordas introdutórias da próxima melodia começaram, ao som de uma harpa tocando alto e docemente. Eris estendeu a mão, havia um meio-sorriso em sua boca.

Como se aquelas cordas da harpa envolvessem o braço de Nestha, ela o levantou, e colocou a mão na de Eris exatamente quando o último e ágil toque da harpa soou.

Percussão e cornetas explodiram; instrumentos de corda graves começaram um compasso apressado de música. Um chamado para a dança em contagem regressiva até o movimento. Cassian se lembrou de respirar quando Eris deslizou a mão enorme sobre a cintura de Nestha, puxando-a para perto. Ela ergueu o queixo, olhando para o rosto dele quando um tambor de corpo profundo ressoou.

Quando os violinos começaram sua música ligeira, como um vaivém hipnotizante, Nestha se moveu como se o próprio fôlego dela estivesse sincronizado com a batida. Eris foi com ela, e ficou evidente que ele conhecia as nuances e as notas exatas da dança, mas Nestha...

Ela segurou a saia com a outra mão, e quando Eris a liderou pelos movimentos de abertura da valsa, o corpo dela se soltou e contraiu em tantos lugares diferentes que Cassian não sabia para onde olhar: ela era curvada, moldada e direcionada pelo som.

Até mesmo os olhos de Eris se arregalaram com aquilo — a mera habilidade e graciosidade, cada movimento do corpo precisamente afinado com cada nota e tremor da música, das pontas dos dedos até a extensão de seu pescoço conforme ela se virava, o arco de suas costas acompanhando uma nota constante. Cassian ousou olhar para Feyre e Rhys e viu que até mesmo os rostos normalmente contidos deles tinham ficado um pouco pasmos.

Quando Nestha e Eris terminaram a primeira rotação pelo salão de dança, Cassian teve a sensação crescente de que Elain não fizera jus às habilidades da irmã.

A música incendiava Nestha.

Será que um som tão perfeito e parcialmente selvagem já existira assim no mundo? As lembranças de Mor na Veritas não eram nada em comparação com aquilo, com a performance ao vivo, com a chance de dançá-la. A música fluía e percorria Nestha, preenchendo seu sangue, e se ela pudesse, teria se derretido na melodia, se tornado os tambores ondulantes, os violinos altos, os címbalos se chocando com a contrabatida, as cornetas e as flautas com seu som que se erguia alto.

Não havia espaço o suficiente dentro de Nestha para aquele som, para tudo o que ele a fazia sentir — não havia espaço o suficiente em sua mente, seu coração, seu corpo; e tudo o que ela podia fazer para honrá-lo, adorá-lo, era dançar.

Eris, para seu crédito, a acompanhou.

Ela o encarava durante cada passo, deixando que ele sentisse o corpo flexível dela, o quanto era maleável conforme ela se mexia de acordo com as notas. A mão dele se apertou sobre ela, e os dedos pressionaram as costas de Nestha, e ela deixou um pequeno sorriso subir até seus lábios pintados de vermelho.

Ela jamais usara tal cor na boca. Parecia o pecado personificado. Mas Mor tinha feito aquilo, junto com a pincelada de delineador líquido nas pálpebras. E quando Nestha se olhara no espelho por fim, não reconheceu quem a encarou de volta.

Ela viu uma Rainha da Noite. Tão impiedosa e bela quanto o deus Lanthys quisera fazer dela. A companheira da Morte.

A Morte em pessoa.

Eris soltou sua cintura para girá-la, e não foi difícil sincronizar a rotação com as notas flutuantes, o olhar dela se fixou de volta no dele exatamente quando a música retornou à melodia. Chamas queimaram em seus olhos, e ele a girou de novo — não era um movimento oficial da dança, mas ela acompanhou, virando a cabeça para encontrar o olhar dele de novo enquanto sua saia rodopiava.

Os lábios de Eris se curvaram com aprovação, ela passara no teste.

Nestha riu de volta para Eris, deixando seus olhos brilharem. *Faça com que ele rasteje*, era o que Mor tinha dito. E ela faria.

Mas primeiro, dançaria.

Cassian conhecia a valsa. Ele a assistira e dançara durante séculos. Sabia que o último meio minuto era um frenesi apressado de notas e som estrondoso que se elevava. Sabia que a maioria dos dançarinos continuaria valsando durante aquela parte, mas os mais corajosos, os habilidosos, fariam os doze giros, movimento em que a fêmea vira às cegas com um braço acima da cabeça, e gira de novo e de novo e de novo pelo parceiro de dança conforme eles se moviam pelo salão. Girar era arriscar parecer tolo na melhor das hipóteses, e dar com a cara no mármore na pior delas.

Nestha arriscou.

E, com olhos incandescentes iluminados por um deleite bestial, Eris a acompanhou.

A música retumbou para a finalização explosiva, com tambores batendo e violinos seguindo, e o salão inteiro se esticou, de olhos em Nestha.

Todos os olhares estavam em Nestha, aquela fêmea outrora humana que havia conquistado a morte, que agora brilhava como se tivesse devorado a lua também.

Entre uma batida e a seguinte, Eris levantou o braço de Nestha acima da cabeça dela e a girou com tanta força que seus calcanhares saíram do chão. Nestha mal terminara a rotação quando ele a girou de novo, o que fez sua cabeça se virar com tanta precisão que tirou o fôlego de Cassian.

E os pés dela...

Um giro após o outro, movendo-se pelo salão de dança agora vazio como uma tempestade noturna, os pés de Nestha, de sapatilhas, dançavam tão rápido que eram quase um borrão. Ele sabia que Eris girava o braço dela, mas os pés de Nestha a seguravam, os impeliam. Era ela quem liderava aquela dança. No sétimo giro, Nestha rodou tão rápido que ficou completamente nas pontas dos dedos.

No nono giro, Eris soltou os dedos dela. E Nestha, com o braço ainda esticado acima da cabeça, girou três vezes mais. Cada uma das safiras no alto da tiara brilhou como se acesa com um fogo interno. Alguém arquejou perto. Talvez tivesse sido Feyre.

E quando Nestha girou sozinha — nos dedos de um pé perfeito — ela sorriu. Não o sorriso malicioso de uma cortesã, não um sorriso tímido, mas um sorriso de pura e selvagem alegria, trazido pela música, pela dança e pela entrega absoluta de Nestha a ela.

Era como ver alguém nascer. Como ver alguém ganhar vida.

Quando Nestha terminou a última rotação, aquele desafio absurdo às leis do movimento e do espaço, Eris segurou a mão dela de novo, girando-a mais três vezes. O cabelo ruivo dele brilhava como fogo, como se ecoando a alegria descontrolada e sombria que explodia de dentro de Nestha.

A mãe de Nestha queria um príncipe para ela. Cassian agora achava que ela desvalorizara a filha. Apenas um rei ou um imperador serviria para alguém com aquele nível de habilidade.

Ela estava seduzindo Eris até que ele ficasse por um triz. Os murmúrios na Cidade Escavada confirmavam que Cassian não era o único que reparava.

Os olhos de Eris brilhavam com desejo obsceno conforme ele sorvia o sorriso e o brilho de Nestha. Ele sabia o que Nestha poderia se tornar com um pouco de ambição. Com a orientação certa.

Se ele descobrisse que os Tesouros Nefastos obedeciam a ela, que ela havia Feito sua nova adaga...

Tinha sido um erro trazê-la. Exibi-la diante de Eris, do mundo.

Recém-saída do casulo de luto e raiva, aquela nova Nestha poderia muito bem deixar cortes inteiras de joelhos. Reinos.

A música se elevou mais e mais e mais, ficando mais e mais e mais rápida, e quando as últimas notas soaram, Eris a soltou de novo. Nestha girou sozinha mais uma vez, mais três rotações precisas e perfeitas quando Eris caiu de joelhos diante dela e estendeu a mão.

A nota final explodiu e se manteve, e Nestha parou com uma facilidade sobrenatural, aceitando a mão de Eris com o mesmo movimento com que as costas dela se arquearam e ela elevou o outro braço, o retrato do triunfo.

A dança seguinte teve início, e Nestha não hesitou quando Eris continuou a embalando. Era mais leve, mais fácil do que a primeira, que ecoara em seu sangue.

O parceiro de dança dela podia ser um monstro, mas sabia dançar. Soubera como o corpo dela gritava para fazer aqueles giros solo a mais, e a deixou seguir livre não uma, mas duas vezes, e mesmo isso não tinha bastado. Se ela não estivesse com o vestido pesado, talvez tivesse implorado à orquestra que tocasse a música de novo para que ela pudesse simplesmente executar um giro após o outro sozinha, sabendo quando fazer voltas duplas ou triplas apenas pelo instinto e ouvido.

Ela estava bêbada com a música. Mas a segunda dança não requeria giros selvagens ou excesso de emoção. Como se o condutor da orquestra escondida naquele salão quisesse que ela respirasse. Ou que pelo menos conversasse com o parceiro de dança.

Os olhos âmbar de Eris a estudaram.

— Só o Rhysand mesmo para manter você escondida.

Certo. Ela deveria elogiá-lo, mantê-lo do lado deles.

— Acabei de ver você, na outra semana mesmo.

Eris riu.

— E por mais que tenha sido hipnotizante ver você mandar Tamlin aos tropeços com o rabo entre as pernas, não vi *este* seu lado. O tempo desde a guerra a mudou.

Ela não sorriu, mas o encarou diretamente ao dizer:

— Para melhor, espero.

— Certamente lhe deixou mais interessante. Parece que você não está para brincadeira esta noite, afinal de contas. — Eris a girou, e quando Nestha voltou para ele, murmurou ao ouvido dela: — Não acredite nas mentiras que lhe dizem sobre mim.

Ela se afastou apenas o suficiente para encará-lo.

— Como?

Eris assentiu para onde Mor, com o rosto neutro e distraído, os observava ao lado de Feyre e Rhys.

— Ela sabe a verdade, mas nunca a revelou.

— Por quê?

— Porque tem medo.

— Você não cai nas graças de ninguém com seu comportamento.

— Não? Eu não me alio a esta corte sob ameaças constantes de ser descoberto e morto por meu pai? Não ofereço ajuda sempre que Rhysand deseja? — Ele a girou de novo. — Eles acreditam em uma versão dos eventos que é mais fácil de engolir. Eu sempre achei que Rhysand fosse mais inteligente do que isso, mas ele costuma ser cego no que diz respeito àqueles que ama.

A boca de Nestha se repuxou para um lado.

— E você? Quem você ama?

O sorriso dele se aguçou.

— Está querendo saber sobre minha disponibilidade?

— Estou apenas dizendo que é difícil encontrar um bom parceiro de dança ultimamente.

Eris gargalhou, o som foi como seda sobre a pele dela. Nestha estremeceu.

— De fato, é. Principalmente uma que possa ao mesmo tempo dançar e arrancar a cabeça do rei de Hybern.

Ela deixou que ele visse um pouco daquela pessoa — que visse o ódio selvagem e o fogo prateado que tinha testemunhado diante de Tamlin. Então Nestha piscou e aquilo sumiu. O rosto de Eris se contraiu, e não de medo.

Ele a girou de novo; a valsa já chegava ao fim. Eris sussurrou ao ouvido de Nestha:

— Dizem que Elain é a irmã bonita, mas você a ofuscou esta noite. — A mão dele acariciou a pele exposta das costas dela, e Nestha se arqueou levemente ao toque.

Ela obrigou a garganta a ondular, deixou que um indício de cor subisse até suas bochechas.

A valsa terminou, e eles iniciaram a dança seguinte imperceptivelmente, um pouco mais complexa desta vez. Ela se lembrava das aulas com Mor — era linda, ágil e como estar em um sonho, até que o minuto final se tornava tão grandioso que sempre a deixava sem fôlego. Antecipação latejou em seu corpo, fazendo com que seus olhos brilhassem.

— Você é desperdiçada na Corte Noturna — murmurou Eris, quando Nestha girou e envelopou os dois com sua saia. — Completamente desperdiçada.

— Não tenho certeza se isso é um elogio.

Outra risada. Nestha percebeu um movimento mas não tirou o olhar de Eris, não parou seus passos, até que...

— Saia.

A voz fria de Cassian quebrou o feitiço da música, fazendo-a parar. Ele ficou de pé diante dos dois, em meio ao mar de pessoas girando e girando, e embora a maioria delas usasse preto, a armadura e as armas dele faziam com que ele parecesse... diferente. Como um pedaço literal da noite.

Eris abaixou o nariz reto para Cassian.

— Não recebo ordens de brutamontes.

Nestha conteve o grunhido e disse friamente para Cassian:

— Devo entender isso como um convite para dançar?

— Deve. — Os olhos castanhos dele queimavam com violência. Será que tinha mesmo acreditado no que tinha visto naquele salão de dança?

Eris estampou os dentes para Cassian.

— Vá se sentar aos pés do mestre, cão.

Foi necessária toda a concentração dela, cada momento de Silenciamento Mental, para evitar rasgar o pescoço de Eris. Mas Nestha sufocou a fúria, até o lugar onde ela continha o poder.

— Ninguém gosta de um parceiro egoísta, Eris. — Ela nem mesmo olhou para Cassian. Não confiava no que faria se visse mágoa nos olhos dele diante do insulto de Eris. Feyre e Rhysand haviam dado a Eris uma das lâminas dela para garantir a aliança contínua dele. Ela não colocaria tudo em risco agora. Então Nestha acrescentou, cantarolando: — Hora de compartilhar.

Eris lançou a ela um sorriso debochado.

— Vamos brincar depois, Nestha Archeron. — Ele ignorou Cassian conforme se dirigiu ao altar de novo.

Sozinha com Cassian, com o salão de dança lotado fervilhando ao redor deles, Nestha indagou:

— Está feliz agora?

O rosto dele parecia pedra.

— Não. — Um olhar por cima do ombro mostrou a ela um Rhys e uma Feyre de expressões tensas, que estavam sem dúvida gritando na mente dele. Mas se ela e Cassian permanecessem daquele jeito por tempo demais, o feitiço que ela tecera em Eris poderia ser interrompido e...

Cassian ofereceu a mão a ela. Engoliu em seco uma vez.

Ele estava *nervoso*. Aquele macho que enfrentara exércitos inimigos, que batalhara até a beira da morte mais vezes do que ela se importava em contar, que lutara contra tantos perigos que era um milagre que estivesse vivo... estava nervoso.

Aquilo suavizou algum pedaço crucial dela, e Nestha deslizou a mão para a dele, os calos dos dois roçaram uns contra os outros. A mão dele deslizou pela cintura dela, tão grande que cobria quase a metade do tronco de Nestha. Ela segurou a saia e ergueu os olhos para ele.

Nestha recuou um passo, guiando-o, guiando os dois, para a dança, e Cassian a seguiu.

Ele não era gracioso como Eris. Não se movia instintivamente a cada batida como ela. Mas ele acompanhava, disposto a segui-la para a música, para o som e o movimento, e os olhos dele não deixaram, não quiseram deixar o rosto dela.

Os passos dos dois se apressaram, e Cassian encontrou seu ritmo.

Ele a girou, e Nestha virou, os braços dele esperando para segurá-la.

A mão na cintura dela se apertou, o único aviso dele quando Cassian os lançou mais adiante, mais rápido para a música. Cassian sorriu para ela, e o mundo sumiu. A música não era mais a coisa mais linda que existia. Era ele.

Nestha não conseguiu se segurar então.

Segurar o sorriso que por fim brotou nela em resposta, tomando seu rosto, luminoso como o amanhecer.

Cassian só aceitou entregar Nestha a Azriel, o qual a deslizou para uma valsa com a mesma facilidade com que respirava.

Caminhando até a mesa de vinho para se servir de uma taça, Cassian encontrou os olhares de alguns cortesãos que fitavam Nestha e deixou que eles vissem o que aconteceria se sequer chegassem perto dela. Eles rapidamente se dispersaram, e ele se recostou em uma pilastra, satisfeito em ver Nestha dançar com seu irmão.

Mor estava ao seu lado um momento depois, com lábios se curvando para cima.

— Parece que as lições valeram a pena.

Cassian beijou a bochecha dela.

— Devo uma a você. — Eles haviam treinado em segredo durante as últimas semanas. Mor tinha rido sem parar quando ele pediu a ajuda dela.

Mas seus olhos estavam sombrios agora, e o rosto pálido.

— Como você está? — perguntou ele, neutro, muito ciente das pessoas ao redor. O que Mor tinha sido e o que significava agora para eles.

Mor ergueu um dos ombros, então deixou descer.

— Bem. — Ela assentiu para Nestha. — Gostei de ver o que ela fez. — Mor cutucou as costelas de Cassian com o cotovelo. — Mas acho que você não gostou. Você *precisava* interromper, não é mesmo?

Ele cruzou os braços.

— Rhys que se vire.

— Parece que Rhys está se virando — falou Mor, e Cassian acompanhou o olhar dela na direção do altar, onde Eris estava de pé ao lado dos tronos, falando com Rhys e Feyre.

Sem Rhys sequer piscar na direção deles, Cassian viu que o Grão-Senhor os deixou participar da conversa — ele estava dentro da mente de Rhys, vendo e ouvindo a conversa pelos olhos de Rhys. Pela quietude repentina de Mor, ele soube que ela também tinha sido puxada para a conversa.

— Tudo bem — dizia Eris a Rhys, deslizando as mãos para os bolsos. — Você me mostrou o que posso ter, Rhysand. Estou intrigado o suficiente para perguntar o que você quer em troca.

Feyre disparou nos pensamentos de Rhys: *O quê?*

Cassian concordava com o sentimento de Feyre e seu corpo inteiro ficou tenso. Mas Rhys não se moveu de onde estava acomodado no trono.

— O que você quer dizer com isso?

Luxúria brilhava nos olhos de Eris. Luxúria cobiçosa, calculista. Cassian engoliu um rosnado.

— Quero dizer que dou o que você quiser em troca dela. Como minha noiva. — Ele indicou com o queixo a caixa com a adaga aos pés de Rhys. — Prefiro ter ela a ter isso.

Ele dançou três danças com ela!, gritou Feyre. Os lábios de Rhys pareciam lutar uma batalha perdida para não sorrir.

Cassian só conseguia encarar o pescoço de Eris, perguntando-se se deveria estrangulá-lo ou rasgar sua pele. Deixar que sangrasse até morrer ali, estirado no chão.

— Essa decisão não é minha — disse Rhys, calmamente, para Eris. — E parece tolice você me oferecer qualquer coisa que eu quiser em troca dela.

A mandíbula dele se contraiu.

— Tenho meus motivos.

Pelas sombras no olhar dele, Cassian soube que algo a mais estava por trás da oferta precipitada. Algo que nem mesmo os espiões de Az tinham captado na Corte Outonal. Só seria preciso um empurrão do poder de Rhys para dentro da mente dele e eles saberiam, mas... ia contra tudo o que eles representavam, pelo menos entre os aliados. Rhys exigia a confiança deles; ele precisava dá-la em troca. Cassian não podia culpar o irmão por isso.

Eris acrescentou:

— É um bônus, é claro, que ao fazer isso, eu estaria dando o troco a Cassian por ter estragado meu noivado com Morrigan.

Canalha. As mãos de Cassian se fecharam em punhos, mas os dedos de Mor desceram no braço dele. Carinhosos e reconfortantes.

Não podemos atirá-lo às bestas sob a cela e acabar com ele?, disse Feyre, fervilhando, para Rhys.

De novo, os lábios de Rhys se repuxaram. *Tão sedenta por sangue*, Cassian ouviu o Grão-Senhor cantarolar para a parceira. Mas Rhys falou:

— Qualquer coisa que eu quiser, sejam exércitos da Corte Outonal ou seu primogênito, você me daria em troca de Nestha Archeron como sua esposa?

Cassian grunhiu baixo na garganta. O irmão dele estava deixando aquilo ir longe demais.

Eris fez expressão de raiva.

— O primogênito já seria pedir demais, mas sim, Rhysand. Se você quer exércitos contra Briallyn e meu pai, são seus. — Os lábios dele se curvaram para cima. — Eu não poderia deixar a irmã de minha esposa ir para a batalha sem ajuda, poderia?

Você pode devolver todos os presentes de Solstício em troca de me deixar dilacerá-lo, falou Feyre. Cassian fechou a boca para evitar gritar em concordância.

Mas Rhys, o babaca, riu silenciosamente. O rosto dele permaneceu frio como pedra quando ele falou:

— Vou considerar isso e falar com Nestha. Mas fique com a adaga. Pode precisar dela.

Cassian olhou para Azriel e Nestha, ainda valsando belamente.

Aquilo não atiçou uma brasa de seu temperamento.

Mas Eris... Aliado ou não, ele se certificaria de que o canalha recebesse o que merecia.

CAPÍTULO 58

Nestha estivera ali antes. Um ano antes, na verdade.

Uma casa diferente, em uma parte diferente daquela cidade, mas permanecera de pé do lado de fora enquanto os outros comemoravam o Solstício de Inverno do lado de dentro, e se sentira como um fantasma olhando para dentro pela janela.

Gelo encrustava o Sidra atrás da casa, o gramado que se inclinava na direção do rio estava branco como o inverno. Mas guirlandas e galhos de sempre-verde decoravam a casa do rio — a epítome de uma acolhida calorosa.

— Pare de fazer careta — disse Cassian. — É uma festa, não um funeral.

Ela olhou com raiva para ele, mas Cassian abriu a porta da frente e revelou um caos de música e gargalhadas.

Ela não tinha dormido com ele depois do baile, ou desde então. Ele parecia disposto quando voltaram para a Casa do Vento, mas Nestha disse que estava cansada e foi para o próprio quarto.

Porque assim que aquela música acabou e a dança parou, ela percebeu o quanto sorria tolamente para ele, o quanto as muralhas de sua mente tinham caído por terra. Eris dançara com ela mais duas vezes depois de Azriel, e ele tinha tanta determinação nos olhos que Nestha soube que tinha tecido bem seu feitiço. Ele pedira a mão dela, Nestha descobriu, com bastante orgulho.

Ela deixou que Rhysand e Feyre decidissem como tirar melhor proveito daquela oferta.

Em vez de se preocupar com isso, ela se concentrou no treino. Entregando-se a ele. As sessões tinham parado durante as festividades, mas ela subira até o ringue na manhã seguinte para praticar mesmo assim, socando a viga de madeira vigorosamente para expulsar seus pensamentos ruidosos.

Agora, acompanhava Cassian até a casa do rio, onde ele imediatamente se dirigiu para a sala de estar, tirou a capa coberta de neve e deixou-a em um banco no grandioso corredor no caminho. Nestha franziu a testa para a neve que pingava no material brocado e pegou a capa, ansiosa por alguma coisa com que se ocupar para evitar entrar naquela sala. Ela abriu a própria capa e olhou pelo corredor em busca de um armário de casacos ou ganchos, e encontrou o primeiro enfurnado sobre o arco da escada. Ela pendurou as duas peças de roupa ali, e deu um suspiro intenso ao fechar a porta.

— Você veio — disse Elain atrás dela, e Nestha se sobressaltou, pois não ouvira a irmã chegar. Ela observou Elain da cabeça aos pés, perguntando-se se aprendera a ser sorrateira com Azriel ou com as duas meio espectros que ela chamava de amigas. Fora-se o vestido preto do baile que lhe caía mal, substituído por um vestido de veludo ametista. Metade do cabelo dela estava preso, e ele cacheava até a cintura. Ela radiava com boa saúde. Exceto por...

Os olhos castanhos de Elain estavam cautelosos. Normalmente, aquele olhar era reservado para Lucien. O macho *estava* definitivamente na sala de estar, pois Nestha sabia que Feyre e Rhys o haviam convidado, mas para que aquele olhar fosse direcionado a Nestha...

Elas não tinham falado da briga durante os poucos minutos que tiveram juntas antes da procissão do baile, e então Nestha evitou Elain completamente até o fim do evento. Ela não sabia o que diria. Como consertar aquilo.

Nestha pigarreou.

— Cassian disse que poderia ser... bom se eu viesse.

Os olhos de Elain se agitaram.

— Feyre pagou a você, como no ano passado?

— Não. — Vergonha percorreu Nestha.

Elain suspirou e olhou por cima do ombro de Nestha, para a porta aberta do outro lado da entrada que dava passagem para a festa apenas para o pequeno círculo íntimo deles.

— Por favor, não deixe Feyre chateada. É aniversário dela, para início de conversa. E no estado dela...

— Ah, *vai se foder* — disparou Nestha, e então engasgou.

Elain piscou. Nestha piscou de volta e foi tomada por horror.

E então Elain caiu na gargalhada.

Gargalhadas uivadas, quase choros, que a fizeram se curvar, tentando tomar fôlego. Nestha apenas a encarou, dividida entre fazer perguntas e querer se atirar no Sidra gelado.

— Me... Desculpe, de verdade...

Elain ergueu a mão e limpou os olhos com a outra.

— Você *nunca* disse isso para mim! — Ela riu de novo. — Acho que é um bom sinal, não é?

Nestha balançou a cabeça lentamente, sem entender. Elain apenas deu o braço à irmã e a levou na direção da sala de estar, onde Azriel estava parado à porta, monitorando-as. Como se ele tivesse ouvido a risada afiada de Elain e se perguntasse o que tinha causado aquilo.

— Eu só estava verificando a sobremesa — explicou Elain, conforme elas se aproximaram da porta e de Azriel. Nestha encontrou o olhar do encantador de sombras e ele assentiu para ela. Então seu olhar se voltou para Elain, e embora fosse completamente neutro, alguma coisa carregada passou por ali. Passou entre os dois. Elain prendeu um pouco a respiração, e ela deu a Azriel um aceno curto em cumprimento antes de passar de raspão, levando Nestha para a sala.

Mor estava acomodada em um sofá de veludo verde diante da lareira; Amren estava sentada no colo de Varian no sofá idêntico, diante de Mor, e Feyre estava ao lado deles, com a mão na barriga. Rhys estava jogado em uma poltrona, e Cassian ocupava uma segunda poltrona na qual Lucien estava encostado, discutindo com eles sobre algo que parecia relacionado a um evento esportivo.

Nestha tinha tentado convencer Emerie e Gwyn a se juntarem a ela, mas as duas recusaram. Emerie disse que tinha a obrigação de visitar sua família terrível, e Gwyn apenas disse que não estava pronta para deixar a biblioteca para ir além do o ringue de treino. Então ali estava Nestha, sozinha com o mesmo grupo com o qual tinha lidado no ano anterior.

Foi aí que eles a viram se sentar emburrada como uma criança nos fundos da sala antes de sair impulsivamente.

Feyre sorriu para ela, irradiando com saúde e vida. Mas o olhar de Nestha se deteve em Amren.

A fêmea nem mesmo olhou para ela.

Varian reparou, e lançou a ela um olhar cauteloso que disse o bastante: Não, Amren não falaria com ela.

O peito de Nestha se apertou. Mas Cassian a chamou. Ele se levantou da poltrona, oferecendo o assento a ela, embora houvesse mais uma dúzia de lugares na sala.

— Sente — disse ele. — Quer chá de menta?

Ela sabia que estavam todos a observando e odiava que estivessem fazendo isso, mas também entendia o motivo. Mesmo assim, ela assentiu para Cassian e se sentou, dizendo a Feyre:

— Feliz aniversário.

Feyre sorriu de novo.

— Obrigada.

E foi isso. Nestha ignorou a sensação coletiva de alívio que preencheu a sala e se virou, voltando a cabeça para cima e olhando para Lucien, o qual a cumprimentou com uma cautelosa inclinação do queixo. Elain, aquela miserável, ocupara o assento entre Feyre e Varian, o mais longe de Lucien que conseguia ficar. Azriel permanecia à porta.

— Como está a Corte Primaveril? — perguntou Nestha. O fogo estalou alegremente à direita dela, e ela permitiu que o som ondulasse e passasse por ela. Reconheceu o estalo e o que aquilo fazia com ela, e seguiu em frente enquanto ela se concentrava no macho com quem tinha falado.

A mandíbula de Lucien se contraiu.

— Como se esperaria que estivesse.

Tensão ondulou pela sala, confirmando que Tamlin tinha ouvido a notícia sobre a gravidez de Feyre. Pela expressão sombria de Lucien, ela sabia que ele não tinha reagido bem. Nestha falou:

— E Jurian e Vassa?

— Apertando o pescoço um do outro, como eles gostam — disse Lucien, com um tom um pouco afiado. Ela se perguntou o motivo daquilo, e não conseguiu de modo algum interpretar. Lucien perguntou, tomando o chá: — Como vai o treinamento?

Ela sorriu para ele, um verdadeiro sorriso.

— Bom. Estamos aprendendo a estripar machos.

Lucien engasgou com a bebida e quase cuspiu na cara dela. Cassian apareceu, com uma xícara de chá fumegante nas mãos, e a entregou a Nestha antes de dizer orgulhosamente a Lucien:

— Como era de se esperar, Nes é excepcional nisso.

Mor levantou o copo em um brinde debochado.

— Minha parte preferida do treino.

Nestha franziu a testa.

— Mas ainda não cortamos a fita.

As sobrancelhas de Mor se uniram.

— Então estão mesmo aprendendo as técnicas valquírias.

Nestha assentiu. Elas estavam tão ocupadas durante as aulas de dança que os detalhes do treino não tinham sido mencionados.

Mor sorriu.

— Você se importa se eu me juntar a vocês depois que esse negócio com Vallahan acabar? Eu não tive a chance de treinar com as valquírias antes da primeira Guerra, e depois dela, todas se foram.

— Acho que as sacerdotisas gostariam de ver você — falou Nestha, e olhou para Cassian para se certificar de que ele não se importava. Ele gesticulou com a mão.

O sorriso de Mor se tornou malicioso.

— Que bom. Também quero me certificar de que Cassian use o presente dele no treino.

— Que os deuses me poupem — resmungou Cassian, e o estômago de Nestha se revirou. Ela não tinha comprado nada para eles, não tinha comprado nada para *ele*. Havia dito isso antes de ele voar com ela até ali, e Cassian não se importara, mas... ela se importava.

Nestha aninhou seu chá, e a conversa prosseguiu em torno dela. Mas Nestha conseguiu afastar aquela sensação ruim, pelo menos por enquanto. Conseguiu participar.

Azriel continuou perto da porta, tão calado que quando Feyre e Mor começaram a falar sobre algumas das pinturas dela, Nestha foi até o macho.

— Por que você não se senta? — Ela encostou na porta ao lado do encantador de sombras.

— Minhas sombras não gostam muito das chamas. — Uma mentirinha besta. Nestha vira Azriel diante de chamas muitas vezes. Mas ela olhou para quem estava sentado perto delas e soube a resposta.

— Por que você veio se isso o atormenta tanto?

— Porque Rhys me quer aqui. Ele ficaria magoado se eu não viesse.

— Bom, para mim essas festividades são uma besteira.

— Para mim não.

Ela arqueou uma sobrancelha. Ele explicou:

— Elas unem as pessoas. E trazem alegria. São uma época de parar, refletir e se reunir, e essas coisas nunca são ruins. — Sombras escureceram seu olhar, tão cheios de dor que ela não conseguiu se impedir de tocar o ombro dele. Deixando que Azriel visse que ela entendia o motivo de ele permanecer à porta, o motivo de ele não chegar perto do fogo.

O segredo era dele para contar, jamais dela.

O rosto de Azriel permaneceu neutro.

Então Nestha lhe deu um pequeno aceno e voltou para a conversa, ocupando um lugar no braço cilíndrico do sofá mais próximo.

Uma hora se passou antes de Mor começar a reclamar para abrir os presentes. Rhys estalou os dedos e uma pilha deles surgiu.

Cassian se preparou para qualquer que fosse o presente horrível que Mor tinha trazido para ele — e olhou para Nestha. Ele tinha guardado o presente dela no bolso, reservando-o para dar a ela em particular mais tarde. Tinha feito o mesmo no ano anterior, e a maldita coisa tinha acabado no fundo do Sidra. Provavelmente carregada pelo mar.

Ele passara meses procurando o livro, tão minúsculo que caberia nas mãos de uma boneca, mas tão precioso que havia lhe custado uma quantia indecente de dinheiro. Uma miniatura de manuscrito iluminado, feita pelas habilidosas mãos dos menores dos feéricos inferiores — um dos primeiros livros impressos que existiam. Não era destinado à leitura — mas ele achou que alguém que adorava livros tanto quanto Nestha apreciaria aquele pedaço da história. Mesmo que ela se ressentisse de todas as coisas feéricas. Ele se arrependeu de jogar o livro no Sidra assim que sumiu sob o gelo, mas... tinha sido um tolo naquela noite.

Esse ano, ele rezava para que fosse diferente. Parecia diferente.

Nestha estava melhor naquela noite do que no ano anterior. Uma pessoa completamente diferente. Ela não ria abertamente como Mor e Feyre, ou sorria com doçura como Elain, mas falava, participava, e às vezes ria. Ela via tudo, ouvia tudo. Até a lareira, que ela parecia ignorar. Seu peito se encheu de orgulho ao ver aquilo. E de alívio. E só aumentou quando ele notou que ela se importou tanto com a distância de Azriel que foi até ele conversar.

Apenas Amren a ignorava, e Nestha ignorava Amren. A tensão entre as duas era um fio de relâmpago carregado. Mas ninguém disse nada, e elas pareceram contentes em fingir que a outra não existia.

Ninguém ofereceu presentes para o bebê, pois era contra a tradição dos feéricos fazer isso antes de o bebê nascer, temerosos de atrair azar ao gozar das bênçãos antes da hora. Mas os presentes de aniversário de Feyre eram abundantes — quase de um jeito irritante.

Os presentes de Cassian eram a variedade estranha de sempre: um manuscrito antigo sobre estratégias de guerra de Rhys, uma sacola de carne-seca de Azriel — *Eu literalmente não consegui pensar em nada que você fosse gostar mais do que isso*, foi o que Az disse quando Cassian gargalhou — e um suéter verde horroroso de Mor que dava um ar doente para a pele dele. Amren dera um conjunto de temperos para levar em viagens — *para você não precisar sofrer sempre que estiver em Illyria* — e Elain deu a ele uma xícara de cerâmica especialmente projetada com uma tampa com a qual ele podia viajar, encantada para que não quebrasse e para manter o chá quente durante horas.

Feyre lhe deu uma pintura, a qual ele abriu em particular, e precisou conter as lágrimas antes de esconder atrás da poltrona. Um retrato dele, Azriel e Rhys, de pé no ato de Ramiel, depois do Rito de Sangue. Ensanguentados, roxos, imundos, com os rostos cheios de triunfo sombrio e mãos unidas quando eles as levaram ao monólito no pico. Ela devia ter olhado na mente de Rhys para ver a imagem.

Cassian beijara a bochecha dela, o escudo havia se ausentado no momento, e murmurou um agradecimento — como se isso fosse bastar. Ele adoraria aquela pintura pelo resto da vida.

Ele e Lucien não trocaram presentes, embora o macho tivesse levado um presente para Feyre e outro para a parceira dele, que mal agradeceu depois de abrir os brincos de pérola. O coração de Cassian se apertou ao ver a dor gravada profundamente no rosto de Lucien quando ele tentou esconder o desapontamento e a ansiedade. Elain apenas se encolheu mais, sem vestígios daquela ousadia recém-descoberta.

Cassian conseguia sentir que Nestha o observava, mas quando ele olhou, a expressão dela era indecifrável. Ninguém tinha trazido presentes para ela, exceto por Feyre e Elain, que juntas tinham dado à irmã um ano de crédito para comprar livros na livraria preferida dela na cidade. Tinha um limite de trezentos livros, o que elas pareceram achar que seria mais do que ela poderia ler em um ano. Quinhentos livros teriam sido um palpite mais seguro, ele sabia.

Mas então Azriel se aproximou dela. Nestha piscou diante do presente que o encantador de sombras colocou em seu colo.

— Não trouxe nada para você — murmurou ela para Az, com as bochechas corando.

— Eu sei — disse ele, sorrindo. — Não me importo.

Cassian tentou se concentrar no presente em suas mãos — o conjunto de pente e escova de prata que havia comprado para Mor, gravados com o nome dela — mas seu olhar se fixou nos dedos de Nestha quando ela abriu a caixa. Ela olhou para o que havia dentro, então olhou para Azriel, confusa.

— O que é isso?

Azriel pegou a pequena vareta de prata dobrada que havia dentro e a abriu. Uma ponta tinha um clipe, e a outra, uma pequena esfera de vidro.

— Você pode prender isso a qualquer livro que esteja lendo, e a bolinha de luz feérica vai brilhar. Para não precisar forçar a vista quando estiver lendo à noite.

Nestha tocou a bola de vidro, que não era maior do que a unha de seu polegar, e luz feérica se acendeu dentro dela, projetando um brilho forte e suave em seu colo. Ela bateu ali de novo e a luz se apagou. E então ela ficou de pé com um salto e abraçou Azriel.

A sala se calou um segundo.

Mas Azriel riu e a apertou com cuidado. Cassian sorriu ao ver aquilo — ao ver os dois.

— Obrigada — disse Nestha, afastando-se rapidamente para se maravilhar com o objeto. — É genial.

Com as sombras espiralando, Azriel corou e recuou um passo.

Nestha olhou para Cassian, e aquela luz estava mais uma vez nos olhos dela. Tanto que ele quase deu o presente dela ali mesmo.

Mas considerando como a tentativa do ano anterior tinha acabado, considerando que desde o baile ela havia permanecido longe da cama dele... ele se segurou.

Caso ela estilhaçasse seu coração de novo.

Por volta de uma da manhã, os olhos de Nestha doíam de exaustão. Os demais ainda estavam bebendo, mas como não lhe foi oferecido vinho algum — e ela também não queria — ela não se juntara a eles na cantoria e na dança. Embora tivesse se servido de três pedaços do bolo de aniversário rosa ridiculamente grande de Feyre.

Cassian disse que eles ficariam ali naquela noite, pois ele estaria bêbado demais para voar os dois de volta para a Casa do Vento, e Mor e Azriel estariam bêbados demais para atravessar os dois, sem falar que ele ainda precisaria voar com ela durante o último trecho. Rhys e Feyre provavelmente estariam aproveitando um ao outro quando estivessem todos prontos para partir.

A porta que Feyre indicara a ela já estava aberta, luzes feéricas brilhavam dentro do quarto opulento decorado com tons de branco, de creme e de bege. Luzes piscavam em jarros de vidro na cornija de mármore. As cortinas já estavam fechadas para a noite, faixas pesadas de veludo azul — a única cor do quarto, junto com alguns enfeites azuis. Era tranquilizador e tinha cheiro de jasmim, exatamente o tipo de quarto que ela teria decorado para si caso tivesse a chance.

Ela *tivera* a chance, percebeu Nestha. Feyre havia perguntando, e ela se recusara. Aparentemente, Feyre tinha feito ela mesma, sabendo de alguma forma do que a irmã gostaria.

Nestha se sentou à pequena penteadeira e encarou seu reflexo no silêncio.

A porta dela se abriu com um ranger, e então Cassian estava ali, encostado à porta, olhando para Nestha pelo espelho.

— Você não quis dizer boa noite?

O coração dela acelerou.

— Eu estava cansada.

— Você está cansada já faz algumas noites. — Ele cruzou os braços. — O que está acontecendo?

— Nada. — Ela se virou sobre o banquinho acolchoado da penteadeira. — Por que você não está lá embaixo?

— Você não perguntou sobre o seu presente.

— Achei que não ganharia nada de você.

Ele se afastou da ombreira da porta e a fechou às suas costas. Cassian tomava todo o ar do quarto apenas ao ficar de pé ali.

— Por quê?

Ela deu de ombros.

— Só uma impressão.

Ele tirou uma caixinha do casaco e a deixou na cama entre os dois.

— Surpresa. — Cassian engoliu em seco quando Nestha pegou a caixa, examinando-a. Mas ela não chegou a abrir.

— Desculpe pelo modo como me comportei no último Solstício. Pelo quanto fui horrível.

Ele havia comprado um presente para ela naquela ocasião também. E Nestha nem ligara, estava tão miserável que queria magoá-lo por aquilo. Por se importar.

— Eu sei — disse ele, com a voz embargada. — Eu perdoei você há muito tempo. — Ela ainda não conseguia olhar para ele, mesmo enquanto Cassian dizia: — Abra.

As mãos de Nestha tremeram um pouco quando ela obedeceu, encontrando uma bola prateada aninhada na caixa de veludo preto. Era do tamanho de um ovo de galinha, redonda, exceto por uma área que tinha sido achatada para que pudesse ser apoiada em uma superfície sem sair rolando.

— O que é isso?

— Toque no topo. Apenas um toquezinho.

Lançando um olhar confuso para ele, ela fez como pedido.

Uma música preencheu o quarto.

Nestha saltou para trás e levou a mão ao peito enquanto ele ria.

Mas... tinha *música* saindo daquela esfera prateada. E não qualquer música, mas as valsas do baile da outra noite, puras e livres de qualquer multidão tagarelando, como se ela estivesse sentada em um teatro para ouvi-las.

— Essa não é a esfera Veritas — foi o que Nestha conseguiu dizer enquanto a valsa irrompia da esfera, tão nítida e perfeita que o sangue dela cantou de novo.

— Não, é uma Sinfonia, um aparelho raro da corte de Helion. Pode prender a música dentro dele e tocar de novo para você. Foi originalmente inventado para ajudar a compor música, mas nunca se popularizou, por algum motivo.

— Como você conseguiu tirar o ruído da multidão quando prendeu o som da outra noite? — maravilhou-se ela.

As bochechas de Cassian coraram.

— Voltei lá no dia seguinte. Pedi aos músicos na Cidade Escavada que tocassem de novo para mim, e algumas das preferidas deles. — Ele indicou a esfera. — E então fui a algumas de suas tavernas preferidas e encontrei os músicos e pedi que tocassem...

Ele parou de falar ao ver a cabeça baixa dela. As lágrimas que ela não conseguia segurar. Nestha não tentou segurá-las quando a música invadiu o quarto.

Ele tinha feito tudo aquilo por ela. Tinha encontrado uma forma de ela ter música sempre.

— Nestha — sussurrou Cassian.

Ela fechou os olhos para sufocar a compreensão que subia dentro de si como se fosse uma onda de maré. Aquilo varreria tudo no caminho depois que Nestha admitisse. E a consumiria por inteiro. Aquele pensamento bastou para ela se esticar e limpar as lágrimas.

— Não posso aceitar.

— Foi feita para você. — Ele sorriu suavemente.

Ela não podia suportar aquele sorriso, a bondade e a alegria. E disse:

— Não vou aceitar isso. — Ela colocou a esfera de volta na caixa e entregou a ele. — Devolva.

Os olhos de Cassian estremeceram.

— É um presente, não é a porra de um anel de noivado.

Ela enrijeceu o corpo.

— Não, para isso eu vou atrás do Eris.

Ele ficou imóvel.

— Como é?

Nestha estampou uma expressão fria, o único escudo que tinha contra ele.

— Rhys disse que Eris me quer como noiva dele. Que fará qualquer coisa que quisermos em troca de minha mão.

Os Sifões sobre as mãos de Cassian brilharam.

— Você não está considerando aceitar.

Ela não disse nada. Deixou que ele acreditasse no pior.

Ele grunhiu.

— Entendi. Eu chego perto demais, e você me afasta de novo. De volta à segurança. Melhor se casar com uma víbora como Eris do que estar comigo.

— Eu não estou *com* você — disparou ela. — Estou *transando* com você.

— É só para isso que sirvo, não é mesmo? Um brutamontes bastardo.

— Eu não disse isso.

— Não precisa. Você já disse mil vezes antes.

— Então por que você se deu o trabalho de interromper a dança no baile?

— Porque eu estava com ciúmes, porra! — rugiu ele, abrindo as asas. — Você parecia uma *rainha*, e estava dolorosamente óbvio que você deveria ficar com um príncipe como Eris, e não com um nada sem título como eu! Porque não aguentei ver aquilo, nem meus ossos aguentaram! Mas vá em frente, Nestha. Vá em frente, porra, e se *case* com ele, e boa sorte de merda para vocês!

— *Eris* é o brutamontes — disparou ela em resposta. — Ele é um brutamontes e um *merda*. E eu me casaria *mesmo* com ele, porque eu sou *exatamente* como ele!

As palavras ecoaram pelo quarto.

O rosto magoado de Cassian arrasou com Nestha.

— Eu mereço Eris. — A voz dela falhou.

Cassian respirou ofegante, os olhos dele ainda estavam acesos com fúria, e agora também com choque.

Nestha disse, rouca:

— Você é bom, Cassian. E você é *corajoso*, e genial, e carinhoso. Eu poderia matar qualquer um que algum dia lhe diminuiu. E sei que eu mesma já fiz isso, e me odeio. — Os olhos dela queimaram, mas Nestha combateu aquilo. — Você é *tudo* que eu nunca fui, e nunca vou ser boa o bastante para você. Seus amigos sabem disso, e carrego essa verdade comigo o tempo todo, que eu não mereço você.

A fúria escapou do rosto dele.

Nestha não segurou as lágrimas que caíram, ou as palavras que saíram aos tropeços.

— Eu não merecia você antes da guerra, ou depois, e certamente não mereço agora. — Ela soltou uma risada grave e falhada. — Por que você acha que afastei você? Por que acha que eu não queria falar com você? — Ela levou a mão ao peito dolorido. — Depois que meu pai morreu, depois que fracassei de tantas formas, me privar de você... — Nestha soluçou. — Era minha punição. Você não entende? — Ela mal conseguia vê-lo através das lágrimas. — Desde que lhe conheci, passei a querer você mais do que é racional. Desde o momento em que vi você em minha casa, você era tudo em que eu conseguia pensar. E isso me *apavorava*. Ninguém jamais tivera tanto poder sobre mim. E ainda morro de medo de, caso eu me permita ter você... que você seja levado de mim. Alguém vai levar você embora, e se você estiver morto... — Ela enterrou o rosto nas mãos. — Não importa — sussurrou Nestha. — Eu não mereço você. Nunca, nunca vou merecer.

Silêncio absoluto preencheu o quarto. Tanto silêncio que ela se perguntou se Cassian tinha partido, e abaixou as mãos para ver se ele estava ali.

Cassian estava de pé diante dela. Com lágrimas escorrendo pelo lindo e perfeito rosto dele.

Nestha não recuou e deixou que ele a visse daquela forma: seu modo mais cru, mais primitivo. Ele sempre a vira por inteiro mesmo.

Cassian abriu a boca e tentou falar. Ele precisou engolir em seco e tentar de novo.

No entanto, Nestha viu no olhar dele tudo o que não foi dito. As mesmas palavras que ela sabia que estavam nos dela.

Então ele parou de tentar falar, e se aproximou dela. Deslizou a mão para os cabelos de Nestha, a outra até a cintura e a puxou para ele. Cassian não falou nada ao abaixar a cabeça e roçar a boca nas lágrimas que desciam por uma das bochechas dela. Depois a outra.

Nestha fechou os olhos, permitindo-se saborear os lábios dele em sua pele superaquecida, a forma como o hálito dele acariciava sua bochecha. Cada beijo carinhoso ecoava aquelas palavras que ela vira nos olhos dele.

Cassian recuou e permaneceu desse jeito por tempo o suficiente para que ela abrisse os olhos de novo e encontrasse o rosto dele a centímetros do dela.

— Você não vai se casar com Eris — disse ele, rudemente.

— Não — sussurrou ela.

Os olhos dele se incendiaram.

— Não haverá mais ninguém. Para nenhum de nós.

— Não — sussurrou ela.

— Nunca mais — prometeu ele.

Nestha apoiou a mão no peito musculoso dele, deixando que as batidas estrondosas do coração ali abaixo ecoassem na palma de sua mão. Deixando que viajassem pelo seu braço, para dentro do seu peito, de seu coração.

— Nunca mais — jurou ela.

Era tudo o que ele precisava. Tudo que ela precisava.

A boca de Cassian encontrou a dela, e o mundo deixou de existir.

O beijo foi punitivo e intenso, meticuloso e frenético, uma reivindicação e uma entrega. Nestha não teve palavras para aquilo. Ela fechou os braços em volta dele, aproximou o corpo o máximo que conseguiu e, carícia após carícia, encontrou a língua de Cassian.

Ele grunhiu e a guiou de costas até a cama enquanto sua boca devorava, provava e dizia tudo o que ela ainda não conseguia proferir, mas um dia, talvez em breve, ela conseguiria. Por ele, ela encontraria a coragem de falar.

A parte de trás das pernas dela encontrou o colchão, e Cassian interrompeu o beijo deles para cuidar das roupas.

Ela esperava que ele rasgasse e arrancasse. Mas Cassian cuidadosamente tirou o vestido dela, com dedos trêmulos conforme abriam cada botão das costas da anágua. Os dedos dela tremiam também quando Nestha tirou a camisa dele.

Então eles estavam nus, encarando um ao outro de novo com aquelas palavras não ditas nos olhos, e Nestha deixou que ele a deitasse na cama. Deixou que Cassian subisse nela.

Não houve nada bruto ou selvagem no que se seguiu.

Nestha não queria a cabeça de Cassian entre suas pernas. Nem mesmo queria os dedos dele. Quando ele deslizou um dedo pelo centro dela, ela deixou que ele sentisse que ela estava pronta e então pegou sua mão, entrelaçando os dedos deles quando a outra mão dela se fechou no pau de Cassian e o guiou na direção dela.

Ele roçou a entrada dela, então parou. Os olhos dele encontraram os seus.

E então Cassian a beijou intensamente quando deslizou para dentro.

Ela arquejou. Não para a plenitude de tê-lo dentro dela — mas para aquela coisa em seu peito. A coisa que retumbava e batia selvagemente conforme ele olhava para Nestha de novo, deslizava para fora quase até a ponta, então mergulhava novamente para dentro.

Nesse segundo mergulho, a coisa no peito dela — o coração de Nestha... Se entregou completamente a Cassian.

No terceiro, Cassian a beijou de novo.

No quarto, Nestha entrelaçou os braços em volta da cabeça e do pescoço de Cassian e o segurou ali enquanto o beijava, beijava e beijava.

No quinto, as paredes daquela fortaleza interior de ferro antigo sucumbiram. Cassian se afastou, como se sentisse, e os olhos dele se iluminaram quando encontraram os dela.

Mas ele continuou avançando para dentro dela, fazendo amor com Nestha por completo, sem urgência. Então Nestha deixou tudo o que havia além daquelas paredes de ferro se abrir na direção dele. Fio após fio de pura luz dourada fluiu para dentro de Cassian, e ele os recebeu com os próprios fios. Onde aqueles fios se entrelaçavam, a vida brilhava como fogo estelar, e Nestha jamais vira algo mais lindo, jamais sentira algo mais lindo.

Ela estava chorando, e não sabia por que — só sabia que não queria que aquilo acabasse nunca, aquela união entre eles, a sensação de que ele se movia tão profundamente dentro dela que ela o queria impresso em sua pele. As lágrimas de Cassian pingavam no rosto dela, e Nestha levantou a mão para limpá-las. Ele abaixou a cabeça contra a mão dela, esfregando-se ali.

— Diga — sussurrou Cassian, contra a pele de Nestha.

Ela sabia do que ele estava falando. De alguma forma, ela sabia.

Nestha esperou até que Cassian avançasse de novo e mergulhasse o mais fundo para dentro dela que já havia ido, e sussurrou:

— Você é meu.

Ele gemeu, avançando rápido.

Ela sussurrou:

— E eu sou sua. — Aqueles fios dourados entre as almas deles brilharam com as palavras, como se formasse uma harpa tocada por uma mão divina.

Pois havia música entre as almas deles. Sempre houvera. E a voz de Cassian era a melodia preferida de Nestha.

— Nestha. — Ela ouviu a súplica no nome dela. Ele estava perto, e queria que ela chegasse lá com ele. Queria que mergulhassem no êxtase juntos. Era importante para ele, por algum motivo, que naquela união, naquele momento, eles chegassem lá como um.

Cassian abaixou a cabeça até o seio dela, os dentes se fecharam em torno do mamilo e a língua brincou com a pele.

Era tudo de que Nestha precisava para levá-la ao clímax. Ela gemeu, e ele fez de novo, sincronizando a língua com os avanços fortes do pênis. De novo e de novo.

Os fios dourados brilharam e cantaram, e ela não conseguiu aguentar, a música entre as almas deles, a sensação do corpo de Cassian no dela, dentro dela, e...

O clímax explodiu por ela, arrasando com o último pedaço daquela muralha interior, devastando montanhas e florestas, varrendo o mundo com luz e prazer, estrelas caíram do céu em uma chuva interminável.

Cassian rugiu quando gozou, e o som foi o chamado de uma caçada, uma sinfonia, uma única corneta nítida tocando conforme o alvorecer rompia pelo mundo.

Havia apenas aquele momento, aquela coisa compartilhada entre eles, e durou por uma eternidade. O tempo não tinha influência alguma. O tempo sempre ficara parado em torno dele, em torno deles.

Cassian se derramou dentro dela sem parar, por mais tempo do que qualquer outra vez, como se ele estivesse se segurado nas ocasiões antes dessa, como se tivesse deixado as próprias defesas desabarem.

Para sempre, para sempre, para sempre.

A palavra ecoava a cada fôlego deles, com cada batida do coração, tão sincronizadas que eles pareciam bater como um.

Então silêncio, exuberante e sereno, recaiu, e Cassian permaneceu enterrado nela, encarando Nestha com maravilha e alegria no rosto.

Nestha se esticou para beijá-lo.

Um beijo levou a outro e outro, e uma fome subiu como a maré dentro dela, entre eles. E então Cassian estava se movendo dentro dela de novo, mais rápido e mais forte, e o tempo deixou de existir de novo.

Horas depois, dias, semanas, meses e milênios depois, quando eles estavam finalmente exaustos, quando as almas deles tinham se unido inteiramente, Cassian saiu de dentro dela e desabou na cama.

Nestha mal conseguia se lembrar de palavras. Mas ela as encontrou quando sussurrou na escuridão:

— Fique comigo.

Um tremor o balançou, mas ele apenas sorriu quando a aninhou ao seu lado.

E quente, segura e em casa finalmente nos braços de Cassian, Nestha dormiu.

CAPÍTULO 59

Nestha abriu os olhos.

Ela sabia que se sentia acolhida e contente, mas demorou um pouco para entender o motivo. Para perceber que ainda estava nos braços de Cassian. Ela se deliciou com a sensação. Aproveitou cada fôlego que roçou em sua têmpora e sentiu a pressão dos dedos dele pela lombar dela. Uma calma se assentou nela, surpreendentemente parecida com o que ela sentia quando fazia seu Silenciamento Mental diário.

Cassian acordou logo em seguida, dando a ela um sorriso sonolento e saciado. O sorriso se suavizou até algo carinhoso, e durante longos minutos eles ficaram ali, se olhando enquanto Cassian passava a mão distraidamente pelas costas dela. As carícias logo se tornaram toques ardentes, e quando o dia raiou, eles se entrelaçaram de novo, fazendo amor plena e vagarosamente.

Quando mais uma vez se deitou suando e ofegante ao lado dele, passando um dedo pela depressão do abdômen musculoso de Cassian, Nestha murmurou:

— Bom dia.

Os dedos de Cassian alisaram o cabelo dela distraidamente.

— Bom dia para você também. — Ele olhou para a cornija da lareira, o pequeno relógio de madeira no centro, então se sentou com um impulso.

— Merda.

Nestha franziu a testa.

— Você tem algum compromisso? — Ele já estava saltando para dentro da calça, olhando para o chão em busca do restante das roupas. Nestha silenciosamente apontou para o outro lado da cama, onde a camisa dele estava sobre o vestido dela.

— Guerra de bola de neve. Vou me atrasar.

Nestha precisou analisar cada palavra, mas só conseguiu perguntar:

— O quê?

— Tradição anual, com Rhys e Az. Nós subimos até o chalé da montanha, me lembre de levar você lá um dia, e... Bom, é uma longa história, mas fazemos isso praticamente todos os anos há séculos, e não ganho há anos. Se não ganhar este ano, *nunca* vou parar de ouvir. — Tudo isso foi dito enquanto ele se enfiava na camisa, casaco de couro, e nas botas.

Nestha apenas riu.

— Vocês três, os guerreiros mais temidos de toda a terra, fazem uma guerra anual de *bolas de neve*?

Cassian chegou à porta e lançou a ela um sorriso malicioso.

— Eu mencionei que nós relaxamos na sauna de bétula anexa ao chalé depois?

Pelo sorriso malicioso, ela soube que ele quis dizer *completamente nus*. Nestha se sentou e seu cabelo deslizou sobre os seios. O olhar dele desceu mais, um músculo latejou no pescoço de Cassian. Por um segundo, ela esperou que ele avançasse até ela novamente. De fato, as narinas de Cassian se dilataram, sentindo o cheiro do desejo que ferveu dentro dela simplesmente ao ver o olhar dele pairando livremente sobre seu corpo, a forma como cada parte dele ficou tensa.

Mas Cassian engoliu em seco e o sorriso e a malícia sumiram quando ele pigarreou.

— Depois da guerra, preciso fazer uma inspeção completa das legiões de Illyria por alguns dias. Voltarei depois disso.

Sem sequer um beijo de despedida, ele sumiu.

Três dias se passaram sem notícias de Cassian. Ele fora substituído no treino por um Azriel de rosto impassível, que estava mais distraído do que o normal e nem mesmo sorria para ela, mas ele não protestou quando Nestha levou a Sinfonia para o ringue todas as manhãs pela motivação extra enquanto se exercitava. As sacerdotisas tinham se maravilhado com o presente, algumas delas até dançaram ao som da música, mas Nestha só conseguia pensar em quanto tempo e esforço Cassian tinha dedicado a ele. O quanto ele sabia que aquele presente significaria para ela.

O corpo inteiro de Nestha latejava com desejo, fazendo-a trincar os dentes. Três dias sem ele podiam muito bem ter sido três meses. Ela estava tão desesperada que sua mão agora deslizava para o meio das pernas no banho, na cama e até mesmo durante o almoço em seu quarto. Mas o clímax a deixava vazia, como se seu corpo soubesse que precisava de Cassian preenchendo-o. Ela perguntava a Azriel todos os dias quando ele voltaria, e Azriel só dizia, *Em breve*, antes de liderar as aulas.

Talvez ela tivesse perdido a cabeça. Talvez aquela parede de ferro em torno de sua mente fosse isso — a coisa que mantinha a sanidade dela. Certamente não era normal pensar tanto em uma pessoa, precisar *tanto assim* dele.

Era essa a preocupação que a atormentava quando eles encerravam os treinos, ofegantes e suados, apesar da manhã gelada, graças às corridas de velocidade das valquírias que estavam praticando: dez segundos em velocidade total, trinta segundos caminhando rápido, mais dez segundos correndo... Por quinze minutos seguidos. Depois que conseguissem completar, precisavam acrescentar os escudos. Então espadas. Tudo isso planejado para aumentar a resistência e para que se concentrassem em controlar a respiração entre rompantes de ataque e recuo. Tudo isso era uma completa loucura que não conseguia amansar nem a ponta da preocupação de Nestha quando ela perguntou a Emerie e Gwyn:

— Querem ficar na Casa comigo esta noite? — Ela indicou o arco. — Fazer uma leitura, ou algo assim?

Gwyn piscou, considerando o convite. Ela não tinha colocado os pés fora da biblioteca exceto para ir até as aulas ou usar o ringue de treino para cortar aquela fita. Mas respondeu:

— Vou pedir a Clotho.

Emerie deu risinhos para Nestha, como se soubesse por que ela precisava de companhia.

— Beleza.

Naquela noite, Nestha e Emerie liam em silêncio, fazendo companhia uma para a outra, na biblioteca particular, esperando por Gwyn. Emerie estava jogada na poltrona, as pernas balançando sobre um dos braços, de costas uma para a outra. Sem tirar os olhos do livro no colo, ela falou:

— Cassian deve ser *muito* bom de cama, para você ficar assim tão tensa enquanto ele está fora.

Nestha pigarreou, afastando as lembranças da boca dele, do corpo dele, da forma como o cabelo preto sedoso de Cassian caía de cada lado do rosto dele quando ele se deitava sobre ela, balançando conforme ele avançava para dentro dela.

— Ele é... — Ela emitiu um ruído grave com a garganta.

— Imaginei — disse Emerie, rindo. — Ele tem o Andar.

— O Andar?

Emerie deu risinhos.

— Você sabe, quando um macho sabe como usar bem o pau, e anda por aí com aquela arrogância que basicamente ostenta isso a todo mundo.

Nestha revirou os olhos.

— É bom que ele saiba usar bem, pois está vivo há quinhentos anos. — Ela riu com deboche. — Embora eu tenha conhecido muitos que provaram que isso nem sempre acontece.

Emerie arqueou uma sobrancelha para que Nestha prosseguisse, mas uma batida soou à porta da biblioteca. Gwyn colocou a cabeça para dentro, e observou a sala antes de entrar. A sacerdotisa carregava uma pequena sacola, presumivelmente o que ela precisaria para a noite. Nestha já pedira à Casa que preparasse um quarto para as três compartilharem, e quando ela entrou na biblioteca particular, encontrou-a transformada: diante da janela, contra a parede mais afastada, uma mesa com cadeiras fora substituída por três camas improvisadas, cada uma completa com cobertores e travesseiros.

Gwyn sorriu, embora sua pulsação estivesse acelerada contra o pescoço.

— Desculpem pelo atraso. Merrill me fez repassar um parágrafo com ela *dez vezes*. — Gwyn suspirou. — Por favor, diga que todo o chocolate é para nós.

A Casa tinha estocado a mesa entre as poltronas com pilhas de chocolate: trufas, bombons e barras. Junto com biscoitos e pequenos bolos de camadas. E uma bandeja de queijos e frutas. E garrafas de água e vários sucos.

Gwyn observou a mesa.

— Você se deu a esse trabalho todo?

— Ah, não — disse Emerie, com os olhos brilhando. — Nestha anda escondendo coisas de nós.

Nestha riu, mas Emerie falou:

— A Casa dá *qualquer coisa que você queira*. É só dizer em voz alta. — Diante das sobrancelhas erguidas de Gwyn, Emerie falou: — Eu gostaria de uma fatia de bolo de pistache, por favor.

Uma porção do bolo apareceu diante dela. Assim como uma tigela de chantilly com framboesas por cima.

Gwyn piscou.

— Você mora em uma casa mágica.

— Ela gosta de ler — admitiu Nestha, dando tapinhas em uma pilha de romances. — Ficamos amigas por isso.

Gwyn sussurrou para a sala:

— Qual é seu livro preferido?

Um livro bateu na mesa ao lado do bolo de Emerie, e Gwyn deu um grito de surpresa. Mas então esfregou as mãos.

— Ah, isso é bom.

— Esse sorriso boa coisa não é — falou Emerie.

O sorriso de Gwyn apenas se alargou.

Duas horas depois, Nestha se encontrava completamente vestida em uma banheira no meio da biblioteca particular com a coisa toda cheia de bolhas. Sem água, apenas bolhas. Em banheiras idênticas de cada lado dela, Emerie e Gwyn riam.

— Isso é ridículo — falou Nestha, mesmo enquanto a boca dela se curvava para cima.

Cada um dos pedidos delas tinha ficado mais e mais absurdo, e Nestha teve medo de estar abusando da Casa, mas esta havia sido tão exuberante em atender aos comandos delas. Acrescentando floreios criativos em cada magia.

Como o fato de que cada bolha tinha um minúsculo pássaro batendo as asas dentro.

Fogos de artifício silenciosos ainda explodiam no canto da sala, e um minipégaso — o pedido de Nestha, feito apenas quando as amigas insistiram com ela — se alimentava em um pequeno trecho de grama ao lado da prateleira, satisfeito ao ignorá-las. Um bolo mais alto do que Cassian estava no centro da sala, aceso com mil velas. Seis sapos dançavam em círculos em torno de um cogumelo de topo vermelho com bolinhas brancas, as valsas fornecidas pela Sinfonia de Nestha.

Emerie usava uma coroa de diamantes e seis cordões de pérolas. Gwyn exibia um chapéu de abas largas adequado a qualquer dama requintada, disposto em um ângulo inclinado na cabeça dela. Uma sombrinha de renda estava encostada em seu outro ombro, e ela a girava distraidamente enquanto olhava pelas janelas, o mundo do outro lado, e dizia, com uma voz sussurrada:

— Eu às vezes me pergunto se algum dia vou ter a coragem de sair até lá de novo. Todo dia temo não ter.

O sorriso de Nestha se desfez. Ela considerou as palavras antes de falar:

— Eu sinto o mesmo.

Porque aquela existência, morar na Casa, treinar, trabalhar na biblioteca... Não era a vida real. Não completamente. Quando ela tivesse permissão de voltar para a cidade, então enfrentaria a vida de novo. Veria se era digna daquilo. Essa ideia fazia o estômago dela se revirar.

Dissipando a tristeza, Gwyn saltou para fora da banheira, esparramou bolhas e caminhou até a sacola.

— Agora, não ousem rir de mim, mas trouxe uma coisa para fazermos. Não percebi que teríamos uma casa mágica para nos manter ocupadas. — Ela pegou um monte de fios coloridos. — Minha irmã e eu costumávamos trançar pulseiras e colocar esses pingentes cheios de desejos uma para a outra. — Ela pegou um saco e derramou algumas moedas de prata na palma da mão. Não eram maiores do que a unha do dedo mindinho dela, e tão finas quanto uma lâmina. A voz dela ficou baixa. — Nós acreditávamos que o desejo se tornaria verdade depois que a pulseira caísse.

Emerie perguntou, sutilmente:

— Qual era o nome dela?

— Catrin. — A voz de Gwyn estava preenchida por dor e tristeza. — Éramos gêmeas fraternas. O cabelo dela era preto como ônix, a pele, pálida como a lua. E ela era tão temperamental quanto o mar. — Gwyn riu baixinho. — Apesar dos defeitos dela, e dos meus, nós nos amávamos muito. Éramos tudo o que tínhamos quando éramos pequenas. Ela era a única com quem eu podia contar de verdade. Sinto saudade dela todo dia.

Nestha não conseguiu se impedir de pensar em Feyre.

Gwyn falou:

— Eu só queria ter mais um momento com ela. Só um, para dizer a ela que eu a amo e me despedir. — Ela esfregou os olhos, levantou a cabeça e olhou diretamente para Nestha. — Era o que realmente importava no fim das contas, sabe. Não as nossas briguinhas ou indiferenças. Esqueci de tudo isso quando ela... — Gwyn sacudiu a cabeça. — É tudo o que importa.

Nestha assentiu lentamente. Talvez não fossem só ela e Feyre, então. Talvez *todas* as irmãs passassem por dificuldades, brigas e abismos. Ela não era perfeita, mas... Feyre também não era. As duas tinham cometido erros. E as duas tinham vidas muito, muito longas pela frente. O que tinha acontecido no passado não precisava ditar o futuro.

Então Nestha assentiu de novo, deixando Gwyn ver a compreensão dela.

— É tudo o que importa — concordou Nestha.

Gwyn sorriu, e então se esticou, pigarreando.

— Consegui encontrar o fio e os pingentes antes do Solstício, pensando em fazer para vocês como presentinhos, mas levou mais tempo para chegarem do que achei que levariam. Então pensei que podíamos fazer as pulseiras hoje à noite. — Ela cuidadosamente apoiou os materiais na mesa mais próxima.

Nestha e Emerie se levantaram para olhar a variedade de fios: todas as cores e tonalidades, tudo cuidadosamente amontoado.

— Mostre como se faz — disse Emerie, baixinho. Nestha se perguntava se as palavras de Gwyn a teriam afetado também... que dor e esperança Emerie poderia estar guardando dentro dela.

Mas Gwyn sorriu e começou a demonstração ao selecionar três cores que achou que combinavam com o espírito de Emerie, pelo que disse. Verde, roxo e dourado. Nestha conteve uma risada e escolheu as cores para Gwyn: azul, branco e verde-mar. Emerie, por sua vez, escolheu as cores de Nestha: azul-marinho, carmesim e prata. Nestha e Emerie obedientemente tentaram copiar os passos "simples" de Gwyn: dobrar o fio ao meio, dar um nó, cortar as dobras, então prender a ponta da pulseira sob um livro pesado enquanto elas separavam cada fio pela cor. E então teve início um processo de trançar e puxar, de uma ponta à outra. Os nós de Emerie eram impecáveis. Os de Nestha...

— Sua pulseira vai ficar horrorosa, Gwyn. — Nestha fez careta para a confusão desajeitada e embolada que eram suas primeiras quatro fileiras.

— Continue — disse Gwyn, muito adiantada com sua pulseira e começando a acrescentar lindos padrões dentro das fileiras. — Os nós vão ficar mais bonitos com a prática. Só me avise quando chegarem na metade e então vamos colocar o pingente.

Elas trabalharam com companheirismo e ao som de música, comentários despreocupados saltavam entre uma e outra, Emerie e Gwyn ocasionalmente riam do trabalho terrível de Nestha.

— Agora — disse Gwyn, quando estavam na metade —, a gente faz pedidos uma para a outra. — Ela levou a mão a uma das pequenas moedas. — É só segurar isso na mão, pensar em alguma coisa para Emerie e...

— Espere — disse Nestha, segurando a mão de Gwyn antes que pudesse chegar ao pingente. — Deixa que eu faço.

As amigas dela a olharam com curiosidade, e Nestha engoliu em seco.

— Deixa que eu faço um pedido para todas nós — explicou ela, recolhendo os três pingentes. Um pequeno presente, para as amigas que tinham se tornado irmãs.

Uma família escolhida. Como a que Feyre tinha encontrado para si.

Nestha apertou os pingentes na palma da mão, fechou os olhos, e falou:

— Desejo que a gente tenha a coragem de sair mundo afora quando estivermos prontas, mas que sempre possamos encontrar nosso caminho de volta uma até as outras. Não importa o que aconteça.

Gwyn e Emerie comemoraram ao ouvir isso. E quando Nestha abriu os olhos e abriu a palma da mão, podia jurar que as moedas brilharam levemente.

CAPÍTULO 60

Cassian estava fora havia cinco dias. Cinco dias para inspecionar cada uma das legiões illyrianas, e para se lembrar de como se comportar como um macho normal, racional, em vez de um cachorrinho apaixonado. Mas por algum motivo, quando voltou, uma mudança tinha ocorrido.

Não apenas a mudança transformadora que tinha acontecido no Solstício de Inverno entre ele e Nestha. Mas uma mudança entre Nestha, Emerie e Gwyn.

Ele saiu para a manhã gelada e encontrou as três já no ringue de treino. Elas estavam em volta da viga de madeira e a fita ondulava graciosamente ao vento gélido. Gwyn tinha uma lâmina na mão, e Emerie e Nestha estavam a alguns metros de distância. Todas as três usavam pulseiras trançadas e coloridas com pingentes prateados pendurados.

Cassian se demorou à porta enquanto Nestha murmurava para Gwyn:

— Você consegue.

Azriel se aproximou pelo lado dele, silencioso como as sombras que cobriam suas asas.

Gwyn encarou a fita como se fosse um inimigo no campo de batalha. Ela ondulava ao vento, dançando para longe com um movimento tão imprevisível quanto o de qualquer adversário.

— Faça pelo minipégaso — disse Emerie. Cassian não tinha ideia do que aquilo significava, mas os lábios de Gwyn se repuxaram para cima.

Nestha gargalhou.

O som podia muito bem ter sido um raio atingindo a cabeça dele, de tanto que o abalou, aquela risada. Livre, leve e tão diferente de tudo que ele ouvira dela que até mesmo Azriel piscou. Uma verdadeira gargalhada.

— O minipégaso — disse Nestha — era uma ilusão. E agora voltou para seu pasto de faz de conta.

— Ele amava mais Gwyn — provocou Emerie. — Apesar dos seus esforços para conquistá-lo.

Elas se calaram de novo quando Gwyn arrastou os pés e inclinou a lâmina. O vento balançou a fita de novo, como se a provocasse.

Cassian olhou para Az, mas a atenção dele estava fixa na jovem sacerdotisa, cujo rosto brilhava com admiração e encorajamento silencioso.

Gwyn sussurrou:

— Sou a rocha contra a qual as ondas quebram. — Nestha se esticou ao ouvir as palavras, como se fossem uma oração e uma convocação. Gwyn ergueu a espada. — Nada pode me destruir.

A garganta de Cassian deu um nó, e mesmo do outro lado do ringue, ele podia ver os olhos de Nestha brilhando com orgulho e dor.

Emerie falou:

— Nada pode *nos* destruir.

O mundo pareceu pausar diante das palavras. Como se estivesse seguindo um rumo e agora se bifurcasse em outra direção. Em cem anos, mil, aquele momento ainda estaria gravado na mente dele. De modo que ele contaria aos filhos, aos netos, *Bem ali. Foi ali que tudo mudou.*

Azriel ficou completamente imóvel, como se ele também tivesse sentido a mudança. Como se também estivesse ciente de que forças muito maiores olhavam para aquele ringue de treino enquanto Gwyn se movia.

Suave como o Sidra, ágil como o vento das montanhas illyrianas e com o corpo inteiro trabalhando em uma harmonia melódica, Gwyn avançou na direção da fita, girou e, quando ela virou, seu braço se estendeu e executou um corte reverso perfeito que partiu a própria manhã de inverno.

Metade da fita flutuou até a pedra vermelha.

Um corte impecável, preciso. Nenhum fio solto ondulou ao vento conforme a fita cortada pendurada na viga balançou.

Nestha se curvou, pegou a metade caída da fita e a amarrou solenemente na testa de Gwyn. Uma versão improvisada do que as sacerdotisas usavam sobre a cabeça com as pedras. Mas Cassian jamais vira Gwyn exibir uma Pedra de Invocação.

Gwyn ergueu dedos trêmulos até a testa e tocou a fita com a qual Nestha a havia coroado.

A voz de Nestha pareceu embargada quando disse:

— Valquíria.

Aquele se tornou o ritual: cortar a fita, ser coroada com a metade cortada e consagrada valquíria.

Gwyn foi a primeira. Emerie a segunda. Ao fim do treino naquela manhã, Nestha se tornou a terceira.

Aquilo fez com que encarar Cassian fosse um pouco mais fácil. Mesmo que o desejo dentro dela só tivesse piorado, enterrando as garras por dentro da própria pele, implorando para ser liberado. Para chegar até ele.

Sempre que Nestha o encontrava, ou ficava a alguns metros dele, o desejo rugia para que ela tirasse a roupa e se oferecesse a Cassian. Ela se concentrou na fita branca em volta de sua testa, se concentrou no que as três tinham realizado.

O treino acabou, e Nestha podia ter arrastado Cassian até o quarto se ele não houvesse simplesmente levantado voo e partido. Ele não voltou até a manhã seguinte.

Cassian a estava evitando.

Mas na manhã seguinte, Nestha entendeu o motivo — ou pelo menos ele teve motivo para o sumiço.

O ringue de treino fora transformado de novo.

Uma pista de obstáculos fora montada em torno dela, enroscando-se como uma cobra pelo caminho. Nestha foi uma das últimas a chegar, e se juntou ao grupo de fêmeas que permanecia à porta, murmurando sobre aquilo enquanto Cassian e Azriel se voltavam para todas elas.

Cassian falou:

— Valquírias eram guerreiras destemidas e brilhantes por mérito próprio. Mas a verdadeira força delas vinha de ser uma unidade altamente treinada. — Ele indicou a pista de obstáculos. — Sozinha, nenhuma de vocês conseguirá concluir essa pista. Juntas, vocês conseguem encontrar um caminho.

Emerie riu com deboche.

Cassian estampou um sorriso para ela.

— Parece simples, não é?

Emerie teve o bom senso de parecer nervosa.

Azriel bateu palmas e todas as fêmeas se alongaram.

— Vocês vão trabalhar em grupos de três.

Gwyn perguntou a Az, com os olhos azul-mar brilhando:

— O que ganhamos se terminarmos o percurso?

As sombras de Az dançaram em volta dele.

— Como não tem chance nenhuma de vocês conseguirem terminar o percurso, nós não nos demos ao trabalho de trazer um prêmio.

Vaias soaram. Gwyn ergueu o queixo em desafio.

— Mal podemos esperar para provar que vocês estão errados.

Provar que Azriel e Cassian estavam errados levaria um tempo, pelo visto.

Gwyn, Emerie e Nestha foram as que conseguiram ir mais longe em três horas: até a grandiosa e impressionante metade do caminho.

Roslin, Deirdre e Ananke chegaram ao obstáculo atrás delas antes do tempo acabar, e os cabelos dourados de Ananke estavam sujos de sangue da pancada que havia levado na cabeça de uma *coisa* de madeira giratória com vários braços.

— Monstros sádicos — sibilou Gwyn conforme as três amigas mancavam em direção à estação de água, sentindo o peso da derrota nos ombros.

— Vamos tentar de novo amanhã — jurou Emerie, estampando um olho roxo graças ao tronco oscilante que a derrubou de bunda no chão antes que Nestha conseguisse segurá-la. — Vamos continuar tentando até limparmos aquele olhar arrogante dos rostos perfeitos e idiotas deles.

De fato, Azriel e Cassian haviam ficado encostados na parede, de braços cruzados e sorrindo para elas o tempo todo.

Gwyn voltou um olhar fulminante para Azriel conforme passou por ele.

— Vejo você amanhã, encantador de sombras — disse ela por cima do ombro.

Az a encarou com as sobrancelhas erguidas em uma expressão divertida. Quando ele se virou de volta, Nestha sorriu.

— Você não faz ideia do que começou — disse ela. Az inclinou a cabeça e seus olhos castanhos se semicerraram quando Gwyn chegou ao arco.

— Lembra de como Gwyn ficou com a fita? — Nestha piscou um olho e deu um tapinha no ombro do encantador de sombras. — Você é a nova fita, Az.

A pista de obstáculos continuava impossível.

Os canalhas mudavam toda noite. A cada nova manhã havia um desafio diferente e mais difícil. Mas sempre com um mesmo padrão: começava com alguma variedade de trabalho com os pés, fosse uma corrida ágil elevando o joelho até o peito por uma escada no chão, ou se equilibrar em uma viga suspensa. Então vinha um teste mental — enigmas que requeriam que pensassem juntas, e então que confiassem umas nas outras para avançar. E quando estavam completamente exaustas, vinham os trechos de força.

As três chegaram ao terceiro estágio apenas uma vez nas duas semanas seguintes.

Roslin, Ananke e Deirdre estavam logo ao encalço, impulsionando Gwyn a exigir mais de seu grupo. Ela queria ser a primeira. Queria que Nestha, Emerie e ela fossem aquelas que arrancariam os risinhos do rosto de Azriel e Cassian. Principalmente do de Azriel.

Não importava que, depois do primeiro dia, só tivessem uma hora para atravessar o percurso. As outras duas horas eram passadas como um grupo, trabalhando em treinamento militar: marchando em formação (mais difícil e mais idiota do que parecia), lutando lado a lado (mais perigoso do que parecia), e aprendendo a se mover, pensar e respirar como uma unidade.

Mas elas insistiam. Marchavam em falanges valquírias. Lutavam como um só corpo, com Cassian e Azriel bancando os adversários. Aprendiam a manter os escudos no lugar contra o ataque dos Sifões illyrianos, das formas imponentes dos machos. Cada gota do treinamento de resistência das valquírias valeu a pena: cada agachamento infernal ou exercício avançado agora permitia que elas segurassem os escudos com pouco esforço. Que se mantivessem firmes contra um ataque inimigo.

Elas se exercitavam como um só corpo, em fileiras precisas conforme faziam as abdominais ao mesmo ritmo. Faziam flexões de braço juntas. Se uma caísse, todas precisavam recomeçar.

Mas elas prosseguiam. Em meio a suor, fôlego e sangue, elas forjavam sua unidade.

E às vezes, quando os cultos noturnos terminavam, as três se encontravam na biblioteca e liam sobre estratégia militar. Sobre o que se sabia das valquírias. Sobre as técnicas antigas.

Mais sacerdotisas cortaram a fita — Roslin. Deirdre. Ananke. Ilana. Lorelei.

Tudo que Azriel e Cassian atiravam a elas, elas recebiam e atiravam de volta.

E toda noite, Nestha corria os degraus da Casa. Avançando mais e mais longe. Ela não conseguira chegar à base de novo desde a briga com Amren, mas continuava tentando.

Memórias e palavras não a colocavam mais para baixo. Agora ela era motivada por pura determinação irrefreável.

Nestha, Gwyn e Emerie derrotaram o percurso de obstáculos dois meses depois do dia em que tinha sido montado. É claro que foi apenas no dia em que todas as sacerdotisas foram convocadas para longe por Clotho para alguma cerimônia especial, então não havia ninguém para testemunhar exceto Cassian e Azriel. Apenas Gwyn tinha sido dispensada da cerimônia, ao que parecia.

E quando Gwyn alcançou a linha de chegada, ensanguentada, ofegante e rindo tão selvagemente que os olhos azul-mar brilhavam como um oceano iluminado pelo sol, ela simplesmente estendeu a mão castigada para Azriel.

— Então?

— Vocês já têm seu prêmio — disse Azriel. — Vocês acabam de passar no Percurso Qualificatório para o Rito de Sangue. Parabéns.

Gwyn escancarou a boca. Nestha e Emerie pararam. Mas Gwyn disse a ele:

— Foi por *isso* que você convidou eles dois?

Nestha não fazia ideia do que a sacerdotisa estava falando, mas acompanhou o olhar de Gwyn para cima, até a beira da área de treino, de onde um lorde Devlon de rosto petrificado e outro macho olhavam para dentro, irritados.

Sem dúvida era esse o motivo pelo qual as outras sacerdotisas estavam ocupadas naquele dia.

Cassian murmurou para Nestha:

— Tive a sensação de que hoje seria o dia.

Devlon parecia pronto para explodir, o rosto dele estava roxo de raiva, mas ele olhou para Cassian e assentiu bruscamente.

— Vocês disseram às sacerdotisas que não viessem? — perguntou Nestha a Cassian e Azriel.

— Nós informamos Clotho de que talvez tivéssemos espectadores hoje — respondeu Azriel, com os olhos cheios de gelo e morte ao encarar Devlon. O macho virou o rosto do encantador de sombras antes de resmungar para o colega e sair voando para o leste na direção de Illyria. Azriel prosseguiu, observando-os sumirem: — Clotho explicou às outras, e elas escolheram encontrar outras formas de ocupar o dia.

Nestha perguntou a Gwyn:

— Mas pareceu que você não sabia o que estávamos fazendo.

— Cassian e Azriel me avisaram que seríamos observadas por machos hoje, mas não especificaram o motivo. Eu não tinha ideia de que era o Qualificatório do Rito de Sangue. — Os olhos dela brilhavam intensamente acima da terra que sujava seu rosto.

Emerie tinha empalidecido, no entanto. Ela perguntou a Cassian:

— Mas nós não vamos entrar no Rito de Sangue, não é?

— Só se quiserem — assegurou Cassian a ela. Apenas Emerie, entre todas as fêmeas ali, entenderia os verdadeiros horrores do Rito de Sangue, Nestha sabia disso. — Mas queríamos que Devlon, e a quem quer que ele conte, entendesse que vocês são tão talentosas quanto qualquer unidade illyriana. Essa era a única forma de eles entenderem. Ser uma valquíria não significa nada para eles, e vocês certamente não precisam da aprovação deles, mas... — Cassian olhou para Emerie de novo. — Eu queria que eles soubessem. O que vocês realizaram. Que embora as valquírias não tenham algo parecido com o Rito de Sangue, vocês são tão treinadas quanto qualquer guerreiro de Illyria.

— Os percursos? — perguntou Gwyn.

— Rotas diferentes — respondeu Azriel — de vários Qualificatórios ao longo dos séculos.

Cassian sorriu.

— À exceção de participar do Rito de Sangue, vocês agora estão tão próximas de serem guerreiras illyrianas quanto poderiam.

Silêncio se instalou. Então Nestha falou, limpando o sangue do canto da boca ferida:

— Eu prefiro ser valquíria. — As fêmeas murmuraram em concordância.

Cassian gargalhou.

— Que os deuses nos ajudem.

CAPÍTULO 61

Restava um teste.

Não um que Cassian tivesse dado a ela, ou algum decretado pelos illyrianos ou as valquírias, mas um que Nestha tinha estabelecido para si mesma.

Ela achou que aquele fosse um dia tão bom quanto qualquer outro para se esforçar naquelas últimas centenas de degraus.

Mais e mais para baixo ela seguia.

Girando, girando e girando.

Elas haviam cortado a fita valquiriana, e tinham passado no Qualificatório do Rito de Sangue. Mas continuariam treinando. Ainda havia tanto a aprender, tanto que ela ansiava aprender com todas elas. Com suas amigas.

Com Cassian.

Eles alternavam quartos, dormindo no lugar mais próximo de onde tinham feito amor. Ou fodido. Havia uma diferença, ela percebera. Eles normalmente faziam amor tarde da noite ou cedo pela manhã, quando ele era vagaroso, minucioso e sorridente. E costumavam foder na hora do almoço ou em momentos aleatórios, contra uma parede ou debruçados sobre uma mesa, ou com ela montada no colo dele, empalando-se com ele, de novo e de novo. Às vezes começava como uma foda e se tornava a coisa carinhosa e intensa que ela chamava de fazer amor. Às vezes o fazer amor se dissolvia em uma transa frenética. Nestha jamais sabia dizer o que aconteceria, e era por isso que não se cansava.

Ela passou de cem degraus. Duzentos. Mil.

Sua mente estava nítida. Queimava com propósito, com direção e foco. Ela acordava todas as manhãs feliz por estar ali, por se atirar contra o mundo e ver o que ele fazia. Ela ouvia música toda noite nos cultos, onde havia aprendido a maioria das canções e cantava com as sacerdotisas, deixando sua voz ecoar junto com a de Gwyn. Ela ouvia música da Sinfonia de Cassian, a qual ela tocava sempre que podia.

E tinha música no coração. Uma música feita da voz de Cassian, das risadas de Gwyn e Emerie, da própria respiração dela conforme descia mais, mais e mais aqueles degraus.

Dois mil. Três mil.

Os pés de Nestha voavam e os passos não hesitavam mesmo conforme seus músculos queimavam.

Ela lutou contra aquilo e trincou os dentes com um sorriso bestial.

Nestha se entregou à queimação, à exaustão e à dor. Não deixou que a consumissem, mas permitiu que a percorressem. Que a atravessassem. Não permitiu que esses sentimentos a quebrassem.

Ela era a rocha contra a qual tais coisas quebravam. Com cada passo, cada fôlego, ela se entregou ao Silenciamento Mental. Era a fase seguinte do treinamento mental das valquírias: passar da calma sentada para o relaxamento ativo. Conseguir amansar a mente, concentrá-la, em meio ao caos.

Quatro mil. Cinco mil. Seis mil. O Silenciamento Mental se tornou tão fácil quanto respirar.

Ela não voltaria a ser dominada por nada. Ela era mestre de si mesma.

Sete mil. Oito mil. Nove mil.

E aquela pessoa que ela estava se tornando, que surgia dia após dia...

Ela talvez até gostasse daquela pessoa.

As escadas sumiram. E então havia apenas uma porta diante dela.

Nestha cambaleou, o corpo ainda parecia achar que precisava continuar girando e girando, mas ela segurou a maçaneta. Abriu a porta para o crepúsculo e a cidade adiante.

As luzes estavam fraquinhas, mas vozes alegres enchiam as ruas. Ninguém a impediria de se aventurar pela cidade, até uma taverna, e de beber até ficar tonta. Ninguém viria puxá-la de volta. Ela havia conseguido descer as escadas. A vida estava adiante.

Mas Nestha se viu olhando para cima. Na direção da Casa onde uma festa da Queda das Estrelas aconteceria em uma hora. Para o macho que estaria lá, que a havia encorajado a ir.

Nestha encarou a cidade — a linda e vibrante cidade. Nada nela parecia tão vibrante quanto o que esperava no alto. A subida seria brutal, e quase sem fim, mas no alto... Cassian estaria esperando. Como ele a havia esperado há anos.

Nestha sorriu. E começou a subir.

Cassian, vestindo as roupas elegantes da corte, estava de pé à porta das escadas quando Nestha voltou.

Ele estava tão belo que se Nestha já não estivesse ofegante da subida, teria ficado incapaz de respirar.

Com cinco passos Nestha cruzou o corredor. Passou os braços em volta do pescoço dele. Levou a boca à dele.

Ela o beijou, e Cassian se abriu para ela, deixando aquelas palavras silenciosas passarem entre os dois, segurando-a tão forte que a batida dos corações ecoaram entre eles.

Quando ela se afastou, sem fôlego devido ao beijo e tudo que enchia seu coração, Cassian apenas sorriu.

— A festa já começou — disse ele, beijando a testa dela e se afastando. — Mas está se aproximando do ápice. — De fato, música e gargalhadas entravam dos andares acima.

Cassian estendeu a mão, e Nestha silenciosamente a aceitou, deixando que ele a levasse pelo corredor. Quando ela olhou para os degraus acima e suas pernas fraquejaram, ele a pegou nos braços e carregou. Ela deitou a cabeça no peito de Cassian, fechou os olhos e aproveitou o som do coração dele batendo. O mundo todo era uma música, e o ritmo do coração dele era a melodia central.

Ar livre e música flutuaram em torno dela, taças tilintavam e roupas farfalhavam, e Nestha abriu os olhos de novo quando Cassian a colocou no chão.

Estrelas disparavam acima. Milhares e milhares de estrelas. Ela mal se lembrava da Queda das Estrelas do ano anterior. Estava bêbada demais para se importar.

Mas ali, tão no alto...

Nestha não se importava que estava coberta de suor, usando o couro de combate em meio a uma multidão cheia de joias. Não estava nem aí quando foi cambaleando até a varanda no alto da Casa e olhou boquiaberta para a chuva de estrelas contra o arco do céu. Elas passavam zunindo, tão próximas que algumas soltavam faíscas contra as pedras, deixando um rastro de poeira brilhando.

Ela teve a vaga sensação de Cassian, Mor e Azriel por perto, de Feyre, Rhys e Lucien, de Elain, Varian e Helion. De Kallias e Viviane, também enorme com um bebê na barriga, e brilhando com alegria e força. Nestha sorriu como cumprimento e os deixou piscando, mas ela se esqueceu deles em um momento, porque as estrelas, as estrelas, as estrelas...

Nestha não se dera conta de que havia uma beleza como aquela no mundo. De que observá-las podia fazer com que ela se sentisse tão plena que chegava a doer, como se seu corpo não conseguisse conter tudo aquilo. E ela não soube porque chorou nesse momento, mas lágrimas começaram a escorrer por seu rosto.

O mundo era lindo, e ela estava tão grata por habitá-lo. Por estar viva, por estar ali, por testemunhar aquilo. Nestha estendeu a mão sobre o parapeito, tocou uma estrela que passou em disparada, e seus dedos voltaram brilhando com poeira azul e verde. Ela gargalhou, um som que era pura alegria, e chorou mais, porque aquela alegria era um milagre.

— Está aí um som que jamais achei que ouviria de você, menina — disse Amren, ao lado dela.

A fêmea delicada estava majestosa em um vestido cinza-claro, com diamantes no pescoço e nos pulsos, os cabelos pretos curtos de sempre emoldurados em prata com a luz das estrelas.

Nestha secou as lágrimas, sujando o rosto com poeira estelar, sem se importar com isso. Por um longo momento, a garganta dela oscilou, tentando organizar tudo que tentava subir de seu peito. Amren a encarou de volta, esperando.

Nestha caiu sobre um joelho e curvou a cabeça.

— Desculpa.

Amren fez um ruído de surpresa, e Nestha soube que havia outros olhando, mas não se importou. Ela manteve a cabeça baixa e deixou as palavras saírem de seu coração.

— Você me deu gentileza, respeito e me deu seu tempo, e eu os tratei como lixo. Você me contou a verdade, e eu não quis ouvir. Eu estava com ciúmes, e com medo, e fui orgulhosa demais para admitir. Mas a perda da sua amizade é algo que não consigo suportar.

Amren não disse nada, e Nestha levantou a cabeça e encontrou a fêmea sorrindo, alguma coisa parecida com espanto em seu rosto. Prata cobriu os olhos de Amren, um indício de como elas um dia tinham sido.

— Saí bisbilhotando pela Casa quando chegamos, há uma hora. Vi o que você fez com este lugar.

Nestha franziu a testa. Ela não tinha mudado nada.

Amren segurou Nestha por baixo dos ombros, puxando-a de pé.

— A Casa canta. Consigo ouvir nas rochas. E quando falei com ela, ela respondeu. Tudo bem que me deu uma pilha de romances no final, mas... você fez esta Casa ganhar vida, menina.

— Não fiz nada.

— Você Fez a Casa — disse Amren, sorrindo de novo, um lampejo de vermelho e branco no escuro luminoso. — Quando chegou aqui, o que você mais queria?

Nestha refletiu e viu algumas estrelas passarem zunindo.

— Uma amiga. Bem no fundo, eu queria uma amiga.

— Então você Fez uma. Seu poder deu vida à Casa com um desejo silencioso que nasceu da solidão e da necessidade desesperada.

— Mas meu poder só cria coisas terríveis. A Casa é boa — sussurrou Nestha.

— É mesmo?

Nestha refletiu.

— A escuridão no poço da biblioteca... é o coração da Casa.

Amren assentiu.

— E onde ele está agora?

— Não dá as caras há semanas. Mas ainda está lá. Acho que só está... sob controle. Talvez, porque a Casa sabe que sei sobre ele, e que não a julguei por isso, seja mais fácil controlar.

Amren colocou a mão sobre o coração de Nestha.

— Essa é a resposta, não é? Saber que a escuridão sempre vai estar a nossa volta, mas o importante... é o modo como enfrentamos e lidamos com isso... essa é a parte que importa. Não deixar que ela nos consuma. Para se concentrar no bem, nas coisas que lhe preenchem de alegria. — Ela indicou as estrelas zunindo. — A luta contra essa escuridão vale a pena, mesmo que seja apenas para ver as estrelas depois.

Mas o olhar de Nestha tinha desviado das estrelas — encontrando um rosto familiar na multidão, dançando com Mor. Rindo, com a cabeça para trás. Tão lindo que ela não tinha palavras para ele.

Amren riu baixinho.

— E valem a pena por aquilo ali também.

Nestha olhou de volta para a amiga. Amren sorriu, e o rosto dela ficou tão belo quanto o de Cassian, conforme as estrelas passavam em arco.

— Bem-vinda de volta à Corte Noturna, Nestha Archeron.

CAPÍTULO 62

A primavera tinha caído sobre Velaris. Nestha acolheu o sol nos ossos e no coração, deixando que a aquecesse.

Eles tinham superado o inverno sem movimento de Briallyn ou Beron e sem nenhuma invasão de algum exército. Mas Cassian avisou que muitos exércitos não atacavam no inverno, e Briallyn podia estar reunindo as tropas em segredo. Azriel estava proibido de se aproximar alguns quilômetros dela, graças à ameaça da Coroa, e qualquer relato precisava ser verificado por múltiplas fontes. Em suma: eles não sabiam nada, e só podiam esperar.

Não ajudou muito que uma rara estrela vermelha tenha estourado no céu certo dia — um mau presságio, foi o que Nestha ouvira as sacerdotisas murmurando. Cassian contou que até mesmo Rhys tinha ficado abalado com aquilo, parecendo incomumente pensativo depois. Mas Nestha suspeitava de que o presságio não fosse a única coisa contribuindo para a solenidade de Rhys. Feyre estava a apenas dois meses de dar à luz, e eles ainda não sabiam nada sobre como salvá-la.

Ela canalizou aquela preocupação crescente no treino com as sacerdotisas. Azriel e Cassian tinham criado mais simulações de treino, e as fêmeas avançavam por elas como uma unidade, pensavam e batalhavam como uma unidade.

Nestha às vezes se perguntava se elas algum dia veriam a batalha. Se aquelas sacerdotisas algum dia estariam dispostas a sair dali para lutar, para enfrentar a violência que poderia invocar os demônios vorazes de seus passados. Será que ela desejava passar das simulações para o combate de fato? O que o fato de ver suas amigas matando ou sendo mortas faria com ela?

Era um teste final, supôs ela. Um pelo qual talvez nunca passassem.

Talvez o Rito de Sangue, que Cassian tinha dito que estava a apenas alguns dias de acontecer, tivesse começado assim: uma forma de introduzir jovens guerreiros illyrianos à matança em um ambiente controlado, um trampolim para a inclemência absoluta da batalha.

Mas a primeira incursão de Nestha para a inclemência da batalha tinha vindo na forma de uma carta. Uma carta impaciente e exigente que requisitava a presença dela imediatamente. E a de Cassian.

Eris estava esperando por Nestha e Cassian quando eles chegaram em uma clareira da floresta aninhada no Meio. Mas Nestha não se incomodou em fazer mais do que olhar para o filho do Grão-Senhor — não com a visão que se elevava acima das árvores. A montanha sagrada — *a* montanha sob a qual Feyre, Rhys e todos os outros Grão-Senhores tinham sido aprisionados por Amarantha. Ela se erguia como uma onda no horizonte, agourenta e estéril, e de alguma forma latejando com sua presença.

— Você nunca a viu? — perguntou Eris, como cumprimento, ao acompanhar o olhar dela.

— Não. — Ela tirou os olhos do pico perturbador. — Por que é sagrada para vocês?

Eris deu de ombros, e Nestha soube que Cassian monitorava cada fôlego dele.

— Há três delas, sabe. Montanhas irmãs. Esta, a montanha chamada de Prisão, e aquela que os brutamontes illyrianos chamam de Ramiel. Todas elas montanhas desnudas, estéreis, destoantes daquelas ao redor.

— Não viemos para uma aula de história — murmurou Cassian.

Nestha olhou para ele.

— Eu perguntei. Eu quero saber.

Cassian riu com escárnio, então acenou com o queixo para Eris, em uma ordem silenciosa para que prosseguisse.

— Não sabemos por que elas existem, mas você não acha estranho que duas das três tenham palácios subterrâneos escavados dentro delas?

— Eu mal chamaria a Prisão de um palácio — interrompeu Cassian. — É só perguntar aos prisioneiros.

Eris deu a ele um sorriso debochado, mas continuou:

— Não é surpresa que os illyrianos jamais tiveram curiosidade o bastante para ver que segredos existem sob Ramiel. Se ela também foi escavada como as demais por mãos antigas.

— Achei que Amarantha tivesse feito a corte Sob a Montanha sozinha — falou Nestha.

— Ah, ela a decorou e nos obrigou a agir como uma imitação sofrível de sua Corte dos Pesadelos, mas os túneis e corredores foram escavados muito antes disso. Por quem, nós não sabemos.

— Esse é o máximo de história que eu aguento — disse Cassian, o que lhe garantiu um olhar fulminante de Eris. Nestha o imitou em seguida. Cassian apenas lhe deu uma piscadela divertida antes de prosseguir: — Sua carta pareceu indicar que seu pai estava agindo. Desembuche.

— Meu pai foi ao continente de novo na semana passada. Ele voltou parecendo normal, sem o distanciamento de olhos vítreos que meus soldados exibiam. Ele não me convidou para acompanhá-lo, nem explicou o que discutiu com Briallyn. Só posso presumir que o conflito está se aproximando, e queria avisar vocês. Não era algo que eu pudesse arriscar colocar por escrito. Mas por enquanto... por enquanto parece que o mundo está segurando o fôlego.

— Por quê? — perguntou Nestha.

— À espera de que você encontre a Harpa.

Nestha piscou. E percebeu, tarde demais, devagar demais, que eles não tinham contado a Eris que a haviam encontrado. E o piscar dela delatara isso.

Eris indagou:

— Vocês a têm?

— Isso faz diferença? — perguntou Cassian, casualmente.

— A Corte Noturna possui dois objetos dos Tesouros. Eu diria que sim. — Eris se esticou. — É esse o motivo de todos esses atrasos? Ganhando tempo para poderem descobrir os segredos dos Tesouros e usar o poder para ganho próprio?

— Que coisa mais absurda — disparou Nestha. — O que ganharíamos com isso?

Chama vermelha chiou nos olhos de Eris.

— O que o rei de Hybern tinha a ganhar quando obteve o Caldeirão e invadiu nossas terras?

— Não temos interesse na conquista, Eris — disse Cassian, cruzando os braços. — Você sabe disso. E não vamos usar os Tesouros.

Eris soltou uma gargalhada. Nestha podia ver que ele não acreditava nos dois — que ele estava tão acostumado com a política deturpada e as maquinações da própria corte que até mesmo quando uma verdade simples e fácil era oferecida, ele não conseguia enxergar.

— Não fico completamente confortável com sua corte possuindo dois itens dos Tesouros. — O olhar dele se voltou para Nestha. — Ainda mais com tantas outras armas no arsenal.

Nestha enrijeceu o corpo, mas Cassian nem mesmo arrastou os pés.

— Rhys tem os planos dele, Eris. Você não pode ser tolo a ponto de pensar que contaríamos *todos* eles a você, mas posso lhe assegurar que não envolvem usar os Tesouros.

Nestha tentou não olhar boquiaberta para a voz fria e divertida que tinha saído de Cassian. A voz de um cortesão. Como se ele andasse escutando Rhysand e ela, e tivesse replicado perfeitamente aquela combinação de tédio e crueldade. Nestha não conseguiu conter a animação que percorreu sua coluna. Ela queria que ele usasse aquela voz no quarto. Queria que ele sussurrasse daquela forma ao seu ouvido enquanto ele...

— É o que você alega — disse Eris. — Suponho que vão atrás da Coroa agora. — O cabelo dele brilhava como brasa sob a luz difusa.

Cassian riu.

— Nós contaremos quando você precisar saber. E vamos tentar não esquecer dessa vez.

Eris limpou uma bolinha de tecido do casaco. Ao lado do corpo dele pendia a adaga que Rhys e Feyre tinham dado a ele, simples e comum em comparação com a elegância dele. A adaga *dela*.

— Vocês teriam que ser muito burros para ir atrás de Briallyn diretamente.

— Deixe o heroísmo com os brutamontes, Eris — respondeu Cassian. — Não vai querer arriscar cortar essas mãos lindas.

Os dedos de Eris se fecharam levemente no bíceps dele. Nestha conteve o sorriso. As palavras de Cassian tinham encontrado o alvo.

— E o que você vai fazer quando tiver todos os três objetos dos Tesouros? — As sobrancelhas de Eris ficaram retas. — Não pode destruí-los; e duvido que escondê-los funcionaria. Considerando o perigo que se reúne a nossa volta, não vejo por que não os usaria.

Nestha ficou calada, feliz ao deixar Cassian assumir a liderança.

Cassian soltou uma gargalhada baixa, e o sangue de Nestha cantou de novo com a maestria que havia ali. Ele brincaria com Eris um pouco mais. De fato, Cassian perguntou, friamente:

— E o que você vai fazer para nos impedir?

Eris apenas disse:

— Se vocês fracassarem em recuperar a Coroa, correrão o risco de que Briallyn a use contra vocês. Ela poderia voltar uns contra os outros. Fazer com que fizessem coisas inomináveis. Até mesmo revelar onde estão os outros dois objetos. E não teriam escolha a não ser contar tudo. — Ele se preocupava que revelassem a aliança deles, pelo próprio bem. — Vocês ameaçam nos expor. *Não* partam em busca da Coroa.

— Veremos — disse Cassian, personificando uma calma inabalável. Nestha quase riu quando ele assentiu para a adaga do lado do corpo de Eris. — Temos nossa própria forma de nos proteger da Coroa. — Nestha escondeu a surpresa. As armas que ela Fizera protegiam dos Tesouros? Ninguém tinha lhe contado aquilo.

Eris estampou ódio.

— Esse foi o plano o tempo todo? Me enganar, fazer de mim um inimigo de meu pai, então usar os Tesouros contra todos nós?

— Você fez de você mesmo um inimigo de seu pai — disse Cassian, rindo sutilmente. — Quando ele descobrir, me pergunto se vai deixar os cachorros dilacerarem você, ou se vai ele mesmo fazer isso.

Eris empalideceu de leve.

— Não quer dizer *se* ele descobrir?

Cassian não disse nada. Manteve a expressão neutra. Nestha sufocou seu orgulho e fez o mesmo.

Eris os observou. Pela primeira vez desde que Nestha conhecera o macho, incerteza extinguiu o fogo no olhar dele.

E então ele voltou o olhar para o outro destinatário da carta, encarando Nestha antes de perguntar:

— E minha oferta para você? — Nem um pingo de afeição ou desejo envolveu suas palavras.

Nestha ergueu o queixo e riu.

— Suponho que depois que tivermos a Coroa em nossas mãos, a Corte Noturna não vai precisar de você, no fim das contas. E eu também não.

Ela podia jurar que Cassian estava reprimindo uma gargalhada, mas Nestha manteve o olhar sobre Eris, que ficou rígido, ondulando de ódio.

— Não gosto que brinquem comigo, Nestha Archeron. Minha oferta foi sincera. Fique com a Corte Noturna e arrisque ser arruinada.

Cassin interrompeu sutilmente:

— Venha para cima da gente, Eris, e você correrá o mesmo risco.

O lábio superior de Eris se repuxou.

— Façam como quiserem. — Ele enrijeceu o corpo, como se afastando qualquer emoção, e trouxe uma expressão fria e cruel novamente para o rosto. — É com suas vidas que estão brincando, não com a minha. — Eris gargalhou, assentindo para Cassian. — E daí se o mundo perder mais um brutamontes para a guerra? Já vai tarde.

Cassian sorriu lentamente.

— Obrigado pelos votos de simpatia, Eris.

E com isso, Cassian pegou Nestha nos braços e disparou para o céu. As árvores passaram como um borrão verde e a montanha sagrada espreitou às costas deles.

Nestha olhou para o rosto dele conforme os dois voavam para o norte e viu que Cassian ria.

— Você se saiu bem — disse ela, passando a mão no pescoço dele.

— Eu fingi que era você — admitiu ele. — Acho que consegui imitar aquele olhar de *Vou Matar Meus Inimigos*, não consegui?

Nestha gargalhou, apoiando a cabeça contra o peito dele.

— Conseguiu, sim.

Eles voaram durante horas, contentes de ficarem sozinhos, planando sobre a terra. Eles voaram e voaram, Cassian incansável e sem hesitar, e Nestha se deixou aproveitar a sensação dos braços dele. De estar com ele. E embora o frio invadisse sua pele, quando as luzes de Velaris surgiram no horizonte que escurecia, ela ficou triste ao vê-las.

Mas Cassian os levou até a cidade, aterrissando em uma das pontes que cruzava o Sidra.

— Pensei que podíamos caminhar um pouco — disse ele, entrelaçando os dedos com os dela.

Depois de tanto tempo nos céus vazios, as pessoas em volta deles pareciam pressioná-los. Mas Nestha assentiu, caminhando ao lado dele, deleitando-se com os calos de Cassian contra os dela, a fricção do frio que mantinha o Sifão dele no lugar sobre a mão, o calor que emanava dele.

— O que acha que Eris vai fazer? — Eles não tinham conversado sobre aquilo durante o voo.

— Ficar emburrado, e depois pensar na próxima forma de me insultar — disse Cassian, e Nestha gargalhou. Ele a olhou de esguelha. — Você gostou de me ver bancar o cortesão?

A boca de Nestha se repuxou para cima.

— Eu não iria querer que fosse assim para sempre, mas foi... atraente. Me deu algumas ideias.

Os olhos dele brilharam, e embora estivessem à vista da cidade inteira, Cassian levou a mão à bochecha dela. Deu um leve beijo na boca de Nestha.

— Também me deu algumas ideias, Nes. — Ele pressionou o corpo contra o dela, e Nestha entendeu completamente o que ele quis dizer.

Ela gargalhou, então se afastou, dirigindo-se para o final da ponte.

— As pessoas estão olhando.

— Não me importo. — Ele caminhou ao lado dela de novo, passando um braço sobre o ombro de Nestha para enfatizar a afirmação. — Não tenho nada a esconder com você. Quero que saibam que compartilhamos a cama. — Ele beijou a têmpora dela, puxando-a para perto conforme caminhavam pela cidade tumultuada.

Uma afirmação tão simples e linda, mas... Nestha se viu perguntando:

— Minha imagem como guerreira é prejudicada por eu estar com você?

— Não. A de Feyre é prejudicada quando ela é vista com Rhys?

O estômago de Nestha se revirou. As batidas do coração dela pulsavam nos braços, no estômago.

— É diferente para eles — obrigou-se ela a dizer quando eles chegaram ao fim da ponte e viraram para caminhar pelo quarteirão que acompanhava o rio.

Cassian perguntou, com cautela:

— Por quê?

Nestha manteve o foco no rio reluzente, vibrante com os tons do pôr do sol.

— Porque eles são parceiros.

Diante do completo silêncio de Cassian, ela soube o que ele diria. Parou de novo, preparando-se para aquilo.

O rosto de Cassian estava inexpressivo. Completamente vazio quando ele falou:

— E nós não somos?

Nestha não disse nada.

Ele abafou uma gargalhada.

— Porque eles são parceiros e você não quer que a gente seja.

— Essa palavra não significa nada para mim, Cassian — disse ela, com a voz embargada conforme tentava evitar que as pessoas que passavam ouvissem. — Significa uma coisa para todos vocês, mas durante a maior parte da minha vida, marido e mulher era o máximo que existia. *Parceiro* é só uma palavra.

— Que besteira.

Quando ela simplesmente começou a andar pela margem do rio de novo, ele perguntou:

— Por que você tem medo?

— Não tenho medo.

— O que assustou você? Só ser vista publicamente comigo assim?

Sim. Que ele a beijasse e em seguida compreendesse que em breve ela precisaria voltar para aquele mundo que murmurava ao redor deles, e deixar a Casa, e ela não sabia o que faria então. O que significaria para eles. Se ela mergulharia de volta naquele lugar sombrio que ocupara antes.

Se arrastaria Cassian junto.

— Nestha. Fale comigo.

Ela o encarou, mas não abriu a boca.

Os olhos de Cassian se incendiaram.

— Diga. — Ela se recusou. — *Diga, Nestha.*

— Não sei do que você está falando.

— Pergunte por que eu sumi por quase uma semana depois do Solstício. Por que eu de repente precisei fazer uma inspeção *logo depois* de uma festividade.

Nestha ficou calada.

— Foi porque acordei na manhã seguinte e tudo o que queria fazer era transar com você por uma semana seguida. E eu soube o que isso queria dizer, o que tinha acontecido, embora você não soubesse, e eu não queria assustar você. Você não estava pronta para a verdade, ainda não.

A boca de Nestha secou.

— *Diga* — grunhiu Cassian. As pessoas davam amplo espaço a eles. Algumas se viravam descaradamente na direção de onde tinham vindo.

— Não.

O rosto de Cassian estremeceu com raiva mesmo quando a voz dele se acalmou.

— Diga.

Ela não conseguia. Não antes de ele ordenar, e certamente não agora. Ela não deixaria que ele vencesse daquele jeito.

— Diga o que suspeitei desde o momento que nos conhecemos — sussurrou ele. — O que eu soube da primeira vez que beijei você. O que se tornou inquebrável entre nós na noite do Solstício.

Ela não falaria.

— Eu sou seu *parceiro*, porra! — gritou Cassian, alto o bastante para que as pessoas do outro lado do rio ouvissem. — Você é *minha* parceira! Por que ainda está lutando contra isso?

Ela deixou que a verdade, finalmente proferida, a percorresse.

— Você me prometeu a eternidade no Solstício — disse Cassian, com a voz falhando. — Por que uma palavra de alguma forma faz você se desviar daquilo?

— Porque com essa palavra, a última gota da minha humanidade vai embora! — Ela não se importava com quem os visse. — Com essa uma palavra idiota, eu não sou mais humana de forma alguma. Sou uma de *vocês!*

Ele piscou.

— Achei que você quisesse ser uma de nós.

— Eu não sei o que eu quero. Não tive *escolha*.

— Bom, eu não tive a escolha de ser acorrentado a você também.

A revelação se chocou contra ela. *Acorrentado*.

Cassian respirou fundo.

— Essa foi uma escolha de palavras absolutamente péssima.

— Mas é a verdade, não é?

— Não. Eu estava com raiva, não é verdade.

— Por quê? Seus amigos me viram pelo que eu era. Pelo que eu sou. O laço da parceria deixou você estupidamente cego a isso. Quantas vezes avisaram a você que ficasse longe de mim, Cassian? — Ela soltou uma risada fria.

Acorrentado.

As palavras chamavam, afiadas como facas, implorando para que ela escolhesse uma e enterrasse no peito dele. Para que o magoasse tanto quanto aquela única palavra a magoara. Para fazer com que ele sangrasse.

Mas se ela fizesse aquilo, se o atacasse... Ela não podia. Não se permitiria fazer aquilo.

Ele suplicou:

— Eu não tive a intenção...

— Vou pedir meu favor — disse Nestha.

Ele ficou imóvel e franziu as sobrancelhas. E então seus olhos se arregalaram.

— O que quer que você esteja prestes a...

— Quero que você vá embora. Vá para a Casa do Vento e passe a noite. Não fale comigo até eu ir falar com *você*, ou até que uma semana tenha se passado. O que vier primeiro. Não me importo.

Até que ela tivesse se controlado o suficiente para não o ferir, para que parasse de sentir aquela velha ânsia de atacar e destruir antes que fosse ferida.

Cassian avançou na direção de Nestha, mas se encolheu e arqueou as costas. Como se a tatuagem do acordo nas costas o tivesse queimado.

— Vá embora — ordenou ela.

A garganta dele oscilou e seus olhos se arregalaram. Combatendo o poder da barganha com cada fôlego.

Mas então ele se virou e as batidas das assas ressoaram conforme ele saltou para o céu acima do rio.

Nestha permaneceu no quarteirão enquanto sua coluna formigava, e ela soube que a tatuagem tinha sumido.

Emerie estava na mesa da cozinha quando Nestha apareceu à porta dos fundos. Mor atravessara com ela até ali sem fazer perguntas, sem nem mesmo olhar com reprovação. Mas Nestha não se importava com aquilo. Ela só se sentia agradecida porque a fêmea tinha aparecido – provavelmente enviada por Cassian. Ela não se importava com isso também.

Nestha deu dois passos para dentro da loja de Emerie antes de desabar e chorar.

Ela mal notou o que aconteceu. Como Emerie a ajudou a se sentar na cadeira, como as palavras saíram aos tropeços, explicando o que ela e Cassian tinham dito, o que ela fizera com ele.

Uma batida soou à porta uma hora depois, e Nestha parou de chorar quando viu quem estava ali.

Gwyn abraçou Nestha.

— Soube que você talvez precisasse de nós. — Nestha ficou tão chocada ao ver a sacerdotisa que a abraçou em resposta.

Mor, um passo atrás, deu a ela um aceno de preocupação, então atravessou para longe.

Foi Emerie quem disse a Gwyn:

— Não acredito que você saiu da biblioteca.

Gwyn acariciou a cabeça de Nestha.

— Algumas coisas são mais importantes do que o medo. — Ela pigarreou. — Mas, por favor, não me lembre demais disso. Estou tão nervosa que talvez vomite de verdade.

Até mesmo Nestha sorriu diante daquilo.

Suas duas amigas a consolaram, sentando-se à mesa da cozinha e bebendo chocolate quente — um presente de Solstício atrasado de Nestha para Emerie, roubado da despensa da Casa. Elas jantaram, então comeram sobremesa, e discutiram suas leituras mais recentes. Elas conversaram sobre tudo e sobre nada noite adentro.

Apenas quando os olhos de Nestha queimaram com exaustão e o corpo dela virou um peso inerte foi que as três subiram. Havia três quartos acima da loja, todos impecáveis e simples, e Nestha colocou a camisola que Emerie ofereceu sem pensar duas vezes.

Ela conversaria com ele no dia seguinte. Dormiria agora, segura com as amigas ao seu redor, e conversaria com ele no dia seguinte.

Nestha explicaria tudo — por que havia hesitado, por que aquele passo seguinte para o desconhecido a assustava. A vida além dele. E pediria desculpas por ter usado o acordo deles para mandá-lo para longe, e não pararia de pedir desculpas até que ele sorrisse de novo.

Talvez o futuro não precisasse ser tão planejado — ela poderia apenas levar um dia de cada vez. Contanto que tivesse Cassian ao seu lado e as amigas com ela, Nestha conseguiria. Enfrentaria aquilo. Eles não deixariam que ela voltasse para aquele poço. Cassian jamais a deixaria cair de novo.

Mas se caísse... ele estaria esperando por ela no alto de novo. Com a mão estendida. Nestha não merecia aquilo, mas tentaria ser digna dele.

Nestha caiu no sono com aquele pensamento ecoando, um peso erguido do peito dela.

No dia seguinte, ela contaria tudo a Cassian. No dia seguinte, sua vida começaria.

Um cheiro de macho encheu o quarto dela. Não era Cassian. E não eram Rhys ou Azriel.

Estava cheio de ódio, e Nestha levantou o tronco no momento em que uma risada áspera soou. No fim do corredor, Gwyn gritou — então se calou.

No escuro, ela não conseguia discernir nada, e buscou o poder dentro dela, buscou a faca ao lado da cama...

Alguma coisa fria e úmida foi pressionada contra seu rosto.

Aquilo queimou suas narinas e escancarou sua mente.

Escuridão infiltrou seus pensamentos, e ela se foi.

CAPÍTULO 63

O acordo de Nestha tinha requerido que ele fosse até a Casa do Vento para passar a noite.

E que ele só pudesse falar com ela quando que ela falasse com ele, ou depois que uma semana tivesse passado.

Regras bem fáceis de contornar. Ele fez uma nota mental para ensinar Nestha a escolher as palavras dos acordos com mais esperteza.

Cassian esperou até a noite requerida passar e então encontrou Rhys ao amanhecer, e pediu ao irmão que o atravessasse até Refúgio do Vento. Mor tinha relutantemente informado a ele que levara Nestha até lá no dia anterior. Ele acabaria aquela briga com Nestha, de um jeito ou de outro. Aquilo nunca o assustara. O laço da parceria, ou que Nestha fosse a parceira dele. Ele havia imaginado muito antes de o Caldeirão a transformar.

A única coisa que o assustava era que ela pudesse rejeitar a parceria. Odiá-lo por aquilo. Repeli-lo. Ele havia contemplado a verdade nos olhos de Nestha no Solstício, quando o laço da parceria tinha parecido uma imensidão de fios de ouro entre as almas deles, mas ainda assim ela hesitou. E no dia anterior o temperamento dele havia levado a melhor e... ele começaria a segunda rodada fazendo com que ela dissesse uma palavra a ele, para que estivesse livre para dizer o resto.

O pedido de desculpas, a promessa que ele ainda precisava fazer — tudo isso.

Ele sentiu o cheiro de Nestha e Gwyn na porta dos fundos de Emerie quando bateu. Aquilo o comoveu profundamente, o fato de Gwyn ter desbravado o mundo além da biblioteca para confortar Nestha. Mesmo que ele se sentisse envergonhado por ter sido a causa.

Mas ao lado dele, o rosto de Rhys ficou subitamente pálido.

— Elas não estão aqui.

Cassian não esperou antes de invadir a loja, arrombando a tranca da porta de Emerie. Se alguém as tivesse ferido, levado...

Ninguém estava na sala de estar nos fundos. Mas — subitamente havia cheiros de *machos* naquela sala, como se tivessem atravessado direto até ali.

Illyrianos não tinham esse tipo de magia.

Exceto em uma noite, quando os illyrianos tinham um poder antigo e selvagem.

— Não. — Ele disparou escada acima, os degraus fétidos com aqueles cheiros de machos, e do medo das fêmeas. Ele encontrou o quarto de Nestha primeiro.

Ela havia lutado. A cama estava empurrada para o outro lado do quarto, a mesa de cabeceira estava caída, e sangue — sangue de macho, pelo cheiro, estava empoçado no chão. Mas o cheiro acre do sonífero em pomada, o suficiente para derrubar um cavalo, ainda estava no recinto.

A mente dele se silenciou. O quarto de Emerie e Gwyn estava do mesmo jeito. Sinais de uma luta, mas não das próprias fêmeas.

Medo surgiu, tão vasto e amplo que ele mal conseguiu respirar. Era uma mensagem — para as fêmeas, por acharem que eram guerreiras, e para *ele* por ter ensinado a elas, por desafiar as hierarquias e regras arcaicas dos illyrianos.

Rhys passou para o lado dele, com o rosto branco com aquele mesmo pesar.

— Devlon acaba de confirmar tudo. O Rito de Sangue começou à meia-noite.

E Gwyn, Emerie e Nestha tinham sido levadas da cama. Para participar dele.

• PARTE QUATRO •

ATARAXIA

CAPÍTULO 64

Alguém tinha derramado areia em sua boca. E martelado sua cabeça.

Ainda estava martelando, pelo visto.

Nestha descolou a língua dos dentes e engoliu algumas vezes para trazer a umidade de volta à boca. A cabeça doía...

Cheiros chegaram até ela. Machos, variados, e tantos...

Havia um chão duro e frio sob suas pernas nuas e folhas de pinheiro a espetavam através do tecido fino da camisola. Vento frio, de gelar o sangue, carregou todos aqueles cheiros de machos acima de uma maré de neve, pinho e terra...

Os olhos de Nestha se abriram de súbito. As costas largas de um macho preencheram seu campo visual, a maior parte delas coberta por um par de asas. Asas amarradas.

Imagens da noite anterior invadiram sua mente: os machos que a agarraram, como ela lutou até que eles pressionassem alguma coisa contra seu rosto que a fez apagar, os gritos de Gwyn e Emerie...

Nestha levantou o tronco com um sobressalto.

A vista era pior do que ela esperava. Muito, muito pior.

Lenta e silenciosamente, ela se virou no lugar. Guerreiros illyrianos inconscientes estavam espalhados em volta dela. Às costas, adiante. Em torno de seus pés descalços. Mais a cercavam, pelo menos duzentos, até o meio dos pinheiros altos.

O Rito de Sangue.

Ela devia ter acordado antes dos outros porque era Feita. Diferente.

Nestha voltou sua atenção para dentro, para aquele lugar onde o poder antigo e terrível descansava, e não encontrou nada. Como se o poço tivesse sido drenado, como se o mar tivesse retrocedido.

Os feitiços do Rito de Sangue atavam a magia. Seus poderes haviam se tornado inúteis.

Ela sabia que seus tremores não eram apenas de frio. Qualquer tempo que tivesse, não duraria muito. Os outros logo se agitariam.

E a veriam de pé entre eles, vestindo nada além de uma camisola. Sem armas.

Ela precisava se mover. Precisava encontrar Emerie e Gwyn naquela extensão infinita de corpos. A não ser que elas tivessem sido largadas em outro lugar.

Cassian, Rhysand e Azriel tinham sido deixados em locais diferentes, ela se lembrava. Eles haviam passado dias matando para abrir caminho uns até os outros, em meio aos guerreiros sedentos de sangue e das bestas que perambulavam por aquelas terras. Mas eles tinham, de algum jeito, se encontrado e escalado Ramiel, a montanha sagrada, e vencido o Rito.

Ela teria sorte se atravessasse aquela área em que estava.

Prendendo a respiração, Nestha ficou de pé devagar. Longe do escudo de corpos de guerreiros, o frio se chocou contra ela, quase lhe roubando o fôlego. Os tremores se intensificaram.

Ela precisava de algo mais quente. Precisava de sapatos. Precisava fazer uma arma.

Nestha olhou para a luz de brilho aquoso, como se aquilo fosse dizer a ela para que direção seguir em busca das amigas. Mas a luz queimou seus olhos e piorou o latejar na cabeça. Árvores — ela poderia encontrar o lado musguento das árvores, dissera Cassian. O norte estaria para aquela direção.

A árvore mais próxima se erguia a cerca de seis metros e dez corpos. Pelo que ela podia ver, musgo nenhum crescia em qualquer parte.

Então ela precisava encontrar um terreno mais alto e observar a área. Ver onde Ramiel se erguia e se ela conseguia ver outros locais em que guerreiros tinham sido largados.

Mas precisava de roupas, armas e comida para encontrar Gwyn e Emerie e, ah, deuses...

Nestha levou a mão à boca para conter sua exalação trêmula até quase o silêncio. Mexer. Ela precisava se *mexer*.

Mas alguém já tinha feito isso.

O farfalhar de asas o denunciou. Nestha se virou.

A trinta metros de distância, separado dela pelo mar de corpos dormindo, havia um macho bestial.

Ela não o conhecia, mas reconheceu o brilho em seu olhar. A intenção predatória e a diversão cruel. Soube o que aquilo quis dizer quando o olhar dele mergulhou para a camisola dela, para os seios empinados devido ao frio gelado, para as pernas nuas.

Medo queimou como ácido pelo corpo dela.

Nenhum dos outros se agitou. Pelo menos isso. Mas aquele macho...

Ele olhou para a esquerda — apenas por um segundo. Nestha acompanhou seu olhar, e perdeu o fôlego. Enterrada no tronco de uma árvore, brilhando levemente, havia uma faca.

Impossível. Ter armas no Rito de Sangue ia contra as regras. Será que o macho sabia que estaria ali, ou ele apenas vira antes dela?

Não importava. Só importava que a faca existia. E que era a única arma à vista.

Ela podia correr. Deixar que ele avançasse para a faca e fugir na direção oposta e rezar para que ele não seguisse.

Ou poderia ir na direção da arma. Chegar antes dele e então... ela não sabia o que faria depois. Mas estava de pé em um campo de guerreiros dormindo, que acordariam em breve, e se eles a encontrassem sem arma, indefesa...

Nestha correu.

Cassian não conseguia respirar.

Fazia longos minutos que não conseguia respirar ou falar. A família dele tinha chegado, e todos o cercaram no quarto destruído da casa de Emerie. Estavam falando, Azriel com alguma urgência, mas Cassian não o ouviu, não ouviu nada além do rugido em sua mente antes que ele dissesse para ninguém em particular:

— Vou atrás delas.

Silêncio recaiu, e ele se virou e viu que todos o encaravam, pálidos e de olhos arregalados.

Cassian bateu nos Sifões no dorso das mãos, e os Sifões restantes dele apareceram nos ombros, nos joelhos e no peito. Ele assentiu para Rhys.

— Atravesse comigo até ela. Az, você vai atrás de Emerie e Gwyn.

Rhys não se moveu nem um centímetro.

— Você conhece as leis, Cass.

— As leis que se fodam.

— Que leis? — indagou Feyre.

— Conte a ela — ordenou Rhys a ele, enquanto a escuridão da noite rodopiava em suas asas. Cassian fervilhou de ódio. — *Conte a ela, Cassian.*

O babaca tinha usado aquela dominância inerente sobre ele. Cassian disse, com os dentes trincados:

— Qualquer um que tire um guerreiro do Rito de Sangue será caçado e executado. Junto com o guerreiro que for desonrosamente removido do Rito.

Feyre esfregou o rosto.

— Então Nestha, Emerie e Gwyn precisam ficar no Rito.

— Nem eu posso quebrar essas regras — falou Rhys, em um tom mais suave. — Não importa o quanto eu queira — acrescentou ele, segurando o ombro de Cassian.

O estômago de Cassian se revirou. Nestha e as amigas dela — as amigas *dele* — estavam no Rito. E ele não podia fazer nada para interferir, não sem condenar todos. Sua mão tremeu.

— Então o quê... ficamos com a bunda sentada durante uma semana e esperamos? — A ideia era abominável.

Feyre agarrou os dedos trêmulos dele e apertou firme.

— Você... Cassian, não estava ouvindo quando chegamos aqui?

Não. Ele não tinha prestado muita atenção em nada.

Azriel disse, tenso:

— Meus espiões souberam que Eris foi capturado por Briallyn. Ela mandou os soldados restantes atrás dele enquanto ele estava caçando com os cães. Os soldados o agarraram e, de alguma forma, foram todos atravessados de volta para o palácio dela. Suponho que usando o poder de Koschei.

— Não me importo. — Cassian se dirigiu até a porta. Mesmo que... Porra. Não foi ele que disse a Rhys para não ir atrás daqueles soldados? Para deixá-los para lá? Tinha sido um tolo. Tinha deixado um inimigo armado em ponto cego e se esquecera disso. Mas, por ele, Eris podia apodrecer.

Az falou:

— Precisamos libertá-lo.

Cassian parou subitamente.

— Precis*amos*?

Rhys passou para o lado de Azriel, com Feyre ao seu lado. Uma parede formidável.

— Nós não podemos ir — disse Feyre, acenando para Rhys. Não era preciso explicar: com o bebê a menos de dois meses de nascer, Feyre não arriscaria nada. Mas Rhys...

Cassian desafiou seu Grão-Senhor:

— Você consegue voltar em uma hora.

— Não posso ir. — Tempestades da cor da meia-noite rodopiaram nos olhos de Rhys.

— Pode sim, porra — disse Cassian, sentindo o ódio tomar conta, como uma onda de maré que varreria tudo em seu caminho. — Você...

— Eu não posso.

Era dor, dor pura e crua que tomou conta do rosto de Rhys. E medo. Feyre deslizou os dedos tatuados entre os de Rhys.

Amren perguntou, em tom afiado:

— Por quê?

Rhys encarou a tatuagem nos dedos de Feyre, entrelaçados com os dele. Sua garganta oscilou. Feyre respondeu por ele.

— Fizemos uma barganha. Depois da guerra. De... apenas deixar este mundo juntos.

Amren começou a massagear as têmporas, murmurando uma oração pela sanidade.

Azriel perguntou:

— Vocês fizeram uma barganha para morrerem juntos?

— Tolos — sibilou Amren. — *Tolos* românticos e idealistas. — Rhys virou seu olhar desolado para ela.

Cassian não conseguia controlar a respiração. Az estava imóvel como uma estátua.

— Se Rhys morrer — disse Feyre, com a voz embargada e o medo brilhando forte em seus olhos —, eu morro. — Os dedos dela acariciaram a barriga inchada. O bebê também morreria.

— E se *você* morrer, Feyre — disse Azriel, baixinho —, então Rhys morre.

As palavras ecoaram vazias e frias como uma badalada fúnebre. Se Feyre não sobrevivesse ao parto...

Os joelhos de Cassian ameaçaram ceder. O rosto de Rhys estava tenso com súplica e dor.

— Nunca achei que isso aconteceria — disse Rhys, baixinho.

Amren massageou as têmporas de novo.

— Podemos discutir a idiotice dessa barganha depois. — Feyre olhou com raiva para ela, e Amren devolveu o olhar antes de dizer a Cassian: — Você e Azriel precisam salvar Eris.

— Por que não você?

Feyre beliscou o osso do nariz.

— Porque Amren está...

— Sem poderes — grunhiu Amren. — Pode dizer, menina.

Feyre se encolheu.

— Mor partiu para Vallahan esta manhã e está fora do alcance da nossa magia daemati. Az não pode ir sozinho. Precisamos de você, Cassian.

Cassian ficou imóvel. Eles apenas esperaram.

Enquanto Nestha participava do Rito de Sangue, arriscando passar por todo horror e tristeza, ele partiria para salvar a porra do *Eris*...

— Ele que morra.

— Por mais que isso seja tentador — falou Feyre —, ele é mais perigoso para nós nas mãos de Briallyn. Se estiver sob a influência da Coroa, vai revelar tudo o que sabe. — Ela perguntou a Cassian: — O que ele *sabe* sobre nós, exatamente?

— Demais. — Cassian pigarreou. Em meio aos bate-bocas deles, em meio a sua necessidade de alfinetar Eris, ele havia revelado demais. — Ele estava preocupado com o que faríamos com Nestha como um poder da Corte Noturna, e com todos os três objetos dos Tesouros Nefastos à nossa disposição. Ele achou que a Corte Noturna pudesse se rebelar e tentar algum tipo de tomada de poder.

Feyre disse, esperançosa:

— Talvez a adaga Feita que nós demos a ele lhe conceda imunidade da Coroa. Se ele estiver carregando a adaga, se não o desarmaram, isso pode protegê-lo de outro objeto Feito.

— Mas não sabemos disso — replicou Rhys. — E ele ainda estará nas garras de Briallyn. Ela pode conseguir a adaga por conta própria, e a adaga pode responder a ela.

Az acrescentou, sombriamente:

— E há muitos outros métodos de fazer com que ele fale.

Amren interrompeu:

— Vocês precisam ir agora. — Ela se virou para Feyre e Rhys. — Vamos voltar para Velaris e ter uma boa e longa conversa sobre essa sua barganha.

Cassian não se incomodou em ler as expressões de Feyre e Rhys quando olhou para a pequena janela, para a natureza além dela. Como se pudesse ver Nestha ali.

Ele conjurou sua armadura, as escamas e as placas intricadas se fecharam com uma familiaridade reconfortante em seu corpo.

— Eu treinei bem Nestha. Treinei todas bem — disse ele com a garganta oscilando. Então acrescentou no silêncio enquanto Az batia nos próprios Sifões e a armadura dele aparecia: — Se alguém pode sobreviver ao Rito de Sangue, são elas.

Se conseguissem se encontrar.

Nestha disparou na direção da árvore com a faca, o macho se lançando em movimento apenas um segundo depois.

Ele tropeçou sobre os corpos espalhados, mas Nestha manteve os joelhos para o alto. Um espelho de cada exercício com os pés que tinha feito com a escada no chão, como se aqueles corpos fossem os degraus da corda a serem evitados. Sua memória muscular entrou em ação; ela mal olhou para o emaranhado de membros ao se aproximar da árvore. Mas o macho já havia se equilibrado e se aproximava rápido.

Alguém devia ter plantado a arma, ou sob o véu da escuridão da noite anterior, ou semanas antes. O Rito de Sangue já era bastante brutal sem armas — apenas as que eles faziam — mas com aço de verdade...

O macho tinha bons quinze centímetros e cinquenta quilos a mais do que ela. No combate físico, ele possuiria todas as vantagens. Mas se ela conseguisse pegar aquela faca...

Nestha saiu da área onde os corpos estavam, e suas pernas voaram conforme ela corria os últimos poucos metros até o tronco da árvore com a mão estendida. Ela roçou o cabo da faca...

O macho se chocou contra ela com a força de um guerreiro illyriano adulto.

O fôlego escapou para fora dela diante do impacto quando eles caíram no chão — ultrapassaram o ápice da colina para o outro lado da árvore.

Eles saíram rolando na direção da margem do rio, trinta metros abaixo, alternando-se conforme rolavam pela colina. Rochas e folhas estalavam e arranhavam a pele dela, asas batiam acima e abaixo e o cabelo de Nestha açoitava seu rosto conforme suas mãos tateavam...

Nestha se chocou contra a margem do rio com tanta força que sua coluna rangeu, o macho caiu sobre ela, fazendo com que a última lufada de fôlego explodisse para fora de seus pulmões.

As asas dele estremeceram, mas ele não se moveu.

Nestha abriu os olhos e se viu encarando o olhar cego dele. Viu que sua mão, agarrada a adaga que ela havia enterrado no pescoço do macho, estava encharcada de sangue morno.

Resmungando, Nestha rolou o macho para fora. Deixou a adaga despontando do pescoço dele, com sangue ainda escorrendo do ferimento. A faca tinha perfurado até a base da curva do pescoço.

Nestha cuspiu um punhado de sangue nas pedras secas. A camisola estava coberta de sangue e terra, sua pele estava esfolada e ardendo. Mas ela estava viva. E o macho não.

Nestha se permitiu inalar lentamente pelo nariz enquanto contou até seis. Ela prendeu a respiração, e soltou lentamente. Fez o exercício de respiração mais duas vezes. Avaliou o estado de seu corpo, desde a cabeça latejante até os pés cortados. Respirou de novo.

Quando sua mente se acalmou, Nestha tirou a faca do pescoço do macho. Então tirou as roupas dele, item após item, incluindo as botas. Ela se vestiu com fria eficiência, tirou a camisola ensanguentada e jogou-a sobre o rosto do macho como se fingisse estar num velório, então enfiou a faca no cinto que havia afivelado o máximo possível. As roupas estavam largas, as botas grandes demais podiam ser um risco, mas eram melhores do que a camisola.

E então ela foi atrás das amigas.

CAPÍTULO 65

Nestha escalou o outro lado do vale e encontrou a terra adiante livre de guerreiros. Atrás dela, do outro lado da pequena ravina, os outros ainda dormiam. Nenhum sinal de Emerie ou Gwyn entre eles. Nenhum sinal de onde elas poderiam estar também.

Cassian havia dito a ela quando estavam deitados na cama certa noite, suados e exaustos, que havia três locais em que soltavam os guerreiros para o Rito — um no norte, um no oeste, e um no sul. As amigas dela deviam estar nos demais, ou juntas, ou uma em cada. Elas ficariam apavoradas quando acordassem.

Gwyn...

Nestha se recusou a pensar naquilo quando correu pelos pinheiros, colocando distância entre ela e os guerreiros adormecidos antes de encontrar uma árvore imponente. Ela subiu, sentiu a seiva cobrindo seus dedos rapidamente, e quando chegou ao topo...

Ramiel podia muito bem estar do outro lado de um oceano. A montanha se erguia adiante, com mais outras duas e um mar de floresta e sabe-se lá os deuses o que mais entre ela e as colinas estéreis. Era idêntica à pintura de Feyre. Ela olhou para o sol, depois para o tronco abaixo dela, buscando musgo. Ali – logo abaixo de seu pé esquerdo.

Ramiel ficava no leste. Então ela fora jogada no oeste, e as outras...

Nestha precisava escolher norte ou sul. Ou seria melhor seguir para a montanha e torcer para encontrar as duas no caminho?

Ela buscou a memória por conselhos que Cassian pudesse ter dado casualmente. Cassian... Talvez ele já estivesse a caminho de salvá-la.

A bolha de esperança em seu peito estourou. Ele não podia salvá-la. Ele mesmo havia informado a ela sobre as leis que proibiam tal coisa. Ele seria executado, assim como ela. Nem mesmo Rhysand ou Feyre podiam impedir aquilo.

Cassian não iria salvá-la. Ninguém iria salvá-la, nem Emerie, ou Gwyn.

Nestha flexionou os dedos, tentando fazê-los recuperarem a circulação depois de ter ficado tanto tempo parada. Ela soltou um palavrão baixinho ao ver o sangue que vazava de alguns pequenos cortes em suas mãos.

Eles já deviam estar curados. Mas o feitiço que atava o Rito também suprimia qualquer magia de cura no sangue de um feérico, aparentemente. Inclusive o dela.

Qualquer ferimento seria fatal. Curaria a um ritmo humano, mortal. Nestha se permitiu tomar mais alguns fôlegos lentos e tranquilizadores. Ela conseguiria fazer aquilo. Ela *faria* aquilo.

Salvaria as amigas. E a si mesma.

Berros ecoaram atrás dela. Os outros estavam acordando. Aos palavrões, Nestha correu para baixo da árvore e sentiu casca e folhas de pinheiro grudando em suas mãos cobertas de seiva. Ela precisava escolher uma direção, e correr assim que chegasse ao chão.

Os berros atrás dela foram acentuados por mais gritos.

Ela olhou para trás, para se certificar de que ninguém se aproximava. E ao fazer isso, viu de relance um clarão de luz da pulseira trançada no pulso esquerdo. Do pequeno pingente de prata no meio, reluzindo à luz.

Não — estava *brilhando.*

Nestha passou a ponta do dedo pelo pingente. Ele zumbiu contra sua pele. Pesar tomou conta dela — um arrepio no pescoço, como se uma voz baixinha tivesse sussurrado, *Rápido*.

Nestha se virou para ver melhor contra o sol, mas a luz dentro do pingente sumiu. Nestha se virou para o norte. O pingente brilhou de novo.

Erguendo as sobrancelhas, ela inclinou o braço para o leste: nada. Sul: apenas um brilho fraco. Nenhuma sensação de urgência, de puro pânico. Mas ao norte... O pingente acendeu, e de novo, aquele pesar tomou conta dela.

Nestha inspirou fundo, lembrando-se da noite na Casa quando tinham feito as pulseiras. Lembrando-se do desejo para elas: *a coragem de sair mundo afora quando estivermos prontas, mas sempre poder encontrar nosso caminho de volta uma até a outra. Não importa o que aconteça.*

Ela havia Feito os pingentes. Transformou-os em faróis. E qualquer que fosse a amiga que estava no sul, não estava nem de longe correndo o mesmo perigo que aquela no norte.

A terra naquela direção era uma subida. Uma pequena benção. Os outros guerreiros provavelmente escolheriam o caminho mais rápido e mais fácil até Ramiel, e evitariam uma rota que envolvesse subida.

Mas como é que os pingentes funcionavam ali? O Rito bania magia, tanto de um possuidor quanto de objetos. A não ser que o poder que cercasse o Rito não sufocasse os itens Feitos. Feitiços feéricos precisavam ser proferidos com cautela, talvez quem quer que tivesse criado aquele feitiço para os illyrianos jamais tivesse considerado a possibilidade de um item Feito acabar no Rito.

Mesmo assim, o poder dela estava adormecido. Nestha se voltou para dentro, tentando encontrá-lo, mas foi recebida pelo vazio.

A garganta dela se apertou. Ela mesma era algo Feito, mas também era uma pessoa. A magia a reconhecia como uma *pessoa*, não como uma coisa.

Nestha não se dera conta de quanto precisava que lhe mostrassem essa distinção. Ela inspirou o cheiro de pinho e a promessa distante de neve. *Viva*. Mesmo naquele inferno, ela estava viva.

E se certificaria de que as amigas também estivessem.

Expirando lentamente e controlando a respiração, Nestha abaixou o braço e começou a se mover.

As botas grandes demais atingiram o chão, seus dedos se agitaram dentro delas.

Quando Nestha se esticou, verificando a faca ao lado do corpo, já estava rumando para o norte.

Ocorreu a Nestha depois de dez minutos correndo colina acima, com o pingente brilhante ainda a impulsionando adiante e os pés naquelas botas infernais que escorregavam de um lado para o outro, que ela precisava de água. E de comida. E que precisaria de abrigo antes do pôr do sol. E precisaria decidir se arriscaria uma fogueira, ou possivelmente morreria de frio apenas para evitar ser encontrada.

As roupas que tinha tirado do macho não eram espessas o bastante para ajudá-la a sobreviver à noite. E se o céu cinzento era algum indicativo, neve e chuva podiam estar próximas.

Mas nenhum guerreiro estava ao seu encalço. Pelo menos tinha essa vantagem. A não ser que fossem tão sorrateiros quanto Cassian e Azriel.

Esse pensamento a fez conter o ritmo frenético e silenciar os passos. Nestha enfiou a pulseira e o pingente brilhante para dentro da manga para esconder o brilho na escuridão. Tentando deixar poucas evidências de sua passagem conforme ela escalava uma colina particularmente íngreme e observava o terreno adiante.

Mais árvores e rochas e...

Nestha se abaixou quando uma flecha passou zunindo. Uma porra de *flecha*...

A faca não tinha sido uma coincidência. Alguém havia jogado armas no Rito de Sangue. Nestha observou o terreno atrás dela em busca da flecha. Ali... presa na base de uma árvore.

Ela deslizou de volta para baixo da colina até a alcançar, soltar e enfiar no cinto. Então, sempre abaixada, voltou a subir a colina e olhou novamente para o pico.

E viu-se cara a cara com uma ponta de flecha afiada como lâmina.

— Levante — grunhiu o guerreiro.

Com cada légua que Cassian voava em torno do castelo um dia compartilhado pelas rainhas, ele amaldiçoava Eris por ter sido tolo a ponto de ser capturado. Agora aquela era a fortaleza de Briallyn, supôs ele. Trechos de neve ainda cobriam a terra aberta e montanhosa, embora os primeiros botões e brotos de primavera despontassem. Ele se manteve alto o suficiente para que respirar fosse difícil, tão alto que não pareceria ser mais do que um pássaro bem grande para qualquer humano no chão. Mas com sua visão feérica, ele podia distinguir nitidamente o que atravessava a terra.

Mas não viu sinal de Eris. Nenhum cabelo vermelho, nenhuma chama, nenhum indício dos soldados. Azriel, circundando na direção oposta, sinalizou que também não tinha visto nada.

Era difícil permanecer concentrado. Continuar voando, circundando como abutres, quando sua mente pairava para o nordeste. Para as montanhas Illyrianas e o Rito de Sangue e Nestha.

Será que ela havia sobrevivido à onda inicial? Os guerreiros deviam estar acordando agora.

Porra de Eris. Como ele podia ter sido tão inconsequente a ponto de deixar aqueles soldados se aproximarem?

Cassian verificou de novo o terreno abaixo, lutando para manter a respiração tranquila no ar rarefeito. Ele encontraria Eris rapidamente. Espancaria o macho, se tivesse tempo.

E depois o quê? Ele não podia fazer nada para ajudar Nestha. Mas pelo menos podia ficar perto do Rito. Se o pior acontecesse...

Ele sufocou o pensamento. Nestha sobreviveria. Gwyn e Emerie sobreviveriam.

Ele não permitiria outra alternativa.

CAPÍTULO 66

O guerreiro illyriano era menor do que o que Nestha havia matado, mas ele tinha conseguido um arco e flecha.

— Me passe as suas armas — ordenou ele, percorrendo-a com o olhar e reparando no sangue que cobria o rosto de Nestha, que se encrustava em seu queixo e pescoço.

Nestha não se moveu. Nem mesmo abaixou o queixo.

— Me passe suas armas, *porra* — avisou o macho, com a voz mais afiada.

— De onde você veio? — indagou ela, exigindo uma resposta como se não tivesse uma flecha apontada para seu rosto. E então, antes que o macho tivesse tempo para responder: — Havia outra fêmea lá?

O macho piscou — e foi a única confirmação de que Nestha precisava antes de entregar a flecha. Muito lentamente levando a mão à faca.

— Você a matou também? — A voz dela tinha se tornado puro gelo.

— A cadela mutilada? Deixei para os outros. — Ele sorriu. — Você é uma presa melhor mesmo.

Emerie. Se aquele macho já a vira, ela não devia estar muito longe. Nestha soltou a faca.

O macho manteve a flecha apontada.

— Solte e recue dez passos.

Emerie estava viva. E perto. E em perigo.

E aquele desgraçado não impediria Nestha de salvá-la.

Nestha abaixou a cabeça e curvou os ombros no que ela esperava que o macho acreditasse ser um sinal de resignação. De fato, ele sorriu.

Ele não tinha a menor chance.

Nestha abaixou a faca. Girou o pulso e abriu os dedos ao atirá-la.

Bem na direção da virilha dele.

Ele gritou, e ela avançou quando a mão dele se afrouxou sobre o arco. Ela se chocou contra ele e a arma, o fio do arco açoitou seu rosto com tanta força que lhe arrancou lágrimas, mas elas caíram, e o macho urrava...

Ninguém ficaria entre ela e as amigas.

A mente de Nestha deslizou até um lugar frio e calmo. Ela pegou o arco, atirou longe. Enquanto o macho se contorcia no chão, tentando se desvencilhar da faca que lhe perfurava as bolas, ela saltou para a lâmina, enterrando-a mais fundo. O grito dele fez os pássaros voarem em debandada dos pinheiros.

Nestha girou a faca para soltá-la e deixou o macho caído ali. Ela pegou as duas flechas, mas não se deu ao trabalho de soltar a aljava presa sob as costas dele. Nestha pegou o arco illyriano, guardou a faca e correu na direção da qual ele tinha vindo.

Os urros do macho a seguiram durante quilômetros.

Um rio anunciou sua presença muito antes de Nestha o alcançar. Assim como os guerreiros na margem próxima, conversando hesitantes uns com os outros — avaliando um ao outro, supôs Nestha — enquanto enchiam o que pareciam ser cantis. Como se alguém também tivesse deixado os recipientes no Rito.

Nenhum sinal de Emerie.

Ela se manteve atrás de uma árvore, contra o vento, e ouviu.

Não havia um sussurro sobre Emerie ou outra fêmea. Apenas uma tensa enumeração de regras sobre as alianças que estavam formando, como chegar a Ramiel, quem tinha deixado as armas e os cantis para eles...

Ela estava prestes a procurar um ponto tranquilo para atravessar o rio, longe dos machos, quando ouviu:

— Pena que aquela cadela escapou. Teria dado um bom entretenimento nas noites frias.

Tudo no corpo de Nestha paralisou. Emerie havia chegado até aquele rio. Viva.

Outro disse, bebendo da água corrente:

— Ela deve ter sido carregada pelo rio até o pé da montanha. Se não tiver sido morta pelas corredeiras, as bestas vão pegá-la antes do alvorecer.

Emerie devia ter pulado no rio para fugir daqueles machos.

Nestha passou os dedos pelo arco jogado sobre seu ombro. As flechas em seu cinto pendiam como lastros. Ela deveria matar aqueles machos por isso. Disparar suas flechas em dois deles e *matá-los* por terem machucado sua amiga.

Mas se Emerie tinha sobrevivido...

Ela se afastou da árvore. Deslizou até a seguinte. Então a seguinte. Acompanhou o rio, seus passos eram pouco mais do que um sussurro de água sobre pedra.

Entre os pinheiros, ela seguiu colina abaixo. As corredeiras ficavam mais fortes e as rochas se erguiam como lanças pretas. Uma cachoeira rugia adiante. Se Emerie a tivesse atravessado...

As corredeiras avançavam além da borda, até o fundo, trinta metros abaixo. Não tinha como sobreviver àquilo.

A garganta de Nestha secou.

E secou mais ainda quando ela contemplou o que estava do outro lado do rio, presa em uma árvore caída que se projetava da margem rochosa diretamente diante da queda da cachoeira.

Emerie.

Nestha correu até a beira da água, mas puxou o pé de volta da correnteza gelada. Emerie parecia inconsciente, mas Nestha não ousou arriscar gritar o nome dela. Um olhar para o céu revelou que o sol estava na posição do meio da tarde, mas não oferecia calor, salvação.

Há quanto tempo será que Emerie estava na água gelada?

— Pense — murmurou Nestha. — Pense, pense.

Cada minuto na água arriscava matar Emerie. Ela estava longe demais para que Nestha visse qualquer ferimento, mas não se mexia contra o galho. Apenas as asas trêmulas davam algum sinal de vida.

Nestha tirou a roupa. Desejou ter levado a camisola para poder amarrar a faca e as duas flechas na perna, em vez de deixá-las na margem, mas não tinha escolha. Ela balançou o arco illyriano, no entanto, prendendo-o no peito, e enterrando o fio em sua pele exposta.

Nua, Nestha mediu a distância entre a cachoeira, a corredeira, as rochas e Emerie.

— De uma rocha para a outra — disse ela a si mesma. E se preparou para o frio.

Então saltou na água.

Nestha arquejou e tossiu ao sentir o choque gelado. Suas mãos tremiam tanto que ela teve medo de soltar as rochas escorregadias e ser atirada para a cachoeira. Mas prosseguiu. Dirigindo-se até Emerie. Mais e mais perto, até que finalmente nadou freneticamente entre a última rocha e a margem do rio, e até Emerie, que estava debruçada sobre a árvore parcialmente submersa.

Trêmula e batendo dentes, Nestha libertou Emerie dos galhos e a subiu mais na margem do rio, então se agachou sobre a amiga.

O rosto de Emerie estava cheio de hematomas e o braço dela sangrava de um corte no bíceps. Mas ela respirava.

Nestha conteve o soluço de alívio e sacudiu gentilmente a amiga.

— Emerie, acorde.

A fêmea nem mesmo gemeu de dor. Nestha tateou os cabelos pretos de Emerie, e seus dedos saíram ensanguentados.

Ela precisava atravessar o rio, encontrar abrigo. Fazer uma fogueira, então esquentar as duas. O arco que ela carregava não seria suficiente para protegê-las. Nem de longe.

— Tudo bem, Emerie. — Os dentes de Nestha batiam tão forte que o rosto dela doía. — Desculpe por isso.

Ela segurou a camisola da amiga e a rasgou no meio, expondo o corpo magro e tonificado de Emerie aos elementos da natureza. Nestha tirou a camisola e a torceu em uma corda longa, então tirou o arco do ombro.

— Você não vai gostar desta parte — disse Nestha, entre os dentes batendo, puxando Emerie de volta para a água. — E nem eu — murmurou ela enquanto a água gélida feria seus pés dormentes.

Frio como o Caldeirão. Frio como...

Nestha deixou o pensamento passar e desejou que ele pairasse como uma nuvem. Concentrou-se.

Ela conseguiu levar Emerie para a água até a altura da cintura delas, segurando a amiga tão forte quanto seus dedos trêmulos permitiam. Então Nestha levantou Emerie pelas costas e passou o arco illyriano em volta das duas, deixando que o fio quase inquebrável do arco se enterrasse no seu peito, de forma que a madeira repousasse contra a coluna de Emerie, prendendo uma na outra.

— Melhor do que nada. — Ela prendeu os braços inertes de Emerie em volta dos próprios ombros, então pegou a camisola de Emerie e a prendeu nos pulsos, amarrando-as naquela posição. — Segure firme — avisou Nestha, embora Emerie ainda fosse um peso imóvel em suas costas.

De rocha em rocha. Exatamente como tinha feito antes. De rocha em rocha, então de volta à margem.

De rocha em rocha. Um degrau após o outro.

Ela conseguira avançar dez mil degraus na Casa do Vento. Tinha conseguido mais do que isso durante os últimos meses. Ela conseguiria fazer aquilo.

Segurando o grito devido ao frio, Nestha se moveu mais para dentro da água.

Emerie balançava e batia contra ela, e o fio do arco illyriano se enterrava no peito de Nestha com tanta força que cortava a pele. Mas se mantinha fixo.

Passo após passo.

Quando Nestha voltou à margem mais afastada, trêmula e quase soluçando, o fio do arco a tinha feito sangrar. Mas elas estavam em terra firme, suas roupas e armas estavam ali, e agora deveriam encontrar calor e abrigo.

Nestha deitou Emerie nas folhas de pinheiro, cobriu a amiga com as roupas secas que tinha deixado para trás, e recolheu tanta madeira quanto conseguiu carregar. Nua e trêmula, ela mal conseguia segurar os gravetos nos braços quando os empilhou perto de Emerie. Seus dedos trêmulos tinham dificuldade para girar os gravetos por tempo suficiente para acender uma fagulha, para transformar a madeira em chama, mas — ali estava. Fogo. Ela vasculhou a área em busca de troncos caídos, rogando para que não tivessem molhados demais pelos borrifos das corredeiras para pegar fogo.

Quando a fogueira estava estalando consistentemente, Nestha deslizou para baixo da pilha de roupas ao lado de Emerie e abraçou a amiga, unindo bem a pele uma da outra. As duas estavam congelando, mas o fogo estava quente, e sob as roupas grandes do macho, o frio da água começou a se dissipar.

Mas estavam completamente expostas ao mundo. Se alguém aparecesse, elas morreriam.

Nestha abraçou Emerie e sentiu o corpo dela ficar cada vez mais quente. Viu a respiração se tranquilizar. Sentiu os próprios dentes batendo se acalmarem.

Logo a noite cairia. E o que surgiria na escuridão...

Nestha se lembrou das histórias de Cassian sobre monstros que espreitavam por aqueles bosques. Ela engoliu em seco e abraçou Emerie com mais força. Ela olhou para o braço, o pingente ainda brilhava um pouco, apontando apenas para o sul agora. Um único brilho de esperança, de direção. O que tinha acontecido com Gwyn? Será que estava revivendo seus piores pesadelos? Será que ela...

Nestha se concentrou na respiração. Silenciou a mente.

Ela sobreviveria à noite. Ajudaria Emerie. E encontraria Gwyn.

Em volta de um rio, ela aprendera durante a caminhada com Cassian, sistemas de cavernas costumavam ser escavados pela água. Mas para encontrar um, ela precisaria deixar Emerie...

Nestha olhou para o sol que sumia, então saiu de baixo da pilha de roupas. Ela cobriu Emerie com folhas e galhos, acrescentou outro tronco à fogueira, e arriscou pegar o casaco do macho para se cobrir.

Nestha calçou as botas, embora seus pés cheios de bolhas protestassem, e percorreu um círculo cauteloso em torno do local do acampamento, tentando ouvir alguma coisa. Alguém. Observando cada pedra e rocha cortada.

Nada.

O céu escureceu. Devia ter cavernas ali em algum lugar. Mas onde, *porra?* Onde...

— A entrada é aqui.

Nestha se virou com a adaga em punho, e encontrou um macho illyriano de pé a poucos metros dela. Como é que ele havia se aproximado sorrateiramente, como havia sobrevivido apesar da laceração que descia pelo lado do rosto...

O macho reparou nos ferimentos dela, na nudez de Nestha sob o casaco, nas pernas nuas e nas botas. Na faca.

Mas nenhuma luxúria ou ódio tomaram seus olhos castanhos.

O macho cuidadosamente apontou para o que ela havia confundido com uma rocha coberta de folhas.

— Aquilo é uma caverna. Grande o bastante para entrar.

Nestha ficou de pé. Deixou que ele visse a violência fria em seus olhos.

— Você não vai sobreviver uma hora no chão quando a noite cair — disse o macho. Seu rosto charmoso era jovial e neutro. — E se ainda não escalou uma árvore, então vou supor que tem alguém ferido com você.

Ela não revelou nada.

O macho ergueu as mãos. Nenhuma arma, nenhum sangue nele, exceto pelo corte que descia por seu rosto.

— Eu vim do ponto do oeste. — De onde Nestha tinha vindo. — Vi o corpo na ravina, você fez aquilo com Novius, não foi? Ele estava nu. Você está usando as roupas de um macho. E essa deve ser a faca que cortou a garganta dele. Sabe quem diabos largou armas aqui?

Nestha se manteve calada. A noite se intensificava em torno deles.

O macho deu de ombros quando ela não respondeu.

— Decidi ir rumo ao norte, esperando chegar a Ramiel por um caminho menos escolhido, evitando de vez o conflito com os outros, se puder. Não tenho problemas com você. Mas vou entrar naquela caverna agora, e se você for esperta, vai trazer quem quer que esteja com você e entrar também.

— E deixar que você tome minhas armas e me mate enquanto durmo?

Os olhos castanhos do macho brilharam.

— Eu sei quem você é. Não sou tão burro a ponto de perseguir você.

— É o Rito de Sangue. Você seria perdoado.

— Feyre Quebradora da Maldição não me perdoaria por ter matado a irmã dela.

— Então está fazendo isso para cair nas graças dela?

— E importa? Juro pelo próprio Enalius que não vou matar você ou quem quer que esteja com você. É pegar ou largar.

— Não vai nos matar ou ferir de modo algum. E nem deixar que alguém que você conhece faça isso.

Um leve sorriso.

— Você se adaptou rápido às regras dos feéricos. Mas sim. Juro isso também.

A garganta de Nestha tremeu quando ela sopesou a expressão do macho. Olhou para a caverna escondida atrás dele.

— Vou precisar de ajuda para carregá-la.

Eles não arriscaram uma fogueira na caverna, mas o macho, cujo nome era Balthazar, ofereceu a capa grossa de lã para cobrir Emerie. Nestha vestiu Emerie nas roupas do macho morto, o que a deixou apenas com o casaco de couro, e embora fosse contra todos os seus instintos, ela permitiu que Balthazar se sentasse ao seu lado; o calor dele penetrou seu corpo gelado.

— Quando o sol nascer, vá embora — disse Nestha, para a escuridão da caverna cheia de folhas conforme a noite caía.

— Se sobrevivermos à noite, ficarei feliz em fazer isso — respondeu Balthazar. — As bestas da floresta podem sentir o cheiro do sangue de sua amiga e nos rastrear direto até esta caverna.

O olhar de Nestha percorreu o jovem guerreiro.

— Por que não está lá fora matando todo mundo?

— Porque quero chegar à montanha e me tornar Oristiano. Mas se encontrar alguém que gostaria de matar, não vou hesitar.

Silêncio se instalou e permaneceu.

Alguns minutos depois, galhos estalaram.

O corpo de Balthazar ficou tenso, a respiração dele se tornou impossivelmente silenciosa. No breu da caverna, os únicos barulhos eram o farfalhar das roupas deles e das folhas sob seus corpos.

Um uivo perfurou a noite, e Nestha se encolheu, puxando Emerie para mais perto de seu corpo.

Os estalos dos galhos e o uivo se afastaram, e o corpo de Balthazar relaxou.

— Esse é só o primeiro — sussurrou ele para a escuridão. — Vão espreitar até o alvorecer. — Ela não queria saber o que havia lá fora. Ainda mais quando gritos começaram a soar a distância. — Alguns podem subir em árvores — murmurou Balthazar. — Os idiotas dos guerreiros esquecem disso.

Nestha permaneceu calada.

— Eu pego o primeiro turno — disse o guerreiro. — Descanse.

— Tudo bem. — Mas ela não ousou fechar os olhos.

Nestha permaneceu acordada a noite toda. Se Balthazar sabia que ela não estava dormindo durante o turno dele, não disse nada. Ela aproveitou para fazer os exercícios de Silenciamento Mental, o que manteve a ansiedade afastada, mas não completamente.

O estalo de vegetação sob as patas e garras de bestas à espreita e os gritos dos illyrianos continuaram por horas.

Quando Balthazar a cutucou com o joelho e ela fingiu que acordou, ele apenas murmurou que ia dormir e se acomodou contra ela. Nestha se permitiu absorver o calor dele contra o ar frígido da caverna. Nestha não dava a mínima se os fôlegos profundos dele eram sono verdadeiro ou fingido, como o dela tinha sido.

Ela manteve os olhos abertos, mesmo quando se tornaram insuportavelmente doloridos e pesados. Mesmo quando o calor de seus dois companheiros ameaçou embalá-la no sono.

Ela não dormiria. Não baixaria a guarda por um momento sequer.

O alvorecer por fim entrou pela cerca de galhos, e os gritos e uivos diminuíram até sumirem. Uma rápida inspeção à luz fraca revelou que embora sua amiga permanecesse inconsciente, o ferimento na cabeça de Emerie tinha parado de sangrar. Mas...

— Você vai encontrar muitas roupas hoje — disse Balthazar, parecendo ler a mente dela. Ele avançou para a luz do dia e olhou ao redor, então disse um palavrão baixinho. — Muitas roupas.

As palavras fizeram Nestha sair aos tropeços da caverna.

Corpos alados estavam jogados por toda parte, muitos parcialmente devorados.

Um vento frio soprou o cabelo escuro de Balthazar quando ele saiu andando.

— Boa sorte, Archeron.

Eris não estava em lugar nenhum das terras que cercavam o castelo das rainhas. Mas Azriel tinha encontrado um mercador humano de passagem na estrada que vinha do palácio, que não hesitou quando lhe foi perguntado se um macho feérico tinha chegado recentemente. Ele prontamente informou que um feérico de cabelos ruivos tinha sido arrastado para dentro do castelo duas noites atrás. Ele ouviu na taverna que o macho deveria ser levado a outro lugar em breve.

— Vamos esperar aqui até que eles saiam do castelo. Então os seguiremos pela cobertura das nuvens — disse Azriel, com o rosto sombrio.

Cassian resmungou em concordância e passou a mão pelo cabelo. Ele mal havia dormido, pensando em Nestha e em Feyre e Rhys.

Cassian e Azriel não tinham conversado sobre o acordo do irmão deles, o qual condenaria Rhys caso Feyre não sobrevivesse ao parto. Perdê-la seria insuportável, mas também perder Rhys... Cassian não podia pensar naquilo sem ficar enjoado. Talvez Amren estivesse trabalhando em algum modo de desfazer o acordo. Se havia alguém capaz de encontrar um jeito, seria ela. Ou Helion, supôs ele.

Mas Cassian e Azriel estavam fora do alcance de daemati de Rhys e Feyre. Não tinham recebido notícia nenhuma.

Mas ele saberia se Nestha estivesse morta. Em seu coração, sua alma, ele pressentiria. Sentiria.

Um parceiro sempre sabia.

Mesmo que ela tivesse rejeitado aquele laço.

Nestha tinha sobrevivido à noite, graças à pura sorte e a um illyriano mais interessado em política do que em matar.

A exaustão deixava cada momento mais pesado conforme Nestha entremeava os corpos desmembrados, tirando qualquer roupa que estivesse intacta e não manchada por sangue ou fluidos corporais. Muitos dos guerreiros tinham se urinado ou defecado quando as bestas da floresta os encontraram. Encontrar uma calça limpa foi uma tarefa árdua.

Mas Nestha recolheu o suficiente, inclusive um par menor de botas para si e um conjunto para Emerie, e pegou outra adaga, dois cantis de água e o que parecia ser a metade do coelho que alguém havia caçado como jantar.

Quando ela voltou para a caverna — vestida, hidratada e com meia pata de coelho na mão — Emerie estava acordada. Fraca, mas acordada. Ela não disse nada quando Nestha lhe entregou a carne e a água e a ajudou a se vestir.

Foi só quando Nestha a tirou com cuidado da caverna e Emerie observou a carnificina que ela disse, rouca:

— Gwyn?

Nestha, com o braço em torno do tronco de Emerie, levantou a mão livre — aquela com a pulseira. Ela lentamente apontou o braço em cada uma das direções.

— Sul — disse ela, quando o pingente brilhou. A localização de Gwyn não tinha mudado desde o dia anterior.

Emerie inspirou. Ergueu a própria pulseira para o sul. O pingente brilhava quase freneticamente agora, emitindo uma sensação urgente de precisar se mover, agir, ser rápido.

Pavor percorreu os olhos de Emerie antes de eles se aguçarem em uma concentração sombria.

— Vamos rápido.

CAPÍTULO 67

Emerie confirmou que tinha sido atacada e perseguida pelos machos que Nestha tinha visto no rio. Ela havia saltado na água como uma última chance de sobrevivência, batido com a cabeça na pedra e não lembrava de mais nada até a caverna.

Nestha deu a ela um breve e brutal resumo dos próprios encontros conforme elas seguiam para o sul, mantendo-se em grande parte caladas para ouvir os illyrianos que passavam. Alguns guerreiros solitários as ignoraram conforme passaram arrastando os pés, cobertos de sangue, todos rumando para o leste; alguns bandos lutavam uns contra os outros; e muitos outros corpos jaziam na terra fria.

Elas buscaram qualquer lampejo de cabelo cobre. Mas não viram ou ouviram nenhum sinal de Gwyn. Não discutiram se os pingentes as estariam levando na direção de um cadáver.

O dia passou, elas encontraram outra caverna quando a noite caiu e amontoaram-se pelo calor. Emerie insistiu em pegar o primeiro turno, e Nestha, enfim, dormiu. Quando a amiga a acordou, Nestha teve a sensação de que Emerie a deixara dormir por mais tempo do que deveria.

Pela manhã, elas saíram e encontraram sangue misturado à neve no chão. Os rastros de animais em torno da abertura da caverna eram grandes o bastante para embrulhar o estômago de Nestha.

Logo, começou a nevar vagarosamente. O bastante para cobrir o mundo adiante e atrás, e qualquer inimigo. Elas tremiam a cada passo em direção ao sul, embora tivessem vestido casacos sobressalentes de guerreiros caídos, e conforme a manhã avançava para o meio-dia, Nestha flexionou os dedos para evitar que as mãos congelassem.

Se ela sobrevivesse, nunca mais reclamaria do calor do verão; nunca mais subestimaria o casaco, o gorro, as luvas e aquele cachecol idiota que Cassian a obrigou a usar quando saiu de seu apartamento tantos meses antes.

— Sinto cheiro de fogo — murmurou Emerie. A última vez que tinham se falado fora horas atrás, em vez disso, se concentraram em afastar o frio que era tão intenso a ponto de seus dentes doerem.

Elas pararam atrás de dois pinheiros e observaram o terreno, o céu carregado de neve. Nestha consultou o pingente.

— Por ali — disse ela, inclinando a cabeça para a esquerda. — O fogo também está naquela direção, o vento está carregando a fumaça para baixo daquela cordilheira.

— Pode ser a fogueira de Gwyn — sugeriu Emerie, esperançosa.

Nestha assentiu, acalmando o coração acelerado. Elas avançaram lentamente, disparando de uma árvore para a outra, prestando atenção a qualquer perigo em volta delas, qualquer indício de Gwyn adiante. Estavam se movendo há vários minutos quando a gargalhada as alcançou. Gargalhada de macho.

O rosto de Emerie empalideceu quando ela voltou a pulseira na direção da fonte daquela gargalhada. O pingente brilhou, ofuscando até mesmo a luz fraca do sol invernal.

— Continue contra o vento — disse Nestha, sombriamente. — Vamos pegar a cordilheira pelo lado sul.

Uma camisola pendia de um galho perto do limite do acampamento.

O estômago de Nestha se revirou e o café da manhã precário queimou sua garganta. Uma inalação baixa de Emerie foi o único sinal da amiga de pesar e dor conforme elas subiram o último trecho da cordilheira na direção dos guerreiros acampados no alto. Eles estavam se gabando dos machos que tinham matado, da caminhada que restava até Ramiel. Nestha se esforçou para ouvir qualquer indício de uma fêmea entre eles. Se a camisola de Gwyn estava pendurada em uma árvore, então Gwyn...

Ramiel que fosse para o inferno. Ela passaria o resto da semana ali, matando todos lentamente.

O cume da cordilheira estava poucos metros acima.

Nestha controlou a respiração, mantendo-a silenciosa e breve, como as valquírias faziam. Um olhar para Emerie informou a ela que a fêmea estava fazendo o mesmo, ainda que ódio brilhasse nos olhos escuros dela.

Elas decidiram antes de subir a encosta que, como as asas de Emerie se erguiam muito acima da cabeça, Nestha observaria o que havia além da cordilheira. Emerie segurou duas facas; Nestha tinha uma adaga e o arco illyriano e duas flechas. Nestha precisaria da olhadela para reunir informações sobre que armas os machos tinham também.

Elas trocaram um último olhar, no momento em que os machos caíram na gargalhada, e Nestha se levantou. Apenas o suficiente para sua visão despontar pelo cume da cordilheira.

Dez machos estavam sentados em torno de uma fogueira, comendo. Alguns tinham machados, outros tinham espadas, alguns tinham facas. Nestha distinguiu o macho no meio, rindo e conversando mais alto, como o líder. O rosto dele — ela vira o rosto dele antes. Em algum lugar.

Nenhum sinal de Gwyn. Nestha se abaixou de novo, virando-se para Emerie.

Mas Emerie tinha sumido. Arrastada para baixo da encosta e presa entre dois machos sorridentes.

Ninguém entrou ou saiu do castelo imponente de pedras cinzentas. Azriel e Cassian se revezaram para circundá-lo do alto, esperando por qualquer sinal de um grupo partindo, mas os portões não se abriram. Ninguém sequer entrou ou saiu da cidade murada que o cercava. Era como se os portões tivessem sido trancados e o povo mantido do lado de dentro. Nenhuma aldeia pontuava as colinas em torno do castelo também.

O castelo parecia ter se erguido da terra e se assentado ali, ocupando o lugar como uma besta imensa sobre a terra.

— Briallyn deve saber que estamos aqui — disse Cassian, quando desceu depois de concluir sua última vigilância aérea. — Acha que ela está esperando que a gente aja?

— Acho que a pergunta melhor seria se Eris ainda está vivo — murmurou Azriel, sombras sussurrando ao seu ouvido. — Não consigo discernir isso.

— Esperar é inútil. Deveríamos invadir. Ficar fora de vista, para ela nem mesmo saber que estamos lá e ficar tentada a usar a Coroa em nós.

— Eu já disse: o lugar é guardado por tantos feitiços de proteção quanto a Casa do Vento. Se Briallyn vai mover Eris, é melhor pegarmos ele quando isso acontecer.

— Talvez o mercador estivesse errado.

— Talvez. Vamos continuar a vigilância amanhã. — Azriel cruzou os braços. — Sei que você quer ajudar Nestha. Talvez Amren possa encontrar alguma brecha nas leis...

Cassian engoliu em seco.

— Não tem brecha. Se eu interferir, nós dois morreremos. E mesmo que eu interfira, Nestha me mataria se eu entrasse para salvá-la. Ela jamais me perdoaria por isso.

Ele não tinha mais nada a fazer, exceto contemplar aquilo durante esses últimos dias. O destino de Nestha pertencia a ela. Ela era forte o bastante para forjar o próprio caminho, mesmo em meio aos horrores do Rito de Sangue. Ele mesmo havia ensinado a ela as habilidades para fazer isso.

E nem se as leis permitissem, ele jamais tiraria aquilo dela: a chance de se salvar.

— Não achei que vocês seriam burras o bastante para cair no truque da camisola, mas suponho que essa seja a diferença entre uma fêmea achando que é uma guerreira e um verdadeiro guerreiro — disse o líder de rosto impassível quando Nestha e Emerie foram atiradas aos pés calçados em botas dele. O macho riu, com olhos tão vítreos que Nestha se perguntou se alguém teria contrabandeado uma caixa de vinho com as armas. — Oi, Emerie.

Foi então que Nestha reconheceu o macho. Bellius, o primo desprezível de Emerie.

Emerie apenas disparou:

— Onde ela está, *porra*?

Bellius deu de ombros.

— Encontrei a camisola a alguns quilômetros. Talvez algum outro guerreiro tenha trepado com ela e a matado. — O sorriso dele não estampava nada além de maldade. — Você não deveria ter vindo, prima.

Emerie replicou:

— Fui trazida até aqui contra minha vontade, *primo*. Mas agora vou gostar de provar que você e seu pai estavam errados.

Os dentes dele brilharam sob a luz fraca e nevada entre o dossel da floresta.

— Você desonrou seu pai. Desonrou nossa família.

Nestha viu que suas armas estavam aos pés do macho, todas entregues com a captura de Emerie.

— Foi você que sabotou o Rito com essas armas? — perguntou Nestha, fervilhando de ódio.

Bellius riu de novo, embora seus olhos permanecessem nebulosos. Flocos de neve se acumulavam em seu cabelo preto.

— Eu não chamaria de sabotagem. E ela também não chamou.

Nestha congelou. Ela vira aquele olhar vítreo antes — nos rostos dos soldados de Eris.

E aquela palavra... *ela*. Será que Briallyn tinha de alguma forma capturado Bellius com a Coroa? Ele estava com olhar vítreo quando ela o viu na loja de Emerie meses antes. Quando ele tinha acabado de voltar de uma viagem de reconhecimento no continente. Briallyn devia tê-lo interceptado, então. Talvez usado a Coroa para influenciar os illyrianos para que quebrassem as regras sagradas do Rito, para plantar armas ali. Mas por quê?

Bellius disse a Emerie, quando a fêmea tremeu de ódio:

— Você sabe que não posso deixar que saia daqui viva. Nossa família jamais se recuperaria da vergonha.

— Vai se foder — grunhiu Emerie. — Você e sua família.

Bellius apenas olhou para Nestha e sorriu levemente. Ele limpou a neve dos ombros do casaco.

— Eu sou o primeiro na cadela Grã-Feérica — disse ele aos guerreiros.

O estômago de Nestha se revirou, ácido queimou em seu corpo. Ela precisava encontrar alguma saída, mesmo em menor número, desarmada, sem magia...

O puro pânico e o ódio no rosto de Emerie lhe informou que a amiga também estava sem soluções.

Bellius deu um passo na direção delas.

E então sangue jorrou do lado do rosto dele quando as tripas de um de seus comparsas caíram na neve diante dele.

A coisa que rastejou sobre a cordilheira era feita de pesadelos. Parte gato, parte serpente, coberta de pelagem preta, garras afiadas e dentes em forma de gancho. Ela parou na beira do acampamento. Não olhou para o cadáver estripado do guerreiro cujo abdômen ela havia cortado com um único gesto. Havia sangue na neve em torno dele em um círculo amplo.

Os guerreiros, Bellius inclusive, se prepararam. Bellius sacou a espada.

A criatura saltou. Guerreiros gritaram, armas lampejaram na confusão sangrenta e barulhenta.

— *Corra* — ordenou Nestha a Emerie, ficando de pé. Ela pegou as armas, e Emerie avançou para pegar uma espada quando a arma voou da mão de um guerreiro para a neve.

Uma voz de fêmea ecoou do outro lado da cordilheira.

— *Aqui!*

Nestha quase chorou ao ouvir a voz, diante da cabeça acobreada que surgiu, da mão que a chamava conforme Bellius e os machos dele se posicionavam contra a criatura que os dilacerava. Nestha e Emerie tinham chegado à beira do cume e deslizaram para baixo, fazendo neve voar. Gwyn esperava do outro lado, ensanguentada e usando as roupas de um guerreiro, com o rosto imundo e dilacerado, mas olhos atentos.

— Me sigam — sussurrou Gwyn, e elas não desperdiçaram forças debatendo conforme avançavam quase caindo pela encosta da colina e disparavam entre as árvores, dirigindo-se para o sudeste.

Elas correram até que os gritos dos guerreiros e os rugidos da besta ficassem distantes. Até que se dissipassem de vez.

Elas pararam perto de um filete de córrego que atravessava a neve, ofegando tanto que Nestha precisou se encostar em uma árvore.

— Como? — arquejou Emerie.

— Eu acordei antes dos outros — disse Gwyn, entre fôlegos, com a mão no peito.

— Eu também — disse Nestha. — Achei que fosse porque sou Feita, mas talvez seja porque você e eu não somos illyrianas.

Gwyn assentiu.

— Eu comecei a correr e encontrei um arsenal quase que imediatamente. — Ela indicou o sangue no couro illyriano. — Tirei a camisola e coloquei a roupa de alguém. De um corpo, quer dizer. — Ela estendeu o pulso. — Vocês sabiam que essa coisa brilha? Lembrei do seu desejo para nós: que sempre pudéssemos encontrar o caminho uma até a outra. Não importa o que aconteça. Imaginei que me levaria até vocês. Deve ser de alguma forma imune ao banimento da magia no Rito.

Ela deu um sorriso torto para Nestha.

— Fiquei nas árvores durante as duas primeiras noites, observando as bestas, e vi aquele macho horrível e os companheiros dele esta manhã. Vi que tinham encontrado minha camisola e a exibiram, e eu soube que estavam atrás de vocês. Pensei em matá-los antes que eles as encontrassem.

— Você levou a besta direto até eles.

— Aprendi onde as bestas dormem durante o dia — falou Gwyn. — E que elas ficam *muito* irritadas quando são acordadas. — Ela apontou para os cortes no rosto e nas mãos. — Eu quase não fui mais rápida do que aquela quando a levei na direção do acampamento, mas dei sorte.

Emerie estremeceu.

— A Mãe estava nos protegendo.

Nestha podia ter jurado que os pingentes nas pulseiras delas emitiram um zumbindo baixo e melódico depois daquilo.

Mas Gwyn se encolheu.

— Ele é mesmo seu primo?

— Espero que possa me referir a esse triste fato no passado depois disto — disse Emerie, friamente.

Nestha ofereceu um sorriso selvagem a ela.

— Precisamos continuar em movimento. Se Bellius ou qualquer um dos amigos deles sobreviver, vão querer nos matar, ainda mais agora.

Mais quatro dias. Elas precisavam durar mais quatro dias.

Gwyn disse, com a voz rouca conforme elas avançavam na natureza, a neve piedosamente ficando mais leve:

— Vocês duas vieram atrás de mim.

— Lógico que viemos — falou Emerie, entrelaçando as mãos com as de Gwyn, depois com as de Nestha, e apertando firme. — É isso que irmãs fazem.

CAPÍTULO 68

Nestha preferia as cavernas às árvores. Mas quando a noite caiu e nenhuma caverna se revelou, ela se viu sem opção a não ser escalar uma árvore atrás de Emerie enquanto Gwyn contava como tinha conseguido descansar em cima de uma: com um longo pedaço de corda. Devia ser um dos itens que a rainha Briallyn mandou os illyrianos deixarem, talvez para amarrar os prisioneiros, ou enforcá-los ou estrangulá-los, e Gwyn havia usado para se amarrar ao tronco de uma árvore a cada noite. Era tão longa que as três, sentadas lado a lado em um galho imenso, conseguiam se amarrar umas às outras e à própria árvore.

— Como evitou que as criaturas subissem para devorar você? — perguntou Emerie a Gwyn, a qual estava encaixada entre ela e Nestha. — Elas estavam puxando os illyrianos das árvores como se fossem maçãs.

— Talvez porque eu não tenha cheiro de illyriana — disse Gwyn, franzindo a testa para as roupas. — Apesar disso. — Ela indicou Nestha. — Você também não. Se tivermos sorte, nosso cheiro vai mascarar o de Emerie.

— Talvez — disse Nestha, falando cada vez mais baixo à medida que a noite se instalava. A neve tinha finalmente parado horas antes, e até o vento fustigante diminuíra. Um pequeno milagre.

Gwyn se esticou para olhar para Emerie.

— Quanto você sabe sobre o Rito?

Emerie enfiou as mãos debaixo das axilas para se aquecer.

— Bastante. Meu pai e irmão, e meus primos horríveis, falavam disso sem parar. Em qualquer reunião familiar, todos os machos contavam e recontavam suas histórias tão gloriosas sobre os próprios Ritos. Quantos tinham matado, as bestas das quais tinham escapado. Mas nenhum deles jamais chegou a Ramiel. — Emerie indicou Nestha. — Eles sempre odiaram esse fato a respeito de Cassian. E Rhysand e Azriel. Eles *odiavam* o fato de os três terem chegado ao topo e vencido essa coisa.

— A montanha é tão difícil assim de escalar? — perguntou Gwyn, sussurrando.

Emerie resmungou.

— Difícil de alcançar, mais ainda de escalar. Está coberta de rochas pontiagudas que cortam a pele como um ralador de queijo.

Nestha estremeceu.

— E com nossa habilidade de cura lenta como a dos humanos graças às regras do Rito — prosseguiu Emerie —, teríamos sorte de chegar ao desfiladeiro de Enalius inteiras.

— O que é isso? — perguntou Nestha.

Os olhos de Emerie brilharam.

— Há muito tempo, há tanto tempo que nem se tem uma data exata, uma grande guerra foi travada entre os feéricos e os seres antigos que os oprimiam. Uma das batalhas principais foi aqui, nestas montanhas. Nossas forças estavam arrasadas e em menor número, e por algum motivo, o inimigo estava desesperado para chegar à pedra no alto de Ramiel. Nunca nos ensinaram o motivo; acho que foi esquecido. Mas um jovem guerreiro illyriano chamado Enalius não cedeu às investidas dos soldados inimigos. Ele encontrou um arco natural de pedra entre o monte de rochas e transformou aquilo em seu gargalo. Ele acabou morrendo, mas conteve o inimigo por tempo o suficiente para que nossos aliados nos alcançassem. Esse Rito é todo em homenagem a ele. Tanto da história foi perdida, mas a memória da coragem dele permanece.

Assim como o nome de Cassian perduraria pela história, pensou Nestha. Será que o dela também? Alguma pequena parte sua desejava que sim.

— Há alguns caminhos diferentes até o topo de Ramiel — prosseguiu Emerie. — Mas o mais difícil, o mais infame, é aquele que passa pelo desfiladeiro de Enalius. Pelo arco de pedra. Eles chamam esse caminho de a Quebra.

— Por que não estou surpresa que tenha sido esse o caminho que Cassian e os irmãos dele tomaram? — resmungou Nestha.

Emerie e Gwyn riram, mas quando uma besta rugiu ao longe, elas imediatamente se calaram.

Nestha murmurou:

— Deveríamos nos revezar para vigiar.

Elas se organizaram, Nestha pegou o primeiro turno, Emerie o segundo e Gwyn o terceiro, e quando isso foi decidido, elas se sentaram em silêncio por um longo momento. Haviam feito uma refeição esparsa, um esquilo assado que Gwyn tinha conseguido roubar de um illyriano distraído, mas a fome ainda era um embrulho barulhento no estômago delas.

Nestha se encostou no calor de Gwyn, deixou que ele passasse para seus ossos. E rezou para qualquer que fosse o deus que estivesse ouvindo que o ronco da barriga delas não as revelasse para as bestas abaixo.

O quarto dia trouxe sol, forte o bastante para tornar a neve ofuscante, mesmo à sombra dos pinheiros. Gwyn tinha escalado a árvore até o topo, então estimou que Ramiel estivesse a dias de distância, para o nordeste. O que lhes daria, caso elas conseguissem chegar lá, um dia para escalar a superfície estéril da montanha.

— Não consegui ver se havia mais alguém adiante — anunciou Gwyn —, mas há uma ravina imensa aqui perto, com uma pequena ponte de madeira. Devemos ser as primeiras a encontrá-la, pois se alguém mais tivesse, teriam destruído a ponte para evitar que fosse usada por outros. Precisamos chegar a ela antes que outros cheguem.

— A que distância? — perguntou Nestha, verificando a faca ao lado do corpo, a corda que tinha enroscado sobre um ombro e o arco illyriano. Emerie tinha a espada que havia roubado do acampamento de Bellius, e Gwyn levava um escudo e uma faca próprios.

— Várias horas, se conseguirmos correr — disse Gwyn.

— Correr arrisca chamar a atenção — avisou Emerie.

— Andar arrisca perder a ponte — replicou Nestha.

As três se entreolharam.

— Então corremos — falou Gwyn, e elas assentiram.

Avançaram em um ritmo leve, destinado a manter os passos silenciosos e tranquilos mesmo com a neve sob os pés, mas correr depois de dias de exaustão, com os membros rígidos de frio e a barriga praticamente vazia fez a cabeça de Nestha latejar.

— Temos companhia — disse Emerie, ofegante, e as três pararam. A menos de quinhentos metros havia seis machos.

— Acham que eles sabem sobre a ponte? — sussurrou Gwyn.

Assim que ela falou, os machos dispararam em uma corrida. Não em direção a elas, mas em direção à ravina.

Aos palavrões, Nestha se lançou em movimento com Gwyn e Emerie ao encalço, fazendo a neve voar a seus pés.

— Rápido! — gritou ela.

Entre as árvores adiante, o mundo se iluminou — como se a floresta tivesse acabado. E tinha, percebeu ela. Haviam chegado ao limite da ravina, agora equidistante entre elas e os machos. Quem quer que chegasse primeiro, cortaria a ponte depois de atravessar.

E se os dois grupos chegassem à ponte ao mesmo tempo...

— Precisamos interceptá-los — disse Nestha, ofegante. — Muito antes de eles chegarem à ponte. — Ela mudou a trajetória subitamente, e Emerie e Gwyn se moveram com Nestha como uma unidade. Os machos pareceram perceber que o inimigo estava agora indo direto até eles e diminuíram a velocidade para pegar as armas.

Nestha encontrou seu alvo, um macho a uns trinta centímetros dela, e cortou com a adaga ao se atirar contra ele. O macho estava correndo tão rápido que perdeu o equilíbrio e caiu quando desviou do golpe dela. Exatamente onde ela o queria: bem diante de Emerie. Nestha se voltou para o macho seguinte enquanto sua amiga enterrava a espada no peito do primeiro.

O próximo macho que Nestha atacou estava pronto, usando uma espada curta. Ela se abaixou e se afastou com um giro — deixando que ele acertasse o golpe no escudo de Gwyn. No momento em que Gwyn se abaixou, cortou as canelas dele com a adaga.

Os outros quatro...

Nestha se esquivou e desviou de outro macho, adaga contra adaga. Cada movimento cantava em perfeita harmonia com a respiração dela; cada giro do corpo, dos membros, fazia parte de uma sinfonia.

O macho golpeou, formando um arco amplo contra Nestha, e ela enxergou sua abertura. Ela deixou que o golpe avançasse e então bateu com o cotovelo no nariz dele. Osso encontrou osso com um estalo que ecoou pelo corpo dela.

Ele caiu com um resmungo e a lâmina de Nestha cortou, prata e vermelho lampejaram do pescoço do macho. Ela não se permitiu sentir a viscosidade morna do sangue.

Outro macho já avançava contra ela, e Gwyn gritou o nome de Nestha — chamando sua atenção logo antes de a sacerdotisa jogar um escudo para ela.

Nestha pegou o escudo e girou na neve sobre um joelho ao absorver o impacto do peso do instrumento. Soltando o fôlego com uma exalação poderosa, ela levantou o escudo bem alto quando o macho desceu uma espada apontada para sua cabeça. Nestha interceptou o golpe, empurrando o escudo para cima e tirando o equilíbrio do macho. Ela enterrou a faca na bota dele.

O macho gritou, caiu para trás, e Nestha se levantou com um salto e desceu o escudo com tanta força que o objeto ficou amassado ao se chocar contra a cabeça dele. As reverberações feriram sua mão e o antebraço, mas ela continuou segurando o escudo.

Nestha se virou para o oponente seguinte, mas suas amigas já haviam tomado conta dele. Os machos em torno delas estavam caídos.

Silêncio absoluto encheu a floresta nevada. Até os pássaros nos pinheiros tinham parado de piar.

— Valquírias — falou Emerie com um brilho intenso no olhar.

Nestha sorriu por trás do sangue que ela sabia que manchava seu rosto.

— Valquírias, porra.

— Quatro dias, caralho — sibilou Cassian de onde ele e Azriel monitoravam o castelo. — Estamos com a bunda aqui há quatro dias, porra.

Azriel afiava Reveladora da Verdade. A lâmina preta absorvia a luz fraca do sol que entrava pelo dossel da floresta acima.

— Parece que você se esqueceu de quanto da espionagem é ficar sentado esperando o momento certo. As pessoas não se lançam às tarefas malignas quando é conveniente para você.

Cassian revirou os olhos.

— Parei de ser espião porque eu ficava entediado até a morte. Não sei como você aguenta isso o tempo todo.

— Combina comigo. — Azriel não parou de afiar, embora sombras tivessem se reunido em torno de seus pés.

Cassian exalou.

— Sei que estou sendo impaciente. Eu *sei*. Mas você acha mesmo que não deveríamos ir até aquele maldito castelo e dar uma espiada?

— Já falei: o castelo é protegido demais, e cheio de armadilhas mágicas que enganariam até Helion. Além disso, Briallyn tem a Coroa. Não estou interessado em explicar a Rhys e Feyre por que você morreu aos meus cuidados. E menos interessado ainda em explicar isso a Nestha.

Cassian observou o castelo.

— Você acha que ela está viva? — A pergunta o assombrava a cada fôlego que ele tomava nos últimos dias.

— Você saberia se ela tivesse morrido — falou Azriel, parando de trabalhar e olhando para Cassian. Ele bateu no peito do irmão com a mão coberta de cicatrizes. — Bem aqui... você saberia, Cass.

— Há muitas outras coisas inomináveis que poderiam estar acontecendo com ela — disse Cassian, com a voz embargada. — Com Emerie e Gwyn.

As sombras ficaram mais profundas em torno de Azriel e os Sifões dele brilharam como fogo cobalto.

— Você... nós as treinamos bem, Cassian. Confie nisso. É tudo o que podemos fazer.

A garganta de Cassian se apertou, mas um movimento atraiu o olhar de Azriel para longe. Cassian ficou de pé na mesma hora.

— Tem alguém saindo do castelo. — Os dois, calados, se lançaram ao céu, e entraram na cobertura das nuvens em questão de segundos. No ar frio e rarefeito, Cassian só viu o que a distância entre as nuvens permitia.

Mas era o bastante.

Uma pequena caravana tinha deixado os portões leste da cidade e tomado a estrada vazia que seguia entre as colinas.

— Não estou vendo uma carroça de prisioneiro — disse Cassian, por cima do barulho do vento.

O olhar de Azriel permanecia na terra abaixo.

— Não precisam de uma — disse ele, com uma amargura silenciosa.

Cassian precisou esperar até o próximo espaço entre as nuvens para ver.

Não, não precisavam de uma carroça para prisioneiros. Porque montado sobre um cavalo branco adiante do grupo, lado a lado com uma figura pequena e curva, estava Eris.

— Babaca idiota — grunhiu Cassian. — Ela o aprisionou com a Coroa.

— Não — disse Az baixinho. — Olhe para o lado esquerdo dele. Ele ainda está com a adaga do lado do corpo. Se estivesse sob transe, teria entregado a arma.

— Então possuir outro objeto Feito o protege mesmo da Coroa. — O que significava que... — Traidor. — Cassian cuspiu. — Não sei por que estou surpreso. — As mãos dele se fecharam em punhos. — Vamos pegá-lo, arrastar a bunda dele de volta para casa e desmembrá-lo. — Ele fora levado para longe de Nestha para aquilo? Para os joguetes de Eris?

A voz de Azriel cortou o vento uivante.

— Vamos segui-los. Se capturarmos Eris agora, podemos não conseguir arrancar nada dele. Pelo menos não rapidamente. Vamos segui-los e ver até onde a traição dele vai. Vamos ver com quem estão se encontrando. Deve ser importante, para que deixem a segurança do castelo.

Não tinha como discutir com aquela lógica, mesmo que o coração de Cassian gritasse com ele em cada bater das asas para que voasse de volta para casa.

Nestha, Emerie e Gwyn não tinham nem mesmo chegado à ponte quando um novo grupo de machos se aproximou, armados com arcos e flechas.

— Vamos conseguir — disse Emerie ofegante, correndo adiante do grupo delas em direção à ponte, agora visível entre as árvores cobertas de neve. — Podemos correr mais rápido do que eles.

Flechas passaram zunindo.

Emerie chegou à ponte primeiro, a engenhoca bamba quicou com o peso dela conforme ela praticamente voava ao atravessar. Flechas batiam nas árvores, no chão, nos mastros da ponte, e Nestha não hesitou quando correu sobre as tábuas, sem ousar olhar para a queda abaixo até um leito de rio seco, apenas para Emerie conforme a fêmea terminava de cruzar a ponte.

Um grito de dor explodiu atrás delas, e Nestha se virou no fim da ponte e viu Gwyn ainda do outro lado, com uma flecha presa na coxa. Caída. Perto demais dos machos que se aproximavam...

— *CORTEM!* — urrava Gwyn.

— Levante — gritou Nestha. — *Levante.*

A sacerdotisa tentou. Conseguiu ficar de pé, mas jamais conseguiria atravessar a ponte a tempo.

Então Nestha tirou o arco illyriano do ombro. Tirou também a corda enroscada e entregou às cegas para Emerie.

— Amarre uma ponta àquela árvore, e então passe em volta do seu corpo. — Nestha não esperou para ver se a fêmea obedeceu antes de amarrar a outra ponta à flecha. E engatilhar a flecha no arco.

— Não aprendemos arco e flecha — sussurrou Emerie.

Mas Nestha colocou a flecha no lugar. Mirou. Bem em Gwyn, que olhou para a corda amarrada à flecha, a outra ponta em volta de uma árvore e de Emerie, e compreendeu.

— Minha irmã me ensinou. — Os braços de Nestha tremiam quando ela puxou o fio do arco. — Há muito tempo.

Grunhindo e trincando os dentes, Nestha puxava forte cada centímetro. Mirava Gwyn conforme a amiga corria em direção à ponte, mancando, com o rosto pálido de dor, deixando um rastro de sangue na neve.

Nestha soltou a flecha no momento em que os primeiros machos surgiram entre as árvores.

Ela acertou o alvo. Caiu na neve, aos pés de Gwyn.

A sacerdotisa pegou a flecha e passou a corda em volta do tronco, várias vezes, conforme corria até a ponte...

Nestha soltou o arco. Gwyn tinha chegado à outra ponta da ponte e estava gritando:

— *CORTEM, CORTEM, CORTEM!*

Os machos saíram de entre as árvores. Eles corriam em direção à ponte e à Gwyn, que mancava, aproximando-se dela com rapidez. Nestha só precisava estender a mão antes de Emerie jogar a espada para ela.

Gwyn, mancando até o meio da ponte, não parou de se mover. Os machos estavam a alguns metros atrás, amontoando-se até a estrutura aos pedaços.

Nestha desceu a lâmina sobre as cordas da ponte. Nestha pareceu continuar correndo mesmo depois que as madeiras sumiram de baixo de seus pés, então saltou no ar, com apenas aquela corda no tronco protegendo-a da morte quando começou a cair...

Mas Nestha havia agarrado a corda, abaixando-se diante do mastro da ponte e cruzando as pernas em torno dela, segurando firme conforme centímetro após centímetro de fibra áspera rasgava suas mãos. Atrás dela, apoiada no pinheiro, Emerie se segurava de maneira igualmente firme.

Gwyn caiu em direção ao leito da ravina. Machos illyrianos gritaram conforme caíam, soltos, com ela.

Nestha gritou quando as palmas de sua mão pegaram fogo. Um pigmento vermelho cobria a corda, mas ela fechou as mãos cortadas com mais força e respirou para controlar a sensação dos cortes e da laceração.

Até que Gwyn foi freada e parou de cair. O mundo inteiro pareceu tomar fôlego quando Nestha esperou que a corda se partisse.

Mas Gwyn estava pendurada na beira do abismo grunhindo de dor.

Graças à Mãe, os illyrianos que caíram haviam levado consigo os únicos arcos, e os machos do outro lado xingavam e cuspiam.

Mas Nestha e Emerie não deram atenção a eles conforme puxavam Gwyn para cima, com as mãos ensanguentadas deixando a corda ainda mais vermelha. Cada puxão deixava Nestha mais ofegante devido à dor, até que Gwyn surgiu na beira do penhasco, fazendo uma careta quando a flecha enterrada em sua coxa tocou o chão. Tinha sido um disparo limpo, mas sangue encharcava a perna dela. O rosto de Gwyn já estava pálido.

— *Cadelas* desgraçadas! — rugiu um dos machos.

— Ah, cala essa boca! — berrou Emerie do outro lado da ravina, ajudando Nestha a levar Gwyn até as árvores nevadas enquanto suas respirações condensavam o ar diante de seus rostos. — Vê se acha um xingamento melhor!

Elas conseguiram tirar a flecha da perna de Gwyn e estancar o ferimento usando uma camisa sobressalente que haviam tirado de um guerreiro morto, mas a sacerdotisa ainda mancava. O rosto dela tinha ficado macilento, e até mesmo apoiada entre Nestha e Emerie, ela mantinha o ritmo delas lento.

Mesmo assim, as fêmeas prosseguiram em direção a Ramiel, agora visível adiante.

Elas não encontraram mais ninguém. Começou a nevar de novo por volta do meio-dia, e Gwyn passou a cambalear. A respiração dela estava ofegante demais. Logo, Nestha e Emerie estavam praticamente a puxando entre elas.

Quando a noite caiu, o simples ato de levar Gwyn para o alto de uma árvore exigiu toda a força que restava a elas. As fêmeas se prenderam no tronco com a corda ensanguentada, e Nestha e Emerie tiraram distraidamente minúsculas fibras de corda das mãos cortadas. Não tinham mais comida, apenas água.

O dia seguinte foi igual: caminhada lenta, lufadas de neve, ouvidos atentos a qualquer indício de outros guerreiros, pausas demais, apenas água para encher a barriga, e, quando a noite caiu, uma nova árvore.

Mas essa árvore era a última antes de uma encosta estéril se elevar acima delas, como uma fera preta.

Elas haviam chegado ao pé de Ramiel.

Nestha acordou antes do alvorecer, verificou que Gwyn estava respirando, que a perna dela não tinha infeccionado, e observou a encosta preta e cinza adiante.

No alto, longe demais, estava o pico com a pedra preta sagrada. Três estrelas brilhavam acima da montanha: Arktos e Oristes à esquerda e à direita; Carynth acima delas. A luz das estrelas aumentava e diminuía, como um convite e um desafio.

— Cassian me contou que só 12 chegaram a este ponto — murmurou Nestha para as amigas. — Já conquistamos o título de Oristianas, só por estarmos aqui.

Emerie se agitou.

— Poderíamos ficar aqui em cima hoje, esperar passar a noite, e então terminar ao amanhecer. Esses títulos que se lasquem. — Era a coisa sábia a se fazer. A coisa segura a se fazer.

— Aquele caminho — disse Nestha, apontando para uma pequena trilha ao longo da base de Ramiel — também poderia nos levar para o sul. Ninguém iria por ali, porque leva para longe da montanha.

— Então chegamos até aqui para nos esconder? — perguntou Gwyn, com a voz rouca.

— Você está ferida — replicou Nestha. — E é uma *montanha* na nossa frente.

— Então em vez de tentar e fracassar — indagou Gwyn —, vocês pegariam a estrada segura?

— Nós viveríamos — disse Emerie, com cautela. — Não há nada de que gostaria mais do que arrancar os sorrisinhos dos lábios dos machos de minha aldeia, mas não por esse preço. Não se isso nos custar você, Gwyn. Precisamos que você viva.

Gwyn estudou a encosta rochosa e impiedosa de Ramiel. Não havia muita neve agraciando as laterais da montanha. Era como se o vento tivesse limpado tudo. Ou as tempestades tivessem evitado o pico inteiramente.

— Mas isso é viver? Pegar a estrada segura?

— É você que está há dois anos em uma biblioteca — disse Emerie.

Gwyn não demonstrou reação nenhuma.

— Estou sim. E cansei disso. — Ela observou o couro encharcado de sangue ao longo da coxa. — Não quero pegar a estrada segura. — Ela apontou para a montanha, para o caminho estreito em direção ao alto. — Quero pegar *aquela* estrada. — A voz dela ficou embargada. — Quero pegar a estrada pela qual ninguém ousa viajar, e quero viajar nela com vocês duas. Não importa o que aconteça com a gente. Não faremos isso como illyrianas, e nem pelos títulos deles, mas sim por algo *novo*. Para provar para eles, para todo mundo, que algo novo e diferente pode triunfar mesmo com todas as suas regras e restrições.

Um vento frio soprou dos lados de Ramiel. Sussurrando, murmurando.

— Eles chamam essa subida de a Quebra por um motivo — replicou Emerie, séria.

Nestha acrescentou:

— Faz dias que não comemos. Estamos com a reserva de água no fim. Subir essa montanha...

— Já fui quebrada uma vez — disse Gwyn, com a voz nítida. — E sobrevivi. Não serei quebrada de novo, nem mesmo por esta montanha.

Nestha e Emerie ficaram caladas enquanto Gwyn soltava um fôlego profundo.

— Um comandante de Hybern me estuprou há dois anos. Ele mandou os soldados me segurarem em uma mesa. Riu o tempo todo.

Lágrimas brilharam nos olhos de Gwyn.

— Hybern atacou na calada da noite. Estávamos todas dormindo quando invadiram o templo e começaram o massacre. Eu dividia o quarto com minha irmã gêmea, Catrin. Acordamos com o primeiro grito que veio da muralha. Ela era... Catrin sempre foi a mais forte. A inteligente e encantadora. Depois que nossa mãe morreu, ela cuidou de mim. Tomou conta de mim. E naquela noite, ela ordenou que eu fosse proteger as crianças de Sangravah e saiu correndo direto para a muralha do templo.

A voz de Gwyn falhou.

— Quando cheguei ao dormitório das crianças, a matança estava a apenas alguns corredores. Reuni os pequenos, e corremos para um dos túneis das catacumbas. Eles eram acessíveis por um alçapão na cozinha, e eu tinha acabado de passar a última criança para baixo quando ouvi os soldados vindo. Eu... soube que eles nos encontrariam se eu descesse e deixasse a porta descoberta, então joguei um tapete sobre o alçapão e empurrei a mesa da cozinha para cima dele. Eu tinha acabado de mover a mesa quando os soldados me encontraram.

Nestha não conseguia respirar. Gwyn observou a montanha que se elevava acima. Até o vento pareceu se aquietar ao ouvir as palavras dela.

— Os gritos tinham parado, e eles carregavam outras sacerdotisas. Inclusive Catrin. Mas o comandante entrou, e me perguntou onde estava o restante de nós. Eles queriam as crianças também. As meninas.

Nestha conseguia ouvir o coração galopante de Emerie, a batida frenética que imitava seu próprio coração.

Gwyn engoliu em seco.

— Eu disse a ele que as crianças tinham tomado a estrada da montanha para pedir ajuda. Ele não acreditou em mim. Então pegou Catrin, porque nossos cheiros eram quase idênticos, sabe, e me disse que se eu não revelasse onde estavam as crianças, ele a mataria. E quando não entreguei as crianças... — A boca de Gwyn tremeu. — Ele decapitou Catrin bem ali, junto com outras duas sacerdotisas. E então disse aos soldados que *pegassem firme* na gente. Ele me reivindicou. Cuspi na cara dele. — Lágrimas escorriam pelas bochechas dela. — E então ele... começou.

O coração de Nestha se partiu.

— Eu ainda não tinha participado do Grande Rito, e estávamos tão isoladas lá em cima que nunca havia tido a chance de me deitar com um macho, e ele tirou isso de mim também. Depois chamou três dos soldados e disse que continuassem até que eu revelasse para onde as crianças tinham ido.

Nestha sentiu seu estomago embrulhar. Ela não teria conseguido se mover se quisesse.

— O primeiro tinha acabado de abrir o cinto quando Azriel chegou. — Lágrimas silenciosas e intermináveis escorriam pelo rosto de Gwyn.

— Azriel massacrou todos eles em segundos. Sem hesitar. Mas eu mal consegui me mexer, e quando tentei levantar... Ele me deu sua capa e me embrulhou nela. Morrigan chegou alguns minutos depois, e então Rhysand surgiu, e ficou evidente que alguns dos soldados tinham fugido com o pedaço do Caldeirão, então Azriel saiu atrás deles. Mor me curou tanto quanto conseguiu, e me levou até a biblioteca. Eu não consegui... Não aguentei ficar no templo, com as outras. Ver o túmulo de Catrin e saber que eu tinha fracassado com ela, ver aquela cozinha todo dia pelo resto da minha vida.

"Nos primeiros cinco meses que passei na biblioteca, mal falei. Não cantava. Eu ia até a sacerdotisa que aconselhava todas nós, e às vezes só ficava sentada ali chorando, ou gritando, ou não dizia nada. E então comecei a trabalhar com Merrill a pedido de Clotho, e o trabalho me trouxe foco. Me motivava a sair da cama toda manhã. Comecei a cantar durante os cultos da noite. E então você apareceu, Nestha."

Os olhos de Gwyn se voltaram para os dela, brilhando com lágrimas, dor e... esperança. A mais bela e preciosa esperança.

— E eu sabia que alguma coisa ruim tinha acontecido com você também. Mas você estava combatendo aquilo. Não estava deixando que dominasse você. Eu sabia que Catrin teria sido a primeira a se inscrever para treinar, então... também me inscrevi. Mas nem o treino nos últimos meses apagou o fato de que deixei minha irmã morrer. Você me perguntou uma vez por que eu não uso o capuz ou a Pedra da Invocação. Aquela pedra é um sinal de santidade. Como alguém como eu poderia usá-la?

Gwyn parou por fim, como se esperasse que elas a julgassem.

Mas havia lágrimas escorrendo pelo rosto de Emerie. Elas não pararam quando Emerie pegou a mão de Gwyn e falou:

— Você não está sozinha, Gwyn. Ouviu? *Você não está sozinha.*

Nestha pegou a outra mão de Emerie quando a amiga prosseguiu:

— Nós sofremos de formas diferentes, mas... Meu pai uma vez me espancou tanto que quebrou minha coluna. Ele me manteve na cama durante semanas enquanto eu me curava, dizendo às pessoas que eu estava doente, mas eu não estava. Esse foi... Esse foi um dos menores males que ele me causou. — Ela pausou. — Ele espancava minha mãe antes disso. E ela... Acho que ela me protegia dele, porque ele nunca botou a mão em mim antes de ela morrer. Até que a espancou tanto que ela não conseguiu se recuperar. Ele me fez cavar uma cova para ela certa noite de lua nova, e disse às pessoas que ela havia sofrido um aborto e morrido de hemorragia.

Emerie limpou uma lágrima com ódio.

— Todo mundo acreditou nele. Sempre acreditavam, ele era tão encantador e tão esperto que todo mundo sempre acreditava. Sempre que as pessoas me diziam como eu tinha sorte de ter um pai tão bom, eu me perguntava se as coisas ruins eram imaginação minha. Apenas minhas cicatrizes e minhas asas me lembravam da verdade. E quando ele morreu, eu fiquei tão feliz, mas esperavam que eu ficasse de luto. Eu deveria ter contado a todos que tipo de monstro ele era, mas não contei. Eles tinham fechado os olhos para o corte das minhas asas enquanto ele estava vivo; por que se incomodariam em acreditar na verdade agora que ele estava entre os mortos honrados?

O nariz de Emerie se franziu.

— Ainda sinto os punhos dele em mim. Ainda sinto o impacto dele batendo a minha cabeça contra uma parede, ou esmagando meus dedos em uma porta, ou simplesmente me espancando até que eu apagasse. — Ela estava tremendo, e Nestha apertou a mão dela com mais força. — Ele nunca me deu dinheiro nenhum, nem me deixou ganhar meu próprio dinheiro, nunca me deixava comer mais do que ele julgava apropriado, e se entranhou tanto em minha mente que eu *ainda ouço a voz dele* quando me olho no espelho ou cometo um erro.

Ela engoliu em seco.

— Fui treinar porque eu sabia que ele teria proibido. Fui treinar para tirar a voz dele da minha cabeça. E para saber como parar um macho se algum deles um dia colocar as mãos em mim de novo. Mas nada disso jamais vai trazer minha mãe de volta, ou mudar o fato de que me escondi enquanto meu pai descontava seu ódio nela. Nada jamais vai consertar aquilo. Mas essa montanha... — Emerie apontou para a pequena trilha de terra na base do pico. — Vou escalar pela minha mãe. Por ela, vou enfrentar a Quebra e ir o mais longe possível.

As duas olharam para Nestha. Mas o olhar dela permanecia na montanha. No pico. Naquela trilha que levava até ele. O mais difícil de todos os caminhos.

Por fim, Nestha disse:

— Fui mandada para a Casa do Vento porque eu tinha me tornado uma desgraça, bebendo e fodendo com qualquer um que aparecesse. Minha... família não suportava aquilo. Durante mais de um ano, eu abusei da bondade e da generosidade deles, e tudo isso porque... — Ela exalou um suspiro trêmulo. — Meu pai morreu durante a guerra. Diante dos meus olhos, e não fiz nada para impedir. — E então Nestha desabafou. Contou às duas cada coisa horrível que tinha feito, pensado e aproveitado. Contou a elas sobre o Caldeirão, o terror, a dor e o poder. Contou o pior dela, de forma que se elas decidissem arriscar subir aquela montanha com ela, iriam de olhos abertos. De forma que pudessem escolher desistir agora.

E quando Nestha terminou, ela se preparou para o desapontamento nos rostos das amigas, para o desprezo delas.

No entanto, a mão de Gwyn deslizou sobre a dela. Emerie segurou firme a outra mão de Nestha.

— Nenhuma de vocês tem culpa do que aconteceu — sussurrou Nestha. — Nenhuma de vocês fracassou com *ninguém*.

— Você também não — disse Emerie, baixinho.

Nestha olhou para as amigas. E viu dor e mágoa no rosto manchado de lágrimas de cada uma delas, mas também a franqueza de permitirem que uma visse as fraquezas da outra. A compreensão de que não dariam as costas.

Os olhos de Nestha arderam quando Gwyn falou:

— Então vamos escalar Ramiel. Vamos pegar a Quebra. Venceremos para provar a todos que algo novo pode ser tão poderoso e inquebrável quanto as antigas regras. Que algo que ninguém nunca viu antes, não totalmente valquíria e nem totalmente illyriana, pode vencer o Rito de Sangue.

— Não — disse Nestha por fim. — Venceremos para provar a *nós mesmas* que conseguimos. — Ela exibiu os dentes em um sorriso feral para a montanha. — Vamos vencer essa porra.

CAPÍTULO 69

Eris e a pequena caravana cavalgaram para o leste durante três dias, parando apenas para comer e dormir. O ritmo era lento, e pelos lampejos que Cassian e Azriel tinham entre as nuvens, parecia que Eris não estava preso. A silhueta pequena e curva de Briallyn cavalgava ao lado dele todo dia. Mas não viram indícios da Coroa sobre ela, nenhum brilho dourado sob o sol.

O Rito de Sangue terminaria no dia seguinte. Cassian não ouvira nada a respeito de Nestha, não sentira nada. Mas ele não conseguia dormir direito. Mal conseguia manter a concentração no grupo adiante conforme eles entraram em uma floresta baixa além das colinas, antiga, retorcida e cheia de musgo pendurado.

— Eu nunca estive aqui antes — murmurou Az por cima do vento. — Parece um lugar antigo. Me lembra do Meio.

Cassian manteve o silêncio. Não falou enquanto acompanhavam seu alvo mais para dentro da floresta até um pequeno lago no centro. Foi só quando o grupo parou diante da margem escura que Azriel e Cassian pousaram e começaram uma silenciosa caminhada a pé.

O grupo não devia estar preocupado em ser ouvido, pois Cassian podia discernir as palavras deles vindas de muito além do acampamento na margem.

Vinte deles se reuniam, uma mistura do que parecia ser nobreza humana e soldados. O garanhão branco de Eris tinha sido preso a um galho. Mas o macho...

— Aqui, Cassian — cantarolou Eris.

Cassian se virou, e viu o filho do Grão-Senhor apontando uma faca para suas costelas.

Ao meio-dia, Nestha mal conseguia respirar. Gwyn se arrastava, Emerie estava ofegante, e elas começaram a racionar a pouca água que tinham. Não importava o quanto escalassem, por quantas rochas passassem pelo caminho estreito, o pico não ficava mais próximo.

Elas não viram mais ninguém. Não ouviram mais ninguém.

Uma pequena dádiva.

A respiração de Nestha cantava nos pulmões. Suas pernas fraquejavam. Em seu corpo, havia apenas dor e o circundar incansável dos pensamentos, como se fossem abutres se reunindo para se banquetear.

Ela só queria desligar a *mente*...

Seria possível que a Quebra não fosse apenas física, mas mental também? Que aquela montanha de alguma forma tivesse dragado cada parte do medo dela e puxado sua mente para aquele abismo de pavor?

Elas pararam para almoçar, se é que água pode ser chamada de almoço. A perna de Gwyn estava sangrando de novo e seu rosto estava fantasmagoricamente pálido. Nenhuma das fêmeas disse nada.

Mas Nestha reparou nos olhos assombrados — soube que estavam dando ouvidos aos próprios medos.

Elas descansaram por tanto tempo quanto ousaram, e prosseguiram de novo.

Continuar subindo. Era a única direção. Passo após passo.

— Parece que já subimos dois terços do caminho — sussurrou Emerie adiante.

A noite havia caído e a lua brilhava forte o bastante para manter a trilha da Quebra iluminada. Para mostrar aquelas três estrelas acima do pico de Ramiel. Chamando. Esperando.

Se o alcançassem ao alvorecer, seria um milagre.

— Preciso descansar — disse Gwyn, com a voz fraca. — Só... só por mais um minuto. — O rosto dela estava cinzento, o cabelo estava seboso. O couro ao longo da perna estava encharcado de sangue.

Emerie tinha escorregado em uma rocha solta duas horas antes e torcido o tornozelo, ela também estava mancando agora.

Elas estavam seguindo muito devagar.

— O desfiladeiro de Enalius não está muito longe — insistiu Emerie. — Se conseguirmos passar pelo arco, então é um caminho livre até o topo.

Gwyn sussurrou:

— Não tenho certeza se consigo.

— Deixe que ela descanse, Emerie — falou Nestha, sentada em uma pequena pedra ao lado de Gwyn. O alvorecer devia estar a quatro horas. E então acabaria. Será que importaria se elas chegassem ao pico até então? Se vencessem? Tinham chegado até aquele ponto. Elas...

— Como foi que eles chegaram até aqui? — perguntou Gwyn, falando um palavrão.

Nestha ficou imóvel. De seu ponto de vantagem, ela possuía visão desobstruída até a base. Até onde um raio de luar iluminou um macho familiar e seis outros que subiam a montanha atrás delas. Bastante afastados, mas se aproximando.

— Bellius — sussurrou Emerie.

— Precisamos ir — disse Nestha, colocando-se de pé. Gwyn seguiu, encolhendo-se.

Nestha avaliou os machos. Emerie e Gwyn estavam feridas demais para lutar, exaustas e...

— Passe os braços em volta do meu pescoço — disse Nestha, oferecendo as costas a Gwyn.

— O quê?

Nestha fizera aquilo por ela. Havia subido os dez mil degraus da Casa do Vento, para cima e para baixo, de novo e de novo e de novo. Talvez para aquilo. Aquele exato momento.

— Vamos vencer essa porra — disse Nestha, abaixando-se para segurar as pernas de Gwyn. Com os dentes trincados, Nestha levantou Gwyn nas costas.

Os músculos das coxas dela ficaram tensos, mas aguentaram. Seus joelhos não cederam.

O olhar de Nestha estava no terreno adiante. Ela não olharia para trás.

Então Nestha começou a subir, com Emerie mancando ao seu lado.

Com o vento como a canção delas, Nestha e Emerie encontraram seu ritmo. Elas subiram, apertando, entremeando e puxando seu peso. E os machos ficaram para trás, como se a montanha estivesse silenciosamente sussurrando, *vá, vá, vá.*

— Eu sabia que você era um mentiroso desgraçado — disse Cassian, entredentes. Azriel, a um passo de distância, não podia fazer nada. Não com Eris inclinando aquela faca, a adaga de Nestha, nas costelas de Cassian. Ele podia ter jurado que sentiu uma chama o queimando onde a faca tocou seu couro de combate. — Mas isso é baixo, até mesmo para você.

— Sinceramente, estou desapontado com Rhysand — disse Eris, enterrando a ponta da faca no couro de Cassian a ponto de ele sentir a pontada, e aquela ondulação de chamas incandescentes. Se era o poder de Eris pela lâmina, ou o que quer que Nestha tivesse Feito dela, não importava. Só precisava encontrar uma forma de evitar que a arma perfurasse sua pele. — Ele está tão sem graça ultimamente. Nem tentou olhar dentro da minha mente.

— De jeito nenhum você vai se safar dessa — avisou Azriel com uma ameaça silenciosa. — Você é um macho morto, Eris. Já há muito tempo.

— Sim, sim, toda aquela coisa antiga com a Morrigan. Que chatice você insistir tanto nisso.

Cassian piscou. *A* Morrigan.

Eris jamais se referia a ela daquela forma.

— Liberte-o, Briallyn — grunhiu Cassian. — Venha tentar pegar a gente, em vez dele.

A adaga Feita deslizou para longe das costelas dele, e uma voz murcha e rouca falou, de um lugar próximo:

— Já tenho vocês na palma da minha mão, Senhor dos Bastardos.

As pernas de Nestha tremiam. Os braços tremiam. Gwyn era um peso semimorto em suas costas. A perda de sangue a deixara tão fraca que parecia que ela mal conseguia se segurar.

A Quebra seguia por um arco de pedra preta onde o caminho se tornava mais amplo e mais fácil. O desfiladeiro de Enalius. Emerie tinha parado apenas o bastante para passar a mão ensanguentada pela pedra, o rosto sujo dela se encheu de admiração e orgulho.

— Estou de pé onde nenhum de meus ancestrais jamais esteve — sussurrou, com a voz embargada.

Nestha desejou poder parar com a amiga. Poder se maravilhar. Mas se parasse, mesmo que por um segundo... Nestha sabia que depois que parasse, não conseguiria se mover de novo.

O nivelamento da trilha em torno do arco era apenas um alívio temporário. Elas logo chegaram a um aglomerado de pedras — o último trecho da escalada impossível antes de parecer se tornar um caminho direto para o topo. O alvorecer ainda estava a umas duas horas de acontecer. A luz da lua cheia estava começando a se dissipar conforme afundava a oeste.

O grupo de machos as alcançaria antes do topo.

Os dedos de Nestha estremeceram quando ela os estendeu para a mão esticada de Emerie, onde a amiga estava ajoelhada sobre uma das pedras afiadas. Se elas conseguissem ultrapassar aquela parte...

Seus joelhos cederam, e Nestha caiu e chocou o rosto com tanta força contra uma rocha que estrelas explodiram em sua visão, mas ela só conseguiu segurar Gwyn conforme elas rolavam e batiam em pedras e cascalho, rolando e rolando até embaixo, com os gritos de Emerie ecoando no ouvido dela, e então...

Nestha se chocou bruscamente contra alguém.

Não — não era alguém, embora ela pudesse jurar que sentiu calor e respiração. Tinha atingido o arco de pedra. Elas tinham caído de volta até o desfiladeiro de Enalius, perigosamente perto dos machos que as perseguiam.

— Gwyn...

— Viva — gemeu a amiga dela.

Emerie deslizou de joelhos pela trilha.

— Está machucada?

Nestha não conseguia se mover enquanto Gwyn se soltava. As duas estavam cobertas de terra, escombros e sangue.

— Não consigo... — disse Nestha, ofegante. — Não consigo mais carregar você.

Silêncio se fez.

— Então vamos descansar — conseguiu dizer Gwyn —, e depois continuamos.

— Nunca chegaremos a tempo — falou Nestha. — Ou pelo menos não antes dos machos nos alcançarem.

Emerie engoliu em seco.

— Vamos tentar mesmo assim. — Gwyn assentiu. — Descanse um minuto primeiro. Talvez o alvorecer nos alcance antes de eles chegarem.

— Não. — Nestha olhou para baixo da trilha. — Eles estão subindo rápido demais.

De novo, silêncio.

— O que está dizendo? — perguntou Emerie, com cautela.

Nestha se maravilhou com a esperança e a coragem nos rostos delas.

— Eu consigo segurá-los.

— Não — disse Gwyn, a voz ficando mais afiada.

Nestha conteve as feições em frieza absoluta.

— Vocês duas estão feridas. Não vão sobreviver à luta. Mas podem conseguir subir. Emerie pode ajudar...

— *Não.*

— Eu posso usar o gargalo da trilha bem ali — Nestha olhou para a frente, apontando para o espaço além do arco — para mantê-los afastados por tempo o suficiente para vocês duas chegarem ao topo. Ou até que o dia amanheça. O que vier primeiro.

Gwyn exibiu os dentes.

— *Eu me recuso a deixar você aqui.*

O rosto magoado de Emerie disse o bastante a Nestha: ela entendia. Enxergava a lógica.

Nestha disse a Gwyn:

— É o único jeito.

Gwyn gritou:

— *NÃO É O ÚNICO JEITO!* — E então começou a soluçar. — Não vou abandonar você para eles. Eles vão *matar* você.

— Você tem que ir — disse Nestha, mesmo enquanto suas mãos começaram a tremer. — Agora.

— Não — chorou Gwyn. — Não, eu não vou. Vou enfrentá-los com você.

Alguma coisa no fundo do peito de Nestha se partiu. Partiu completamente, e o que havia ali dentro brotou, pleno, luminoso e puro.

Ela abraçou Gwyn. Deixou que a amiga chorasse em seu peito.

— Vou enfrentá-los com você — sussurrou Gwyn, repetidas vezes. — Prometa que vamos enfrentá-los juntas.

Nestha não conseguiu segurar as lágrimas. O vento gelado congelou suas bochechas.

— Prometo — sussurrou ela, acariciando o cabelo sujo de Gwyn. — Eu prometo.

Gwyn soluçou, e Nestha se permitiu soluçar com ela, apertando-a com força. Deixando que a mão que acariciava parasse sobre o pescoço de Gwyn.

Um beliscão no local certo, exatamente naquele ponto de pressão que Cassian tinha mostrado a ela, e estava feito.

Gwyn caiu. Inconsciente.

Nestha resmungou, cuidadosamente abaixando Gwyn até o chão enquanto olhava para Emerie. O rosto da amiga estava sério, mas não surpreso.

Nestha apenas disse:

— Você consegue carregá-la o resto do caminho? — Aquilo seria um feito e tanto. — Ou pelo menos prosseguir até o alvorecer?

— Consigo. — Nestha sabia que Emerie encontraria aquela força. A fêmea tinha a alma de aço. Emerie colocou a espada diante de Nestha. A adaga. O escudo.

— Fique com os cantis — disse Nestha, dando tapinhas no dela. — Tenho o suficiente. — Mais uma mentira.

— Ela nunca vai perdoar você por isso — disse Emerie.

— Eu sei. — Os machos estavam mais no alto. Ela não esperou Emerie falar antes de ajudar a colocar Gwyn nas costas de Emerie, que sibilou ao sentir o peso sobre as asas, abrindo-as em ângulos esquisitos. Nestha amarrou a corda ensanguentada em torno delas, amarrando-as uma na outra. Emerie fez uma careta, mas conseguiu se mover alguns passos.

— Venha com a gente — sugeriu Emerie, com os olhos cheios de lágrimas.

Nestha fez que não com a cabeça.

— Considere isso o pagamento de uma dívida.

Uma lágrima escorreu pela bochecha de Emerie.

— Que dívida?

— Por serem minhas amigas. Quando eu não merecia.

O rosto de Emerie se fechou.

— Não tem dívida alguma, Nestha.

Mas Nestha sorriu sutilmente.

— Tem sim. Me deixe pagá-la.

Engolindo as lágrimas, Emerie assentiu. Levantou Gwyn mais alto e se encolheu, mas conseguiu cambalear pelo arco. Na direção das rochas e do último trecho da Quebra, até o alto do pico.

Nestha não se despediu. Apenas inspirou pelo nariz, segurou o fôlego, e expirou. Repetiu o Silenciamento Mental de novo e de novo, até que sua respiração se tornou o quebrar constante das ondas e o coração dela se tornou pedra sólida, e cada centímetro de seu corpo ficou sob seu controle.

Ela era a rocha contra a qual as ondas quebravam. Aqueles machos também quebrariam contra ela.

Eles não tinham escolha. Com Eris sob o controle de Briallyn, Cassian e Azriel só podiam seguir a figura curva e encapuzada até o lago. Cassian não ousou considerar se a Coroa estava sendo usada nele. Se seria usada em Azriel.

O grupo com o qual Eris e Briallyn tinham viajado havia se dispersado, não estava à vista ao longo do lago. Será que aquelas pessoas eram reais? Ou tinham sido apenas uma ilusão?

Um olhar para Az revelou que o irmão estava com o rosto petrificado, com fúria fria nos olhos.

A figura curvada e encapuzada parou diante das pedras do lago. Eris parou ao lado dela.

— Ande logo, então — falou Cassian.

Briallyn tirou o capuz do manto.

Não havia nada ali. O material caiu e se empilhou sobre as pedras. O rosto de Eris permaneceu inexpressivo. Vazio.

— Só uma semente animada de magia — cantarolou uma voz viperina vinda do lago.

A dez metros da margem, erguida sobre a superfície, flutuava uma sombra. Ela se agitou e contorceu, suas bordas tremeluziam, mas ainda mantinham o formato vago de um macho alto.

— Quem é você? — indagou Azriel.

Mas Cassian sabia.

— Koschei — sussurrou ele.

Nestha permaneceu de pé sob o desfiladeiro de Enalius durante um longo minuto.

Pegou o cantil. Bebeu o que restava da água. Jogou a garrafa para o lado.

Então enfiou a adaga no cinto. Pegou a espada. E desenhou uma linha na terra diante do arco.

Sua resistência final. Sua última linha de defesa.

Nestha recolheu o escudo. Olhou por cima do ombro para onde Emerie tinha percorrido o último aglomerado de pedras e agora subia com dificuldade o caminho longo e reto até o pico.

Um sorriso breve e silencioso passou pelo rosto de Nestha.

Então ela levantou o escudo. Girou a espada.

E deu um passo além da linha que tinha desenhado para encontrar o inimigo.

CAPÍTULO 70

Vellius mandou os guerreiros pelo gargalo primeiro. Um movimento inteligente, destinado a cansar Nestha.

Ela não teve escolha a não ser enfrentá-los.

Não havia vozes odiosas em sua mente. Apenas o conhecimento de que as amigas estavam atrás dela, atrás da linha que Nestha tinha desenhado na terra, e que ela não entregaria essa linha para os machos.

Não fracassaria com as amigas. Não tinha espaço para medo no coração.

Apenas calma. Determinação.

E amor.

Os lábios de Nestha se curvaram em um sorriso quando o primeiro dos guerreiros correu até ela, com a espada erguida. Ela ainda estava sorrindo quando levantou o escudo para receber o impacto total do golpe.

Nestha chocou o escudo contra o primeiro macho, cortou as canelas do segundo, e despachou o terceiro com uma interceptação que o lançou em disparada contra o quarto, e os dois rolaram até o chão. Um para cada fôlego, um movimento para cada inalação e exalação. Ela silenciou a mente de novo, deixou que aquilo a arraigasse.

Por um segundo, Nestha se perguntou o que teria feito se tivesse Ataraxia na mão. O que faria com aquele corpo, com aquelas habilidades treinadas em seus ossos. Se ela seria enfim digna da espada.

Nestha escolhera um nome da Língua Antiga, uma língua que ninguém falava há 15 mil anos. Um nome do qual Lanthys rira ao ouvir.

Nestha enfrentou quatro dos illyrianos de uma vez, então cinco, então seis, e os machos começaram a cair, um após o outro. Nestha manteve a linha em uma tempestade de foco irredutível e morte, protegendo as amigas atrás dela.

Ataraxia, como ela havia nomeado aquela espada mágica.

Paz Interior.

CAPÍTULO 71

O ser que estava no alto do lago era uma sombra. Devia ser um reflexo, pensou Cassian. Um truque de fumaça e espelhos.

— Onde está Briallyn? — indagou Azriel, cujos Sifões brilhavam como chama cobalto.

— Eu passo tantos meses me preparando para vocês — cantarolou Koschei —, e vocês não querem nem falar comigo?

Cassian cruzou os braços.

— Solte Eris e então conversaremos. — Ele rogava para que Koschei não soubesse da adaga Feita que Eris tinha, mais uma vez, embainhada do lado do corpo, que a aura de poder da Coroa tivesse cegado até mesmo Briallyn da presença dela. Mas se o senhor da morte colocasse as mãos nela... Merda. Cassian não se permitiu sequer olhar na direção da lâmina.

— Vocês caíram bem fácil — prosseguiu Koschei —, embora tenham levado tempo até fazer contato. Achei que correriam para o ataque, do jeito que são brutamontes. — Eles não conseguiam discernir nada dele além das sombras de sua forma. Até mesmo as sombras do próprio Azriel se mantinham escondidas sob suas asas. Koschei gargalhou, e Azriel ficou rígido. Como se as sombras dele tivessem murmurado um aviso.

Seus Sifões brilharam de novo.

— Fuja — sussurrou Azriel, e o puro terror no rosto do irmão fez Cassian abrir as asas, preparando-se para se lançar...

Mas suas asas pararam. O corpo dele inteiro parou.

Azriel pegou Eris e disparou para os céus, levando a adaga Feita. Eles precisavam levá-la para longe de Koschei. Mas Cassian não conseguia se mover.

Os Sifões de Cassian brilharam como sangue fresco, então se apagaram. Azriel gritou o nome dele do alto. Koschei pairou mais perto da margem.

— Pode levá-lo agora, Briallyn. Você tem bastante tempo antes do alvorecer.

Uma figura pequena e curva surgiu de trás das árvores. Uma idosa. Uma coroa dourada repousava sobre sua cabeça, bem acima das orelhas pontudas. Ódio queimava em seus olhos.

Koschei falou:

— Diga a minha Vassa que estou esperando. — As sombras dele espiralaram.

Azriel disparou de volta na direção do chão. Os Sifões dele criaram uma órbita azul de poder que o circundava, mas Briallyn já havia alcançado Cassian.

— Preciso de você, Senhor dos Bastardos — a rainha de aparência antiga fervilhava de ódio. Cassian não conseguiu dizer nada. Não conseguiu se mover. A Coroa brilhou como ferro derretido. Briallyn ordenou a Koschei:

— Atravesse a gente.

O senhor da morte apontou a mão de dedos longos para Briallyn e Cassian. Agitou os dedos uma vez.

E o mundo sumiu, girando na escuridão e no vento.

O escudo de Nestha tinha se tornado um fardo. A espada, escorregadia com sangue, pendia de sua mão como um peso de chumbo escorregadio.

Cada centímetro de seu corpo queimava. Com exaustão, com os ferimentos, com a compreensão de que além daquela linha que havia traçado na terra, pelo arco às suas costas, Gwyn e Emerie ainda estavam respirando, ainda subiam aquele último trecho da Quebra até o pico.

Então ela havia matado os machos illyrianos que se espremeram para passar por aquelas rochas pontiagudas. Que acreditavam que encontrariam uma fêmea destreinada e indefesa, e encontraram a morte à espera diante do arco.

Restava apenas um.

Nestha estremeceu diante dos rostos que não enxergavam, surrados. Do sangue que escorria dos cadáveres.

Valquíria, sussurrou ela para si mesma. *Você é uma valquíria, e mais uma vez, está protegendo o desfiladeiro. Se cair, será para salvar as amigas que salvaram você, mesmo quando não sabiam que era isso que estavam fazendo.*

Um olhar por cima do ombro mostrou que Emerie ainda escalava o último trecho do pico, tão lentamente, mas tão próxima. O alvorecer se aproximava, mas... Elas conseguiriam. Venceriam.

Nestha olhou mais uma vez para o arco. Sabia quem encontraria.

Bellius estava encostado em um pedregulho, com a espada em uma mão e o escudo pendurado em outra.

— Nada mal para uma piranha Grã-Feérica.

O macho se afastou da pedra do arco, sem olhar uma única vez para os guerreiros que tinha deixado morrer por ele.

— Sabe, nosso deus, o primeiro dos illyrianos, segurou a barra contra hordas inimigas bem aí onde você está.

Não havia um arranhão nele. Nenhum sinal de exaustão, apesar da subida.

Bellius deu risinhos.

— Ele também traçou uma linha na terra. — O macho assentiu, olhando para a linha. — Belo toque.

Nestha não sabia daquele detalhe da história. Mas não revelou nada. Ela havia se tornado sangue, terra e pura determinação.

— Não acabou bem para Enalius — prosseguiu Bellius. — Ele morreu depois de defender esse ponto durante três dias. Subiu com as tripas para fora até a pedra sagrada no alto e morreu lá. É por isso que fazemos essa coisa idiota. Para honrá-lo.

Ela, ainda assim, não falou. Mas o olhar de Bellius se voltou para o pico acima. Desgosto o fez semicerrar os olhos.

— A vaca mutilada da minha prima e aquela maldita de linhagem mista desgraçam este local sagrado.

Um lampejo de luz do pico percorreu as feições de Bellius.

Os lábios de Nestha se retraíram. Abriram-se em um sorriso ao ouvir o resmungo de Bellius.

Gwyn e Emerie tinham tocado a pedra sagrada e sido atravessadas para longe pela magia dela.

— Parece que você não venceu — disse Nestha para Bellius por fim.

Os olhos vítreos de Bellius ficaram pesados de ódio. Como se em resposta, neve começou a cair, grandes nuvens se acumulavam em volta da montanha. Trovões ressoaram. A neve permaneceu nas rochas dessa vez.

— Eu nunca quis vencer. — A boca de Bellius se repuxou para cima. — Eu só queria isto.

Ele avançou contra ela.

CAPÍTULO 72

Emerie e Gwyn tinham vencido. Haviam conseguido atravessar a Quebra. Aquilo bastava.

Nestha só precisava segurar aquele babaca por mais alguns minutos — até o alvorecer. Então acabaria. O poder dela voltaria, e ela poderia... Nestha não sabia o que faria. Mas pelo menos teria aquela arma.

Bellius avançou, mais ágil e mais certeiro do que os outros.

Nestha mal teve tempo de levantar o escudo. O impacto a chacoalhou até os ossos, mas ele já estava girando e agitando o próprio escudo até o rosto dela...

Nestha escapou do alcance dele. Pelos deuses, como ela estava cansada. Tão, tão cansada, e...

Ele não parava. Não lhe deu um momento de descanso quando atacou, defletindo e golpeando, empurrando Nestha para trás na direção da linha, do arco. Ódio queimava no rosto dele.

Ódio cego e implacável. Sem motivo. Sem fim.

A neve ficou mais espessa, o vento uivava, e o céu ressoava. Bellius golpeou de novo, e Nestha levantou o escudo, segurando o ataque.

Um relâmpago brilhou e um trovão ecoou ao encalço.

Uma tempestade avançara em torno da montanha, encobrindo a lua e as estrelas. Apenas o relâmpago formando um arco no céu fornecia iluminação para o ataque de Bellius.

Ela estava na defensiva, e se quisesse sobreviver àquilo, precisava encontrar alguma forma de mudar essa dinâmica...

Mas a neve deixava as pedras e a terra escorregadias, e quando raios cortaram o céu de novo, cegando os dois, ele pensou mais rápido. Agiu mais rápido.

Usou seu piscar de olhos para bater com o escudo dele no dela, fazendo com que caísse da mão de Nestha.

O escudo caiu com um clangor em uma pedra próxima. O olhar de tola dela na direção do instrumento fez com que Bellius derrubasse a espada da mão de Nestha também.

Desarmada como uma novata.

Trovão estalou de novo, e Bellius gargalhou.

— Que frustrante. — Ele parou e avaliou Nestha. E sorriu antes de atacar mais uma vez.

Nestha desviou de um avanço após o outro, mas não rápido o bastante para evitar os cortes precisos que Bellius deu em seus braços, pernas e rosto. Ela ficou mais lenta, seus pés deslizavam na encosta escorregadia da montanha conforme a tempestade de trovão e neve se deflagrava.

Outro golpe e os pés dela deixaram o chão. O fôlego foi arrancado de Nestha quando a coluna dela atingiu algo inflexível. Uma rocha.

O corpo de Nestha se recusou a se mover enquanto ela ofegava. Sangue morno escorreu de seu nariz.

Bellius se aproximou e jogou as armas para o lado.

— Fazer isso com minhas mãos será muito mais satisfatório.

Mexa-se.

A palavra ecoou por Nestha. Ela precisava se manter em movimento.

Sobre as mãos trêmulas, conforme raios estalavam e a neve rodopiava, Nestha se afastou da rocha. Suas pernas tremiam, implorando para que ela se sentasse, para que parasse, para que simplesmente morresse de uma vez, porra.

Bellius avançou, o corpo poderoso assumiu a posição de luta. O ódio selvagem no olhar do inimigo a perfurou.

As amigas de Nestha tinham conseguido... mas ela não queria morrer.

Queria viver, e viver bem, e viver feliz.

Queria fazer isso com...

Nestha afastou os pés. Acalmou o corpo dolorido e surrado.

Bellius riu com deboche.

— Acha mesmo que pode me vencer em combate corpo a corpo?

Sangue escorria da boca e do nariz de Nestha. Mas ela sorriu mesmo assim, sentindo o gosto forte cobrindo sua boca.

— Acho.

Bellius deu o primeiro soco com toda a força de seu corpo poderoso. Nestha bloqueou e enterrou o punho no nariz dele. Esmagando o osso. Bellius urrou, recuando um passo.

E Nestha sibilou:

— Porque meu parceiro me ensinou bem.

CAPÍTULO 73

Parceiro.

A palavra percorreu Nestha como uma estrela cadente conforme ela e Bellius avançaram um contra o outro, socando, chutando, desviando. Como se proferir a palavra tivesse dado a ela aquela última descarga de força...

Bellius enfiou o punho na mandíbula de Nestha com tanta força que ela cambaleou alguns passos para trás.

Ela desviou do movimento seguinte e acertou um golpe nas costelas do macho. Mas ele continuou encurralando Nestha na direção do arco, da linha.

Exaurindo-a. Sobrepujando-a.

Ela prosseguiria. Até o fim, ela o enfrentaria.

O punho de Bellius atingiu a bochecha esquerda de Nestha. Uma dor estalou pelo corpo dela. Os pés de Nestha deslizaram de baixo dela. Ela voou para trás, e o tempo ficou mais lento.

Nestha caiu do outro lado da linha na terra, e podia jurar que a montanha estremeceu.

Nestha rastejou. Ela não se importava com o quanto aquilo a fazia parecer patética. Ela rastejou para longe de Bellius, atravessando o arco, destruindo a linha que tinha desenhado.

Ele avançou, ensanguentado e arrogante.

— Vou gostar disso.

Ela dissera que não se importava em morrer pelas amigas, que estava tudo bem porque elas tinham conseguido, tinham vencido, mas ser morta por aquele *zero à esquerda*...

Nestha grunhiu. Não restava mais nada a ela. Seu corpo tinha desistido. Como tantos outros haviam feito.

Bellius sacou uma faca da bota.

— Acho que prefiro cortar sua garganta.

Ela estava sozinha.

Nascera sozinha, morreria sozinha, e aquele macho horrível seria aquele que a mataria...

Trovão ressoou, e a montanha inteira estremeceu com o impacto. Bellius deu um passo na direção dela, erguendo a faca.

Sangue jorrou.

A princípio, ela achou que fosse relâmpago que tivesse lampejado de um lado a outro do pescoço dele, abrindo-o tanto que o sangue de Bellius banhou o ar nevado.

Mas então viu as asas. O *outro* par de asas.

E quando Bellius desabou na terra, engasgando com seu sangue vital, revelou Cassian de pé ali, exibindo os dentes, com a arma na mão, ela se perguntou se o relâmpago que tremeu a montanha havia sido o ódio dele.

Cassian passou por cima do corpo moribundo de Bellius e ofereceu a mão a ela. Não para pegá-la nos braços, mas para ajudá-la a se levantar. Como sempre fazia.

Com o corpo reclamando, Nestha segurou a mão dele e se levantou.

Mesmo assim, ela esqueceu da dor e da morte a sua volta assim que ele a abraçou contra o peito e segurou firme, sussurrando carinhosamente em meio ao cabelo ensanguentado dela:

— E agora vou cortar o seu pescocinho lindo.

As palavras de Cassian não eram dele. As mãos dele não eram dele conforme Nestha — conforme sua *parceira* — tentou se afastar e ele fechou os braços em volta dela. Com tanta força que os ossos de Nestha se acomodaram sob as mãos dele.

Ele estava gritando. Silenciosamente, infinitamente. Gritando para que ela lutasse contra ele. Gritando para si mesmo, para que parasse.

Mas ele não conseguia. Não importava o que fizesse, não conseguia.

— Cassian — disse Nestha, se esforçando.

Me mate, implorava ele silenciosamente a ela. *Me mate antes que eu precise fazer isso.*

— *Cassian.* — Nestha empurrou o peito dele. Mas os braços de Cassian seguravam firme. E apertaram com mais força.

— Ele não pode obedecer a você, Nestha Archeron — disse, rouca, uma voz velha e enrugada atrás de Nestha. — Ele é meu agora.

Cassian não conseguiu nem mesmo arregalar os olhos em aviso. Os braços dele se afrouxaram com o comando silencioso da rainha, permitindo que Nestha se virasse nos braços dele.

Apresentando-a a Briallyn, que usava a Coroa no alto do cabelo fino e branco.

CAPÍTULO 74

Os olhos escuros de Briallyn brilhavam satisfeitos, e os três espinhos simples da Coroa dourada cintilaram quando ela levantou a mão.

A tempestade parou. Dissipou-se e revelou o céu cinza pálido de antes do amanhecer; as últimas estrelas iam se apagando.

Até a natureza podia ser influenciada pela Coroa.

Horror se acumulou em Nestha quando os braços de Cassian relaxaram. Ela se atirou a alguns passos de distância, virando-se, mas sabia o que encontraria. Cassian estava parado como uma estátua. Como se tivesse sido transformado em pedra. Os olhos dele, normalmente tão alegres e vivos, tinham ficado vítreos. Vazios.

Briallyn tinha desejado que ele ficasse daquela forma. Tinha movido as pessoas como peças de xadrez para se certificar de que Nestha chegaria ali.

— Por quê? — falou Nestha.

O manto espesso de pele de Briallyn farfalhou sob o vento da montanha.

— Seu poder é forte demais, atirar você nesse espetáculo primitivo deixou você exaurida.

— *Você* fez os illyrianos me trazerem aqui?

— Minha intenção era pegar a mutilada. — O sangue de Nestha ferveu à menção de Emerie. — Bellius me deu a informação sobre sua amizade e vi o quanto ela significava para você quando fomos unidas pela Harpa e a Coroa. Eu sabia que se a capturasse, se a trouxesse até aqui, você seguiria, com ou sem lei. Você é inconsequente e arrogante o bastante para pensar que poderia salvá-la. Mas você facilitou para mim: foi direto até a casa dela no Refúgio do Vento. E me poupou do trabalho de atrair você. Deixei que aqueles illyrianos estúpidos levassem ela e aquela de linhagem mista como um bônus divertido.

Nestha não ousou olhar para Cassian.

— Tudo isso para me cansar?

— Sim. E sem sua magia...

Nestha interrompeu, exigindo saber:

— Eu estava exausta há dois dias. Por que esperar até agora?

Briallyn fez cara de ódio diante da interrupção.

— Eu estava esperando por *ele*. — Ela assentiu na direção de Cassian, que estava fervilhando de ódio, algo parecido com ódio e medo agora penetrava a nebulosidade de seus olhos. — Dias e dias, esperei que ele se aproximasse o suficiente para eu poder usar a Coroa para pegá-lo. Precisei usar aquele inconsequente do príncipe Eris para atraí-lo. — Uma risada baixa. — Eris tentou ajudar os soldados dele quando o cercaram durante a caçada. *Ajudar* aqueles miseráveis. Ele cavalgou direto até eles, em vez de ir embora galopando como qualquer pessoa sábia faria. Eles o pegaram sem esforço. Nem aqueles cães infernais puderam fazer alguma coisa quando Koschei o atravessou para longe.

Será que Eris estava morto? Ou agora era escravizado por ela? O rosto de Cassian não revelou nada.

Mas Briallyn sorriu para ele.

— Eu estava ficando preocupada que você jamais chegaria. O coitado do Eris teria tido um fim *muito* trágico se isso acontecesse. Acho que o fogo dele não teria suportado o lago de Koschei.

Ela olhou para o cadáver de Bellius.

— Ele é um brutamontes cheio de ódio, igualzinho a você, Cassian. Arrogante e impulsivo. Ele se afastou do grupo de reconhecimento para procurar *diversão* nas minhas terras. Então mostrei a ele minha ideia de diversão. — Os lábios finos dela se curvaram em um sorriso debochado.

Briallyn gargalhou.

— Ordenei que ele caçasse você, não que a matasse, mas parece que não fui precisa o bastante com as palavras. E é bastante satisfatório ver alguém matar, principalmente com ferramentas que forneci. Eu sabia que o Rito seria muito mais divertido com armas. Suponho que pudesse ter ordenado que Bellius recuasse, mas eu estava gostando do que via.

Nestha indagou:

— Por que está fazendo isso? Por que não quer paz?

— Paz? — Briallyn gargalhou. — Que paz eu posso ter agora? — Ela indicou o próprio corpo com a mão. — O que eu quero é vingança. O que eu quero é *poder*. O que eu quero são os Tesouros. Então me certifiquei de que você soubesse também. Me certifiquei de que você se tornasse minha cúmplice desavisada ao coletar os itens de poder neste território maldito. E sei que só existe uma forma de você os entregar a mim. Uma pessoa por quem você faria isso. — Um sorriso na direção de Cassian. — Seu parceiro.

— Não estou com os Tesouros aqui.

— Você pode conjurá-los. Os objetos responderão a você, não importa que defesas estejam sobre eles. E você vai entregá-los a mim.

— E então você vai matar nós dois?

— E então vou me Fazer *jovem* de novo. Não moverei nenhum dedo contra vocês.

Nestha sentiu o cheiro da mentira.

Cassian grunhiu:

— *Não.*

Briallyn lançou a ele um olhar de surpresa, e a boca de Cassian se fechou. Ele tremeu, mas continuou parado de pé. Contudo, o transe de seus olhos havia perdido intensidade.

— Então — disse Briallyn — você vai trocar os Tesouros pela vida de seu parceiro. Você é tão feérica agora, Nestha Archeron, que permitiria que o mundo se tornasse cinzas e ruínas antes de deixar seu parceiro morrer. — Ela franziu a testa com desgosto para os corpos em volta deles, para o sangue. — Convoque os Tesouros, e vamos acabar com esse negócio sujo.

Nestha não conseguia parar de tremer. Entregar os Tesouros a Briallyn, se é que ela conseguiria convocá-los...

— Não.

— Então vou precisar tentar convencer você.

Briallyn estalou os dedos para Cassian, e Nestha teve meio segundo para se virar antes de ele a alcançar.

Pânico e ódio brilhavam em seus olhos, mas Nestha não conseguiu fazer nada, absolutamente nada, quando ele se chocou contra ela, jogando-a no chão. Prendendo-a ali, com um braço em seu pescoço, ela sentiu o peso dele, outrora tão íntimo e amoroso, agora como a força que a segurava ali, que a machucava...

Súplica tomou o rosto de Cassian, uma angústia absoluta, quando ele lutou contra a Coroa. Lutou e perdeu.

— Isso vai destruí-lo, obviamente, matar a própria parceira — falou Briallyn. — Você vai morrer, e vai morrer sabendo que o condena a uma vida de tristeza.

O braço livre de Cassian tremeu quando ele tirou a faca com a qual tinha matado Bellius do cinto. Levou na direção dela.

— Se você me matar — arquejou Nestha —, não vai obter os Tesouros. Jamais os encontrará.

— Há outros na sua corte tão delirantes quanto você. Com o incentivo certo, vão trazê-los para mim de uma forma ou de outra. Está certo que precisarei do seu sangue para abrir as defesas mágicas sobre os Tesouros. Também vi isso, sabe. Quando você tão estupidamente segurou a Harpa na Prisão. Mas suponho que matar você vai fornecer bastante do sangue necessário. — Briallyn assentiu para Cassian. — Levante-a.

Nestha não lutou quando ele a puxou de pé. Quando segurou a faca contra seu pescoço. Súplica brilhava nos olhos dele. Súplica, medo e... e amor.

Um amor que ela não merecia, que jamais merecera, mas que ali estava. Exatamente como estivera desde o momento em que se conheceram.

Quanto valia o mundo em comparação a ele? Com aquilo?

— Isso está ficando entediante — falou Briallyn.

Nestha deixou que o parceiro visse o amor que brilhava no rosto dela.

O céu se encheu com luz suave e gentil.

— Mate — ordenou Briallyn a Cassian.

Nestha amara Cassian desde que pusera os olhos nele. Amara Cassian mesmo quando não queria, mesmo quando tinha sido engolida por desespero, medo e ódio. Amara Cassian e destruíra a si mesma porque não acreditava que o merecia, porque ele era bom, corajoso e gentil, e ela o amava, ela o amava, ela o amava...

O braço de Cassian tremeu, e Nestha se preparou para o golpe, mostrando a ele seu perdão, o amor infinito e indestrutível que sentia...

Mas Cassian rugiu.

E então a faca girou na mão dele, inclinando-se não na direção dela, mas na direção do coração dele.

Por vontade própria.

Contra o poder da Coroa, contra uma Briallyn arquejante, ele escolheu enterrar a faca no próprio coração. *Mate*, foi o que a rainha disse. Mas não tinha especificado quem.

E quando o sol irrompeu no horizonte, conforme a faca de Cassian mergulhava até seu peito, Nestha irrompeu com a força do Caldeirão.

Não havia nada no coração de Nestha a não ser gritos. Nada no coração dela além de amor, ódio e fúria quando ela soltou tudo que havia dentro dela e o mundo inteiro explodiu.

Os uivos de sua magia eram uma besta sem nome. Avalanches desceram em cascata pelos penhascos nos mares de branco reluzente. Árvores se curvaram e partiram ao encalço do poder que se estilhaçou para fora dela. Mares distantes recuaram dos litorais e dispararam em ondas na direção deles de novo. Vidros tremeram e se estilhaçaram em Velaris, livros caíram das prateleiras nas mil bibliotecas de Helion, e os resquícios de um chalé aos pedaços nas terras humanas desabou em uma pilha de escombros.

Mas tudo o que Nestha viu foi Briallyn. Tudo o que viu foi a idosa boquiaberta quando Nestha saltou sobre ela, atirando o corpo frágil da rainha no chão rochoso. Tudo o que ela ouviu foram gritos quando agarrou o rosto de Briallyn, enquanto a Coroa brilhava com um branco ofuscante, e rugiu sua fúria para as montanhas, para as estrelas, para os lugares sombrios entre eles.

Mãos retorcidas se tornaram jovens. Um rosto enrugado se tornou belo e encantador. Cabelo branco escureceu até se tornar preto como as penas de um corvo.

Mas Nestha urrou e urrou, libertando seu ódio mágico, libertando cada brasa. Apagando a rainha abaixo dela da existência.

As mãos jovens se tornaram cinza. O rosto lindo se dissolveu em nada. O cabelo preto murchou até virar pó.

Até que tudo o que restou da rainha foi a Coroa no chão.

CAPÍTULO 75

Cassian estava deitado com o rosto na terra.

Nestha correu até ele, rogando e chorando enquanto sua magia ainda ecoava pelo mundo.

Ela o virou, buscando a faca, o ferimento, mas...

A faca estava abaixo dele. Sem sangue.

Ele gemeu, entreabrindo os olhos.

— Imaginei — disse ele, rouco — que seria melhor ficar no chão mesmo enquanto você fazia isso.

Nestha o olhou boquiaberta. Então caiu em lágrimas.

Tentando acalmá-la, Cassian se sentou e segurou o rosto de Nestha nas mãos.

— Você a Desfez.

Nestha olhou para a Coroa na terra e para a mancha preta onde Briallyn tinha estado.

— Ela mereceu.

Ele riu e encostou a testa na dela. Nestha fechou os olhos e inspirou o cheiro dele.

— Você é meu parceiro, Cassian — disse Nestha contra os lábios dele, e o beijou suavemente.

— E você é a minha — disse ele, beijando Nestha de volta.

E então suas mãos deslizaram para o cabelo dela. E o beijo...

Quando ele a beijou, tanto o mundo em torno deles quanto a Coroa aos pés de Nestha perderam a importância. O beijo de um parceiro. O beijo que fez a alma deles se entrelaçar, geminadas.

Ela recuou, deixando que Cassian visse seu sorriso e a felicidade em seus olhos. A admiração em seus olhos, a alegria em seu semblante, fez a garganta de Nestha dar um nó.

— Cassian, eu...

Mas duas figuras aterrissaram ao lado deles, fazendo a montanha estremecer, e eles se viraram e encontraram Mor e Azriel ali, com o rosto sério.

— Eris? — indagou Cassian.

— Seguro. A adaga Feita está com a gente de novo — disse Azriel —, embora Eris esteja irritado e confuso. Ele está na Cidade Escavada. Mas...

— É a Feyre — disse Mor.

CAPÍTULO 76

A casa do rio estava muito silenciosa. Como um túmulo.

— Ela começou a sangrar há algumas horas — disse Mor, conforme os levou pela casa.

— Mas faltam meses para ela dar à luz — protestou Nestha, seguindo de perto ao encalço dela.

O cheiro de sangue enchia o quarto onde eles entraram. Tanto sangue, por toda a cama, manchando as coxas abertas de Feyre. Nada de bebê, e o rosto de Feyre... Estava pálido como a morte. Os olhos dela estavam fechados e a respiração estava breve.

Rhys estava agachado ao lado dela, agarrando a mão de Feyre. Pânico, terror e dor se enfrentavam no rosto dele.

Madja, ajoelhada na cama entre as pernas de Feyre, com sangue até os cotovelos, disse, sem olhar para eles:

— Eu virei o bebê, mas ele não está saindo. Está preso no canal vaginal.

Uma inspiração baixinha do canto do quarto revelou Amren sentada ali, com o rosto pálido drenado de toda cor.

— Ela está perdendo muito sangue, e consigo sentir o coração do bebê em estresse — anunciou Madja.

— O que fazemos? — perguntou Mor, quando Cassian e Azriel foram para trás de Rhys, colocando as mãos nos ombros deles.

— Não tem nada que possamos fazer — respondeu Madja. — Puxar o bebê através de um corte vai matar a mãe.

— Corte? — indagou Nestha, o que lhe garantiu um olhar afiado de irritação de Rhys.

Madja ignorou o tom de voz dela.

— Uma incisão no abdômen, mesmo que seja feita com cuidado, é um risco enorme. Nunca deu certo. E mesmo com as habilidades de cura de Feyre, a perda de sangue a enfraqueceu...

— Faça — conseguiu dizer Feyre, as palavras carregadas de dor.

— Feyre — protestou Rhys.

— O bebê provavelmente não vai sobreviver — disse Madja, com a voz tranquila, mas séria. — Ainda é muito pequeno. Arriscaremos a vida de vocês dois.

— De vocês todos — sussurrou Cassian, de olho em Rhys.

— *Faça* — disse Feyre, com a voz da Grã-Senhora. Sem medo. Havia apenas determinação pela vida do bebê dentro dela. Feyre olhou para Rhys. — É a única solução.

Com olhos mareados de prata, o Grão-Senhor assentiu lentamente.

A mão de alguém deslizou para a de Nestha, e ela viu Elain ali, tremendo e de olhos arregalados. Nestha apertou os dedos da irmã. Juntas, elas se aproximaram do outro lado da cama.

E quando Elain começou a rezar para os deuses estranhos dos feéricos, para a Mãe deles, Nestha curvou a cabeça também.

Feyre estava morrendo. O bebê estava morrendo.

E Rhys morreria com eles.

Mas Cassian sabia que não era medo da própria morte que fazia seu irmão tremer. A mão de Cassian apertou o ombro de Rhys. Poder salpicado de noite vazava do Grão-Senhor, tentando curar Feyre, como Madja estava fazendo, mas o sangue continuava escorrendo, mais rápido do que qualquer poder podia conter.

Como havia chegado àquele ponto? Uma barganha feita por amor entre dois parceiros agora acabaria com três vidas perdidas.

O corpo de Cassian pairou para algum lugar distante quando Madja saiu da cama e voltou com um conjunto de facas, instrumentos, cobertores e toalhas.

— Entre na mente dela para tirar a dor — disse Madja a Rhys, que piscou em confirmação, então disse um palavrão, como se brigasse consigo mesmo por não ter pensado nisso antes. Cassian olhou para o outro lado da cama, para onde Elain segurava a outra mão de Feyre, e Nestha segurava a de Elain.

Rhys disse à parceira:

— Feyre, querida...

— Sem despedidas — ofegou Feyre. — Sem despedidas, Rhys.

O que quer que Rhys tivesse feito para a dor levou os olhos dela a se fecharem. E a mente de Cassian ficou completamente silenciosa e vazia quando Madja tirou o lençol de Feyre e as facas reluziram.

Não houve som quando o minúsculo bebê alado surgiu. Quando Mor ficou de pé ali, com os cobertores na mão, e pegou o menino imóvel das mãos ensanguentadas de Madja.

Mas Rhys estava chorando, e lágrimas começaram a escorrer pelo rosto de Mor quando ela olhou para o bebê silencioso em seus braços.

Então Madja soltou um palavrão, e Rhys...

Rhys começou a gritar.

Quando Rhys disparou até Feyre na cama, Cassian soube o que estava prestes a acontecer.

Mas força nenhuma no mundo poderia impedir aquilo.

O mundo ficou lento. Ficou frio.

Havia o bebê silencioso e pequeno demais nos braços de Mor.

Havia Feyre, aberta e sangrando até a morte na cama.

Havia Rhysand gritando, como se a alma dele estivesse sendo dilacerada, mas Cassian e Azriel estavam ali, puxando-o para longe da cama enquanto Madja tentava salvar Feyre...

Mas a Morte pairava perto. Nestha conseguia sentir, conseguia enxergar uma sombra mais densa e mais permanente do que qualquer uma das de Azriel. Elain soluçava, apertando a mão de Feyre, suplicando para que ela aguentasse, e Nestha estava no meio daquilo. A Morte a rondando, e não havia nada, nada, nada a fazer conforme a respiração de Feyre ficava mais fraca, e Madja começou a gritar para que ela combatesse aquilo...

Feyre.

Feyre, que tinha entrado na floresta por elas. Que as salvara tantas vezes.

Feyre. Sua irmã.

A Morte pairava perto de Feyre e de seu parceiro, como uma besta esperando para atacar e devorar os dois. Nestha tirou a mão da de Elain. Recuou um passo.

Ela fechou os olhos e abriu aquele lugar em sua alma que tinha se libertado em Ramiel.

Cassian mal conseguia segurar Rhys, mesmo com todos os sete Sifões brilhando com os de Azriel.

Ele deveria deixar que Rhys fosse até ela. Se os dois estavam prestes a morrer, ele deveria deixar Rhys ir até a parceira. Ficar com ela naqueles últimos segundos, durante os últimos fôlegos...

Uma luz dourada brilhou do outro lado do quarto, e Amren arquejou. O coração de Cassian se embrulhou com horror.

Nestha não estava mais ao lado da cama. Ela estava agora a alguns metros de distância.

Ela usava a Máscara. Tinha colocado a Coroa na cabeça. E segurava a Harpa nos braços.

Ninguém jamais tinha usado as três e sobrevivido. Ninguém podia conter o poder delas, ninguém seria capaz de controlá-las...

Os olhos de Nestha brilharam com fogo prateado atrás da Máscara. E Cassian soube que o ser que olhava para fora não era nem feérico nem humano, ou nada que caminhasse pelas terras daquele mundo.

Ela começou a se mover em direção à cama, e Rhys avançou até ela.

Nestha levantou a mão, e Rhys ficou imóvel. Tão imóvel quanto Cassian ficara sob o controle da Coroa.

O peito de Feyre inflou, um tremor fúnebre sussurrando dos lábios brancos dela, e Cassian não podia fazer nada, a não ser observar quando os dedos de Nestha, ainda ensanguentados e imundos do Rito, pairaram até a última corda da Harpa. A vigésima sexta.

E a tocaram.

CAPÍTULO 77

Era o Tempo.

A vigésima sexta corda da Harpa era o próprio Tempo, e Nestha o parou quando Feyre deu seu último suspiro.

Lanthys tinha dito isso. Que até a Morte se curvava para a última corda. Que o tempo não afetava a Harpa.

A corda não emitiu som quando Nestha a tocou. Apenas destituiu o mundo dele.

E a morte que Nestha tinha sentido em torno da irmã, em torno de Rhysand, em torno do bebê nos braços de Mor — ela pediu à Máscara que parasse aquilo também. Que a mantivesse afastada.

No início
E no fim
Havia Escuridão
E nada mais

Uma voz baixa e familiar sussurrou as palavras. Como foram sussurradas para ela há tanto tempo. Como a avisara na escuridão de Oorid. Uma linda e gentil voz de fêmea, sábia e acolhedora, que estava esperando por ela todo aquele tempo.

O quarto era um quadro de movimento congelado, de rostos chocados e horrorizados voltados para ela, para Feyre e todo aquele sangue. Nestha caminhou pelo cômodo. Passou pelo corpo agonizante de Rhys, cujo rosto era o retrato do desespero, do terror e da dor; passou por um Azriel de rosto sério; passou por Cassian, que trincava os dentes ao tentar segurar Rhys. Passou por Amren, cujos olhos cinza estavam fixos onde Nestha estivera, com puro temor e algo parecido com admiração no olhar.

Passou por Mor, que segurava aquele pacotinho nos braços. Passou por Elain ao lado dela, congelada enquanto chorava.

Nestha passou por aquilo tudo, pelo Tempo. Até a chegar à irmã.

Está vendo como pode ser? Sussurrou aquela voz fêmea baixinha, olhando através dos olhos de Nestha. *O que você pode fazer?*

Eu não sinto nada, disse Nestha, silenciosamente. Apenas a visão de Feyre à beira da Morte evitava que ela se esquecesse de por que estava ali, do que precisava fazer.

Não era isso o que você queria? Sentir nada?

Achei que fosse isso o que eu queria. Nestha observou as pessoas em torno dela. Suas irmãs. Cassian, que estava disposto a mergulhar uma adaga no próprio coração em vez de feri-la. *Mas não quero mais*. Quando a voz da fêmea não insistiu, Nestha prosseguiu: *Quero sentir tudo. Quero acolher de coração aberto.*

Mesmo as coisas que machucam e assombram você? A pergunta não carregava nada além de curiosidade.

Nestha se permitiu refletir por um segundo e silenciou a mente mais uma vez. *Precisamos dessas coisas para darmos valor ao que é bom. Alguns dias podem ser mais difíceis do que outros, mas... Quero vivenciar tudo, viver tudo. Com eles.*

Aquela voz sábia e baixinha sussurrou: *Então viva, Nestha Archeron.*

Nestha não precisou de mais nada quando pegou a mão inerte da irmã e se ajoelhou no chão. Apoiou a Harpa ao lado do corpo enquanto a nota silenciosa ainda reverberava, segurando o Tempo firmemente em seu acorde.

Ela não sabia o que poderia oferecer, além daquilo.

Acariciando a mão fria de Feyre, Nestha falou para o quarto atemporal e congelado:

— Você me amou quando ninguém mais quis. Você nunca deixou de me amar. Mesmo quando eu não merecia, você me amou, e lutou por mim, e... — Nestha olhou para o rosto de Feyre. A Morte estava a um fôlego de reivindicá-la. Ela não segurou as lágrimas que escorreram por sua bochecha quando apertou a mão fina de Feyre com mais força. — Eu amo você, Feyre.

Ela nunca havia dito aquelas palavras em voz alta. Para ninguém.

— Amo você — sussurrou Nestha de novo. — Amo você.

E quando a última corda da Harpa ondulou, como um sussurro de trovão para o ar, Nestha cobriu o corpo de Feyre com o dela. O Tempo retornaria em breve. Ela não podia demorar.

Nestha buscou em seu interior o poder que tinha feito monstros imortais tremerem e reis cruéis caírem de joelhos, mas... ela não sabia como usá-lo. Morte fluía por suas veias, mas ela não tinha o conhecimento para dominá-la.

Um movimento em falso, um erro, e Feyre seria perdida.

Então, com o Tempo parado em torno delas, Nestha segurou a irmã com firmeza e sussurrou:

— Se me mostrar como salvá-la, pode pegar de volta.

O mundo parou. Mundos além do mundo pararam.

Nestha enterrou o rosto no suor frio do pescoço de Feyre. Ela abriu aquele lugar dentro dela, e disse à Mãe, ao Caldeirão:

— Devolverei o que tomei de você. Só me mostre como salvá-los, ela, Rhysand e o bebê. — Rhysand, seu irmão. Era isso que ele era, não? Seu irmão, que oferecera gentileza a Nestha mesmo quando ela sabia que ele queria esganar o pescoço dela. E ela o dele. E o bebê... seu sobrinho. Sangue de seu sangue. Nestha o salvaria, salvaria os três, mesmo que aquilo tomasse tudo. — Mostre — suplicou ela.

Ninguém respondeu. A Harpa parou de ecoar.

Quando o Tempo retornou, barulho e movimento rugiram no quarto, Nestha sussurrou para o Caldeirão, elevando sua promessa acima da confusão:

— Eu devolvo tudo.

A mão macia e invisível de alguém acariciou a bochecha dela em resposta.

Cassian piscou, e Nestha tinha passado de um lado do quarto para a cama. Tinha tocado a Harpa, e agora estava com metade do corpo sobre Feyre, sussurrando. Nenhum fogo prateado queimava em seus olhos. Nenhuma brasa fria. Nenhum sinal do ser que tinha olhado pelos olhos dela.

Rhys avançou contra os braços dele, mas Amren passou para o lado dos dois e sibilou:

— *Ouça.*

Nestha sussurrava:

— Eu devolvo tudo. — Os ombros dela tremiam enquanto ela chorava.

Rhys começou a balançar a cabeça, seu poder era uma onda crescente palpável que podia destruir todos eles, destruir o mundo se isso significasse que Feyre não seria mais parte dele, mesmo que ele só tivesse segundos de vida além dela, mas Amren segurou a curva do pescoço dele. As unhas vermelhas dela se enterraram na pele reluzente de Rhys.

— *Olhe para a luz.*

Luz iridescente começou a fluir do corpo de Nestha. Para dentro de Feyre.

Nestha continuava segurando a irmã.

— Eu devolvo. Eu devolvo. Eu devolvo.

Até Rhys parou de lutar. Ninguém se mexia.

A luz brilhou pelos braços de Feyre. Pelas pernas. A luz banhou o rosto macilento dela. Começou a preencher o quarto.

Os Sifões de Cassian tremeluziram, como se sentissem um poder muito além do dele, além dos de qualquer um.

Ramos de luz se estenderam entre as irmãs. E uma rama, delicada e encantadora, flutuou até Mor. Para o pacotinho nos braços dela, fazendo o bebê silencioso brilhar como o sol.

E Nestha continuou sussurrando:

— Eu devolvo tudo. Eu devolvo tudo.

A iridescência a preencheu, preencheu Feyre, preencheu o pacotinho nos braços de Mor, iluminando o rosto da amiga dele, de modo que o choque ali estampasse alívio puro.

— Eu devolvo tudo — disse Nestha, mais uma vez, e Máscara e Coroa caíram de sua cabeça. A luz explodiu, ofuscante e morna, um vento soprou entre eles, como se reunindo cada caco seu para fora do quarto.

E conforme sumiu, uma tinta preta manchou as costas de Nestha, visível pela camisa parcialmente rasgada dela, como se fosse uma onda quebrando no litoral.

Uma barganha. Com o próprio Caldeirão.

Mas Cassian podia jurar que a mão luminescente e carinhosa de alguém impediu que a luz saísse completamente do corpo dela.

Cassian não impediu Rhys quando ele correu para a cama dessa vez. Para onde Feyre estava deitada, corada. Não havia mais sangue se derramando entre as pernas dela. Feyre abriu os olhos.

Ela piscou para Rhys e se virou para Nestha.

— Também amo você — sussurrou Feyre para a irmã, e sorriu. Nestha não segurou o choro quando se jogou em Feyre e a abraçou.

Mas o gesto não se prolongou, mal durou uma piscadela antes de um choro saudável soar do outro lado do quarto, e...

Mor gaguejou, chorando, e o bebê que ela levou até a cama não era a coisa pequena e imóvel que ela havia segurado, mas um menino alado de gestação completa. Uma espessa cabeleira preta estava grudada na cabeça enquanto ele chorava pela mãe.

Feyre começou a chorar também, pegando o filho de Mor, mal reparando em Madja, subitamente entre suas pernas, inspecionando o que havia ali — a cura.

— Se eu não soubesse, diria que você desenvolveu uma anatomia illyriana — murmurou a curandeira, mas ninguém estava ouvindo.

Rhys abraçou Feyre e, juntos, olharam para o menino, filho deles. Juntos, choraram e riram, e quando Madja falou:

— Deixe que ele se alimente —, Feyre obedeceu, com admiração nos olhos ao levar o menino ao seio, agora inchado de leite.

Rhys observou maravilhado por um momento antes de se virar para Nestha, que tinha deslizado para fora da cama e estava agora ao lado da Máscara. Atrás dela, a Coroa e a Harpa estavam jogadas no chão. Cassian prendeu o fôlego quando os dois se encararam.

Rhys, então, caiu de joelhos e pegou as mãos de Nestha, pressionando a boca nos dedos dela.

— Obrigado — chorou ele, com a cabeça curvada. Cassian sabia que não era por gratidão pela sua própria vida que Rhys estava ajoelhado sobre as tatuagens sagradas em seus joelhos.

Nestha se abaixou até o tapete. Levantou o rosto de Rhys nas mãos, estudou o que havia ali. Então jogou os braços em volta do Grão-Senhor da Corte Noturna e o abraçou com força.

CAPÍTULO 78

Gwyn e Emerie estavam esperando em uma das salas que dava para o rio, curadas, mas ainda com roupas rasgadas e ensanguentadas. Fumaça quente subia em espirais das xícaras servidas na mesa baixa diante delas.

Emerie disse, com a voz embargada, quando Nestha parou diante do sofá delas:

— Dois espectros trouxeram chá para a gente...

Mas Gwyn a interrompeu, com o rosto incandescente quando sibilou para Nestha:

— Eu *nunca* deveria perdoar você.

Nestha apenas saltou no sofá e abraçou Gwyn com força. Ela estendeu um braço para Emerie, que se juntou ao abraço.

— Podemos falar sobre perdão outro dia — disse Nestha, chorando e acomodando-se entre elas. — Vocês venceram.

— Graças a você — disse Emerie.

— Eu já tenho uma coroa, não se preocupem — falou Nestha, mesmo ao saber que Mor agora atravessava com todos os três objetos dos Tesouros de volta para o lugar de onde Nestha os tirara. Ela convocara os objetos, contornando os feitiços de Helion. Nenhum feitiço jamais poderia mantê-los longe dela... Briallyn tinha dito a verdade sobre isso.

— Quem curou vocês? — Nestha se afastou para observar as duas. — Como é que estão aqui?

— A pedra — explicou Emerie, com as feições se suavizando em admiração. — Ela curou todos os nossos ferimentos assim que nos tirou do Rito. Dentre tantos lugares, fomos trazidas para cá.

— Acho que ela sabia onde seríamos mais necessárias — disse Gwyn, baixinho, e Nestha sorriu.

O sorriso dela sumiu, no entanto, quando perguntou a Emerie:

— Sua família vai punir você pelo que aconteceu a Bellius? — Se eles sequer pensassem nisso, Nestha lhes faria uma visitinha. Com a Máscara, a Harpa e a Coroa.

E era justamente por isso que os Tesouros deveriam ser mantidos bem longe.

Emerie gesticulou com um dos ombros.

— Mortes acontecem no Rito. Ele pereceu em combate quando um de seus colegas guerreiros se voltou contra ele durante a subida pela encosta de Ramiel. Isso é tudo o que precisam saber. — Os olhos dela brilharam.

Nestha teve a sensação de que a verdade do que tinha acontecido naquela montanha permaneceria apenas com elas — e com o Círculo Íntimo da corte de Feyre. Com sorte ninguém jamais contestaria aquele fato.

Gwyn soltou uma gargalhada rouca.

— Os illyrianos vão ficar furiosos com sua vitória, você sabe. Principalmente porque não tenho intenção de ser chamada de Carynthiana. Estou satisfeita em ser valquíria.

— Ah, eles vão ficar delirantes por décadas — concordou Emerie, sorrindo.

Nestha sorriu de volta, passou os braços em torno das amigas de novo, e se afundou nas almofadas do sofá.

— Não vejo a hora.

E pela primeira vez, com aquelas duas amigas ao seu lado e com o parceiro a esperando... era verdade.

Nestha não via a hora de descobrir como o futuro se desdobraria. Como tudo aconteceria.

Rhys e Feyre chamaram o bebê de Nyx, e ele era o mais perfeito possível. Cabelo preto, olhos azuis que já brilhavam com a luz estelar do pai e da mãe, contrastando com o marrom-claro de sua pele.

E então havia as minúsculas asas, as quais Cassian jamais se dera conta do quanto eram delicadas, tão perfeitas, até que tocou a maciez aveludada delas. As garras no topo das asas cresceriam muito mais tarde, junto com a habilidade de usá-las mas... Ele encarou o embrulhinho em seus braços, seu coração estava cheio até quase explodir, e disse para onde Feyre e Rhys estavam sentados na cama, perfeitamente refeita com lençóis limpos:

— Vocês não têm ideia de em quanta confusão este pequenininho vai se meter.

Feyre riu.

— Esses olhos lindos ainda vão causar muita encrenca, tenho certeza.

Rhys, ainda abalado e pálido, apenas sorriu.

A porta se abriu, e então Nestha estava ali, ainda usando as roupas roubadas, rasgadas e ensanguentadas. Ela já havia segurado o bebê, e o peito de Cassian tinha se enchido, dolorido, quando a viu sorrir para Nyx.

Mas agora os olhos de Nestha se voltavam para Cassian, que viu o pedido silencioso neles.

Calado, ele entregou Nyx a Azriel, que se encolheu diante da transferência daquela criaturinha tão delicada para suas mãos cobertas de cicatrizes, e acompanhou Nestha porta afora, para o corredor e escada abaixo. Eles não se falaram até estarem no gramado dos fundos da casa, olhando para o rio que mais uma vez acordava ao sol da primavera.

Nestha havia contado tudo a eles rapidamente. O que ela fizera, tanto durante o Rito quanto depois... Ele sabia que havia mais. Mas talvez algumas coisas permanecessem para sempre em segredo entre ela e as amigas. Suas irmãs de combate.

Então Cassian perguntou:

— Sua magia... O poder se foi mesmo?

O vento frio da primavera açoitou o cabelo castanho-dourado contra o rosto de Nestha.

— Eu devolvi ao Caldeirão em troca do conhecimento de como salvá-los. — Ela engoliu em seco. — Mas sobrou um pouco. Acho que outra coisa, alguém, impediu o Caldeirão de tomar tudo. E fiz algumas mudanças.

A Mãe. O único ser que veria o sacrifício que Nestha tinha feito e daria algo em troca. Talvez tivesse sido ela quem olhara para eles pela Máscara.

— O que você mudou?

Nestha levou a mão ao abdômen.

— Eu me modifiquei um pouco também. Para que nenhuma de nós precise passar por isso de novo.

Por um segundo, Cassian ficou sem palavras.

— Você... Você está pronta para ter um *bebê*?

Nestha soltou uma gargalhada.

— Não. Pelos deuses, não. Vou tomar meu chá contraceptivo por um bom tempo. — Ela gargalhou de novo. — Mas me ajustei para igualar o que o Caldeirão fez por Feyre. Para quando chegar o momento.

Ele não conseguia tirar a atenção da alegria silenciosa que iluminava o rosto dela. Então ofereceu um sorriso suave a Nestha. Sim — quando chegasse o momento, eles fariam aquela jornada juntos.

Mas o que Nestha tinha feito naquele dia, o que ela dera...

— Você poderia ter governado o mundo. — Os olhos dela estavam com a guarda baixa, de uma forma que Cassian jamais vira. *Parceiro*, como ela o havia chamado.

— O que você quer? — conseguiu dizer Cassian, com a voz rouca.

Ela sorriu, e pelos deuses, aquela era a coisa mais linda que ele já vira.

— Você.

— Sou seu desde o momento em que você me conheceu.

Ela prendeu uma mecha de cabelo atrás de uma orelha pontuda.

— Eu sei.

Ele deu um beijo leve na boca de Nestha, que disse:

— Quero uma cerimônia de parceira insuportavelmente exagerada.

Ele gargalhou, se afastando.

— Mesmo?

— Por que não?

— Porque Azriel e Mor vão rir de mim pelo resto dos meus dias. — E os illyrianos.

Nestha ponderou. Então tirou algo do bolso. Um pequeno biscoito, tomado de uma bandeja no quarto do nascimento.

— Então toma. Comida. De mim para você, meu parceiro. Esse é o ritual oficial, não é? O compartilhamento de comida, de um parceiro para o outro?

Ele engasgou.

— Essas são minhas duas opções? Uma cerimônia insuportavelmente exagerada ou um biscoito velho?

O rosto dela se encheu com uma luz tão sincera que aquilo quase o deixou sem fôlego.

— Sim.

Então Cassian gargalhou de novo, fechou os dedos dela em torno do biscoito patético e se inclinou para sussurrar ao seu ouvido:

— Vamos transformar a coisa toda em uma coroação, Nes.

— Eu já tenho uma coroa — disse ela. — Só quero você.

A mandíbula dele se contraiu. Sim, eles precisariam entender o que fazer com todos os Tesouros Nefastos agora que tinham os três objetos. Agora, como foi que Nestha havia conseguido convocá-los apesar dos feitiços que Helion tinha lançado... nisso ele pensaria em outro dia. Isso sem mencionar o fato de que ela conseguira parar o Tempo com a Harpa. E que ela parecia ter algum tipo de conexão, ou entendimento, com a Mãe. *A Mãe*.

Mas Nestha acariciou a testa franzida dele, como se pudesse ver aquelas preocupações.

— Depois — prometeu ela. — Vamos lidar com tudo isso depois. — Inclusive as outras rainhas, Koschei, e uma guerra que ainda era iminente.

— Depois — concordou ele, e ela passou os braços pelo seu pescoço.

Não havia mais o que dizer depois daquilo. Estavam apenas os dois, de pé na margem do rio, sob o sol, absorvendo o calor nos ossos.

Nestha se afastou e sussurrou:

— Amo você. — E era tudo de que Cassian precisava antes de beijá-la de novo com uma intensidade mais poderosa e duradoura do que o próprio Caldeirão.

CAPÍTULO 79

Encontrar Eris era a última coisa que Cassian queria, mas alguém precisava entrar em contato com o macho. Dois dias depois do nascimento de Nyx, Cassian partiu para fazer exatamente isso. Eris tinha sido colocado em uma suíte na Cidade Escavada, e pela expressão tempestuosa de Keir quando Cassian chegou, ele tinha a sensação de que Eris havia contado muito pouco ao administrador.

Eris estava lendo um livro diante do fogo crepitante, um dos tornozelos estava cruzado sobre um joelho, como se a presença dele não fosse nada fora do comum. Como se ele não tivesse sido sequestrado, encantado e manipulado por uma rainha vingativa e um senhor da morte.

Eris ergueu os olhos âmbar quando Cassian fechou a porta.

— Não posso ficar muito tempo.

— Que bom.

Vendo Cassian se abaixar no assento adiante, Eris fechou o livro.

— Suponho que você queira saber o que contei a Briallyn.

— Rhys já olhou dentro da sua mente. Pelo visto, você não sabia muito. — Ele deu ao macho um lampejo de sorriso.

Eris revirou os olhos.

— Então por que estou aqui?

Cassian o observou. As roupas de Eris permaneciam imaculadas, mas um músculo se contraiu na mandíbula dele.

— Queríamos saber o que você contou a Beron. Como você está sentado aqui, inteiro, presumo que ele não saiba sobre nosso envolvimento em seu resgate.

— Ah, ele sabe que você... me ajudou.

Cassian se enrijeceu e agitou as asas.

Eris prosseguiu:

— Sempre misture verdade e mentiras, general. Aqueles guerreiros brutamontes não ensinaram você a suportar a tortura de um inimigo?

Cassian sabia. Já havia sido torturado e interrogado e nunca dera informação nenhuma.

— Beron torturou você?

Eris ficou de pé e enfiou o livro debaixo do braço.

— Quem se importa com o que meu pai faz comigo? Ele acreditou na minha história sobre os espiões do encantador de sombras terem informado a ele que um bem valioso tinha sido sequestrado por Briallyn, e que vocês tinham ficado enojados ao chegar e descobrir que tinha sido eu, em vez de alguém das Cortes Estival ou Invernal ou quem quer que se rebaixe para se unir a vocês.

Cassian interpretou cada palavra. Beron tinha torturado o próprio filho atrás de informações, em vez de agradecer à Mãe por tê-lo devolvido. Mas Eris tinha aguentado e alimentado Beron com outra mentira.

E então tinha a forma como Eris havia falado sobre as outras cortes. Alguma coisa estava diferente nas palavras dele, na expressão tensa. Será que o macho estava com ciúmes?

Cassian abriu a boca, mais do que pronto para lançar aquela pergunta para ele e desferir um golpe dolorido.

Mas hesitou. Olhou nos olhos de Eris.

O macho fora criado com todo luxo e privilégio — em teoria. Mas quem conhecia os terrores que Beron tinha infligido a ele? Cassian sabia que Beron tinha assassinado a amada de Lucien. Se o Grão-Senhor da Outonal fez uma coisa como aquela, o que não faria?

— Tire esse olhar de pena do rosto — grunhiu Eris baixinho. — Sei que tipo de criatura meu pai é. Não preciso de sua simpatia.

Cassian o estudou de novo.

— Por que você deixou Mor na floresta naquele dia? — Era a pergunta que sempre restaria. — Foi só para impressionar seu pai?

Eris soltou uma gargalhada áspera e vazia.

— Por que isso ainda importa tanto?

— Porque ela é minha irmã, e eu a amo.

— Não sabia que os illyrianos tinham o hábito de trepar com as irmãs.

Cassian grunhiu.

— Ainda importa — replicou ele —, porque não faz sentido. Você sabe que tipo de monstro seu pai é e quer usurpar a posição dele; pode agir contra ele pelo bem não somente da Corte Outonal, mas também de todas as terras feéricas; você arrisca a vida para se aliar a nós... no entanto, você a deixou no bosque. É culpa que motiva tudo isso? Você se sente culpado por tê-la deixado lá, sofrendo e à beira da morte?

Uma chama dourada queimou no olhar de Eris.

— Não me dei conta de que estaria enfrentando outro interrogatório tão rápido.

— Responda, caramba.

Eris cruzou os braços e se encolheu. Como se quaisquer que fossem os ferimentos sob as roupas imaculadas doessem.

— Você não é a pessoa para quem quero me explicar.

— Duvido que Mor queira ouvir.

— Talvez não. — Eris trocou o peso do corpo entre os pés, e fez outra careta. — Mas você e os seus têm coisas mais importantes em que pensar do que nessa história antiga. Meu pai está furioso porque a aliada dele está morta, mas não vai ser contido. Koschei ainda está no jogo, e Beron pode ser burro o bastante para estabelecer uma aliança com ele também. Espero que o que Morrigan esteja fazendo em Vallahan neutralize o dano que meu pai vai causar.

Cassian ouvira o suficiente. Queria voltar para casa — para a Casa e para Nestha. Para sua determinada e linda parceira, que salvara seu Grão-Senhor e sua Grã-Senhora e o filho deles. Ele jamais deixaria de se impressionar com ela, e com tudo o que ela fizera. Até onde ela havia chegado.

E um dia, quando o momento chegasse... Eles dariam os próximos passos. Tomariam juntos qualquer que fosse a estrada adiante.

Então Cassian saiu batendo os pés até a porta, até a vida que o esperava em Velaris.

Eris ainda era um aliado. Estava disposto a ser torturado para guardar os segredos deles. E Cassian não precisava ser um cortesão para saber que suas palavras seguintes cortariam profundamente, mas seriam uma ferida necessária. Talvez fosse o bastante para forçar as coisas na direção certa.

— Sabe, Eris — disse ele, fechando a mão na maçaneta. — Acho que você pode ser, bem no fundo, um macho decente preso a uma situação terrível. — Ele olhou por cima do ombro e encontrou o olhar de Eris incandescente de novo. Mas somente pena se agitou no peito dele, pena de um macho que tinha nascido na riqueza, mas tinha sido destituído de tudo que importava de verdade. De todas as formas que Cassian tinha sido abençoado, bênçãos que estavam agora transbordando.

Então Cassian falou:

— Eu cresci cercado por monstros. Passei a existência lutando contra bestas. E olhando para você, Eris, vejo que não é um deles. Nem de perto. Acho que você pode até ser um macho bom. — Cassian abriu a porta, dando as costas ao lábio retraído de Eris. — O problema é que você é covarde demais para aceitar essa bondade.

CAPÍTULO 80

A primavera desabrochou completamente em Velaris, e Feyre e Nyx estavam, enfim, saudáveis o bastante para sair de casa todo dia e fazer caminhadas que duravam horas, graças a pessoas bem-intencionadas que queriam ver a criança. Alguém sempre os acompanhava, normalmente Rhys ou Mor, que era tão protetora quanto os pais do bebê. Cassian e Azriel também não eram muito diferentes.

Mas nenhum dos outros estava presente em um dia quente algumas semanas depois, quando Nestha se juntou a Feyre e Elain para uma caminhada fora da cidade. Nem mesmo um relance para o céu revelava qualquer sinal de Cassian, o qual mantinha Nestha acordada até o alvorecer fazendo amor e tinha se tornado completamente irritante chamando-a de *parceira* sempre que tinha a chance, exceto no treino matinal deles com as sacerdotisas.

Passar no Rito de Sangue não significava que o treino parava. Não, depois que ela e as amigas contaram a Cassian e a Azriel a maior parte dos detalhes de suas atribulações, os dois comandantes compilaram uma longa lista de erros que as três haviam cometido e que precisavam ser corrigidos, e as demais queriam aprender com elas também. Então continuariam treinando, até todas serem verdadeiramente valquírias. Gwyn, apesar do Rito, voltara a viver na biblioteca.

Gwyn dissera que *talvez* saísse para a cerimônia de parceria de Nestha e Cassian em três dias, a qual aconteceria no pequeno templo da propriedade da casa do rio. Apesar dos desejos de Nestha por uma cerimônia elaborada, ela não queria uma multidão. O templo já estava sendo enfeitado com flores de todas as variedades, encantadas para que não murchassem, assim como sedas, rendas, velas e guirlandas, tudo pago por Rhys, que não conseguia parar de comprar presentes para ela. Vestidos, joias, almofadas e todo tipo de besteira tinha chovido sobre ela até que Nestha precisou ordenar que ele parasse, dizendo que uma cerimônia de parceria extravagante os deixaria quites.

Então Rhys tinha se certificado de que a cerimônia seria tão excessiva quanto fosse possível. Nestha não tinha dúvida de que o templo estaria coberto com tantas riquezas que seria até engraçado.

Mas tudo o que importava, percebeu Nestha, era o macho que estaria de pé com ela, primeiro quando fizessem os votos, depois quando oferecessem comida um ao outro, e então quando seus amigos e familiares atassem as mãos dos dois com um pedaço de fita preta, que permaneceria ali até que a parceria fosse consumada.

Embora a consumação estivesse acontecendo duas ou três vezes por dia havia semanas.

Mas não importava. Nestha mal podia esperar — pela cerimônia, por... o que quer que houvesse além dela. Nada daquilo a assustava. Nada daquilo a deixava com aquele vazio de desespero. Não com Cassian ao seu lado, seus amigos às costas, a Casa do Vento...

Aquele tinha sido o último presente de Rhys antes da cerimônia: era deles. Dela.

Como a Casa tinha decidido que gostava mais de Nestha do que de qualquer outra pessoa, Rhys a dera a ela e Cassian, com a condição de que a biblioteca pertenceria às sacerdotisas e que a corte ainda pudesse usar a Casa para ocasiões formais. Era bom o suficiente para Nestha, mais do que bom, na verdade.

Ela se juntou a eles na casa do rio certa noite e encontrou um presente de parceria de Feyre esperando por ela. Pendurado na parede da entrada principal.

Um retrato de Nestha, segurando a linha no desfiladeiro de Enalius. Ela deixara que Rhys visse algumas partes do Rito — mas não fazia ideia de que ele pedira não por curiosidade, mas para dar ideias à parceira.

Nestha olhara e olhara o retrato sem parar, o qual pendia entre um de Feyre e um de Elain, e não se dera conta de que estava chorando até que Feyre a segurou firme.

Um lar. A Casa do Vento, Velaris, aquela corte... eram o lar dela. Essa ideia acendeu uma semente de luz em seu peito que não se apagou, mesmo nos dias depois do Rito.

Aquela semente ainda estava brilhando quando Nestha enfrentou a tarefa daquele dia. A tarefa que estava há tanto tempo aguardando.

Feyre deixou a carruagem preta ornamentada na base da colina gramada, e carregou Nyx conforme as três subiam a encosta suave. A cidade se estendia diante delas, brilhando sob o sol da primavera, mas os olhos de Nestha permaneceram na pedra solitária no alto da colina.

Seu coração galopava, e ela se manteve um passo atrás quando Feyre se ajoelhou diante da lápide do túmulo, mostrando Nyx à pedra.

— Seu neto, pai — sussurrou ela, com a voz embargada. E então Feyre curvou a cabeça, falando baixo demais para que Nestha ou Elain, que estava ao seu lado, ouvissem.

Depois de alguns minutos, Feyre se levantou e deixou suas lágrimas escorrerem, pois segurar o bebê mantinha suas mãos ocupadas. Elain avançou, sussurrou algumas coisas para o túmulo do pai, e então as duas irmãs olharam para Nestha, sorrindo hesitantes.

Feyre havia perguntado naquela manhã se Nestha queria ir. Para mostrar o bebê ao pai delas.

E não havia outra resposta no coração de Nestha.

Então ela assentiu para que as irmãs prosseguissem, e elas obedeceram, descendo lentamente a colina gramada enquanto Nestha continuava diante da lápide.

Ela buscou palavras, alguma explicação ou pedido de desculpas, mas nada veio.

O sol era como a mão morna de alguém em seu ombro, como aquela que tinha evitado que o restante de seu poder se fosse, como se dizendo a ela que aquele pedido de desculpas, aquela súplica por perdão... não era mais necessária.

O pai morrera por ela, com amor no coração, e embora ela talvez não merecesse na época... Faria o possível agora para ser merecedora. Para merecer não apenas o amor dele, mas o amor daqueles ao seu redor. De Cassian.

Alguns dias poderiam realmente ser difíceis, mas ela conseguiria. Lutaria por aquilo.

Seu pai morrera por ela, com amor no coração, e Nestha tinha amor no próprio coração quando tirou a pequena rosa entalhada do bolso e a colocou sobre a lápide. Um indício permanente da beleza e do bem que ele havia tentado trazer ao mundo.

Nestha levou os dedos aos lábios, beijando-os, então colocou a mão na lápide.

— Obrigada — disse ela, piscando para conter o ardor nos olhos. — Obrigada.

Uma sombra rápida passou acima, seguida por um farfalhar de asas, e Nestha não precisou olhar para saber quem planava bem no alto, certificando-se de que tudo estava seguro. De que ela estava segura.

Enxerido. Mas ela mandou um beijo suave para Cassian também.

Seu parceiro. Seu amor. Seu amigo. A luz dentro do peito dela se acendeu até virar um sol radiante.

Ela encontrou Feyre e Elain esperando no meio da colina. Nyx agora cochilava tranquilamente nos braços de Elain. Suas irmãs sorriram, chamando-a para que se juntasse a elas.

E Nestha sorriu de volta enquanto, com passos leves, correu colina abaixo para encontrá-las.

AGRADECIMENTOS

Chegar ao fim deste livro foi uma jornada que, por diversos motivos, levou anos, desde as páginas iniciais que rabisquei enquanto trabalhava em *Corte de Asas e Ruínas* até os anos passados esboçando, revisando e aprimorando. Mas talvez o mais importante seja que este livro foi um companheiro durante minha própria jornada pelos vales e montanhas da saúde mental, viajando comigo conforme eu enfrentava todos os percalços internos. Embora a história de Nestha de forma alguma seja um reflexo direto de minhas experiências pessoais, houve momentos neste livro que precisei muito escrever — não apenas pelos personagens, mas por mim. Espero que alguns desses momentos ressoem, e que lembrem a você, caro leitor, de que você é amado, e de que é *digno* de amor, não importa o que aconteça.

Sou imensamente grata por estar cercada de pessoas na vida pessoal e profissional que caminharam, sem hesitar, por essas colinas e esses vales comigo, principalmente durante um momento tão tumultuoso para o mundo todo.

Para meu filho, Taran: você me traz alegria, força e tanto amor que faz meu coração transbordar a cada dia. Sua risada é a música mais linda do mundo. (Estou escrevendo isso embora você tenha acabado de tentar comer flocos de isopor quando eu não estava olhando). É uma honra ser sua mãe e tenho muito orgulho de você. Amo você, meu coelhinho.

Para meu marido, Josh: há tantos pedaços da nossa história espalhados por todos os meus livros, mas este parece que abocanhou o maior deles. Desde o momento em que coloquei os olhos em você na sala de estar do nosso dormitório, há 16 anos, eu soube que você seria O Tal. Não me pergunte como, mas você entrou e eu simplesmente soube. Mas eu não fazia ideia do caminho incrível e maravilhoso que percorreríamos juntos, dos lugares que veríamos, da vida que construiríamos, e da família que criaríamos. Obrigada por me amar enquanto tudo isso acontecia.

Para Annie, meu bebê peludo e minha companheira mais leal: você é a melhor irmã possível para Taran, a melhor copiloto enquanto escrevo estes livros, e o melhor carinho depois de um longo dia de trabalho. Adoro sua cauda cacheada, suas orelhas de morcego, seu jeitinho bagunceiro — e sua alma doce e amorosa.

Para minha amiga e irmã Jenn Kelly: acho que quando você finalmente ler este livro, vai entender o impacto que nossa amizade teve sobre mim, e quanta bondade você trouxe para minha vida. Você continuou estendendo a mão para mim, e serei eternamente grata.

Para minha editora e colega fanática pelas palavras cruzadas do *New York Times*, Noa Wheeler: você é um gênio. Um gênio de verdade, uma heroína, e a melhor editora com a qual já tive o prazer de trabalhar. Obrigada, obrigada, obrigada por sua dedicação incrível, suas ideias inteligentes e atenciosas e por me pressionar a ser uma escritora melhor. Acordo todas as manhãs animada de verdade para trabalhar e aprender com você, e nem consigo começar a lhe dizer o quanto sou grata por isso.

Para minha agente, Robin Rue: obrigada não é suficiente por tudo que você fez por mim, e para refletir o quanto adoro trabalhar contigo. Você chegou no exato momento da minha vida em que eu mais precisava do seu conhecimento, e agradeço ao universo todo dia por ter a honra de chamá-la de minha agente. Embora tenhamos feito um milhão de ligações por Zoom até agora, mal posso esperar para abrirmos juntas uma garrafa de champanhe (risos) pessoalmente!

Para Jill Gillet: você é minha fada madrinha que não aceita desculpas. Obrigada por trabalhar tão incansavelmente para fazer tantos dos meus sonhos se tornarem realidade — e por ser um ser humano genial e encantador.

Para Victoria Cook: você é a epítome de uma pessoa fera, e me sinto muito grata por tê-la comigo.

Para Maura Wogan: obrigada, obrigada, obrigada por sua sabedoria, pelo trabalho árduo e pela generosidade.

Para Cecilia de la Campa: você é uma das pessoas mais legais e mais trabalhadoras desta indústria. Obrigada por apadrinhar a mim e meus livros!

Para Beth Miller: você é um verdadeiro raio de sol e a pessoa mais organizada que já conheci. Eu me curvo diante de suas habilidades de tomar notas! Sou muito grata por tudo o que você faz.

Para a equipe da Writers House: embora a gente não tenha trabalhado junto há muito tempo, vocês já superaram minhas expectativas mais extravagantes. Não consigo imaginar meus livros em melhores mãos — ou com pessoas melhores! Tenho tanto orgulho de fazer parte dessa família!

Para Laura Keefe: obrigada por seu trabalho árduo e pelas dicas de brinquedos para ocupar Taran! É muito divertido trabalhar com você — obrigada por tudo!

Para todo a equipe global da Bloomsbury — Nigel Newton, Emma Hopkin, Kathleen Farrar, Rebecca McNally, Cindy Loh, Valentina Rice, Nicola Hill, Amanda Shipp, Marie Coolman, Lucy Mackay-Sim, Nicole Jarvis, Emily Fisher, Emilie Chambeyron, Patti Ratchford, Emma Ewbank, John Candell, Donna Gauthier, Melissa Kavonic, Diane Aronson, Nick Sweeney, Claire Henry, Nicholas Church, Fabia Ma, Daniel O'Connor, Brigid Nelson, Sarah McLean, Sarah Knight, Liz Bray, Genevieve Nelsson, Adam Kirkman, Jennifer Gonzalez, Laura Pennock, Elizabeth Tzetzo e Valerie Esposito: obrigada pelo incrível trabalho árduo.

Para Kaitlin Severini: muito obrigada por seu copidesque meticuloso!

Para Christine Ma: obrigada pela revisão com visão de águia.

Para meus editores no mundo todo: sou imensamente grata pelo imenso apoio e esforço que vocês empregaram para levar estes livros para as mãos de leitores do mundo todo.

Para Jillian Stein: você é muito divertida de trabalhar junto, e uma das pessoas mais incríveis que conheço. Obrigada por todo o árduo trabalho, e por ser você!

Para Tamar Rydzinski: muito obrigada por sua dedicação e gentileza.

Para Nick Odorisio, verdadeiro mestre Jedi. Obrigada por repassar tudo comigo, desde equilíbrio até a importância dos pés e o básico do mestre Jedi. Tanto de sua sabedoria chegou a este livro (junto com minhas reclamações sobre abdominais, pranchas e minha falta de equilíbrio)!

Para Jason Chen: obrigada por seu artigo sobre como socar — e para Aiman Farooq, Keith Horan, Chris Wagespack e Pete Cavill pelas valiosas informações e dicas fornecidas nele. Se algum dia eu estiver em uma briga de bar, espero poder me lembrar de pelo menos *alguns* dos seus conselhos! Se errei alguma informação neste livro, a culpa é toda minha.

Obrigada a Anna Victoria, cujo aplicativo de exercícios (Fit Body) me ajudou a vivenciar tanto da transformação física de Nestha em primeira mão. Nunca me dei conta de quanto significaria para mim poder fazer uma única flexão de braço (embora eu possa viver sem aqueles agachamentos búlgaros!). E obrigada ao Headspace, pela calma e o descanso que encontrei na meditação.

Para dr. C.: tem tanto que eu gostaria de dizer a você, e sei que nada será o suficiente para expressar minha gratidão. Mas vou me contentar com um obrigada pelo tanto que você me ajudou.

Eu gostaria de estender meu mais profundo agradecimento a Mahu Whenua, na Nova Zelândia. Caminhar pelas trilhas montanhosas, ouvir o rugido do rio, ver o sol se mover sobre a terra — tudo isso inspirou a trilha de Nestha e Cassian. (Embora eu tenha quase torcido o tornozelo algumas vezes enquanto tentava tomar notas e continuar andando!) Sua propriedade é meu lugar preferido no mundo, onde vivenciei um nível de paz e lucidez que ainda não consigo explicar. Obrigada ao povo maori pela cura que essas terras trouxeram para minha alma cansada.

Para Lynette Noni: obrigada pela amizade que ilumina meus dias, e por ser a parceira de críticas mais inteligente do planeta. Não sei o que eu faria sem você!

Para minha amiga Steph Brown: amo você. Só isso. (Tudo bem, com certeza não é só isso, mas à essa altura do campeonato você já sabe dos meus sentimentos!)

Para Louisse Ang e Laura Ashforth: eu já disse umas mil vezes, mas quero que saibam o quanto adoro vocês e que sorte eu tenho de conhecê-las.

Meus pais e minha família maravilhosa: faz tanto tempo desde que pudemos nos ver pessoalmente, mas sinto o amor de vocês mesmo de centenas de quilômetros. Não sei o que faria sem vocês. E para meus sogros, Linda e Dennis: obrigada pelo chocolate (mesmo quando eu disse que não queria!), por serem avós tão dedicados e pelo amor incondicional.

E por fim, a todos os meus leitores: sua bondade, generosidade e apoio significam o mundo para mim. Obrigada por receberem esses personagens com o coração, e por me permitirem trabalhar com o que eu mais amo. Sou eternamente grata.

OBRAS DA AUTORA PUBLICADAS PELA GALERA RECORD

Série Trono de Vidro

A lâmina da assassina
Trono de vidro
Coroa da meia-noite
Herdeira de fogo
Rainha das sombras
Império de tempestades
Torre do alvorecer
Reino de cinzas

Série Corte de Espinhos e Rosas

Corte de espinhos e rosas
Corte de névoa e fúria
Corte de asas e ruína
Corte de chamas prateadas

Corte de gelo e estrelas

Série Cidade da Lua Crescente

Casa de terra e sangue
Casa de céu e sopro

Este livro foi composto nas tipologias CarlsonSlab, Davys Dingbats, Fournier MT Std, Griffin Dingbats, e impresso em papel pólen natural na Geográfica.